BASTEI
LÜBBE

Von Shirley Conran erschienen bei BASTEI-LÜBBE:

11790 Die Insel der fünf Frauen
12222 Die Dynastie der Frauen

Shirley Conran

BLUTSBANDE

Aus dem Englischen
von Claus Fischer

BASTEI
LÜBBE

BASTEI-LÜBBE-TASCHENBUCH
Band 12 270

In Liebe für meine Söhne
Sebastian und Jasper Conran

Titel der amerikanischen Originalausgabe: *Lace*

Lizenzausgabe: Gustav Lübbe Verlag GmbH, Bergisch Gladbach
Printed in Great Britain Januar 1995
Einbandgestaltung: Manfred Peters
Titelfoto: Esser & Strauss GmbH, Bergisch Gladbach
Satz: hanseatenSatz-bremen, Bremen
Druck und Bindung: Cox & Wyman, Ltd.
ISBN 3-404-12270-4

Der Preis dieses Bandes versteht sich einschließlich
der gesetzlichen Mehrwertsteuer.

Vorspiel

Paris, 1963

KRATZ ... KRATZ ... KRATZ ... Das kalte, harte Metall grub sich tief in den Körper des kleinen Mädchens. Lili preßte die gekrümmten Finger in den Mund und biß sich auf die Knöchel, um Schmerz mit Schmerz zu bekämpfen. Sie wagte nicht zu schreien. Sie murmelte nur immer wieder »Jesus, Jesus, Jesus«, während sie sich in die Hand biß, so fest sie konnte.

Tränen rannen ihr die Wangen hinunter und tropften auf das Papierkissen. Sie zitterte am ganzen Körper, ihre Haut war klebrig von kaltem Schweiß. Draußen, vor den Fenstern, herrschte der fröhliche Lärm einer belebten Pariser Straße. Doch hier in diesem kleinen, braungestrichenen Raum gab es nicht das geringste Geräusch, abgesehen von ihrem unterdrückten Gewimmer und dem Kratzen und dem gelegentlichen Klirren, wenn Stahl gegen Stahl stieß. Sie beschloß, bis zehn zu zählen und *dann* erst zu schreien. Was immer er da in ihr bewegte, noch höher *konnte* er es doch gar nicht mehr schieben! Es fühlte sich an wie ein Dolch, hartnäckig, kalt, erbarmungslos. Sie würde sich übergeben, in Ohnmacht fallen; sie wollte sterben. Sie konnte nicht ertragen, daß es weiterging und weiter und weiter.

Der Mann konzentrierte sich ganz auf seine Tätigkeit, während sie auf dem harten Tisch lag, die Beine von den Steigbügeln, in die sie ihre Füße stemmte, hoch- und auseinandergezwungen. Schon beim Betreten dieses dunklen, braunen Zimmers mit dem harten, hohen Tisch in der Mitte war ihr das Entsetzen in die Glieder gefahren. Auf einem weiteren Tisch lagen silberne Instrumente aufgereiht, dahinter standen mehrere fremdartig geformte Schalen; in einer Ecke befanden sich ein Feldbett und ein Stoffparavent. Eine Frau mit einer weißen Schürze hatte auf den Paravent gedeutet und gesagt: »Dahinter kannst du deine Kleider ablegen.« Nackt und zitternd hatte Lili hinter dem Schirm gestanden und wäre am liebsten nie wieder aus seinem Schutz hervorgetreten. Aber die Frau hatte sie grob am Handgelenk gepackt und zu dem Tisch in der Mitte des Raumes gezogen. Dann hatte sich das kleine Mädchen auf den Rücken legen müssen, so daß seine schmalen Hüften auf dem Tisch ruhten, während die Frau seine Beine gespreizt und in die kalten Steigbügel geschoben hatte. Lili fühlte sich unsäglich gedemütigt, während sie in die grelle Lampe über ihrem Kopf starrte.

Sie war nicht betäubt worden. Der Mann trug einen zerknitterten grünen Chirurgenkittel. Er hatte der Frau ein paar Instruktionen zugemurmelt und dann zwei Finger in Lilis Vagina geschoben; er hatten den Mutterhals mit zwei Fingern gehalten, während er die andere Hand auf ihren Unterleib legte, um Größe und Lage ihrer Gebärmutter zu ertasten. Anschließend war sie mit einem keimtötenden Mittel betupft worden, ehe der Mann ein eisig kaltes Spekulum eingeführt hatte, das geformt war wie der Schnabel einer Ente und die Wände der Vagina spreizte, damit er die Öffnung des Uterus sehen konnte. Das Spekulum tat nicht weh, aber es fühlte sich so bedrohlich an in ihrem kleinen Körper. Andere Instrumente folgten, und dann begann der Schmerz, als der Mutterhals langsam mit Dilatatoren aus rostfreiem Stahl geöffnet wurde, bis er für die Operation breit genug war. Der Mann ergriff die Kürette – eine Metallschlinge am Ende eines langen, dünnen Griffs –, und die Ausschabung begann. Die Kürette fuhr in die Gebärmutter und kratzte das Leben aus ihr heraus; es dauerte nur zwei Minuten, aber dem leidenden Mädchen erschien die Zeit endlos.

Der Mann arbeitete rasch; gelegentlich gab er der Frau, die ihm assistierte, leise Anweisungen. So abgehärtet er auch war, vermied er es dennoch, einen Blick in das Gesicht des

Mädchens zu werfen. Die kleinen Füße in den Steigbügeln waren Vorwurf genug. Hastig brachte er die Arbeit zu Ende und zog die blutverschmierten Instrumente heraus.
Nachdem der Uterus geleert war, schrumpfte er allmählich wieder auf seine alte Größe, aber Lilis Körper wurde von quälenden Krämpfen geschüttelt, bis die Kontraktionen aufhörten.
Sie wimmerte wie ein Tier, und bei jedem neuen Schmerz, der seine Krallen in sie schlug, schnappte sie nach Luft. Der Mann wandte sich ab und verließ den Raum. Die Frau betupfte sie neuerlich mit einem Antiseptikum, dessen ekelerregender Geruch die Luft erfüllte. »Hör auf, so einen Lärm zu machen«, zischte die Frau. »In einer halben Stunde geht es dir besser. Die anderen Mädchen haben sich nicht so angestellt. Du solltest froh sein, daß er ein ausgebildeter Arzt ist. Er weiß, was er tut, und er ist schnell, ohne deswegen alles in dir kaputtzumachen. Du weißt gar nicht, was du für ein Glück hast.«
Sie half dem schmalen vierzehnjährigen Mädchen vom Tisch und auf das Feldbett in der Ecke. Lilis Gesicht war grau, und ihr Körper zuckte unkontrolliert unter der Decke, die die Frau über sie breitete.
Dann gab die Frau ihr ein paar Pillen, ehe sie sich auf einen Stuhl sinken ließ und einen Kitschroman zu lesen begann. Eine halbe Stunde lang gab es kein Geräusch in dem kleinen Zimmer, abgesehen von dem unterdrückten Schluchzen des Mädchens und dem Umblättern der Seiten. Endlich stand die Frau auf und sagte: »Du kannst jetzt gehen.« Sie half Lili in ihre Kleider, gab ihr zwei große Binden, die sie sich ins Höschen schieben sollte, und ein Antibiotikum. »Was auch immer passiert, komm ja nicht wieder her«, sagte sie. »Wahrscheinlich wirst du nicht mehr anfangen zu bluten, aber wenn doch, mußt du *sofort* einen Arzt rufen. Geh jetzt nach Hause und leg dich einen Tag ins Bett.«
Einen Moment lang geriet die sorgfältig kontrollierte, un-

persönliche Härte der Frau ins Wanken. »*Pauvre Petite!* Sorg dafür, daß er dich mindestens ein paar Monate nicht mehr anrührt.« Verlegen klopfte sie dem Mädchen auf die Schulter und führte es durch den Flur zu der massiven Eingangstür.

Draußen auf der steinernen Treppe blieb Lili einen Moment stehen und blinzelte in die fahle Novembersonne. Dann ging sie langsam und unter Schmerzen den Boulevard hinunter, bis sie zu einem kleinen Café gelangte, wo sie einen heißen Tee bestellte. Sie saß einfach nur am Fenster und trank und spürte die Sonne und den warmen Dampf aus der Tasse auf ihrem Gesicht, während im Hintergrund eine Jukebox den neuen Hit der Beatles plärrte: *She Loves You.*

Teil 1

1

Es war ein warmer Oktoberabend des Jahres 1978, und die fernen Wolkenkratzer funkelten in der Dämmerung, als Maxine durch das Fenster der Limousine auf die vertraute Skyline von New York blickte. Allein wegen dieses Anblicks hatte sie sich für die etwas umständlichere Route über die Triborough Bridge entschieden. Jetzt saßen sie in dem fast lautlosen, auf diskrete Weise komfortablen Lincoln Continental in einem Verkehrsstau auf der Brücke fest. Macht nichts, beruhigte Maxine sich; bis zu dem Treffen blieb noch mehr als genug Zeit. Und der Anblick war die Verzögerung wert – der Horizont sah aus wie mit Diamanten bestäubt.

Ihr sorgfältig zusammengelegter Zobelmantel ruhte neben dem kastanienfarbenen Schmuckkästchen aus Krokodilleder. Die neun Koffer aus demselben rotbraunen Leder – alle mit einer winzigen goldenen Krone und den Initialien *M d C* verziert – waren neben dem Chauffeur gestapelt oder im Kofferraum verstaut. Maxine reiste so selbstverständlich wie andere Leute badeten und unter enorm hohen Kosten, gewöhnlich nicht ihren eigenen. Beschränkung aus Platzgründen war ihr fremd; sie mochte eben Komfort und Luxus, wie sie gern mit einem Schulterzucken sagte. So enthielt denn einer der Koffer ihre rosaseidene Bettwäsche, ihr spezialgefertigtes, daunengefüttertes Kissen und das Wikkeltuch, zart wie Spinnweben aus Spitze, das sie statt eines Nachthemdes bevorzugte.

Obwohl die meisten Koffer Kleider beherbergten (schön säuberlich zwischen knisternde Lagen Seidenpapier gepackt), war einer davon ein richtiges Miniaturbüro aus Leder; ein anderer enthielt ein großes Medizinschränkchen, das vollgestopft war mit Pillen, Salben, Irrigatoren, Ampullen, Einwegspritzen für ihre Vitamininjektionen und den verschiedensten Zäpfchen, die in Frankreich zu ihrer täglichen Behandlung gehörten, von Angelsachsen aber meistens mit einem Stirnrunzeln bedacht wurden. Maxine hatte einmal versucht, in Detroit Spritzen zu kaufen – *mon Dieu*! Konnten die nicht zwischen einer Drogensüchtigen und einer französischen Gräfin unterscheiden?

Man mußte seinen Körper pflegen, denn man hatte nur den einen, und man mußte aufpassen, womit man ihn traktierte, innen und äußerlich. Maxine sah keinen Grund, ihrem Magen ein fürchterliches Essen aufzuzwingen, nur weil es zehntausend Meter über der Erdoberfläche serviert wurde. Alle anderen Passagiere der ersten Klasse hatten sich durch sechs verkochte Gänge gemampft, aber Maxine war nur für ein wenig Kaviar (keinen Toast) und ein einziges Glas Champagner (Moët, wie sie mit Zustimmung bemerkte, wenn auch kein Jahrgangstropfen) zu haben gewesen. Sodann hatte sie aus einer burgunderroten Wildledertasche einen kleinen Silberlöffel, ein Glas hausgemachten Joghurt und einen großen, saftigen Pfirsich (aus ihrem eigenen Treibhaus) geholt, um ihre Mahlzeit zu komplettieren.

Während anschließend die anderen Reisenden geschlummert oder gelesen hatten, stand Maxine der Sinn nach Arbeit, und sie hatte begonnen, Instruktionen für ihre Sekretärin auf ein kleines Taschendiktiergerät zu sprechen. Damit fertig, hatte sie einen goldenen Bleistift und ein großes, billiges Durchschlagbuch, wie man es in Büros verwendete, zur Hand genommen und ihre Notizen von Telefongesprächen, Memos und Entwürfen durchgesehen. Maxine behielt von allem, was sie schriftlich fixierte, ein Kopie, und wenn sie dann wieder in Frankreich war, legte ihre Sekretärin die Duplikate der an die Empfänger gegangenen Originale in einem Ordner ab. Maxine war gut, aber nicht im Übermaß organisiert, denn Übereifer konnte sie genausowenig wie Hektik ertragen. Andererseits aber mußte alles seine Ordnung haben, damit sie kreative Arbeit leisten konnte: Ordnung liebte sie nämlich noch mehr als Luxus. Wenn Madame la Comtesse eine Geschäftsreise buchte, reservierte ihr das *Plaza* automatisch eine zweisprachige Sekretärin. Manchmal reiste sie mit ihrer eigenen Sekretärin, aber es war nicht immer angenehm, das Mädchen die ganze Zeit wie ein Paar Schlittschuhe am Hals hängen zu haben. Darüber hinaus war Mademoiselle Janine, das Mädchen, jetzt fast fünfundzwanzig Jahre bei Maxine und daher in der Lage, die Dinge zu Hause während ihrer Abwesenheit ein wenig im Auge zu behalten, und zwar alle – das Wohlergehen ihrer Söhne und den Zustand der Trauben in den Weinbergen genauso wie die Umstände, unter denen Monsieur le Comte abends nach Haus kam und mit wem. Mademoiselle Janine erstattete über alles und jeden mit ergebenem Diensteifer Bericht. Seit 1956 hatte sie stets ihr Bestes für das Chateau de Chazalle gegeben, und sie genoß den Glanz, der über Maxines Erfolge auch sie bestrahlte. Wie New York steckte Maxine voller Tatendrang und pulsierendem Leben, und deswegen mochte sie das Tempo der Stadt. Sie hatte ein Faible dafür, wie die New Yorker alles schnell und ökonomisch erledigten. Ob sie nun Hamburger servierten, Müll von den Gehsteigen räumten oder an einer sonnigen Straßenecke für fünfzig Cents Saft aus einer Orange preßten. Sie schätzte diese lebhaften, geistig so regen Leute, ihren zynisches Witz, ihren Sinn für Humor, und sie dachte sich oft, daß die New Yorker den gleichen *joie de vivre* wie die Franzosen hatten, ohne deshalb auch nur halb so rüde zu sein. Sie fühlte sich sogar in Gesellschaft der New Yorker Frauen wohl, genoß es, sie zu beobachten, als wären sie eine fremde Spezies – diese kühlen, höflichen, unfehlbar scheinenden Verlegerinnen, Agentinnen, Galeristinnen oder Geschäftsführerinnen, die unter erbarmungslosem Druck ihren Kampf um die Macht führten, zum Sturm auf Geld und Reichtum bliesen und dabei immer noch die Zeit hatten, hinter Job und Mann einer anderen her zu sein. Ähnlich wie sie besaß auch Maxine ungeheure Selbstdisziplin, aber sie war jetzt siebenundvierzig und verfügte daher über besser entwickelte Menschenkenntnis, ganz zu schweigen von ihrem taktischen Geschick. Sonst hätte sie sich auch kaum dazu bereit erklärt, Lili zu besuchen.

Aber das Angebot war so verführerisch gewesen, daß Maxine die weite Reise über den Atlantik zum größten Teil aus reiner Neugier angetreten hatte. Erneut fragte sie sich, ob sie den Auftrag wohl ausführen würde. Eigentlich hätte sie angenommen, daß Lili – die inzwischen ungefähr achtundzwanzig sein mußte – sie in ihrem Leben nie wiedersehen wollte. Zu gut erinnerte Maxine sich an den Ausdruck verwunderten Schmerzes in den blitzenden, haselnußbraunen Augen des wilden jungen Mädchens, dem von der Presse der Spitzname »Tiger-Lili« verliehen worden war.

So war Maxine natürlich über alle Maßen erstaunt gewesen, Lilis tiefe, sinnliche Stimme am Telefon zu vernehmen, und dazu noch so überraschend bescheiden, als sie Maxine bat, sich mit ihr in New York zu treffen, um ihr neues Appartement am Central Park South einzurichten. Lili wollte, daß ihr Heim ein Juwel wurde, ein Vorführstück, das alle Gespräche verstummen ließ, und sie wußte, daß Maxine sich auf genau die richtige Mischung aus erlesener Eleganz und inspiriert modischem Stil verstand. Maxine würde soviel Geld zur Verfügung haben, wie sie brauchte. Und natürlich erhielt sie für ihren Trip nach New York alle Spesen ersetzt, ob sie den Auftrag annahm oder nicht.

Mitten im Gespräch hatte Lili dann eine Pause gemacht und anschließend leise gesagt: »Außerdem möchte ich endlich eine Sache aus der Welt schaffen, die uns beide schmerzlich verfolgt. Ich möchte wieder in Frieden mit Ihnen und meinem Gewissen leben.«

Nach dieser Entschuldigung und einer weiteren nachdenklichen Pause hatte die Unterhaltung sich Maxines Arbeit zugewandt. »Ich habe gehört, Sie sind gerade mit Shawborough Castle fertig geworden«, hatte Lili gesagt, »und außerdem erzählt man sich ja wahre Wunderdinge, was Ihre Arbeit für Dominique Fresanges betrifft. Es muß herrlich sein, ein solches Talent zu haben, historische Bauten vor dem Verfall retten zu können und so viele Häuser zu verschönern, mit dem nötigen Luxus auszustatten und gleichzeitig ihren Wert als kulturelles Erbe für die Welt zu erhalten . . .«

Es war schon lange her, daß Maxine zum letztenmal allein in New York Urlaub gemacht hatte, zu lange. Nicht zuletzt deshalb hatte sie sich schließlich zu der Reise über den Atlantik entschlossen. Lili hatte sie gebeten, niemand von dem Treffen zu erzählen, bis es vorüber war. »Sie wissen schon, die Presse würde mir keine ruhige Minute mehr lassen«, hatte sie erklärt. Und das entsprach der Wahrheit. Seit Greta Garbo hatte keine andere Schauspielerin eine solche Faszination für die Öffentlichkeit besessen.

Als die Limousine langsam vorwärts zu kriechen begann, warf Maxine einen Blick auf ihre diamantbesetzte Armbanduhr. Sie hatte noch jede Menge Zeit bis zu ihrer Verabredung um achtzehn Uhr dreißig im *Pierre.* Maxine war selten ungeduldig; sie haßte es, unpünktlich zu sein, nahm aber an, daß alle anderen zu spät kommen würden. So war es nun einmal heutzutage – man konnte sich auf niemand verlassen. Wenn an einer Situation etwas zu ändern war, setzte Maxine im allgemein alle Hebel in Bewegung, ein leichtes, halbseidenes Lächeln auf den Lippen, das eine Art verschwörerischen Charme mit einer Prise Bedrohlichkeit verband. Wenn an einer Situation nichts zu ändern war, faltete sie ihre Hände im Schoß und akzeptierte die Gegebenheiten. Zufällig erblickte sie sich selber im Rückspiegel der Limousine und neigte sich vor, wobei sie ihr Kinn über das Spitzenjabot hob und leicht zur Seite drehte. Seit der Operation waren erst fünf Wochen vergangen, aber die winzigen Narben vor ihren Ohren waren schon verschwunden. Mr. Wilson hatte ausgezeichnete Arbeit geleistet, und es hatte nur tausend Pfund gekostet, einschließlich des Anästhesisten und der Klinikrechnung aus London. Die Haut wirkte weder am Mund noch um die Augen besonders angespannt; sie sah einfach gesund, strahlend und fünfzehn Jahre jünger aus – mit Sicherheit nicht wie siebenundvierzig. Es war vernünftig, einen solchen Eingriff durchführen zu lassen, solange man noch jung war und niemand es merkte oder einen jedenfalls nicht festnageln konnte, wenn er es doch mitbekam. Niemand hatte ihre Abwesenheit bemerkt; bereits nach vier Tagen hatte sie die Klinik wieder verlassen und anschließend zehn Tage in Tunesien verbracht, wo sie sieben Pfund abgenommen hatte, ein äußerst befriedigender Bonus. Sie konnte einfach nicht verstehen, warum manche Leute bis nach Brasilien fuhren und wer weiß was für ihr Lifting bezahlten.

Maxine glaubte fest an persönliche Weiterentwicklung, besonders auf chirurgischem Weg. Sie rechtfertigte sich damit, daß man es sich einfach *schuldig* war. Ihre Zähne, Augen, Nase, das Kinn, die Brüste, alles war geliftet oder gerichtet worden, bis sie praktisch aus lauter (fast) unsichtbaren Nähten bestand. Selbst danach war sie noch keine überwältigende Schönheit, aber wenn sie an ihre Mädchenzeit zurückdachte, an die auffallende Nase, das Pferdegebiß und ihr praktisch nicht existierendes Selbstbewußtsein, dann war sie dankbar, daß sie schon vor Jahren beschlossen hatte, etwas dagegen zu tun.

An ihren Beinen hatte man nichts richten müssen: sie waren hinreißend. Maxine streckte eines ihrer langen, wohlgeformten Beine aus, bewegte elegant den schmalen Fuß, strich schließlich den blauen Seidenrock ihres Kostüms wieder glatt, öffnete das Fenster und atmete die Luft von Manhattan ein, unempfindlich gegen den starken Kohlenmonoxydgehalt. Sie reagierte auf New York wie auf den Champagner ihres Landguts – mit glücklichem Vergnügen. Ihre Augen funkelten, sie fühlte sich hochgestimmt und energiegeladen. Trotz des Verkehrsstaus war es gut, wieder in der Stadt zu sein, in der ihr jeder Tag wie ein Geburtstag vorkam.

Judy Jordan sah wie ein verschrecktes kleines Waisenkind aus, obwohl sie bereits fünfundvierzig Jahre alt war. In ihrem braunen Samtkostüm von Chloë und einer dünnen Bluse aus feinster Seide saß sie in einem überfüllten Bus, der langsam die Madison Avenue hinaufkroch. Von Natur aus ungeduldig, nahm sie stets, was als erstes kam, Bus oder Taxi. Tatsächlich war sie kürzlich sogar von einem *People*-Fotografen dabei ertappt worden, wie sie, die Herausgeberin des *VERVE*-Magazins, einen öffentlichen Bus bestieg. Das Foto hatte Judy mit außerordentlicher Befriedigung erfüllt, denn in ihrem Leben hatte es lange Jahre gegeben, in der sie sich *nur* Busse leisten konnte.
Plötzlich fühlte sie sich traurig. Als berühre sie einen Talisman, begann sie mit ihrem Ring auf dem rechten Mittelfinger zu spielen, dessen Pendant, jeder eine wunderschöne korallene Rosenknospe an einem schmalen Goldreif, am linken Mittelfinger steckte. Von diesen beiden Ringen abgesehen, gab sie nicht viel auf Schmuck – ihre Leidenschaft waren Schuhe. Ihr begehbarer Schuhschrank beherbergte Reihe um Reihe der ausgefallensten handgefertigten Schuhe. Sie beschloß, den morgigen Tag damit zu feiern, daß sie sich bei Maud Frizon mit einem erlesenen Paar Pumps verwöhnte. Warum auch nicht? Erst heute morgen hatte sie von ihrem Partner erfahren, daß das Magazin dieses Jahr fast zwei Millionen *mehr* wert war.
Es fiel ihr zunehmend schwerer, sich an das Leben in ihrem alten Studio an der East 11th Street zu erinnern, wo man ihr schließlich die Tür gewiesen hatte, weil sie die Miete nicht

mehr aufbringen konnte. Doch Judy zwang sich dazu, diese Tage stets im Gedächtnis zu behalten. Durch den Kontrast wurde die Gegenwart nur noch angenehmer.
Es gab noch einen weiteren Grund, aus dem Judy nie vergessen konnte, was es hieß, in einer großen Stadt knapp bei Kasse zu sein. So fühlten sich nämlich die meisten ihrer Leser. Sie kaufen *VERVE* wegen seiner optimistischen Haltung, der Sinnlichkeit und der Ermutigung, die sie aus seinen Seiten bezogen. Sie betrachteten das Magazin als einen Freund. In Wahrheit fuhr Judy auch deswegen so gern Bus, weil sie in Kontakt mit ihren Lesern bleiben wollte. Es war manchmal schwierig, die beiden Seiten ihres öffentlichen Images miteinander in Einklang zu bringen. Einerseits wollte sie gern als die warmherzige, offene, hart arbeitende Frau gesehen werden, die dafür bekannt war, daß ihr Mittagessen schon einmal aus einem Hot dog an einer Straßenecke bestehen konnte, eine arbeitende Frau wie ihre Leserinnen. Auf der anderen Seite erwarteten dieselben Leserinnen, daß sie ein aufregendes, glamouröses Gesellschaftsleben führte, sich kleidete, wie sie sich selber gern gekleidet hätten, und daß sie eine Berühmtheit war. Wenn Judy also nicht gerade Hot dogs aß, dinierte sie bei *Lutèce*, hielt, wenn nötig, im *Golden Door* Diät, und befand sich ständig auf Reisen. Wie New York legte sie ein flottes, optimistisches Tempo vor. Bei den seltenen Gelegenheiten, wo sie ganz plötzlich in schwärzeste Einsamkeit stürzte, biß sie die Zähne zusammen und hielt durch. Einsamkeit hin und wieder war der Preis der Freiheit. Damit mußte sie sich abfinden.
Die Türen des Busses öffneten sich zischend, weitere Passagiere drängelten hinein, und die Aus- und Eingänge schlossen sich mit dem gleichen Geräusch. Eine verkommen wirkende Frau ließ sich auf den Platz gegenüber von Judy fallen, hob ihre Einkaufstasche auf die Knie und stöhnte plötzlich. »Ich wünschte, die verdammten Gebäude würden

alle in Flammen aufgehen, dann gäbe es keine Probleme mehr.« Als niemand reagierte, wiederholte sie ihren Satz, und schließlich brüllte sie. Niemand im Bus nahm davon auch nur die geringste Notiz, bis die Frau wieder ausstieg: dann gab es ein allgemeines Raunen der Erleichterung, hier und dort ein Lächeln oder Schulterzucken – bloß eine New Yorker Verrückte mehr, der es egal war, was die Leute von ihr hielten.

Andererseits war es aber auch ein Zeichen der Reife, überlegte Judy. Erwachsen war man dann, wenn man aufhörte, sich darum zu kümmern, was andere über einen dachten und sich statt dessen darüber Gedanken machte, was *man selber* von *ihnen* hielt . . . War das womöglich eine Idee für einen Beitrag im Magazin? Sofort war sie wieder Profijournalistin und überlegte, wer als Autor in Frage käme, was für Berühmtheiten man interviewen könnte, vielleicht noch ein Quiz zur Abrundung: »Sind Sie schon erwachsen?« Kein schlechter Titel. Und auch keine schlechte *Frage*, dachte sie bei sich, unfähig, sie zu beantworten. Innerlich fühlte sie sich noch immer so kindlich, wie sie äußerlich wirkte, aber das behielt sie für sich. Das ging auch niemanden etwas an. Verwundbarkeit war schlecht fürs Geschäft. Judy bevorzugte ihren Ruf als *enfant terrible*: die manchmal tödlich wirkende zierliche Verlegerin, die schon einen langen Weg hinter sich hatte und beabsichtigte, noch sehr viel weiter zu kommen. Das Bild, das Judy von sich entwarf, war das einer Frau, mit der man rechnen mußte – eine Frau, in deren Gegenwart man um einiges schneller denken mußte, aber auch eine Frau mit einer Schwäche für hübsche Schuhe.

Sie holte Entgangenes nach, entschädigte sich für die verlorene Zeit. Bis zu ihrem fünfzehnten Lebensjahr hatte Judy ausschließlich »vernünftige« schwarze Halbschuhe getragen. Ihre Eltern hatten in bitterer Armut gelebt. Sie waren gottesfürchtige Baptisten, und so galt ihr ganzes Sein nur einem Ziel, nämlich Sünden zu vermeiden. Um nicht auf sündige Dinge zu verfallen, durften Judy und ihr jüngerer Bruder Peter an den Sonntagen nichts, aber auch gar nichts tun. Singen durften sie nur in der Kirche, zu Hause mußten sie still sein. Auch Radio durften sie nicht hören, denn Radiohören am Sonntag war sündig. Das Radio mit seinem großen, reich verzierten Walnußgehäuse und den holzgeschnitzten Sonnenstrahlen über dem Lautsprecher stellte den Mittelpunkt des Wohnzimmers dar. Aber am Sonntag war – abgesehen von den Arbeitsgeräuschen aus der Küche – im ganzen Haus nichts anderes zu hören als das Klirren der alten Eisbox, die neben der Tür zum Hinterhof stand. Natürlich war auch Rauchen und Trinken sündig. Nichtsdestoweniger verschwand Judys Großvater von Zeit zu Zeit im Keller, um dort einen Schluck aus einer Flasche zu nehmen, die er hinter dem Boiler versteckt hatte – Medizin, hätte er wahrscheinlich gesagt, wenn man ihn gefragt hätte. Im Anschluß an seinen Sonntagsdrink ging er dann immer zu seinem Schaukelstuhl auf der Veranda hinter dem Haus. Von dort aus blickte er stundenlang zu dem alten Apfelbaum am anderen Ende des Hofs und wartete schaukelnd auf das Jenseits, während der Stuhl unter seinem Gewicht knarrte. Judys Eltern mußten von dem Whisky gewußt haben, denn man konnte das Zeug in seinem Atem riechen. Der Mund ihrer Mutter pflegte dann schmal zu werden, und sie gab ein winziges, kaum hörbares Schnüffeln von sich, aber sie sagte nichts, nie. Großvater war angeblich Abstinenzler.

Der Mann in dem karierten Hemd gegenüber von Judy wirkte nervös. Jetzt senkte er seine Augen verstohlen auf seinen Hosenschlitz, und sie blickte rasch fort. Sie mußte schon wieder gestarrt haben. Wenn sie in Gedanken war, starrten ihre dunkelblauen Augen durch den braungemaserten Schildpattrahmen ihrer Brille mit einer Wildheit, die so beängstigend wie unbeabsichtigt war.

Erneut fragte sie sich, was der Zweck dieses Treffens mit Lili sein mochte, und warum diese Heimlichtuerei?
Erst dieser zerknirschte Telefonanruf – und Gott wußte, daß Lili allen Grund hatte, zerknirscht zu sein. Letzten Endes Endes hatte sich der Krach mit ihr natürlich gut auf Judys Public-Relations-Geschäfte ausgewirkt, aber das war an jenem Abend in Chicago ganz und gar nicht Lilis Absicht gewesen.
»Wenn du in deinem Herzen die Möglichkeit finden könntest, mir mein scheußliches Betragen zu vergeben . . .«, hatte Lili mit ihrer tiefen Stimme, der kontinentale Akzent unüberhörbar, gefleht, ». . . ich war so undankbar . . . so durch und durch unprofessionell . . . wenn ich daran denke, steigt mir die Schamesröte ins Gesicht . . .« Gegen alle Vernunft war Judy weich geworden. Nicht nur wegen Lilis Anziehungskraft oder weil sie ein Star war, sondern einfach deswegen, weil sie gern mit ihr gearbeitet hatte. Sie waren wirklich ein phantastisches Team gewesen – bis zu jenem Abend in Chicago.
Lili hatte gesagt, sie wollte sich mit Judy über eine bestimmte Angelegenheit unterhalten, »etwas sehr Vertrauliches, was ich gern mit dir persönlich besprechen möchte.« Judy pflegte ihre Zeit nicht zu verschwenden. Jede Woche wurden ihr Dutzende seltsamer Vorschläge unterbreitet, aber kaum einer kam weiter als bis zu ihren Sekretärinnen. Hier jedoch handelte es sich um Lili, deren Name mit mehr Berühmtheiten in Zusammenhang gebracht werden konnte als der jeder anderen Frau. Lili, deren wilde Schönheit eine der Legenden des zwanzigsten Jahrhunderts war. Lili, die *niemals* ein Interview gab.
Letzteres hatte die größte Bedeutung für Judy. Lili war mindestens tausend Worte in VERVE wert, ganz egal, wie das Treffen verlief, also erklärte Judy sich einverstanden. Eifrig und charmant wie ein Kind hatte Lili sich bedankt und sie gebeten, ihr Rendezvous geheimzuhalten. Judy hätte sowie-

so niemand davon erzählt. Aber sie war fasziniert; genau wie sie hatte auch Lili im Leben schnell, auf höchst geheimnisvolle Weise und gegen alle Wahrscheinlichkeit, Erfolg gehabt. Sie mußte jetzt um die achtundzwanzig oder neunundzwanzig sein, obwohl man es ihr nicht ansah.
Dem Telefonranruf im letzten Monat war ein bestätigender Brief auf dickem Velinpapier gefolgt, auf dem als Kopf schlicht das Wort LILI, gesetzt in marineblauer Bodoni-Type, stand; aus irgendeinem Grund benutzte Lili nie einen Nachnamen.
Was konnte sie im Sinn haben? fragte Judy sich. Finanzierungsprobleme? Sicherlich nicht. Wollte sie ins Verlagsgeschäft einsteigen? Unwahrscheinlich. Brauchte sie Publicity? Nicht mehr nötig.
Es war zwanzig nach sechs, und der Verkehr bewegte sich weder vor noch zurück. Also sprang Judy aus dem Bus und ging die letzten paar Blocks zu Fuß. Sie war immer gern pünktlich.

Das Taxi roch nach schalem Zigarettenrauch, der Rücksitz war aufgeschlitzt, und die Füllung quoll heraus. Genau wie alle anderen Wagen steckte es ebenfalls im Verkehr der Madison Avenue fest, aber der Fahrer, sicherlich ein Puertoricaner, hielt dankenswerterweise den Mund, bis er plötzlich bellte: »Wo kommen Sie her?«
»Cornwall«, antwortete Pagan, die sich nie als Engländerin sah. »Die wärmste Gegend Großbritanniens«, fügte sie hinzu und dachte, daß er damit wohl nicht allzuviel anfangen konnte. Ihre Blässe war die Folge eines chronisch schwachen Kreislaufs; sie hatte immer schon unter kaltem Wetter gelitten, und eben solches herrschte elf Monate im Jahr in ihrer Heimat. Als Kind hatte sie es gehaßt, an den Wintermorgen ihre nackten Füße aus dem Bett zu strecken, und ihre erste leidenschaftliche Haßliebe galt ihrer warmen, jedoch unbequemen Winterunterwäsche — dem kratzigen

Wollanzug, der sie vom Hals bis zu den Knöcheln bedeckte und hinten eine durchhängende Falltür zum Aufknöpfen besaß, damit sie ohne Schwierigkeiten auf die Toilette gehen konnte; und dem stechenden Flanelleibchen, einem unterhemdartigen Bekleidungsstück, das in Höhe des Magens in lange, herabbaumelnde Träger überging, um die rutschenden Wollstrümpfe festzuhalten.

Als Pagan ein Kind gewesen war, hatte sich jeden Morgen um sieben Uhr dasselbe Ritual abgespielt: eine junge Hausmagd war durch Trelawney geeilt und hatte die Öfen und Kaminfeuer angezündet, die jeden Abend um elf gelöscht oder heruntergedreht wurden, egal, wann die einzelnen Familienmitglieder zu Bett gingen. Übelriechende zylindrische Ölöfen standen vor den Spitzenvorhängen der Badezimmer und kleineren Schlafgemächern, offene Kohlenfeuer schwelten in großen Eisenbecken in den Hauptschlafzimmern, und in Halle und Salon waren riesige glühende Scheiterhaufen in den Kaminen aufgetürmt, aber der lange Flur und die Badezimmer waren immer eiskalt, und das Essen aus der Küche des selbstbewirtschafteten Guts war stets lauwarm, wenn es endlich auf dem großen Eßtisch stand. Die unebenen Fliesen im Eßzimmer fühlten sich ständig kalt an, sogar im Sommer und durch die Schuhsohlen. Wenn sie glaubte, daß niemand sie beobachtete, pflegte Pagan ihre Füße anzuziehen, fort von dem eisigen Boden. Aber irgend jemand bemerkte es immer und befahl scharf: »Setz dich wie eine Dame hin!«

Das schlimmste am Winter aber war das Zubettgehen, wenn sie unter die kalten, schweren Leinenlaken schlüpfen mußte. War sie erst einmal außerhalb der Reichweite des Ölofens, begannen Pagans Knochen zu erstarren, und ihr Körper wurde allmählich taub, bis gnädiger Schlaf den dumpfen Schmerz betäubte.

Bei dieser Erinnerung begann die sechsundvierzig Jahre

alte Pagan in ihrem rosa Jean-Muir-Wollmantel zu zittern, obwohl es für Oktober ungewöhnlich warm war.

Wie gewöhnlich stieg sie im *Algonquin* ab, wo sie sich seltsam heimisch fühlte. Das Foyer mit seinen hochlehnigen, schäbigen Ledersesseln und den trüben, pergamentbeschirmten Lampen hatte die Aura eines altehrwürdigen, aber etwas heruntergekommenen Londoner Clubs. Ihr Zimmer war klein, aber überraschend hübsch nach der kalkulierten Düsternis der Halle. Auf dem grasgrünen Teppich stand ein bequemer rosafarbener Sessel, auf dem Bett lagen mit Spitze bezogene Zierkissen, eine Reihe geschickt plazierter Messinglampen spendete ausreichend Licht, und ein paar Vogelbilder in vergoldeten Rahmen ließen die Hand eines talentierten Dekorateurs erkennen. Das altmodische, aber nicht alte Messingbettgestell erinnerte Pagan an die Kinderstube auf Trelawney, und die dunkelgrün auf Weiß gestaltete Gittertapete ließ ihre Gedanken zurückwandern in den Wintergarten, wo ihr Großvater jeden Morgen die *Times* zu lesen pflegte, umgeben von schlafenden Hunden, Palmen, Farnen und tropischen Gewächsen. Der Wintergarten wurde von langen, heißen braunen Rohren beheizt, die sich in Bodenhöhe entlangwanden und einem die Finger verbrannten, wenn man sie berührte. Es war der wärmste, wenn nicht der *einzige* warme Fleck in dem zugigen Anwesen, besonders wenn der Wind geradewegs vom Meer blies und über granitgraue Klippen durch den Rhododendron pfiff, der die Rasenflächen umgab. Der Wintergarten war auch hervorragend als Versteck geeignet: mit einem Buch und einem Apfel schlüpfte Pagan wie eine Eidechse unter Jadewedel und zackige Malachitdornen und hockte geborgen hinter gelben Blumen, während draußen die Rufe ihrer Mutter verhallten.

An ihren Vater konnte sie sich kaum erinnern, denn er war mit knapp sechsundzwanzig Jahren bei einem Autounfall getötet worden. Pagan, damals drei Jahre alt, war mit der vagen Erinnerung an eine kratzige Wange und einen fast genauso kratzigen Schoß aus tweedbekleideten Beinen zurückgeblieben. Die einzigen Spuren ihres Vaters waren die silbernen Trophäen, die in einer langen Reihe auf dem Eichenregal im Arbeitszimmer standen. Erinnerungen an Schwimmwettkämpfe in der Schule und Golfturniere, hin und wieder unterbrochen von verblichenen, sepiafarbenen Fotografien von Cricket-Mannschaften und Gruppen lachender Menschen bei Strandpicknicks.

Nach seinem Tod lebte Pagan bis zu ihrem zehnten Lebensjahr mit ihrer Mutter und ihrem Großvater auf Trelawney. Danach mußte sie in London zur Schule gehen. Doch vorher wurde sie sowohl verwöhnt als auch abgehärtet. Mit drei Jahren wurde sie hinaus in die Bucht mitgenommen und in Großvaters Armen aus dem Boot gehalten, damit sie schwimmen lernte. Mit dreizehn Monaten war sie auf ihr erstes Pony gesetzt worden; die Zügel wurden ihr in die winzigen Hände gelegt, und ihr Großvater führte sie jeden Morgen einmal ums Gehege, damit sie reiten lernte, bevor sie alt genug war, um Angst zu haben; mit acht ging sie zum erstenmal mit Großvater Trelawney auf die Jagd.

Ihr Großvater war es auch gewesen, der sie Höflichkeit gelehrt hatte. Zuvorkommend und mit aufrichtigem Interesse pflegte er jedem zuzuhören, egal, ob es sich um einen seiner Pächter, den Dorfbriefträger oder seinen Nachbarn, Lord Tregerick, handelte. Die einzigen Leute, die Großvater nicht ausstehen konnte, waren die, wie er sie nannte, »Geldknaben« – Anwälte, Bankiers, Buchhalter. Großvater warf nie einen Blick auf Rechnungen, er gab sie einfach an seinen Verwalter weiter, damit er sie bezahlte.

Pagan war ständig von Dienern umgeben, von denen viele einfach nur deshalb noch da waren, weil ihr Großvater niemanden entlassen mochte. Jemand streifte Pagan die Handschuhe über, jemand zog ihr die Stiefel aus, jemand kämmte ihr abends das Haar, und jemand legte ihre Kleider weg;

mit dem Erfolg, daß sie als Erwachsene unausweichlich schlampig und unordentlich geworden war. Nie würde Pagan das sanfte Rascheln der gestärkten Schürze des Hausmädchens vergessen, wenn es am frühen Morgen Messingkannen mit heißem Wasser in ihr Schlafzimmer brachte und neben der mit Rosen verzierten Waschschüssel abstellte; die herrliche Wärme in der Anrichte des Butlers, wo Briggs das Silber zu putzen pflegte und das mit Blumen dekorierte Minton-Service auf glasgesicherten Regalen hütete; die große Küche mit ihren zahlreichen verführerischen Düften; das resignierte, ungehaltene Gesicht von Großvaters Burschen, wenn er im Bürstenzimmer den getrockneten Schlamm von Pagans Reithosen kratzte.
Mit ihrer Mutter hatte sie wenig Kontakt. In den dreißiger Jahren war Cornwall nicht gerade eine sehr aufgeschlossene Gegend. Pagans Mutter jedoch hielt sich für eine sehr kultivierte Frau. Bei ihren wenigen Auftritten auf Trelawney wirkte sie ganz offensichtlich gelangweilt. Sie haßte das Land; man konnte nirgendwo hingehen und nichts Vernünftiges tun. Sie trug das Haar glatt und kurzgeschnitten, das Gesicht war stets leichenblaß geschminkt; das täglich erneuerte Meisterwerk war der glänzende, scharlachrote Mund, der über ihren echten, viel schmaleren Mund gemalt wurde, und an Gläsern, Tassen, Handtüchern und zahllosen Zigarettenkippen rote Spuren hinterließ. Mrs. Trelawney reiste oft nach London, und wenn sie zurückkehrte, hatte sie meistens irgendwelche Londoner Freunde im Schlepptau. Pagan mochte diese Besucher nicht, schnappte aber doch soviel von ihrem Mayfair-Slang auf, daß ihre Konversation für den Rest ihres Lebens damit durchsetzt war.
Jetzt, im Jahr 1978, vermißte Pagan ihren Großvater immer noch und bedauerte, daß ihr Mann ihn nie kennengelernt hatte – oder Trelawney, bevor es umgebaut worden war. Nicht daß ihr Großvater irgend etwas mit ihrem Mann gemeinsam gehabt hätte. Christopher interessierte sich aus-

schließlich für Bücher und seine Arbeit. Alles andere war ihm gleichgültig, sogar Pagans ständige Bemühungen, neue Geldgeber zu finden – obwohl er ohne die Mittel, die sie damit beschaffte, seine Forschungen hätte einstellen müssen. Wenn sie ihn deswegen schalt, nahm er sie in die Arme und sagte nur: »Darling, es tut mir leid, daß weiße Mäuse so teuer sind.«

Pagan wußte, daß er stolz auf ihre Arbeit war, obwohl ihn ihre direkten Geschäftsmethoden anfangs erschreckt hatten. Manchmal hatte sie den Verdacht, daß er noch immer nicht recht damit einverstanden war.

Sie ließ Christopher nie gern allein, nicht einmal für kurze Zeit, aber nach seiner Herzattacke wäre es unvernünftig von ihm gewesen, auf Reisen zu gehen. Zu Hause hatte er ständig jemand, der ihm beistehen konnte. Er gehörte zwar nun zu den Halbinvaliden, aber er war immer noch einer der witzigsten, intelligentesten und hervorragendsten Köpfe der Welt. Obwohl keiner von ihnen darüber sprach, waren die letzten sechzehn Jahre nicht immer leicht gewesen. Wenn er aber, wie es ganz den Anschein hatte, innerhalb der nächsten zehn Jahre den Durchbruch erzielen sollte, dann wurden all die Mühen und Sorgen, der Kampf um sein Leben und seine Arbeitskraft durch diesen Triumph mehr als nur wettgemacht. Bewußt verzichteten beide auf die Frage, ob er überhaupt so lange durchhalten konnte. Auch aus dieser Ungewißheit heraus haßte Pagan es, ihren Mann zu verlassen, selbst wenn es um eine außergewöhnlich hohe Spende für das Institut ging.

Und dazu noch aus einer so unerwarteten Quelle.

Pagan hatte den Anruf in ihrem von Schals, Stiefeln und Mänteln übersäten Cottage auf dem Anwesen der Trelawneys entgegengenommen. Lili war persönlich am Apparat gewesen und hatte Pagan mit ihrer tiefen, heiseren Stimme so beiläufig, als ginge es nur um einen Verabredung im nächsten Dorf, gebeten, nach Amerika zu fliegen und sich mit ihr wegen einer Angelegenheit zu treffen, die sowohl dringend als auch vertraulich sei. Pagan war äußerst erstaunt gewesen, denn für gewöhnlich wurde sie selten von Filmstars internationalen Rangs aus heiterem Himmel angerufen, zumal sie Lili nie begegnet war. Natürlich hatte sie von ihr gehört, denn das war heutzutage wohl unvermeidlich.

Ruhig und ernst hatte die Schauspielerin gesagt: »Ich habe schon viel über Ihr Projekt gehört, und ich bin so begeistert von der großartigen Arbeit Ihres Mannes, daß ich mit Ihnen gern über die Möglichkeit sprechen möchte, etwas dazu beizutragen.«

Als Pagan höflich um weitere Einzelheiten bat, hatte Lili erklärt, daß es mehrere Wege gebe – darunter einige, die Zuwendungen über mehrere Jahre vorsahen –, daß es aber am besten sei, wenn man sich in New York träfe und gemeinsam mit ihren Steuerberatern eine Klärung erreichte. Es klang wirklich nach einer immensen Summe, und wenig später war ein äußerst großzügiger Scheck bei Pagan eingegangen, der alle Kosten einer First-class-Reise abdeckte.

Jetzt saß sie hier in diesem Taxi fest, hörte dem Fahrer zu, der endlich doch auf Spanisch zu fluchen begonnen hatte, und wünschte, sich nicht so schrecklich elend zu fühlen. Sie gehörte nämlich zu den Menschen, deren seelische Verfassung sich sofort nach außen spiegelte. Das mahagonifarbene Haar, das ihr in sanften Wellen bis auf die Schultern fiel, sah immer hinreißend aus, aber ihr Gesicht war aufgedunsen, die blauen Augen hatten einen abwesenden Ausdruck, und die Lider waren geschwollen. Kurz, heute merkte man ihr jedes einzelne ihrer sechsundvierzig Jahre an.

Es war die Zeitdifferenz, die ihr zu schaffen machte. Sie war gestern abend eingetroffen und nach nur ein paar Stunden Schlaf um zwei Uhr morgens wieder aufgewacht, denn um diese Zeit wurde in England üblicherweise gefrühstückt, und ihre innere Uhr hatte sich noch nicht umgestellt. Auf

das Buch, das sie lesen wollte, hatte sie sich nicht konzentrieren, aber sie hatte auch nicht wieder einschlafen können. Sie nahm niemals Schlaftabletten oder irgendeine andere Medizin, nicht einmal Aspirin.
Sie hatte zu große Angst, wieder süchtig zu werden.

Schlanke schwarze Wolkenkratzer ragten gegen den nur wenig helleren Himmel. Kate hastete die West 58th Street entlang. Wie üblich war sie etwas zu spät dran. Als sie um zehn nach sechs das Büro verlassen hatte, war der Himmel blaßblau mit weißen Wolkentupfern gewesen; jetzt, um halb sieben, hatte sich bereits Dunkelheit herabgesenkt. Einen Moment dachte Kate wehmütig an die langen Herbstabende in England mit ihrem dämmerigen Zwielicht, das stundenlang nicht weichen wollte.
Vor Van Cleef & Arpels blieb sie kurz stehen. In einem der Schaufenster thronte die Krönungstiara der Kaiserin Josephine in ihrer ganzen Pracht. Kate fand sie viel schöner als das kaiserliche Diadem aus Rußland, das in einem weiteren Fenster mit zuckerwürfelgroßen Smaragden in einem fast zehn Zentimeter breiten Gürtel blitzender Diamanten prunkte.
Erneut fragte sie sich, warum sie am letzten Montag nicht hineingegangen war, als Tom sie so darum gebeten hatte. Die meisten Männer wußten nicht einmal, daß es Van Cleef & Arpels überhaupt gab, geschweige denn, wo der Laden sich befand. »Komm, holen wir uns Josephines Tiara«, hatte er gesagt und ihre Hand ergriffen. Aber sie hatte nur den Kopf geschüttelt und war weitergegangen. Natürlich hatte Tom ihre Weigerung nicht ernst nehmen wollen und augenzwinkernd gesagt, daß man Smaragde wirklich zu allem tragen könne. Warum war sie dagegen, daß er ihr ein teures Geschenk machte? Immerhin hatte sie doch nächste Woche Geburtstag. Sie wurde sechsundvierzig, und es war ihr vollkommen egal. Sie brauchte keine kostspieligen Selbstbestä-

tigungen. Sie besaß, was sie sich immer gewünscht hatte – einen wundervollen Mann und einen wunderbaren Beruf. Jetzt, da sie die Herausgeberin eines erfolgreichen Magazins war, wäre niemand mehr auf den Gedanken gekommen, daß sie jahrelang nicht die geringste Ahnung gehabt hatte, was sie wollte und daß sie sich ihrem Leben so hilflos ausgesetzt gefühlt hatte wie eine Stoffpuppe, die in einer Waschmaschine herumgeschleudert wird. Sie hatte das Gefühl gehabt, herumgestoßen zu werden, aber sie wußte nicht, von wem und in welche Richtung. »Nun hör mir mal zu, mein kleines Mädchen«, hatte ihr Vater immer gesagt, »vergiß nie, daß du mindestens genausogut bist wie jede andere. Vergiß nie, daß dein Vater das nötige Kleingeld hat, und allein darauf kommt's an. Nichts kann dich daran hindern, ganz nach oben zu klettern, und genau das erwartet dein Vater von dir, damit wir uns nicht mißverstehen.«

Das »nötige Kleingeld« stammte aus den riesigen Profiten, die ihr Vater mit schier endlosen Reihen identischer kleiner, gedrungener Häuser aus roten Ziegelsteinen überall in Mittelengland erzielt hatte. Das »nötige Kleingeld« war für bessere Kleidung, größere Wagen, teurere Ferien und ein luxuriöseres Heim als die ihrer Klassenkameradinnen gut gewesen. Aber es half überhaupt nicht, positiv auf ihr Leben einzuwirken. Das »nötige Kleingeld« stand für unausgesprochene Ressentiments einiger ihrer Mitschülerinnen ihr gegenüber an der Londonder Tagesschule für Mädchen. Sie hatte *nie* das Gefühl gehabt, so gut wie jede andere zu sein, und ganz sicher war sie nicht *Spitze* gewesen. Sie hatte in ständiger Furcht vor den Halbjahreszeugnissen gelebt, in Vorahnung der väterlichen Wutanfälle, der Strafen und – schlimmer als alles andere – der Versuche ihres Vaters, ihr Nachhilfe zu geben; je mehr er brüllte, desto weniger hatte sie behalten können.

So wurde sie ein total verschüchtertes Mädchen. Der Ärger, den sie nie zu zeigen wagte, hatte sich zu Mauern schweigender Ablehnung aufgetürmt. Sie wußte, daß sie ein Feigling war; ständig hatte sie gefürchtet, durch Widerspruch den Zorn ihres Vaters zu wecken. Also hatte Kate, genau wie ihre Mutter, so wenig wie möglich gesagt oder ihr Heil in der Flucht gesucht.

Männer waren immer überrascht, wenn sie herausfanden, wie leicht Kate sich von ihnen manipulieren ließ, ohne sich auch nur mit einem Wort zu beschweren. Aber dann, wenn sie zu weit gingen, war sie plötzlich verschwunden, ganz einfach und ohne jede Erklärung.

Als er noch lebte, hatte Kate ihren Vater nie ausstehen können. Um so unverständlicher fand sie nun, daß sie jedesmal, wenn ein Buch von ihr – auf der Bestsellerliste stand, fast sehnsüchtig an ihn dachte. *Ich wünschte, der alte Mistkerl hätte das noch erleben können!* Er war der Tyrann ihrer Jugend, und dennoch wünschte sie sich noch heute, daß er stolz auf sie gewesen wäre, obwohl er inzwischen schon fast zwanzig Jahre nicht mehr unter den Lebenden weilte. Im Grunde war sie enttäuscht, daß er das Zeitliche gesegnet hatte, bevor sie herausfinden konnte, was ihr wirklich lag und was sie zu leisten vermochte. Bevor sie ihm ins Gesicht brüllen konnte, »Daddy, du Bastard, da siehst du, ich hab's auch geschafft!« war er gestorben. Kate gab nicht übermäßig viel auf ihren Erfolg, genausowenig wie ihre Freunde, die fast alle noch aus der Zeit stammten, in der sie unbekannt gewesen war. Aber ihr Vater hätte es genossen, hätte alle Bilder von ihr aus der Zeitung geschnitten, hätte jede Besprechung aufgehoben und seine Kumpels zusammengerufen, wenn sie im Fernsehen auftrat.

Mit Sicherheit wurde dieses neue Buch wieder ein Volltreffer, ein weiterer potentieller Bestseller. Lilis Lebensgeschichte – wahr oder erfunden – würde schon eine Woche vor Erscheinen die Liste anführen. Sie war wunderschön, romantisch, von unwiderstehlicher Faszination, und die Öffentlichkeit verschlang jede Einzelheit über ihr Leben; wie

oft hatte Kate – beispielsweise – nicht schon gelesen, daß Lili ausschließlich Weiß trug, sei es Satin oder Seide, Baumwolle oder Tweed? Und natürlich war Lili eine Frau mit Vergangenheit – und was für einer!
Bevor Lili international berühmt geworden war, als sie sich noch wie zahllose andere europäische Schauspielerinnen in zweitklassigen Filmen auszog, hatte Kate einmal einige Zeit am Drehort eines ihrer Streifen verbracht und anschließend die erste große Story geschrieben, in der die noch minderjährige Lili als potentieller Star bezeichnet wurde. Allerdings war Kate der Artikel umgeschrieben worden, doch unter ihrem Namen erschienen, was sie damals wild gemacht hatte. Seit jenem Interview hatte Kate nichts mehr von Lili gehört, aber der Artikel war überall in der Welt nachgedruckt worden, und deswegen, so vermutete Kate, hatte die Schauspielerin sie wohl jetzt ins *Pierre* bestellt. Heutzutage wollte jeder Star seine Autobiographie auf dem Markt haben. Nichtsdestoweniger war sie überrascht gewesen, daß Lili sie persönlich angerufen und um absolute Geheimhaltung gebeten hatte.
Elegante dunkelgrüne Markisen reichten von den Eingängen des Appartementgebäudes über den Bürgersteig bis zu den fleckenlos sauberen schwarzen Wagen, in denen gelangweilte Chauffeure auf ihre Chefs warteten. Kate nickte dem blauuniformierten Portier zu, der grüßend die Hand an die Mütze legte, als sie an den Marmorsäulen des *Pierre* vorbei in das helle Foyer eilte.
Am Empfang nannte sie ihren Namen, und der Empfangschef versicherte sich telefonisch, daß sie erwartet wurde. Die Gäste neben ihr unterhielten sich leise auf italienisch, die Gruppe hinter ihr sprach arabisch und französisch. Sie hörte nicht ein Wort englisch. Sie kam sich vor wie in Kairo. Der Fahrstuhl brachte sie in den siebzehnten Stock, und als sie den stillen grauen Gang zur Suite 1701 lief, zog

Kate den Rücken ihres maulbeerfarbenen Jacketts herunter und zupfte ihre purpurne Seidenbluse zurecht.
Sie hatte die Suite noch nicht ganz erreicht, da wurde die Tür schon von einer schmalen Frau mit grauem Haar geöffnet. Hinter ihr konnte Kate einen großen, auserlesen eingerichteten Raum sehen, dessen Fenster zum Central Park hinausgingen. Ein Kellner arrangierte Eisschalen, Zangen und kleine Teller mit Oliven; die Sekretärin winkte ihn heraus, trat beiseite, damit Kate vorbei konnte, und schloß dann leise die Tür.
Kate schnappte nach Luft.
»Jesus!« sagte Judy.
»Irrtum«, sagte Kate, die einer knappen Replik nie widerstehen konnte. Judy und Pagan saßen auf einem Paar aprikosenfarbener Samtcouches, die im rechten Winkel zueinander standen und an den freien Enden von riesigen Vasen mit Madonnenlilien und importierten Apfelblüten auf niedrigen Rauchglastischen flankiert wurden. Rechts dahinter stand ein beiger Samtsessel, in dem Maxine Platz genommen hatte. »Was ist denn hier los?« fragte Kate. »Ein Klassentreffen?« Pagan betastete den zierlichen grünen Malachitschmetterling, der an einer feinen Goldkette um ihren Hals hing. Maxine flüsterte eindringlich: »Wir müssen uns genau überlegen, was wir sagen.«
Die Atmosphäre war gespannt. Kate hatte keine Zeit mehr, sich hinzusetzen, denn in diesem Moment flogen die Doppeltüren am entgegengesetzten Ende des Raums auf, und eine junge Frau stürmte herein.
Die Frau war zierlich, ihre Haut golden. Sie trug ein weißes Seidengewand, wie eine griechische Tunika um den Körper drapiert. Eine Wolke weichen dunklen Haares fiel auf ihre Schultern. Das Gesicht war oval, mit hochangesetzten, schrägliegenden Wangenknochen. Ihre kleine, aber ausgeprägte Nase erinnerte schwach an einen Raubvogel, ihre volle Unterlippe war ein wenig zu breit, aber wenn man die

Frau ansah, bemerkte man nur die Augen – große, leuchtend kastanienfarbene Pupillen mit kräftigen Wimpern, die einen Glanz wie von ungeweinten, kristallenen Tränen ausstrahlten.
Heute abend glänzten Lilis Augen allerdings nicht. Sie blitzten. In ihrem Blick lagen Zorn und wilde Wut. Für einen Moment blieb der Star schweigend vor den vier älteren Frauen stehen und betrachtete sie: Kate in ihrem maulbeerfarbenen Anzug bei der Tür; Pagan in rosa auf der aprikosenfarbenen Couch; Maxine, in der Bewegung erstarrt, eine Porzellantasse in der Hand, die Untertasse auf ihrem blauen Seidenrock; Judy in braunem Samt direkt auf der Sofakante, die Schultern vorgebeugt, der Blick genauso finster wie der ihrer Gastgeberin.
Und dann sprach Lili.
»In Ordnung«, sagte sie, »welches von euch Miststücken ist meine Mutter?«

2

»Mir ist schlecht«, murmelte Kate und lehnte sich erschöpft gegen das Kopfende des Bettes.
»Das war's wert«, sagte Pagan und leckte sich die Finger. Sie trug Boxershorts aus orangenem Satin und einen rosafarbenen Kimono und saß im Schneidersitz am anderen Ende von Kates schmalem Bett. Bedauernd betrachtete sie den weißen Pappkarton, der zwischen den beiden jungen Mädchen lag. Es war nur noch ein Schokoladenéclair übrig.
»Das heben wir uns bis nach dem Essen auf. Was hältst du davon, wenn ich dir deine Zehennägel rot anmale? Vielleicht vergißt du dann, dich zu übergeben.«
Die englischen Schülerinnen hatten ihr Taschengeld schon in der ersten Woche für Süßigkeiten, Lippenstifte und Na-

gellack hinausgeworfen. Sie waren von ihren strengen Schulen erlöst worden, um in diesem Schweizer Mädchenpensionat in kultivierte junge Damen verwandelt zu werden. Nach Jahren der Entbehrungen, gefolgt von der Nachkriegszeit, in der sogar Brot und Kartoffeln rationiert waren, hielten die Mädchen die Schweiz des Jahres 1948 für das Paradies, verglichen mit dem schäbigen, müden England – ein Paradies aus köstlichsten Süßigkeiten, Kuchen, Schnee und Romantik.
Pagan beugte sich über Kates linken Fuß. Eine kurzsichtige, präraffaelitische Schönheit, ging sie meistens leicht gebückt, – um weniger groß zu wirken. Ihre Brille trug sie nur selten, teils aus Eitelkeit, teils weil sie sie fortwährend verlor.
Auf das Bett zurückgelümmelt, blickte Kate über Pagans Kopf hinweg auf einen Teil der schneebedeckten Berggipfel um Gstaad, die von den weißen Spitzenvorhängen zu beiden Seiten des offenen Schlafzimmerfensters eingerahmt wurden. Es war einer der letzten sonnigen Spätherbsttage, den die beiden offensichtlich genossen.
»Warum gehen wir vor dem Tee nicht noch einmal in den Wald?« schlug Kate vor.
»Halt still, du Idiotin«, sagte Pagan. »Wir sollen außerdem die Neue empfangen. Wir können immer noch nach dem Tee gehen, wenn sie bis dahin nicht angekommen ist. Das arme Ding, du hast dir den besten Schrank geschnappt. In ihrem ist kaum genug Platz, um überhaupt etwas aufzuhängen; sie wird ihr Zeug unter dem Bett aufbewahren müssen.«
»Ich habe keine Lust, mir einen so schönen Nachmittag entgehen zu lassen!« Kate sprang aus dem Bett und schlüpfte in einen weichen Kaschmirpullover. Nun kam auch in Pagan Leben, und sie zog sich eine alte Reithose über ihre Satinshorts und streifte einen Shetlandpullover über den Kopf. Anschließend schlang sie sich einen Männergürtel aus dickem Leder, der für zwei Mädchen ihrer Größe aus

gereicht hätte, um die Hüfte. Die beiden Freundinnen polterten die hölzerne Treppe hinunter, wobei sie immer zwei Stufen auf einmal nahmen, stürmten aus der Haustür und rannten den steilen Pfad hinauf, der hinter dem Pensionat vorbei in den Wald führte. Nachdem sie ungefähr einen Kilometer bergauf geklettert waren, fanden sie mitten auf dem Pfad ein Schild mit der Warnung *Attention! Défense de passer* vor.

Sie ignorierten das Verbotsschild und marschierten weiter.

»Juuhuu . . . huuu«, rief Pagan durch die gewölbten Hände. Als das Echo sich durch die Täler fortpflanzte, blickte sie auf Kate und sagte: »Wahrscheinlich erwartet jeder, daß wir perfekt jodeln können, wenn wir wieder –«

Sie hielt abrupt inne, denn jemand antwortete auf ihren Schrei, anscheinend direkt unter ihnen. *»Au secours!«*

»Das heißt ›Hilfe‹«, erklärte Kate ernsthaft.

»Und es kam von der Felswand hier. *Pourquoi secours?*« rief Pagan.

Die Stimme antwortete: »*Parce que* . . . Weil ich festhänge.«

»Sind Sie Engländerin?« fragte Pagan und wollte schon auf den Steilhang zutreten, aber Kate hielt sie am Gürtel fest. Sie standen ungefähr drei Meter vom Abgrund entfernt. Der Boden konnte unsicher sein.

»Nein, Amerikanerin. Passen Sie auf! Der Hang ist einfach ganz plötzlich weggerutscht. Wir waren nicht einmal besonders nah am Abgrund . . .«

»Sind noch mehrere abgestürzt?«

»Nein, ich bin als einzige hinuntergefallen. Nick konnte rechtzeitig zurückspringen, und jetzt holt er Hilfe . . . aaah!« Die beiden Mädchen hörten das Geräusch rieselnder Erde und herabregnender Steine.

»Sind Sie noch da?«

»Ja, aber viel ist von dem Vorsprung nicht mehr übrig. O Gott, ich habe solche Angst.«

»Sehen Sie nicht nach unten!« sagte Pagan, legte sich auf die Erde und begann vorwärts zu kriechen. »Und schreien Sie nicht mehr . . . Kate, ich krieche bis zur Kante, und dann legst du dich hinter mich und hältst mich an den Gelenken fest.« Langsam robbte Pagan bis zu der Stelle, wo das Gras aufhörte. Vorsichtig spähte sie über die Erdkante. Ungefähr zwei Meter weiter unten starrten ihr zwei dunkelbraune Augen entgegen, umgeben von verstrubbeltem blondem Haar.

Das ungefähr sechzehnjährige Mädchen stand auf einem schmalen Vorsprung und klammerte sich mit ausgebreiteten Armen an den Felsen. »Nick konnte mich einfach nicht erreichen«, sagte sie. »Er hat es immer wieder versucht. Er hat sich das Hemd ausgezogen und versucht, mich damit heraufzuziehen, aber es ist zerrissen, und dann begann die Leiste abzubröckeln, und jetzt ist er losgerannt, um eine Leiter zu holen. Aber die Leiste wird immer schmaler. Ich habe solche Angst.«

Etwa dreißig Meter weiter unten gab die Erde erneut nach und rutschte talwärts. Pagan wurde ganz übel bei dem Anblick. »Bloß nicht nach unten sehen!« rief sie. Sie versuchte, das Mädchen mit den Händen zu erreichen, aber die ausgestreckten Fingerspitzen waren ungefähr einen halben Meter von den erhobenen Händen des verängstigten Mädchens unter ihr entfernt.

»Versuch, noch etwas durchzuhalten«, rief Pagan ermutigend, bevor sie ihren Kopf zurückzog und langsam rückwärts robbte. Rasch zog sie ihre Turnschuhe und die Reithose aus.

»Diese Hose ist stabiler als ein Hemd«, erklärte sie Kate, während sie die Enden der Hosenbeine miteinander verknotete, so daß eine Art Ring entstand. Anschließend schob sie ihren Gürtel durch den Ring und zog die Schnalle der Schließe fest an.

»Um Himmels willen, klammer dich bloß an mich!« trug sie

Kate auf, als sie wieder auf die Abbruchkante zurobbte und hinunterspähte. Etwas Erde bröckelte unter ihrem Körper und gab nach. Als sie ihre Hose zu dem Mädchen hinabließ, wurde ihr noch mulmiger als vorher zumute.

»Kannst du sie über den Kopf streifen und dir unter die Achseln klemmen wie einen Rettungsring?« rief sie. *»Nicht nach unten schauen!«*

Das Mädchen unter ihr gehorchte. Pagan wickelte sich das andere Ende des Gürtels um ihre linke Hand, während sie ihn mit der rechten Hand festhielt. Die ganze Zeit merkte sie, wie mehr und mehr Erde wegbrach und den felsigen Steilhang hinunterpolterte, immer weiter abwärts, bis zu den Stapeln bereits gefällter Tannen im Tal, wo der Grund torfrot leuchtete.

»Halt dich jetzt an dem Gürtel fest«, sagte sie und hoffte, daß ihre Stimme klar und befehlend klang. »*Langsam*, versuch, den Hang heraufzukriechen, wie eine Fliege.«

»Ich kann nicht. Ich *kann nicht.*«

Ein großer Erdbrocken löste sich unter dem linken Fuß des Mädchens, so daß es halb in der Luft hing.

»Wenn du hinunterfällst, kann ich dich nicht halten«, sagte Pagan. »Du wirst mir wahrscheinlich das Handgelenk brechen und mich mit dir in die Tiefe reißen. Also denk nicht über meine Worte nach, *tu* einfach, was ich dir sage, wenn ich bis drei zähle.«

Kate lag inzwischen dicht hinter Pagan und hatte die Arme um die Hüfte ihrer Freundin geschlungen. »Jetzt: eins, zwei, *drei!*« rief Pagan, so gebieterisch sie konnte.

Gehorsam lehnte sich das schmale, zierliche Mädchen – Gott sei Dank war sie so klein – hinaus und begann, den Berg heraufzuklettern. Als der Gürtel sich mit einem plötzlichen Ruck spannte, spürte Pagan einen stechenden Schmerz in Gelenk und Schulter. Sie fragte sich, ob der Arm ausgerenkt war, denn er schmerzte vom Hals bis zu

den Fingerspitzen, während das Mädchen Zentimeter um Zentimeter höher kletterte.
Der Ledergürtel begann Pagan aus der verschwitzten Hand zu rutschen. Sie schnappte nach Luft, während sie langsam und langsam mit Kates Hilfe rückwärts robbte.
Zwei Hände erschienen, um den Gürtel geklammert, an der Erdkante, gefolgt von einem angsterfüllten weißen Gesicht.
»Langsam«, keuchte Pagan, »langsam!« Sie glaubte, die Erde bewege sich unter ihr, und sie wurde einen Moment lang von nacktem Entsetzen erfaßt. Dann schob sich das Mädchen über die Kante und brach zusammen. Kate packte sie rasch und zog sie ganz herauf und in Sicherheit, während Pagans blutende Finger den Gürtel freigaben.
Aber ehe Pagan aufstehen konnte, stürzte plötzlich der Boden unter ihr in die Tiefe, und nur die Geistesgegenwart von Kate bewahrte sie vor dem Absturz. Der ganze Berg schien zu erzittern. Die Leiste, auf der die Fremde gestanden hatte, war völlig verschwunden. Kate packte Pagan, und zusammen krochen sie keuchend und schluchzend aus dem Gefahrenbereich, den das gerettete Mädchen schon hinter sich gebracht hatte.
Erst als sie die Tannen und den kleinen Pfad erreichten, fühlte Pagan sich wieder sicher. Ihre Knie gaben nach, und sie sackte zusammen. Besorgt beugte Kate sich über ihre Freundin.
Plötzlich trat ein entsetzer Ausdruck auf das Gesicht des geretteten Mädchens. »Ach, du meine Güte«, sagte es und legte beide Hände an die Schläfen, »ich werde mich verspäten. Oh, sie werden mich umbringen. Oh, ich *muß* gehen. Oh, meine Liebe, oh, danke, oh, sag, kennst du das *Chesa?* Könntest du vielleicht einmal dort vorbeikommen, so daß ich . . . Ich meine, ich kann dir gar nicht dankbar genug sein, aber . . . *ich muß gehen!*«
Und damit wandte sie sich um und rannte stolpernd den Pfad hinunter, bis sie hinter einer Biegung verschwand.

»Was für eine blöde Kuh!« sagte Kate. »Du rettest ihr das Leben, und sie läuft einfach davon. O Darling, deine armen Hände!« Pagans Beine waren völlig verschmutzt, und ihre Hände bluteten. Da ihre Hose und die Turnschuhe immer noch an der Felskante lagen, trug sie nur den Shetlandpullover und die orangen Satinshorts.

Da eilte eine Gruppe von Arbeitern mit Seilen, einem Netz und einer Leiter von der anderen Seite der Lichtung herbei. Ein großer, schlanker junger Mann, nackt bis zur Hüfte lief ihnen voran, blieb aber so abrupt stehen, als wäre er gegen eine Mauer geprallt. Er fuhr sich mit der Hand durch das glatte schwarze Haar und rief: »Großer Gott, sie ist abgestürzt!«

»Dem Mädchen geht es gut, wir haben sie heraufgezogen«, rief Pagan. »Sind Sie Nick?«

Der junge Mann lief auf sie zu. Seine leicht gekrümmte Nase war erdverklebt, seine aquamarinfarbenen Augen blickten verwirrt. »Sie ist in Ordnung? Judy geht es gut? Was ist geschehen? . . . Sind Sie sicher, daß es ihr gutgeht? Wo ist sie? . . . O Gott, ich habe die Hölle durchgemacht . . .«

»Pagan auch«, sagte Kate entrüstet. »Sie hat sich über die Kante geschoben und Ihr Mädchen heraufgezogen – und dann ist diese Judy davongestürzt, weil sie angeblich irgendwo nicht zu spät kommen durfte. Und das, nachdem Pagan ihr gerade das Leben gerettet hatte!«

»Nun, wenn sie noch einmal zu spät kommt, verliert sie ihren Job. War sie in Ordnung – nicht verletzt, meine ich?«

»Sie muß wohl in Ordnung gewesen sein, so wie sie losgewetzt ist«, sagte Kate boshaft. »Aber Pagan ist nicht in Ordnung. Sehen Sie sich ihre Hände an!«

»Hör auf, so ein Theater zu machen, Kate«, sagte Pagan und richtete sich auf. Sie war genauso groß wie der junge Mann, der herbeigesprungen war, um ihr zu helfen. »Wenn ich erst ein Bad genommen habe, geht es mir wieder blendend.«

»Ich gebe nur schnell der Rettungsmannschaft Bescheid, daß sich das Problem erledigt hat. Dann bringe ich Sie nach Hause«, sagte Nick, strich sich das Haar aus der Stirn und wandte sich den Männern hinter ihm zu. Mit knappen Worten erklärte er ihnen auf deutsch, was sich ereignet hatte. Dann nickte er ihnen zu, ließ sie stehen und legte Pagan besorgt einen Arm um die Hüfte.
»Es geht mir wirklich gut«, sagte Pagan schwach und zuckte zusammen, als er ihren linken Arm berührte. »Lassen Sie uns von hier verschwinden, ehe der ganze Berg ins Tal rutscht.«
»Das ist unwahrscheinlich«, antwortete Nick. »Die Leute von der Rettungsmannschaft haben mir erklärt, daß sie einen Teil des Berges wegen der Lawinen im letzten Winter wegsprengen mußten. Nur ein gefährlicher Überhang ist übriggeblieben. Unglücklicherweise sind wir genau darauf spazierengegangen . . . Nächste Woche wollten sie die Arbeit fortsetzen.«
»Wer ist dieses Mädchen, ich meine, weil es *so spät* dran war?« Kates Stimme troff vor Sarkasmus.
»Eine Austauschschülerin aus Amerika. Sie hat kein Geld, deswegen arbeitet sie im *Chesa* als Kellnerin«, erklärte Nick, während sie langsam den Pfad hinuntergingen. »Ich weiß nicht, wie sie das schafft, sie arbeitet so schwer und wirkt trotzdem nie müde. Immer ist sie . . . oh, man kann Pferde stehlen mit ihr.«
Kate bemerkte, daß er rot wurde. »Seid ihr . . . nun ja?«
»Nein, sind wir nicht, aber ich wünschte, wir wären es. Sie hat irgendeinen Burschen in Virginia, einen gewissen Jim.« Eine Pause entstand. Beide Mädchen betrachteten Nick von der Seite und kamen zu dem Schluß, daß dieser Jim wohl eine Sensation sein mußte.
»Sind Sie auch Student?«
»In gewisser Weise. Ich bin ein *stagiaire.* Austauschkellner im *Imperial.*«

»Was ist denn ein Austauschkellner?«
»Nun, meine Familie ist in der Hotelbranche, und ich bin dabei, das Geschäft zu erlernen.« Er zog Pagans Arm um seine Schulter. »Ich bin früh von der Schule gegangen, habe dann einen zweijährigen Kurs an einer technischen Hochschule gemacht und anschließend im *Savoy* als Kellner gearbeitet. Jetzt arbeitet dort ein Kellner des *Imperial* an meiner Stelle.«
»Wie war's denn im *Savoy*?« fragte Kate, die sich gar nicht vorstellen konnte, wie man in einer so vornehmen Umgebung wohl arbeitete.
»Harte Arbeit. Heiß. Die Küche für das Restaurant lag zwar über der Erde, so daß wir Fenster hatten, aber die armen Hunde in der Grillküche mußten im Keller arbeiten und wußten gar nicht mehr, daß es so was wie Tageslicht überhaupt noch gibt. Wir haben an rotglühenden alten Kohlenherden gearbeitet, und auf dem Boden war Sägemehl ausgestreut, um verschüttetes Fett aufzusaugen, damit man nicht ausrutschte. Der Schweiß trat uns in Strömen aus den Poren, so daß wir alles getrunken haben, was uns in die Quere gekommen ist – Wasser, Milch, Bier, einfach alles. Ununterbrochen haben wir Flüssigkeit in uns hineingeschüttet.«
»Da ist die Schule«, sagte Kate und streckte den Arm aus. »Gleich hast du's geschafft, Pagan, nur noch ein paar Stufen.« Sie mußten Pagan tragen, als die schmutzige kleine Gruppe auf die Eingangstür zustolperte.
Nick errötete, dann sagte er entschuldigend: »Seht mal, ich weiß, daß ihr Judy für undankbar haltet, aber ihr habt keine Ahnung, wie schwer das alles für sie ist. Sie kennt hier keine Menschenseele, und sie ist erst fünfzehn. Warum treffen wir uns nicht am Sonntag im *Chesa* zum Tee, dann kann sie sich richtig bei euch bedanken, wie sie das ganz sicher vorhat . . . und – und ich kann's auch.«
Pagan nickte, während er sie vorsichtig absetzte, sich verab-

schiedete und dann rasch die Straße hinunterlief. Sie wartete, bis er um die Ecke war, dann gab sie ein leises Stöhnen von sich und kippte um.

Pagan saß im Bett und führte mit der rechten Hand das letzte Schokoladenéclair zum Mund; ihre linke Hand war bandagiert, und der dazugehörige Arm war vergipst und steckte in einer Schlinge. Kate malte ihr die Zehen knallorange an.

Plötzlich flog die Tür auf, und die schwedische Hausmutter polterte herein, gefolgt von einem Gepäckträger, der einen alten Schweinslederkoffer schleppte. Hinter ihm stand ein plumpes Mädchen in einem marineblauen Mantel. Es lächelte, obwohl seine Augen ängstlich blickten. Es hatte vorstehende Zähne.

Die Hausmutter blickte finster. »Es ist verboten, auf den Betten zu sitzen. Es ist verboten, auf den Zimmern zu essen. Es ist verboten, sich die Nägel außerhalb des Badezimmers zu lackieren.« Sie machte auf dem Absatz kehrt und verschwand.

»Miststück«, sagte Pagan. *»Parlez-vous anglais?«*

»Ein bißchen, aber eigentlich bin ich Französin und hier, um Englisch zu lernen«, sagte die neue Schülerin. »Mein Name ist Maxine Pascal.«

»Aber niemand lernt hier Englisch. Oder Französisch, was auch immer«, lachte Pagan. »Das wirst du schon merken. Die Mädchen aus England und Amerika sprechen englisch miteinander, die Südamerikanerinnen spanisch, die Italienerinnen schreien sich dauern auf italienisch an und die Deutschen in der eigenen Sprache. Niemand spricht französisch, außer einem griechischen Mädchen, und das auch nur deshalb, weil hier niemand Griechisch kann. *Mais nous pouvons practiquer sur vous.*«

Wie um den Beweis für ihre Auskunft zu liefern, war Pagans Französisch grauenhaft.

»Nein, ich werde nur englisch mit euch reden«, sagte das

neue Mädchen fest und lächelte. Sie hob ihren Koffer auf das Bett und begann auszupacken, wobei sie das Seidenpapier, das zwischen jedem Kleid lag, sorgfältig glattstrich und zusammenfaltete. Der Inhalt des Koffers ähnelte eher der Ausstattung einer Braut als der Garderobe eines Schulmädchens. Als Maxine die Kleider aufhängte, konnten die Mädchen ein Dior-Etikett erkennen.

Pagan schnappte nach Luft. »Mein Gott, sind die hinreißend! Du mußt ja steinreich sein.«

»Nein, ich bin nicht reich«, antwortete Maxine. »Aber ich habe Glück. *Und* eine Tante.«

Maxines Tante Hortense, die eine gute, doch kinderlose Ehe hinter sich hatte, war Realistin. Ihrer Meinung nach hatte es nicht den geringsten Sinn, Geld in eine Aussteuer zu stecken, nachdem man sich einen Mann an Land gezogen hatte. Schicke Kleider waren notwendig, *damit* man sich so gut wie möglich verheiraten konnte. Sie waren eine Investition in die Zukunft eines Mädchens. Also hatte sie Maxine und ihre Mutter zu Dior geführt und für fünf Ensembles die stolze Summe von 750 000 Francs hingeblättert.

Die Mädchen verpaßten den Tee, weil Kate – mit dem Hintergedanken, sich später einmal das eine oder andere Stück ausleihen zu können – jedes Kleid, das Maxine mitgebracht hatte, anprobieren mußte. Obwohl Pagan wegen ihres Gipsarms an der Verkleidungsorgie nicht teilnehmen konnte, turnte sie um die beiden Mädchen herum und gab ihrer Begeisterung über die teuren Stücke mit lauten Kommentaren Ausdruck. Maxine war von Pagans Größe, ihrem mahagonischimmernden Haar und ihrer überschäumend guten Laune zutiefst beeindruckt.

»Du meine Güte, Kate, *silberne Absätze und so hoch!* Oh, Maxine, verdammt, warum hast du so kleine Füße?« rief Pagan und wühlte in Maxines Koffer. Seidenpapier flog durch die Luft.

»Schau, Kate, eine Bluse aus echtem Crêpe de Chine – und ein Spitzennachthemd! Weißt du, Maxine, in England sind Kleider rationiert. So hinreißende Stücke wie diese gibt's gar nicht! Oh, wie ich mich nach etwas Hübschem sehne.« Maxine aber ließ sich nicht täuschen; sie merkte genau, daß Pagan gewöhnt war, zu bekommen, was sie sich wünschte. Seltsam, daß sie ausgerechnet mit Kate befreundet zu sein schien, die so ruhig und fast unscheinbar wirkte, trotz der purpurrot lackierten Zehennägel. Sie hingen offenbar sehr aneinander, und Maxine fand schnell heraus, daß sie schon in London seit ihrem zehnten Lebensjahr zusammen zur Schule gegangen waren. Aber das war nicht der einzige Grund für ihre Freundschaft. Ihre größte Gemeinsamkeit lag darin, daß sie sich beide, wenn auch auf verschiedene Weise, als Außenseiter fühlten. Kate, weil ihr Vater so ungeheuer reich war, und Pagan, weil sie in einem Lebensstil aufgezogen worden war, der nicht länger existierte. Ihre privilegierte Welt war für immer verschwunden, zusammen mit den schmiedeeisernen Torflügeln von Trelawney, die 1940 abmontiert und eingeschmolzen worden waren, um daraus Kanonen herzustellen.

Das Pensionat hieß *L'Hirondelle*, und um sieben Uhr dreißig erklang der Gong zum Abendessen. Widerstrebend, doch hungrig trennten sich Kate und Pagan von Maxines wundervoller Garderobe. Alle drei verließen das Zimmer und liefen die Treppe hinunter in den Speisesaal, an dessen Wänden alte Gemälde in schweren, vergoldeten Rahmen hingen und Messingleuchter von einem dunklen Plafond ihr Licht auf lange, reich gedeckte Eichentische warfen. Unterhaltungen in den verschiedensten Sprachen, helles Lachen und das Klappern hölzerner Absätze erfüllten den großen Raum. Über den Lärm der anderen Schülerinnen hinweg erkundigte sich Maxine nach dem Tagesablauf im Pensionat. »Um sieben Uhr wird geweckt«, erklärte Pagan, während Kate ihr Lammkotelett zerkleinerte. »Frühstück um sieben Uhr dreißig. Unterricht von acht bis zwölf. Turnen von vierzehn bis fünfzehn Uhr dreißig, aber nur, wer will. Anschließend Studium bis achtzehn Uhr dreißig, dann Essen und um zweiundzwanzig Uhr Licht aus. Am Samstag und Sonntag brauchen wir nicht zu arbeiten. Wir müssen auch nicht in die Kirche, wenn wir nicht wollen. *Qu'est-ce que tu penses du nourriture de l'école?*«

»Entsetzlich«, antwortete Maxine, »genau wie dein Französisch.«

»Wen kümmert's? Monsieur Chardin hat meiner Mutter erzählt, daß mein Akzent exzellent sei«, meinte Pagan fröhlich. »Hast du den Direktor schon kennengelernt? Nein? Ein mieser kleiner Wicht, sage ich dir. Unterwürfig und ölig. Ich habe den Eindruck, er nimmt hier jede auf, die er nur kriegen kann. Man merkt sofort, daß es dem nur ums Geld geht, stimmt's Kate?«

Kate nickte. Genüßlich knabberte sie an einem Schokoladenplätzchen. Sie konnte eine geschlagene halbe Stunde an einem einzigen Keks kauen. Das bereitete ihr ein unermeßliches Vergnügen. Pagan rückte ihre Armschlinge zurecht und sagte: »Ich war ziemlich überrascht, daß meine Mutter mich hierher geschickt hat, wenn man mal davon absieht, daß es angeblich *wirklich* das beste Internat in der Schweiz ist und mein Großvater die Rechnung bezahlt.«

Sie wischte die Sauce auf ihrem Teller mit einem Stück Brot auf. »Natürlich brauche ich etwas Schliff. Ich meine, ich bin nicht besonders ordentlich und habe keine Ahnung, wie man sich anzieht und worüber man sich auf Partys unterhält oder was Erwachsene sonst noch alles tun.«

Kate sagte: »Wir sind nun schon eine Woche hier, und bis jetzt haben wir Chardin kaum gesehen; seine Wohnung liegt auf der anderen Seite des Chalets und hat einen eigenen Eingang. Er scheint sein Leben völlig separat von der Schule zu führen. Ich bin sicher, er kriegt besseres Essen als wir, denn manchmal riecht es aus der Küche nach Grillente und dergleichen. Einen Schuldirektor stelle ich mir eigentlich anders vor!«

»Ein paar brasilianische Mädchen, die schon ein Jahr hier sind, sagen, er sei ungeheuer jähzornig«, fügte Pagan hinzu. »Aber es gibt nur eins, was ihn wirklich zur Explosion bringt, und zwar, wenn man sich nachts draußen herumtreibt. Dann kriegt er einen hysterischen Anfall – und schmeißt einen sofort von der Schule.«

Für einen Moment herrschte ehrfürchtiges Schweigen. Von der Schule geworfen zu werden, war schlimmer als der Tod. Die Schande würde einen ein Leben lang verfolgen.

Nach dem Essen bevölkerte das halbe Internat Kates Schlafzimmer, um einen Blick auf Maxines Garderobe zu werfen. Erst als die Lichter gelöscht werden mußten, kehrte Ruhe ein. Unmittelbar nach dem Kontrollgang der Hausmutter, die überprüfte, ob auch alle Mädchen in ihren Betten lagen und alle Lichter gelöscht waren, hüllte sich Pagan in ihre federngefüllte Steppdecke und kletterte auf das Fußende von Kates Bett. Das Getuschel der drei Mädchen dauerte bis weit nach Mitternacht.

3

Das Foyer des *Imperial* war erfüllt von Klaviermusik, Stimmengewirr und dem leisen Klirren von Porzellan. Seit sechzehn Uhr fuhr ein Wagen nach dem anderen vor und setzte Unmengen von gutgekleideten Menschen ab, die sich zum Tee, zum Cocktail oder zum Spiel am Backgammon- oder Bridgetisch verabredet hatten. In einer Ecke saß Prinz Ali Khan und redete mit ernstem Gesicht auf eine junge Südamerikanerin mit pechschwarzem Haar ein. Hinter ihm verspeiste gerade die bildschöne Liz Taylor ihr viertes Stück Sachertorte.

Abgeschirmt von der kleinen Gruppe seiner Gefolgsleute hastete Aristoteles Onassis durch die Schwingtüre, gefolgt von einer zierlichen blonden Frau, die einen Stapel Bücher unter dem Arm trug. Es war genau der falsche Augenblick für ein junges Mädchen, das möglichst nicht gesehen werden wollte, denn sofort richteten sich die Blicke des Portiers, des Oberkellners und des Maître d'Hôtel auf den Eingang, um sicherzugehen, daß einer der reichsten Männer der Welt auch dementsprechend empfangen wurde. Judy Jordan versuchte wie ein normaler Hotelgast auszusehen, als sie rasch auf den Fahrstuhl zuschritt. Sie trug einen plissierten Schottenrock, einen weißen Pullover, weiße Kniestrümpfe und derbe Halbschuhe, die in dem dicken weißen Teppich versanken. Plötzlich versperrten ihr zu beiden Seiten des Aufzugs eine Gruppe arabischer Leibwächter den Einstieg.
Judy sah vor sich einen dunkelhaarigen, schlanken jungen Mann, der den Aufzug betrat, gefolgt von einem Adjutanten in einer Militäruniform westlicher Prägung. Aus Sicherheitsgründen war es niemandem erlaubt, im selben Aufzug mit Prinz Abdullah zu fahren – oder mit anderen Mitgliedern der Königsfamilie aus Sidon, die für die Dauer des Aufenthalts des Prinzen im *Le Mornay* zwei Suiten im *Imperial* bewohnten.
Als Judy die Richtung änderte und auf die Treppe zusteuern wollte, spürte sie plötzlich eine schwere Hand auf ihrer Schulter. »Fräulein«, zischte der Portier, »Sie haben hier im Foyer nichts zu suchen. Für Sie ist die Dienstbotentreppe da. Sie gehören nicht einmal zum festen Personal. Ich warne Sie zum letztenmal. Noch ein solches Vorkommnis, und Sie werden entlassen.«
»Es tut mir leid, aber in der Sprachenschule hat es heute länger gedauert, und ich muß mich noch umziehen, bevor ich meinen Dienst im *Chesa* antrete. Ich wollte nur Zeit sparen.«

»Das *Imperial* akzeptiert keine Entschuldigungen. Jetzt ab mit Ihnen zur Hintertreppe.«
Statt mit dem Aufzug in den sechsten Stock fahren zu können, mußte Judy jetzt die hundertzweiundzwanzig Stufen hinaufhetzen, die zum Dachboden des Hotels führten, aus dem mit Hilfe von hauchdünnen Trennwänden kleine Zimmer für das Personal abgeteilt worden waren.
Sie warf ihre Bücher auf die graue Bettdecke und schlüpfte in die Uniform, die sie als Bedienung im Café *Chesa*, das zum Hotel gehörte, tragen mußte. Noch drei Tage bis zu meinem freien Sonntag, dachte sie, als sie die reich verzierte weiße Spitzenbluse zuknöpfte, in den roten Dirndlrock schlüpfte und das schwarze Spitzenkorsett verschnürte. Noch immer mit den schwarzen Schnüren beschäftigt, rannte sie zum anderen Ende des Korridors, klopfte an eine Tür und trat ein, ohne auf Antwort zu warten.
Nick lag auf seiner eisernen Bettstatt. Die Ärmel seines weißen Hemdes waren hochgekrempelt, die Beine in der schwarzen Hose übereinandergeschlagen, und ein Zeh ragte durch ein Loch in seinen grauen Socken ins Freie.
»1928 war fast so gut wie 1945«, sagte er. »Ein außerordentlicher Jahrgang für Medoc, Graves, St. Emilion und Pomerol, allerdings nicht ganz so gut für die trockenen Weißweine aus Bordeaux. Für den Sauternes hingegen geradezu exzellent.« Er warf seine Lektüre beiseite. »Nächsten Dienstag ist das Weinhändlerexamen. Hast du Zeit, mich abzuhören, Judy?«
»Keine Chance, Nick. Ich bin schon zu spät dran. Ich habe nur hereingeschaut, um dich zu fragen, ob du mir etwas zu essen aus der Küche organisieren kannst, falls ich es nicht mehr rechtzeitig schaffe.«
»Du bist zu jung, um zu verhungern«, sagte er, schwang seine Beine vom Bett und setzte sich auf. »Versprich mir, den Sonntag mit mir zu verbringen, und ich werde dir ein Mahl zusammenklauen, das für drei Tage reicht.«

»Abgemacht. Dann kann ich dich auch gleich abfragen.«
»Okay. Ich komme später noch auf eine Tasse Kaffee im *Chesa* vorbei, bevor ich meinen Dienst antrete. Ich tue alles, um dich auch nur von ferne zu sehen.« Sie warf ihm eine Kußhand zu, ehe sie hinausstürzte und wieder die hundertzweiundzwanzig Stufen hinunter zum Café in Angriff nahm.

Ihrer überschäumenden physischen Energie zum Trotz fühlte sich Judy müde – tatsächlich wäre sie am Sonntag am liebsten im Bett geblieben. Sie war erst vier Monate in der Schweiz, und schon fühlte sie sich die ganze Zeit erschöpft und ausgepumpt. Der Unterricht in der Sprachenschule von Gstaad dauerte von acht Uhr morgens bis halb vier am Nachmittag. Die Hausaufgaben erledigte sie in der einen Stunde, die ihr als Mittagspause zustand. Sie arbeitete danach an sechs Tagen in der Woche bis ein Uhr morgens im Café *Chesa*, wobei sie nur eine kurze Pause für einen Imbiß hatte. In der Schweiz gab es keine gewerkschaftlich festgelegten Arbeitszeiten, dafür aber auch keine Schwierigkeiten mit der Arbeitserlaubnis. Sie hatte Glück gehabt und war erst aushilfsweise, dann fest übernommen worden, allerdings für ein Gehalt, das weit unter dem aller übrigen Bedienungen lag. Es reichte kaum aus, um die Wäscherei zu bezahlen, aber immerhin hatte sie ein Bett und ein Dach über dem Kopf.

Maxine, Kate und Pagan warteten bereits im *Chesa*. Bei ihnen saß noch ein viertes Mädchen, das nur aus einem Grund eingeladen worden war – es hatte einen Bruder namens Nigel im *Le Mornay*. Allerdings hatte Pagan schon vor einer halben Stunde beschlossen, daß man sich die Bekanntschaft mit ihm getrost schenken konnte, wenn er seiner ausgesprochen dämlichen Schwester auch nur im entferntesten ähnelte.

»Daddy sagt, es hat Nigel wirklich verändert«, leierte Francesca weiter, »er hat unglaublich gute Kontakte geknüpft.

Daddy sagt, er betrachtet die Internatskosten als eine nützliche Investition, weil er möchte, daß Nigel einen *internationalen* Auftritt erhält, und im *Le Mornay* trifft man ausschließlich Leute mit Geld und Namen. Alle Ölkinder gehen dorthin, wißt ihr. Es sieht überhaupt nicht wie eine Schule aus. Es ist ein altes Schloß, direkt am Lac Leman.« Sie biß in ein Cremeschnittchen. »An ihren freien Abenden können sie nach Genf oder Lausanne fahren, und sie dürfen sogar über die Wochenenden fortbleiben, wenn sie die Erlaubnis ihrer Eltern haben.« Francesca griff nach einem Negerkuß. »Natürlich müssen sie auch viel lernen, aber sie werden nicht eingesperrt wie wir im *L'Hirondelle.* Und sie dürfen auch zum Tanz am Samstagabend gehen. Wißt ihr, hier findet nämlich jeden Samstagabend in einem der großen Hotels ein öffentlicher Tanztee statt. Nigel besucht allerdings nur die eleganten Veranstaltungen im *Imperial* oder im *Palace.*«
»Wir waren noch nie bei einem Tanztee«, sagte Kate. »Tatsächlich können wir gar nicht tanzen.«
»Abgesehen von Polka und Ländler«, fügte Pagan hinzu. »Die haben wir in der Schule gelernt.«
Jungen, Tanztees, Grandhotels, es war alles umwerfend aufregend und beunruhigend. Glückliche Francesca, einen älteren Bruder zu haben, dachten sie.
»Da fällt mir ein«, improvisierte Pagan rasch, »die Hausmutter hat mich gebeten, dir zu sagen, daß bei der Post ein Päckchen für dich liegt. Du mußt drei Francs Nachporto bezahlen.«
»Ein Päckchen?« Francesca quietschte vor Vorfreude, beglich ihre Rechnung und schoß davon.
»Ich konnte sie einfach nicht mehr ertragen«, grinste Pagan. »Ich auch nicht«, fiel die Kellnerin hinter ihr ein. Pagan drehte sich um und entdeckte, daß es sich bei der Bedienung in dem traditionellen Schweizer Dirndl um das Mädchen handelte, das sie auf dem Berg gerettet hatte. Ihr kur-

zes blondes Haar sah aus, als hätte man es mit einer Küchenschere abgeschnitten, was wahrheitsgemäß auch der Fall war. Ernst sagte sie: »Du hast mir das Leben gerettet . . .«

»Schön, daß es dir nicht entgangen ist«, schnappte Kate.

». . . und dabei hast du dir den Arm gebrochen!«

»Nein, nur die Schulter verrenkt«, sagte Pagan. »Ist dir nichts passiert?«

»Nicht das Geringste, aber ich hatte fürchterliche Angst. Die Knie haben mir noch Stunden hinterher gezittert. Ich weiß nicht, was ich sagen soll, außer danke! Mir ist klar, ich hätte nicht einfach so davonstürzen dürfen . . .«

»Das ist schon in Ordnung, Nick hat es uns erklärt«, sagte Pagan.

»Du hast vielleicht nichts abbekommen, aber Pagan ist danach ohnmächtig geworden, ihre Hand war blutig geschnitten, und beinahe hätte sie keinen Arm mehr gehabt«, giftete Kate erneut.

»Sei still, Kate, warum soll sie sich schuldig fühlen? Schließlich ist sie nicht absichtlich in den Abgrund gerutscht.«

»Ja, der Boden hat einfach unter mir nachgegeben. Aber als ich mich an den Berg klammerte, hatte ich fast mehr Angst davor, zu spät zu kommen, als abzustürzen und mir das Genick zu brechen.«

»Warum vergessen wir die ganze Sache nicht einfach«, schlug Pagan vor. »He, seht mal, wer da kommt!«

Sie winkte Nick zu, der gerade die massive, mit Schnitzereien verzierte Eichentür geöffnet hatte. Er winkte zurück und zog den Kopf ein, um nicht an einen der niedrigen Balken zu stoßen, die in Jahrhunderten vom Rauch des Schmiedefeuers geschwärzt worden waren. Das *Chesa* war älter als der Rest des Hotels; es stammte aus dem 17. Jahrhundert, und die fast einen Meter dicken Mauern ließen noch heute das ehemalige Bauernhaus erkennen.

»Ich kann jetzt nicht länger mit euch reden«, sagte Judy.

»Aber am Sonntag haben Nick und ich frei, und wir würden uns gern mit euch treffen – und uns in aller Ruhe bedanken. Ich habe auch etwas für euch.«
Hastig goß sie heiße Schokolade in die Tassen der Mädchen und eilte davon, während Nick ihr einen sehnsüchtigen Blick hinterherschickte. Er war offensichtlich unsterblich in sie verliebt.

Am nächsten Sonntagnachmittag flog die Tür des *Chesa* auf, und ein Schwall kalter Luft drang herein, als Judy und Nick den Raum betraten. Judy trug ihre Sonntagskleidung, bestehend aus weißem Pulli, Blue Jeans, weißen Socken, derben Halbschuhen und einem blauen Anorak. Sie blickte sich suchend um und strahlte, als sie die Mädchen erblickte.
»Hallo«, rief sie und überreichte Pagan einen großen, in Geschenkpapier gehüllten und mit weißen Satinbändern verschnürten Karton. Innendrin befand sich ein Paar scharlachroter Kniestrümpfe. Pagan freute sich wie ein Kind. »Sie passen genau zu meiner roten Armschlinge«, strahlte sie und bestand darauf, daß Kate ihr die Strümpfe sofort anzog.
»Warum haben deine Eltern dich in die Sprachenschule und nicht ins Pensionat geschickt?« fragte Maxine Judy.
»Sie haben mich nirgendwohin geschickt. Ich habe ihnen gar nicht erst erzählt, daß ich mich für den Schüleraustausch bewerben wollte, weil ich nie damit gerechnet hatte, daß ich in die Auswahl kommen würde. Und als es soweit war, wurde meine Mutter wütend. Sie fand, daß man mit fünfzehn noch viel zu jung sei, um von zu Hause fortzugehen, ganz abgesehen davon, daß sie nicht verstand, wieso ich überhaupt fremde Sprachen lernen wollte. Aber unser Pfarrer hat sie davon überzeugt, daß ich das Talent nutzen sollte, das unser Herr mir gegeben hat.« Sie grinste. »Der Pastor der lutheranischen Kirche hier soll ein Auge auf mich haben. Er scheint zu glauben, ich wollte Missionarin in Afrika werden und bräuchte Deutsch und Französisch, um mich den Heiden in Belgisch-

Kongo und Ostafrika verständlich machen zu können. Aber dahin gehe ich nicht.«

»Was hast du denn vor?« fragte Maxine und glättete den Rock ihres besten mandarinfarbenen Kleids, das sie angezogen hatte, weil Nick doch zu fünfundzwanzig Prozent auch ihre Verabredung war.

»Nach Paris zu gehen«, sagte Judy mit fester Stimme.

»Allein? Werden deine Eltern das denn zulassen?«

»Sie haben keine andere Wahl, weil ich ihnen nichts davon erzähle. Erst wenn ich da bin und einen Job habe, gebe ich ihnen Bescheid. Sonst verbieten sie es mir womöglich.«

Für Sekunden herrschte ehrfürchtiges Schweigen am Tisch, denn die drei anderen Mädchen hatten sich noch nie über die Zukunft Gedanken gemacht, hatten nie weiter als bis zu den nächsten Ferien vorausgeplant. Wie im Malbuch eines Kindes trug alles am Bild ihrer Zukunft klare und einfache Züge. Außerdem lag sie sowieso in der Verantwortung anderer. Sie würden vor den Altar treten, und jenseits dieses Ereignisses erwartete sie alle das große Glück. Nur das Gesicht des Märchenprinzen ließ sich noch nicht ganz klar erkennen. Den Zöglingen des *L'Hirondelle* erschienen Judys Pläne und Arbeit kraß real. Sie selbst verrichteten mal Handlangerdienste unter den Fittichen der Köchin im Internat oder bei dem halbherzigen Kopieren von Geschäftsbriefen aus einem Lehrbuch.

»Immerhin können wir von Glück sagen, daß wir hier so gute Unterkünfte haben«, meinte Judy. »die Bedienungen, die vom *Palace* in Lausanne zur Ausbildung hergeschickt worden sind, haben erzählt, daß sie zu fünft in einem winzigen Raum unter dem Dach schlafen müssen, und das Aushilfspersonal des *Palace* in St. Moritz muß sogar im Keller schlafen, wie ich gehört habe.«

»Du meine Güte, allmählich kommt mir *L'Hirondelle* wie ein Sanatorium vor«, sagte Pagan, die Gefallen an dem lockeren Schulalltag gefunden hatte – ganz im Gegensatz zu Kate, die

von der Langeweile im Unterricht und der alles beherrschenden Faulheit ihrer Mitschülerinnen fast zum Wahnsinn getrieben wurde.
Am nächsten Morgen erwachte Kate, bevor der Wecker gerasselt hatte. Sie spürte, daß sich über Nacht etwas ereignet haben mußte. Die Geräusche der Straße klangen gedämpft, und im Zimmer war es ungewöhnlich hell. Sie sprang aus dem Bett, schob den Spitzenvorhang beiseite und öffnete das Fenster. Der Frost hatte weiße Blumen auf das Glas gemalt. Barfuß und nur mit ihrem hellblauen Nachthemd bekleidet, lehnte Kate sich hinaus. Die Bäume waren mit Schnee bedeckt, und die Dächer der Chalets weiter unten hatten dicke weiße Häubchen auf, die in der frühen Sonne glitzerten. Die Türme und Zinnen des *Imperial* leuchteten wie Zuckerwerk, und der Kiefernwald hinter dem Städtchen hatte etwas Märchenhaftes an sich.
In den folgenden Tagen und Nächten schneite es unaufhörlich, und innerhalb von fünf Tagen hatte sich der Ort zum Mekka der Skifahrer verwandelt. Der Skiverleih hatte Hochkonjunktur, die Straßen waren nur noch mit Skiern, Schlitten, Pferdefuhrwerken oder zu Fuß passierbar.
Über Nacht verlagerte sich auch der Beliebtheitsgrad für junge Männer. Jeder, der gut Ski fahren konnte, stieg steil zum Adonis auf, und jeder, der diese Kunst nicht beherrschte, wurde uninteressant. Männer, die den Sommer über als Maurer oder Bauernburschen ignoriert worden waren, wurden nun zu Göttern in Gestalt von Skilehrern. Eines jeden Burschen Hoffnung bestand darin, im Winter eine der reichen Erbinnen aus den Pensionaten zu erobern; folglich wurden die Mädchen in den Skischulen bevorzugt und erhielten weit mehr Aufmerksamkeit, als sie sich erträumen ließen. Die wendigen, sonnengebräunten Lehrer in ihren roten Wollmützen und Pullovern eroberten die Mädchenherzen im Sturm, und kaum jemand hatte etwas dagegen.

Ebenso verehrt, wenn auch aus größerer Entfernung, wurde die offizielle Skimannschaft der Schweiz, die in Gstaad trainierte. Über die Vor- und Nachteile der vier Mitglieder der Mannschaft und der zwei Reservefahrer wurde ausgiebig diskutiert. Es hatte den Anschein, als ob alle über sämtliche Eigenschaften der Teammitglieder besser Bescheid wüßten als die Betreffenden selbst. Sie wohnten in einem Chalet am Ortsrand, und man bekam sie kaum zu Gesicht. Was die Attraktivität nur noch steigerte.

Eines Morgens beim Frühstück erhielt Pagan einen der seltenen Briefe ihrer Mutter. Sie las ihn und blickte auf. »Stellt euch vor«, sagte sie, »meine Mutter kennt Nicks Vater. Ich habe ihr in meinem letzten Brief von Nick geschrieben, und sie meint, er könnte mit meinem Cousin Toby in Eton gewesen sein. Sie schreibt, wenn sein Nachname Cliffe lautet – mit einem e am Ende –, dann ist er der Sohn von Sir Walter Cliffe und Erbe eines riesigen Familienbetriebs in der Hotelbranche.«

»Es *kann* nicht derselbe sein, sonst hätte er es erwähnt«, sagte Kate.

»Wenn er wirklich Sir Walter Cliffes Sohn ist, hätte er es mit Sicherheit *nicht* erwähnt«, widersprach Pagan. »Englisches Understatement, verstehst du?«

Als sie später einmal, als Judy ihren freien Tag hatte, mit ihr im *Chesa* darüber sprach, meinte die Amerikanerin: »Mach keine Witze! Er hat mir kein Wort davon gesagt. Ich dachte, er lernt den Beruf des Kellners, damit er einmal als Kellner *arbeiten* kann.«

In diesem Moment bahnte Nick sich gerade mühsam einen Weg durch das vollbesetzte Café. Kaum hatte er sich gesetzt, ging Judy zu aller Überraschung sofort auf ihn los. »Stimmt es, daß du eines Tages den Cliffe-Hotelbetrieb erben wirst?«

Nick wurde rot. Um sich Zeit zum Nachdenken zu verschaffen, strich er sich nervös das Haar aus der Stirn und stotterte dann: »Nun, ja – ich muß ihn leiten, aber er gehört mir nicht tatsächlich; er gehört einer Treuhandgesellschaft. Es wird meine Aufgabe sein, mich darum zu kümmern . . . für die Familie.«

»Heißt das, du bist reich?« fragte Judy.

»Ich bin nicht gerade arm«, gab Nick nach einer kurzen Pause unglücklich zu, »aber dafür muß ich auch eine Menge Verantwortung übernehmen.« Und dann fügte er mit ungewöhnlichem Nachdruck hinzu: »Würde es euch etwas ausmachen, wenn wir jetzt über etwas anderes redeten?«

Später nahm Maxine Judy in der Toilette beiseite. Sie strahlte.

»Na, jetzt, wo du über Nick Bescheid weißt, wird das wohl das Ende für Jim in Virginia bedeuten, nehme ich an.«

»Warum?« fragte Judy erstaunt.

»Nun, Nick ist ganz offensichtlich scharf auf dich. Und er wäre doch eine verdammt gute Partie, nicht?«

Judy lachte. »Sieh mal, ich bin noch nicht einmal sechzehn. Ich beabsichtige nicht, mich in absehbarer Zeit mit *irgend jemand* zu verheiraten, ganz zu schweigen mit einem Mann, den ich nicht liebe. Ich habe meiner Mutter versprochen, ich würde nicht einmal mit einem Jungen *ausgehen*, während ich hier bin. Nur deswegen hat sie mir den Aufenthalt in Europa überhaupt erlaubt. Ich glaube, es war ein vernünftiges Versprechen, und ich werde es auch halten. Euch Kindern reicher Eltern muß es verrückt vorkommen, aber *ich* muß mir meinen Lebensunterhalt verdienen. Und wenn du die Wahrheit wissen willst – es gibt gar keinen Jim in Virginia. Ich habe ihn erfunden, damit ich meine Ruhe vor den Jungens habe.«

»Aber wenn du eine gute Partie heiratest, *brauchst* du doch nicht zu arbeiten«, sagte Maxine verwirrt.

»Wollen wir wetten?« fragte Judy.

Am Samstagabend um acht hielt der unbeheizte grüne Mi-

nibus der Schule vor dem *Imperial,* und die Mädchen marschierten in Begleitung zweier überforderter Lehrerinnen unter Kristalleuchtern über den dicken roten Teppich zum Ballsaal, dessen runde, weißgedeckte Tische bereits vollbesetzt waren. Auf den Tischen standen Kerzen und spendeten warmes, anheimelndes Licht. Die Mädchen nahmen auf den dunkelroten Plüschsofas am Rande der Tanzfläche Platz, die für die Schule reserviert worden waren, und bestellten Gin Fizz. Sie mußten ihre Drinks selber bezahlen, und mit Gin Fizz kam man angeblich am längsten aus. Es wurden kleine Behelfstischchen aufgeklappt, auf die sie ihre Drinks stellen konnten, und dann harrten sie der Dinge, die da kommen würden.
Es gab keine unter ihnen, die nicht nervös gewesen wäre; sie fürchteten sich davor, zum Tanzen aufgefordert zu werden, sie fürchteten sich davor, *nicht* aufgefordert zu werden, und sie fürchteten sich davor, schlecht zu tanzen oder ihrem Partner auf die Füße zu treten. Sie taten so, als ignorierten sie die Reihe der jungen Männer, die sich am entgegengesetzten Ende des Saals niedergelassen hatten, und bereiteten sich auf ihre erste öffentliche Demütigung vor.
»Ich glaube, ich gehe mal kurz auf die Toilette«, sagte Kate beiläufig.
»Das wirst du nicht tun«, antwortete Pagan. »Niemand wird dich auffordern, wenn du dich versteckst, das ist mal sicher. Sei nicht so ein Feigling.«
Die Band begann *La Vie en Rose* zu spielen, ein allgemeines Füßescharren entstand, und plötzlich waren ihre Bänke umlagert von Jungen, die alle mit . . . *Kate* tanzen wollten. Baß erstaunt nahm Kate irgendeine der Aufforderungen an. Kurz darauf drehten sich auch ihre zwei Freundinnen auf der Tanzfläche, und alle waren damit vor dem schrecklichen Schicksal des Mauerblümchens errettet.
Als der Tanz endete, wurden sie wieder zu ihren Plätzen eskortiert, wo ihre Partner sich verbeugten und formvollendet

verabschiedeten. Wenig später, als die Band eine Samba intonierte, gab es denselben Auflauf von Jungen, die alle mit Kate tanzen wollten. Sie konnte es einfach nicht begreifen, als sie in den Armen eines gutaussehenden, gelenkigen Burschen namens François, einem Schüler aus *Le Mornay,* über die Tanzfläche glitt.

François war, genau wie es ihren Träumen entsprach, dunkelhaarig und elegant. Von Glück überwältigt, ließ Kate zu, daß sein kräftiger Arm sie enger an seine weiße, gestärkte Hemdbrust zog, und ihr Herz klopfte, als sie die ungewohnte Wärme eines männlichen Körpers an ihrem eigenen spürte. Die nächste Melodie war eine Rumba, und noch bevor der Tanz geendet hatte, spürte Kate, wie ihr plötzlich das Blut in den Kopf schoß. Der Raum ist überheizt, dachte sie noch. Dann fühlte sie ihren Kopf leicht werden wie einen Wattebausch. Ihr Magen schien zu schlingern, und ihre Knie wurden weich. Sie war nahe daran, das Bewußtsein zu verlieren, als es sie wie ein Blitz durchfuhr. Das muß *es* sein, dachte sie. Das ist die Liebe. Es gab keinen Zweifel. Und glücklich drängte sie sich noch enger an François.

Um Mitternacht fühlte Kate sich wie eine Aussätzige. Sie merkte, daß keines der anderen Mädchen mit ihr reden wollte. Die anderen waren nicht nur eifersüchtig auf Kates Erfolg, sie waren verärgert, weil sie ihn nicht *verstehen* konnten. Kate sah so *gewöhnlich* aus. »Ich kann mir einfach nicht vorstellen, was man in diesem langweiligen alten Kleid in ihr zu sehen vermag«, schnüffelte eins der Mädchen verächtlich. »Sie ist ja nicht einmal hübsch. Dieses Haar, dünn und viel zu kurz – und diese seltsamen grünen Schlafzimmeraugen!«

Kate bekam das erste Mal den Vorgeschmack einer Eifersucht zu spüren, die sie die nächsten dreißig Jahre begleiten würde. Weil sie nicht verstehen konnten, warum Männer sich von ihr angezogen fühlten, hielten Frauen Kate für ver-

schlagen und glaubten, daß kein Mann vor ihr sicher sei, weil sie mit unlauteren Tricks arbeite. Tatsächlich irrten sie sich; Kate war vor keinem Mann sicher.
Ein Cymbalkrachen lenkte die allgemeine Aufmerksamkeit auf den Bandleader. Der verkündete, daß nach dem nächsten Tanz die Wahl der »Miß Gstaad« stattfinden würde und daß die Stimmzettel während des Tanzes an die einzelnen Tische verteilt würden. »Es ist ja wohl ganz offensichtlich, wer von unserem Tisch vorgeschlagen wird«, verkündete Pagan. »Kate ist die Ballschönheit des Abends, und es müßte mit dem Teufel zugehen, wenn sie nicht auch Miß Gstaad wird.«
»Sei nicht albern«, sagte Kate. »Ich gehe doch nicht auf die Bühne da hinauf und mache mich lächerlich!«
»Wage es nicht, dich zu zieren«, sagte Maxine. »Schließlich geht es hier nicht um die Miß Welt oder sonstiges Großartiges. Wir befinden uns hier nur in einem kleinen Dorf.« Sie versetzte Kate einen kräftigen Stoß und schubste sie von der Samtbank. »Sei nicht so verdammt britisch!«
Kate stand auf. Widerstrebend begab sie sich auf die Tanzfläche, wo sie von einem Conférencier in eine Reihe mit den anderen Bewerberinnen geschoben und mit einer großen Karte versorgt wurde, auf der die Nummer 17 stand. Da an dem Ball noch eine Reihe anderer Pensionate teilnahm, hatten sich schließlich etwa dreißig Mädchen auf dem Tanzparkett versammelt, darunter eine umwerfend schöne Italienerin in einem trägerlosen schwarzen Samtkleid. Kate sah, daß sie keine Chance hatte zu gewinnen, aber es war zu spät, um zurückzutreten.
Aber Kate hatte die Rechnung ohne Nick gemacht, der an den für das Austeilen der Stimmzettel verantwortlichen Kellner herantrat, ihn mit einem Lächeln bedachte, das soviel hieß wie »Darüber reden wir später«, eine Handvoll Zettel in seiner eigenen Tasche verschwinden ließ und sich damit auf die Herrentoilette zurückzog, um jeden der Zettel

mit der Nummer 17 zu bekritzeln. Als er wieder zurückkam, ergriff er den Zylinder, mit dem die Stimmzettel der einzelnen Tische eingesammelt werden sollten, und zog los. Ganz einfach.

Das Licht im Saal wurde gedämpft, und ein wanderndes Spotlight erfaßte jede der Bewerberinnen, wie sie eine nach der anderen die Treppe zur Bühne hinaufstiegen und fröhlich oder mit einem verlegenen Lächeln ihre Nummern hochhielten, bevor sie langsam über die Bühne stöckelten und sie am anderen Ende wieder verließen.

Applaus und schrille Pfiffe erfüllten den Raum, das Licht wurde wieder angeschaltet, und Nick ging mit dem Zylinder von Tisch zu Tisch, um die Stimmzettel einzusammeln.

Jede der Bewerberinnen versuchte, so gleichgültig wie möglich auszusehen. Für sie war der Schönheitswettbewerb keine heitere Ballzerstreuung, über deren Ausgang ein gelangweilter, doch professionell munterer Conférencier entschied; für jede von ihnen war es das erste Mal, daß sie ganz offen mit ihren Geschlechtsgenossinnen in Konkurrenz trat. Ihre Herzen klopften, und jeder Atemzug fiel ihnen schwer, bis nach der nächsten Samba der Ansager vortrat und verkündete, daß es sich bei der neuen Miß Gstaad des Jahres 1948, um – Ladies, Lords und Gentlemen – die Nummer 17 handelte.

Kate schüttelte ungläubig den Kopf. Maxine riß sie in ihre Arme, Pagan quietsche vor Vergnügen, und eine Traube schützender Kellner flankierte ihren Weg zu der kleinen Bühne, wo ihr der Conférencier eine blaßblaue Schärpe mit der Aufschrift »Miß Gstaad 1948« umhängte, eine mit Straß geschmückte, wie Diamanten wirkende Tiara auf den Kopf setze und ihr zwei Magnumflaschen Champagner in die Arme drückte. Dann baute er sich in onkelhafter Pose neben ihr auf, während die Blitzlichter der Fotografen aufflammten.

»Mit der werden wir noch Schwierigkeiten haben«, sagte ei-

ne der beiden überforderten Lehrerinnen, die zur Begleitung der Mädchen aus *L'Hirondelle* abkommandiert worden waren.
Es war eine hundertprozentig zutreffende Vorhersage.

4

Gegen Ende November hatten fast alle Schülerinnen feste Freunde, und es dauerte nicht lang, bis sie herausfanden, daß die kleine Stadt erstaunlich viele Orte für geheime Verabredungen zu bieten hatte. Sie trafen sich hinter der Kirche, in Scheunen und Ställen, auf den Rücksitzen von Autos, im Hinterzimmer eines Skigeschäfts, in Milchbars am Stadtrand oder oben auf den Pisten. An den Wochenenden erlebten die umliegenden Berge den Ansturm der verliebten Pärchen, ebenso wie die Wirtshäuser und Cafés nahegelegener Dörfer wie Saanen und Château d'Oex, die sich an dieses Geturtel bereits seit Generationen gewöhnt hatten. Internate gab es in der Gegend genug – also fehlte es nie an Angebot und Nachfrage.
Gelegentlich wurde ein Mädchen dabei erwischt, wie es sich verbotenerweise mit einem Jungen traf, und erhielt zur Strafe am folgenden Wochenende Hausarrest. Doch Kate war das einzige Mädchen, das *immer wieder* ertappt wurde. Erstens, weil sie von dem wunderschönen François wie berauscht war, und zweitens, weil sie, von Natur aus offen und ehrlich, sich nicht daran gewöhnen konnte, unaufrichtig zu sein. Als sie von der Hausmutter zur Rede gestellt wurde, gab sie zu, sich mit François in der örtlichen Kirche getroffen zu haben. Vierzehn Tage später petzte eine eifersüchtige Klassenkameradin, Kate bei einem Rendezvous in einem Stall überrascht zu haben, und in der folgenden Woche wurde sie von einer der Erzieherinnen gesehen, wie sie in

einer Almhütte Glühwein trank – ein Affront, wie er nicht mehr zu überbieten war. Kate wurde zunehmend vorsichtig und ängstlich, bis François ihr eines Abends erzählte, er hätte für das Wochenende ein Zimmer in einer kleinen Pension am Ortsrand reservieren lassen. Er wollte mit ihr allein sein und es dabei bequem haben. Er wollte nicht im Stroh herumtauchen, halberfroren im Schnee stehen oder in einem Café schausitzen müssen. Er wollte mit ihr allein sein, weil er ihr etwas Wichtiges zu sagen habe. *Er will mir einen Heiratsantrag machen,* dachte Kate.

Also folgte sie ihm in ein Bauernhäuschen mit grünen Fensterläden. Ihre Stiefel hallten dumpf auf der dunklen Holztreppe, und es roch ein bißchen muffig. François sperrte eine Tür auf, und Kate erstarrte zur Salzsäule, als sie ein mit Schnitzereien verziertes hölzernes Doppelbett erblickte, das mit einer blauweiß karierten Steppdecke überzogen war. François zog sie sanft über die Schwelle, führte sie zu einem Sessel am Fenster und begann sie zu küssen. Mit weichen Knien dachte Kate, daß er das Bett vielleicht gar nicht *bemerkt* hatte. Vielleicht war das Bett einfach ein Schönheitsfehler, vielleicht hatte er kein Zimmer ohne Bett kriegen können.

Sie befreite sich von ihren schweren Stiefeln, während seine warme Zunge in ihr Ohr zuckte und es umkreiste. Dann glitten seine Lippen über ihren Nacken, und schließlich lag sie in seinen Armen, die Augen geschlossen und der Mund hingebungsvoll nach mehr verlangend.

»*Chérie,* wir werden ein wunderbares Leben miteinander haben«, flüsterte François, während er langsam an ihrer Bluse einen Knopf nach dem anderen öffnete und seine Hand tastend ihre seidige Haut streichelte. Kate hatte das Gefühl, in Zeitlupe in warmem Wasser zu schwimmen, als er ihr mit einer raschen Bewegung die Bluse über die Schultern streifte, den Büstenhalter aufhakte und sich vorbeugte, um die rosa Spitzen ihrer Brüste mit den Lippen zu liebkosen.

Dann lag sie plötzlich mit nacktem Oberkörper auf dem Bett, und seine Hand befand sich wie zufällig, als bewegte sie sich ohne das Wissen ihres Eigentümers, unter ihrem Rock.
Sie erschauerte und versuchte, sich aufzurichten. François drückte sie zurück. Unter ihrem Rock spürte Kate seinen Griff auf ihrem Schenkel und dann, wie seine Hand langsam höher wanderte.
Sie versuchte, sich ihm zu entziehen. »Bitte nicht, François, ich habe noch nie, ich weiß nicht wie, bitte nicht, ich tue auch alles, was du willst, wenn du nicht . . .«
O Gott, dachte Kate. Er hatte seine Hose ausgezogen, und nun spürte sie seine Haut heiß gegen ihre gepreßt. François lag über ihr und blickte sie an, als würde er sie nicht kennen. Er atmete schwer, seine Augen waren starr wie Murmeln und irgendwie unbeteiligt. »Ich werde ganz vorsichtig sein«, murmelte er, und zu Kates Erleichterung zog er seine Hand zurück, aber nur um sich zur Seite zu rollen und ganz auszuziehen. Er schien nicht zu bemerken, daß man sein Ding sehen konnte. Rosa und lavendelfarben ragte es aus einem Nest schwarzer Haare empor, und darunter baumelten zwei Kugeln. Wie *häßlich* das ist, dachte Kate.
Kate versuchte erneut, sich ihm zu entwinden, aber diesmal stieß er sie roh auf das Bett zurück; dann faßte er grob nach ihren Brüsten, schob seinen pochenden Penis dazwischen und begann mit dem Körper zu stoßen. Kate lag unter ihm eingequetscht. Verwirrt, empört und ungläubig begriff sie noch immer nicht ganz, was eigentlich vorging. Sie konnte kaum atmen, so schwer lastete sein Gewicht auf ihr. Mit einem heiseren Grunzen versteifte François sich plötzlich und erschauerte.
Der zwingende Griff seiner Hände auf ihren Brüsten rief einen heftigen Schmerz hervor. Dann brach er über ihr zusammen, und Kate spürte, wie etwas Klebriges über ihr Schlüsselbein und den Hals hinunterlief. Sie wußte, was es

war, und wagte nicht, sich zu bewegen, damit nichts davon an eine falsche Stelle geriet. Sie war zutiefst entsetzt.
»Siehst du, ich habe dir ja gesagt, ich würde vorsichtig sein, mein Liebling«, murmelte François.
Kate war überhaupt nicht der Meinung, daß er vorsichtig gewesen sei. Wie konnte er es wagen, sie seinen Liebling zu nennen? Aber andererseits, hatte sie sich nicht vor einer halben Stunde noch genau danach gesehnt? Sein Liebling zu *sein*? Seine Leidenschaft für sie mußte einfach unkontrollierbar groß gewesen sein.
Ja, so war es, sagte sie sich. Er liebte sie, deswegen war all das passiert. Es war nicht so gewesen, wie sie es erwartet hatte, weder romantisch noch herrlich, sondern nur chaotisch und unbequem. Aber vielleicht war es mit der Liebe wie mit dem Skifahren – die ersten paar Male tat's weh und dann . . .
Wie auch immer, nachdem sie ihm nun erlaubt hatte, ihr unter die Kleider zu greifen, *mußte* er doch ganz offenbar die große Liebe ihres Lebens sein, oder?
Doch seltsamerweise war ihr nur nach Weinen zumute.
Zwei Tage später sprach keins der anderen Mädchen mehr mit ihr, weil sie der Meinung waren, sie hätte mit François geschlafen. Gut, dachte Kate, wenn sie es schon glauben, dann kann ich's genausogut auch wirklich tun. Diesmal war es zwar nicht mehr so unangenehm, aber nicht das ersehnte Paradies. Noch immer war ihr zum Weinen zumute.

Im neuen Jahr kehrte Maxine zehn Tage zu spät aus den Weihnachtsferien ins Internat zurück. Sie hatte eine neue Frisur, war um die Hälfte dünner, ihre Augen waren jetzt schwarz und die Nase geradezu perfekt. »Was für ein Drama«, stöhnte sie und hob ihre Sonnenbrille hoch, um die Operationsnarben vorzuführen. »Ihr glaubt nicht, wie lange es gedauert hat, bis ich sie soweit hatte, daß sie einverstanden waren. Ich habe gemeckert und geheult und mich schließlich sogar geweigert, überhaupt aus dem Haus zu gehen. Ihr wärt stolz auf mich gewesen, so unmöglich habe ich mich benommen. Schließlich konnte ich Tante Hortense das Versprechen abluchsen, daß sie die Operation bezahlt, vorausgesetzt, meine Eltern wären einverstanden. Sie hat natürlich nie daran geglaubt, daß meine Eltern einwilligen würden, aber ich habe ihnen keine Ruhe gelassen. Ihr könnt doch nicht so grausam sein und ein solches Angebot ablehnen – in dem Stil! Nachdem ich dann noch das ganze Weihnachtsfest über ununterbrochen geheult habe, waren sie schließlich einverstanden. Das Ganze hat alles in allem bloß vier Tage gedauert, aber nach dem Theater brauchte ich unbedingt noch ein paar Tage Urlaub!«

Das neue Gesicht verlieh Maxine ein nie gekanntes Selbstbewußtsein, und um ihr Gewicht weiter zu verringern, aß und trank sie nun wie ein Spatz und lief stundenlang intensiv Ski. Auch am darauffolgenden Sonntagmorgen schlüpfte sie in ihre Skikleidung, obwohl das Wetter alles andere als freundlich war.

»Ich muß immer noch fünf Kilo abstrampeln«, verkündete sie und trabte wohlgemut los zum Skilift. Sie hatte beschlossen, diesmal eine der längeren Pisten für Fortgeschrittene zu versuchen und fuhr mit der Seilbahn auf den Wispile hinauf. Sie schien der einzige Mensch zu sein, der bei diesem Wetter unterwegs war. Dunkle Wolken hüllten den Gipfel des Berges ein, und die Luft roch nach Schnee. Maxine schüttelte sich, schnallte die Skier an und marschierte tapfer auf den Wegweiser zu, an dem verschiedenfarbige Pfeile auf die einzelnen Pisten zeigten. Die gelbe Abfahrt war leicht, die rote schon etwas schwieriger und die schwarze nur für erfahrene Skiläufer geeignet.

Maxine, die erst seit ein paar Monaten Ski lief, fand, daß die schwarze Abfahrt gar nicht so gefährlich aussah – eigentlich wirkte sie sogar ziemlich simpel und außerdem weit hübscher als die anderen. So war es denn auch die ersten

zweihundert Meter, aber dann bog die Piste in einer scharfen Kurve nach links, und plötzlich ratterte Maxine über einen kleinbuckeligen vereisten Hang, der steil durch den Wald bergab führte und ihr die Skier auseinanderriß. Ihr Tempo war so hoch, daß eine Korrektur unmöglich war. Einen Baumstumpf konnte sie gerade noch breitbeinig überspringen, als schon drohend die Tannen aus dem Nebel auftauchten. Ein ehrenvolles Anhalten war nicht mehr zu schaffen, und sie stürzte kopfüber in den aufgetürmten Schnee am Rande des Abhangs. Benommen blieb sie einen Augenblick liegen, sortierte mühsam Beine und Arme und richtete sich dann ächzend auf. Sie stützte sich auf die Skistöcke und inspizierte die Umgebung. Das, was sie da sah, gefiel ihr überhaupt nicht. Es machte ihr sogar panische Angst. Dichtes Schneegestöber hatte eingesetzt, das eine Sicht auf die Abfahrt schier unmöglich machte. Auch die Richtungspfeile waren nicht mehr zu erkennen. Die Stille war unheimlich, und Maxine mußte sich beherrschen, um nicht loszuheulen. Plötzlich schoß ein schwarzvermummter Skifahrer mit einem orangenfarbenen Streifen an der Mütze vorbei. Sie schwenkte wild ihre Skistöcke und schrie um Hilfe, aber er schien sie nicht zu bemerken. Maxine tastete sich vorsichtig wieder auf die Piste und rutschte seitwärts mit ihren Skiern über die heimtückischen Buckel. Ihre Knie begannen vor Anstrengung zu zittern. Kaum hatte sie das Ende des vermaledeiten Hangs erreicht, tauchte der schwarze Skifahrer schon wieder hinter ihr auf und zog in einem graziösen Bogen an ihr vorbei.
»*Au secours*«, schrie sie, »Hilfe!« Aber der Skifahrer schien taub zu sein. Also folgte Maxine der Spur, die sie trotz des Schneefalls noch erkennen konnte, und fand sich bald am oberen Rand des steilsten Abhangs, den sie je gesehen hatte. Sie war gelähmt vor Angst. Sie erwog umzukehren, den Berg wieder hinaufzuklettern. Doch abwärts, überlegte sie, würde es wahrscheinlich leichter sein. Also schnallte sie ihre

Skier ab, klemmte sie sich unter den Arm und stapfte den Steilhang unsicher hinunter. Immer wieder versank sie hüfthoch im Schnee, rappelte sich wieder auf und stolperte verbissen weiter.
Obwohl es bergab ging, hatte sie das unangenehme Gefühl, die falsche Richtung eingeschlagen zu haben. Es war inzwischen drei Stunden her, daß sie den Gipfel hinter sich gelassen hatte. Sie war völlig durchfroren, obwohl sie vor Anstrengung zitterte. Schnee fiel ihr in den Nacken und wurde zum nassen Rinnsal, und ihre Füße schienen sich selbständig gemacht zu haben. Schluchzend ließ sie sich in den Schnee fallen, um auf diese Art zumindest ein bißchen Kraft zu sammeln. Verzweifelt spähte sie in das Schneetreiben und fragte sich, ob sie jetzt dazu verdammt war, zu erfrieren.
Diesmal hörte sie den schwarzvermummten Skifahrer vorher herandonnern. Sie sprang auf und winkte ihm mit letzter Energie zu. »Halt, *halt,* bitte, *halten* Sie!«
Er wedelte an ihr vorbei und blieb tatsächlich wenig unterhalb stehen.
»Bitte, können Sie mir sagen, wie ich hier am einfachsten runterkomme?« rief sie mit dünner Stimme.
Er starrte sie durch seine gelbe Skibrille an und sagte auf französisch: »Es gibt keinen einfachen Weg hinunter. Sie sind hier auf der schwarzen Piste. Warum haben Sie sich nicht eine der einfacheren Abfahrten ausgesucht?« Er klang verärgert. »Also passen Sie auf, am besten fahren Sie hinter mir her, sonst kommen Sie nie nach unten. Schnallen Sie Ihre Skier an.«
Gehorsam stellte sich Maxine wieder auf die gräßlichen Bretter und rutschte vorsichtig im Pflugbogen den Teufelsberg hinunter, während das Schneetreiben immer dichter wurde. Plötzlich gaben ihre Knie nach, und sie sackte zusammen. Wimmernd entschuldigte sie sich: »Ich kann nicht mehr. Es tut mir leid, aber ich kann mich keinen Zentimeter mehr weiterbewegen.«

Die Stimme des unfreiwilligen Begleiters wurde freundlicher. »Kommen Sie«, tröstete er, »Sie machen das sehr gut. Wir sind schon fast auf halber Höhe, hinter der nächsten Kurve ist die Station, dann können Sie mit der Seilbahn zurück ins Tal fahren.«
Also richtete sie sich zitternd wieder auf, aber als sie nach den nächsten Metern wieder fiel, rollte sie sich zusammen und blieb mit völlig verkrampftem Körper seitwärts liegen. »Ich kann nicht mehr«, wimmerte sie, ehe sie ihr Gesicht gegen die Knie preßte.
Der Mann seufzte, schnallte seine Bretter ab und rammte sie mit den Enden in den Schnee. »Ich werde Sie warmmassieren«, sagte er. Er begann bei den Armen, ging dann zum Rücken über und nahm sich schließlich ihre Beine vor, bis der Schmerz ihre Gliedmaßen wieder lebendig werden ließ. Dann half er ihr auf.
Langsam und mit unsäglicher Mühe rutschte Maxine weiter. Die Seilbahnstation war nicht hinter der nächsten Biegung und auch nicht hinter der übernächsten. Es dauerte noch fast eine Stunde, bis das Haus endlich aus dem Schneetreiben auftauchte. Maxine schnallte bebend ihre Skier ab und ließ sich mit letzter Kraft im Inneren der Station auf eine Bank fallen. Ihr Retter organisierte ihr noch ein Stück Schokolade, setzte die völlig erschöpfte Maxine in eine Gondel der Seilbahn und schlug vor, sich in der Bar an der Talstation zu treffen. Damit verschwand er, und Maxine sah nur noch, wie er elegant und ohne die geringste Mühe den Abhang hinunterschoß.
Unten angekommen, hatte sich Maxine schon wieder etwas gefangen. Sie stolperte zu der nahegelegenen Bar und verschwand sofort im Raum der Damentoilette. Sie nahm Mütze, Skibrille und Schal ab, zog ihren zusätzlichen Pullover aus, wusch sich das Gesicht mit warmen Wasser und rubbelte und zupfte ihr Haar zurecht, so gut es ging. Es war eine solche Wohltat für sie, daß ihr Unternehmungsgeist

schlagartig zurückkehrte. Sie stapfte in die verräucherte, kieferngetäfelte Bar. Da niemand so lebensmüde war, sich an einem Tag wie heute auf den Pisten rumzutreiben, hielt sich nur ein einziger Gast in dem kleinen Raum auf. Groß, stämmig und ganz in Schwarz lehnte er an der Theke und wedelte die Mütze mit dem orangenen Streifen hin und her. »Heißer Rum für Sie, Tee für mich«, sagte er, als sie ihn mit ihrem neuerdings unwiderstehlichen Lächeln bedachte. »Ich muß zugeben, ich hätte nie erwartet, ein hübsches Mädchen unter dieser Sammlung alter Männerpullover vorzufinden, wie Sie sie tragen.«
Sein sonnengebräuntes Gesicht war von kräftigen blonden Locken eingerahmt, und es brauchte nur einen Blick in seine klaren, offenen blauen Augen, da war Maxine schon auf der Stelle verliebt.
Dazu kam noch, daß sich ihr Retter als Mitglied der offiziellen Schweizer Skimannschaft herausstellte, und jedes Mädchen in *L'Hirondelle* hätte einen Mord begangen, um einen Angehörigen der Mannschaft kennenzulernen. Wartet, bis ich euch *das* erzählte, dachte Maxine.
Aber sie erzählte es niemand. Pierre Boursal saß mit ihr allein in der leeren Bar zusammen, bis es Zeit war, zum Internat zurückzukehren. Dann begleitete er sie und trug ihre Skier, während Maxine betete, daß er sie fragen möchte, ob sie sich wiedersehen könnten, und als er es dann endlich tat, war er ihr zu wichtig geworden, um mit ihm zu prahlen. Sie weihte nicht einmal Kate oder Pagan ein, denn das Schicksal war schnell versucht.
Von nun an trafen Maxine und Pierre sich so oft wie möglich, und beide wußten, worauf es hinauslief.

Sie erwartete ihn im *Chesa.* Sie waren beide zu aufgeregt, um zu essen, aber sie tranken eine halbe Flasche Champagner. Nach einer halben Stunde legte Pierre, der kaum je-

mals trank, den Arm um sie und sagte: »Gehen wir in mein Zimmer, ja?«
»Jetzt?« fragte Maxine zweifelnd, gleichzeitig voller Angst und Sehnsucht.
»Jetzt.«
Sie stapften durch die verschneiten Straßen, langsam, dabei eng umschlungen. Wie lang es wohl dauert? überlegte Maxine.
Das Chalet des Skiteams war leer. In ihren schweren Stiefeln trampelten sie die Holztreppe zum Obergeschoß hinauf.
Pierres Zimmer enthielt zwei schmale Betten. Er stellte den Aschenbecher vor die Tür, bevor er sie verschloß – das Signal für seine Mannschaftskameraden.
Maxine wollte fortlaufen, aber sie wollte auch bleiben.
Pierre begann rasch, sie auszuziehen, und immer, wenn sie etwas sagen wollte, verschloß er ihr den Mund mit einem Kuß. Sie wollte, daß er aufhörte, und sie wollte, daß er weitermachte, und sie fragte sich, ob sie ihm nicht doch besser sagte, daß sie noch nie.
Er ließ ein Lächeln aufblitzen und hakte geübt ihren Büstenhalter auf. »Mach dir keine Sorgen«, sagte er. »Ich habe das schon Hunderte von Malen gemacht.«
»Hunderte?« fragte Maxine erlöst, schockiert und zornig.
»Na, jedenfalls oft genug.« Als er ihr die Skihosen ausziehen wollte, kam es zu einem Kampf, denn die letzte Bastion wollte sie mit aller Kraft verteidigen. Also beschränkte Pierre sich darauf, seine eigenen Kleider auszuziehen. Als er seine Hose aufknöpfte, schloß Maxine die Augen. Dann öffnete sie sie wieder, sprang auf eines der Betten und vergrub ihren Kopf unter der Steppdecke.
»Pierre, es ist hellichter Tag. Ich bin schüchtern. Wenn jemand zum Fenster hereinschaut, kann er alles sehen.«
»Wir sind im dritten Stock«, sagte er lachend, zog aber bereitwillig den Vorhang zu.

Dann lag er nackt neben ihr, führte sanft ihre Hände von ihrem Gesicht an seinen Körper und küßte ihre nackten Brüste so leidenschaftlich, daß auch Maxine von Erregung gepackt wurde. Sie preßte ihr Gesicht gegen seine Brust, damit sie nichts zu sehen brauchte. Sie konnte seine Muskeln fühlen und sein Begehren riechen. Und sie fühlte etwas anderes. Rasch zog sie ihre Hand fort, aber Pierre ergriff sie am Gelenk und führte sie wieder nach unten. Wieder riß sie sich los, und wieder zog Pierre sie nach unten und legte sie auf seinen Penis. Maxine beschloß, so zu tun, als wäre es gar nicht ihre Hand. Sie hatte Angst davor, etwas falsch zu machen oder ihm wehzutun. Mußte man das Ding nach vorn biegen? Oder drehen? Konnte es nicht abbrechen?
Maxine war überrascht, daß ihr unschlüssiges Streicheln eine solche Wirkung bei ihm zeigte, daß er wollüstige Töne ausstieß und heiser murmelte: »Runter mit diesen verdammten Hosen«, was auch im Nu geschehen war. Nun war sie völlig nackt. Sie riskierte einen flüchtigen Blick auf sein Glied und erstarrte. Wie groß es war!
Das konnte unmöglich gutgehen, er würde sie in Stücke reißen! »Ich habe Angst«, sagte sie, »ich glaube, wir sollten besser aufhören.« Sie ließ Pierre los, und er stöhnte auf.
»Du hast recht, du bist zu jung«, sagte er schließlich widerstrebend. Daraufhin errötete Maxine vor Zorn und griff entschlossen nach seinem immer noch aufgerichteten Penis.
»Ich möchte dir nicht wehtun«, sagte Pierre, rollte sich aber nichtsdestoweniger auf sie. Und dann war es gar nicht so schmerzhaft, wie sie befürchtet hatte. Er war mit einer raschen Bewegung in sie eingedrungen und bewegte sich in ihr mit vorsichtigen Stößen.
»Ist es so richtig?« fragte Maxine, die sich über den Rhythmus Gedanken machte. Es schien ihr ein bißchen so, als versuchte man, in der Horizontalen Samba zu tanzen, aber sollte sie sich *mit* ihm bewegen oder in die entgegengesetzte Richtung?

»Denk nicht darüber nach, laß dich einfach gehen«, raunte er ihr ins Ohr. Da spürte sie, wie die Hitze in Wellen über sie hinzog, wie wohlige Schauer ihren Körper erfüllten, und sie schlang voller Gier die Arme um ihn und paßte sich erregt seinen Bewegungen an.
Plötzlich wurde er schneller, und seine Stöße kamen heftiger. Er gab ein ersticktes Gurgeln von sich und brach dann über ihr zusammen. Einen Moment lang dachte sie, er hätte das Bewußtsein verloren, aber nach ein paar Sekunden ließ er ein schmatzendes Geräusch hören, rollte sich von ihr runter – und schlief ein.
Alles war gut. Oder nicht? Sie fühlte sich erleichtert, daß es vorüber war, daß sie eine Hürde genommen hatte und jetzt eine richtige Frau war. Aber da war noch ein anderes Gefühl – eine Mischung aus Erschöpfung und Anspannung, die sie nicht verstand. Pierres Arm lag unter ihrem Rücken, und langsam rutschte sie Zentimeter um Zentimeter abwärts, bis sein Arm unter ihrem Hals lag und sie selber unter der Steppdecke. Sie fühlte sich einsam. Sie schloß die Augen und hätte am liebsten geweint.
War das *alles*? All das, worüber sie in vielen Nächten gerätselt, worauf sie gehofft und worüber sie in Hunderten von Liebesgeschichten gelesen hatte? Dieser Blutfleck auf dem Bettlaken unter ihrem Ellbogen? Der ungewohnte, säuerliche Geruch verschwitzter Körper? Dieses klebrige Zeug, das ihr über die Schenkel rann?
Reglos lag sie da und wollte nichts sehnlicher als sauber in ihrem eigenen Bett, in ihrem eigenen Zimmer zu liegen.
Sie mußte irgend etwas falsch gemacht haben . . . oder er hatte etwas nicht richtig gemacht.
»Im Training bin ich gut, doch außer Übung im Bett«, murmelte Pierre, hob den Kopf und blickte sie lächelnd an. »O Maxine, du hast die schönsten Brüste, die ich je gesehen habe.« Er senkte seinen Kopf über ihre Brüste

und sanft umspielte er mit warmer Zunge ihre steil aufgerichteten Warzen.
Über Maxine schlugen heiße Wellen der Lust zusammen, und erneut drang Pierre in sie ein. Ihr Körper begann sich in Pierres Rhythmus zu bewegen, sie konnte nicht dagegen an, sie fühlte, wie sie mit ihm verschmolz. Sie umarmte ihn, ließ ihre Hände tiefer gleiten und preßte seine harten Gesäßbacken gegen sich. »Bitte, hör nicht auf, hör nicht auf, *hör nicht auf*!« keuchte sie drängend. Sie schien in einen schwarzen Abendhimmel zu schweben, und als die Sterne explodierten, wußte sie, daß das das Gefühl war, auf das sie immer gewartet hatte.

Das Gehämmer an der Tür wurde heftiger. Maxine fuhr erschrocken aus dem Schlaf hoch und spürte den warmen nackten Körper an ihrer Seite.
»Maxie! Maxie!« Sie erhob sich taumelnd, tastete sich durch den fremden, von Mondlicht erfüllten Raum und öffnete vorsichtig die Tür.
Pagan stand in einem viel zu großen grünen Tweedmantel auf der Treppe. »Ist dir klar, daß wir schon beinahe Mitternacht haben? Du hast gesagt, Pierre würde dich noch vor dem Abendessen zurückbringen, aber als du um zehn noch nicht da warst, haben wir uns langsam Sorgen gemacht.«
»Mon Dieu«, entfuhr es Maxine. »Ich meine, Scheiße, dann wissen sie, daß ich nicht da war!«
»Nein, als die Hausmutter ihre Runde gemacht hat, um nachzusehen, ob wir alle im Bett sind, hat Kate gesagt, du wärst noch im Waschraum. Dann haben wir gewartet, bis alles schlief, und eine Münze geworfen, um zu entscheiden, wer dich suchen gehen sollte. Ich habe verloren, also hat sich Kate mit einer Taschenlampe ins Büro geschlichen, den Schlüssel für die Hintertür geklaut und mir aufgesperrt. Sie wartet auf uns, damit wir wieder hineinkönnen. Um Himmels willen, *beeil dich*!«

Zitternd schlüpfte Maxine in ihre Skikleidung, ohne Pierre zu wecken, der tief und fest schlief. Auf Zehenspitzen schlichen die beiden Mädchen den Korridor entlang, die knarrende Holztreppe hinunter und hinaus auf die Straße. Ohne zu sprechen, die Hände in die Manteltaschen vergraben, rannten sie, so schnell sie konnten, wobei sie in dem tiefen Schnee immer wieder ins Stolpern gerieten oder auf vereisten Stellen ausrutschten.
Als sie sich dem dunklen, wuchtig aufragenden Pensionat näherten, wurde die Straße plötzlich von den Scheinwerfern eines langsam fahrenden Wagens erhellt. Das Auto stoppte, und die Scheinwerfer hielten die beiden Mädchen in ihren Lichtkegeln gefangen. Als sie langsam weitergingen, wurde das Seitenfenster heruntergekurbelt, und ein Mann beugte sich heraus. »Ei, ei«, sagte er fröhlich, »haben wir uns in den Nightclubs herumgetrieben?«
Es war Paul, der Fahrer des Direktors. »Steigt ein, los!« sagte er scharf. Sie kletterten auf den Rücksitz. Paul drehte sich um, legte einen Arm auf die Lehne und grinste die beiden leichenblassen Mädchen an, die wußten, daß sie damit rechnen mußten, von der Schule geworfen zu werden. »Warum jetzt schon zurückgehen?« fragte er. »Warum begleitet ihr mich nicht in einen *richtigen* Nightclub? Ich weiß einen, in dem niemand euch erkennen wird. In meiner Begleitung seid ihr sicher.«
»Im Gegenteil, wir stecken dann noch tiefer in der Scheiße«, murmelte Maxine, die sich gut daran erinnern konnte, wie abfällig sich Nick einmal über Paul ausgelassen hatte. Aber Pagans erster Gedanke war, daß Paul zum Mitverschwörer wurde, wenn sie ihn begleitete; danach konnte er nicht mehr zu Chardin gehen und sie verpetzen. Sie würden nicht hinausgeworfen werden.
Sie nahm all ihren Mut zusammen. »Maxine geht besser zurück ins Internat, da wartet nämlich jemand auf uns. Ich

begleite Sie, aber wie komme ich dann hinterher wieder hinein?«

»Ich habe einen Schlüssel, natürlich.«

Maxine warf Pagan einen ängstlichen Blick zu, schlüpfte aus dem Wagen und lief zur Hintertür. Der blaue Jaguar glitt durch den Schnee davon.

Aber Paul fuhr gar nicht zu einem Nightclub. Er durchquerte die Stadt, ohne anzuhalten, ließ die letzten Häuser auf der anderen Seite hinter sich und hielt schließlich vor einem verlassen wirkenden Chalet.

»Hey«, sagte Pagan, »soll *das* ein Nightclub sein?«

»Nein, hier wohne ich«, antwortete Paul. »Hier ist es sicherer als in einem Nightclub. Wir nehmen nur einen Drink zusammen, und dann fahre ich dich wieder zurück.«

Pagan blickte aus dem Fenster des Wagens. Die Lichter von Gstaad waren nicht mehr zu sehen, und sie hatte keine Ahnung, wo sie war. Also folgte sie Paul gehorsam in das kleine Chalet und fand sich zu ihrer Überraschung in einem hochmodern eingerichteten Wohnzimmer wieder. Es gab mehrere niedrige Stühle mit Chromgestellen, an den schwarzen Wänden hingen abstrakte Gemälde in breiten Silberrahmen, und in einer Nische hob sich die lebensgroße, weiße Marmorstatue eines Männertorsos scharf von dem dunklen Hintergrund ab.

Erstaunt blinzelnd, schüttelte Pagan ihre Müdigkeit ab. Noch immer im Mantel, stand sie schweigend mitten im Raum, während Paul einen silbernen Cocktailshaker mit verschiedenen Flüssigkeiten füllte. Er schüttelte ihn, goß den Inhalt in einen Schwenker und reichte ihn Pagan. Das Zeug roch wie Seife und Scheuermittel, obwohl Paul behauptete, es sei Brandy und Wodka mit einem Schuß von etwas ganz Besonderem. Besser, du hältst ihn dir bei Laune, dachte Pagan – aber die einzige Möglichkeit, dieses Zeug hinunterzubekommen, bestand darin, den Atem anzuhalten und den Schwenker auf einen Zug zu leeren. Und genau das tat sie. Sie mußte spucken, fühlte ihre Knie weich werden und fiel in Ohnmacht.

Pagan wünschte, ihr Magen würde aufhören, sich zu drehen. Sie glaubte nicht, daß sie je wieder in der Lage sein würde, ihren Kopf zu heben. Vorsichtig öffnete sie die Augen. Grelles Licht gleißte auf sie herab. Ihre Lider fielen wieder zu. Sie war wie benebelt; sie war krank; sie schien keine Kontrolle mehr über ihre Glieder zu haben. Sie spürte kalten Stahl an ihren Handgelenken und hörte ein scharfes Klicken.

Paul hatte sie mit Handschellen an die Bettpfosten gefesselt!

Sie war zu erschöpft, um nachzudenken. Sie öffnete die Augen und schloß sie wieder, ohne zu wissen, was schlimmer war. Sie zitterte vor Kälte, und *sie hatte keine Kleider an!* Sie wünschte, sie hätte eine Ahnung, was da vorging ... wünschte, daß Paul sie in Ruhe lassen würde ... was hatte dieser Verrückte nur vor?

»Ich werde dich nur ein wenig streicheln, das ist alles, danach fahre ich dich wieder zur Schule zurück. Du willst jetzt doch gar nicht aufstehen, nicht wahr? Du willst gar nicht wirklich, daß ich aufhöre, oder? Du kannst es nicht wollen, habe ich recht? Es *gefällt* dir, richtig?«

Und tatsächlich gefielen Pagan die wohltuenden, sanften Berührungen an ihren Brüsten, den Rippen und auf ihrem Bauch. Sie öffnete erneut die Augen und sah, daß Paul neben ihr lag, nackt, auf einem schwarzen Laken. Den Kopf in die Hand gestützt, ein entrücktes Lächeln auf den Lippen – streifte er ihr mit einer schwarzen Feder über den Körper. Wieder wurden ihr die Lider schwer. Paul glitt vom Bett, und Pagan spürte etwas anderes, eine schlängelnde Bewegung an ihren Schenkeln.

Sie öffnete die Augen und sah die erste Erektion ihres Lebens. Pauls nackter Körper beugte sich über sie, seine Beine

gespreizt, und seine rechte Hand streichelte die Innenseiten ihrer Schenkel mit einer schwarzen Lederpeitsche. »Du hast keine Wahl, du mußt *alles* tun, was ich dir sage«, flüsterte er heiser.
Sie preßte die Lider zusammen. Ihr Kopf barst vor Schmerzen. Ein Blitz erhellte den Raum, und sie war mit einem Schlag nüchtern.
Paul hatte sie soeben fotografiert.
Danach benutzte er sie brutal, was für Pagan weniger schmerzhaft als abstoßend war.
Als er endlich fertig war und schwer atmend neben ihr lag, sagte sie: »Paul, *bitte* nimm mir die Handschellen ab, damit ich ins Badezimmer gehen kann.« Er richtete sich auf und schloß grinsend den Stahl an ihren Gelenken auf.
Pagan tastete sich ins Wohnzimmer und suchte ihre Kleider. Während sie erst ihre Bluse und dann die Hose aufhob, blickte sie zufällig in einen bronzegerahmten Spiegel über dem Sekretär und sah ihr geschwollenes Gesicht. Ihre Augen waren fast verschwunden; sie mußte geweint haben, aber wann?
Sie bemerkte, daß die oberste Schublade des Sekretärs halb offen stand. Was sie darin sah, ließ sie erschauern. Rasch schob sie ihre Hand in die Schublade.

Es dämmerte bereits, als Pagan endlich die Treppe zu ihren Zimmer hinauftastete.
»Du siehst ja schrecklich aus«, sagte Kate. »Es ist schon nach fünf.«
»Du riechst entsetzlich«, sagte Maxine. »Wo bist du denn gewesen? Was ist passiert?«
»Wir sind in eine Bar gegangen, und ich habe zuviel getrunken«, murmelte Pagan. »Wenn ihr jetzt vielleicht die Freundlichkeit hättet, mich in Ruhe zu lassen? *Und zwar beide*!«
Sie spülte ihren Mund mit starkem Mundwasser aus, wusch

sich das Gesicht und fiel ins Bett. Sie verpaßte das Frühstück, und als die Hausmutter ihr geschwollenes Gesicht und die rotgeränderten, trüben Augen sah, bestand sie darauf, Pagan sofort ein Fieberthermometer in den Mund zu stecken. Obwohl Pagans Temperatur normal war, wirkte sie trotzdem, als habe eine Krankheit von ihr Besitz ergriffen, und so wurde sie für zwei Tage in die Krankenabteilung gesteckt.

5

Zehn Tage später hatte die Widerstandskraft der Jugend gesiegt. Es war Pagan gelungen, sich einzureden, daß der abscheuliche Zwischenfall gar nicht stattgefunden hätte. Erstaunlicherweise war ihre gute Laune von dem gräßlichen Erlebnis nicht im mindesten beeinflußt worden, und so überredete sie eines Sonntagnachmittags voll rastloser Energie ihre zwei Freundinnen und Judy dazu, den roten Pferdeschlitten zu mieten und eine Ausfahrt zu unternehmen.

Sie schlugen den Weg nach Saanen ein. Der Hufschlag des Pferdes auf den schneebedeckten Straßen war kaum zu hören, aber die Glöckchen am Geschirr verbreiteten silberhelle Fröhlichkeit. Die vier Mädchen kuschelten sich unter der warmen, abgenutzten Silberfuchsdecke zusammen und winkten jedem Fußgänger und Skiläufer zu, dem sie begegneten. Als der Kutscher die Pferde verschnaufen ließ, setzten sie sich abwechselnd auf den Kutschbock, um sich von Pagan, mit Zügeln und Peitsche in der Hand, fotografieren zu lassen.

Als Judy an der Reihe war, ließ sie, ohne nachzudenken, die Zügel schnalzen und die Peitsche durch die Luft sausen. Zu allem Überfluß rief sie auch noch »Hühhott!« Die lederne

Peitschenzunge erreichte das Ohr des Pferdes, das mit schrillem Wiehern die Vorderbeine hochwarf und dann mit blitzartiger Geschwindigkeit in rasenden Galopp verfiel. Judy hatte vor Schreck die Peitsche fallengelassen und klammerte sich schreiend an den Kutschbock. Kate und Maxine versuchten, den wild schlingernden Schlitten im Gleichgewicht zu halten, während Pagan und der Kutscher wie vom Donner gerührt am Straßenrand zurückblieben.
Zum ersten Mal vergaß Pagan ihr häßliches Erlebnis vor zehn Tagen tatsächlich. Sie ließ ihre Kamera fallen und schoß hinter dem Schlitten her, der von einer Straßenseite auf die andere geschleudert wurde.
Als das außer Rand und Band geratene Pferd an einer Gruppe von Spaziergängern vorbeipreschen wollte, warf sich einer der Männer in die Zügel, lief ein paar Schritte neben dem Schlitten her und ließ sich schließlich mitschleppen. Allmählich wurde das Tier langsamer. Als Pagan den Schlitten erreichte, streichelte der Mann die dampfenden Nüstern des Pferdes und beruhigte es allmählich in einer völlig fremdartigen Sprache.
Judy kauerte mit todblassem Gesicht auf dem Kutschbock. »Wie kannst du es wagen, das Pferd zu schlagen!« schrie Pagan sie an. »Hast du nicht gesehen, wie ausgefahren und vereist der Pfad ist? Es hätte sich ein Bein brechen können. Du bist wirklich komplett verrückt. Runter mit dir! Nach hinten, los!« Ihre Haltung war der Ausdruck einziger Empörung.
Nachdem Judy sich in den Schlitten geflüchtet hatte, wandte Pagan sich dem Pferd zu. Sie strich ihm über die schweißbedeckten Flanken und streichelte sanft die Stirn, bis sich die noch immer erschreckt rollenden Augäpfel beruhigt hatten. Dann zog sie dem Fremden, von dem sie kaum Notiz genommen hatte, die Zügel aus der Hand, bedankte sich kurz und führte den Schlitten zu dem wütenden Kutscher zurück, der umgehend den Rückweg antrat.

Vor dem Stall wurden sie von einem dunkelhäutigen Mann in Skikleidung erwartet, dessen Gesicht die arrogante Miene eines privilegierten Dieners trug. Er trat auf Pagan zu und deutete eine Verbeugung an, das Gesicht noch immer ausdruckslos. »Mein Herr, seine Königliche Hoheit Kronprinz Abdullah, läßt Sie einladen, sich mit ihm im Hotel Imperial zu treffen.«
»Was Sie nicht sagen«, antwortete Pagan, immer noch wütend über Judys Ungeschicklichkeit, »leider hat die Königin von China gerade zu tun.«
»Prinz Abdullah wohnt aber wirklich im *Imperial*«, wandte Judy ein. »Er hat zwei Suiten gemietet, für die ganze Zeit, die er hier in die Schule geht. Ich habe ihn selber zwar noch nie zu Gesicht bekommen, aber dieser Bursche hier sieht ganz wie einer seiner arabischen Leibwächter aus.« Judy warf das Ende ihres blaßblauen Schals über die Schulter. »Entschuldige noch mal, aber ich muß los, mein Dienst im *Chesa* fängt bald an. An deiner Stelle würde ich mir das mit der Einladung überlegen. Wie oft wird man schon von einer Königlichen Hoheit zum Tee gebeten?« Sie lief davon, so schnell ihre schweren Stiefel es zuließen.
Die Erinnerung an ihre vorangegangene, schmerzliche Eskapade mit Paul ließ Pagan zögern. Sie wollte nicht schon wieder in irgend etwas Exotisches verwickelt werden.
»Ins Foyer kannst du ja wenigstens gehen«, insistierten die beiden anderen Mädchen. »O Pagan, echter *Adel*«, fügte Kate hinzu, während sie dem Mann mit dem dunklen Gesicht zum *Imperial* folgten.
Prinz Abdullah saß in einer Ecke des Foyers. Er trug einen schneeweißen Skianzug und wirkte ungeduldig. Seine Augen unter den geschwungenen Brauen hatten den wachsamen Ausdruck eines Falken. Es waren die Augen eines Mannes, der gewohnt ist, daß man seinen Befehlen Folge leistet. Ohne den Kopf zu bewegen, folgte er dem Weg der Mädchen durch das Foyer, bis sie vor ihm standen. Dann

erhob er sich und sagte höflich: »Wie außerordentlich nett von Ihnen, daß Sie kommen konnten. Haben wir nicht herrliches Wetter?« Sein Englisch wies nur einen ganz schwachen Akzent auf. Er war der Mann, der das durchgegangene Pferd aufgehalten hatte.
Mit einer Handbewegung deutete der Prinz auf die samtbezogenen Sessel, die sich um seinen Tisch gruppierten. Die Mädchen setzten sich, gefolgt von Abdullah, und dann wurde über das Wetter, das Hotel und die Skiabfahrten geredet. Der steife Rücken des Prinzen, seine arrogante, fast bedrohliche Ruhe, das alles strahlte Majestätisches aus, wirkte bei einem achtzehnjährigen Jungen aber seltsam und irritierend. Pagan dachte, daß er sich auf einem schnellen Araberhengst wahrscheinlich wohler fühlte als in dem alten grünen Hotelsessel. Also lenkte sie das Gespräch auf Pferde, und der Prinz lächelte zum erstenmal.
Von diesem Moment an waren die beiden anderen Mädchen praktisch Luft für ihn.

»Rommé«, rief Pagan und sah Abdullah erwartungsvoll an. Sie lag auf dem Bauch auf einem Eisbärenfell vor dem brennenden Kamin und hatte gerade wieder einen triumphalen Sieg errungen. Der Prinz, der ihr im Schneidersitz gegenübersaß, grinste und zuckte mit den Schultern, ohne den Karten einen weiteren Blick zu gönnen.
Abdullah weigerte sich, ins *Chesa* zu gehen. Er sagte, er hasse es, wenn die Leute ihn anstarrten und *paparazzi* mit ihren Kameras vor seinem Gesicht herumfuhrwerkten, aber in Wirklichkeit hielt er das *Chesa* für ein Sicherheitsrisiko. Anfangs hatte Pagan sich geweigert, den Prinzen in seiner Suite zu besuchen. Dann aber hatte sie beschlossen, seinem Versprechen, daß er sich »anständig benehmen« würde, zu trauen, und seither verbrachte sie die meisten Samstagnachmittage damit, sich auf dem dicken, rotbraunen Teppich in Abdullahs privatem Wohnzimmer herumzulümmeln, über

Pferde zu reden oder ihm Kartenspiele wie Rommé oder Schwarzer Kater beizubringen.
Wenn sie allein waren, ließ Abdullah alle majestätischen Allüren fallen. Er schickte seine Leibwächter mit einem knappen Kopfnicken fort und war wie ausgewechselt.
»Ich fange an zu glauben, daß du mogelst«, sagte er jetzt und schien dabei ganz zu vergessen, daß er es eigentlich war, der stets durch Mogeln das Glück der Karten zu seinen Gunsten zu entscheiden versuchte. Er grinste, gähnte und lachte schließlich, wobei er zwei Reihen weißer, ebenmäßiger Zähne sehen ließ.
Gerade als er sich mit einer flinken, katzenartigen Bewegung auf die Seite rollte, drang aus dem angrenzenden Raum ein scharfes Knacken. Mit einem Satz war er auf den Füßen, und während er sich vorwärts bewegte, sah Pagan, die gerade die Spielkarten einsammelte, wie er eine schimmernde automatische Pistole unter seinem roten Pullover hervorzog. Er sprang zur Schlafzimmertür und trat sie auf.
Abgesehen von dem Knistern und Knacken der brennenden Holzscheite im Kamin war die ganze Suite von atemloser Stille erfüllt. Mit einem weiteren Satz sprang Abdullah in den anderen Raum.
»Falscher Alarm!« rief er kurz darauf. »Entschuldige, Pagan.«
Sie stand auf und lief ebenfalls in das angrenzende Zimmer. Im Gegensatz zu dem samtenen Luxus des Salons war Abdullahs Schlafzimmer vollkommen leer, es hatte nicht einmal Vorhänge. Die einzigen Möbel in dem kahlen Raum waren ein großes Doppelbett und daneben ein kleiner Beistelltisch, auf dem sich eine Karaffe mit Wasser, ein Tablettenfläschchen und eine weitere Pistole befanden.
Abdullah stand am Fenster und blickte hinaus. »Wahrscheinlich ist nur ein Ast abgebrochen«, sagte er. »Es tut mir leid, daß ich dir einen Schreck eingejagt habe, aber ich muß vorsichtig sein.«

»Aber die Leibwächter . . .« wandte Pagan ein.
Abdullah zuckte mit den Schultern. »Der Preis eines Leibwächters ist nicht hoch. Ich bin in derselben Lage wie der ärmste Bettler in meinem Königreich – wenn ich mich nicht selbst um mich kümmere, ein anderer tut es bestimmt nicht.«
»Aber wovor hast du Angst?«
Abdullah schob die Pistole wieder in den Hosenbund. »Vielleicht versucht jemand, mich zu entführen. Oder zu ermorden. Man kann nie wissen.« Er blickte sie nachdenklich an. »Möchtest du noch etwas Tee?« Er drückte auf den Knopf für den Etagenkellner.
»Du glaubst doch nicht wirklich, jemand könnte dich entführen wollen?« fragte Pagan.
»Es wäre nicht das erste Mal«, antwortete Abdullah. »Ich war noch kein Jahr alt, als man schon versuchte, mich aus der Wiege zu rauben. Beim letzten Versuch war ich vierzehn. Seitdem trage ich immer einen Revolver bei mir, schlafe mit einer Pistole unter dem Kopfkissen, und wenn ich Auto fahre, liegt eine Maschinenpistole auf dem Beifahrersitz.«
Ein leises Klopfen ertönte. Nick öffnete die Tür. Er trug seine Kellneruniform. Der respektvolle Ausdruck auf seinem Gesicht erlosch für einen Moment, als er Pagan auf dem Bärenfell bemerkte. Abdullah bestellte Limonade und Tee. Pagan blinzelte Nick zu, doch er ignorierte sie. Er kann Abdullah nicht ausstehen, dachte sie. Ich frage mich, wieso.
Abdullah zeigte mit keiner Regung, daß er Nick wiedererkannt hatte. Für einen kurzen Augenblick erinnerte er sich an den demütigendsten Moment seines Lebens.
Er war der einzige Junge in der Schule ohne einen Freund. Abdullah konnte nicht verstehen, warum hinter diesen alten Steinmauern alle Jungens – er selber eingeschlossen – gleich waren. Für ihn war die jahrhundertealte britische Schule eine feindselige, da unverständliche Welt. Weil er

sich in den strengen Konventionen und der Umgangssprache seiner Schulkameraden nicht auskannte, tat und sagte Abdullah immer genau das, was man gerade nicht tat und sagte. Doch dann wurde er in die Fußballmannschaft der Schule gewählt und war ganz sicher, daß man ihn anerkennen würde. Er las seinen Namen am Schwarzen Brett und rannte mit einem Schrei der Begeisterung den Korridor hinunter, um seine Bücher für die nächste Stunde zu holen. Jeder Zögling hatte seinen eigenen kleinen Raum, eingerichtet mit einem zernarbten Holztisch, zwei Stühlen, einer Kommode, einem zusammenklappbaren Metallbett und einer Truhe, in der die Sportausrüstung aufbewahrt wurde. Abdullahs Einrichtung sah genauso aus wie die der anderen, mit einer Ausnahme: an der Wand über seinem Schreibtisch hingen gerahmte Fotos von der Jacht seines Vaters, seiner Mutter in Staatskleidung, seinem Vater, wie er gerade in seiner zeremoniellen Uniform von König George VI. dekoriert wurde, und von Abdullah selber, wie er im Alter von dreizehn Jahren den Salut der Palastwache von Sidon entgegennahm und wie er von Rita Hayworth auf die Wange geküßt wurde.
Während Abdullah noch in seiner Kommode nach einem lateinischen Grammatikbuch suchte, hörte er Stimmen vor der Tür.
»Das darf doch nicht wahr sein! Hast du gehört, Horton, der kleine Affe ist in der Fußballmannschaft!«
»Was? Willst du mich auf den Arm nehmen? So ein stinkender Araber soll unsere Schule vertreten?«
»Womöglich macht irgendein verdammter Niggerfreund ihn noch zum Mannschaftskapitän. Na, vielleicht tritt ihm ja jemand in die Eier. Was für eine Farbe haben die Eier von Affen eigentlich, Königspurpur, wie?«
Ausgelassenes Gelächter tönte. Dann rief die Glocke die Schüler in die Klassen, und die Stimmen entfernten sich. Abdullahs Hände zitterten in ohnmächtiger Wut. Er wagte

nicht, die drei zu stellen. Er kannte sie, aber sie waren viel älter als er und hätten ihn nur ausgelacht. Und außerdem – warum sollte er etwas darauf geben, was dieser Abschaum dachte? Sie würden irgendwann als Bauern, Soldaten oder Politiker enden, während er dazu bestimmt war, zu herrschen, ein König zu sein, der Führer seines Volkes, geliebt von allen Stämmen und umjubelt von seinen Untertanen, Männern wie Frauen.

Plötzlich holte er tief Luft . . . Frauen! Er war von einem alten Liebeskünstler in Kairo unterrichtet worden, drei Wochen lang, damit konnten diese drei Schlappschwänze nicht aufwarten. Und wie er dastand, zitternd vor Wut, das ramponierte Grammatikbuch in der Hand, fiel ihm ein, wie er Rache nehmen könnte – süße Rache.

Er würde mit ihren Frauen schlafen.

Pagan verließ Abdullahs Suite früher als üblich. Aber statt ins Internat zurückzukehren, nahm sie den Fahrstuhl zum obersten Stockwerk und lief die restlichen Stufen zu Nicks Kammer hinauf Sie hatte Glück, denn sein Dienst war gerade zu Ende. Er öffnete ihr in Hemdsärmeln.

»Na, willst du sehen, wie man in den Slums lebt?« fragte er kalt, als sie ihn auf die Wange küßte.

»Nein, ich habe mich nur gefragt, warum du Abdullah nicht ausstehen kannst. Du kannst schließlich nicht erwarten, daß wir *alle vier* nur für dich Augen haben, besonders, wo wir ja schließlich wissen, daß du nur hinter Judy her bist.«

Die Bettfedern knarrten, als sie sich auf das alte Eisengestell sinken ließ. Nick wirkte unglücklich.

»Dein Privatleben geht mich nichts an«, sagte er.

»Aber was ist denn, Nick? Hat Abdullah – schon – eine Freundin?«

»Keine Ahnung. Wie auch immer, es geht mich nichts an, und ich würde es dir auch nicht sagen, wenn ich es wüßte . . . Aber . . . wir waren zusammen auf der Schule, und ich schwöre dir, dieser Bastard Abdullah ist nicht, was er scheint. Natürlich, Frauen halten ihn für unwiderstehlich. Schließlich ist er ja auch sehr attraktiv.«

Pagan lachte. »Tja, ich kann mir auch gar nicht vorstellen, warum ich nicht vor ihm dahingeschmolzen bin, aber ich bin's nicht. Er ist faszinierend, aber ich bin einfach nicht in ihn verliebt, so wie du in Judy verliebt bist.«

»Nun, dann hast du Glück gehabt, denn Abdullah behandelt Frauen nicht gerade wie ein Gentleman. Er *benutzt* sie. Ich meine, sie sind ihm schlicht egal. Er schläft mit ihnen, um Macht über sie und ihre Männer zu bekommen!«

»Abdullah? Aber er ist ständig auf der Hut, *vor jedem und allem.* Er hat Angst davor, daß man auf ihn schießt, daß man ihn ausnützt oder entführt. Er schläft mit seiner Pistole, nicht mit einer Frau!«

»Und diese Kombination von Bedrohung und Charme ist genau das, was Frauen unwiderstehlich finden«, sagte Nick bitter und mit einem Anflug von Neid.

»Darf ich das so verstehen, daß du denkst, Abdullah könnte absichtlich Katz und Maus mit mir spielen? Mich unglücklich machen wollen?«

»Pagan, hör mir mal zu. Ich habe euch alle vier sehr gern, und du weißt, was ich für Judy empfinde. Aber ich bin *euer Freund.* Ich würde keinen von euch *benutzen,* und genau das tut Abdullah. Er hat keinen Respekt, keine Ritterlichkeit, und er ist kein . . . kein Gentleman.«

Pagan warf den Kopf zurück und lachte. »O Nick, Liebster, du bist eine zimperliche alte Tante! In Zukunft werde ich Stacheldraht statt meiner elastischen Schlüpfer tragen.«

Was Pagan gern gewußt hätte – und was die ganze Schule wissen wollte – war, ob Prinz Abdullah sie zum Valentinsball einladen würde. Abdullah ließ sich selten in der Öffentlichkeit sehen, vor allem, nachdem er eines Sonntagnachmittags den Pferdeschlitten gemietet hatte und dabei von

einem Straßenfotografen zusammen mit Pagan aufgenommen worden war. Das Negativ war blitzschnell an *Paris Match* verkauft worden und binnen vierundzwanzig Stunden in Zeitungen überall auf der Welt erschienen.
Alle zwei Tage erhielt Pagan einen Armvoll langstieliger roter Rosen ohne Karte. »Sagtest du nicht immer, rote Rosen sei vulgär?« fragte Kate heiter und duckte sich rasch vor einem heranfliegenden Kissen.
Nach dem dritten Strauß wurde Pagan in das Büro des Direktors zitiert, der ihr mitteilte, daß sie weitere Sendungen nicht mehr annehmen dürfe. Er wirkte ungewöhnlich erregt. In der letzten Zeit hatten ihn sämtliche Klatschjournalisten Europas belästigt. Zweifellos war die Publicity gut für die Schule, aber er hielt es für seine Pflicht, Mißfallen zu äußern.
Ein paar Abende später wurde Pagan erneut in das Büro des Direktors bestellt. Als sie zurückkam, wirkte sie verwirrt. »Was war los?« fragte Kate.
»Telefon. Mein Cousin Caspar. Er ist Englands Botschafter in den Emiraten. Er hat gehört, daß ich öfters mit Abdullah zusammen bin und wollte mich vor ihm warnen.«
»Was hat er gesagt?«
»Der Prinz sei verlobt. Mit einer arabischen Prinzessin, die erst zehn Jahre alt ist. Sie wollen heiraten, wenn sie fünfzehn ist. Und er sagt, daß sich hinter der Maske des westlichen Staatsmanns ein gefährlicher, wilder und mittelalterlicher Araber verbirgt, der zu allem fähig ist, wenn er das Gefühl hat, gedemütigt zu werden.«
Nach ihrem nächsten Treffen mit Abdullah kehrte Pagan etwas gedämpfterer Stimmung ins Internat zurück. »Ich habe ihn gefragt, ob er eine zehnjährige Verlobte hätte«, erzählte sie ihren Freundinnen. »Die Frage schien ihm überhaupt nicht zu gefallen. Er behauptete, das sei eine rein diplomatische Liaison und hätte nichts mit *uns* zu tun. Zehn Minuten lang war er etwas komisch, dann verschwand er in seinem

Schlafzimmer, um zu telefonieren, und zwanzig Minuten später klopfte es an der Wohnzimmertür, und einer der Leibwächter kam mit einem Verkäufer aus der Cartier-Boutique herein. Der Mann reichte Abdullah eine Schachtel und verschwand sofort wieder. Dann trat Abdullah zu mir und gab mir die Schachtel aus rotem Samt. Und drinnen lag, auf weißem Satin, ein absolut traumhaftes Diamantenhalsband. Wenn ich Großvater nicht versprochen hätte, keine Geschenke von Männern anzunehmen, hätte ich es mir auf der Stelle umlegen lassen. So aber habe ich ihm mitgeteilt, daß ich es nicht annehmen könnte. Ich hatte hinterher den Eindruck, als wäre er es nicht gewöhnt, daß Leute seine Geschenke ablehnen oder auch nur ›nein‹ zu irgend etwas sagen.«

Von nun an verging vier Wochen lang kein Samstagstee in Abdullahs Suite, ohne daß er versuchte, ihr etwas zu schenken. Aber Pagan weigerte sich standhaft, die prächtigen Schmuckstücke auch nur anzulegen. Das einzige, was sie, mit der Erlaubnis ihrer Mutter, akzeptierte, war der alte Reitmantel seines Großvaters. Sie versprach Abdullah sogar widerstrebend, das Ding auf dem Ball zu tragen – als Buße, weil sie seine so viel wertvolleren Geschenke abgelehnt hatte.

Am Abend vor dem St.-Valentins-Tag klopfte es an der Tür zu Pagans Zimmer. Sie öffnete, und der alte Träger schleppte eine große Schachtel herein, auf der Pagans Name stand. Die beiden anderen Mädchen sahen ihr über die Schulter, als sie die Schachtel öffnete. Sie schlug das Seidenpapier zur Seite. Unter ehrfürchtigem Schweigen nahm sie einen weichen, dunklen Persianer heraus. Sie drapierte das schwere, kostbare Stück um ihre Schultern und zog die Kapuze über. Der sogenannte Reitmantel reichte bis zur Erde.

»O Gott, ich meine, *mon Dieu*«, sagte Pagan, »das ist wohl nicht ganz das, was Mama sich vorgestellt hat. Ich glaube, ich muß sie noch mal anrufen, sonst bringt sie mich um.«

Nachdem auch die beiden anderen Mädchen den Mantel anprobiert hatten, ging Pagan zum Telefon, um ihre Mutter anzurufen. Als sie eine halbe Stunde später zurückkehrte, wirkte sie verärgert.
»Sie sagt, daß sie nun einmal zugestimmt hätte, und deswegen dürfte ich den Mantel annehmen und behalten. Aber da er so wertvoll ist, darf ich ihn nicht anziehen. Ausnahme wäre der Valentinsball, weil es sonst Abdullah gegenüber eine Beleidigung wäre. Aber danach dürfte man mich nicht mehr darin sehen.«
»Na, zumindest hast du's nachts wärmer darin als unter diesen alten Steppdecken hier.«
So geschah es, daß Pagan für den Rest ihrer Schulzeit jeden Abend nach Löschen des Lichts im Schneidersitz zum Unterhalten auf Kates Bett saß – von Kopf bis Fuß in einen unbeschreiblich teuren Persianermantel gehüllt.

6

Maxine erblickte Pierre sofort, als sie den großen Saal betrat. Kate konnte François nirgendwo sehen. Genauer gesagt, hatte sie ihn schon seit über einer Woche nicht mehr gesehen. Aber sie liebte ihn, egal, ob sie ihn sah oder nicht. Als Pierre auf Maxine zukam, bemerkte Kate plötzlich auch François. Er saß zwischen zwei plumpen, dunkelhaarigen Mädchen mit identischem, müde wirkendem Schlafzimmerblick. Kate winkte ihm zu, aber er reagierte nicht. Jemand bat sie um einen Tanz, und so tanzte sie über das Parkett und winkte François erneut zu, als sie an seinem Tisch vorbeikam, aber wieder schien er sie nicht zu sehen.
Als der Tanz zu Ende war, stieß Kate fast mit Judy zusammen. »Was ist los, Kate?« fragte die Amerikanerin.
Als Kate es ihr erklärte, sagte Judy: »Du hast zwei Beine

und einen Mund. Sitz hier nicht herum und warte, bis er sich rührt. Geh zu ihm und sag guten Tag.«
Also stand Kate auf und schritt – ein hinreißender Anblick in ihrem auserlesenen Taftkleid, dessen Ausschnitt sie vor jedem Tanz etwas tiefer zupfte – auf François' Tisch zu. Er blickte auf und runzelte die Stirn.
»Ah, guten Abend, Kate, darf ich dir Anna und Helena Stiarkos vorstellen?« Kate bedachte die beiden Mädchen mit einem knappen Lächeln. Die Zwillinge reagierten, indem sie den Kopf zwei Millimeter senkten und wieder hoben. Eine von ihnen schob bedächtig eine Zigarette in eine lange goldene Spitze, und François ließ sofort sein Feuerzeug aufschnappen, fast wie in einem Reflex.
Kate sagte: »Ich sitze da hinten in der Ecke, François.«
»Habe ich schon bemerkt. Ich freue mich darauf, mit dir zu tanzen, später vielleicht.«
Verwirrt bemerkte Kate, daß sie entlassen worden war, und kehrte benommen an ihren Tisch zurück.
Später . . .? Vielleicht . . .? *Aber dies war der Valentinsball!*
»Was ist los?« fragte Maxine.
Kate konnte nicht sprechen. Sie hatte Angst, sie würde zu weinen beginnen. Eine unkleidsame dunkle Röte breitete sich von ihrem Hals über das ganze Gesicht aus.
»Komm mit auf die Toilette«, sagte Maxine rasch und ergriff ihre Hand.
Dort angekommen, schüttete Kate Maxine ihr Herz aus. Maxine fuhr ihrer Freundin über das Haar. »Du darfst ihn nicht wissen lassen, daß er dich verletzt hat. Du mußt die Sache geschickt anpacken und den richtigen Zeitpunkt abwarten, damit er dir nicht ausweichen kann, wenn du ihn zur Rede stellst.«
»Schau, François war in der letzten Woche jeden Tag mit den beiden Kühen im *Chesa* zum Mittagessen«, ergänzte Judy, die ebenfalls zu ihnen gestoßen war. »Sie sind die Erbinnen einer riesigen griechischen Reederei, und glaub bloß

nicht, François wüßte das nicht. Du kannst dich jetzt also entweder weiter in Selbstmitleid ergehen oder tapfer sein und dir nicht anmerken lassen, daß er dir einen Schlag versetzt hat.«
Kate nickte und zog die Nase hoch. Als sie den Saal wieder betrat, steuerte sie direkt auf Nick zu. »Sei lieb und gib mir einen doppelten Brandy.«
In diesem Augenblick tauchte am Eingang eine Gruppe junger Männer in Dinnerjacketts auf.
»Schau, da sind die Burschen aus *Le Mornay*«, flüsterte Nick Kate ins Ohr, »und alle warten nur darauf, sich in dich zu verlieben.«
Während die jungen Männer zu ihrem Tisch schlenderten, senkte sich plötzlich eine atemlose Stille über den Saal. Alle Blicke wandten sich zur Tür, in deren Rahmen Prinz Abdullah, der Ehrengast, erschien. Er blieb so steif stehen, als nähme er eine Parade ab. An seiner Seite stand Pagan, hoheitsvoll wie eine Königin. Nach einem kurzen Moment glitt sie die Treppe hinunter, eingehüllt in eine Wolke funkelnden, nebelgrauen Tülls.
Kate flirtete jetzt ganz offen mit Nick, bei dem sie sich in Sicherheit fühlte. Um Mitternacht sanken Hunderte weißer und rosafarbener Ballons von der Decke herunter, und alle weiblichen Gäste wurden mit goldenen Puderdöschen in Herzform und einer einzigen langstieligen Rose beschenkt. Silberne Papierschlangen wirbelten durch den Saal, und alle Förmlichkeit wurde fallengelassen.
Kate konnte die allgemeine Fröhlichkeit nicht länger ertragen und wollte sich auf der Toilette verstecken, wurde aber auf dem Weg dorthin von Nick abgepaßt, der die ganze Zeit getrunken hatte, obwohl er im Dienst war. »Schau, wir sind beide unglücklich«, flüsterte er ihr ins Ohr. »Judy will nichts mit mir zu tun haben, außer als Freund, und heute abend will sie nicht einmal mit mir *re-*

den. Ich bin so allein und fühle mich so elend. Bitte, komm doch mit in mein Zimmer, Kate, Liebling.«
Zu ihrer eigenen Überraschung dachte Kate über den Vorschlag nach. Sie brauchte die beruhigende Wärme einer männlichen Umarmung nach dem Schmerz der Zurückweisung. »Tja, ich weiß nicht«, sagte sie. »Ich meine, wie sollen wir das denn drehen?«
»Du brauchst nachher bloß als eine der ersten draußen beim Schulbus zu sein. Du steigt ein und schlüpfst dann rasch zur Hintertür wieder aus dem Bus, während eure Aufpasserin noch damit beschäftigt ist, die Nachzügler zu zählen. Sieh zu, daß Pagan dich später hereinläßt.« Kate wirkte so verloren und unglücklich, daß Nick eine rasche Umarmung riskierte.
»In Ordnung, ich werd's versuchen, aber ich kann nichts versprechen. Es hängt von Pagan ab.«
Sie ging zurück an ihren Tisch, um den Vorschlag mit Maxine zu diskutieren, die nach zwei Gläsern Champagner leicht aufgedreht war. »Pierre möchte mich auch bei sich haben«, sagte Maxine und machte keinen Hehl daraus, daß sie ihn genausogern sehen wollte.
»Wollt ihr in das Chalet der Skimannschaft?«
»Nein, der hat sich für alle Fälle ein Zimmer hier im Hotel genommen.«
Kate war beeindruckt. Die beiden Mädchen blickten zu Pagan hinüber, die über das Tanzparkett glitt und so tat, als wäre sie eine Prinzessin. »Glaubst du nicht, Pagan möchte auch gern draußen bleiben?«
»Ich glaube nicht, daß sie das wagt.« Sie gaben Pagan ein Signal, und alle drei verschwanden erneut in der Toilette.
»Hierbleiben?« rief Pagan. »Wie könnte ich hierbleiben? Die ganze Welt würde Bescheid wissen. Ich lasse euch um fünf herein. Aber verspätet euch bloß nicht!«
Um ein Uhr stiegen Kate und Maxine in den Bus, dicht gefolgt von Pagan, die für ein solches Durcheinander sorgte,

daß ihre beiden Freundinnen unbemerkt aus der hinteren Tür aussteigen konnten.
Kate lief zurück ins *Imperial* und die Hintertreppe hinauf, wo Nick sie im sechsten Stock erwartete. Sobald sie die Sicherheit seiner Kammer erreicht hatten, nahm er sie in die Arme und begann, ihren schweren Tweedmantel aufzuknöpfen. Kate kauerte sich behutsam auf die Kante seines knarrenden Bettes. Nick zog sanft ihren Kopf an seine Brust und streichelte ihr Haar, bis er spürte, daß sie sich entspannte. Dann küßte er sie vorsichtig auf das Haar und auf die Wangen, mied indes den Mund, denn das wäre ihm wie ein Treuebruch vorgekommen. Aber später zog Kate seinen Kopf herunter und seine Lippen auf ihren Mund, und da waren plötzlich all seine Bedenken verschwunden. Er küßte sie wild mit der aufgestauten Hitze seiner achtzehn Jahre und dem gesamten Schmerz und Elend der letzten acht Monate. Dieser Kuß schien eine halbe Stunde zu dauern. Nick hatte das Gefühl, in Kates Duft, ihrem weichen Körper, dessen Wärme er durch das Taftkleid spürte, zu ertrinken.
Dann lag das Kleid plötzlich auf dem Boden, und er küßte ihre Brüste. »Ab ins Bett«, murmelte er. Dort preßten sie sich aneinander, verloren nacheinander Kleidungsstücke und Hemmungen, bis Nick schließlich in warmer Nacktheit auf ihrem verlangenden Körper lag.
Aber irgend etwas stimmte nicht, dachte Kate, als sie mit der Hand an seinem Körper hinunterglitt, um ihn zu liebkosen. Es war, als hätte er schon mit ihr geschlafen. Nick zuckte zusammen und küßte sie mit neuer Leidenschaft, während er sich von ihrer Hand fortbewegte.
Zehn Minuten später tastete Kate erneut nach Nicks Glied, bereit, es zu massieren, wie sie das von François gelernt hatte. Aber wieder fand sie nur zwei weiche Beutel und schlaffes Fleisch vor, und wieder schob Nick ihre Hand fort. Sie waren beide verwirrt; keiner wußte, was er als nächstes

tun sollte. In einer Aufwallung von Trauer warfen sie sich einander in die Arme und kuschelten sich zusammen wie zwei junge schutzbedürftige Tiere, getröstet von ihrer gegenseitigen Wärme.

Doch die Trauer wich nicht.

Maxine stapfte über die schneebedeckte, blau überschattete Straße auf Kate zu, die zitternd unter einer Straßenlaterne wartete. Ohne ein Wort ergriffen sie sich bei der Hand, liefen rasch zur Schule und klopften vorsichtig an die Hintertür.

Die Tür wurde aufgerissen, und dahinter tauchte die vor Entrüstung bebende Hausmutter auf. »Ihr seid mir ja ein feines Paar«, rief sie, »schämen solltet ihr euch! Geht sofort ins Büro des Direktors.«

In einen rostroten Seidenmantel gehüllt, ging Monsieur Chardin wütend in seinem Zimmer auf und ab. Pagan saß blaß und still in der Ecke auf einem Stuhl. Sie sah unglücklich aus. Sie war um drei Uhr morgens von der Hausmutter geweckt worden, weil ihre Mutter angerufen hatte – ihr Großvater hatte am Nachmittag eine schwere Herzattacke erlitten, war im Stall zusammengebrochen und kurz nach Mitternacht gestorben. Pagan sollte sofort nach England zurückkehren.

Bei der Gelegenheit hatte die Hausmutter natürlich festgestellt, daß weder Kate noch Maxine in ihren Betten lagen. Obwohl von der Nachricht des Todes ihres Großvaters erschüttert, hatte Pagan dennoch die Nerven behalten und nichts ausgeplaudert. Wie um ihnen das anzudeuten, hob sie, als die beiden Mädchen eintraten, den Kopf und fragte: »Wo seid ihr denn bloß gewesen? In einer Bar?«

Kate und Maxine erkannten den Ernst ihrer Lage. Zitternd standen sie in dem ungeheizten Büro vor dem gräßlichen Monsieur Chardin und dachten mit Grauen an den Moment, in dem sie ihren Eltern würden gegenübertreten müssen. Die angewelkten Blätter von Kates Rose fielen nach

und nach geräuschlos zu Boden und ließen ihr nach kurzer Zeit nur noch den langen, dornigen Stiel.
Chardin explodierte. Fünf Minuten lang belegte er sie mit jedem Schimpfwort, das ihm einfiel, bis er schließlich auf Kate deutete und schrie: »Und du, du *putain,* du bist sowieso hinter allem her, was hier in der Stadt Hosen anhat!«
Worauf Pagans irisches Temperament mit ihr durchging und sie entgegnete: »Genau wie Sie!«
Für einen Moment entstand lastendes Schweigen, dann fauchte Chardin: »Ihr werdet morgen früh beide diese Schule verlassen.«
»Nein, werden sie nicht«, sagte Pagan müde und seltsam uninteressiert.
Chardin blickte sie an. »Und wer sind Sie, Fräulein, daß Sie mir sagen wollen, was ich zu tun habe?«
»Ich bin eine Freundin Ihres Freundes Paul, Monsieur. Er hat mich mit zu sich nach Hause genommen und mir etliche Fotos gezeigt. Ich hatte nicht den Eindruck, daß sie Mangelware bei ihm wären, also habe ich ein paar mitgenommen und bei einem Freund in der Stadt versteckt. Hier ist eins davon.«
Sie griff in die Tasche ihres Morgenrocks und holte eine Aufnahme heraus, die Paul im Bett mit den beiden südafrikanischen Mädchen zeigte, welche die Schule so plötzlich nach Weihnachten verlassen hatten. Pagan zeigte erst der Hausmutter das Foto und dann Chardin, ehe sie es wieder in ihrer Tasche verschwinden ließ, um ihre Trumpfkarte zu präsentieren – eine Aufnahme von Monsieur Chardin persönlich, wie er sich, fett und nackt wie ein Baby, über Pauls nacktem Körper erhob.
»Hübsche Schnappschüsse«, sagte Pagan müde. Gestern noch wäre ihr diese Szene dramatisch und furchteinflößend erschienen. Heute war sie eine Bagatelle, verglichen mit dem Tod ihres Großvaters. »Ich glaube, die ganze Sache funktioniert nur, wenn Sie sich nie mehr als den Vater einer

Schülerin vornehmen. Wenn einer der Väter auch Fotos mit anderen Mädchen gesehen hätte, dann wäre ihm klar geworden, daß Sie nichts anderes als ein billiger Erpresser sind, Monsieur Chardin, und daß Sie diese Mädchen absichtlich von Paul fotografieren lassen. Er hat mir alles darüber erzählt.« Niemand sagte etwas oder rührte sich. »Er sagte, durchschnittlich kostet es einen Vater sechstausend Francs alle drei Monate. Wie auch immer, ich weiß nicht genau, was ich mit den Bildern anfangen soll, aber wenn Sie irgend etwas gegen Kate und Maxine unternehmen, gehe ich mit meiner Geschichte und den Fotos schnurstracks zur Polizei. Es liegt bei Ihnen, Monsieur Chardin.«

Chardin schwieg einen Moment. Dann lächelte er schmierig. »Zweifellos hat der traurige Tod Ihres Großvaters Sie mitgenommen. Deshalb werde ich mich nicht zu Ihren unhaltbaren Beschuldigungen äußern. Und weil ich meiner Schule die Schande ersparen möchte, werde ich auch auf eine Bestrafung dieser beiden dummen Mädchen verzichten.«

Er räusperte sich und hielt kurz inne, um seine Autorität wiederzufinden. »Aber ich hoffe, daß Sie die Schwere Ihres Vergehens erkennen. Wir können von Glück sagen, daß keine von euch schwanger ist. Und jetzt geht zu Bett, ihr alle.«

Die erschöpften Mädchen stolperten in ihr Zimmer und konnten im Moment die Tatsachen noch gar nicht fassen. Aber sie brauchten keine Angst mehr zu haben, dachten sie. Aber sie irrten sich, genau wie der Direktor.

Denn eine von ihnen *war* schwanger.

Teil 2

7

In ihrem schäbigen Mantel kam sich Judy wie ein Bauerntrampel vom Lande vor. Während sie im Schlepptau der ununterbrochen schnatternden Maxine auf Hermès zusteuerte, sehnte sie sich nach all den schicken, eleganten Kleidern, die überall um sie herum in den Schaufenstern von Paris ausgestellt waren. Schüchtern schoben sie sich durch die Glastür, aber kaum eingetreten, nahm Maxine eine herablassende, arrogante Haltung an und betrachtete die teuersten Seidenschals und Handtaschen der Welt, als wäre kaum ein Stück darunter auch nur annähernd gut genug für die beiden Teenager. Verführt von dem Duft erlesenen Leders, kaufte Judy ein Hermès-Tagebuch, ein wunderschönes Kalbslederbüchlein mit einem goldenen Bleistift in einer Schlaufe an der Seite.

Mit dem kleinen Buch fühlte sie sich schon etwas französischer und etwas erwachsener. Schließlich war sie schon siebzehn Jahre alt und bereits seit zwei vollen Tagen in Paris. Sie war absolut hingerissen von dieser fremden Stadt mit ihren prächtigen, von Kastanienbäumen gesäumten Boulevards, den glitzernden Boutiquen, den eleganten, verführerisch duftenden Frauen, den teuren Restaurants, bei deren Anblick einem bereits das Wasser im Mund zusammenlief, und dem fröhlichen Durcheinander der Wohnung von Maxines Familie, wo sie für eine oder zwei Wochen wohnen sollte, bis sie Arbeit und ein eigenes Appartement gefunden hatte. Aber darüber wollte sie sich jetzt noch nicht den Kopf zerbrechen; heute wollte sie so tun, als wäre auch sie in der Lage, das sorglose, behütete Leben zu führen, das Maxine, Pagan und Kate sich erlauben konnten. Eines Tages, schwor Judy sich, eines Tages würde sie *immer* so leben, nicht nur ein paar Tage lang.

»Jetzt gehen wir ins Quartier Latin«, sagte Maxine. Sie eilten durch die immer noch mit Februarschnee bedeckten Straßen und passierten den mit schmiedeeisernen Maiglöckchen verzierten Bogen der Metrostation *Palais Royal.* Sie hasteten die Stufen hinunter, vorbei an der dicken alten Blumenverkäuferin, die gleich hinter dem Eingang auf einem viel zu schmalen Stuhl hockte, einen grauen Schal um den Kopf geschlungen, und wurden sofort von stickiger Hitze eingehüllt. Es roch nach Gauloises, vergilbtem Zeitungspapier, verstopften Gullys und Knoblauch.

Die Bahn kam mit ohrenbetäubendem Fauchen, sie kletterten hinein und stiegen nach einigen Stationen wieder aus.

»Wir sind schon spät dran«, erklärte Maxine. »Ich habe Guy gesagt, wir kämen um zwölf.« Sie hatten, so schien es Judy, halb Paris durchfahren. »Nicht, daß er unbedingt pünktlich wäre, vor allem wenn er mit *mir* verabredet ist. Schon als Kind war er stolz darauf, drei Jahre älter zu sein als ich, und daran hat sich bis heute nichts geändert. Wir haben uns früher nur deswegen so häufig gesehen, weil unsere Mütter enge Schulfreundinnen waren.«

Sie lief den Boulevard Saint-Germain hinunter und zog Judy, die immer wieder stehenblieb, um einen Blick in die verwinkelten Seitengassen zu werfen, an einer Hand hinter sich her. »Was für Kleider macht Guy?« fragte Judy.

»Hauptsächlich Kostüme und Blusen. Manchmal auch leichte Mäntel.«

»Näht er sie selber?«

»Nein, nein, er hat einen Schneider und eine Näherin. Sie arbeiten in dem einen Raum, und er schläft in dem anderen. Er wird sich bald nach einem Atelier umsehen müssen, aber die sind unheimlich selten, wenn man nicht gerade in Geld schwimmt – und das tut Guy nicht.«

»Wie bezahlt er denn dann den Schneider und die Näherin?« wollte Judy wissen.

»Er hat sich das Geld von ein paar privaten Klienten geliehen, nachdem sein Vater sich geweigert hatte, ihn zu unterstützen, weil er Modemacher als einen Beruf für Päderasten betrachtet. Als erstes ist er zu meiner Mutter gegangen und hat ihr angeboten, sie viermal im Jahr völlig neu auszustaffieren, wenn sie ihm jährlich einen bescheidenen Vorschuß zukommen ließe. Sie akzeptierte und hat ihn anschließend zu all ihren Freunden geschickt, die gleichfalls zugesagt haben, einschließlich meiner Tante Hortense.«

Sie erreichten das Café *Deux Magots* und ließen sich an dem einzigen freien Tisch nieder. Kurz darauf erschien Guy. Er trug einen schwarzen Pullover und eine schwarze Hose, was gut zu seinem drahtigen blonden Haar paßte. Er hatte eine leicht nach unten gebogene Nase und einen breiten, sinnlichen Mund. »Himmel, was für ein Unterschied!« rief er aus. »Was hast du denn mit deinem Gesicht gemacht, Maxine? Man erkennt dich ja nur von hinten wieder. Und du bist so schlank geworden, daß ich dich auf der Stelle als Modell verwenden könnte.« Er wickelte sich geschickt aus einem langen schwarzen Schal und bestellte drei *croque-monsieur.*

»Wie ist es dir denn so ergangen?« fragte Maxine.

»Ich habe mich seit über einem Jahr hier auf dem linken Ufer als Meistercouturier etabliert, wohne und arbeite im *Hôtel de Londres,* aber das alles scheint sich noch nicht herumgesprochen zu haben.«

»Können wir uns deine Kleider mal ansehen, Guy?« fragte Judy ohne Umschweife.

»Natürlich. Wäre ja schließlich möglich, daß ihr zwei Millionäre heiratet und meine besten Kundinnen werdet. Aber nicht heute. Ich bin in zehn Minuten mit meinem Knopfmacher verabredet. Wir können uns morgen nach der Arbeit treffen, um sechs Uhr im *Hôtel de Londres.* Ich lade euch zum Essen ein, im *Beaux Arts.* Morgen ist Valentinstag, und die Studenten feiern wahrscheinlich eine wilde Party . . . Was ist denn? . . . Warum schaut ihr so komisch? . . . Habe ich was Falsches gesagt?«

»Nein, nein«, erwiderte Maxine hastig. »Wir hatten nur letztes Jahr am Valentinstag etwas Ärger in der Schule. Wir sind von einem Ball etwas später zurückgekehrt, als erlaubt war.«
»Nun, mit solchen Problemen braucht ihr euch ja nun nicht mehr herumzuschlagen«, sagte Guy und winkte nach der Rechnung, ohne das unbehagliche Schweigen der beiden Mädchen zu bemerken.
Draußen schien eine fahle Wintersonne, der Wind hatte sich gelegt, und es war nicht mehr so kalt. Die beiden Mädchen schlenderten über das Kopfsteinpflaster an den Seinekais, sahen einem Maler bei der Arbeit zu und blieben schließlich bei den Antiquariaten stehen.
»Mag Guy Mädchen?« fragte Judy. Sie dachte daran, wie feminin seine Handbewegungen gewesen waren.
»Ich weiß nicht, keine Ahnung. Vielleicht zieht er Jungen vor. So oder so brauchst du dich nicht gleich in ihn zu verlieben. Ich möchte, daß du jemand hast, der auf dich achtgibt, der den Platz von Nick einnimmt – ein Bruder, kein Liebhaber. Ich will nicht, daß du dich in Paris allein fühlst.«
»Kann ich nicht beides haben?«
»Aber natürlich, daran wirst du in Paris gar nicht vorbeikommen. Warte nur bis zum Frühling, wenn die Kastanienbäume blühen.«

8

Das staubige Foyer des *Hôtel de Londres* wirkte verwahrlost und heruntergekommen. Die verblichenen Tapeten schälten sich von den Wänden, und die Dielenbretter waren abgetreten.
»Wo ist der Fahrstuhl?« fragte Maxine den Portier.
»Im Ritz«, antwortete er und deutete gleichgültig mit dem

Daumen auf eine Treppe im Hintergrund des Foyers. Die Mädchen passierten eine erschöpfte Palme, die in einem Kupfertopf vor sich hinwelkte, und stiegen die ächzende Treppe bis in den fünften Stock hinauf, wo am Ende eines düsteren Korridors Guys Arbeitsraum lag. Der winzige Raum hatte eine niedrige Decke, war weit sauberer als der Rest des Hotels und ging auf einen kleinen Hof hinaus. Am Fenster saß, nur als Silhouette erkennbar, eine Frau, über eine Nähmaschine gebeugt. An einem Tisch, der fast das ganze Zimmer für sich beanspruchte, schnitt ein Mann mit einer weißen Schürze und aufgekrempelten Ärmeln einen Ballen malvenfarbener Wolle zurecht. Rechts von der Tür stapelten sich weitere Stoffballen, und linker Hand standen zwei Kleiderschienen, an denen Kostüme in weißem Seidenpapier hingen.

»So, jetzt dürft ihr einen Blick riskieren«, sagte Guy, nachdem er die beiden Mädchen seinem Personal vorgestellt hatte, das gerade im Begriff war, aufzubrechen. Vorsichtig nahm er einzeln die Kostüme von der Schiene und streifte das Seidenpapier ab. Seidenjacken und Blusen in gedämpftem Rosa und Lavendel wurden mit Hosen aus dunklerem Jersey kombiniert; Samtkostüme in Granat, Topas und Saphir konnten mit passenden Wollmänteln getragen werden. Die Entwürfe waren schlicht und wirkten edel.

»Diese Kleider sollten mit schwerem, vergoldetem Schmuck getragen werden«, erklärte Guy, während die Mädchen die Kostüme anprobierten und sich in dem großen Spiegel bewunderten. »Ich mache zum Beispiel nur einen Regenmantel, aber in drei verschiedenen Längen. Er kann über jedem Stück der gesamten Kollektion getragen werden, mit oder ohne Gürtel.« Er zeigte ihnen einen zimtfarbenen Regenmantel aus Gabardine mit einem Futter aus purpurner Wolle. »Ich würde ihn auch gern in Zinngrau mit rosa Futter machen, aber bei meiner ersten Kollektion kann ich mir nicht zu viele Farben in meinen Entwürfen leisten.«

»Ich finde sie hinreißend«, sagte Judy, nachdem sie und Maxine – kleidernärrisch wie fast alle Mädchen ihres Alters – über eine halbe Stunde die gesamte Kollektion anprobiert hatten. »Man kommt so leicht hinein – und sicher tragen sie sich auch hervorragend. Man hat fast das Gefühl, überhaupt nichts anzuhaben.«
»Ich versuche, Kleider zu entwerfen, in denen eine Frau elegant aussieht, ohne daß sie sich eingeengt fühlt. Habt ihr bemerkt, daß jeder Rock einen elastischen Bund hat? Meine Kleider sind durch und durch praktisch.«
Guys bequeme Kleider waren völlig verschieden von den exquisiten, doch beengenden Ensembles, die Judy vor ein paar Tagen bei Dior gesehen hatte. Obwohl Guys Look lässig war, mangelte er aufgrund des geschickten Schnitts und des erlesenen Materials keineswegs der Eleganz.
»Wie steht es mit dem Verkauf?« fragte Judy. »Wer bietet deine Produktion an?«
Guy runzelte die Stirn. »Bis jetzt brauchte ich noch keine Verkäuferin, weil meine Kunden mich kennen und meistens noch Freunde mitbringen. Sie finden es faszinierend, dieses schäbige ›Atelier‹ aufzusuchen – sie haben dann das Gefühl, etwas billig bekommen zu haben, was auch stimmt. Außerdem haben sie den Eindruck, jemand entdeckt zu haben, bevor er groß rauskommt, was hoffentlich auch stimmt. Wie wär's mit einem Apéritif?«
Er öffnete die zweite Tür, die zu seinem Schlafzimmer führte. Im Gegensatz zu dem streng praktischen Arbeitsraum herrschte hier das totale Chaos. Guys persönliche Habe – Bücher, Unterwäsche, Schuhe – türmte sich auf dem einen Ende des Bettes, das der einzige freie Platz in dem ganzen Zimmer zu sein schien. Der Rest war vollgestopft mit halbbekleideten Schneiderpuppen, Metallkleiderbügeln, Musselinballen und Schnittmustern aus Papier. Guy schob den Bücherstapel noch weiter in die Ecke, und die drei hockten sich im Schneidersitz auf das Bett und schlürften weißen

Wermut aus einem Zahnputzglas und zwei Pappbechern, während Guy von seinen Plänen erzählte. Er beschrieb ihnen seine Karriere und sein zukünftiges Leben – fast so klar, wie die Aussicht vom Arc de Triomphe gestern, dachte Judy sehnsüchtig und sagte: »Du klingst so zuversichtlich.«

»Ich? Ich lebe ständig in Selbstzweifeln, Unentschlossenheit und geheimer Panik«, sagte Guy und fügte düster hinzu: »Ihr habt keine Ahnung, was für Qualen man durchmacht, während man zu entscheiden versucht, ob eine Jacke ein- oder zweireihig sein soll – vor allem, wenn eine solche Entscheidung lebenswichtig ist, weil man es sich nicht leisten kann, zu viele Stücke zu produzieren und daher nur eins von beiden in Frage kommt. Und bis ich mir einen Assistenten leisten kann, habe ich niemand, mit dem ich solche Fragen diskutieren könnte. Ich sage euch, ganz unten fühlt man sich verdammt einsam.«

»Ich weiß, was du meinst«, sagte Judy. »Maxine wird mir fürchterlich fehlen. Ich werde niemand haben, mit dem ich plaudern kann, ich habe ja noch nicht einmal ein Zimmer.«

»Wohin gehst du denn?« fragte Guy Maxine.

»Nach London. Ich mache eine Ausbildung bei dem berühmten Designer James Partridge.«

»Hast du schon einen Job?« fragte Guy Judy.

Judy schnitt eine Grimasse. »Ja, als lebendige Schreibmaschine bei einem grauenhaften Typ. Ich fange in zwei Tagen an.«

»Warum ziehst du nicht auch hier ein?« schlug Guy vor. »Das Hotel ist der billigste *anständige* Platz, den man in Paris kriegen kann – umgerechnet nur zwei Dollar pro Nacht. Auf dem linken Ufer gibt es jede Menge billiger Hotels für Studenten, aber dieses hier ist tatsächlich das sauberste, und wenn man es sich leisten kann, bringen sie einem sogar das Frühstück ans Bett. Als ich mal Grippe hatte, habe ich mir dreimal am Tag Frühstück heraufkommen lassen. Und es gibt ein Telefon; wenn du dem griesgrämigen Typ im Foyer einmal im Monat was zusteckst, nimmt er Nachrichten für dich entgegen.«

»Großartige Idee«, sagte Maxine. »Guy kann ein Auge auf dich haben, und du kannst ihn beraten, wenn er sich zwischen zwei Knopfleisten entscheiden muß.«

Auf dem Weg zum Essen verhandelte Maxine im Foyer mit dem mürrischen Portier über die Zimmerpreise und holte einen Rabatt von fünfzehn Prozent heraus. Dann gingen sie über die Rue Bonaparte zum *Beaux Arts* an der Ecke, und als Judy ihr erstes Glas Rotwein getrunken hatte, fühlte sie sich schon wesentlich wohler.

Einige Tage später küßte Maxine Judy zum Abschied auf beide Wangen und stieg in den *Golden Arrow* nach London. Kate und Pagan erwarteten sie an der Victoria Station. Kate hatte für sich und Maxine bereits ein kleines Kellerappartement in Chelsea gemietet. Es handelte sich lediglich um zwei kleine, dunkle Räume, aber sie lagen an der Walton Street, einer bezaubernden kleinen Straße, zu beiden Seiten gesäumt von winzigen Häusern aus dem 19. Jahrhundert.

Noch am selben Abend hatte Judy ein folgenschweres Gespräch mit Guy im *Hôtel de Londres.*

»Ihr Amerikaner seid genial«, schwärmte Guy. »Eure Modeindustrie ist das beste Beispiel dafür. In Herstellung, Marketing und Spezialisierung seid ihr uns zehn Jahre voraus. Aber in den Staaten gibt es nicht eine einzige Firma, die ihren Kunden die ganze Palette anbietet, vom Rock bis zum Ballkleid, so wie wir das hier in Frankreich machen. Eine Firma, die sich bei Röcken in der Preisklasse zwischen zehn und zwanzig Dollar auskennt, kann einfach keine Ahnung davon haben, wie ein Rock zwischen vierzig und fünfzig Dollar beschaffen sein muß. In der Mode muß man sich anscheinend spezialisieren, wenn man Geld verdienen will.«

In Gedanken an ihren eigenen Job sagte Judy: »Designer zu sein, stelle ich mir sehr befriedigend vor.«
»Nicht wirklich«, sagte Guy düster nach einer kurzen Pause. »Entschuldige, ich bin heute etwas deprimiert. *Le cafard,* wie man bei uns sagt. Ich bin müde und habe Sorgen, und statt die wirklich wichtige Arbeit über die Bühne zu bringen, habe ich den ganzen Tag damit verschwendet, hier einen Viertelzentimeter Stoff auszulassen und dort einen Viertelzentimeter einzunähen.«
»Du bist nur so gedrückter Stimmung, weil du unter Streß stehst. Morgen bist du wieder mit Leib und Seele Couturier.«
»Ja, aber ich sage dir noch einmal, ich möchte mein Leben nicht damit zubringen, für ein paar reiche Frauen zu arbeiten. Ich möchte Kleider herstellen, in denen sich *Tausende* von Frauen wohl fühlen.« Er seufzte. »Heute wollen Frauen auch wie Frauen aussehen, und ich will ihnen dabei helfen. Haute Couture ist ein schwindender Markt — jedes Jahr gibt es weniger reiche Privatkunden.«
»Laß mich dir den Rücken massieren«, sagte Judy. »Es wird dir helfen, dich zu entspannen.«
Gedankenverloren zog Guy sein Hemd aus. Kurz darauf legte sie ihre Hände auf seine Schultern und massierte mit kreisenden Bewegungen die Spannung aus den Muskeln.
»Mmmm, das tut gut . . . Weißt du, ich möchte schicke Alltagskleidung entwerfen, die von Design, Schnitt und Material her die Qualität der Haute Couture hat, auch wenn sie natürlich nicht maßgeschneidert werden kann. Die Kleider müssen sehr sorgfältig entworfen werden, damit sie leicht zu ändern sind . . . Aaah, das ist wunderbar.«
»Gut, jetzt dreh dich um und schau zum Fenster hinüber, damit ich an die andere Seite deines Rückens kann. Sag mal, du großer Starcouturier, wann werden deine Kostüme denn endlich fertig?«
»Der Grundstock wird im Juli fertig. Dann werde ich eine

Hotelsuite mieten und die Entwürfe Kaufhaus- und Boutiquenbesitzern vorlegen. Die Geschäfte werden bestellen – jedenfalls mit etwas Glück –, und dann lasse ich die Kleider von einer Fabrik in Fauchon herstellen.«
Judy gab ihm einen abschließenden Klaps auf den Rücken und sagte: »So, Monsieur, jetzt sind Sie ein neuer Mensch.«
Guy stand auf und zog sein Hemd an. »Danke. Bitte sei mir nicht böse, daß ich dir mit meiner schlechten Laune auf den Wecker gefallen bin, aber der ganze Tag war so unproduktiv. José, meine Näherin, hat sich das Handgelenk verstaucht und konnte die letzten Tage nichts arbeiten, so daß wir eine Woche hinter dem Zeitplan sind. Ich muß alles selber machen, sogar die Botengänge.«
»Weißt du was?« meinte Judy. »Ich werde dich zum Abendessen einladen.«
»Judy, du bist ein Engel, aber es geht nicht. Bevor ich morgen die Gehälter auszahle, muß ich noch die Buchführung auf Vordermann bringen. Das ist übrigens auch so eine Sache – sie kostet mich nur eine Stunde pro Woche, aber irgendwie scheint diese eine Stunde nie dazusein.«
»Wenn es wirklich nur eine Stunde pro Woche ist, kann ich das für dich erledigen«, sagte Judy. »Du bezahlst mich einfach, wenn du es dir leisten kannst. Ich werde Denise, unsere Buchhalterin im Büro, bitten, mir das Nötige beizubringen. Ich könnte es immer am Donnerstag machen, wenn es dir recht wäre.«
»Mein Engel! Soll ich dich im voraus mit einem Kostüm bezahlen? Das Blauseidene mit dem tiefen V-Ausschnitt? Du kannst es abends tragen, mit nichts anderem auf der Haut als Perlen.«

9

Fünf Wochen später stürmte Guy in Judys Zimmer, warf sich auf das Bett, wippte auf und nieder und stieß dabei ein Indianergeheul aus, daß die Wände des kleinen Hotels erzitterten. »Die Modenschau war ein voller Erfolg«, rief er. »Die Winterkollektion ist ausverkauft, und ich mußte Aufträge im Wert von zwei Millionen Francs ablehnen – das sind umgerechnet achttausend Dollar! Die Bestellungen strömen nur so herein! Es ist geradezu furchteinflößend, denn ich habe nicht genug Geld, um einen größeren Umsatz zu finanzieren, und ich möchte nicht in eine Liquiditätskrise geraten. Mein Vater meint, das sei die größte Gefahr, wenn man zu schnell expandiert.«

»Seit wann umfaßt dein Vokabular Worte wie ›Liquiditätskrise‹? Und hör auf, mein Bett zu malträtieren. Man könnte einen falschen Eindruck bekommen, wenn es zusammenbricht.«

Guy bemühte sich stillzusitzen. »Mein Vater hat seine Meinung geändert. Inzwischen ist er mir wirklich eine große Hilfe. Wir haben uns gestern zusammen die Zahlen angesehen. Ich hatte den Eindruck, daß er ziemlich überrascht über meine neue Geschäftstüchtigkeit war – die ich natürlich allein dir verdanke . . . Wie auch immer, er sagte, es sei lebenswichtig, daß ich von jedem Entwurf nur eine bestimmte Menge herstelle und nicht mehr Aufträge annehme, als ich auch ausführen kann. Ich muß den Nachzüglern einfach sagen, daß ich vollkommen ausgebucht bin. *Und das bin ich auch!* Los, zieh dein Kostüm an, ich lade dich zu einem Glas Champagner ins *Ritz* ein.«

»Gibt es keine andere Möglichkeit, die Aufträge abzulehnen?« fragte Judy nachdenklich, während sie in ihr blaßblaues Seidenkleid schlüpfte. »Irgendein Weg, der eventuelle Kunden nicht verprellt, sondern dazu animiert, beim nächsten Mal schneller zu bestellen? Wie wär's, wenn du ein paar deiner Créationen an Berühmtheiten verschenkst, unter der Bedingung, daß sie überall erzählen, sie seien zutiefst *gekränkt,* weil sie nicht mehr als zwei bestellen durften?« Sie zog den Reißverschluß hoch. »Es könnte deine Kollektion exklusiver wirken lassen. Statt zu verbergen, daß du die Aufträge nicht finanzieren kannst, solltest du es stolz *herausposaunen.*«

»Aber ich kenne keine Berühmtheiten. Und ich kann es mir nicht leisten, Kleider zu verschenken. Ich habe nicht jahrelang geschwitzt, um Fremden Geschenke zu machen.«

Judy legte eine vergoldete Kette an. »Guy, für Publicity muß man bezahlen. Das werdet ihr Europäer wohl nie verstehen! Niemand wird ohne Gegenleistung die Werbetrommel rühren. Verdammt, ich wünschte, du könntest es dir leisten, *mich* ganztags anzustellen!«

»Sobald ich es mir leisten kann, bist du an Bord, *mon chou,* das verspreche ich dir. Im Augenblick brauche ich mein ganzes Kleingeld, um dir einen Drink im *Ritz* spendieren zu können.«

Trotz ihrer Freundschaft mit Guy vermißte Judy Nick mehr, als sie sich eingestand. Obwohl er ihr jede Woche trotz seines anstrengenden Wehrdienstes schrieb, trafen seine Briefe in unregelmäßigen Abständen ein, manchmal drei an zwei Tagen, manchmal einen ganzen Monat lang keiner. Judys Antworten erfolgten in ähnlichen Abständen, denn sie schrieb nur dann, wenn sie auch etwas zu sagen hatte. In solchen Fällen kritzelte sie rasch ein paar Zeilen mit grüner Tinte auf ein Blatt Papier, gerade so, als spräche sie mit ihm, ohne sich im geringsten um Grammatik oder Interpunktion zu kümmern. Ganz ähnlich schrieb sie auch an Maxine, Kate oder Pagan. Der einzige Mensch, dem sie jede Woche und fein säuberlich schrieb, war ihre Mutter, und sie haßte es. Nach Hause zu schreiben war wie nachsitzen zu müssen. Sie konnte nicht schreiben, wonach ihr der Sinn stand, und vor allem konnte sie mit keinem Wort die Modebranche erwähnen, denn ihre Mutter wäre vor Entsetzen tot umgefallen, wenn sie gewußt hätte, wofür sich ihre Tochter mehr und mehr zu interessieren begann.

Ende August herrschte in Paris drückende Schwüle, und sogar die Pflastersteine schienen in der Hitze zu schmelzen. Trotzdem war es in Malaysia wahrscheinlich noch heißer, dachte Judy, als sie einen blaßblauen Luftpostbrief in ihrem Fach bemerkte und sofort darauf zustürzte. Sie riß das Kuvert noch im Foyer auf.

»Liebste Judy«, schrieb Maxine. »Ich habe sehr schlechte Nachrichten für Dich. Zuerst haben wir gehofft, es wäre nicht wahr, aber wir haben Nachforschungen über das Kriegsministerium anstellen lassen, und jetzt gibt es keine Zweifel mehr. Ich weiß nicht, wie ich es Dir beibringen soll, aber Nick ist in Ausübung seiner Pflicht getötet worden . . . bei einem Hinterhalt der Kommunisten in Malaysia.«

Judy überflog den Rest des Briefes, ohne den Inhalt zu verstehen. Mechanisch stieg sie die sieben Treppen zu ihrem Stock hinauf, verriegelte sorgfältig die Tür, ging wie benommen zum Waschbecken und übergab sich. Dann säuberte sie das Waschbecken gründlich, zog ihre Schuhe aus, legte sich vorsichtig aufs Bett und begann trotz der Hitze zu zittern. Der Portier, das Zimmermädchen und Guy stritten sich auf dem Flur vor Judys Tür.

»Wirklich, seit zwei Tagen bin ich schon nicht mehr in ihrem Zimmer gewesen«, sagte das Zimmermädchen. »Die Tür ist von innen verriegelt. Ich finde, wir sollten sie aufbrechen.«

»Und sie geht auch nicht ans Telefon«, pflichtete der Portier ihr bei. »Aber die Tür ist von innen eingehängt. Und wenn man sie aufbrechen würde – also, ich kann die Verantwortung für den Schaden nicht übernehmen.«

»Ich komme für die Tür auf«, sagte Guy ungeduldig. »Wir

wissen, daß sie da drin ist, aber sie gibt keinen Laut von sich, also ist sie entweder krank oder . . . Seit Stunden stehe ich hier draußen und schreie mir die Kehle heiser. Wenn Sie nicht wollen, breche ich die Tür selber auf!« Wütend warf er seinen schmalen Körper gegen die Füllung. »*Judy!* Kannst du mich hören?«
»Vielleicht sollten wir den Notarzt kommen lassen«, schlug das Zimmermädchen vor.
»Das hätte ich schon gestern tun sollen«, schimpfte Guy.
»Woher wissen wir überhaupt, ob sie noch am Leben ist, nachdem sie zwei Tage lang da drin eingesperrt war, ohne ein einziges Geräusch zu verursachen?«
Plötzlich hörte er zu seiner Erleichterung ein metallisches Kratzen auf der anderen Seite, als die Kette ausgehängt, die Klinke niedergedrückt und die Tür schließlich langsam geöffnet wurde. Judy stand in Strümpfen und derselben, inzwischen zerknitterten, Kleidung, die sie vor zwei Tagen angehabt hatte, im Türrahmen. Ihr Gesicht war weiß, die Augen blickten stumpf.
»Was ist los?« fragte Guy. »Bist du krank? Warum hast du dich eingeschlossen?« Jetzt, da er sehen konnte, daß ihre Handgelenke unversehrt waren und sie auch nicht im Koma lag, vermochte er seine Wut nur schwer zu zügeln.
Alle drei drängten sie sich in das kleine Zimmer, aber Guy schob den Portier und das Zimmermädchen wieder hinaus und schlug die Tür zu. Judy starrte ihn finster an. Dann rannen ihr Tränen über die Wangen, und plötzlich konnte sie weinen.
Guy nahm sie in die Arme und preßte sie an sich. Ohne die Augen zu öffnen, tastete sie mit einer Hand nach dem Nachttisch und reichte ihm Maxines Brief. Guy las ihn über ihre Schulter hinweg und strich ihr dabei immer wieder über die Haare, bis sie etwas ruhiger war. »Zieh dich aus und leg dich ins Bett«, sagte er sanft. »Ich gehe kurz nach unten in mein Zimmer, aber wage ja nicht, wieder die Tür zuverrie-

geln.« Binnen weniger Minuten war er wieder zurück, in der Hand eine große Flasche Eau de Cologne und einen halben Liter Milch, den er ihr auf ihrer kleinen Kochplatte aufwärmte.

»Ich fühle mich so schuldig«, schluchzte Judy, »so fürchterlich schuldig wegen allem. Ich habe Nick nicht geliebt, aber er mich, und jetzt ist es *zu spät.*«

»Man kann nicht auf Bestellung lieben.«

»Aber scheinbar kann ich *überhaupt niemand* lieben. Ich gehe mit ein paar Jungen aus, aber ich kann niemand *lieben.*«

»Judy, du bist achtzehn Jahre alt, und du hast mir immer gesagt, daß du dich nicht verlieben willst. Du hast gesagt, du wolltest dein Leben im Augenblick nicht komplizieren.«

Wieder streichelte er sie und blieb bei ihr, bis sie schließlich gegen Abend in einen unruhigen Schlaf fiel. Im Schutz der Dunkelheit ließ er den Brief in seiner Tasche verschwinden. Er hätte Maxine erwürgen können. Warum hatte sie ihn nicht angerufen?

Zweimal wachte Judy in der Nacht auf und begann zu weinen, und beide Male streichelte er sie und linderte ihren Schmerz, bis sie wieder einschlief. Am Morgen hob er den Telefonhörer ab und bestellte *café au lait* für zwei, dazu eine doppelte Portion Croissants, sehr zum Erstaunen des Zimmermädchens, das immer gedacht hatte, er sei andersherum.

10

Am Sonntag, nachdem Judy von Nicks Tod erfahren hatte, rief Tante Hortense an und spürte sofort, daß etwas mit Judy nicht stimmte. »Bist du krank, mein Kind? Deine Stimme klingt so gepreßt und müde. Ich wollte eigentlich vor-

beikommen und dich zu einem Ausflug nach Versailles mitnehmen.«
»Ich glaube nicht, daß ich mitkann, danke«, sagte Judy. »Ich habe noch eine Menge für Guy zu erledigen.«
Tante Hortense rief umgehend bei Guy an und erfuhr den wahren Grund für Judys Teilnahmslosigkeit. Darauf meldete sie sich noch einmal bei ihr und sagte: »Ich schicke dir sofort den Wagen, weil ich mich mit dir unterhalten möchte. Nur eine halbe Stunde lang, wenn es dir nicht allzu viele Umstände macht. Ich habe ein Geschenk für dich.«
Sie hängte ein, bevor Judy sich eine Ausrede überlegen konnte.
Für gewöhnlich liebte Judy diese Besuche bei Tante Hortense in ihrem wunderschönen alten Sandsteinhaus auf der Ile de la Cité mitten in der Seine. Aber heute kauerte sie lustlos hinten in dem großen Mercedes, der sich seinen Weg über die gepflasterte Straße bahnte, vorbei an Händlern, die Eier und frische Butter in großen Körben anboten, Zigeunerinnen, die den Passanten getrockneten Lavendel oder handgeschnitzte Wäscheklammern verkaufen wollten, den Knopfmachern und Perückenherstellern. Als der Wagen ein Geschäft passierte, in dem junge Mädchen Grabkränze aus Veilchen, Lilien und weißen Rosen flochten, begann sie wieder zu schluchzen.

Die untergehende Sonne vergoldete die Wände von Tante Hortenses Ankleidezimmer, als die alte Dame Judy schweigend eine kleine, mit grünem Samt bezogene Schachtel überreichte. Judy öffnete sie und fand ein kostbares altes Perlencollier.
»Aber warum?« fragte sie. »Ich habe doch nicht Geburtstag. Ich kann das nicht annehmen . . .«
»Doch, du kannst«, antwortete Tante Hortense. »Als ich so alt war wie du, habe ich es aus einem anderen Grund angenommen, und ich möchte, daß du es behältst. Was soll ich

in meinem Alter noch damit? Es gehört an den Hals eines jungen Mädchens. Komm, ich zeige dir, wie der Verschluß funktioniert. Wenn dir der Rubin nicht gefällt, kannst du dir bei Cartier einen anderen aussuchen.«

Langsam legte Judy das Collier um und trat vor den Spiegel. Selbst der alte, halbblinde Quecksilberhintergrund konnte den wunderschönen Schimmer der Perlen nicht verbergen. »Warum machst du mir so ein teures Geschenk, Tante Hortense?«

»Um ehrlich zu sein, weil es dir schlecht geht, weil du einen guten Freund verloren hast und weil du in deinem langweiligen Job unglücklich bist. Ich glaube, wir sollten versuchen, eine andere Tätigkeit für dich zu finden.«

»Ach, ich glaube, alle Büros sind mehr oder weniger gleich.«

»Ich habe nicht an einen Bürojob gedacht. Ich dachte, du könntest vielleicht als Aushilfsverkäuferin bei Christian Dior arbeiten. Natürlich kann ich dir nichts versprechen, weißt du, aber ich habe mit der Directrice gesprochen, und sie ist bereit, sich einmal mit dir zu unterhalten. Die Bezahlung ist miserabel – falls du den Job überhaupt kriegst –, weil die Konkurrenz zahlreich ist. Ich weiß, eigentlich magst du den Stil von Dior nicht sonderlich, aber in seinem Haus habe ich den meisten Einfluß. Sie kennen mich, also werden sie sich mit dir unterhalten. Aber sag ihnen bitte nicht, was du von Monsieur Diors Arbeit hältst. Und vergiß nicht, den Dienstboteneingang zu benutzen, mein Kind.«

Gleich am nächsten Tag vereinbarte Judy einen Gesprächstermin. Leider war im Moment nichts frei, aber ihr Name kam zu den Unterlagen, und Anfang Dezember rief der Personalchef an. Eine der Aushilfsverkäuferinnen hätte Hepatitis bekommen, ob Judy bereit sei, vorübergehend einzuspringen? Obwohl sie damit rechnen mußte, im Februar nach der Modenschau wieder auf der Straße zu stehen, war ihr jede Möglichkeit recht, und sie akzeptierte auf der Stelle.

Je näher der Termin der großen Februarmodenschau rückte, desto gespannter und hektischer wurde die Atmosphäre im Hause Dior. Es nieselte, als Judy die Avenue Montaigne entlanghastete, um pünktlich zur Arbeit zu kommen. Bereits um acht Uhr morgens hatte sich eine große Menschenmenge vor dem Haupteingang versammelt. Fotografen und Filmleute drängten sich auf dem Bürgersteig und drohten unter der Last ihrer Ausrüstung zusammenzubrechen. Auch vor dem Personaleingang wartete eine Traube Neugieriger, während Sicherheitsbeamte jeden, der hineinwollte, genau überprüften. Innen im Haus hasteten die Angestellten mit besorgten, geistesabwesenden Mienen durch die Gänge. Als die Eingangstüren geöffnet wurden, brach fast ein Chaos aus. Die Menge überflutete das Foyer, Einladungskarten wurden so verzweifelt wie Flüchtlingspässe geschwenkt. Jeder wollte als erster in die geheiligten Hallen, doch jede Einladung wurde sorgfältig überprüft, und in manchen Fällen wurden die Journalisten aufgefordert, ihre offiziellen Presseausweise mit Lichtbild und Stempel von der *chambre syndicale* vorzuweisen. Die Sicherheitskräfte an den Türen hatten sich untergehakt wie Polizisten bei einem Fußballspiel. Kalte Luft wehte die Marmorstufen hinauf, und als endlich die Berühmtheiten eintrafen, brach die Menge in Begeisterungsrufe aus. Rita Hayworth, jetzt Prinzessin Ali Khan, Gene Tierney und die Herzogin von Windsor waren die ersten Gäste.

Die zugelassenen Besucher strömten in den Hauptsalon, wo sie auf vergoldeten Stühlen, von denen jeder numeriert war, Platz nahmen. Nichtsdestoweniger kam es unter den Reportern zu hitzigen Streitereien um ihre Plätze; weder die *chambre syndicale* (die Vereinigung der französischen Couturiers) noch die Modehäuser selbst waren über die jeweilige Bedeutung der ausländischen Journalisten informiert, und es war ihnen auch zu mühselig, das herauszufinden. Die Journalisten wurden zwar aus zehntausend Kilometern Entfernung eingeflogen und im *Plaza Athénée* untergebracht, doch schließlich behandelt wie Taschendiebe in der New Yorker Untergrundbahn. So kam es zu wüsten Wortwechseln, wenn ein mächtiger, in ganz Amerika bekannter Kolumnist seinen seit Wochen vorbestellten Stuhl von einem kleinen Reporter aus einem Dorf in Missouri besetzt fand, der seinen Artikel ohnehin erst in sechs Wochen abgeben mußte.

In der ersten Reihe, die für Filmstars und die großen Modemagazine wie *Vogue* reserviert war, ging es allerdings gesitteter zu. »Wer ist denn die kleine Blonde da?« wurde Judy von jemand gefragt. »Wie ist *die* bloß hierher geraten?«

»Das ist Empress Miller, die Moderedakteurin des *New York Clarion*«, antwortete Judy, die Empress auf einer von Tante Hortenses Partys kennengelernt hatte.

Allmählich kehrte auch bei den Journalisten Frieden ein. Die Notizbücher waren alle gezückt, und der Duft verschiedenster teurer Parfums erfüllte die Luft. Es war heiß, und wenn erst die Scheinwerfer brannten, würde es noch heißer werden.

Die Lichter gingen aus, und nun herrschte Totenstille.

Eine seltsam hohe, atemlose Stimme kündigte das erste Modell an. »Peking, *numéro trois,* Nummäär drei.« Das Mannequin war orientalisch geschminkt und sah hinreißend aus. Das locker fallende weiße Leinenjackett, der glatte schwarze Rock und der schwarze Strohhut waren in ihrer Wirkung genau darauf abgestimmt, das Thema der gesamten Modenschau zum Ausdruck zu bringen – den chinesischen Einfluß auf den Westen. Das Publikum konzentrierte seine Aufmerksamkeit auf den Laufsteg. Einige unter den Journalisten kritzelten unaufhörlich, andere – wie Empress Miller – machten sich nur kurze Notizen: »Rocklänge un-

verändert/Chinesisch/s&w – etwas kühl/fließend/unwattiert/bequem/Hüte Stroh breite Krempe/Kostüme marineblau & w/Röcke plissiert & glatt.«
Die Journalisten durften Impressionen festhalten, aber keine vollständigen Beschreibungen notieren oder gar Skizzen zeichnen. Es wurde von Minute zu Minute heißer. Ein Mädchen in einem Fuchsmantel kollabierte und wurde aus dem Saal getragen. Ein Mannequin in einem scharlachroten, trägerlosen Abendkleid aus Musselin sah einen Journalisten, der zu zeichnen begann. Es blieb kurz stehen, berührte sein rechtes Ohrläppchen und bedachte den Journalisten mit einem direkten Lächeln.
Sofort wurden Skizzen und Notizen des Mannes konfisziert, und sein Name kam auf die Schwarze Liste der *syndicale.* Später wurden noch zwei weitere Journalistinnen vor die Tür gesetzt. Empörung, Drohungen, Bitten und Tränen – alles blieb erfolglos.
Eine Stunde später hörte Judy in der Garderobe plötzlich Applaus. Monsieur Dior, in einem makellosen hellgrauen Anzug, das Gesicht erhitzt und gleichzeitig erschöpft, war auf die Bühne getreten, um sich zu verbeugen. Judy, die gerade einem Mannequin, das sonst nur noch einen Federhut und einen Hüftgürtel trug, dabei half, den Verschluß einer goldenen Halskette zu öffnen, hielt inne. Die Chefgarderobiere entspannte sich sichtlich. »Nicht so laut wie siebenundvierzig, aber immer noch lauter als letzten Juli«, verkündete sie. Langsam zog ein Grinsen über alle Gesichter. Dann erschien Monsieur Dior in der Garderobe und begann ringsum Küsse zu verteilen.

»Ich fühle mich wie gesplittertes Glas«, sagte Judy fünf Tage später düster zu Guy, der auf dem Schlafzimmerboden lag und die nackten Füße gegen das Bett stemmte.
»Du wußtest doch die ganze Zeit, daß die Arbeit bei Dior nur vorübergehend war.«

»Ja, aber ich hatte *gehofft,* sie würden mich behalten.«

»Bis Ende Februar hast du den Job ja noch«, meinte Guy, »und außerdem kannst du dein graues Flanellkleid behalten, das dich acht Monatsgehälter gekostet hätte, wenn du es gekauft hättest. Wenn du bereit bist, dich für denselben miesen Lohn wie bei Dior auch woanders beschäftigen zu lassen, dann kannst du ab jetzt als Mädchen für alles bei mir anfangen. Das Hotel hat mir verboten, weiter von hier aus zu arbeiten, so daß deine erste Aufgabe darin besteht, zwei Räume irgendwo in der Nähe aufzutreiben. Nein, bloß keinen Kuß, ich trinke doch!« Judy fand ein passendes Studio zwei Straßen weiter. Sie war jetzt verantwortlich für alle Bereiche, die nichts mit der Herstellung zu tun hatten, empfing Kunden, bediente das Telefon, erledigte die Buchführung und den Versand. Guy hatte eine zweite Näherin eingestellt, ein Mädchen namens Marie, das der treuen José zur Seite stehen sollte. Tag und Nacht verbrachte er mit der Arbeit an der neuen Kollektion, die im Juli vorgestellt werden sollte. Die Palette umfaßte Jacken, Röcke, Hosen und Kostüme, alle in drei verschiedenen Farben, dazu je ein Mantel und ein Regenmantel. Judy war begeistert von den Farben der neuen Entwürfe: zartes, verführerisches Zinngrau, Silber, Auster- und Perltöne, gemischt mit hellem Rosa, Burgunder, Kupfer, Bronze oder leuchtendem Kastanienbraun. Enge Torerohosen wurden zu lebhaften Taftoberteilen mit Puffärmeln getragen. Judys Lieblingsensemble war eine geranienrote Taftjacke mit einer safrangelben Samthose. Dazu gehörte ein wie ein Cape schräg geschnittener, rauchgrauer Mantel, gefüttert mit geranienroter Seide; der Regenmantel vom selben Schnitt war aus dunkelgrünem Gabardine mit rosa Seide gefüttert.

Mit dieser Kollektion wollte Guy sich als seriöser Geschäftsmann etablieren, nicht nur als junges Designergenie, das Modemacher spielte. Also wählte er ein passendes Hotel, das *Plaza Athénée* für die Präsentation und engagierte

sogar einen professionellen Bühnenmanager. Es war teuer, aber es lohnte sich.
Diese Kollektion etablierte Guy als ernstzunehmenden Couturier, nicht nur als Sprößling reicher Eltern, der die Mode als Zeitvertreib betrieb. Judy stellte fest, daß der Umgang mit der Presse ein Fulltime-Job sein konnte.
Die einzige Person aber, die einen total zutreffenden Bericht über das Ereignis veröffentlichte, war Empress Miller. Die junge Journalistin war so charmant, so entwaffnend und auf ihre Weise so effektiv, daß sie immer ins Schwarze traf – weswegen Judy fast ein wenig Angst vor ihr hatte.

11

Die nächsten zwei Jahre waren von atemloser Geschäftigkeit, aber auch aufregender als alles, was Judy bisher erlebt hatte. Guys Aufstieg war nicht mehr aufzuhalten, und das bedeutete Arbeit. Eines Abends um neun klingelte das Telefon in Judys Büro. Sie fragte sich, wer um diese Zeit noch anrufen könnte, aber in Rossville war es erst drei Uhr nachmittags. Judy hörte die Stimme ihres Vaters und war sofort alarmiert. Es konnte sich nur um eine Katastrophe handeln. Ihr Vater führte nur im äußersten Notfall ein Ferngespräch.
»Bist du's, Judy?« Die Leitung war von Störungen erfüllt. »Ich habe eine schlechte Nachricht für dich. Es handelt sich um Mutter. Kannst du mich verstehen? Am besten kommst du sofort nach Hause.«

Es war zwei Uhr morgens, und sie saßen in Tante Hortenses Bibliothek, Judy in einem Morgenrock aus roter Wolle, die alte Dame in einem dünnen grünen Spitzennégligé unter einem Nerzmantel. Die Zentralheizung war bereits um Mitternacht abgestellt worden.

»Es ist durchaus möglich, daß deine Mutter sich wieder erholt«, sagte Tante Hortense. »Eine Arterienerweiterung im Gehirn ist nicht immer tödlich.«
Judy schüttelte den Kopf. »Es ist ja nicht nur das. Ich fühle mich so schuldig. Ich war sechs Jahre fort von zu Hause.«
»Aber du hast mir erzählt, daß du jede Woche geschrieben hast. Und du hast hart gearbeitet. Du hast etwas geleistet, worauf deine Mutter stolz gewesen wäre.«
»Oh, sie hat nie ein Wort gesagt, sie hat sich nie beklagt oder mich gebeten, nach Hause zu kommen, aber wie gut meine Entschuldigungen auch sein mögen, ich weiß, daß ich einfach nicht nach Hause fahren *wollte.* In Paris ist mehr los als in Rossville. Hier ist alles so aufregend, und ich hatte das Gefühl, nach Rossville zurückzukehren wäre wie in . . . in eine emotionale Falle zu tappen. Ich hatte Angst, sie würde mich vielleicht bitten, nicht wieder fortzugehen, und ich würde nicht die Kraft finden, nein zu sagen.«
»Judy, deine Mutter und du, ihr habt vielleicht nicht viel gemeinsam, aber nach allem, was du mir erzählt hast, ist sie sich darüber auch im klaren. Ich glaube nicht, daß sie versucht hätte, dich von irgend etwas abzuhalten. Soviel ich weiß, hat sie das noch nie getan. Ganz offensichtlich liebt sie dich, so wie du sie auf deine Weise ebenfalls liebst. Diese Sache beweist es – du kannst an nichts anderes denken, als zu ihr zurückzufliegen.«
»Weil ich Schuldgefühle habe. Weil ich weiß, daß ich es sechs Jahre lang versäumt habe.«
»Unglücklicherweise weiß ich nicht, wie man sich als Mutter fühlt, aber wenn du mein Kind wärst, würde ich dich jetzt ordentlich durchschütteln. Schuldgefühle sind witzlos. Du fährst nach Hause, um deine kranke Mutter zu besuchen. Sei so lieb und überdramatisiere die Situation nicht. Du wirst dich bei ihr wohl fühlen, und wenn es an der Zeit ist, wirst du mit ihrem Segen wieder nach Paris zurückkehren.«

Aber Judy kehrte nicht nach Paris zurück. Nach zwölf Wochen übermenschlichen Leidens öffnete die Mutter zum erstenmal wieder die Augen und sah ihre einzige Tochter an ihrem Bett sitzen. Sie versuchte zu lächeln und flüsterte mit der Dringlichkeit der Schwerkranken: »Das ist alles, was ich wollte. Dich noch einmal zu sehen.«

»Oh, dem Himmel sei Dank, Mutter, dem Himmel sei Dank.« Judy klammerte sich an die Schulter ihrer Mutter und sank neben dem Bett auf die Knie, um dem Gesicht der Schwerkranken näher zu sein. »Was kann ich tun, Ma? Was kann ich tun, um dich glücklich zu machen? Was möchtest du? Was kann ich dir geben?«

Einen Moment herrschte Schweigen, dann kam wieder das Flüstern. »Ich habe mir immer gedacht, wie großartig und tapfer es von dir war, Judy, einfach fortzugehen und neue Dinge zu sehen ... Ich war dazu nie in der Lage ... Ich hatte Angst ... Du bist so anders. Ich möchte dich besser kennenlernen, ich bin so stolz auf dich ... Ich möchte dich kennenlernen, bevor ich sterbe ... Ich möchte etwas Zeit mit dir verbringen ... Bitte, bleib eine Weile in der Nähe. Ich weiß, ich kann dich nicht in Rossville halten, aber bitte ... bleib in Amerika.«

Ohne eine Sekunde zu zögern, gab ihr Judy das Versprechen.

12

Judy blieb siebzehn Wochen in Rossville, bis sich ihre Mutter wieder erholte – soweit jedenfalls, wie das überhaupt möglich war: ihren linken Arm würde sie nie wieder völlig bewegen können, und der Mund wirkte, als ob sie schief lächeln würde.

Obwohl sich Judy immer noch schuldig fühlte, weil sie von

zu Hause fortgegangen war, hatte sie Frieden mit ihrer Mutter gemacht und – soweit es möglich war – auch mit ihrem Vater, der auf beinahe rührende Weise überall damit prahlte, wie sie »den ganzen Weg von Paris, Frankreich, hierher geflogen kam, *gleich am nächsten Tag*«.

Auf Judy wirkte Rossville wieder so beklemmend wie eh und je; es schnürte ihr die Luft ab. Sie kannte jeden, kannte ihre Gesichter, ihre Familien, ihre Einstellungen und ihre Zukunft. Die Männer waren uninteressant, die Frauen liefen in formlosen Wintermänteln oder formlosen, pastellfarbenen Kattunkleidern herum. Sie konnten über nichts anderes reden als über Rezepte, ihre Kinder, ihre letzte Schwangerschaft und die letzten Schwangerschaften all ihrer Freundinnen. Die Leute, von denen sie sprachen, hatten selten einen Namen. Statt dessen wurden sie anhand der Namen ihrer Eltern oder der Orte, wo sie herstammten, identifiziert, etwa so: »Ich habe gehört, Tom – Stevens Junge – will Joan MacDaniels Tochter heiraten.« Oder: »Du weißt schon, MacDaniels Mädchen, das diesen Burschen aus Quantico heiraten will.« Wieder hatte Judy das Gefühl, daß sie fort mußte, wenn sie nicht ersticken wollte. Und diesmal war es nicht nur Selbstschutz, sie mußte auch genug verdienen, um für den Therapeuten und die enormen Krankenhauskosten ihrer Mutter aufzukommen, die von der Versicherung ihres Vaters nur teilweise erstattet wurden. Sie schrieb Guy und ihren anderen Freunden in Frankreich, warum sie nicht nach Paris zurückkehren konnte, und erkundigte sich bei Empress Miller, mit der sie in den letzten beiden Jahren in Frankreich öfter zu tun gehabt hatte, nach einem Job in New York.

Guy reagierte umgehend mit einem langen, eindringlichen Telegramm: UNTRÖSTLICH MEINE RECHTE HAND ZU VERLIEREN STOP VERSTEHE DEINE MOTIVE STOP WEIGERE MICH ZUSAMMENARBEIT ALS BEENDET ZU BETRACHTEN STOP HOFFE DU

SCHAFFST NEUE KONTAKTE FÜR MICH IN AMERIKA STOP MACH SCHNELL STOP EINE MILLIARDE KÜSSE STOP GUY

In New York mietete Judy ein Studio in der East 11th Street, verschickte dreihundert Bewerbungen, unterhielt sich mit siebzehn potentiellen Arbeitgebern telefonisch, und danach blieben nur noch drei übrig, die sie zu einem Gespräch empfangen wollten. Manchmal, wenn sie an den aufregenden Job und die netten Freunde dachte, die sie in Paris gehabt hatte, verließ Judy aller Mut. Sie war einsamer denn je und hatte das Gefühl, eine vielversprechende Zukunft einer sentimentalen Geste geopfert zu haben.
Dann erhielt sie einen kurzen Brief von Empress Miller, die ihr riet, sich mit der Agentur Lee & Sheldon in Verbindung zu setzen, und das tat sie auch.

»Sie sind sich darüber klar, daß Sie eine Menge unterwegs sein werden?« fragte die Blondine in dem scharlachroten Kostüm. »Ihre Aufgabe bestünde darin, mir bei der Betreuung von Wool International zu helfen, einem unserer wichtigsten Kunden. Wir geben der Presse Tips, was die modischen Trends angeht, verschicken Informationsbulletins, bereiten Pressemappen mit Fotos und Skizzen vor, und zweimal im Jahr, nach den Modeschauen in Paris, widmen wir uns ausschließlich den Wollsachen, die Wool International von französischen Couturiers in Kommission genommen hat. Wir vertreten und bewerben alles, was von amerikanischen Herstellern auf dem Wollsektor produziert wird, und versuchen, den Leuten darüber hinaus die Botschaft einzuhämmern, daß Wolle etwas Wunderbares ist und sie nicht genug davon kaufen können.« Sie schlug eins ihrer eleganten, nylonbestrumpften Beine über das andere und hob fragend eine Augenbraue.

»Das alles habe ich schon einmal gemacht«, sagte Judy, »natürlich auf etwas bescheidenerer Ebene.«

»Wir treten auch im Fernsehen auf, sprechen in Hausfrauensendungen über Wolle und illustrieren das Ganze mit Zeichnungen oder Fotos. Nichts davon ist auch nur annähernd so spektakulär, wie es klingt, nicht einmal der obligate Lunch mit dieser oder jener Moderedakteurin.«

»Das alles ist mir nichts Neues«, sagte Judy mit wachsendem Selbstvertrauen.

Die Blondine veränderte ihre Haltung, das elegante, nylonbestrumpfte Bein begann auf und ab zu schwingen. Sie sagte: »Die meisten Presseagenten haben nichts anderes zu tun, als zu erklären, warum ihr Klient kein Arschloch ist. Und natürlich sind sie selber welche. Wenn Sie zu uns kommen, möchte ich, daß Sie sich um die Tourneen kümmern. Die Modelle, die wir während der Modenschauen in Paris erwerben, werden gleich anschließend auf eine Tour durch die besten Geschäfte in jeder wichtigen Stadt Amerikas geschickt. Von Ihnen wird erwartet, daß Sie die Shows arrangieren, die Mannequins buchen und mit ihnen reisen, sich um die Mädchen genauso kümmern wie um die Kleider, daß Sie Publicity-Material verteilen, zum Beispiel Fotos, Faltprospekte, Materialproben und hier und dort ein kleines Präsent. Zweimal im Jahr wären Sie vier Wochen lang jeden Tag in einer anderen Stadt. Glauben Sie, Sie schaffen das?«

»Versuchen Sie's mit mir.«

»Warum versuchen wir nicht beide erst mal einen Martini«, sagte die Blondine. »Mein Name ist Pat Rogers.«

Judy hatte nie zuvor in ihrem Leben so hart gearbeitet wie mit Pat Rogers, aber sie brachte gute Resultate, und mit ihrem Gehalt stieg auch ihre Verantwortung. Im Frühling des folgenden Jahres gelang es ihr, Pat davon zu überzeugen, daß sie Guy Saint Simon nach New York kommen lassen mußte, um die Möglichkeit einer Tournee zu diskutieren. Guys neue Kollektion, ganz in Blautönen gehalten, war ausgesprochen bequem und brachte die natürlichen Vorzüge ihrer Trägerin zur Geltung, ohne sie in ihrer Bewegungsfreiheit einzuschränken. Getreu seiner Devise, nur das Beste vom Besten zu verwenden, weigerte er sich, seine Kleider auch in einer billigeren Ausführung herzustellen. »Ein gutes Kostüm ist für eine Frau eine bessere Investition als drei, die nur so la, la sind«, sagte er fest zu Judy, als sie über den Hudson fuhren.

Das Wasser war grüngolden in der Abenddämmerung, und die Gebäude der Wallstreet funkelten goldgesprenkelt vor dem roten Himmel. »Damit muß jeder Tourist anfangen«, hatte Judy erklärt. »Eine Fahrt den Hudson hinunter, an der Freiheitsstatue vorbei, dann den East River hinauf und rund um Manhattan. Anschließend führe ich dich überall in der Stadt herum. Du hast keine Ahnung, wie ich sie liebe.«

»Mehr als Paris?«

»Anders.« Binnen einer Woche in New York hatte Judy erkannt, daß sie genau hierher gehörte, an diesen umwerfenden, funkelnden, anstrengenden Ort, und daß sie ihn nie verlassen würde. Ihre Gefühle für New York waren so persönlich und besitzergreifend, wie sie das nie zuvor bei einer Stadt erlebt hatte, nicht einmal in Paris. »Ich liebe New York, und ich fange an, meinen Job zu lieben. Jetzt, wo ich nicht mehr vor der Show reise, sondern mit ihr, ist mein Leben nicht mehr so hektisch und weit bequemer als vorher.« Sie blinzelte in die untergehende Sonne. »Pat möchte heute abend mit uns essen, damit wir die Tournee deiner nächsten Kollektion besprechen können. Ich warne dich jetzt schon, sie wird darauf bestehen, daß du mitreist — ein echter Franzose aus Frankreich. Ich sage dir, in Cleveland werden sie sich flachlegen, wenn sie dich nur reden hören.«

»Ich hätte nichts gegen eine kostenlose Rundreise durch die Vereinigten Staaten einzuwenden.«
»Erwarte bloß kein Honigschlecken«, sagte Judy.
»Du kannst mir keine Angst einjagen.« Guy tippte auf Judys Stupsnase. »Natürlich komme ich mit auf Tournee. Du hast mir geholfen, in Frankreich zu einem Erfolg zu werden. Diesmal achte ich darauf, daß du zu einem festen Bestandteil meines Erfolges wirst! Noch einmal wirst du mir nicht so leicht entwischen . . . Es sei denn, du bestehst darauf, weiterhin solche lächerlichen Hüte zu tragen.«
Er riß ihr die cremefarbene Strickhaube vom Kopf und warf sie in den East River. »Meine Großmutter hat solche Klamotten dazu benutzt, gekochte Eier warm zu halten. Morgen werden wir dir eine schicke Fuchspelzmütze kaufen. Nur kleine Babys tragen noch solches Strickzeug.«
Zu seiner großen Überraschung brach Judy in Tränen aus, als sie die Mütze auf dem Wasser davontreiben sah.

Teil 3

13

Der Frost malte weiße Spitzenvorhänge auf das Fenster. Im Winter haßte Elizabeth das Aufstehen. Der Himmel war noch dunkel und kalt, die Apfelbäume und die Buchenhekke um den Garten verschwanden unter trüben Schneehauben. Sie wollte sich nur tiefer in die sichere Wärme ihres Federbetts kuscheln und den Geräuschen der Familie im Erdgeschoß lauschen.

»Du wirst dich verspäten, Elizabeth«, rief ihre Pflegemutter vom Fuß der Treppe herauf.

Die Augen noch immer geschlossen, setzte das kleine Mädchen ihre nackten Füße auf den Teppich und stolperte zum Ende des mit Schnitzereien verzierten Bettes, wo ihre Kleider säuberlich zusammengelegt auf der rotlackierten Dekkeltruhe lagen. Schläfrig fuhr sie in ihre schwere, wollene Winterunterwäsche, ein blaukariertes Kleid und eine blaue Schürze. Dann setzte sie sich auf den Teppich, um die Schnürsenkel ihrer klobigen, steifen, schwarzen Stiefel zu binden. Im Winter 1955 war das die typische Uniform eines Schweizer Schulkinds.

Sie kletterte auf den Stuhl am Fenster, rieb die eiskalte Fensterscheibe an einer Stelle vom Frost frei und spähte hinaus. Heute würde es nicht schneien; über den zerklüfteten schwarzen Bergspitzen auf der anderen Seite des Alpentals zeigte sich das erste Licht. Unter ihr, wegen des schneeverkrusteten Holzbalkons des Häuschens kaum zu sehen, lag der Garten.

Das Kind sprang wieder von dem Stuhl herunter, trampelte mit seinen schweren Stiefeln über den Holzboden des Korridors und stieß die gegenüberliegende Tür auf. Das Zimmer ihres Pflegebruders lag zum Berg hin, und durch die alten Fensterscheiben drang nur wenig Licht.

»Steh auf, du Faulpelz!« Elizabeth lachte. Sie warf sich auf

die Flickendecke, unter der ein empörtes Gesicht auftauchte. »Du hast vergessen, das Brot von der Bäckerei zu holen.«
»Felix hat gesagt, er würde es mitbringen«, murmelte Roger schläfrig.
»Das glaube ich dir nicht. Felix hat diese Woche Spätschicht.«
Felix war der ungarische Empfangschef des Hotel *Rosat* in Château d'Oex. 1939 war er vom Hof seines Vaters in die ungarische Armee zwangsverpflichtet und anschließend ins deutsche Heer gezwungen worden, um an der Ostfront gegen die Russen zu kämpfen. Nachdem Budapest gefallen war, hatte sich Felix' Division nach Deutschland abgesetzt, wobei es ihm selber gelungen war, in die neutrale Schweiz zu fliehen. Felix hackte Holz und verrichtete andere Arbeiten, die für eine Frau zu schwer waren, dafür wusch und stopfte Mama ihm die Wäsche.
»Ehrlich, er kommt heute früher herauf, er hat's versprochen«, sagte Roger.
Elizabeth rutschte vom Bett und stiefelte polternd die Holztreppe hinunter in die Küche, die im Winter zum Eß- und Wohnzimmer wurde, um Öl zu sparen. Mama stand im Nachthemd an dem großen, grünen Kachelofen und erhitzte Schokolade in einer Saucenschüssel.
»Roger hat vergessen, das Brot fürs Frühstück zu besorgen.«
»Na, das macht doch nichts, Elizabeth. Ich werde eben einfach etwas Wasser über das von gestern gießen und es im Ofen aufbacken. Ich wette, daß du keinen Unterschied merkst, kleine Petzerin.« Das dunkle Haar ihrer Pflegemutter, noch nicht zu dem hübschen Knoten hochgesteckt, den sie tagsüber trug, hing über den Rücken des weißen Flanellnachthemds. Ihre roten Hände, deren Haut sich an manchen Stellen abschälte, stellten eine weiße Schale voll mit heißer Schokolade auf den Tisch.

Mamas Mann war vor acht Jahren auf einem Gletscher zu Tode gekommen. Er hatte eine Gruppe von Skifahrern über den Gletscher geführt, als plötzlich schlechtes Wetter aufgezogen war. Die Gruppe hatte sich im Schnee verirrt und war nie wieder aufgetaucht. Angelina Dassin war mit einem kleinen Baby zurückgeblieben, das es ihr unmöglich machte, wieder als Hausmädchen zu arbeiten, wie sie das vor ihrer Ehe getan hatte. Praktisch ohne einen Franc, mußte sie die erste Arbeit annehmen, die ihr geboten wurde; sie begann, die Korridore und Zimmer des örtlichen Hospitals zu schrubben. Abends und an den Wochenenden stickte sie spitzenbesetzte weiße Blusen für Souvenirläden. Zwei Jahre lang war ihr Leben hart und voller Entbehrungen gewesen. Dann wurde sie gefragt, ob sie ein Mädchen, das im Hospital zur Welt gekommen war, als Pflegemutter betreuen könnte. Das zusätzliche Geld bedeutete, daß sie in der Lage war, die Knochenarbeit im Krankenhaus aufgeben und mit zwei Babys gemütlich zu Hause bleiben zu können, wo sie sich ganz auf ihre Stickerei konzentrierte.
Elizabeth wurde wie ein Mitglied der Familie Dassin aufgezogen, aber Angelina wies sie immer darauf hin, daß sie auch noch eine andere Mutter hatte, eine *echte* Mutter, und daß eines Tages – wenn sie älter war – ihre echte Mutter kommen und sie holen würde. Daran mußte Elizabeth jeden Abend denken, wenn Angelina an ihrem Bett saß und *Au clair de la lune* sang, während draußen im dunklen Garten die Fichten rauschten.
Tatsächlich aber wußte Angelina nur wenig mehr als Elizabeth über diese geheimnisvolle Mutter. Einmal im Monat traf von einer Bank in Gstaad ein Scheck in einem anonymen Umschlag ein. Angelina begann ihre schwerfälligen brieflichen Berichte immer mit den Worten *Chère Madame,* weil sie hoffte, daß das arme Kind inzwischen verheiratet war, aber die Antworten enthielten keinerlei Informationen über den Absender. Meistens handelte es sich lediglich um

Fragen nach der Entwicklung des Kindes, die Angelina im nächsten Brief beantwortete.
Anfangs hatte sich Elizabeth ihre richtige Mutter als eine Art Engel in einem weißen Spitzengewand vorgestellt. Jeden Abend, nachdem sie, auf dem Teppich kniend, ihr Nachtgebet verrichtet hatte, fügte sie flüsternd hinzu: *»Bonne nuit, vraie maman.«* Später hoffte sie, daß ihre richtige Mutter eine Märchenprinzessin sein möge, die in einem Zauberland auf einer Lichtung schlief, bis der Märchenprinz kam und sie mit einem Kuß weckte. Wenn er sich doch nur beeilen würde! Sie hoffte, daß der Wald nicht zu feucht war und daß es dort keine Ameisen gab.

Elizabeth stapfte durch den verharschten Schnee nach Hause. Als sie das Haus erreicht hatte, kletterte sie langsam die steile Steintreppe zur Tür hinauf, ohne das Eisengeländer loszulassen, und immer nur mit einem Fuß auf einmal. Sie stellte sich auf die Zehenspitzen, um den eisernen Klopfer zu betätigen, dann bückte sie sich, um die Klappe des Briefschlitzes zu öffnen und zu schnuppern; Bratkartoffeln mit Schinken und kleingeschnittenen Zwiebeln. Sobald sie zu Hause war, fühlte Elizabeth sich in Sicherheit.
Vorsichtig, um zu verhindern, daß Schnee in die Wohnung kam, öffnete Angelina die Haustür einen Spaltbreit. Wie üblich trug sie ein blaues Drillichkleid, eine blaue Schürze, eine formlose schwarze Strickjacke und schwarze Stiefel; niemals legte sie Make-up auf, und sie trug auch keinen Schmuck, mit Ausnahme ihres Eherings.
»Mama, was ist ein Bastard?«
»Warum willst du das wissen?«
»In der Schule haben sie mich heute so genannt.«
Angelina blickte sie beunruhigt an, während Elizabeth den Schnee von ihren Stiefeln stampfte. »Es ist eine dumme Bezeichnung für Leute, die keinen Vater haben.«
»Ist Roger auch ein Bastard, weil er keinen Vater hat?«

»Ihr könnt beide einen Vater haben, wenn ihr einen wollt.«
Elizabeth sah sie verwirrt an. Angelina zog sie sacht ins Nähzimmer und schloß die Tür.

»Pssst. Es ist noch ein großes Geheimnis, weißt du? Wen würdest du dir als Vater aussuchen?«

»Einen Märchenprinzen.«

»Nein, jemand, den du kennst.«

»Roger? Nein, der ist nicht alt genug . . . Jetzt weiß ich – *Felix*!«

»Richtig!«

Mit lang herunterhängendem dunklem Haar und ausgestreckten Armen baumelte Elizabeth mit dem Kopf nach unten in einem gelben Badeanzug an einem Trapez und berührte den Boden mit den Fingerspitzen. Ihre mageren Beine waren um die Seile des Trapezes geschlungen. »Jetzt mußt du hochschwingen und dich auf die Stange setzen«, rief Felix. »Und jetzt das Ganze noch mal, Lili, so hoch du kannst . . . Gut.«

Seit er Angelina vor gut sechs Monaten geheiratet hatte, brachte Felix den beiden Kindern nach und nach all die Tricks bei, die er vor langer Zeit mit seinem Bruder in Ungarn eingeübt hatte.

»Jetzt noch ein paar Trampolinübungen, Lili«, befahl er und zog das kleine grüne Gerät ins Gras. Während Lili ihr Programm absolvierte, tauchten die Strahlen der sinkenden Sonne die fernen Berggipfel in rotes Glühen. Angelina trat auf den Balkon, um alle zum Abendessen hineinzurufen. Direkt vor ihr flatterte ein Schwarm gelber Schmetterlinge um einen Mirabellenbaum, und ein süßer Duft stieg von den rosablauen Erbsenstauden auf, die im Schatten des hölzernen Gitterwerks unter dem Balkon wuchsen. Sie sah zu, wie Elisabeth die Hand ihres Mannes ergriff; flink wie eine Katze kletterte das Mädchen über seine Schenkel und die Hüfte auf seine starken Schultern. Dort rutschte sie so lange

herum, bis sie im Gleichgewicht war, ließ seine Hände los und stand aufrecht mit ausgestreckten Armen und leicht gekrümmten Knien.
»Kann ich losgehen?« fragte Felix.
»Noch nicht, ich bin noch nicht . . . O Felix, das ist gemein.«
»Hör auf zu reden und konzentrier dich, Lili. Ich möchte einen vollkommenen Sprung von meinen Schultern auf das Trampolin sehen, und zwar mit geschlossenen Beinen und ohne Schluderei am Ende.«
Gehorsam flog das kleine Mädchen durch die Luft, prallte zweimal auf das federnde Leinen des Trampolins und hüpfte schließlich ins Gras. Sie landete mit leicht gespreizten Beinen. Mist! Sie bemerkte Angelina über sich auf dem Balkon und winkte ihr zu, dann schlenderte sie zu der hölzernen Schaukel unter dem Balkon, schob sich auf den Sitz und schwang träge vor und zurück, eingehüllt in die Düfte des Sommers. Der warme Geruch der Erde, der Gartenrosen und der Fichten im Wald vereinigte sich mit der scharfen Ausdünstung der Heuhaufen und Jauchegruben. Die Gerüche des Sommers waren honigwarm, die des Herbstes schärfer, rauchiger; der Herbst war der saure Geruch abgefallener Äpfel, die im Keller gelagert und irgendwann zu Marmelade und Apfelmus gemacht wurden, war Haselnüsse, die man im Wald gesammelt hatte, und Haufen trockener Blätter, die am unteren Ende des Gartens zusammengescharrt wurden und geradezu darum bettelten, daß man hineinsprang und sie auseinanderstieß.
Felix trug das Trampolin in den Keller. Dann stiegen er und Elizabeth die Holztreppe zur Küche hinauf, wo das Abendessen wartete. Roger saß bereits am Tisch. Er war im Bach schwimmen gewesen und hatte auf dem Heimweg eine Mütze voll kleiner Walderdbeeren gesammelt. Nach dem Essen klatschte Angelina in die Hände, rief »Schlafenszeit« und streckte die Hand aus, um Lilis Kleid aufzuknöpfen.

»Mama, kaufst du mir ein richtiges weißes Kleid, nicht nur so einen alten Fetzen?«
»Nein, meine kleine Akrobatin, du würdest es nur schmutzig machen. Wenn du älter bist, wirst du ein schönes weißes Kleid haben, das heißt, falls du artig bist. Und fleißig.«
»Bin ich so gut wie du, als du klein warst, Felix?«
»Auf dem Trapez ja, Lili, auf dem Trampolin noch nicht. Aber wenn du im September mit uns nach Ungarn fährst, kannst du mit Onkel Sandor auf dem Trampolin üben, das wir als Kinder benutzt haben, und bis dahin erwarte ich von dir einen doppelten Salto, nach dem du mit *geschlossenen Beinen* landest!«

14

Elizabeth hatte den Oberkörper weit aus dem Zugfenster gelehnt und winkte den Bauern in ihren blauen Arbeitsdrillichen auf den Kornfeldern zu. Tabakplantagen und saftige Wiesen voller nickender Sonnenblumen wechselten sich ab. Hirten auf Pferden schwangen lange Peitschen über Gruppen großer, weißer Ochsen, die gemächlich wiederkäuten. Wie eine Zeitmaschine stach der olivfarbene Zug tiefer in das ländliche Ungarn, das sich seit zweihundert Jahren nicht verändert zu haben schien.
Alles sah so hübsch aus, daß Elizabeth überhaupt nicht verstehen konnte, warum Felix nicht so fröhlich wie sonst war. Schweigend und zitternd saß er da, biß sich auf die Lippen und achtete darauf, daß man vom Zugkorridor aus sein Gesicht nicht sehen konnte. Obwohl er aus dem Fenster blickte, schien er weder die riesigen goldenen Weizenfelder wahrzunehmen noch den blauen See, auf dem die Fischer in kleinen Nachen hockten, unter Trauerweiden, die ihre Zweige ins Wasser tauchten.

Dann veränderte sich die Landschaft. Graue Türme und Festungsmauern glitten vorbei. Angelina zupfte Elizabeth am Kleid. »Wir sind fast da, ich kämme dir das Haar . . .«
In Sopron wartete Onkel Sandor auf dem Bahnsteig und winkte ihnen zur Begrüßung mit der Peitsche zu. Er war dunkelhaarig und auf wilde Art gutaussehend, eigentlich wie ein Zigeuner, mit noch längeren Schnurrbartenden als sein Bruder Felix. Nach den heftigen Begrüßungsumarmungen kletterten alle auf einen niedrigen, verstaubten Pferdekarren. Eine Fahrt von mehr als einer Stunde lag vor ihnen.
Spät am Abend, als die Frauen die Kinder ins Bett brachten, fand Felix sich zum erstenmal an diesem Tag allein mit seinem Vater.
»Warum bist du zurückgekommen, Felix?« fragte Vater Kovago und ließ die ständig zur Schau getragene Freundlichkeit fallen. »Wie konntest du es wagen, ein solches Risiko auf dich zu nehmen – nicht nur für dich, sondern auch für deine Frau und die Kinder!«
Felix schwieg. Es war eine schwere Entscheidung gewesen. Vor drei Monaten, als er die aus dem Land geschmuggelte Botschaft seiner Mutter erhalten hatte, war ihm bei dem Gedanken an die Gefahren einer solchen Reise der Schweiß ausgebrochen. Als Deserteur hatte Felix weder die Schweizer Staatsbürgerschaft erhalten, noch konnte er sich um einen ungarischen Paß bemühen. Allein zum ungarischen Konsulat in Bern zu gehen und sich nach der Möglichkeit einer Reise in sein Vaterland zu erkundigen, wäre ein wahnwitziges Risiko gewesen. Schließlich hatte er gegen die Russen nicht nur in der ungarischen sondern auch in der deutschen Armee gekämpft. Als Felix sich mit einer Gruppe antikommunistischer Exilungarn in Genf in Verbindung gesetzt hatte, war ihm mitgeteilt worden, daß er damit rechnen mußte, gleich an der Grenze festgenommen und für zwanzig Jahre in ein Arbeitslager gesteckt zu werden – wenn er Glück hatte!

Nach einigem Hin und Her hatte sich die Gruppe dann jedoch bereit erklärt, ihn mit den nötigen gefälschten Dokumenten zu versehen, und man war übereingekommen, daß er mit seiner Frau und zwei Kindern über die Grenze gehen sollte, um seine Tarnung, derzufolge es sich um einen Familienbesuch handelte, zu untermauern.
All seinen Befürchtungen zum Trotz war bisher alles gutgegangen. Jetzt hob er hier in der von einer Ölfunzel erhellten Küche den Kopf und sprach zum erstenmal mit seinem Vater von Mann zu Mann, nicht wie ein unterwürfiger Sohn.
»Du weißt, warum ich zurückgekommen bin, Papa. Weil Mama nach mir geschickt hat. Weil ihr . . . weil ihr nicht ewig leben werdet. Das wissen wir alle . . . Ich bin zurückgekommen, um euch beide zum . . . noch einmal zu sehen . . . Und ich bin zurückgekommen, weil Mama möchte, daß ich Sandor heraushole. Deswegen bin ich zurückgekommen, und genau das werde ich auch tun.«
»Weiß Angelina Bescheid?«
»Nein. Sie ist sicherer, solange sie nichts weiß.«
»Weiß Sandor Bescheid?«
»Noch nicht, aus demselben Grund.«
Für einen Moment schwiegen beide. Dann seufzte der alte Mann und sagte: »Du bist ein guter Junge, und ich bin stolz auf dich, aber du bist auch dumm, und deine Dummheit macht mich ärgerlich, weil sie der Bruder der Gefahr ist.«

Zwei Wochen lang schien das Leben wie ein schöner Urlaub, der nie zu Ende gehen würde. Dann feierte die kleine Stadt das Fest der Weinbauern, und überall in den Straßen wurde getanzt, flogen Röcke und langes, dunkles Haar, blitzten die Augen der Männer, jagten Violinbögen über singende Saiten.
»Komm, Lili, ich zeige dir, wie ein Ungar tanzt!« rief Felix,

ergriff ihre Hand und zog sie auf die Tänzer zu. Doch plötzlich blieb er stehen, humpelte ein paar Schritte, blieb wieder stehen und zuckte zusammen.
»Verdammt will ich sein, wenn ich dazu noch in der Lage bin. Mein Fuß tut weh. Sieht so aus, als müßtest du auf Sandor warten.«
Also vergnügte sich Lili mit Onkel Sandor, während Felix sich an einen Zaun lehnte, seinen rechten Stiefel auszog und zuließ, daß Angelina den klopfenden Fuß untersuchte. »Nur ein Moskitobiß«, sagte er wegwerfend. »Ich habe mich gekratzt, und jetzt ist er infiziert. Kein Grund, sich aufzuregen.«
Weil er sich nicht von einem simplen Moskitobiß das ganze Fest verderben lassen wollte, zwängte er seinen Fuß unter Schmerzen wieder in den Stiefel, ignorierte das Pochen und gab sich damit zufrieden, den Tänzern zuzuschauen, statt sich unter sie zu mischen. Aber als es Abend wurde, fuhr Felix mit den Frauen auf dem Pferdewagen zurück zum Hof, statt mit den Männern zu laufen.
Angelina badete seinen Fuß in einer Blechschüssel, während Großmutter Kovago einen Brotumschlag vorbereitete. Angelina hatte vorgeschlagen, einen Arzt zu holen, aber der Großvater hatte sie ausgelacht. »Wegen eines Moskitobisses?«
Am nächsten Tag saß Felix vor der Küchentür in der Sonne. Sein weißbandagierter Fuß lag auf dem Sitz eines weiteren Stuhls vor ihm. Aber am Abend hatte sich das Pochen auf das ganze Bein ausgedehnt, und er konnte kaum laufen. Jetzt bestand Angelina darauf, einen Arzt zu holen, so daß Sandor sein Pferd sattelte und nach Sopron ritt. Zwei Stunden später, als der Doktor eintraf, schwitzte Felix am ganzen Körper. Er verspürte starke Schmerzen, sobald er sich bewegte, und seine Temperatur war hoch.
»Blutvergiftung«, konstatierte der Doktor. »Er braucht Penicillin, keine Brotumschläge.« Mit gerunzelter Stirn spähte

er über den Rand seiner auf die Nase gerutschten Brille und musterte den geschwollenen, purpurrot angelaufenen Fuß. »Sie müssen ein paar Wochen im Bett bleiben, und dann haben Sie noch Glück, wenn Sie mit dem Leben davonkommen.«
So blieb Angelina nichts anderes übrig, als Herrn Pangloss, dem Geschäftsführer des Hotel *Rosat,* einen Brief zu schreiben, um ihn darüber zu informieren, daß Felix nicht vor Ende Oktober zurückkehren könne. Aber es gab keinen Grund zur Besorgnis. Schließlich handelte es sich lediglich um einen Moskitobiß.

Am frühen Abend des 24. Oktober 1956, einem Mittwoch (drei Wochen, nachdem Elizabeth und Roger längst wieder in der Schweiz in der Schule hätten sein müssen), unternahm Onkel Sandor seinen üblichen Abendspaziergang, der ihn zu einem zwei Meilen vor dem Dorf liegenden Wirtshaus führte, wo er sich mit Janos, dem Lehrer, zum Trinken und Schwatzen traf. Die Abende waren schon kalt, so daß er seine *bunda* trug, den traditionellen bestickten Schaffellmantel mit dem nach innen gekehrten Vlies.
Als er um zehn Uhr noch nicht wieder zurück war, begann die Mutter zu schimpfen. »Politik, Politik, immer führen sie diese sinnlosen Gespräche über Politik und trinken zuviel Wein dabei.« Um elf Uhr gaben sie es auf, weiter zu warten und wollten gerade zu Bett gehen, als die schwere Küchentür aufflog und Sandor hereinstürmte, völlig außer Atem. »Die Revolution ist ausgebrochen! In Budapest! Schnell, stellt das Radio an! Die Studenten haben die Rundfunkanstalt besetzt.« Ein Gewirr aus Fragen und dem Quietschen hastig zurückgeschobener Stühle folgten ihm, als er zu dem großen, altmodischen Radio eilte und Radio Budapest suchte, dessen Sender jedoch lediglich Zigeunermusik brachte.
Aufgeweckt von dem Lärm der Erwachsenen, kroch Eliza-

beth aus dem Bett und spähte in die Küche. Zum erstenmal in ihrem Leben nahm Felix keine Notiz von ihr. Zusammen mit den anderen stand er um das Radio gedrängt.
»Die Russen haben Nagy wieder zum Ministerpräsidenten ernannt, und ab heute abend um neun ist das Kriegsrecht verhängt worden. Wir haben es im Wirtshaus im Radio gehört. Später haben sie gesagt, daß Nagy die russischen Truppen aufgefordert hätte, bei der Wiederherstellung der Ordnung zu helfen.«
Entsetzte Ausrufe erfüllten die Küche. »Nagy ist ein Patriot, er würde so was nie tun!«
»Tja, er scheint es aber doch getan zu haben, ich habe es selber im Radio gehört.«
»Dann müssen ihn die Russen dazu gezwungen haben.«
»Jetzt setz dich hin, Sandor, und erzähl von Anfang an. Dieses verdammte Radio bringt offensichtlich nichts anderes als Musik.«
»Vielleicht sollten wir sofort in die Schweiz zurückkehren«, schlug Angelina vor.
»Das geht nicht mehr. Die Grenzen sind geschlossen, und niemand darf das Land ohne russisches Ausreisevisum verlassen.«
Entsetzt blickte Angelina Felix an. Er beugte sich vor, umarmte sie und sagte: »Es besteht kein Anlaß zur Sorge, hier sind wir sicher. Bring Lili wieder ins Bett und bleib bei ihr, bis sie eingeschlafen ist. Und du gehst auch zu Bett, Mama. Krieg ist Männersache.«
Widerstrebend, doch gehorsam, zogen sich die Frauen zurück. Dann sagte Sandor: »Bis es deinem Bein bessergeht, bleibst du hier, Felix, und sorgst für ihre Sicherheit. Ich lasse dir ein Gewehr zurück, die beiden anderen nehme ich mit nach Budapest. Sie haben im Radio gesagt, daß Nahrungsmittel knapp werden, deshalb werden wir gleich morgen bei Tagesanbruch damit den Wagen beladen. Nein, Papa, sie kämpfen auch für dich, und es ist deine

Pflicht, sie mit Essen zu unterstützen. Janos und ich fahren nach Budapest.«
Unbeeindruckt von den Tränen seiner Mutter ratterte Sandor am nächsten Morgen davon. Der mit Nahrungsmitteln beladene Leiterwagen sah aus wie ein Erntedankfloß, als er durch die steifgefrorenen Ränder in die matschigen Furchen hineingezwungen wurde und hin und her schaukelte.
Am Nachmittag ging der Vater ins Dorf, um zu hören, was es Neues gab. Er kehrte erst nach Einbruch der Dunkelheit wieder zurück. »In Budapest hat die *Avos* auf eine Versammlung von zwanzigtausend unbewaffneten Männern, Frauen und Kindern gefeuert«, knurrte er, »und anschließend haben sie die Leichen in die Donau geworfen.«
Am Sonntag, fünf Tage, nachdem die Kämpfe ausgebrochen waren, verkündete die müde, doch triumphierende Stimme von Ministerpräsident Nagy im Radio, daß Chruschtschow sich einverstanden erklärt hätte, die russischen Truppen zurückzuziehen. Unglaublicherweise sah es wirklich so aus, als hätte das Land sich selber befreit, denn die russischen Panzer rollten aus den verwüsteten Straßen von Budapest, und die Nachrichten in den Massenmedien schienen unzensiert.
Aber der Vater blieb skeptisch und argwöhnisch. »Das ist ganz und gar nicht russische Art, so schnell aufzugeben – die führen etwas im Schilde. Wenn du erst in meinem Alter bist, Felix, wirst du auch mißtrauisch werden, wenn Bären sich wie Lämmer benehmen. Der Aufstand muß sie genauso überrascht haben wie uns alle, und wahrscheinlich hatten sie nicht damit gerechnet, daß wir Madjaren noch soviel Kraft und Ausdauer haben könnten.«
Er zündete seine Pfeife an, paffte am Mundstück und schüttelte den Kopf. »Denk an meine Worte, den Russen geht es bloß darum, den Westen davon abzuhalten, daß er in die Kämpfe eingreift. Sobald sich das allgemeine Inter-

esse in der Welt gelegt hat, sind sie wieder hier und setzen uns den Stiefel in den Nacken.«

Und der Vater hatte recht. Am ersten November kam die Nachricht, daß Hunderte sowjetischer Panzer die ungarische Grenze überschritten hatten. Die russischen Truppen waren zurückgekehrt, doppelt so stark wie zuvor, und hatten Budapest eingekesselt.

Jeden Morgen und jeden Abend um acht Uhr ritt der Vater in die Stadt, um in der Post auf einen Anruf von Sandor zu warten. »Noch immer nichts Neues«, berichtete er nach seiner Rückkehr, »abgesehen davon, daß sich aus allen Städten Flüchtlingsströme in Richtung auf die österreichische Grenze ergießen, wo sie von den russischen Panzern mit Kugeln und Granaten zurückgetrieben werden. Bei diesem Wetter ist eine solche Flucht kein reines Vergnügen; man spricht von schweren Schneefällen und starkem Wind, und es soll noch schlimmer werden.«

Am folgenden Dienstagabend, dem sechsten November, gelang es Sandor endlich, telefonisch durchzukommen. »Regt euch nicht auf«, sagte Vater, als er von der Post heimkehrte. »Sie haben versucht, einen sowjetischen Panzer zu stürmen, und Sandor ist in die rechte Schulter geschossen worden.« Daß Janos dabei getötet worden war, verschwieg er. »Die Russen bombardieren Gebäude und schießen auf Passanten. In anderen Städten hat es ebenfalls schwere Kämpfe gegeben, aber in Budapest ist es am schlimmsten. Die Russen haben die Stadt wieder unter Kontrolle. Es ist genau wie 1945, Gott sei mit uns.«

Traurig fuhr er fort: »Sandor sagt, in der Stadt herrscht Hunger, und die Freiheitskämpfer haben keine Munition mehr und keine Medikamente . . . Er will versuchen, sich hierher durchzuschlagen, um dann mit uns zusammen nach Österreich zu fliehen. Die Repressalien werden furchtbar sein, womöglich werden alle halbwegs gesunden Erwachsenen in sowjetische Arbeitslager gebracht.«

Felix sagte: »Um Himmels willen, schaff die Kinder woanders hin, Angelina.«
»Stell eine Laterne ins Fenster und laß sie die ganze Nacht brennen, für den Fall, daß Sandor nach Hause kommt«, befahl der Vater, ehe er sich Felix zuwandte und seine Hand ergriff. »Mein Sohn, deine Mutter und ich sind zu alt, um fortzugehen. Wir sind hier geboren worden, und hier wollen wir auch sterben, wenn unser Herr die Zeit für gekommen hält. Aber ihr müßt fliehen, sobald Sandor wieder da ist. Wir haben nicht zwei Söhne aufgezogen, damit die Russen sie uns wegnehmen.«
Unfähig, auch nur ein Wort herauszubringen, konnte die Mutter ihre alten, traurigen Augen nicht von Felix lösen. Sie wußte, daß sie ihn zum letztenmal sah.

Der Mond schien durch die Wolken und überflutete das Land mit Silber. Die beiden Männer und Angelina trugen dunkle schwere Mäntel, die beiden Kinder hatten Pappschilder um den Hals gehängt, auf denen ihre Namen und ihre Adresse standen, für den Fall, daß sie von ihren Begleitern getrennt wurden. Sandors Arm steckte in einer Schlinge, so daß er seinen Mantel nicht bis oben zuknöpfen konnte und sich vor dem eisigen Wind kaum schützen konnte. Felix marschierte mit Hilfe eines alten Hirtenstabs und trug die einzige Flinte des Hofs in der anderen Hand.
Es war zwei Uhr morgens, und sie näherten sich der Grenze. Eilig überquerten sie ein freies Feld. Der silbrige Schnee auf dem Pfad knirschte unter ihren Füßen. Linker Hand konnten sie einen Weiler und einen von Bäumen gesäumten Weinberg erkennen. Die Reise war bisher nicht allzu anstrengend verlaufen, denn die meiste Zeit ging es abwärts, und das Gelände war dichtbewaldet. Zweimal hatten sie eisigkalte Flüsse mit starker Strömung durchquert, die so tief gewesen waren, daß Felix Elizabeth auf die Schultern nehmen mußte. Sein infiziertes Bein, das er ohnehin nicht hätte

benutzen dürfen, schmerzte, und er humpelte stark. Sandor hatte von einem Pfad durch den Wald gehört, der die Grenze an einer Stelle schnitt, wo es keinen Zaun, sondern nur Stacheldraht gab. Hinter diesem Drahtverhau folgte ein halber Kilometer Niemandsland, dann kam ein zweiter Stacheldrahtzaun, bei dem es sich um die eigentliche Grenze handelte. Beide Stacheldrahtzäune und das Niemandsland dazwischen wurden von Grenzpatrouillen mit Wachhunden kontrolliert.

Paradoxerweise waren die sichersten Übergänge oft ganz in der Nähe der hohen, hölzernen Wachtürme, die längs der gesamten Grenze errichtet waren, und von denen aus ein einziger Wachposten das umliegende Land überblicken konnte. Meistens waren diese Türme nämlich unterbesetzt und manchmal sogar ganz leer. Darauf zu hoffen, wäre im Augenblick zwar zuviel des Guten gewesen, aber wenn sie die Grenze in der Nähe eines solchen Wachturms überschritten, konnten sie wenigstens sehen, was sich um sie herum ereignete und wohin die Suchscheinwerfer wiesen.

Sie beabsichtigten, eine geeignete Stelle zu suchen, dort zu warten, bis die Hundepatrouille vorbei war und anschließend ihren Vorstoß zu wagen. Im Idealfall konnten sie den Platz im Mondschein auskundschaften und mit dem Grenzübertritt beginnen, wenn der Mond wieder hinter einer Wolke war. Sie hätten die Flucht lieber in einer wolkenlosen Nacht gewagt, aber sie hatten keine Wahl: je länger sie warteten, desto gefährlicher wurde es.

Felix stieß einen warnenden Ruf aus. Er wäre beinahe in den ersten Stacheldraht gelaufen. Der Draht spannte sich fast unsichtbar in ein Meter fünfzig Höhe, und seine Dornen waren viel länger und kräftiger als die an gebräuchlichem Stacheldraht.

Sandor deutete nach links, wo sich ein Wachturm erhob, der nur mit einem Mann besetzt zu sein schien. Glücklicherweise wehte ihnen der Wind entgegen, so daß die Hunde die Witterung erst im letzten Moment aufnehmen konnten, wenn überhaupt. Sandor konnte seine kalten Füße kaum noch spüren. Seine verletzte Schulter, die Brust und der rechte Arm schmerzten, aber das war alles noch nichts gegen Felix' infiziertes Bein. Er konnte sich kaum noch weiterbewegen.

Sie kauerten im Schutz der restlichen Büsche in der eisigen Kälte, bis die Patrouille kam. Ein Scheinwerfer tastete über das Niemandsland vor ihnen. Angelina rieb die Gesichter der Kinder mit ihren wollenen Fäustlingen ab, um die Blutzirkulation in Gang zu halten. Sie hörten die leisen Stimmen und das Keuchen der großen Hunde.

Sobald die Patrouille vorbei war, krochen die beiden Brüder los und begannen, den Stacheldraht mit zwei geschwärzten Metallscheren zu bearbeiten. Der Mond war hinter einer Wolke verborgen. Ein grauer Scheinwerferstrahl zerteilte die Dunkelheit und wurde langsam heller, als er sich ihnen näherte. Er glitt über sie hinweg, tastete sich weiter.

Wie Sprinter bei einem Hundertmeterlauf stürmte die kleine Gruppe vorwärts. Angelina hatte solche Angst, daß sie jeden Gedanken aus ihrem Gehirn zu verbannen suchte und sich voll auf ihren verzweifelten Wunsch konzentrierte, dicht hinter Felix zu bleiben.

Doch die Entfernung zur anderen Seite des Niemandslandes war viel größer, als sie erwartet hatten. Die kleine Gruppe zog sich auseinander. Plötzlich kehrte der Suchscheinwerfer zurück. In letzter Sekunde gelang es den Flüchtlingen, sich hinter einen Felsblock zu ducken. Erneut glitt der Strahl über sie hinweg. In diesem Moment glaubte Felix zum erstenmal, daß sie es vielleicht doch schaffen könnten. Die Flüchtlinge rappelten sich wieder hoch und stolperten weiter über das unebene Terrain.

Felix tat einen Schritt, taumelte und hatte einen Herzschlag lang das Gefühl, in Ohnmacht zu fallen. Er spürte Elizabeth, die sich vertrauensvoll an seinen Mantel klammerte, und zwang sich, weiterzurennen. Dann hörte er zu seinem Entsetzen in der Ferne einen Hund bellen, gefolgt von einem zweiten. Sie hatten die Witterung!

Verzweifelt und mit letzter Kraft zerrte Felix Elizabeth hinter sich her. Er hatte keine Ahnung, wo die anderen sich befanden. Sein einziger Gedanke galt dem zweiten Zaun und daß er ihn erreichen mußte, ehe sein pochendes Bein den Dienst versagte oder die Hunde sie einholten.

Als er den Stacheldraht erreichte, wäre er beinahe hineingestürzt. Der Draht war dichter gespannt als der erste, und er hatte noch mächtigere Stacheln. Der Mond hatte sich hinter einer Wolke verborgen, so daß Felix Mühe hatte, den Verlauf des Drahts zu erkennen. Er streckte die Hand aus und zog sie mit einem Aufschrei wieder zurück. Der Stacheldraht stand unter Strom.

Keuchend warf Felix seinen Stock weg, legte das Gewehr in den Schnee und beugte sich zu Elizabeth hinunter.

»Lili, mein Liebling«, flüsterte er heiser, »du weißt, daß ein Akrobat immer folgsam sein muß. Ich möchte, daß du jetzt auf meine Schultern kletterst und mir zeigst, *wie* gut du springen kannst – über diesen Zaun. Aber du darfst nicht landen wie auf einem Trampolin. Mir zuliebe mußt du ganz *schlecht* landen. Spring, so gut du kannst und achte darauf, daß du elastisch landest, wie eine Kugel, hast du verstanden? Danach läufst du den Berg hinunter und versteckst dich im ersten Haus, das du siehst. Warte nicht auf mich, mein Liebling, und *schau nicht zurück!*«

Er zog ihr die Fäustlinge aus, damit sie besser zugreifen konnte. Gehorsam kletterte Lili auf seine Schultern und richtete sich langsam und sehr konzentriert auf. Dann holte sie tief Luft, federte ein wenig in den Knien und sprang mit einer Leichtigkeit über den Zaun, als übte sie das täglich.

Auf der anderen Seite landete sie auf allen vieren im dünnen Schnee. Als sie sich etwas benommen aufrappelte,

hörte sie bellende Hunde und zögerte. »Du sollst gehorchen, Lili!« brüllte Felix. »Renn! *Renn!*«
Sie drehte sich um und rannte bergab, ein kleiner grauer Schatten im Schnee.
Felix riß das Gewehr hoch und kauerte sich nieder. Er hörte den keuchenden Atem, das kehlige Knurren des großen Schäferhundes, bevor er ihn in dem trüben Licht des anbrechenden Morgens sehen konnte.
Als das riesige Tier zum Sprung ansetzte, drückte Felix ab. Die Kugel traf den Hund mitten im Sprung, konnte ihn aber nicht mehr aufhalten. Felix verlor das Gleichgewicht, und das verwunderte Tier fiel mit wildem Geifer über ihn her. Der schwere, zuckende Körper nagelte ihn an den Boden. Er spürte den fauligen, keuchenden Atem in seinem Gesicht und anschließend einen unerträglichen Schmerz, als der Schäferhund sich in seine Kehle verbiß.

Teil 4

15

Mit siebzehn Jahren begann Maxine in London ihre Ausbildung bei James Partridge. Mr. Partridge hatte sein Studio über einem ruhigen Laden in Höhe der Bond Street und kleidete sich eher wie ein Börsenmakler als ein berühmter Designer. Er strahlte eine Art charmanter Hilflosigkeit aus, die den Leuten das Gefühl vermittelte, *sie* müßten die Arbeit tun, weil *er* dazu nicht in der Lage sei; seine Mitarbeiter lebten in dem Bewußtsein, gebraucht zu werden, statt einfach nur angestellt zu sein. Er war ein sanfter, freundlicher, gebildeter Mann, aber wenn es um seine Arbeit ging, kannte er keine Kompromisse. Sein herausragendstes Talent war ein unfehlbarer Sinn für Farben, kombiniert mit erlesenstem Geschmack und ausgeprägtester Diskretion.

Nachdem Maxine sich mit dem Wesentlichen des Studios vertraut gemacht hatte, bestand ihre Tätigkeit hauptsächlich darin, ständig auf Achse zu sein. Sie holte an einem Ende der Stadt Farbproben ab und stellte am anderen Materialmuster zu. Sie hatte nie gewußt, daß es so viele verschiedene Stoffe und Materialien gab und daß neunundneunzig Prozent davon nicht kombinierbar waren, weil sie sich nicht vertrugen. Sie liebte ihren Job, denn er gab ihr Gelegenheit, sowohl ihr Gespür für Farben als auch ihren Sinn für klare Linien zu verfeinern.

Nach ein paar Monaten entdeckte Mr. Partridge ihre Leidenschaft für alte Möbel und schickte sie auf Entdeckungsreise durch die etwas entlegeneren Antiquitätenläden und Auktionssäle, in denen man unter Schichten oft Jahrzehnte alten Staubs noch manche wertvolle Entdeckung machen konnte. Eines Abends schlenderte sie nach einer solchen Errungenschaft glücklich nach Hause und dachte darüber nach, wie wunderschön das Leben war. Doch als sie die rotlackierte Wohnungstür aufsperrte, hörte sie Schluchzen aus dem

Schlafzimmer. Sie lief hinein und sah Kate auf dem schmalen Bett liegen, ihr Gesicht an Pagans Schulter vergraben. Beide weinten. Pagan hob den Kopf, ihr Gesicht war verheult und voller roter Flecken. Ohne ein Wort zu sagen, reichte sie Maxine die Abendzeitung. Es stand auf der Rückseite: »Das Kriegsministerium hat bekanntgegeben, daß der Unteroffizier, der in der letzten Woche in der Gegend von Pinang, Malaysia, bei einem Hinterhalt kommunistischer Terroristen ums Leben gekommen ist, als Nicholas Cliffe identifiziert werden konnte, ein Sohn von Sir Walter Cliffe of Barton Court, Barton, Shropshire.«

Maxine traute ihren Augen nicht. Der Tod hatte in ihrem Leben bisher noch keine Rolle gespielt. Natürlich, sehr alte Verwandte starben, betagte Katzen wurden »eingeschläfert«, aber all das hatte doch nichts mit einem selbst oder seinen Freunden zu tun. Sie ließ die Zeitung fallen und brach ebenfalls in Tränen aus.

»Weiß Judy schon Bescheid?« fragte sie. Auf einmal herrschte entsetztes Schweigen – sie alle wußten, daß ihr momentaner Schmerz nichts im Vergleich zu dem war, was Judy fühlen würde, wenn sie die Nachricht erfuhr. Und erstaunlicherweise war es das, was ihnen half, mit diesem Schicksalsschlag fertig zu werden.

Als Maxine ihre zweijährige Ausbildung in London abgeschlossen hatte, war sie in der Lage, den *style anglais* im Schlaf zu reproduzieren, obwohl sie sorgfältig darauf achtete, daß ihren Kunden dieser Umstand verborgen blieb. Der normale Klient pflegte die aufgewandte Zeit höher einzuschätzen als Talent und Erfahrung, wie sie gemerkt hatte. James Partridge bot ihr eine gutdotierte Stellung in seiner Firma an, aber sie zog es vor, nach Frankreich zurückzukehren und dort an ihrer »Karriere«, wie sie ihre Tätigkeit im geheimen nannte, weiterzuarbeiten.

Maxines Vater war überglücklich, sie wiederzusehen, stolz

auf ihr Englisch und noch stolzer auf ihre neugewonnenen Fähigkeiten. Er genoß es, Pläne für sie zu machen, und zwar ganz einfach deswegen, weil sie *darauf achtete,* daß es ihm Spaß bereitete. Sie behandelte ihn wie einen Vorzugskunden. Er war beeindruckt von ihrem Wissen und ihrer Ernsthaftigkeit, aber daß sie sich so gar nicht für Buchhaltung interessierte, mißfiel ihm.

»Ich verstehe wirklich nicht, warum du darauf bestanden hast, sechs Extramonate in der Schweiz zu bleiben, um dein Betriebswirtschaftsexamen zu machen«, sagte er. »Eine absolute Geldverschwendung, ganz zu schweigen davon, daß du ja sowieso durchgefallen bist. Von jetzt an wirst du mich jeden Tag um zehn Uhr anrufen und mich über das wichtigste wirtschaftliche Ereignis des vorangegangenen Tages informieren. Ich möchte nie mehr als eine Sache hören und nie weniger. Auf diese Weise wirst du lernen, dir über deine Prioritäten klarzuwerden. Und jeden Samstagmorgen will ich deine Bücher sehen.«

Zur Überraschung ihres Vaters besaß Maxine tatsächlich einen Sinn fürs Geschäft. Innerhalb eines Monats hatte sie einen langfristigen Mietvertrag für einen Laden in der Rue Jacob abgeschlossen. Es war eine Straße mit lauter kleinen, verstaubten Antiquitätenläden, die mehr von Händlern als von Touristen frequentiert wurden. Nummer 391 war schmal und dunkel, aber zu dem Laden gehörte ein Appartement im ersten Stock, das Maxine vorübergehend an einen alten polnischen Lateinprofessor weitervermietete. Sie nannte ihr Geschäft *Paradis* und stellte sofort noch einen Assistenten an, weil sie nicht immer schließen wollte, wenn sie mal fort mußte. Dann trieb sie einen Kunststudenten auf, der stundenweise im Hinterzimmer des Ladens arbeitete und das erledigte, was bei James Partridge ihre Aufgabe gewesen war. Ihr Vater besorgte ihr eine Buchhalterin, eine starkknochige, vierschrötige Frau namens Christina mit dem Gesicht eines Pferds und den Augen einer Kuh. Die

beiden Frauen waren jeden Morgen ab sieben Uhr dreißig im Laden. Maxine hatte einen Liegestuhl in die Küche gestellt, so daß Christina oder sie sich mal für eine halbe Stunde ausstrecken konnten, wenn sie abends länger arbeiteten.
Nach einem halben Jahr begann das Einrichtungsgeschäft *Paradis* die ersten Aufträge zu erhalten, und nach einem Jahr wurden die Aufträge größer nicht mehr einfach nur ein Badezimmer hier oder eine Küche dort, sondern ganze Appartements, kleine Büros und einmal sogar ein Landhaus. *Paradis* führte alles, von der Türklinke bis zum Fensterrahmen, und obwohl Maxine moderne Farben und Beleuchtungstechniken verwandte, spezialisierte sie sich auf traditionelle Formgebung und Gestaltung. Inzwischen gingen ihr zwei weitere, voll angestellte Designer zur Hand.
1953, als sie zweiundzwanzig war, hatte sie sich einen bescheidenen, aber festen Platz erobert; ihr Geschäft begann, erste Gewinne abzuwerfen. Ihr Vater war erfreut, aber ihre Mutter machte sich Sorgen, weil Maxine noch nicht verheiratet war und sie die meisten Verehrer langweilig und ermüdend fand.
»Es ist so unnatürlich«, beklagte sie sich bei Tante Hortense. »Das Kind interessiert sich für niemand, solange es sich nicht um einen Designer, einen Kunden, einen potentiellen Kunden oder irgendeinen schmutzigen, bärtigen Studenten der Kunstakademie handelt.«
Hortense nickte weise. »Ich will sehen, was ich tun kann«, sagte sie.

Einige Monate nach diesem Gespräch rief Tante Hortense Maxine an. »Maxine, mein Liebling«, sagte sie, »ich habe einen Kunden für dich, Neffe eines guten Freundes. Der arme Junge hat gerade ein völlig heruntergewirtschaftetes Schloß in der Nähe von Epernay geerbt. Wie man hört, soll es einfach chaotisch aussehen; seit dem Krieg hat niemand mehr darin gewohnt, und der arme Kerl hat auch nicht die

Zeit, sich um das Haus zu kümmern. Ich dachte, das wäre eine Sache, die dir Spaß bereiten könnte. Falls du Lust dazu hast, hole ich dich morgen früh um neun ab, und wir fahren nach Chazalle. Soweit ich informiert bin, gehört auch noch ein Weinberg zu dem Gut – rund siebenhundert Morgen, natürlich auch schändlich vernachlässigt.«
Am nächsten Morgen erschien Tante Hortense wie besprochen bei Maxine, die sich besonders sorgfältig angezogen hatte. Sie trug ein pfirsichfarbenes Leinenkostüm mit etwas dunkelfarbigeren Schuhen. Ihr Haar, eine Mähne aus reinstem Gold, fiel offen über ihre schmalen Schultern. Sie verließen Paris in Richtung auf die Champagne und Epernay. Kornfelder wogten gegen rebenbedeckte Hänge unter dunklen Waldstreifen. Der Mercedes verließ die staubbedeckte Landstraße, passierte ein schmiedeeisernes Tor, dessen rechter Flügel schief in den Angeln hing, und fuhr dann einen guten halben Kilometer über einen grasbewachsenen Weg, vorbei an unkrautüberwucherten Blumenrabatten. Vor dem Wagen erhob sich die dunkle Silhouette des Schlosses gegen den lavendelfarbenen Himmel. Als sie näher kamen, konnten sie sehen, daß die Fensterläden geschlossen und verriegelt waren. Im Hof lagen die Scherben vom Dach gerutschter und zersprungener Schindeln. Maxine und ihre Tante stiegen die Steinstufen zur Vordertür hinauf und betätigten den verrosteten Klingelzug. Überraschenderweise vernahmen sie tatsächlich einen Glockenton in einem der fernen Korridore.
Die Tür wurde von einem jungen Mann geöffnet. Er war groß und schlank und trug einen alten braunen Pullover. Sein Gesicht war feingeschnitten, und seine Augen waren von Lachfältchen umgeben. Er wirkte überrascht und angenehm berührt, als hätte ihm gerade jemand ein unerwartetes Geschenk gemacht. Er verbeugte sich, küßte beiden Damen die Hand und bat sie herein. »Hier ist alles voller Staub, deswegen muß ich die ganze Zeit niesen, aber ich ha-

be einen der Salons ein wenig aufgeräumt, und morgen kommt eine Frau aus dem Dorf, um zu putzen. Das ganze Anwesen ist in einem schrecklichen Zustand.«

Schüchtern und bescheiden, war Charles de Chazalle äußerst attraktiv in seiner schieren Hilflosigkeit. Ein anderer Mann hätte Maxine vielleicht als zu rechthaberisch oder großspurig empfunden, doch hier war sie genau an den Richtigen geraten, und im Verlauf des Tages bewunderte er sie immer mehr. Maxine machte sich ununterbrochen Notizen, und gegen Ende des Nachmittags entwarf sie ein einfaches, doch erfolgversprechendes System, wie man mit dem Chaos, in dem Charles sich so überraschend wiedergefunden hatte, fertig werden konnte.

Kein Wunder, daß sie den Auftrag bekam.

Von nun an rumpelte sie fast jeden Nachmittag mit ihrem kleinen weißen Renault-Lieferwagen den verwilderten Weg zum Schloß hinauf, an ihrer Seite ein immer anderer Experte aus Paris. Zuerst ein Gutachter und ein Architekt, dann ein Auktionator, ein Dachdecker, ein Klempner und schließlich ein Möbelrestaurator und ein Gartenarchitekt.

Einer nach dem anderen lieferte seine Expertisen ab, und jeden Freitagabend diskutierten Maxine und Charles das Projekt beim Dinner in einem alten Gasthaus aus dem 18. Jahrhundert in Epernay. Obwohl Charles für sie stets die köstlichsten Spezialitäten der Saison bestellte, hätte sie genausogut trocken Brot und Wasser zu sich nehmen können, denn sie achtete selten wirklich darauf, was sie aß; sie dachte die ganze Zeit nur daran, wie sehr sie sich wünschte, daß er sie mochte, und auch Charles genoß das Zusammensein.

Je mehr Zeit verstrich, desto heftiger sehnten sie beide diese Freitagabende herbei, und Maxine zögerte die Rückfahrt nach Paris länger und länger hinaus. Es fiel ihr immer schwerer, Charles zu verlassen. In seiner Gegenwart konnte

sie so ungeniert albern sein, wie sie es seit ihrer Schulzeit nicht mehr gewesen war.
Den meisten anderen Menschen erschien er ruhig, reserviert und fast langweilig, aber nicht Maxine. Es gibt nichts Aphrodisierenderes für eine Frau, als wenn man sie zum Lachen bringt, und sie konnte die Freitagabende kaum mehr erwarten. Schon morgens beim Anziehen fühlte sie freudige Erregung in sich aufsteigen, und es brauchte mindestens drei Anläufe, bis sie mit ihrem Aussehen zufrieden war. Der Anblick ihres mit Kleidungsstücken übersäten Zimmers ließ das Herz ihrer Mutter höher schlagen, denn wenn eine Frau nicht weiß, was sie anziehen soll, steckt meistens ein Mann dahinter.
Und am Abend, als sie im *Royale Champagne* bei Kaffee und Cognac saßen, sehnte Maxine sich die ganze Zeit nur danach, daß Charles sie berühren möge. Aber das tat er nicht.
Eines Freitags schien sich ihre Unterhaltung während des ganzen Essens nur mühsam dahinzuschleppen, als stünde eine Barriere zwischen ihnen. Maxine war sich längst darüber im klaren, daß Charles für sie mehr als nur ein Klient bedeutete, und bei allem, was sie tat, sah sie sich selbst über die Schulter, ob es sich nun um ihre von der Familie oft kritisierte Angewohnheit handelte, sich mit dem Bleistift am Kopf zu kratzen, oder um einen gurgelnden Schluck beim Essen und Trinken.
Ende der darauffolgenden Woche war sie so erregt, daß sie es kaum aushalten konnte, neben Charles zu stehen. Es war Abend, und sie hatten mehrere Stunden damit zugebracht, eine Reihe alter, ramponierter Pferdegemälde zu begutachten, die sie in verschiedenen Teilen des Hauses gefunden und in einem Korridor zusammengetragen hatten. Sie waren schon spät daran und mußten sich beeilen, wenn sie noch rechtzeitig zum Essen im Lokal sein wollten, aber Maxine wollte, daß er sich die Bilder noch einmal ansah, bevor sie einige davon zum Schätzen gab.

»Warum kommen Sie nach dem Essen nicht einfach noch einmal mit her?« fragte Charles. »Dann können wir uns immer noch überlegen, welche wir nach London schicken.«
»Nach dem Essen bin ich zu müde, und außerdem ist es dann wahrscheinlich so spät, daß ich schnellstens nach Paris zurück muß.«
»Ich fahre Sie heim«, bot Charles an.
»Es ist viel zu weit, Sie wären nicht vor Tagesanbruch wieder in Epernay.« Im stillen dachte Maxine, daß er vielleicht nie wieder nach Epernay käme, denn das einzige, was ihr an ihm nicht gefiel, war sein leichtsinniger Fahrstil.
Als der Kellner ihnen den Kaffee gebracht hatte, beugte sich Charles plötzlich vor und strich ihr langsam über das kräftige, korngoldene Haar. Maxine fühlte sich wie elektrisiert. Ihre Brüste und ihr Schoß begannen zu schmerzen. Sie schnappte nach Luft und begann so heftig zu atmen, als kletterte sie einen Berg hinauf. Ein leiser Seufzer entfuhr ihren Lippen. Charles blickte sie an. »Diese späten Rückreisen sind zu anstrengend für Sie«, sagte er. »Warum ziehen Sie nicht einfach zu mir?«
»Weil meine Eltern einen Anfall kriegen würden!«
»Nicht, wenn wir verheiratet wären«, sagte Charles, ohne die Augen von ihrem Gesicht zu wenden. Dann führte er ihr linkes Handgelenk langsam an seine Lippen und küßte die blaßblauen Adern, die zu ihren Handteller führten.
Maxine, die jede Situation unter Kontrolle hatte, die immer genau wußte, was sie wollte, war sprachlos. Sie bekam keine Luft mehr und wagte nicht, sich zu bewegen. Sie fühlte sich so schwach, daß sie nicht wußte, ob sie in der Lage sein würde, das Restaurant auf eigenen Beinen zu verlassen. Sie ließ Charles nicht aus den Augen. Zum erstenmal lächelte er nicht; statt dessen schien er seltsam teilnahmslos.
Nachdem sie das Restaurant verlassen hatten, fuhr Charles sie mit halsbrecherischer Geschwindigkeit zum Schloß zurück, ohne etwas zu sagen. Er packte sie bei der Hand und

zerrte sie – noch immer ohne ein Wort zu sagen – die Treppen zum Haupteingang hinauf, unempfindlich für die nächtlichen Gerüche nach warmer Erde und Gras. Alles, was er verspürte, war die gespannte, erwartungsvolle, entschlossene Leidenschaft, die wie elektrischer Strom durch ihre beiden Körper pulste.
Kaum hatte sich die Tür hinter ihnen geschlossen, zog Charles Maxine an sich, küßte sie hart auf den Mund und hielt sie mit einer Hand gegen sich gepreßt, während er mit der anderen ihren Körper erforschte. Sanft fuhr er mit den Fingerspitzen ihr Rückgrat hinunter, ehe er die Form ihrer Gesaßbacken ertastete. Dicht an ihrem Bauch spürte sie seine wachsende Erregung, als er langsam ihren Rock hochzog und seine Hand das nackte Fleisch unter ihrem Höschen berührte. Dann schob er seine Finger unter das zarte Spitzengewebe. Maxine wurde von Erregung geschüttelt. Sie wollte ihn, wie sie noch nie in ihrem Leben einen Mann gewollt hatte; ihre Knie zitterten und gaben fast nach.
Charles streichelte noch einmal ihren sich herandrängenden Körper, hob Maxine dann auf und trug sie die breite, geschwungene Treppe hinauf in das staubige, doch immer noch prächtige, mit blauem Brokat ausgeschlagene herrschaftliche Schlafzimmer. Mondschein fiel in silbernen Strahlen durch die großen Fenster. Charles legte Maxine vorsichtig auf die alte, seidene Bettdecke, ehe er sich die Kleider vom Leib riß und über sie herfiel.
Maxine keuchte vor Überraschung. Sie hatte nicht damit gerechnet, daß der sanfte, liebenswerte, amüsante Charles ein so meisterhafter, leidenschaftlicher und erfahrener Liebhaber sein würde.
In den nächsten vier Stunden erlebte Maxine ihren Körper völlig neu. Als sie endlich voneinander ließen, klammerte sie sich an Charles und flüsterte: »Ich will nicht fort von dir«, während ihr die Erschöpfung in den Augen stand und das lange Haar schweißfeucht über ihren vollen Brüsten

hing. Doch Charles zog sie sanft vom Bett und half ihr, sich im Mondschein anzuziehen.

»Deine Eltern werden sich Sorgen machen«, sagte er. »Ich fahre dich jetzt nach Paris zurück, und gleich morgen früh rede ich mit deinem Vater.«

In seinem offenen dunkelgrünen Lagonda rasten sie in die Hauptstadt zurück. Beide fühlten sich trunken vor Glück, während der Sportwagen durch die geheimnisvolle nächtliche Landschaft flitzte. Sie schien ganz allein ihnen zu gehören. Wolken wanderten um den Mond, und um sie herum war die Nacht wie schwarzer Samt, erhellt von den goldenen Strahlen der Scheinwerfer und ab und zu von denen des Mondlichtes. Durch den grünen Tunnel mächtiger Pappeln schienen sie einem unendlichen, strahlenden Glück entgegenzufahren.

16

Pagan konnte nicht zur Hochzeit kommen, weil sie in Ägypten war, aber Kate und Judy hätten sich durch nichts in der Welt fernhalten lassen. Maxine und Charles wurden auf der Bürgermeisterei von Epernay getraut, fast ein Jahr, nachdem sie sich kennengelernt hatten. Maxine trug ein blaßrosa Seidenkleid und einen großen Strohhut. Sie und Charles saßen auf kleinen, harten Holzstühlen, während der Bürgermeister des Ortes, angetan mit einer rotweißblauen Schärpe, die Zeremonie vornahm. Dann wurden sie ins Register des Standesamtes eingetragen und waren somit offiziell verheiratet. Anschließend feierten sie mit allen Freunden im *Royale Champagne*. Es dauerte bis abends, dann kehrte Maxine mit ihren Eltern nach Paris zurück, wie der Brauch es verlangte. Die kirchliche Trauung fand am folgenden Tag in der pittoresken Steinkirche von Epernay statt.

Sobald sie von ihrer Hochzeitsreise zurück waren, wurde Maxine mit den alteingesessenen Familien der Gegend bekannt gemacht. Christina kümmerte sich in Paris um den Alltagskram im *Paradis.* Maxine wollte natürlich ihr Geschäft nicht aufgeben.

Eines Tages zeigte Charles Maxine seine Champagnerkellerei. Sie betraten ein peinlich sauberes Laboratorium in einem alten Steingebäude. Vor einer Reihe schlichter Holzstühle standen mehrere Spucknäpfe. Auf einem Holztisch in der Mitte befanden sich ein paar Flaschen, alle ohne Etikett. An den Wänden hingen Schilder mit der Aufschrift »Rauchen verboten«. Das ist alles außerordentlich langweilig, dachte Maxine, ließ sich aber höflich dem *chef de cave,* einem schmierbäuchigen Mann mit dem kummervollen Gesicht von der Farbe der Kehllappen eines Truthahns, vorstellen. Ernst bot er ihnen ein Glas Wein an. Maxine dankte ihm mit dem Charme und der Würde, die zu ihrer neuen Position gehörten, und Charles führte sie zurück, die Treppe hinunter und einen trüben, schwarzweiß gekachelten Gang entlang zur Halle.

Plötzlich packte er Maxines Handgelenk und zog sie in eine dunkle Nische unter der Treppe. Rasch knöpfte er ihre Kostümjacke auf, schob beide Hände unter ihren Spitzenbüstenhalter und erstickte ihre protestierenden Laute mit seinem Mund. Sie fühlte seine Zunge wild mit der ihren spielen. Dann sagte er mit ganz normaler Stimme: »Anfang Mai ziehen wir den Wein zum erstenmal auf Flaschen und fügen etwas Zucker hinzu, um einen zweiten Gärungsprozeß zu erreichen.« Er begann, ihre Brustwarzen zu küssen. Doch als Maxine vor unterdrücktem Verlangen zu stöhnen begann, zog Charles seine Hände zurück und knöpfte ihre Jacke sorgsam wie eine Zofe wieder zu.

Schwach vor Lust flüsterte Maxine: »Du darfst . . . du darfst so was wirklich nicht tun.« Aber sie klang nicht sehr überzeugend.

Charles ergriff ihre Hand und führte sie eine weitere Steintreppe hinunter. »Die zweite Gärung bewirkt, daß der Wein zu moussieren beginnt und die kleinen Bläschen bildet, die in Wirklichkeit aus Gas bestehen. Der Gärungsprozeß hat einen enormen Druck zur Folge. Daher ist ein guter Korken unerläßlich.«

Ohne die Tonlage zu verändern, führte er sie von der letzten Stufe in den Schatten unter der Treppe, preßte sie mit der linken Hand an sich, fuhr mit der rechten unter ihren Faltenrock und zerrte an ihrem Höschen.

»Oh!« murmelte er.

»Charles! Du mußt den Verstand verloren haben, hier kann doch jeden Moment jemand auftauchen.«

»Runter damit!« befahl Charles und riß an dem hauchdünnen Spitzengewebe. Nervös wand Maxine sich heraus und versuchte, das Höschen aufzuheben, aber Charles hinderte sie daran, sich zu bücken. »Ich werde nicht zulassen, daß du dich in eine affektierte kleine Gräfin verwandelst, die sich die ganze Zeit darüber Gedanken macht, was die Leute denken könnten.«

Da erklangen plötzlich Schritte über ihnen, und beide erstarrten. Maxine schloß die Augen und wartete auf den demütigenden Moment der Entdeckung. Die Schritte kamen näher und hielten inne. Schließlich wurde eine Tür geöffnet und wieder geschlossen. Charles ließ Maxine los. Rasch hob sie ihr Höschen auf und stopfte es in ihre Leinenschultertasche. Ohne etwas zu sagen, ergriff Charles ihren Arm und führte sie rasch zu dem Fahrstuhl am anderen Ende der Halle, wobei er mit ganz normaler Stimme sagte: »Ich hoffe, du hast es warm genug. Die Keller sind sehr kalt. Soll ich dir einen Mantel aus dem Wagen holen?«

»Nein, danke, Charles, mach dir keine Sorgen«, antwortete sie mit schwacher Stimme, während der Liftboy die Gittertür hinter ihnen schloß. Charles drückte auf einen grünen Knopf, der kleine Fahrstuhl schwebte abwärts, und wie Maxine schon halb erwartet hatte, war Charles Hand sofort unter ihrem Rock, und sein Zeigefinger streichelte mit entnervender Sanftheit ihre Klitoris. Seine andere Hand hatte ihre linke Gesäßbacke umfaßt. Die Rückseite ihres Rockes war hochgerafft, und er, preßte sie hart gegen die Wand. Die Falten kriege ich nie wieder heraus, dachte sie noch, und wenn ich stundenlang am Bügelbrett stehe.

Der Fahrstuhl hielt mit einem leichten Ruck. Ungerührt zog Charles die Gittertür auf. »Der Druck innerhalb einer Champagnerflasche ist ungefähr so hoch wie der Reifendruck eines Busses. Du kannst dir also vorstellen, wie wichtig der Korken ist.«

Maxine stolperte aus dem Lift und strich ihren Rock glatt. Atemlos und schwach folgte sie Charles durch die Keller, vorbei an Tausenden von Flaschen, die mit dem Hals nach unten in verstaubten Holzregalen lagen. Charles zeigte mit einer knappen Handbewegung auf die Flaschenreihen. »Den verschnittenen Wein lagern wir ein oder zwei Jahre im Keller, bevor wir die Flaschen in diese speziellen Regale ordnen, damit der Bodensatz des Weins allmählich in den Korken sickern kann.«

»In den Korken«, wiederholte Maxine benommen. Ein Wassertropfen löste sich von der Decke und fiel auf ihre Wange. Charles zog sie wieder zwischen zwei Regale und begann erneut, ihre Jacke aufzuknöpfen. Diesmal protestierte sie nicht.

»Ja«, stimmte Charles zu, »in den Korken.« Er schob sie wieder in den Hauptgang, und sie gingen weiter. Sie näherten sich einer Reihe schweigender Männer in blauen Pullovern und Overalls, die alle mit dem Rücken zu ihnen arbeiteten.

Maxine sah, wie die Männer Flaschen auf ein Fließband stellten und die Flaschen dann langsam in dem schimmernden Maul einer stählernen Maschine verschwanden. Zu ihrer Enttäuschung benahm Charles sich jetzt wie ein vollkommener Gentleman. Aber dann schob er sie näher an die Maschine, so daß ihre Körper vor den Arbeitern auf der anderen Seite verborgen waren. Er führte ihre Hand an seinen Schoß, damit sie seine wachsende Erregung spüren konnte. Maxine massierte ihn, während Charles unbeirrt fortfuhr: »Wenn der Korken entfernt wird, klebt der Bodensatz daran und wird auf diese Weise gleich mitentfernt. Anschließend füllen diese Männer noch einen Schuß Likör nach, und fertig ist der Champagner – grob erklärt. Er muß nur noch ein paar Jahre liegen. Komm.«

Maxine blickte zurück in den Tunnel, durch den sie gekommen waren. Unter der hohen, gewölbten Decke lagen unermeßlich viele dieser kostbaren Flaschen. Wieder zog Charles sie in einen dunklen Winkel. Er drückte sie mit den Schultern gegen die grüngestrichene Kalkwand, wo sie von jedermann, der zufällig vorbeikam, gesehen werden konnten, aber Maxine war jetzt alles egal, mit Ausnahme ihrer Gier nach Charles, und ihre erotische Spannung erreichte plötzlich einen Höhepunkt, der so wild und explosiv war wie ein Korken, der aus einer Champagnerflasche schießt.

17

Drei Monate nach ihrer Hochzeit stellte Maxine zu ihrer großen Freude fest, daß sie schwanger war. Unglücklicherweise fühlte sie sich während der ganzen Schwangerschaft nicht besonders wohl, so daß all ihre Pläne für das Schloß verschoben werden mußten und auch ihre sonstige Arbeit sich auf das Minimum beschränkte. Sie dankte ihren Sternen für die verläßliche Christina, die den täglich anfallenden Kleinkram zu ihrer vollsten Zufriedenheit erledigte. Mit zunehmendem Umfang fühlte Maxine sich schwerfällig und schläfrig und begann, sich mit einer lethargischen Kuh

zu vergleichen. Aber dann war der neunte Monat um, und sie gebar einen Sohn, Gérard. Die Geburt war leicht und komplikationslos. Glücklich beugte sich Charles über seinen Stammhalter, zählte seine Zehen und untersuchte seine Gesichtszüge. »Er hat deine Nase«, sagte er zärtlich.
»Aber *deinen* Mund«, meinte Maxine.
»Und mein Haar, wenn auch noch nicht annähernd genug«, ergänzte Charles und streichelte sanft über das blasse, seidenweiche Köpfchen des Jungen.

»Ich hätte nie gedacht, daß ich mich als Vater so wohl fühlen würde«, gestand Charles vier Monate später. Er gab Maxine einen zarten Kuß auf den Hals.
»Dann wirst du dich bald doppelt so wohl fühlen, Charles.«
Er schoß in die Höhe und blickte sie entgeistert an. »Du meine Güte! Du willst doch nicht behaupten . . . aber Gérard ist doch erst vier Monate alt!«
»Güte hat nichts damit zu tun«, sagte Maxine grinsend.
Dieses Mal war die Geburt extrem schwierig. Drei quälend lange Tage lag Maxine im Kindbett, und in der Nacht zum vierten schenkte sie einem zweiten Sohn das Leben, dem sie und Charles den Namen Oliver gaben.
Die Geburt verursachte bei Maxine ständige Müdigkeit und Depressionen. Jede Bewegung verursachte ihr Schmerzen, und die kleinste Kleinigkeit genügte, um sie in Tränen ausbrechen zu lassen. Obwohl sie überzeugt davon war, eine äußerst glückliche Frau sein zu müssen und nicht den geringsten Grund haben dürfte, in Selbstmitleid zu versinken, wurde sie wegen der ständig wiederkehrenden Anfälle von Melancholie doch unruhig. War irgend etwas mit ihr nicht in Ordnung? Charles fragte den Arzt um Rat, denn nach der Geburt von Gérard hatte sie nicht halb soviel geweint und schon gar keine Wutanfälle bekommen. Der Arzt meinte, daß es wahrscheinlich noch ein paar Monate dauern würde, bis sie sich völlig erholt haben würde. Ob sie kei-

ne Schwester habe, Mutter oder Freundin, die sie besuchen und ein wenig aufheitern konnte? Jemand, den sie schon sehr lange kannte und in dessen Gegenwart sie sich wohl fühlte?

Sobald der Arzt das Haus verlassen hatte, griff Charles zum Telefon. Pagan war noch in Ägypten, und Kate ging nicht an den Apparat, aber Judy erreichte er gleich beim ersten Versuch. Er informierte sie über die Situation.

»Ich kann hier nicht alles stehen und liegen lassen und sofort losfliegen«, sagte Judy. »Ich bin nur eine kleine Angestellte, vergiß das nicht. Aber ich habe noch Urlaub gut, und in zwei Monaten muß ich wegen der Modenschauen ohnehin nach Paris. Wenn es euch paßt, könnte ich vorher ein paar Wochen vorbeikommen.«

Kaum war Judy da, begann Maxine sich zu erholen. Sie bewunderte Judys Fähigkeit, ohne Umschweife zum Kern eines Problems vorzustoßen. »Du machst mich wieder zum denkenden Menschen«, sagte sie voller Bewunderung. »Bei dir lernt man, zwischen einer dringenden und einer wirklich wichtigen Sache zu unterscheiden. Und du tust das automatisch, während es bei mir dazu immer ungeheurer Anstrengungen bedarf. Jeden Tag türmen sich neue Probleme auf meinem Schreibtisch. Es ist so verlockend, die großen beiseite zu schieben und sich den kleineren Schwierigkeiten zuzuwenden.«

»Das liegt daran, daß du fett, faul und glücklich verheiratet bist«, sagte Judy.

»Nein, ich glaube, ich sollte mich wieder mit Haut und Haaren meiner Arbeit widmen. Ich bin in mich gegangen und habe auch mit dem Arzt darüber gesprochen, und wir sind zu der Entscheidung gekommen, daß es für die Babys besser ist, wenn sie nicht vierundzwanzig Stunden am Tag mit einer deprimierten, übergewichtigen, verunsicherten Mutter zu tun haben. Sechzehn Stunden zu Hause reichen völlig aus.«

»Wenn jemals ein Orden für Undankbarkeit verliehen werden sollte, bist du die aussichtsreichste Kandidatin«, antwortete Judy. »Du bist vierundzwanzig Jahre alt, hast einen wunderbaren Ehemann, zwei prächtige Kinder, ein florierendes Geschäft, einen Titel und ein Schloß. Was kann man sich noch wünschen?«
»Geld«, antwortete Maxine schlicht.
»Aber ich dachte, ihr wärt reich!«
»Das ist der andere Grund, warum ich mich wieder um meine Arbeit kümmern möchte. Der Laden deckt unsere Lebenshaltungskosten zwar voll ab, aber eigentlich sollte der Gewinn wieder ins Geschäft gesteckt werden. Was soll ich machen? Wir sind arm. *Paradis* stellt praktisch unsere einzige Einnahmequelle dar.«
Sie zögerte, und dann sprudelte es aus ihr heraus. »Um die Wahrheit zu sagen, wahrscheinlich können wir es uns nicht mehr leisten, noch länger hier zu wohnen. Deswegen bin ich ja froh, daß du uns gerade jetzt besucht hast. Charles ist so starrköpfig wie ein Maultier. Er weigert sich, daß Schloß zu verkaufen, dabei kann es jeden Augenblick über unseren Köpfen zusammenbrechen. Er behauptet steif und fest, daß der Weinberg eines Tages Gewinne abwerfen wird, aber die Ernte ist schon jetzt bis zum Äußersten verpfändet, so daß es völlig egal ist, ob sie gut ausfällt. Und wenn *nicht,* dann stecken wir sowieso bis über beide Ohren in Schwierigkeiten. Am Wochenende will Papa mit Charles darüber reden. Er ist in der Exportbranche und kann vielleicht unseren Absatz im Ausland verbessern. Aber in der Champagnerindustrie herrscht ein wahnsinnig starker Konkurrenzkampf, und die meisten Leute kaufen bei Moët oder einer der anderen großen Firmen. Vom De-Chazalle-Champagner haben sie noch nie gehört.«
Judy blieb skeptisch. Sie lehnte sich in ihrem Stuhl zurück und blickte ins Kaminfeuer. »Maxine, ich *weiß,* daß du hier auf einer Goldmine sitzt. Ich spüre es. Ich bin mir nur noch

nicht *ganz* darüber im klaren, wie du Geld damit verdienen kannst, außer daß ich mich hier bei euch so wohl fühle, wie ich es in den größten Hotels noch nicht getan habe. Der letzte Monat war ein einziger Traum. In meinem ganzen Leben habe ich mich noch nicht so gut amüsiert, ganz zu schweigen davon, daß ich noch nie so glücklich war. Du bist eine begnadete Gastgeberin, Maxine. Wäre es nicht möglich, das Schloß in eine Art Hotel zu verwandeln? Ich meine, nicht direkt ein Hotel, eher ein Ort, wo zahlende Gäste eine Zeitlang in einem Schloß leben können, als wären sie einer privaten Einladung gefolgt? Für, sagen wir mal, sechzig Dollar pro Person könntest du den Leuten ein phantastisches Wochenende liefern!«

Maxine richtete sich auf. Eine hervorragende Idee! Warum war sie nicht selbst darauf gekommen? In kleinerem Umfang hatte sie ja bereits damit begonnen; Charles' Geschwister kamen oft über die Wochenenden zu Besuch wie in ein Feriendomizil. Und vielleicht konnte sie in den Ställen eine Filiale ihres Antiquitätengeschäfts eröffnen . . .

»Ich könnte in Amerika für dich Reklame machen«, bot Judy an. »Was du brauchst, sind viele Leute aus den Staaten, die einmal in einem echten europäischen Schloß Urlaub machen wollen. Vielleicht solltest du am Anfang ein paar Berühmtheiten von drüben umsonst hier wohnen lassen.«

»Ja, aber eigentlich wollte ich doch Geld damit verdienen«, wandte Maxine ein.

»Natürlich, aber wenn du ein paar Hollywoodstars einlädst – die sind ja oft in Paris – dann werden alle amerikanischen Zeitungen über dich berichten und du bist das Gesprächsthema Nummer eins. Mundpropaganda! Ehrlich, Maxine, ich kenne diese Branche! Glaub bloß nicht, daß PR nichts kostet, wie das die meisten deiner Landsleute tun. Du mußt dafür bezahlen, genau wie für Anzeigen in Zeitungen und Magazinen, nur auf andere Weise.«

18

Vom Start weg hatte Judy nicht die geringsten Schwierigkeiten, dem Schloß die nötige Publicity zu verschaffen, und die ersten zahlenden Gäste kamen praktisch alle aus den Staaten. Maxine hatte auch eine Handvoll berühmter französischer Freunde eingeladen – darunter Guy Saint Simon, mittlerweile ein bekannter Couturier –, damit die Amerikaner das Gefühl hatten, etwas für ihr Geld zu erhalten.

»Offensichtlich amüsieren sich alle prächtig«, meinte Guy nach seinem ersten Besuch.

»O ja, ein paar haben schon Reservierungen für einen zweiten Besuch vorgenommen«, sagte Maxine glücklich. Zu ihrer Überraschung hatte sie festgestellt, daß es ihr Spaß bereitete, diese Fremden zu unterhalten – die meisten von ihnen hatten etwas Faszinierendes, und ihre Freude war ansteckend.

Mühsam restaurierte Maxine das baufällige Gefüge von Charles' Familienbesitz und erweckte ihn wieder zum Leben. Natürlich konnte man es nicht allen recht machen. Charles' Geschwister zum Beispiel überhäuften sie mit eisiger Kritik. Sie fanden es vulgär, daß ein Chazalle es nötig hatte, zu arbeiten, und daß ihr Schloß Fremden seine Pforten öffnete. »Das hat er davon, daß er eine Bürgerliche heiraten mußte«, sagte seine ältere Schwester. »Wer weiß, was ihr als nächstes einfällt – eine Strip-Show im Ankleidezimmer womöglich oder ein Zoo im Park.«

Beide Geschwister weigerten sich, der Tatsache ins Gesicht zu sehen, daß es ohne Maxines Arbeit überhaupt kein Schloß mehr gäbe. Aber am meisten mißbilligten sie Maxines vulgäre amerikanische Partnerin, die zur Eröffnung von New York herübergeflogen war, diese junge Frau, Judy, die so laut redete und beim Essen über Geld und Geschäfte sprach.

Am Abend vor Judys Rückkehr nach Amerika kam Guy aus Paris zu Besuch. Der Küchenchef hatte seinen freien Tag, so daß nur eine kalte Platte in der Bibliothek angerichtet worden war. Judy meinte, eine eigenartige, schulmädchenhafte, konspirative Atmosphäre zu spüren, voller Spannung und unterdrücktem Gekicher, als sollte ein Geheimnis enthüllt werden. Wollten die anderen ihr vielleicht ein Geschenk machen? Schließlich war die Umwandlung des Schlosses in eine Art Hotel ihre Idee gewesen ... Sie nahm ihren Teller mit Schinken und Weißbrot und setzte sich auf den Schemel vor dem Kaminfeuer zu Tante Hortenses Füßen. Es war nicht wirklich kalt genug für ein Feuer, aber Maxine sorgte dafür, daß es zumindest in der Bibliothek nie ausging.

»Hier geht doch etwas vor. Was ist los? Was verbergt ihr vor mir?« fragte Judy argwöhnisch.

Tante Hortense gab ein unterdrücktes Lachen von sich und hätte beinahe ihren Teller fallen gelassen. Guy blickte Charles an, der mit einem schiefen Grinsen reagierte. Inzwischen genoß Charles die Gesellschaft des Couturiers, obwohl er ihn anfangs abgelehnt hatte, weil Guy schon mit Maxine zusammen im Kindergarten gewesen war und von daher weit besser ihre Gedanken lesen konnte als er selber. Jetzt nickte Guy Charles zu und wandte sich an Judy. Sein Gesicht war ernst. »Wir wollen einen geschäftlichen Vorschlag mit dir besprechen, Judy. Wir sind der Meinung, daß du dich selbständig machen solltest, um in den Vereinigten Staaten als PR-Agentin für uns zu arbeiten.«

Judy war sehr überrascht. »Das ist sehr ... sehr schmeichelhaft und sehr großzügig von euch.«

»Ganz und gar nicht, es wäre in *unserem* Interesse«, sagte Guy. »Ich brauche eine eigene PR-Agentur in Amerika, und ich habe jahrelang mit dir in Paris zusammengearbeitet. Du kennst mein Geschäft.«

»Und wir sind offenbar von Besuchern aus Amerika abhän-

gig«, fügte Maxine hinzu. »Deshalb brauchen wir jemand in den Staaten, auf den wir uns verlassen können.«
»Glaubt nicht, daß ich jetzt zum erstenmal darüber nachdenke«, antwortete Judy. »Aber ich bin viel zu jung, und ich habe kein Startkapital. Maxine, du weißt selber, daß jeder Cent, den ich sparen kann, für die Arztrechnungen meiner Mutter draufgeht. Ich habe kein Geld.«
»Im Augenblick bezahlen wir andere Firmen, damit sie diese Arbeit für uns tun«, sagte Charles. »Wir könnten genausogut dich bezahlen. Um offen zu sein, ich habe auch gedacht, du könntest zu jung sein, aber schließlich haben wir *alle* jung angefangen. Du bist jetzt dreiundzwanzig, Judy. Wenn eine Frau in deinem Alter die Verantwortung für drei kleine Kinder übernehmen kann, warum nicht auch für ein kleines Geschäft? Du mußt ja nicht sofort anfangen. Wir könnten noch ein halbes Jahr so weitermachen.«
Judy blickte Guy an. »Als du zum erstenmal nach New York gekommen bist, hattest du das damals schon im Hinterkopf? War es das, was du bei unserer ersten Fahrt über den East River gemeint hast?«
»Natürlich. Du hast uns geholfen, den ersten Schritt zu tun, jetzt helfen wir dir.« Er stand auf und hob seinen Champagnerkelch. »Auf Judy!«
»Auf Judy!« riefen alle.
Da begann Judy zu weinen.

Mit den ständigen Besuchern auf Chateau de Chazalle ergab sich ein neues Problem. Die meisten von Maxines Freundinnen hatten Affären mit anderen Männern, aber Maxine hatte bereits vor ihrer Hochzeit beschlossen, ihrem Ehemann treu zu bleiben – für eine Französin ihrer Klasse eine ungewöhnliche Entscheidung. Aber Maxine hatte das Gefühl, daß sie keine zusätzliche Aufregung in ihrem Leben brauchte.
Seiner Liebenswürdigkeit zum Trotz erwies sich Charles als

extrem eifersüchtiger Ehemann, aber nur, wenn er sah oder zu sehen glaubte –, daß sich ein besonders attraktiver Mann für Maxine interessierte. Er war kein Mann von der Sorte, die ihre Frauen bespitzeln.
Mit einer Ausnahme.
Im Winter 1956 verschwand Maxine ohne Warnung, und ohne mit jemand darüber zu sprechen, eine ganze Woche lang. Sie hinterließ lediglich bei Charles' Sekretärin eine kurze Nachricht. Kurz bevor ihr kleiner grüner MG zum letztenmal gesehen wurde, hatte sie sich längere Zeit in ihrem selten benutzen Boudoir eingeschlossen und mehrere Ferngespräche geführt.
Sieben Tage später kehrte sie zurück, bleich und abgemagert, verwirrt und den Tränen nahe. Charles war blind vor Wut und Sorge, und dieser Zustand änderte sich auch nicht, als Maxine ihm erklärte, sie hätte eine alte Schulfreundin, Colette Joyaux aus Bordeaux, besucht, die plötzlich krank geworden sei.
Er explodierte vor Eifersucht. Sie gab sich nicht einmal mehr die Mühe, ihn mit ihrer üblichen Geschicklichkeit zu belügen. Mit beißendem Sarkasmus meinte er, sich kaum vorstellen zu können, daß eine Freundin, die sie nur selten sah, die eigentlich kaum mehr als eine Bekannte war, plötzlich so schrecklich krank geworden sein sollte, daß ausgerechnet Maxines Anwesenheit vonnöten war.
Was für eine Krankheit war das? Wie hieß Colette Joyaux' Arzt, und wie lautete seine Telefonnummer? Warum hatte sie mit niemandem über ihre Abreise gesprochen, obwohl sie noch die Zeit gefunden hatte, einen Koffer zu packen? Warum hatte sie den Koffer selbst gepackt, statt eines der Mädchen damit zu beauftragen? Warum hatte sie nicht schon vorher über Colettes Krankheit gesprochen? Warum hatte sie seine Sekretärin angerufen, wo sie doch genau wußte, daß er morgens nie in seinem Büro zu erreichen war? Warum hatte sie ihn

nicht *einmal* während der ganzen Woche am Abend zu Hause zu erreichen versucht?
Maxine versuchte, das Sperrfeuer seiner Fragen, so gut es ging, zu beantworten, verstrickte sich aber immer tiefer in ein auswegloses Gewirr von Lügen. Dickköpfig weigerte sie sich, die Wahrheit über ihre Abwesenheit zu gestehen. Sie sah so blaß und krank aus, und Charles hatte sie noch nie so traurig erlebt. Was er selber fühlte, dachte oder sagte, schien ihr völlig egal zu sein. Sie versuchte nicht einmal, ihre Gleichgültigkeit zu verbergen. Obwohl sie körperlich anwesend war, konnte Charles sehen, daß ihre Gedanken Meilen entfernt weilten. Bei jemand anderem.
Er verließ ihr Zimmer, lief die geschwungene Treppe hinunter, sprang in seinen Lagonda und fuhr eine Woche lang nach Paris, ohne Maxine zu hinterlassen, wo er zu erreichen war. Nach seiner Abfahrt stellte sie fest, daß die beiden Fotos von Pierre, die sie immer in ihrem Tagebuch aufbewahrt hatte, in Fetzen gerissen, auf ihrem Ankleidetisch lagen.
Als Charles eines Abends nach dem Essen zurückkehrte, die Miene noch immer finster, alles andere an seiner Erscheinung aber gepflegt wie stets, hatten sie einen letzten wilden Streit, der mit einer Versöhnung im Bett endete. Die Angelegenheit kam nie wieder auf den Tisch.
Charles hatte seinen Standpunkt klargemacht und wußte, wann man eine Sache irgendwann auf sich beruhen lassen mußte.

19

Sobald Elizabeth die schwachen Lichter unten im Tal sah, fühlte sie sich noch einsamer und voller Angst. Außer Atem blieb das Kind stehen und rieb sich die eiskalten

Hände, ehe es weiter durch den hohen Schnee den gewundenen Pfad hinuntertrottete, der nach Eisenstadt führte.
Eine Stunde später erblickte Lili das erste Haus, stolperte die Stufen hinauf und betätigte erschöpft den Türklopfer. Grelles Licht fiel auf sie, die Silhouette eines Mannes tauchte auf, und jemand sagte: »Mach noch etwas Suppe, Helga, hier ist schon wieder eins.« Benommen ließ sich Lili in die helle Küche führen, wo fremde Erwachsene in Nachtgewändern sich um sie kümmerten. Später wurde sie in eine Decke gehüllt und in einem Sessel schlafen gelegt.
Am nächsten Tag wurde sie in das Flüchtlingslager Eisenstadt gebracht, eine Ansammlung freudloser alter Armeehütten, zwischen denen ein ständiges Kommen und Gehen herrschte. Eilig rekrutierte Freiwillige bewegten sich von Hütte zu Hütte und versuchten, von den verlorenen, schweigenden Flüchtlingsgruppen etwas über die näheren Umstände ihrer Flucht zu erfahren. Mehr als Hundertfünfzigtausend überquerten im Jahr 1956 auf diese Weise die Grenze – traurige Gestalten in langen Mänteln mit hochgeschlagenen Kragen, in den Fäusten ausgebeulte Einkaufstüten, Kartoffelsäcke oder verschlissene Aktenmappen, in denen sich ihre einzigen Besitztümer befanden.
Eine ungeduldige Frau mit gequälter Miene, ölig glänzender Haut und einem Schreibbrett in der Hand fragte Elizabeth nach ihrem Namen. Sie redete nur gebrochen Deutsch, und Elizabeth konnte sie erst verstehen, als sie ins Französische überwechselte. »Red schon, Kind! Du trägst eine Schnur um den Hals, aber das Namensschild ist abgerissen. Bevor ich dich untersuchen lassen kann, muß ich deinen Namen haben.«
»Lili«, krächzte das Kind schließlich.
»Lili was?«
»Quoi, s'il vous plaît, madame?«
»Deine Familie, wie lautet dein Familienname?«
»Da . . . Da . . .« Nein, sie hieß ja nicht mehr Dassin.

Lili schluchzte. »Ko . . . Ko . . . *vago.*« Die Frau schrieb »Lili Vago (spricht französisch), geboren 1949« auf das Blatt Papier und reichte Lili ein Stück Seife und ein Stück Schwarzbrot. Dann mußte sich das kleine Mädchen in eine Reihe mit ebenso traurig blickenden Erwachsenen stellen, um sich untersuchen zu lassen. Jemand setzte ihr ein kaltes Stethoskop auf die Brust. Sie hörte ein seltsames Singen in den Ohren, und dann eine Stimme: »Sieht nach einer Lungenentzündung aus. Schock und Unterkühlung. Sie muß sofort ins Hospital. Der nächste, bitte.«

Sobald Lili sich soweit erholt hatte, daß sie reisen konnte, teilte ihr einer der freiwilligen Mitarbeiter im Flüchtlingsausschuß mit, daß sie zu einer Familie in Paris geschickt werden sollte. »Du hast großes Glück, Lili. Die Hälfte der Menschen hier im Camp haben noch kein neues Zuhause.«
Während der langen, unbequemen Zugfahrt sprach das Mädchen kaum ein Wort mit den anderen, genauso verängstigten und erschöpften Flüchtlingen. Als sie ankamen, wurde sie von einem weiteren Flüchtlingsbetreuer in Empfang genommen. Auch er hielt das unvermeidliche Schreibbrett in der Hand.
»Lili . . . Lili Vago, dahinten, das ist sie. Madame Sardeau. Steh auf und sag guten Tag, Lili. Du bleibst nun bei Madame Sardeau, die sich großzügigerweise bereit erklärt hat, dir ein Heim zu geben.«
Der Mann und die Frau, die sich vor Lili erhoben, sahen ganz und gar nicht großzügig aus. Sie waren zum Schutz gegen die Kälte dick vermummt; über schwarzen Schals waren zwei scharfe Nasen und zwei ebenso scharfe Münder sichtbar. Das Ehepaar war etwa mittleren Alters und bot dem Mädchen jetzt mit seltsamer Förmlichkeit die Hand. Dann sagte die Frau schrill: »Aber wir haben ein viel älteres Mädchen erwartet. Wir hatten um jemand von zwölf oder dreizehn gebeten!«

Der Flüchtlingsbetreuer erwiderte heftig: »Madame, in einer solchen Situation kann man Kinder nicht bestellen, als wären die Flüchtlingslager Kaufhäuser.«
»Kein Gepäck?« fragte der Mann. »Kein Paß?«
»Heute Abend gibt's keine Papiere«, sagte der Betreuer müde. »Wenn Sie bitte einfach hier unterzeichnen würden, und hier, und dort noch einmal. Wir erwarten Sie morgen im Büro, damit wir die restlichen Formalitäten erledigen können. Kommen Sie, wann es Ihnen paßt.«
An der Hand der beiden Erwachsenen verließ das kleine Mädchen den Bahnhof, unterwegs zu ihrem neuen Zuhause und einem Leben mit den Sardeaus. Sie spürte, daß etwas nicht stimmte, daß sie ihre neuen Eltern enttäuscht und verärgert hatte. Schweigend fuhren sie mit der Metro nach Sablon und gingen dann schnell durch die nachtdunklen Straßen zu einem altmodischen Mietshaus. Der Torbogen zum Innenhof war groß genug, um einen mit Heu beladenen Pferdewagen durchzulassen, und mit zwei riesigen schwarzen Türflügeln gesichert. Lili trottete brav hinter ihren neuen Eltern her, zu müde, um irgend etwas wahrzunehmen, mit Ausnahme der Schmerzen in ihren Waden, dem Ziehen in ihrer Brust und dem Nebel in ihrem Kopf.

»Glaub bloß nicht, wir wären reich.« Madame Sardeau gab ein geziertes Schnauben von sich, als sie ihre Einkaufstaschen durch den großen Torbogen in den Hof trug. »Diese Wohnung unterliegt der Mietkontrolle; wir hatten einfach Glück nach dem Krieg.«
»Glaub nicht, wir wären reich«, war ein Lieblingsspruch der Sardeaus. Wenn Lili sich noch eine Scheibe Brot nahm oder vergaß, das Licht in der altmodischen, fensterlosen Toilette auszuschalten oder überhaupt um irgend etwas bat, kam ihnen dieser Satz automatisch über die Lippen.
Die Sardeaus waren kinderlos. Kein tyrannisches Baby hatte je ihren Schlaf gestört. Sie hatten nicht einmal eine Katze

oder einen Hund, um den sie sich kümmern oder hinter dem sie herwischen mußten, und sie fanden schnell heraus, daß sie auch die Verantwortung für ein kleines Mädchen nicht besonders mochten. Im Grunde hatten sie nur aus praktischen Erwägungen beschlossen, ein Waisenkind zu adoptieren – sie hatten niemand, der sich um sie kümmern würde, wenn sie einmal alt waren, der einen Rollstuhl schieben, einen Krankenbesuch machen oder für eine kleine zusätzliche Rente sorgen konnte. Ein Dienstmädchen hatten sie sich nie leisten können, und jetzt, wo Madame langsam in die Jahre kam, brauchte sie Hilfe im Haushalt und vielleicht auch etwas Gesellschaft, denn Monsieur arbeitete im statistischen Landesamt, und nach siebenundzwanzig gemeinsamen Jahren hatte sich ihre Konversation ohnehin erschöpft. Aber obwohl das Kind klein, dünn und nicht so stark wie eine ausgewachsene Arbeitskraft war, aß es genausoviel, wie ein richtiges Dienstmädchen gegessen hätte. Schlimmer noch, anders als ein Dienstmädchen war Lili oft nicht da, wenn sie gebraucht wurde, weil sie sich in der Schule befand oder Hausaufgaben machen mußte. Im Augenblick jedenfalls rechtfertigte ihr Nutzen ihre Unterhaltskosten ganz und gar nicht. Und man konnte ihr nicht vertrauen; sie log. Ganz offenbar hatte das Kind schlechtes Blut; hoffentlich war es kein jüdisches.

Nach zwei Jahren begriff Lili, daß die Sardeaus sie für eine schlechte Investition hielten, die unglückseligerweise nicht wieder liquidiert und gegen etwas Verheißungsvolleres eingetauscht werden konnte. Sie waren nicht unfreundlich zu dem Kind; es wurde gekleidet, gefüttert und beschenkt, wenn es Geburtstag hatte. Einmal bekam es ein Buch über das Leben großer Heiliger, ein anderes Mal einen Nähkasten, dann ein neues Kleid, aber es zeigte sich nie dankbar. Einen Tag vor ihrem neunten Geburtstag zeigte Madame Lili in einer Zeitung ein Bild von einem afrikanischen Wai-

senkind mit riesigen Augen und knochendünnen Gliedern und sagte: »Da siehst du, wovor wir dich bewahrt haben.«
Lili schwieg lange, dann sagte sie: »Meine Mutter hätte mich nicht verhungern lassen.«
»Du weißt ganz genau, daß deine Mutter tot ist.«
»Meine andere Mutter hätte sich um mich gekümmert.«
Madame Sardeau verlor die Geduld. »Du kleine Lügnerin, deine Märchengeschichten von deiner anderen Mutter und Schlittenglöckchen im Schnee sind pure Erfindung. Der Priester hat mir gesagt, daß viele Kinder sich so was einreden, vor allem wenn ihre Eltern sie schlagen müssen, weil sie sich schlecht benommen haben. Du wärst besser beraten, wenn du *uns* gegenüber deine Pflicht erfüllen würdest. Du stehst in *unserer* Schuld. Wir sind es, die dir zu essen und ein Dach über dem Kopf geben. Deine Mutter und dein Vater sind tot! Begreif das endlich.«
»Aber nicht meine Großeltern, die Kovagos. Sie haben uns in jener Nacht nicht begleitet. Wenn ich groß bin, gehe ich zu ihnen zurück.«
»Du undankbare kleine Idiotin! Selbst wenn sie noch leben, befinden sie sich jetzt hinter dem Eisernen Vorhang. Du wirst sie *nie* wiedersehen!«
Lili schwieg, erregt und voller Enttäuschung. Dann brachen sich ihre Wut und ihre unterdrückte Abneigung Bahn, und mit haßblitzenden Augen spuckte sie Madame Sarddeau ins Gesicht. Einen Moment lang herrschte entsetzliche Stille, dann schrie Madame Sardeau außer sich vor Wut: »Solche Gassenjungenmanieren verraten nur deine niedrige Herkunft! Wenn mein Mann heute abend nach Hause kommt, werde ich ihm von deinen Benehmen berichten, und er wird dich bestrafen. Du gehst jetzt sofort in dein Zimmer.«
Lili rannte davon. Tränen kullerten ihr in dicken Tropfen auf ihre Schulschürze. Sie warf sich auf ihr schäbiges Bett und schluchzte. Sie sehnte sich nach Angelina, Felix und Roger. Jetzt hatte sie nichts mehr. Keinen Bruder, keine

Großmutter, keinen Großvater, keinen Onkel und keinen Vater mehr. Und anstelle von zwei Müttern hatte sie nicht einmal mehr eine. Wie sollte ihre *vraie maman* je erfahren, daß sie in Paris war? Woher sollte sie wissen, wo Lili zu finden war, wenn die Zeit kam?

Lili fühlte sich, als würde sie von einem unsichtbaren, rachsüchtigen Geist bestraft und geschunden.

Obwohl sie erst neun war, wußte sie, daß ihre Kindheit vorüber war und daß sie jetzt abwarten mußte, bis die Reihe der zahllosen grauen Tage, die vor ihr lagen, zu Ende ging und sie alt genug war, um davonzulaufen.

20

Drei Jahre lang arbeitete Maxine nach der Eröffnung des Schloßhotels Tag und Nacht ohne Unterlaß. Im vierten Jahr verzeichneten sie die magische Zahl von 250 000 Besuchern und wußten, daß ihr Erfolg von Dauer sein würde. Nicht zuletzt wegen dieses großen Erfolgs ging es auch mit dem *Paradis* ständig aufwärts. Nachdem das *Château des Chazalle,* das den besten Beweis für die Leistungsfähigkeit von Maxines Firma darstellte, aufgemacht und enorme Publicity bekommen hatte, wurde ihr Büro von potentiellen Kunden nur so überflutet. Innerhalb von drei Jahren, rettete Maxine sechsundzwanzig historische Gebäude vor dem Verfall.

Aber sie tat auch noch etwas anderes, und das, obwohl sie wußte, daß Charles sehr wütend darüber sein würde. Schon seit Jahren hatte sie ihre Brüste gehaßt. Auch nach der Geburt der Jungen waren sie nicht kleiner geworden, und so suchte sie eines Tages, ohne Charles darüber zu informieren, eine Klinik für Schönheitschirugie auf und ließ ihren Brustumfang reduzieren.

Maxine und ihre Verkäuferin bei Dior hofften, daß sie mit der Silhouette von Audrey Hepburn aus der Klinik treten würde, aber obwohl ihre Brüste um sechs Zentimeter reduziert wurden, blieben sie immer noch voluminös. Die Operation war äußerst schmerzvoll, und hinterher blieb unter jeder von Maxines Brüsten ein Halbkreis von Stichen zurück. Zwei weitere, zackig verlaufende Reihen von Stichen zogen sich unter ihren Brüsten bis zu den Warzen hinauf. Diese Reihen waren häßlich. Sie würden nie verschwinden. Charles war außer sich vor Zorn, denn er hatte Maxines Brüste besonders gemocht. »Warum, zum Teufel, hast du mir nicht gesagt, was du vorhattest? Du weißt, daß eine Vollnarkose nie ganz ungefährlich ist!«
»Ich hatte Angst, du könntest mich daran zu hindern versuchen.«
»Verdammt richtig! Das sind nicht nur deine Brüste, es sind *unsere* Brüste. Wie würdest du es finden, wenn ich mir zwei oder drei Zentimeter meines Schwanzes abschneiden ließe?«

Aber im großen und ganzen verlief Maxines Leben aufregend und erfolgreich. Bis sie beinahe dreißig Jahre alt war, als sich zwei Dinge ereigneten – sie wurde zum drittenmal schwanger, und Charles verliebte sich in eine andere Frau. Zuerst wußte Maxine nur von dem ersten Ereignis. Sie war nicht gerade überglücklich, wieder schwanger zu sein. Zwei Söhne waren genug. Zum erstenmal seit Jahren genoß sie ihre Arbeit. Sie hatte alles im Griff, statt nur mühsam mit der täglichen Tretmühle Schritt zu halten. Ihre Firma setzte mehr um, als sie je erwartet hatte, und jeden Tag kam sie dem Morgen näher, an dem sie schuldenfrei erwachen würde.
Eines Abends kamen die Cliffes zu Besuch. Als sie Oliver und Gérard so fröhlich miteinander spielen sah, bemerkte Lady Cliffe traurig: »Schade, daß ich nun niemals Enkel

haben werde, ich wäre so glücklich gewesen. Walter macht sich darüber hinaus natürlich auch Gedanken, daß nun niemand seinen Titel erben und er damit aussterben wird, aber darauf hatte er sich eigentlich schon lange vor Nicks Tod eingestellt.«

Maxine blickte sie verständnislos an.

»Als Nick vierzehn war, hatte er Mumps, verbunden mit einer Hodenentzündung«, erklärte Lady Cliffe. »Zweimal sah es so aus, als würde er die Krankheit nicht überleben, aber er hat es doch geschafft. Nur war er nicht mehr in der Lage, Kinder zu zeugen, wie uns ein Spezialist sagte.«

»Wußte Nick darüber Bescheid?« fragte Maxine erstaunt.

»Ja, natürlich mußten wir es ihm sagen, aber ich glaube, er hat es nie wirklich akzeptiert. Im geheimen hat er wohl immer gehofft, daß er doch noch geheilt werden könnte.«

»Der arme Nick«, sagte Maxine am Abend zu Charles, als sie sich zum Dinner umzogen. »Obwohl ich im Augenblick selber nicht sonderlich scharf auf Kinder bin.«

Charles lachte. »Geduld«, sagte er. »Lange brauchst du ja nicht mehr zu warten.« Er beugte sich vor und berührte ihren Nacken mit den Lippen, und während er das tat, spürte sie den schwachen, doch unverkennbaren Geruch eines fremden Parfums. Sie maß dem aber keine weitere Bedeutung bei. Schließlich war er den ganzen Tag mit seiner neuen Werbetexterin zusammen gewesen.

Zwei Wochen später sagte Christina zu Maxine: »Ich habe Charles gestern abend im *Le Grand Véfour* gesehen. Ich muß sagen, Maxine, er sieht immer besser aus.«

»Im *Le Grand Véfour?* Bist du sicher?«

»Ja, mit dieser Frau aus seinem Werbebüro. Charles saß mir genau gegenüber auf der anderen Seite des Restaurants. Ich habe ihm zugewinkt, aber er hat mich nicht bemerkt.«

Sie beugte sich über ihre Arbeit und plapperte weiter, aber Maxine hörte nicht mehr zu. Sie hatte das Gefühl, als hätte ihr jemand ein Glas eiskaltes Wasser ins Gesicht geschüttet.

Ihre Fingerspitzen kribbelten, und sie rang nach Atem. Sie wußte, was Christina ihr sagen wollte, und auch, daß sie ihre Worte so gewählt hatte, daß Maxine die Sache ignorieren konnte, wenn es ihr lieber war. Gestern abend hatte sie allein zu Hause zu Abend gegessen und sich anschließend ein Ballett im Fernsehen angesehen, weil Charles angeblich eine Gruppe kanadischer Importeure ausführen mußte. Er wollte ihnen die Stadt zeigen, die Folies Bergère und danach noch einen Nachtclub, beides Orte, an denen Maxine sich langweilte, wie er sehr richtig festgestellt hatte.

Obwohl die Beweise für Charles' Untreue sich häuften, litt Maxine schweigend. Sie benahm sich wie ein Engel, denn sie wollte ihn nicht verlieren. Er war jetzt häufig fort vom Schloß, und wenn er da war, schien er dennoch geistesabwesend. Manchmal sah Maxine plötzlich auf und bemerkte, wie er sie enttäuscht und anklagend anstarrte. Sie wurde jetzt täglich dicker, und seine Blicke schmerzten sie so sehr, daß sie nur mit Mühe die Tränen zurückhalten konnte.

Sie war unendlich eifersüchtig und besitzergreifend. Ständig überprüfte sie im Kopf Charles' Tagesablauf, obwohl sie ihn nicht zu intensiv auszufragen wagte. Sie versuchte, nicht an ihm herumzunörgeln, damit er sich nicht bis zu einem Punkt getrieben fühlte, wo er versucht sein mochte, sie für immer zu verlassen. Manchmal schlug ihre Stimmung plötzlich um, und sie war von wilder Empörung über den Verrat ihres Mannes erfüllt, über die Leichtigkeit, mit der er sie belog – Tag um Tag, Monat um Monat –, anscheinend, ohne auch nur die geringsten Gewissensbisse zu haben. Sie litt unter dem Streß, ständig eine Rolle spielen, ihren Schmerz verbergen und ihren Mann belügen zu müssen, so wie er sie belog. Charles war angeblich gerade in Lyon, als ihr dritter Sohn geboren wurde, eine Woche zu früh und viel unkomplizierter, als Maxine gedacht

hatte. Sie preßte ihr Baby an sich, als wollte sie es nie wieder aus der Hand geben. Der kleine Alexandre war ihre Hoffnung auf eine bessere Zukunft, das Bindeglied zu ihrem Ehemann.
Diesmal bestand nicht die geringste Möglichkeit, daß Maxine vier Monate nach der Geburt wieder schwanger werden könnte. Denn nach vier Monaten war Charles noch immer nicht wieder in ihr Bett zurückgekehrt. Er schlief auf einem *lit Napoléon* in seinem Ankleidezimmer.

Im Jahr 1963 waren Maxine und Charles einander seit nunmehr drei Jahren entfremdet, und Maxine fuhr fort, seine Untreue zu ignorieren. Natürlich war sie dazu auf Dauer nur in der Lage, indem sie ihre natürlichen Instinkte unterdrückte und sich auf die guten Manieren verließ, die sie ihrer gutbürgerlichen Erziehung verdankte. Von Zeit zu Zeit floh sie zu Tante Hortense, um sich durch Zuspruch und Anteilnahme wieder aufrichten zu lassen.
Immer noch benahm sie sich wie ein Engel, aber es fiel ihr schwerer und schwerer. Sie schlief schlecht, ihr Gesicht war eingefallen, und selbst wenn sie ihr zuversichtliches kleines Lächeln aufblitzen ließ, verrieten ihre braunen Augen ihre Unsicherheit.
Manchmal fuhr sie ihre Kinder oder ihre Mitarbeiter an, um nicht in Tränen ausbrechen zu müssen. Und unterdessen wartete sie und wünschte sich, die Zeit zurückdrehen zu können. »Wenn nur« waren die Worte, die sie sich am häufigsten in Gedanken vorsprach.
Wenn man nur die Spinnweben der Zeit fortwischen und zurückgehen könnte bis zu jenem zauberhaften warmen Sommer, bevor sie zum letztenmal schwanger geworden war.
Wenn sie sich nur für eine andere Werbeagentur entschieden hätten.
Wenn die Agentur nur eine andere Frau mit dem Chazalle-Etat betraut hätte.

Wenn sie nur schlanker, größer, jünger und geistreicher wäre.
Wenn Charles sie nur mit denselben Augen wie früher sehen könnte!
Ihr Selbstbewußtsein war bis auf den Nullpunkt geschrumpft. Sie trug abwechselnd langweilige Kleider, die zu alt für sie waren, und übertrieben extravagante, die ihr nicht standen. Ihre Schneiderin verzweifelte und murmelte ihrer Assistentin zu: »Wenn Madame de Chazalle sich der Konkurrenz nicht gewachsen fühlt, dann hätte sie keinen attraktiven Mann heiraten sollen. Es ist beschämend, mitansehen zu müssen, wie eine meiner Kundinnen vor den Augen von ganz Paris ihre Würde verliert. Sie könnte Monsieur le Comte ja wirklich mit seinen eigenen Waffen schlagen, schließlich wimmelt es in Paris von anziehenden jungen Männern, die nur zu gern einen derart reifen Pfirsich pflükken würden.«

Im Mai 1963 verbrachte Judy ein Arbeitswochenende auf dem Château. Angesichts von Maxines traurigem, mechanischem Lächeln und in Gedanken an ihr arbeitsreiches, doch einsames Leben, traf Judy eine plötzliche Entscheidung. Charles war ihr Klient, doch Maxine war ihre Freundin. Am folgenden Morgen, als Charles Judy in sein Büro mitnahm, fragte sie: »Bist du nicht glücklich, daß eure beiden Geschäfte so glänzend gehen?«
Charles nickte geistesabwesend.
»Und auf deine drei hübschen Jungen kannst du auch stolz sein.«
Wieder nickte Charles beiläufig.
»Und ist Maxine nicht eine wunderbare Gastgeberin? Ganz Frankreich schwärmt von ihr.«
Ein weiteres mechanisches Nicken.
»Und wie lange wird sie die gegenwärtige Situation deiner Meinung nach noch ertragen, Charles? Ich habe den Ein-

druck, sie steht kurz davor, den Verstand zu verlieren. Ich weiß, daß man sich in Frankreich praktisch nie scheiden läßt, daß Männer und Frauen sich mit diskreten kleinen Affären amüsieren, die keine Bedrohung für ihre Ehen darstellen. Aber Maxine liebt *dich,* sie will keinen anderen Mann. Deshalb vermute ich, daß sie eines Tages nicht mehr fähig sein wird, dieses Leben noch länger auszuhalten – und dann wird sie dich verlassen und in Paris leben, weil es leichter ist, sich mit einem Verlust abzufinden als mit ständigen Qualen. Überleg dir einmal, was du dann verlieren wirst, Charles.« Judy achtete sorgfältig darauf, nicht an Charles' bessere Instinkte zu appellieren, sondern an seinen gallischen Selbsterhaltungstrieb. »Du wirst dein einfaches, bequemes Leben verlieren, deine Kinder und die Gastgeberin, auf die du so stolz bist und die so ein großer Aktivposten für dein Geschäft ist. Und was hast du dann gewonnen? Diese berechnende kleine Werbetexterin und einen nationalen Skandal.«
Judy blickte ihn von der Seite an. Wütend und wortlos konzentrierte Charles sich auf die Straße. Sie sprach weiter. »O Charles, niemand kann alles haben, was er sich wünscht. Du riskierst so viel für nichts und wieder nichts. In Gottes Namen, was ist nur aus deinem ausgeprägten Sinn für Familie, Komfort und Geld geworden!«
Charles' Hände umklammerten das Lenkrad, und er sagte noch immer nichts. Zuerst war er schockiert gewesen, daß Judy eine so persönliche Angelegenheit mit ihm diskutieren wollte, und dann wütend, daß sie es tatsächlich gewagt hatte. Aber als sie das Büro erreichten, begann er bereits, ihre Worte zu überdenken und sich eine Zukunft ohne Maxine vorzustellen.

Eine Woche nach Judys Abreise saß Maxine an dem weißen, schmiedeeisernen Tisch unter der Blutbuche neben der Terrasse und beobachtete den mittlerweile acht Jahre alten

Gérard, der im Gras auf dem Rasen mit gelben und orangenen Bausteinen ein Fort für seinen zweijährigen Bruder Alexandre baute. Vor ihr lag die Gästeliste für eine große Party, die sie zur Feier des ersten großen Jahrgangs der erst kürzlich modernisierten Champagnerkellerei geben wollten. Plötzlich erschien Charles an der Tür zur Terrasse. Maxine blickte erstaunt auf. Es war ungewöhnlich, daß er schon am Nachmittag auftauchte.
Charles setzte sich in Bewegung und kam wie in Zeitlupe auf sie zu. Ihr Herz begann wild zu klopfen.
Sie wartete, ihr Puls raste.
Als er sie erreicht hatte, beugte Charles sich herab und küßte ihr Ohr.
So wie er es früher immer getan hatte.
Maxine hob den Kopf und blickte ihm in die Augen. Als sie den Ausdruck darin sah, spürte sie Hoffnung und eine jähe Freude. Sie sprang auf und fiel ihm um den Hals, ohne sich um den zu Boden stürzenden Stuhl zu kümmern.
Charles nahm sie fest in die Arme. Dann beugte er sich über ihre Schulter, nahm ihren Bleistift in die Hand und strich den Namen der Werbetexterin von der Gästeliste. Maxine ergriff seine Hand, küßte sie und legte sie zärtlich an ihre Wange.
Später ließ sich Maxine entspannt auf das Bett zurücksinken. Ihr üppiges blondes Haar fiel über die blaue Seidendecke. Es war nicht dieselbe wilde, leidenschaftliche Begegnung gewesen wie damals, als sie zum erstenmal miteinander geschlafen hatten – es war besser gewesen, ein sinnliches, erotisch aufgeladenes, gemeinsames Erlebnis, mit dem Charles wortlos um Vergebung gebeten und Maxine ihm wortlos vergeben hatte. Nichts spielte eine Rolle, außer dem Hier und Jetzt.
»Schau mal unter dem Kopfkissen nach«, sagte Charles. Maxine folgte und fand eine scharlachrote Schachtel.
»Von Cartier! Aber ich habe doch gar nicht Geburtstag!«

»Nein, du hast nicht Geburtstag«, sagte Charles schuldbewußt. »Du hast nur mich, und das für immer.« In der flachen samtbezogenen Schachtel lag ein funkelndes Diamantcollier, wie Maxine es so schön noch nie gesehen hatte.
»Das muß ja ein Vermögen gekostet haben«, flüsterte Maxine ehrfürchtig.
»Nicht einen Bruchteil dessen, was die letzten Jahre dich gekostet haben«, antwortete Charles und lächelte sie an wie an dem Abend, als sie sich zum erstenmal geliebt hatten.

Teil 5

21

Schon bald nach dem Tod ihres Großvaters merkte Pagan – die umgehend vom Internat genommen und nach England zurückgeholt worden war –, daß die scheinbar endlose Trauer ihrer Mutter nicht auf sein Ableben zurückzuführen war, sondern auf die Tatsache, daß er nichts hinterlassen hatte. Seine geschäftlichen Belange waren das totale Chaos. Der große Landsitz in Cornwall befand sich in bestem Zustand, aber er schien ihnen gar nicht mehr zu gehören. Er gehörte der Bank, denn alles war bis auf den letzten Nagel mit Hypotheken belastet. Als das Chaos schließlich geordnet war, hatten Pagan und ihre Mutter die Bestätigung für ihre Befürchtungen. Sie besaßen keinen Penny mehr.

In dieser Situation sprang Kates Vater ein. Reich, wie er war, stellte er Mrs. Trelawney das ganze Geld zur Verfügung, das sie brauchte, um das Anwesen in eine Gesundheitsfarm umzuwandeln. Im Gegenzug erwartete er von Mrs. Trelawney, daß sie seine Tochter Kate zusammen mit Pagan in die Londoner Gesellschaft einführen ließ. Und wie er alles im Leben erreicht hatte, erreichte er auch das.

Im Sommer des Jahres 1950 war Kate zweimal im Gesellschaftsmagazin *Tatler* abgebildet und Pagan siebenmal, dreimal davon in Gesellschaft Prinz Abdullahs. Normalerweise schien Pagan alles egal zu sein, einschließlich ihrer Mitmenschen; aber wenn Abdullah in London war, blühte sie auf und konnte ihre Erregung kaum im Zaum halten. Obwohl sie Kate und Maxine immer wieder versicherte, nur kameradschaftliche Gefühle für ihn zu hegen, waren beide sich insgeheim einig, daß sie lediglich versuchte, das Gesicht zu wahren.

Pagan wußte nur selten schon vorher, wann Abdullah für ein oder zwei Tage in die Stadt kam und seine Suite im *Dorchester* bezog; manchmal sahen ihn auch die anderen Mädchen, manchmal nicht. Abdullah war nach wie vor besessen von dem Gedanken, jemand könnte ihn ermorden, und wenn man mit ihm zum Essen ging, hieß das, so zu tun, als wollte man den einen Wagen nehmen, während man in letzter Sekunde in einen anderen sprang, der blitzschnell hinter dem ersten an den Randstein fuhr; es hieß, daß man ausmachte, in das eine Restaurant zu gehen, um dann am kleinsten Tisch in der dunkelsten Ecke eines ganz anderen zu landen. »Glaubst du nicht, daß dein Prinz etwas paranoid ist?« fragte Kate. »Dieses ganze Mantel-und-Degen-Theater ist doch wohl etwas melodramatisch, oder was meinst du?«

Zwei Tage später stieg Abdullahs Chauffeur wie immer in die Staatslimousine des Prinzen, betätigte die Zündung – und flog in die Luft. Der ganze Kensington Square war mit Teilen des Autos und des Chauffeurs übersät. Danach waren Kate und Maxine nicht mehr so scharf darauf, die Rolle von Pagans Kammerzofen zu spielen, und Pagan hörte auf, sich über unvorhergesehene Änderungen im Protokoll zu beklagen, wenn sie sich in Gesellschaft seiner Königlichen Hoheit befand.

Zusammen mit dreihundert anderen Gästen erschien auch Prinz Abdullah auf dem Debütantinnenball im *Hyde Park Hotel,* auf dem Pagan und Kate in die Gesellschaft eingeführt wurden. Beide strahlten vor Aufregung, Pagan in einem weißen Satinkleid, das mit hellgrünen Maiglöckchen bestickt war, Kate in gelbem Tüll. Sie waren die Stars des Abends, wie sie da in den Armen eleganter Kavaliere über das Parkett wirbelten, voller Stolz beobachtet von Kates Eltern und Mrs. Trelawney, die sich dank der Großzügigkeit von Kates Vater ganz in bronzefarbener Seide präsentierte. Mitten in einem Walzer hatte Kate einen schrecklichen Moment lang den Eindruck, daß François, ihr Schweizer Verführer, in den Ballsaal schlenderte. Aber sobald ihr Herzschlag sich wieder normalisiert hatte, erkannte sie, daß es sich bei dem Ankömmling *nicht* um François handelte, obwohl er die gleiche Ähnlichkeit mit Cary Grant aufwies, die gleichen braunen Augen und den gleichen fragenden Mund hatte. Dieser Mann sah nämlich noch besser aus, er war größer und hatte breitere Schultern. Kate beobachtete ihn den ganzen Abend über aus den Augenwinkeln. Sie sehnte sich danach, ihn kennenzulernen und wünschte sich im gleichen Atemzug so weit fort von ihm wie nur möglich. Beiläufig erkundigte sie sich bei ihrem Vater nach seinem Namen und erfuhr, daß es sich um einen Bankierssohn handelte, der Robert Salter hieß und in Cambridge studierte. Kate verbrachte den Rest des Abends damit, Salter aus der Ferne anzuhimmeln, aber sie wagte nicht, sich ihm zu nähern, nicht einmal, als der Tusch zur Damenwahl erklang.

Doch schon am nächsten Morgen wurde in der Walton Street ein junger Orangenbaum abgegeben, zusammen mit einem Kärtchen, auf dem zu lesen stand, daß Kate der Star des Abends gewesen sei. Die Unterschrift lautete – Robert Salter. Obwohl er keine Gelegenheit gehabt hatte, mit Kate zu tanzen, war es ihm gelungen, herauszufinden, daß Kate ein Einzelkind war, daß sie einen reichen Vater hatte und mit ihren Eltern in einem Schloß in Cornwall lebte.

Robert begann, Kate mit Geschenken zu überhäufen. Er wußte, daß er gleich nach seiner Rückkehr nach Kairo in der Bank seines Vaters anfangen mußte und sich daher am besten gleich in England nach einer passenden Frau umsah, denn in Kairo kannte er jedes Mädchen, das gesellschaftlich für ihn in Frage kam, bereits in- und auswendig. Er beschloß, es mit Kate zu versuchen.

Obwohl er bereits bei ihrer ersten Verabredung erfahren mußte, daß zumindest das Schloß nicht existierte, verfiel er Kates seltsamer, unwiderstehlichen sexuellen Ausstrahlung sofort mit Haut und Haaren. Sie sah nicht halb so gut aus wie ihre Freundin, aber es war Kate, die er begehrte, Kate, die seine Träume beherrschte.

Kate erzählte niemand von ihren Verabredungen, mit Ausnahme ihrer Mutter, von der sie wußte, daß sie den Mund halten würde.
»Ich hoffe, du bist *vernünftig*«, sagte ihre Mutter und meinte ›vorsichtig‹.
»O ja«, log Kate, gab ihr einen Kuß auf die Wange und schlüpfte zur Tür hinaus.

22

Weihnachten ging vorbei und dann Ostern. Im Frühsommer hielt sich Kate jedes Wochenende in Cambridge auf, aber Anfang Juli ließ ihr Interesse an der alten Universitätsstadt plötzlich nach. Dafür flatterten jede Woche zwei Briefe mit Poststempeln aus Kairo in den Briefkasten der kleinen Wohnung in der Walton Street.
»Wenn du mir nicht endlich etwas über ihn erzählst, reiße ich den nächsten Brief auf und lese ihn«, sagte Maxine.
»Warum behältst du alles für dich? Ich weiß warum – du willst ihn heiraten und hast Angst, er würde dich nicht fragen, wenn du es uns verrätst.«
»Daneben geraten!«
Doch eines Septembermorgens flog die Tür auf, und eine strahlende Kate stürmte herein, in der Hand einen aufgerissenen Brief. »Er *will*, er *will*, er *will* mich heiraten. Robert ... Kate Salter ... Mrs. Robert Salter ... Mrs. Salter.«
»Du meinst, diesmal ist es wirklich die große Liebe? Ich dachte, du wärst schon mit mindestens vierzehn anderen Männern verlobt«, sagte Pagan, die ein paar Tage in der Walton Street wohnte, während Maxine an einem Haus in Wiltshire arbeitete.
»Nur mit solchen, die das Land verlassen, und nur, wenn

ihre Schiffe nach Malaysia gehen, weil sie dort stationiert sind. Es sind mehr Arten von patriotischen Pflichten, weißt du.«

»Ja, nur daß sie dir ständig teure Parfums und tonnenweise Brokat aus Singapur einbringen.«

»Ach, halt den Mund! Heute abend wird Robert mich anrufen und auch fragen, und natürlich werde ich ja sagen. Jetzt kann ich dir alles erzählen. Er hat in Cambridge studiert, aber sein Vater besitzt eine Bank in Kairo, und er ist zurückgegangen, um dort zu arbeiten. Stell dir vor, ich werde in *Ägypten* leben! Pyramiden, Rosenwasser und ein großer Wüstenmond über dem Segel einer Feluke auf dem Nil!«

Kate zeigte einen Stapel Fotografien von einem düster blikkenden jungen Mann. Auf keinem der Bilder lächelte er, dafür wirkte er so, als hätte er jeden Moment etwas äußerst Wichtiges mitzuteilen. »Er sieht phantastisch aus«, sagte Pagan höflich. Sie fragte sich, warum Kate eine solche Heimlichtuerei mit ihm betrieben hatte; er wirkte wie ein langweiliger Schönling, der keinen zweiten Gedanken wert war, selbst wenn er eine gewisse Ähnlichkeit mit Cary Grant aufzuweisen hatte.

Kate hockte von sechs Uhr abends bis zwei Uhr morgens am Telefon, als Robert endlich durchkam. Die Verbindung war schlecht, und Kate mußte schreien, um sich verständlich zu machen, so daß Pagan vom Nebenzimmer aus die gesamte Unterhaltung mithören konnte. »*Ja,* ich liebe dich auch, oh, mein Liebling, mein liebster Robert, ja, ja . . .« Das ging ungefähr zwanzig Minuten so. Gut, daß sein Vater ein Bankier ist, dachte Pagan. Dann herrschte plötzlich Stille.

Pagan schlich nach nebenan und fand Kate in Tränen aufgelöst. »Na, was ist denn? Du bist die erste von uns, die sich verlobt hat, das ist doch kein Grund zum Heulen. Denk an die Pyramiden und das Mondlicht auf dem Nil. Wann wollt ihr denn heiraten?«

»Nicht vor Anfang Sommer. Robert hat gerade erst in der Bank seines Vaters angefangen, und er kann jetzt nicht gleich Flitterwochen machen. Schlechtes Beispiel, sagt er. Aber wir können keine vollen neun Monate warten. Er möchte, daß ich zu ihm komme. Er meint, ich könnte ja Mutter mitnehmen, aber ehrlich gesagt glaube ich nicht, daß wir dann besonders viel Spaß hätten, und ihr würde es überhaupt nicht gefallen.« Keiner von beiden konnte sich Kates Mutter unter einem Wüstenmond auf den Pyramiden vorstellen oder an Bord einer Feluke auf dem Nil.

»Warum kommst *du* nicht mit, Pagan?« fragte Kate.

»Bestimmt wird Dad sich bereit erklären, dir die Reise zu bezahlen.«

»Allein läßt er dich jedenfalls bestimmt nicht nach Kairo.«

Mit einem Schlag war Kate wieder obenauf. Zapplig vor Freude rief sie nach einer schlaflosen Nacht um sieben Uhr morgens ihre Eltern an. »Dachte mir schon, daß da irgendwas im Busch ist, nachdem wir dich seit Wochen nicht mehr gesehen haben«, sagte ihr Vater.

Kate beschloß, sofort nach Weihnachten nach Kairo zu fliegen. Kurz bevor sie abreisen wollten, fand Kate Pagan eines Abends, als sie von einem Einkaufsbummel zurückkehrte, in Tränen aufgelöst auf dem Wohnzimmerboden vor. Sie kannte den Grund bereits, denn sie hatte in der Stadt die Schlagzeilen der Abendzeitungen gesehen: »Abdullah und Marylin – Filmstar verliebt sich in Königssohn – Marilyn sagt, Heirat steht kurz bevor.«

»Stimmt das, Pagan?«

»Falls du die Heirat meinst, keine Ahnung, aber daß sie verliebt waren, wußte ich schon einige Zeit.« Sie versetzte dem Kaminvorsatz schluchzend einen Tritt. »Ich dachte immer, sie wäre genau wie alle anderen, weißt du. Ich meine, irgendwelche gut entwickelten Blondinen sind schon immer um ihn herumscharwenzelt. Marylin war nur etwas berühmter als der Rest.«

Sie zögerte, ehe sie das ganze Ausmaß ihrer Demütigung zugab. »Ich weiß, daß er im Dorchester abgestiegen ist. Das glückliche Paar ist nämlich vor dem Eingang des Hotels aufgenommen worden. Ich habe den ganzen Nachmittag versucht, ihn zu erreichen. Aber er nimmt meine Anrufe nicht entgegen, obwohl ich unseren Geheimcode verwendet habe.«

»Ehrlich, Pagan, er hat vielleicht gerade etwas anderes zu tun gehabt. Vielleicht hat er einen Zerstörer in Auftrag gegeben oder war im Buckingham-Palast zum Tee.«

»Nein, Kate, ich kann es an der Stimme seines Sekretärs ablesen – eine bestimmte boshafte Glätte. Ich *weiß,* wie er mit jemand spricht, der auf der schwarzen Liste steht.« Sie seufzte. »Es ist einfacher für Abdullah, nicht mit mir zu sprechen, also tut er es nicht. Höchst vorteilhaft, wenn man von königlichem Geblüt ist.«

Noch Tage danach saß Pagan in der Wohnung ihrer Mutter am Fenster und blickte auf die belaubten Kronen der Bäume draußen, ohne etwas wahrzunehmen. Sie weinte nicht mehr; sie wollte niemanden sehen; sie fuhr auch nicht nach Cornwall. Abdullahs Verhalten hatte ihre Selbstsicherheit zutiefst erschüttert. Es war, als hätte jemand die Schnur durchschnitten, die sie aufrecht gehalten hatte. Absichtlich hatte er das Vertrauen enttäuscht, das Pagan ihm entgegengebracht hatte, und zumindest für ihn war ihre Freundschaft offenbar zu Ende.

Erst als es an der Zeit war, nach Ägypten zu fliegen, löste sich Pagan aus ihrer Lethargie.

Robert holte sie auf dem Flughafen von Kairo ab, und Kate warf sich in seine Arme. Als sie alle drei in seinen Cadillac stiegen, musterte Pagan ihn mit einem raschen Seitenblick. Er sah zweifellos gut aus, doch auch eine gewisse Steifheit konnte man ihm nicht absprechen.

Kairo war auf jeden Fall alles andere als langweilig; es war ein staubiges, graues, heißes Chaos. Kamele und Eselskarren trotteten neben Straßenbahnen und Autos über die schlecht gepflasterten Straßen. An Palmen verzurrte Zelte kauerten neben modernen Appartementhäusern. Die dürren, dunkelhäutigen Männer auf den Bürgersteigen trugen schwarze Käppchen und eine Art zerknitterter Schlafanzüge oder mehr oder weniger weiße Nachthemden. Daneben bewegten sich fettere Männer in weißen Laken und bis an die Augen mit staubigem Schwarz vermummte Frauen. Fliegenbedeckte Bettler hockten im Straßendreck, wieselflinke Zeitungsjungen verkündeten schrill die neuesten Nachrichten, und Fleischverkäufer ließen ihren Waren den wedelnden Schutz blutiger Fliegenklatschen angedeihen. Einige der Geschäfte warben mit Neonschrift, andere verschwanden hinter Ruß und abblätternder, sonnengebleichter Farbe. Jeder freie Fleck war mit Plakaten von General Nagib, dem neuen Militärgouverneur Ägyptens, bepflastert.

Die Wohnung von Roberts Vater, einem Witwer, lag oberhalb der Stadt. Hohe, kühle, weiße Räume führten in andere hohe, kühle, weiße Räume. Die ausschließlich männlichen Diener trugen weiße Uniformen, dazu einen dunkelroten Fes, und alle waren schon seit Jahren bei der Familie. Vom Dachgarten aus konnten die Mädchen den Nil sehen, der träge durch die Wüstenlandschaft floß. Von jenseits des Flusses drangen schwach die Geräusche Kairos herüber: das Kreischen des Verkehrs, hohe Rufe, heulende Musik, und der Singsang der Muezzins, die ihre Gläubigen mittels der an den Minaretten der Moscheen befestigten Lautsprecher zum Gebet aufriefen. Über ihnen gleißte die gelbe bis fahle Sonne, die unbeirrt Tag für Tag ihre sengenden Strahlen auf alle hinunterschickte.
Bald trug Kate einen prachtvollen Verlobungsring, dessen Diamanten sie bei jeder sich bietenden Gelegenheit aufblit-

zen ließ. Sie klebte an Robert wie das Pünktchen am i, folgte ihm überallhin, als wäre sie ein treues Hündchen, und sie fürchtete sich vor allem, womit sie sein Mißfallen erregen könnte. Pagan fand ihr Verhalten nicht gerade ideal, denn Robert war auch so schon selbstzufrieden genug.

Jede Nacht schlich Kate den Korridor zu Roberts Schlafzimmer entlang, doch zu ihrem großen Kummer tat sich dort nicht viel. Robert war fast schon wieder draußen, ehe er drin war. Sie hatte nicht einmal genug Zeit, um sich frustriert zu fühlen. Also spielte sie ihm etwas vor.

Es dauerte nicht lange, bis Pagan zu einer der meistumworbenen Frauen Kairos wurde. Sie versuchte mit allen Mitteln, sich von Abdullah abzulenken, indem sie so viele Aktivitäten entfaltete, daß ihr einfach keine Zeit mehr blieb, an ihn zu denken. Eines Tages beschloß sie, Arabisch zu lernen, und erstand ein Lexikon passender Redewendungen. »Nach achtzehn Lektionen beherrschen wir die Sprache schon, als wären wir hier geboren«, erklärte sie Kate. »Wir können unsere Fortschritte am Butler ausprobieren. Wenn wir abends zu spät nach Hause kommen, können wir zum Beispiel einfach *Kulli shayy fi yid Allah* ›Alles liegt in Allahs Hand‹ murmeln . . . oder hier, hör dir das an: *Ma takhafush, ehna asakir inkelizi,* das heißt ›Habt keine Angst, wir sind britische Soldaten‹. Gleich anschließend kommt *Akhad el-kull we-addi lek bih wasl* – das heißt ›Ich nehme alles mit und gebe dir eine Quittung‹. Kein Wunder, daß sich das britische Empire nicht halten konnte. Das hier könnte ganz nützlich sein: *Ma kuntish azunnek ragil gabih kide.* Das heißt ›Ich hätte nicht gedacht, daß Sie so ein unehrlicher Mann sind.‹ Du meine Güte . . .«

Eines Tages nahm Roberts Vater seinen Sohn beiseite und sagte: »Ich habe in England ein paar Informationen einholen lassen, und ich weiß nicht, ob du dir darüber im klaren bist, aber Pagan wäre als Frau viel passender für dich als

Kate. Sie hat weit bessere Verbindungen, und obwohl kein Geld da ist, besitzt sie einen Landsitz in Cornwall.«
Robert blickte ihn erstaunt an. »Der gehört doch ihrer Mutter, oder? Diese Gesundheitsfarm?«
»Nein, er gehört Pagan. Ihr Großvater hat ihn ausschließlich ihr hinterlassen. Ihre Mutter hat ihn für einen verschwindend geringen Betrag von ihr gemietet, obwohl eine Menge Land dazugehört. Die arme Kate scheint in der Gesellschaft nicht die Bedeutung zu haben, die ich mir für deine Frau wünsche. Denk mal darüber nach.«
Wenn Roberts Vater »Denk mal darüber nach« sagte, dann gab er einen Befehl, wie sein Sohn sehr wohl wußte. Keiner seiner Kommilitonen in Cambridge hätte sich eine solche Einmischung seitens seiner Eltern gefallen lassen, aber Robert war weder überrascht noch empört. Wenn sein Vater der Meinung war, seine Einmischung sei vonnöten, dann war sie es auch; er und sein Vater waren sich in ihren Gedankengängen erstaunlich ähnlich. Ganz abgesehen davon, daß Roberts Zukunft von seinem Vater abhing.
Ein paar Abende später saßen die beiden Männer wieder unter den grünen Palmen auf dem Dachgarten und führten ein weiteres Gespräch. »Ich habe darüber nachgedacht, was du gesagt hast, Dad, und ich glaube, du hast vielleicht recht«, sagte Robert, nippte an seinem Whisky und blickte zu der von Dunst verhüllten Zitadelle am Horizont, einer Bergfestung aus dem 12. Jahrhundert.
Die Gelegenheit, alles wieder ins Lot zu bringen, kam, als Pagan ein Wochenende allein nach Alexandria fuhr. Robert wartete bis nach dem Abendessen. »Ich muß mit dir reden, Kate«, sagte er ohne Umschweife. »Ich glaube, es ist doch keine so gute Idee.«
Kate begriff nicht, was er meinte. »Was ist keine so gute Idee?«
»Daß wir heiraten. Du bist jetzt seit zwei Monaten hier, und ich habe das Gefühl, einen Fehler gemacht zu haben. Ich

hatte das Gefühl schon gleich nach deiner Ankunft, aber zuerst dachte ich, es könnte trotzdem gehen.«

Sie war verwirrt. »Du meinst, wir sollten noch warten? Mit der Hochzeit?«

Langsam schüttelte Robert den Kopf. »Ich meine, wir sollten die ganze Sache abblasen, Liebling.«

Kate traute ihren Ohren nicht. »Aber was habe ich denn falsch gemacht? Was ist passiert? Was hat sich denn verändert?«

»Es ist nichts, was du getan hättest, und nichts, was ich getan hätte, Liebling. Niemand hat schuld. Ich finde nur, wir passen einfach nicht zueinander.« Bei diesen Worten bedachte er sie mit einem theatralischen Blick fast vorwurfsvollen Bedauerns.

Kate war perplex. Beschämt und gedemütigt, wußte sie nicht, was sie sagen oder tun sollte.

»Ich habe auch schon mit meinem Vater darüber gesprochen, vor einiger Zeit«, fuhr Robert mit einem Ausdruck leichter Sorge fort, »und er sagte, ich sollte warten, bis ich *ganz* sicher sei, ehe ich mit dir darüber spreche. Ich weiß, daß es schwer für ein Mädchen ist, wenn ein Mann sich anders besinnt, aber immerhin habe ich es wenigstens noch herausgefunden, bevor wir geheiratet haben. Dad hat gesagt, er tue alles, um uns behilflich zu sein. Er war furchtbar anständig und besorgt, als ich ihn eingeweiht habe. Er sagte, vielleicht könntest du es demütigend finden, in Kairo zu bleiben, wo hier doch jeder weiß, daß wir . . . nun, daß wir beide . . . daß ich . . . daß ich nicht will . . . daß wir nicht . . .« Er brauchte nicht fortzufahren.

»Ich will nach Hause«, flüsterte Kate. »Ich will so schnell wie möglich nach Hause.« Plötzlich sehnte sie sich danach, bei ihrer Mutter zu sein, bei jemand einfachem, der sie liebte und keine Ansprüche stellte. Sie fühlte sich besudelt, zurückgestoßen.

Am nächsten Morgen betrat Robert leise Kates Schlafzimmer. Ihr Gesicht war leichenblaß, und sie lag reglos auf dem Bett. Er hatte nicht geahnt, daß es so leicht sein würde.

Wieder einmal hatte sein Vater recht behalten. Ruhig, doch besorgt beugte er sich über ihr Bett. »Dad hat ein paar Fäden gezogen und dir für heute eine Rückflugmöglichkeit besorgt, falls du uns wirklich schon verlassen willst«, sagte er. »Aber sie hatten nur einen Platz frei in der Maschine, und so ist es vielleicht am besten, wenn Pagan noch bis Ende der Woche hierbleibt. Schließlich ist es ja nicht *ihre* Schuld ...«

Er weiß, daß ich ihm nur etwas vorgespielt habe, dachte Kate. Er weiß, daß ich frigide bin.

»Vor allem sieht es dann nicht so seltsam aus, als wenn ihr beide auf einmal verschwinden würdet. Wir wollen doch nicht, daß die Leute zu reden beginnen Pagan kann sich von allen hier verabschieden und erklären, daß du plötzlich in einer persönlichen Angelegenheit nach Hause gerufen worden seist.«

Nach Hause. O Gott. Kate graute davor, ihrem Vater die Nachricht beizubringen. Sie konnte ihn schon hören: »Du hast es also wieder mal vermasselt! Du mußtest bis nach Kairo reisen, um eine gottverdammte Idiotin aus dir machen zu lassen, wie? Ich hoffe, du bist dir klar darüber, daß alle unsere Bekannten sich vor Lachen krümmen werden.«

Auf dem ganzen langen Flug nach England konnte sie an nichts anderes denken als daran, wie ihr Vater die Nachricht verdauen würde. Die Furcht vor seiner Reaktion überwog sogar ihr eigenes Elend und die Scham wegen Roberts Benehmen. Und natürlich hatte sie recht.

Nebeneinander standen ihre Eltern hinter der Paßkontrolle auf dem Flugplatz. Ihre Mutter blickte traurig, ihr Vater finster. Er sagte kein einziges Wort, bis sie in den Rolls-Royce gestiegen waren und er die gläserne Trennscheibe zum Fahrersitz hochgeschoben hatte, so daß der Chauffeur sie nicht hören konnte. Dann wandte er sich an Kate und sagte: »Ich hoffe, dir ist klar, daß du dich wie eine gottverdammte Idiotin benommen hast!«

Doch da erhob ihre Mutter zum erstenmal die Stimme gegen ihn. »Wage nicht, noch ein Wort zu dem armen Mädchen zu sagen«, fuhr sie ihren Mann heftig an.

Und zum erstenmal seit Roberts demütigender Eröffnung brach Kate in erlösende Tränen aus.

23

Als Pagan aus Alexandria nach Kairo zurückkehrte, stellte sie zu ihrem Erstaunen nicht nur fest, daß Kate abgereist war, sondern auch, daß sie ihr keine Nachricht hinterlassen hatte. Robert wirkte verzweifelt. »Sie hat mir den Laufpaß gegeben«, sagte er und öffnete die Faust, um ihr den Diamantring zu zeigen.

»Nicht einmal unseren Verlobungsring wollte sie behalten.«

Pagan konnte es nicht fassen. »Das ist überhaupt nicht Kates Art. Ich kann mir einfach nicht vorstellen, daß sie sich so unhöflich benommen haben soll. Habt ihr euch gestritten?«

»Nein, es kam völlig überraschend. Sie hat es mir ganz kühl bei einem Drink mitgeteilt. ›Robert, ich glaube, die ganze Sache war ein Fehler, und ich möchte sofort abreisen.‹«

»Und sie hat mir nicht einmal einen Brief dagelassen?«

»Nein.« Er seufzte. »Und ich muß sagen, obwohl ich *tief* verletzt bin, werde ich den Gedanken nicht los, daß ich noch Glück gehabt habe. So habe ich ihr wahres Gesicht kennengelernt, bevor wir vor den Traualtar getreten sind.«

Tatsächlich hatte Kate Pagan einen Brief hinterlassen, aber Robert hatte ihn geöffnet, gelesen und zerrissen, denn er enthielt die ganze schmerzliche Wahrheit.

»Und sie wollte nicht, daß ich mit ihr nach England zurückgehe?«
»Nein, sie sagte, es tue ihr leid, daß sie mich verletzen müsse, aber sie wollte dir nicht auch noch die Ferien verderben. Sie sagte, sie hätte absichtlich damit gewartet, mir alles zu erzählen, bis du nicht da warst.«
Er ließ den Kopf in seine Hände sinken, und seine Schultern begannen zu zittern. Tief verwirrt trat Pagan an den Rand der Terrasse. Sie konnte Männer nicht weinen sehen.

Pagan stellte bald fest, daß Robert in Kairo eine weit verlokkendere Partie war als Robert in London, wo es jede Menge Konkurrenz gab. Obwohl das Leben in Kairo an Luxus nicht zu überbieten war, mangelte es der Stadt an standesgemäßen europäischen Junggesellen, und um die wenigen, die sich hierher verirrten, lieferten sich die Gastgeberinnen heftige Gefechte. Schamlose Schmeichelei war an der Tagesordnung; die Frauen hingen Robert an den Lippen, und jeder noch so dürftige Scherz wurde mit perlendem Gelächter quittiert. Pagan begann Robert mit anderen Augen zu sehen. Robert wartete den richtigen Augenblick ab. Eines Abends kehrten sie von einem Weihnachtsball im *Semiramis* nach Hause zurück. Der Mond hing wie eine Lotosblüte am Himmel. Robert hatte dafür gesorgt, daß Pagans Champagnerglas nie leer gewesen war, und auf der Heimfahrt war sie ordentlich beschwipst. Als sie auf den Lift zugingen, schwankte sie leicht, und während sie warteten, legte Robert beschützend den Arm um ihre Hüfte.
»Fröhliche Weihnachten«, kicherte Pagan. »*Happy Christmas!* Glückliches neues Jahr!« Es schien die natürlichste Sache der Welt zu sein, daß sie Robert an ihrer Schlafzimmertür einen Gutenachtkuß gab. Dann verschwand sie in ihrem Zimmer, schmiß wahllos ihre Kleider auf den Boden, fiel auf das Bett und schlief ein.
Am anderen Ende des Korridors justierte Robert den Sitz

seines japanischen Kimonos, den er als Morgenrock benutzte, rückte die Schärpe zurecht und marschierte entschlossen in Pagans Schlafgemach.

Am nächsten Morgen erwachte Pagan und fragte sich entsetzt – wie schon so viele vor ihr –: »Was habe ich *getan*?«

Nunmehr konzentrierte Robert seine ganzen Bemühungen auf eine klassische, doch stürmische Werbung, wobei sein Vater ihn wohlwollend unterstützte. Kein Tag verging, ohne daß er Pagan ein charmantes kleines Geschenk mitgebracht hätte – ein Paar goldene Ohrringe, einen kostbaren Amethystring oder ein allerliebstes kleines Äffchen in einem scharlachroten Jöppchen, aus dem Pagan es sofort befreite.

Zwei Monate später – und noch immer etwas zu ihrer Überraschung – wurden Pagan und Robert auf der britischen Botschaft von Kairo Mann und Frau. Roberts Vater schenkte ihr zur Hochzeit einen blaßblauen Rolls-Royce.

Aber der Hochzeitsempfang war kaum vorüber, als ihre Ehe schon dem Untergang zusteuerte.

Pagan hatte sich nie besonders stark für Sex interessiert, so daß sie anfangs glaubte, alles, was Robert fehle, sei ein wenig Übung. Aber sie irrte sich. Ein paar Monate nach der Hochzeit fragte sie ihn vorsichtig: »Könntest du vielleicht auf mich warten?« Er versteifte sich sofort, sagte, er wüßte nicht, was sie meine und beschuldigte sie, frigide zu sein. Freundlich gab Pagan zu, daß dem durchaus so sein könne. »Es ist nur, daß ich es bisher nie war«, fügte sie hinzu. Robert wurde puterrot vor Wut. Er zitierte den Kinsey-Report und sagte, der durchschnittliche Mann benötige zweieinhalb Minuten, um zum Höhepunkt zu kommen, was immerhin hieß, daß sie dreißig Sekunden *mehr* als der Durchschnitt bekam, nicht wahr?

Pagan sehnte sich danach, mit irgend jemand über ihr Problem sprechen zu können. Mit niemand hätte sie sich jetzt lieber unterhalten als mit Kate, um zu erfahren, ob es bei ihr genauso gewesen war. Es hätte ihr auch nichts ausgemacht,

Kate zu fragen, denn sie war zu verzweifelt, um noch verlegen zu sein, und sie dachte, wenn Kate wüßte, wie sehr Pagan litt, würde es ihr ebenfalls nichts ausmachen. Aber Kate hatte nicht einen ihrer Briefe beantwortet – was kein Wunder war, da Robert sich jedesmal angeboten hatte, Pagans Briefe zur Post zu bringen. Auf dem Weg in die Stadt hatte er sie dann gelesen und anschließend zerrissen. In Wirklichkeit hatte Kate Pagan einen wütenden Brief geschrieben, nachdem ihr zu Ohren gekommen war, daß ihre Freundin Robert geheiratet hatte, aber Robert hatte den Brief abgefangen.

Ein paar Tage nach ihrem großen Streit schloß Pagan sich in ihrem Ankleidezimmer ein und meldete ein Ferngespräch nach London an, obwohl Robert ihr nachdrücklich erklärt hatte, damit würde sie Kate nur verletzen. Nach einer Stunde kam sie durch, aber in der Walton Street hob niemand ab. Am folgenden Morgen versuchte sie es noch einmal, sobald Robert ins Büro gegangen war.

Wieder meldete sich niemand.

Am dritten Tag versuchte Pagan, Kates Mutter zu erreichen. Diesmal dauerte es zweieinhalb Stunden, bis die Verbindung zustandekam, und schon nach dem vierten Klingeln wurde abgehoben. Seltsam steif und formell sagte Mrs. Ryan, daß Kate mit Freunden nach Schottland gefahren sei. Ja, es gehe ihr gut. Ja, ihr und Mr. Ryan gehe es auch gut, danke der Nachfrage.

»Glauben Sie, Sie könnten Kate dazu bringen, daß sie mir schreibt oder mich einmal anruft?« fragte Pagan.

Es gab eine längere Pause, in der nur das Rauschen in der Leitung zu hören war. Dann sagte Mrs. Ryan hastig: »Ich glaube nicht, daß Kate je wieder von dir hören möchte. Oder von Robert. Bitte, laßt sie in Ruhe!«

Mit der Zeit begann Robert sie zu beschuldigen, sie sei nicht nur frigide, sondern auch noch steril. In Anbetracht

seiner Feindseligkeit war Pagan überrascht, daß er überhaupt noch mit ihr schlafen wollte. Auf sein Drängen suchte sie einen Frauenarzt auf, nicht nur, um ihre Eileiter untersuchen zu lassen, sondern auch, weil sie starke Schmerzen im Unterleib verspürte, so als hätte sie eine besonders heftige Periode. Diese Schmerzen dauerten manchmal fünf bis sechs Stunden, während derer Pagan sich verspannt und den Tränen nahe fühlte, Gläser fallen ließ, Tassen umstieß und gegen Möbel rannte. Darüber hinaus begann sie an Schlaflosigkeit zu leiden, so daß sie schließlich fast jede Nacht um vier Uhr morgens aufstand und sich mit einem großen Glas Wodka betäubte.
Der Arzt bestätigte ihr, daß es keinen Grund gebe, warum sie nicht schwanger werden könne (»Sie müssen nur fleißig üben«, sagte er jovial). Als sie Robert daher vorschlug, seine Zeugungsfähigkeit untersuchen zu lassen, platzte er fast vor Wut und lehnte ihr Ansinnen als völlig ungerechtfertigt ab. Nach und nach vollendete er, was Abdullah begonnen hatte, und untergrub die letzten Reste ihres Selbstvertrauens. Nicht nur, daß er sie nicht liebte, er interessierte sich nicht einmal für sie. Er war nur daran interessiert, sich der Welt als ein weiser, gerechter Mann darzustellen, und um dieses Ziel zu erreichen, gebrauchte er endlose Ausflüchte und Verdrehungen. Er war nie an etwas schuld; in seinen Augen konnte er einfach nichts falsch machen. Wenn die Tatsachen ein anderes Bild ergaben, mußten die Tatsachen eben korrigiert werden. Mit Sicherheit, dachte Pagan, würde er nie in der Lage sein, vor sich selber zuzugeben, daß er ein schlechter Liebhaber und Heuchler war.
Eines Nachts, nachdem Robert wieder die üblichen drei Minuten lang seinen ehelichen Pflichten nachgekommen war, sagte sie ihm ihre Meinung ins Gesicht. Robert knipste die Nachttischlampe an und bedachte sie mit einem wütenden Blick. »Was genau willst du damit sagen, wenn du mich einen Versager und Heuchler nennst?«

»Damit will ich sagen, daß du nicht nur ein selbstsüchtiger Liebhaber bist, sondern auch noch so tust, als wärst du es nicht«, antwortete Pagan, obwohl sie wußte, daß sie ihm damit den perfekten Anlaß für einen Krach lieferte. »Das ist gemein und heuchlerisch. Du drehst dich um und schläfst ein, obwohl du genau weißt, daß ich erregt und aufgewühlt neben dir liege. Du tust nur so, als wüßtest du es nicht. Als wir geheiratet haben, liebte ich dich, und ich wollte nichts sagen, was dich verletzen konnte, weil ich dachte, daß du vielleicht nur ein wenig Übung brauchst. Tatsächlich dachte ich sogar, ein bißchen Übung könnte uns beiden nicht schaden. Wenn du immer noch so wärst, wie du damals warst, hätte ich gar nicht davon angefangen, aber du bist noch schlimmer geworden.«
Robert wurde rot.
»Am Anfang habe ich gedacht, du wärst zu müde, Robert. Ich dachte, es wäre der Streß im Büro, aber dann habe ich gemerkt, daß es ganz einfach Faulheit ist, Faulheit und Egoismus. Und dann ist da noch etwas viel Widerlicheres: du *willst* dich nicht mit mir beschäftigen. Wenn du, sobald du gekommen bist, auf einen Knopf drücken könntest, der mich verschwinden läßt, wäre dir nichts lieber als das.«
»Du bist die einzige Frau, die sich je beklagt hat«, zischte Robert. »Und das liegt daran, daß du *Unmögliches* verlangst.«
Pagan holte tief Luft. »Robert, wenn ich masturbiere, komme ich in fünf Minuten zum Orgasmus. Ich habe es mit der Eieruhr in der Küche nachgeprüft. *So* lange braucht man, um mich zu erregen, wenn ich nicht vor irgend etwas Angst habe oder unter Streß stehe. Nicht viel länger als du, nicht wahr? Aber dir ist ja völlig egal, unter welchen Umständen ich zum Orgasmus komme. Eine ganze Weile habe ich immer nur Andeutungen gemacht, aber diesmal habe ich mich klar und deutlich ausgedrückt, so daß du nicht länger so tun kannst, als wüßtest du von nichts.«

»Du Miststück, du willst mich kastrieren!«

»Nein, ganz im Gegenteil. Ich will eine Beziehung mit einem wirklichen, ehrlichen Mann.«

»Du sprichst wie eine gottverdammte Hure.«

»Und du benimmst dich wie ein verhaltensgestörter Schuljunge.«

Einen Moment lang dachte sie, Robert würde sie schlagen, aber das tat er nicht. Er starrte sie nur an und verließ dann das Zimmer, um in einem der anderen Räume zu schlafen. Drei Tage lang lief er mit einer Miene verletzter Rechtschaffenheit durch das Haus und sprach kein Wort mit seiner Frau. Dann kehrte er in ihr Bett zurück und verhielt sich, als hätte das ganze Gespräch nie stattgefunden.

Pagan weinte. Und sie versuchte nie wieder, mit Robert über irgend etwas zu reden.

24

Die Glastüren der verschwenderisch eingerichteten Penthouse-Suite des *Dorchester* standen weit offen. Obwohl erst Anfang Juni, war der Tag für London sehr warm gewesen. In dem ganz in hellem Blau gehaltenen Schlafzimmer der Suite lag Prinz Abdullah, dreiundzwanzig Jahre alt und völlig nackt, auf dem riesigen Bett und liebkoste den Körper einer halbbekleideten Frau. Er schob seine Hand in ihre zerknitterte weiße Seidenbluse und holte ihre linke Brust hervor. Die rosig-braune Warze wurde steif, als seine Zunge zart darüber fuhr und er dann immer stärker an der empfindlichen, zarten Haut saugte. Dann aber gab er sie abrupt frei.

Ein kleiner Schrei, ein Stöhnen. »Oh, das ist unerträglich, hör nicht auf, Liebling!«

Jetzt berührte er die Warze mit seinen Zähnen, nahm sie fe-

ster zwischen seine feuchten Lippen, saugte heftiger und heftiger und umklammerte die große Brust der jungen Frau dabei mit beiden Händen.
»Darling, ich halt's nicht mehr aus. Gleich komme ich.«
Langsam begann er, die Blondine auszuziehen. Ihre Lustschreie wurden lauter, und ihr Körper wand sich unter ihm. In diesem Augenblick erklang die Stimme seines Sekretärs durch die Schlafzimmertür. »Eure Hoheit, Telefon. Der Premierminister, Sire.«
Abdullah warf den Kopf zurück und gab eine Unmutsäußerung von sich. Suliman hatte den Auftrag, dafür zu sorgen, daß keine Telefonanrufe den Prinzen störten, schon gar nicht am späten Nachmittag.
»Ein Notfall, Eure Hoheit.«
Gelenkig wie eine Katze war Abdullah aus dem Bett und hatte in einem instinktiven Reflex seinen Revolver ergriffen, ehe die Frau auf dem Bett begriffen hatte, was los war. Sie richtete sich halb auf und sah, wie Abdullah rasch zum Telefon ging, den Hörer abhob und ein kurzes Gespräch in gutturalem Arabisch führte.
Dann legte er den Hörer langsam wieder auf die Gabel. Im schwachen Licht der Dämmerung sah er wachsam und sehr erregt aus. Plötzlich erkannte die Frau auf dem Bett, daß er ihre Anwesenheit vergessen hatte, obwohl er sie wild anstarrte.
»Eure Hoheit«, sagte sie unsicher, denn sie waren noch nicht dazu gekommen, ihre Vornamen auszutauschen.
Er zuckte zusammen. »Nicht Eure Hoheit«, sagte er ernst und in Gedanken versunken. »Eure Majestät.«
Verdammt, dachte die zerzauste Blondine, als Abdullah nackt zur Tür ging. Verdammt, verdammt, *verdammt*!

25

Pagan saß aufrecht im Bett, trank ihr allmorgendliches Glas Mangosaft und las die Zeitung. Die Überschrift lautete: *Prinz Abdullah besteigt Königsthron von Sidon.*

»Du denkst schon wieder an diesen schwarzen Bastard, oder?« fragte Robert und starrte sie an. Sie waren jetzt drei Jahre verheiratet, und nichts als Haß war geblieben.

»Würdest du mich bitte in Ruhe weiterlesen lassen?« sagte Pagan kühl, ohne aufzublicken.

Robert riß ihr die Bettdecke weg, stürzte sich auf sie und griff nach ihren Brüsten. Sie versuchte sich zu wehren, doch er war zu stark für sie. Er zerfetzte ihr Nachthemd aus topasfarbener Seide und vergewaltigte sie.

Kaum hatte er das Haus verlassen, ging sie ins Badezimmer, wusch sich und rief den Flughafen an. Sie fuhr mit dem hellblauen Rolls zum Flughafen, ließ ihn dort stehen und nahm die nächste Maschine nach London.

Bei ihrer Ankunft auf Trelawney fand sie ein Telegramm von Robert vor.

BEABSICHTIGE SOFORT SCHEIDUNG EINZULEITEN STOP GRUND BÖSWILLIGES VERLASSEN STOP AUFGRUND DEINES ENTEHRENDEN BENEHMENS KEINE ALIMENTE STOP BITTE ZUR KENNTNIS NEHMEN

ROBERT SALTER

Pagan war fasziniert von der Veränderung, die mit ihrer Mutter vorgegangen war. Mrs. Trelawney trug eine frisch gestärkte weiße Uniform, nannte sich Ausführende Direktorin und Diätberaterin und sprach stets leise und beruhigend, selbst wenn niemand anderer zugegen war. Sie trug kein Make-up mehr, hatte eine große, schildpattgerahmte

Brille an einer Kette um den Hals hängen und trainierte Yoga.
Pagan stellte fest, daß das Leben auf Trelawney ihr nicht mehr gefiel, seit lauter Fremde in Nachthemden durch die überhitzten Korridore schlurften oder im Gewächshaus dünnen Tee zu sich nahmen. Sie beschloß, in das leerstehende Cottage eines Wildhüters etwa eine Meile vom Haupthaus entfernt zu ziehen. Es lag auf einer Lichtung mitten im Wald und war umgeben von goldgelben Azaleenbüschen. Mrs. Trelawney hatte beabsichtigt, die Hütte in eine weitere Luxussuite zu verwandeln, aber als sie Pagan mit den Worten »Unmöglich, Darling, leider« daran hindern wollte, das Cottage zu beziehen, blickte Pagan sie nur kühl an und erwiderte: »Bitte vergiß nicht, Darling, daß Trelawney *mir* gehört.«
Mehr und mehr hatte sie das Gefühl, ein Versager zu sein. Sie war von Verbitterung und Furcht erfüllt. Wann hatte alles angefangen, so schiefzugehen? Hätte jemand anderer Robert glücklich machen können? Hätte sie sich mehr Mühe geben sollen? Immer und immer wieder überdachte sie die letzten drei Jahre, aber mit der Zeit kosteten diese Gedankenspiele sie mehr Energie, als sie aufbringen konnte, und sie führten zu nichts. Besser, man hielt sich an Wodka, da wußte man wenigstens, was man hatte.
Eines Morgens ging Mrs. Trelawney zum Cottage hinüber und fand Pagan auf dem Küchenboden sitzend vor, am Körper nichts als ein Paar Gummistiefel und eine alte Reithose. Sie aß gebackene Bohnen in Wodka eingelegt aus dem Freßnapf des Hundes und war so betrunken, daß sie kaum den Löffel halten konnte. Als ihre Mutter eintrat, warf sie ihr den Löffel gegen die Brust.
»Pagan! Reiß dich zusammen!«
»Das sagen die Leute immer nur, wenn es unmöglich ist.«
Mrs. Trelawney schlug Pagan vor, sich einen Termin beim

Hausarzt der Klinik geben zu lassen, damit er ihr bei ihrem Alkoholproblem helfen könne.
»Es ist ein bißchen spät, plötzlich dein Herz für *mich* zu entdecken«, schrie Pagan.

Nach zwei Monaten in England waren die hundertfünfundsechzig Pfund, mit denen Pagan das Land betreten hatte, auf siebzehn Shilling und vier Pence zusammengeschrumpft. Da sie ganz ohne Geld nicht leben konnte, beschloß sie, sich mit ihrer Mutter über dieses Thema zu unterhalten. Sie wartete bis zum Abend, ehe sie nach Trelawney hinübermarschierte: nach sechs Uhr abends hatte ihre Mutter keinen Anlaß, sie wieder dieses scharfe, bedeutungsvolle Schnüffeln hören zu lassen.
Mrs. Trelawney saß in ihrem Büro am Schreibtisch und studierte Diätkarten. »Nur noch fünf Minuten, Darling«, sagte sie und warf Pagan einen Blick über ihre Schildpattbrille zu. »Bedien dich doch inzwischen . . .« Aber Pagan hatte sich schon einen Gin Tonic eingeschenkt.
»Darling, hast du denn gar keine *Kleider*?« fragte Mrs. Trelawney dann. »Seit du wieder hier bist, habe ich dich die ganze Zeit nur in Gummistiefeln und Jeans gesehen.«
»Das ist so bequem nach Kairo, Ma. Kleider zu tragen war dort praktisch eine Karriere für sich. Alle naselang mußte man sich umziehen, schrecklich lästig. Davon abgesehen fehlt mir das Geld für Kleider, und genau darüber möchte ich mit dir reden.«
»Du meinst, du erwartest von *mir*, daß ich dich unterstütze?«
»Ich wüßte nicht, wer mich sonst unterstützen sollte, zumindest im Moment.«
»Schade, daß du dir das nicht überlegt hast, bevor du deinen Mann verlassen hast.«
»Ma, möchtest du wirklich wissen, warum ich Robert so plötzlich verlassen habe?«

»Das ist eine persönliche Angelegenheit, die nur Robert und dich betrifft.«
»Willst du es wissen?«
»Nein.«
Mrs. Trelawney wollte nicht mit hineingezogen werden. Das hatte sie noch nie gewollt.
»Aber von irgend etwas muß ich leben, und mein einziger Aktivposten ist Trelawney.«
»Das brauchst du mir nicht immer wieder aufs Brot zu schmieren, Darling.«
»Wie du meinst. Wie ist also die wirtschaftliche Lage des Anwesens im Augenblick genau – oder willst du, daß ich den Sachwalter bei St. Austell frage?«
»Wenn du willst, kannst du das gern tun, aber ich kann es dir auch selber sagen. Als deine Bevollmächtigte habe ich Trelawney auf fünfzig Jahre an die Gesundheitsklinik vermietet, und zwar für einen Betrag, der sich mit den Zinsen deckt, die wir jährlich für die Schulden deines Großvaters bezahlen müssen. Ich habe das bereits den Anwälten deines Mannes erklärt, die mir noch Monate nach deiner Heirat nicht von der Pelle gerückt sind.«
»Wie bitte? Könntest du das noch einmal wiederholen?«
Endlich fiel es Pagan wie Schuppen von den Augen – warum Robert sie hatte heiraten wollen und warum er plötzlich das Interesse an ihr verloren hatte. Sie riß sich aber sofort wieder zusammen und fragte: »Soll das heißen, daß ich mit achtundsechzig immer noch Großvaters Schulden am Hals haben werde, obwohl du ein halbes Jahrhundert lang den Profit eingestrichen hast? Was ist denn, wenn du morgen sterben solltest?«
»Du würdest das Anwesen in vollkommenem Zustand zurückerhalten, was seinen Wert beträchtlich erhöhen würde.«
»Klingt nicht gerade so, als wäre das ein Bonus sondergleichen. Großvater hat sich immer darum gekümmert, daß es in vollkommenem Zustand war.«

»Ich wünschte, du würdest nicht so laut sprechen, die Patienten könnten es hören. Um ganz offen zu sein, habe ich mit den anderen Mitgliedern des Direktoriums bereits die Möglichkeit erörtert, dir ein kleines Taschengeld zukommen zu lassen.«
»Wer sind diese anderen Mitglieder des Direktoriums?«
»Die Hausverwalterin und unser Buchhalter.«
»Und was haben sie gesagt?«
»Mr. Hillshaw war der Meinung, drei Pfund pro Woche könnten wir gerade noch erübrigen.«
»Vier. Und die laufenden Kosten für die Erhaltung des Cottage.«
»Die laufenden Kosten mit Sicherheit *nicht.*«
»Dann gehe ich morgen nach St. Austell.«
»Oh, na gut. Aber nicht die Telefonrechnungen.«
»Keine Telefonrechnungen.«

26

Die beiden Männer in der Helikopterkuppel schwitzten. Dreihundert Meter unter ihnen schwebte ihr eigener Schatten über die zerklüftete Wüste von Südsidon. Aus dieser Höhe konnte man die grüne Ebene im Norden sehen, zerteilt vom glitzernden Band eines Flusses, der in den mächtigen Bergen im Osten seinen Ursprung hatte und dem Roten Meer zuströmte. Sie flogen nach Süden, fort von der Hauptstadt Semira mit ihren schneeweißen Dächern und dem engen Gassengewirr des Suk.
Innerhalb von zehn Minuten erblickten sie ein flaches Zelt aus schwarzem Ziegenfell und eine kleine Gruppe angepflockter Kamele. Der Helikopter landete ungefähr hundert Meter von ihnen entfernt, um die Tiere so wenig wie möglich zu erschrecken. Drei junge Offiziere liefen auf die

Maschine zu und nahmen in sicherer Entfernung von den mächtigen Rotoren Habachtstellung ein. Suliman wartete, bis die Rotoren zum Stillstand gekommen waren, dann sprang er aus der Kuppel.

»Salam Alaikum.«

»Alaikum a Salam.«

Nach der traditionellen Begrüßung verbeugten sich die Offiziere vor ihrem König, der erst jetzt den Hubschrauber verließ. Rasch betrat Abdullah das Zelt, setzte sich hin, kreuzte die Beine und bedeutete den anderen, es ihm gleichzutun. Es gab eine kurze Pause, bevor der übliche Austausch von Komplimenten und Ergebenheitsgesten stattfand. Suliman, der mit zweien der Offiziere aufgewachsen war, begrüßte sie mit einem Kopfnicken.

Einer von ihnen beugte sich vor und sagte: »Das Leben – Eurer Heiligen Majestät ist in Gefahr, König Abdullah. Einem von uns ist von einem Vorgesetzten eine Beförderung in Aussicht gestellt worden, wenn er ihm in den nächsten Tagen völligen Gehorsam gelobte, ohne Fragen zu stellen.«

Er hielt kurz inne und blickte die beiden anderen Offiziere an, als wollte er sich ihrer Unterstützung versichern. »Darüber hinaus wissen wir, daß einigen Teilen der Armee wahre Vermögen an Bestechungsgeldern angeboten worden sind.« Die anderen Offiziere nickten.

»Und wir haben in Erfahrung gebracht, daß in Kürze das erste Regiment in Marsch gesetzt werden soll, angeblich im Rahmen einer geheimen Nachtübung.« Wieder hielt er kurz inne und blickte die beiden anderen Offiziere an, ehe er fortfuhr: »Euer Majestät, wir fürchten, daß wir den Befehl erhalten werden, die Hauptstadt zu umzingeln und alle Zugänge abzuriegeln. Wenn das geschieht, wird in der anschließenden Verwirrung in Sidon entweder ein Bürgerkrieg ausbrechen, oder eine ausländische Macht, wie die Saudis, diese Hundesöhne, könnte versuchen, die Kontrol-

le über Semira, die Rundfunkstation und damit das ganze Land zu erringen.«
Er holte tief Luft. »Wir haben den Verdacht, daß die gesamte Armee auf allen Ebenen mit Verrätern durchsetzt ist. Wir zweifeln sogar an der Loyalität derer, die uns befehligen, und wir möchten unsere Befehle ausschließlich aus dem Munde Eurer Majestät erhalten.«
Abgesehen von dem scharfen Wüstenwind herrschte vollkommene Stille, während alle vier Anwesenden auf Abdullahs Reaktion warteten. Im Bewußtsein der Gefahr, die diese drei Männer auf sich genommen hatten, als sie mit der Bitte um ein Treffen zu Suliman gekommen waren, hob der König den Kopf. Mit fester Stimme sagte er: »Vergeßt nicht, meine Brüder, daß Allah mich zu eurem Führer ernannt hat, und Allah wird dafür sorgen, daß mir nichts geschieht. Ihr alle habt mir gegenüber einen Eid abgelegt, als ich den Königsthron von Sidon bestiegen habe. Und ihr werdet es sein, denen der Beifall der ganzen Nation sicher ist, wenn ich ihr eure Treue offenbaren werde. Die Gerechtigkeit ist auf unserer Seite! Wir müssen rasch und entschlossen handeln, um ihr zum Sieg zu verhelfen und unser Land vor dieser Bedrohung zu retten!«
Abdullah schwieg, und alle Anwesenden beeilten sich, ihm ihre Loyalität auszudrücken. Im Anschluß daran entwickelten die Männer einen Plan, wie sie der Gefahr begegnen und die Verräter überführen konnten. Abdullah beschloß, daß die drei Offiziere jedes Angebot akzeptieren sollten, das ihnen von den Verschwörern gemacht wurde, um sich dann sofort an Suliman zu wenden und ihn darüber zu informieren.
Eine Viertelstunde später beendete der König das Geheimtreffen.

Am Nachmittag des nächsten Tages erhielt Suliman einen Anruf. Im Morgengrauen sollte eine Panzerwageneinheit

die Garnison verlassen und gegen den Dinada-Palast vorrücken, um den König zu ermorden.
Abdullah handelte sofort. Er verließ den Palast und begab sich zu den beiden mit sorgfältigst ausgesuchten Soldaten und Offizieren besetzten Panzerwagen, die er zu seiner persönlichen Verfügung gehalten hatte. »Zur Garnison!« kommandierte er.
Die Männer waren gespannt und schweigsam. Einer nach dem anderen klappten die Sicherungshebel an ihren Waffen zurück. Langsam suchten sich die Panzerwagen ihren Weg durch die verwinkelten, unbeleuchteten Straßen, die zu den Nordtoren führten: massiven, eisenbeschlagenen Holzflügeln von fast vier Metern Höhe, eingelassen in die zwei Meter dicken Steinmauern, die die Altstadt umgaben.
Ein Wachposten trat aus dem Schatten der Mauer und hob seine Maschinenpistole.
Der Offizier im ersten Wagen lehnte sich heraus und rief: »Öffne das Tor, um deinen König passieren zu lassen.«
»Wir haben den Befehl, heute nacht niemandem das Tor zu öffnen«, antwortete der Wachposten unsicher.
»Soldat!« befahl Abdullah. »Tritt näher, damit du sehen kannst, daß ich es bin, dein König, für den du die Tore öffnen sollst.«
Langsam bewegte sich der Wachposten vorwärts und warf einen Blick in den gepanzerten Wagen. Als er Abdullah erkannte, nahm er sofort Haltung an. Der König nickte mit teilnahmslosem Gesicht. Der Soldat rannte los, um die Torflügel zu entriegeln. Gleichzeitig übermittelte er dem Wachposten auf der anderen Seite den Befehl des Königs.
Nachdem sie die mächtigen Torflügel aufgezogen und an Eisenringen in den Mauern verankert hatten, wurden sie durch zwei von Abdullahs Männern ersetzt und in den zweiten Wagen verfrachtet. Die beiden Wagen rumpelten durch das Tor, in Richtung auf die Garnison von Semira.
Es begann gerade hell zu werden, als die beiden Fahrzeuge

durch den Haupteingang des von einer niedrigen Backsteinmauer umgebenen Kasernengeländes rasten. Schon rollten die ersten Lastwagen, voll beladen mit Soldaten, vom Innenhof der Garnison auf das große Tor mit seinen drei Bögen zu. Abdullahs Fahrzeuge kamen schleudernd zum Stillstand. Die Türen flogen auf, und die Insassen der Wagen sprangen heraus, die Maschinenpistolen im Anschlag. Nur Abdullah selber und einer der Fahrer blieben im Inneren des ersten Wagens. Die beiden Offiziere marschierten auf die überraschten Wachposten zu und stoppten die Lastwagenkolonne, damit Abdullahs Fahrzeug in den Innenhof gelangen konnte.

Der Wagen hielt in der Mitte des Hofs, und Abdullahs Eskorte bildete einen Ring um das Fahrzeug, während der König auf das Dach kletterte. Angetan mit dem eindrucksvollen scharlachroten *kaffiyeh* der Palastwache, verkündete er, daß er, der rechtmäßige König von Sidon, gekommen sei, um seine Männer gegen alle Verräter und Feinde der Nation zu führen. Mit einem Jubelschrei stürmten die Soldaten auf den gepanzerten Wagen zu und umlagerten ihn. Krummsäbel wurden geschwenkt, während die Freudenschreie sich durch die ganze Garnison fortpflanzten. Es dauerte fast fünf Minuten, bis Abdullah mit seiner Rede fortfahren konnte.

»Jeder Soldat folgt nur meinen Befehlen, die allein von mir und nicht durch Offiziere vermittelt werden. Niemand verläßt die Kaserne, bevor nicht alle Offiziere verhaftet sind, die sich gegen unser Volk stellen wollten! Hiermit erkläre ich den nationalen Notstand. Bis zu seiner Aufhebung wird das Land ausschließlich von der Armee unter meiner persönlichen Führung kontrolliert.«

Nach einer kurzen Pause, in der neuerlich jubelnde Zustimmung laut wurde, fuhr Abdullah fort: »Das Parlament wird aufgelöst, und die Verfassung ist außer Kraft gesetzt, bis in unserem Land wieder Recht und Ordnung herrschen. Alle politischen Zusammenkünfte sind bis auf weiteres untersagt, und von diesem Moment an tritt im ganzen Land eine Ausgangssperre in Kraft, die sich von Sonnenuntergang bis Sonnenaufgang erstreckt. Darüber hinaus wird ein Verbot für alle politischen Sendungen im Radio erlassen. Menschenaufläufe – gleich, ob friedlich oder feindselig – werden umgehend von berittenen Truppen mit Tränengas zersprengt, und jeder, der Barrikaden errichtet oder meine Truppen von den Dächern aus mit Steinen bewirft, wird auf der Stelle erschossen.«

Diesmal nahm der Jubel fast kein Ende mehr, während die Sonne ihre ersten Strahlen auf die Schultern des Königs von Sidon schickte.

Die beiden Männer standen auf der Dachterrasse des Königspalastes und blickten auf die weißen Dächer von Semira hinab. Die Sonne, ein blutroter Ball, versank langsam hinter dem Horizont. Über der schwarzen Tafel des Meeres funkelten Streifen von Gelb und Orange am kobaltblauen Himmel. Suliman riskierte ein respektvolles Grinsen. »Das hat geklappt, Sire.«

»Ja«, erwiderte Abdullah, »Allah hat uns geholfen. Wir haben alle Verräter in der Armee und im Parlament dingfest gemacht. Kümmere dich bitte darum, daß der ehemalige Premierminister und der Oberkommandierende der Armee in drei Tagen hingerichtet werden, genauso die anderen Konspirateure aus der Regierung, die sich noch nicht nach Syrien abgesetzt haben.«

»Eine vernünftige Vorsichtsmaßnahme, Sire.«

Abdullah sah zu, wie die Sonne ganz verschwand und die Farben des Himmels verblaßten. Er kam zu einem Entschluß. »Da fällt mir ein, würdest du bitte El Gawali so schnell wie möglich hierher einladen! Er soll die Vorbereitungen für die Hochzeit treffen. Ich kann das nicht länger vor mir herschieben. Ich brauche Söhne.«

27

Himmel, was für ein Lärm! Sie dachte gar nicht daran, die Tür zu öffnen! . . .
Pagan beschloß, einfach nicht auf das Klopfen zu hören, dann würde der ungebetene Gast, wer immer es war, schon aufgeben und verschwinden. Sie wollte gerade ihren Kopf unter das Kissen schieben und sich die Ohren zuhalten, als sie eine weibliche Stimme »Happy birthday to you! Happy birthday to you!« singen hörte. Der Türklopfer wurde im Rhythmus des Liedes betätigt. *Himmel,* ihr Kopf . . . nein, wirklich . . . Konnte das *Kates* Stimme sein?
Pagan öffnete die Augen, setzte sich auf, schloß die Augen wieder, kroch aus dem Bett, öffnete die Augen zum zweitenmal, hob ihren Morgenrock vom Boden auf, versuchte ihn anzuziehen, konnte die Ärmel nicht finden, ließ ihn wieder fallen, hüllte sich in das Bettlaken und tastete sich dann vorsichtig die Treppe hinunter, um die Tür zu öffnen. Hinter einem Strauß goldgelber Narzissen erblickte sie Kates lachendes Gesicht.
Als Kate Pagans rotgeränderte Augen, das aufgedunsene Gesicht und die zottigen Haare sah, hörte sie auf zu lächeln. Sie stürzte vorwärts und umarmte Pagan, so heftig sie konnte.
»Komm schnell herein, es ist kalt. Warum hast du ›Happy birthday‹ gesungen?«
»Weil du bald Geburtstag hast.«
»Ja?« fragte Pagan zerstreut. Ihr Atem roch fürchterlich. »Haben wir schon den siebenundzwanzigsten? Du meine Güte, ich werde schon dreißig . . . glaube ich wenigstens. Wenn wir jetzt 1962 haben, dann werde ich dreißig.« Sie führte Kate durch den steingepflasterten Korridor ins Wohnzimmer. »Das heißt, ich lebe wirklich schon acht Jahre hier unten. Dabei kommt's mir so vor, als wäre ich erst

gestern eingezogen . . . Danke, ich stelle sie schnell in eine Vase . . . Woher wußtest du, daß ich hier wohne?«
Sie war sich nicht sicher, ob sie Kate überhaupt sehen wollte.
Mißtrauisch beäugte Kate das mit Hundehaaren bedeckte Sofa und nahm auf einem der hölzernen Windsorstühle Platz. »Ich habe Philippa letzte Woche getroffen. Erinnerst du dich noch an sie? Eine große, rechthaberische Frau mit rotem Kraushaar. Wir haben in Kairo immer Bridge mit ihr gespielt. Sie hat mir von deiner Scheidung erzählt, und ich habe sofort deine Mutter angerufen.«
Jahrelang hatte Kate Pagan nicht verziehen, daß sie ihr ihren Verlobten abspenstig gemacht hatte. Aber Philippa hatte Kate von dem Klatsch erzählt, der überall in der Gesellschaft Kairos kursierte – der byzantinischen Intrige, mittels derer Robert die beiden Freundinnen getrennt hatte. Robert hatte sie hereingelegt, nicht Pagan. Jetzt, da Kate glücklich verheiratet war, hatte sie sofort mit Bedauern und Schuldgefühlen auf die plötzliche Erkenntnis reagiert, daß sie von Robert um eine ihrer besten Schulfreundinnen gebracht worden war.
»Ich habe Philippa vor ungefähr einer Woche getroffen und bin so schnell wie möglich hergekommen, Darling. Ich dachte, ich bereite dir eine Überraschung. Du hast ganz recht daran getan, dich von Robert scheiden zu lassen. Der Kerl war wirklich preisgekrönte Scheiße.«
»Das hättest du mir auch vorher sagen können.«
Einen Moment lang herrschte unbehagliches Schweigen, dann brach Kate plötzlich in Tränen aus. »Ich ertrage es nicht, dich in einem solchen Zustand zu sehen.«
»Jetzt fang du nicht auch noch an«, sagte Pagan. »Mir geht's blendend . . . Ich fange nicht dauernd zu heulen an wie du und Maxine . . . Kannst du dich noch erinnern? Entweder Kichern oder Schluchzen. Ich frage mich wirklich, warum Frauen immer soviel heulen müs-

sen ... Ich schaue mal nach, ob ich irgendwo Tee finden kann.«

Sie ging in die Küche, nahm rasch einen großen Schluck aus der Wodkaflasche und kehrte schließlich mit einem Tablett, auf dem ein paar altbackene Lebkuchenplätzchen, ein Glas Marmelade und zwei verschiedenfarbige Porzellantassen standen, ins Wohnzimmer zurück.

Zehn Minuten lang unterhielten sie sich über dies und das, bis Kate sanft fragte: »Warum hast du dich eigentlich hier vergraben, Pagan? Warum weiß keiner deiner alten Freunde in London, wo du wohnst?«

»Weil ich es ihnen nicht gesagt habe ... Ich wollte nach dieser Drei-Partys-pro-Nacht-Zeit in Kairo einfach niemand sehen.« Sie lächelte traurig. »Ich habe mich so geschämt, und Mama ganz offensichtlich auch ... Schließlich ist niemand sonst aus meinem Jahrgang geschieden.« Sie schenkte Tee aus einer blauen Blechkanne ein. »Alles, was ich wollte, war ein sicheres Versteck ... Ein paar Leute haben sich mit Mama in Verbindung gesetzt oder mir geschrieben, daß sie mich gern besuchen kämen, aber ich habe die Briefe nie beantwortet. Ich wußte einfach nicht, wie ich reagieren würde, wenn ich jemand von früher wiedersehe.« Sie seufzte. »Von außen wirkte ich ganz normal, aber innendrin habe ich die ganze Zeit nur vibriert. Sobald jemand ein freundliches Wort zu mir sagte, hätte ich mich am liebsten in seine Arme geworfen und zu weinen angefangen. Idiotisch, nicht wahr? Ich hatte ständig einen Knoten im Hals und konnte nicht antworten, also bin ich den Leuten aus dem Weg gegangen, um nicht reden zu müssen. Manchmal habe ich mit den Leuten im Dorf gesprochen, aber nur, wenn es sich gar nicht vermeiden ließ. Nicht einmal der Briefträger hat mich je zu Gesicht bekommen, weil ich mich immer oben im ersten Stock versteckt habe, sobald seine Fahrradklingel zu hören war.« Mit zitternder Hand goß sie sich Milch in ihre Tasse.

Kate war bestürzt über die Veränderung in Pagan. Wie hatte es geschehen können, daß dieses lebensfrohe, vor Selbstvertrauen berstende Wesen zu einem derart verwirrten, nervösen Wrack geworden war? Selbst ihre Sprache war weitschweifig und unzusammenhängend.
»Ja, siehst du denn *niemand*?« fragte sie.
Pagan zuckte die Schultern. »Ich bin so eine Art Einsiedler geworden. Aber nun zu dir, Kate. Wie ist es dir in den letzten zehn Jahren ergangen?«
Kate nippte an ihrem Tee. »Robert hatte mir das Herz gebrochen«, sagte sie, »obwohl das heute geradezu lächerlich klingt. Nachdem ich mich wieder etwas gefangen hatte, bin ich so ziemlich mit jedem ausgegangen, der mich gefragt hat. Die Losung hieß Partys, Partys, Partys, bis ich Toby traf. Es dauerte nicht lange, dann waren wir verheiratet, und seitdem führen wir ein weit ruhigeres Leben.« Sie trank einen weiteren Schluck Tee. »Aber laß uns heute abend nicht über mich reden. Warum machen wir nicht einen kleinen Spaziergang nach Trelawney? Das Wetter ist herrlich, und die Wiesen sind voller Glockenblumen.« Sie trank den Rest von ihrem lauwarmen Tee und stellte die Tasse ab.
»Bloß keine Hektik«, sagte Pagan und griff nach dem Tablett. »Wenn man lang genug wartet, den Wagen zu waschen, besorgt es der Regen. Altes arabisches Sprichwort.« Sie trug das Tablett in die Küche und ging zu der unter einem Kannenwärmer versteckten Wodkaflasche. Wer immer Kates Mann war, er konnte seiner Frau ganz offenbar Mary-Quant-Kostüme, Gucci-Schuhe und Hermès-Handtaschen schenken.

Am nächsten Morgen schickte Kate Pagan mit Buster, dem Schäferhund, auf einen langen Spaziergang, damit zwei rasch organisierte Putzfrauen in der Zwischenzeit das Cottage in Ordnung bringen konnten. Vier Stunden später war das Haus sauber und aufgeräumt. Dosen und Kartons mit Essen stapelten sich im Küchenregal, im Wohnzimmerkamin brannte ein Feuer, und Kate hatte sogar einen kleinen Korb mit bunten Wiesenblumen aufgestellt. Erschöpft saß sie auf der Couch und überlegte, was sie zum Mittagessen machen könnte, wenn Pagan zurückkam.

Aber Pagan war bereits zurück. Kate fand sie, als sie noch ein paar Scheite für das Kaminfeuer holen wollte. Sie lag schlafend auf dem Boden des Holzschuppens, neben sich zwei leere Guinnes-Flaschen, eine halbvolle Taschenflasche in der Hand. Entsetzt schüttelte Kate sie wach. »Um Himmels willen, Kleines, du wirst dir den Tod holen. Komm sofort herein, ich lasse dir ein warmes Bad ein.«

Sie half Pagan auf und stolperte gemeinsam mit ihr in die Küche. Pagan badete, dann trocknete Kate sie ab und steckte sie mit einer heißen Wärmflasche ins Bett. Sobald ihr Schützling schlief, machte Kate sich etwas zu essen. Sie war sehr besorgt und am Ende ihrer Kraft. Gegen sechs Uhr abends brachte sie Pagan eine Tasse schwarzen Kaffees nach oben ans Bett.

»Warum hast du dich betrunken?« fragte sie scharf. »Seit wann bist du Alkoholikerin?«

Pagan starrte sie finster an. Sie hatte Kopfschmerzen, und ihr war übel. Sie fühlte sich ausgelaugt und ohne jedes Interesse an irgend etwas. Nichtsdestoweniger spürte sie, daß sie am Scheideweg angelangt war; es hieß, jetzt oder nie. Sie hatte noch niemand gestanden, daß sie eine Säuferin war, nicht einmal sich selber. Aber jetzt tat sie es.

»Seit Kairo«, sagte sie schließlich. »Dort hat es angefangen. Ein paar Drinks waren das einzige, was diese endlosen Abende mit immer denselben aufgeblasenen Leuten etwas erträglicher machte. Und wenn ich trank, erschien mir die Tatsache etwas weniger widerlich, daß ich hinterher mit Robert nach Hause gehen mußte. Morgens begann Robert den Tag dann meistens mit einem Krach; sich zu streiten berei-

tete ihm Vergnügen, so wie andere Menschen sich an Tennis oder Canasta vergnügen. Was immer ich auch angestellt hatte, es lag daran, daß ich entweder faul oder nutzlos oder dumm oder meistens alles zusammen war. Er besaß eine ungeheure Überzeugungskraft.« Sie seufzte müde. »Im allgemeinen blieb ich im Bett, bis er ins Büro gegangen war . . . und dann betäubte ich mein Gedächtnis, indem ich einen ordentlichen Schuß Wodka in meinen Orangensaft gab.« Sie tastete nach Kates Hand. »Ich wollte nie wirklich betrunken werden, wenn ich einen Drink zu mir nahm. Auch jetzt noch nicht, ich habe nie das Gefühl, daß ich es *brauche,* ich sage mir nur ›Warum nicht?‹ Und dann trinke ich noch einen, dann nur noch einen ganz winzigen und noch einen, und noch einen, bis ich nicht mehr weiß, wie viele es waren.« Sie umklammerte Kates Hand. »In Kairo haben wir nie darüber gesprochen, aber ich wußte, daß Robert über meinen Alkoholkonsum informiert war. Aber er wollte nicht darüber sprechen, und ich weiß auch, warum. Er wollte sich nicht schuldig fühlen müssen deswegen.«
»Aber es ist acht Jahre her, daß du Robert verlassen hast.«
»Ja, und seit acht Jahren habe ich das Gefühl, unzulänglich zu sein, nicht mehr verloren. Nichts, gar nichts konnte noch vor mir liegen. Und dieses Gefühl wuchs und wuchs; es war, als liefe ich zu schnell bergab und könnte nicht mehr innehalten. Und ganz unten erwartete mich ein schwarzes Loch. Es wurde immer schlimmer.« Sie preßte Kates Hand so heftig, daß Kate zusammenzuckte. »Ich geriet in Panik, und deswegen habe ich getrunken. Ich brauchte einen Vorwand, um weiterzuleben. Aber beinahe hätte ich keine Vorwände und Entschuldigungen mehr gefunden. Immer wenn ich nachts aufwachte, hätte ich mich am liebsten umgebracht, aber wenn ich genug getrunken hatte, wachte ich nachts nicht auf. Das war doch auch etwas, also trank ich. Das Trinken löschte die Depressionen aus, und ich fühlte mich wieder wie ein echter Mensch, wie der Mensch, der ich im

Grunde bin oder wenigstens hätte sein können. Wenn ich betrunken war, kam ich mir nicht wie ein Versager vor.«

»Pagan, es muß doch jemand geben, der dir helfen kann. Gibt es denn *gar niemand*? Einen Doktor oder einen Pfarrer? Sie wissen doch alle, daß du eine Alko- ... daß du trinkst.«

»Niemand weiß es. Ich bin sehr vorsichtig. Ich vergrabe die Flaschen, wenn sie leer sind. Und im Dorf gebe ich immer sehr acht ... Ach, du hast recht, Kate wahrscheinlich habe ich in Wirklichkeit niemand täuschen können. Aber ich bin keine *Alkoholikerin*. Das darfst du nicht sagen. Alkoholiker sind heruntergekommene Tramps, die nachts in Toreingängen schlafen und fürchterlich stinken. Ich trinke *gern*. Das ist ein Unterschied.«

»Pagan, wie kannst du so dumm sein? Was für eine Rolle spielt es, wie du es nennst? Du ruinierst dein Leben. Kannst du nicht zu einem Arzt in London gehen?«

»Ich sage dir, was ich tun werde, Kate. Solange du hier bist, werde ich aufrichtig versuchen, *nicht* zu trinken. Und wenn ich lüge oder dich betrüge, sage ich es dir hinterher. Mehr als das kann ich dir nicht anbieten.«

Den Rest des Abends über war Pagan ruhelos und nervös, trank zahllose Tassen Tee und aß von Kates Käseomelette nur häppchenweise. Am nächsten Tag gingen sie nach Trelawney, wo Pagan sich massieren und maniküren ließ, einen Kosmetiker aufsuchte und sich die Haare schneiden und legen ließ. Am Abends begannen ihre Hände zu zittern, und nach der zweiten schlaflosen Nacht zitterte sie am ganzen Körper, und ihre Zähne klapperten. Kate dachte sich, daß Pagan schon schlafen würde, wenn ihr Körper wirklich Schlaf brauchte. Bis dahin spielte es keine Rolle, ob sie schlief oder nicht. Schließlich hatte sie ja keine dringenden Verabredungen.

Drei Tage lang hörte Pagan nicht auf zu zittern und war unfähig, zu schlafen. Sie konnte ohne Hilfe weder gehen noch

stehen. Auch in der vierten Nacht konnte sie noch nicht schlafen und mußte sich immer wieder übergeben, aber gegen Morgen fiel sie schließlich in einen tiefen Schlummer.
»Ich bin stolz auf dich«, sagte Kate leise und brachte Pagan das Frühstück ans Bett. Sie tunkte Brotstreifen in ein weiches Ei und schob sie Pagan in den Mund.
»O Kate, ich auch, das kannst du mir glauben. Nein, nichts mehr, ich kann nicht mehr. Ich hätte nie gedacht, daß es so schrecklich sein würde, aufzuhören. Ich hatte ja keine Ahnung, daß ich so abhängig von dem verdammten Zeug war.«
Kate machte sich Sorgen, daß Pagan wieder zu trinken anfangen würde, wenn sie allein war. Pagan zeigte sich weniger besorgt. »Weißt du, Kate, es ist das erstemal, daß ich aufhören *will.* Es ist die einzige Alternative, die mir noch bleibt.«
»Ich werde dich jeden Tag anrufen, wenn ich wieder in London bin«, versprach Kate. »Und du mußt mich anrufen, sobald du wieder in Panik gerätst. Du brauchst keine Angst zu haben und dich auch nicht zu schämen . . . Ich meine, falls du es nicht schaffst.«
»Nein, ich habe dir ja schon gesagt, wenn ich dich belüge, werde ich es dir hinterher beichten«, sagte Pagan.
Obwohl sie nicht wirklich überzeugt war, daß Pagan es geschafft hatte, konnte Kate ihre Abreise nicht länger aufschieben. Sobald sie in London war, rief sie bei den Anonymen Alkoholikern an, erhielt aber nur die Auskunft, daß sie erst tätig werden könnten, wenn Pagan sich freiwillig bei ihnen meldete.

28

Obwohl Pagan sich noch immer erschöpft und am Ende ihrer Kraft fühlte, hellte der jetzt fast komfortabel zu nennende Zustand ihres Hauses ihre trübe Stimmung auf. Zweimal in der Woche kam eine Mrs. Hocken zum Saubermachen. Pagan begann, den Garten in Ordnung zu bringen, denn sie wollte sich mit irgend etwas beschäftigen und dabei möglichst wenig im Haus sein. Jeden Morgen unternahm sie einen langen Spaziergang, bis sie sich stark genug fühlte, um wieder zu reiten. Eingehüllt in ihren knöchellangen Persianer, den Abdullah ihr in Gstaad geschenkt hatte, marschierte sie mit Buster, ihrem Hund, zu einer von Wind und Wetter angegriffenen Bank oben auf den Klippen. Dort saß sie dann lange in der Sonne und lauschte dem Rauschen der Wellen tief unter ihr.

Aber eines Morgens, als ein heftiger Frühlingssturm den Aufstieg besonders beschwerlich machte, konnte sie schon von ferne sehen, daß jemand auf ihrer Bank saß. Im Näherkommen merkte sie, daß es sich um einen Mann handelte – eine schwarze Silhouette vor dem grauen Himmel.

Pagan legte das letzte Stück des steilen Weges zurück, murmelte ein schwaches »Guten Morgen« und setzte sich dann auf das äußerste Ende der Bank, wobei sie den Mantel zum Schutz gegen den rauhen Wind eng um sich raffte. Das Wasser war blaßgrau, wo es den Horizont berührte, und grau, wo es gegen die Klippen unter ihr schlug, aber der Rest der See war tiefschwarz.

»Kommen Sie oft hierher?« fragte ihr Nachbar freundlich.

»Ja«, sagte sie kurzangebunden. Mit immer stärkerer Macht warfen sich die Wellen gegen den Fuß der Klippen, und Pagan konnte die Erde unter ihren Füßen erzittern fühlen. Der graue Himmel wies inzwischen mehrere lavendel-

farbene Streifen auf, was auf einen bevorstehenden Sturm schließen ließ.
»Schöner Tag«, sagte der Fremde zehn Minuten später.
Sie blickte ihn an. »Ich habe heute Geburtstag.« Das war ihr einfach so rausgerutscht.
»Darf ich Ihnen gratulieren?«
»Nein.«
»Na gut, dann nehmen Sie wenigstens ein Pfefferminzbonbon.« Er holte eine Tüte aus der Tasche und bot ihr eins der klebrigen Bonbons an. Sie hatte den Mann noch nie gesehen. Er stammte nicht aus dem Dorf, und mit dieser Tüte Süßigkeiten konnte er auch nicht aus der Klinik sein. »Darf ich Ihnen zur Feier des Tages ein Glas Champagner anbieten?«
Ein langes Schweigen folgte. Dann fiel Pagan um.
»Sie meinen, Sie haben eine Flasche *hier*?«
»Nein, aber ich wohne unten im Dorf, im *Golden Lion.* Die müßten so was eigentlich haben. Wohnen Sie auch im Dorf?«
»Nicht ganz.« Pagan zögerte. Sie wollte ihm nicht sagen, daß er sich auf ihrem Grund befand.
Sie machten sich an den Abstieg und wanderten durch den Wald zum *Golden Lion.* »Guten Morgen, Miß Pagan«, sagte der Wirt. »Sie haben wir hier ja schon lange nicht mehr gesehen.«
Der niedrige leere Raum roch nach altem Bier und Zigarettenrauch. Hinter der Theke hing eine Reihe schimmernder Flaschen mit dem Hals nach unten. Im Keller gab es nur eine einzige Flasche Champagner. Er war alt und viel zu süß, aber als sie ihn auf der schlichten Eichenbank vor dem Feuer tranken, spürte Pagan nichts als die Erlösung, die plötzlich ihren Körper erfaßte.
Der Name des Fremden war Christopher Swann, und er wohnte im *Golden Lion*, um in Ruhe letzte Hand an ein Buch legen zu können, das er gerade schrieb. »Es ist nicht

gerade die Art von Buch, die man sich kauft, um ein Wochenende lang abschalten zu können. Ich bin Biochemiker und Virologe von Beruf, und das Buch ist ein Bericht über einige Experimente, mit denen ich mich beschäftigt habe. Zusammen mit ein paar anderen Wissenschaftlern arbeite ich an einem Impfstoff zur Krebsverhütung. Mein Laboratorium experimentiert mit Vakzinen gegen Hepatitis B, einen der Hauptverursacher von Leberkrebs.«

Nachdem Pagan ihr zweites Glas Champagner halb geleert und der faszinierenden Konversation des Fremden über eine Stunde lang zugehört hatte, kam sie auf die Idee, ihn zum Essen einzuladen. »Nichts Großartiges«, sagte sie in Gedanken an die einsame Dose mit Leberpastete in ihrem Küchenregal. »Wir treffen uns heute abend hier im Gasthof, und ich hole Sie ab.«

Plötzlich voller Energie und Hoffnung, verabschiedete sie sich und rannte zu Mrs. Hocken. »Liebste Mrs. Hocken, könnten Sie mir bitte, bitte helfen? Könnten Sie mir schon heute beim Saubermachen helfen statt am Freitag? Ich bekomme nämlich Besuch!«

Seitdem Kate abgereist war, hatte Pagan sich nichts mehr gekocht, und so ging sie zuerst einmal ins Dorf und kaufte dicke Kalbsschnitzel, Kartoffeln, Salat und frischen Käse. Außerdem erstand sie zwei Flaschen Wein.

Während ihr Besucher da war, riß sie sich mit aller Kraft zusammen; nie goß sie mehr als zwei Zentimeter Wein auf einmal in ihr Glas oder schenkte sich nach, bevor er sein Glas geleert hatte. Da er nicht nach mehr zu verlangen schien, ließ sie die zweite Flasche ganz geschlossen.

Aber sobald er gegangen war, leerte sie die zweite Flasche auf einen Sitz und wachte erst um vier Uhr morgens wieder auf, immer noch im Sessel hockend, durchgefroren und mit rasenden Kopfschmerzen. Sie brach in Tränen aus und schleuderte die Flasche in den Kamin, wo sie splitternd die noch warme Asche aufwirbelte.

Am nächsten Morgen litt sie unter schweren Selbstvorwürfen, aber ihr Kopf war klar. Während sie in der Badewanne lag, überlegte sie, was sie mit den Flaschen machen konnte, die sie hinten im Holzschuppen vor Kate versteckt hatte. Sie erwog, das ganze Zeug die Klippen hinunterzuwerfen. Oder es gleich im Schuppen auszutrinken.
Sie zog sich an, verstaute die Flaschen in ihrem Einkaufskorb, schleppte sie in den Wald und vergrub sie unter einem großen Farnbusch.
Christopher arbeitete am frühen Morgen und am Nachmittag. An den folgenden drei Morgen traf sie ihn immer zur gleichen Zeit bei der Bank auf den Klippen. Sie gingen zusammen spazieren und kletterten auf den Felsen am Fuß der Klippen herum. Gemeinsam wurden sie von der salzigen Gischt durchnäßt, flohen vor Wellen, die weiter über den Strand spülten, als sie erwartet hatten, und rutschten auf glitschigem Tang aus, ehe sie sich im *Golden Lion* bei Tee mit Rum aufwärmten.
Jeden Abend kam Christopher zum Essen in die Hütte, nachdem Pagan Mrs. Hocken mit Schmeicheleien, zahllosen Komplimenten und einem Bonus hier und da zu ihrer privaten Köchin erhoben hatte. Und jeden Abend brannte im Kamin ein helles Feuer, legte Pagan eine Schallplatte mit klassischer Musik auf, redeten sie bis spät in die Nacht. Obwohl sie nicht alles verstand, was Christopher über seine Arbeit erzählte, stellte sie zu ihrer Überraschung fest, daß sie fasziniert war. Einmal war sie von seinen Worten und dem Widerschein der Flammen auf seinem Gesicht so gefangengenommen, daß sie Mrs. Hockens Hüttenpasteten im Ofen vergaß und erst durch den Geruch nach Verbranntem aufgeschreckt wurde.
Pagan beschränkte sich stets auf ein Glas Wein, indem sie den Rest der Flasche so schnell wie möglich in Christophers Glas schenkte. »Sie wollen mich wohl betrunken

machen und dann meinen Zustand ausnützen«, scherzte er an ihrem vierten gemeinsamen Abend.
»Ich trinke nicht gern zuviel«, murmelte sie.

Am siebten Abend wurden Pagan und Christopher auf dem Weg zur Hütte im Wald von einem plötzlichen Regenschauer überrascht. Pagan fand, daß sie hinreißend aussah, wenn sie mit am Kopf klebendem Haar und großen Schritten durch den Regen ging. Es war ein alter Trick von ihr, ganz abgesehen davon, daß sie es wunderbar fand, bis auf die Knochen durchnäßt zu werden.
In der Küche zogen sie ihre nassen Schuhe und Strümpfe aus und hängten die durchweichten Tweedsakkos auf Bügel. Das Feuer im Wohnzimmer war erloschen, und Christopher bückte sich, um es wieder anzuzünden, während Pagan sich die kalten Hände rieb. »Die einzige Art, auf die ich mich je wieder aufwärmen kann, ist, ein Bad zu nehmen«, verkündete sie, stürmte die Treppe hinauf, ließ Wasser in die Wanne laufen und goß tollkühn viel zuviel Hyazinthenöl aus einer von Kates Flaschen hinein.
Duftender Dampf erfüllte das Badezimmer. »Wir brauchen einen Pfadfinder«, rief Christopher von unten herauf. »Ich kriege dieses Feuer einfach nicht in Gang.«
Pagan steckte ihren Kopf zur Tür hinaus. »Das Holz ist etwas feucht. Versuchen Sie's mit den Feueranzündern in der Kommode rechts vom Kamin.«
Sie hatte sich gerade in das wohltuend heiße Wasser sinken lassen, als er rief: »Die Schachtel ist leer.«
»In der Küche muß irgendwo eine neue Schachtel sein. Sie liegt auf dem . . . Mist, es fällt mir nicht mehr ein. Warten Sie eine Minute, ich komme runter.« Sie nahm ihre Badehaube ab, schlüpfte in ihren neuen gelben Bademantel, patschte die steile Treppe hinunter und fand die Schachtel unter der Spüle. »Wenn ich schon hier bin, kann

ich's auch gleich selber machen. Die Dinger sind manchmal etwas launisch.«
Sie kniete sich nieder, um die Feueranzünder unter die Holzscheite zu schieben, riß ein Zündholz an und beugte sich vor. Als sie das tat, glitt ihr Bademantel auseinander und enthüllte eine sanft geschwungene Brust. Christopher beugte sich ebenfalls vor und umschloß sie fest mit seiner Hand.
Einen Augenblick lang rührte Pagan sich nicht. Das Papier fing Feuer und ging in Flammen auf. Pagan wandte den Kopf, das halblange Haar noch immer naß, und der Bademantel glitt von ihren nackten Schultern. Dann war sein Mund auf ihren Lippen, und zusammen sanken sie auf den moosgrünen Teppich.
Christophers Hand streichelte ihre andere Brust, streifte den Bademantel ganz von ihrem Körper und schob seine eine Hand sanft zwischen ihre warmen Schenkel. Er erforschte ihren gesamten Körper mit seinen Lippen, bis sie sich ihm mit wollüstigen Lauten entgegenstreckte und ihn gierig in sich aufnahm.
Er drang vorsichtig in sie ein, und sie gab leise Seufzer des Entzückens von sich, als ihre Körper sich in harten, rhythmischen Stößen zu bewegen begannen. Seine Finger spielten mit ihren steil aufgerichteten Brustwarzen, und sie glaubte zu explodieren, als sie sich seiner Kraft bedingungslos hingab.
Hinterher lagen sie beieinander auf dem Teppich. Keiner wollte vom Körper des anderen lassen. Endlich murmelte Christopher: »Das Feuer ist schon wieder ausgegangen. Wie wär's mit einem Bad?« Sie ließen den feuchten Bademantel und seine Kleidungsstücke auf dem Wohnzimmerteppich verstreut zurück und stiegen langsam die enge Treppe hinauf. Er hob sie in die Badewanne und seifte sie ein. Seine Hände glitten über ihren Körper, verteilten die Seife und erforschten jeden Zentimeter ihrer Haut. Dann

griff er nach der Handdusche, die über dem Wasserhahn hing, und liebkoste sie von oben bis unten mit dem warmen Wasserstrahl. Es war ein Gefühl, als erwachte sie wieder zum Leben.

Christopher stieg ebenfalls in die Wanne. Eng umschlungen wiegten sie sich in dem warmen, duftenden Wasser. Dann lehnte er sich zurück, und Pagan setzte sich auf sein erigiertes Glied, während seine Hände ihre Pobacken fest umschlossen. Sie konnte ihn in ihrem Innern wachsen fühlen, als er mit aller Kraft in sie hineinpumpte. Keuchend gab sie sich den Bewegungen hin und spürte, wie er sich in sie ergoß, was sie zu einem wilden Orgasmus führte. Er zog sie zu sich herunter, und das Wasser schwappte in einer großen Welle über den Badewannenrand und auf den Boden, während sie sich glücklich umarmten.

Er trocknete sie vor dem Schlafzimmerfeuer ab und schlang dabei begehrlich seine Arme um sie. Im zuckenden Schein der Flammen hob er sie auf das Bett und begann zum drittenmal, sie zu liebkosen. Zwei Stunden später kuschelten sie sich befriedigt aneinander und lagen still und schweigend im Dunkel des kleinen Zimmers.

29

Pagans Mutter traute ihren Ohren nicht. »Was soll das heißen? Du willst heiraten? *Aber wen denn?*« Sie betrachtete ihre strahlende Tochter, deren Gesicht leuchtete, wie nur körperliche Leidenschaft das Gesicht einer Frau aufleuchten läßt. Mrs. Trelawney war sogar noch erstaunter, als sie erfuhr, daß sie im Begriff stand, die Schwiegermutter von Sir Christopher Swann, dem bekannten Direktor des Angloamerikanischen Instituts für Krebsforschung, zu werden.

Kate war nicht so begeistert. »Willst du es ihm sagen oder

nicht?« fragte sie Pagan beim Essen in einem kleinen Restaurant in der Walton Street, wo sie sich am Nachmittag getroffen hatten.

»Noch nicht«, antwortete Pagan.

»Ist das fair?«

»Interessiert mich nicht.«

»Er ist so viel älter als du«, meinte Kate zweifelnd, »und er ist so groß und kahl, Pagan. Verdammt noch mal, er ist ein *alter Mann*! Wie kannst du einen alten Mann heiraten?«

»Darling, er ist neunundvierzig. Alt ist man mit neunzig. Er sagt, er sei schon mit dreißig kahl gewesen. So ein schimmernder, harter Schädel ist außerdem ziemlich sexy, weißt du.« Sie beugte sich vor. »Davon abgesehen ist er zwar groß, aber nicht fett. Ich meine, ich gebe dir mein Wort, Darling, ich habe ihn gesehen, wie die Natur ihn schuf. Da ist kein Gramm Fett, nur Muskeln. Du mußt doch zugeben, er sieht fast wie Peter Lawford aus, mal abgesehen von dem Haar, meine ich. Und findest du diesen amüsierten Blick in seinen Augen nicht auch hinreißend? Als könnte er deine intimsten Gedanken lesen! Ich kriege regelmäßig weiche Knie, wenn er mich so ansieht.«

»Ich merke schon, du bist tatsächlich in ihn verliebt«, sagte Kate. »Also spielt es wohl wirklich keine Rolle, was andere Leute in ihm sehen.«

Die Hochzeit fand in einer Kapelle aus dem 16. Jahrhundert statt. Außer den Brautleuten und dem Priester waren nur Kate und Mrs. Trelawney anwesend. Pagan trug ein Chanel-Kostüm aus rosa Wolle mit aufgesetzten Goldkettchen und vergoldeten Knöpfen, dazu eine marineblaue Bluse und einen marineblauen Strohhut auf ihrem mahagonischimmernden Haar sowie im Farbton dazu passende Schuhe. Sie sieht aus wie elektrisiert vor Glück, dachte Kate; als könnte sie kaum das Ende der Zeremonie erwarten, um wieder mit ihm ins Bett zu gehen. Voller Zuneigung und

Stolz beobachtete sie, wie Pagan am Arm ihres Mannes zu den Klängen von Mendelssohns Hochzeitsmarsch auf den Altar zuschritt. Gleich nach der Eheschließung flogen Pagan und Christopher nach New York. Kate hörte erst Mitte Oktober wieder von ihrer Freundin.

»Das war aber eine lange Hochzeitsreise.«

»Kate, etwas Schreckliches ist passiert. In der ersten Nacht in New York bin ich plötzlich aufgewacht, weil ich ein ersticktes Keuchen hörte. Als ich das Licht anmachte, sah ich Christopher auf dem Rücken liegen, das Gesicht purpurrot. Seine Augen traten hervor, und die Arme bewegten sich wie Dreschflegel. Ich bin sofort zum Telefon gestürzt, und der Notarzt war so schnell da, als gehörte er zum Zimmerservice. Er gab Christopher eine Spritze, so groß, als wäre sie für ein Pferd bestimmt, und dann haben sie Christopher mit einem Ambulanzwagen in ein Krankenhaus gebracht. Herzattacke! Er lag drei Monate lang im Hospital. Gott sei Dank haben wir eine gute Krankenversicherung.«

»Das ist ja furchtbar«, sagte Kate. »Wo bist du jetzt?«

»Ich bin in Christophers Wohnung – ich meine, unserer Wohnung. Kannst du nicht vorbeischauen, Darling? Wir sind gestern abend nach Hause gekommen, und ich habe gerade erst ausgepackt, aber ich bin so deprimiert. Christopher liegt im Bett, und ich muß die ganze Zeit die Fröhliche spielen. Absolut gräßlich, sage ich dir.«

Kate sagte eine bereits getroffene Verabredung ab und fuhr sofort zu Pagans neuer Adresse. Das Wohnzimmer des Appartements glich eigentlich eher einer Bibliothek, denn die avocadofarbenen Wände waren vom Boden bis zur Decke mit Büchern zugestellt. Es gab Perserteppiche, lederbezogene Sofas, Messinglampen mit blaugrünen Glasschirmen und ein großes Erkerfenster, das auf die Ulmen im Garten hinausging.

»Wie lange wird es dauern, bis es Christopher wieder bessergeht?« fragte Kate vorsichtig.

»Ich fürchte, diese Frage stellen sich die Ärzte erst mal gar nicht«, sagte Pagan düster und nahm einen Schluck aus einer großen Kaffeetasse. »Sie behandeln ein Herzversagen, indem sie die gestörte Balance des Blutkreislaufs zu korrigieren versuchen und dem Körper des Patienten alle unnötige Flüssigkeit entziehen.«
»Wie? Und was *heißt* das?« fragte Kate vollkommen verwirrt.
»Es heißt, das Christopher viel Ruhe braucht – geistig sowohl als auch körperlich. Er darf nicht lange arbeiten. Er muß Diät essen, weil Übergewicht das Gefäßsystem, vor allem in der Herzgegend, zu stark beansprucht. Er darf kein Salz zu sich nehmen, weil es Flüssigkeit an den Körper bindet, und er schluckt ununterbrochen harntreibende Pillen, damit er ordentlich pinkeln kann. Die Lokustür kommt den ganzen Tag über nicht zur Ruhe. Rauchen darf er natürlich auch nicht mehr. Am schlimmsten aber ist, daß er nicht mehr mit mir schlafen darf.«
»Für wie lange?«
»Für immer.«
»Mein Gott, das ist ja entsetzlich! Aber ich nehme an, er . . . er kann sich auf andere Weise um dich kümmern?«
»Nein, es könnte ihn zu sehr aufregen.«
»Das können die Ärzte doch nicht im Ernst von euch verlangen! Wie steht Christopher denn dazu?«
»Wie schon! Er will nicht sterben. Und ich will natürlich auch nicht, daß er stirbt.«
Kate begriff sofort, wie tief Pagans Depression sein mußte.
»Wenn er von dir abhängig ist, *mußt* du jetzt einfach aufhören zu trinken. Keinen Tropfen mehr, nicht einmal Bier aus einem Weißweinglas. Stell dir vor, er hätte eine neue Attakke, und du bist gerade sturzbesoffen.«
»Darüber habe ich auch schon nachgedacht«, sagte Pagan matt. »Ich weiß, daß ich aufhören muß, und ich weiß, daß es nicht leicht sein wird. Ich habe vor unserer Hochzeit ei-

nen Monat hier mit Christopher gewohnt, und ich kann dir gar nicht sagen, wie schnell ich wieder abhängig geworden bin. Ich habe versucht, gegen die Sucht anzukämpfen, aber es hat nur ein paar Tage gedauert, und ich zappelte wieder am Haken.« Sie seufzte tief. »Sobald Christopher in sein Labor gegangen war, habe ich den Wecker auf vier Uhr nachmittags gestellt und mich über den Kochsherry hergemacht, bis ich bewußtlos war oder mich übergeben mußte. Der Wecker hat mich dann wieder auf die Beine gebracht, so daß ich noch ein paar Stunden Zeit hatte, um mich mit einer kalten Dusche, ein paar Spritzern Eau de Cologne und einem halben Dutzend Aspirin wieder in Form zu bringen. Es war grauenhaft. Und komischerweise habe ich so was immer nur gemacht, wenn ich allein war, nie am Wochenende oder so. Da verschwinde ich zwar auch mal kurz in der Küche, um mir einen raschen Schluck zu genehmigen, aber irgendwie war das Verlangen an den Wochenenden nie so groß. Hör mal, kannst du mir die Adresse von den Anonymen Alkoholikern geben? Ich habe sie verloren.«

»Das hat doch überhaupt keinen Sinn, solange du nicht mit Christopher darüber redest. Willst du, daß ich es ihm sage?«

»Nein. Ich sage es ihm, sobald er über dem Berg ist.«

Nach ihrem ersten Besuch bei den Anonymen Alkoholikern erstattete Pagan Kate Bericht. »Es war nicht gerade sehr angenehm«, sagte sie. »Niemand hat mit mir gesprochen oder irgendwelche Fragen gestellt. Ich bin bloß dagesessen, habe zugeschaut und und zugehört. Aber eins habe ich gelernt – man muß jeden Tag aufs neue versuchen, nichts zu trinken. Und man wird *nie* geheilt. Wenn man einmal Alkoholiker ist, bleibt man immer Alkoholiker, genauso, wie ein Diabetiker immer noch ein Diabetiker ist, auch wenn er seine Krankheit mit Insulin unter Kontrolle hält.

Aber ich glaube, ich kann es schaffen. Ich habe wirklich den Eindruck, daß ich es schaffen kann! Man muß den Willen haben, verstehst du?«
»Sei nur nicht zu euphorisch, Pagan«, warnte Kate. »Ich mache mir Sorgen. Bitte, sprich erst mit Christopher, wenn du dich wieder etwas beruhigt hast. Sonst begreift er nicht, wie ernst die Sache ist.«
Aber Christopher begriff es. »Oh, das habe ich schon vermutet, bevor wir geheiratet haben«, sagte er. »Es war die einzige Erklärung dafür, daß dein Atem immer nach Mundwasser roch, wenn ich abends nach Hause kam, also habe ich die Flaschen markiert – nicht die im Wohnzimmerschrank, denn ich wußte, daß du zu klug wärst, um die zu nehmen. Ich habe das Zeug zum Kochen in der Küche markiert. Ich habe die ganze Zeit darauf gewartet, daß du es mir erzählst, damit ich dir helfen kann.«

Als er sich soweit erholt hatte, daß er wieder an seine Arbeit gehen konnte, nahm Christopher Pagan mit ins Labor, damit sie seine Partner kennenlernte. »Ich habe alle gebeten, ausschließlich einsilbige Wörter zu verwenden, wenn sie dir etwas erklären«, grinste er und gab ihr einen Kuß aufs Ohr, bevor sie aus dem Wagen stiegen.
Sie wurde im ganzen Laborgebäude herumgeführt wie eine Königin auf Besuch, aber was sie anging, hätten die Wissenschaftler genausogut Suaheli sprechen können. Sie betrachtete die Maschinen, die Computer und die Gestelle mit Reagenzgläsern, in denen Krebszellen in menschlichem Gewebe wuchsen, das zur Entwicklung des Impfstoffs gegen Krebs benutzt wurde. Schließlich bat sie einen der Labortechniker, am nächsten Sonntag mit ihr und ihrem Mann zu Mittag zu essen, weil sie wild entschlossen war, Christophers Arbeit zu verstehen, falls sie genügend Grips dazu besaß.
Auf der Heimfahrt sagte Christopher: »Wenn dich all das

wirklich interessiert, Pagan, warum hilfst du uns dann nicht, Geld aufzubringen? Ich glaube, dazu hättest du Talent.«

Pagan machte sich sofort an die Arbeit. Anfangs setzte der Gedanke, wildfremde Leute anrufen zu müssen, sie derart in Verlegenheit, daß sie sich im Schlafzimmer einschloß und schon beim Wählen der Nummer rot wurde. Aber ihre Erziehung und Intelligenz ermöglichten es ihr, sich gut auszudrücken und die Zuhörer mit interessanten Fakten zu fesseln. Sie war noch nie in ihrem Leben so motiviert gewesen, und nachdem sie wieder mit ihrem alten Bekanntenkreis Kontakt aufgenommen hatte, stellte sie fest, daß sie einige reiche Leute kannte und eine Menge anderer mit beträchtlichem Einfluß. Ein Kontakt führte zum nächsten. Sie begann mit einem Artikel in ihrer alten Schulzeitung, in dem sie um finanzielle Unterstützung und Hilfskräfte bat. Vier Tage schwitzte sie über diesem Artikel, und noch Wochen nach seinem Erscheinen dachte sie darüber nach, was sie anders hätte ausdrücken können, aber die Reaktion war positiv, und sie fand sich mit 42 Pfund Sterling und zwei Halbtagsassistentinnen wieder. Da die Arbeit des Forschungsteams nicht nur Geld kostete, sondern auch Aufmerksamkeit brauchte, ließ Pagan einen Pyramidenbrief vom Stapel: »Bitte schicken Sie mir zwei Pfund und geben Sie eine Kopie dieses Briefes an zwei Freunde weiter. Bitte unterbrechen Sie die Kette nicht – es hängen Menschenleben daran!« Diese Aktion erbrachte 4068 Pfund – viel mehr, als Pagan erwartet hatte.

Einige Monate später stand Pagan in einem Salon des *Savoy* und hoffte, daß ihr blaßgraues Samtkostüm mit Silberfuchsbesatz an den Ärmeln für das kalte Buffet, das sie für zwanzig einflußreiche Journalisten ausgerichtet hatte, nicht zu formell war. Es war ihr erster Presseempfang, und sie konnte ein leichtes Gefühl der Unruhe nicht verdrängen. Sie

wollte jedem einzelnen Journalisten die Information zukommen lassen, die ihn speziell interessierte, und sie nicht nur mit Grundsätzlichem für alle abspeisen. Sie hatte keine Fachjournalisten eingeladen, die über das Thema ohnehin schon informiert waren, sondern ausschließlich Vertreter der großen Zeitungen. Keiner der Anwesenden schrieb für weniger als eine Million Leser.
Zu ihrer großen Erleichterung waren die Frauen nicht besonders aggressiv. Die meisten schienen sich zu kennen und plauderten leise miteinander, bis Christopher zu sprechen begann. Dann zückten sie ihre Notizbücher und lauschten.
»Meine Frau hat mich inständig darum gebeten, in meinen Ausführungen nicht zu kompliziert zu werden«, begann Christopher. »Als ich ihr nämlich zum erstenmal zu erklären versuchte, worin meine Arbeit besteht, hat sie kein Wort davon begriffen. Ich hoffe, daß ich jetzt nicht übersimplifiziere – später bin ich dann gern bereit, so tief ins technische Detail zu gehen, wie Sie wünschen. Ich werde Ihnen jetzt zuerst einige Fakten geben, aber dann möchte ich möglichst schnell dazu übergehen, Ihre Fragen zu beantworten. Ich bin hier, um Ihnen von der Arbeit zu erzählen, die wir im Angloamerikanischen Institut für Krebsforschung leisten. Darüber hinaus möchte ich Sie bitten, daß Sie uns helfen, die nötigen Mittel aufzubringen, damit wir mit unserer Arbeit fortfahren können. Zur Zeit kann schon eins von drei Krebsopfern geheilt werden. Das Ziel unserer Arbeit ist es, diese Zahl weiter zu erhöhen.«
Sein kleines Publikum wirkte höflich interessiert, bis er am Ende seiner kurzen Rede verkündete: »In unserem Labor im Süden Londons haben wir die noch sehr rohe Basis für einen Impfstoff entwickelt, den ich jetzt einmal Vakzin X nennen will; es tut mir leid, wenn das wie eine Art Waschmittel klingt. Natürlich können wir noch nicht mit Sicherheit von einem Durchbruch sprechen, solange wir unsere Entdeckung nicht ausprobiert und immer wieder überprüft

haben, aber Vakzin X scheint die Abwehrkräfte des Körpers dazu zu stimulieren, daß sie den eindringenden Virus angreifen und vernichten und so die Bildung dieser bestimmten Krebszellen verhindern.«
Jetzt hatte Christopher die ungeteilte Aufmerksamkeit seiner Zuhörer. Eilig kritzelten die Kugelschreiber über die Seiten der Notizbücher.
»Bei einem noch nicht lange zurückliegenden Experiment haben wir zwei Gruppen von Mäusen genommen und einer der beiden Gruppen Vakzin X injiziert. Anschließend haben wir beiden Gruppen Tumorzellen eingeimpft, die dem in den Mäusen bereits vorhandenen Virus zugeordnet sind. Nach zwei Monaten waren die Tumoren in den mit Vakzin X behandelten Mäusen entweder gar nicht erst gewachsen oder sogar ganz verschwunden, während sie in den unbehandelten Tieren beträchtlich an Umfang gewonnen hatten.«
Kaum hatte Christopher geendet, überstürzten sich die Fragen. Immer wieder schossen Hände in die Höhe, wurden Notizbuchseiten umgeschlagen, wurden Christophers Antworten festgehalten. Das war ein Thema, mit dem die Journalisten etwas anzufangen wußten. Pagan hatte das Gefühl, daß sie mit ihrem Start zufrieden sein konnten.

Teil 6

30

Lili starrte sehnsüchtig auf die brennende Skyline von Atlanta, auf Vivien Leigh, wie sie einen Soldaten erschoß, dessen Gesicht das Wort Vergewaltigung in Großbuchstaben zur Schau trug, auf Olivia de Havilland in Krinolinen und auf all die anderen farbigen Bilder im Aushang des Kinos. Obwohl sie jetzt schon dreizehn war, hatte sie erst zwei Filme gesehen. Sie biß sich auf die Unterlippe und vergrub ihre Hände tiefer in den Taschen des Regenmantels, während sie verzweifelt überlegte, wie sie unbemerkt in das Kino gelangen könnte.

»Hast du den Film gesehen?«

Sie drehte sich um und erblickte einen jungen Mann, der sie angrinste. Er war blond, groß und mindestens schon vierundzwanzig.

»Nein«, antwortete sie, »aber sehen die Bilder nicht wundervoll aus? Hast du ihn schon gesehen?«

»Nein«, log er. »Hör mal, warum gehen wir nicht zusammen hinein. Ich bin ganz allein in Paris.«

Lili zögerte. Eigentlich hätte sie um diese Zeit nicht einmal auf den Champs-Élysées sein dürfen, aber Madame Sardeau besuchte wie jedes Jahr ihre Mutter in der Normandie, und Lili hatte einfach eine zusätzliche Mathestunde erfunden, um Monsieur Sardeau zu beruhigen, der ihre Abwesenheit allerdings sowieso nicht bemerken würde, weil er noch im Büro war. Monsieur Sardeau war ein lästiger kleiner Schulmeister, aber er hatte schon vor langer Zeit damit aufgehört, Lili zu belehren, zu korrigieren oder zu rügen –, genauer, sich überhaupt um sie zu kümmern –, denn die wohlgeformten Brüste des Mädchens und ihre schlaksigen, langen Beine erregten ihn derart, daß er gelegentlich fürchtete, seine Frau könnte seine körperlichen Reaktionen bemerken. Einmal hatte er Lilis Namen laut herausgekeucht, als er sich vorstellte, zwischen ihren schlanken, festen Schenkeln zu liegen, während er sich in Wirklichkeit auf dem knochigen Körper von Madame Sardeau wand und ihre schlaffen Brüste umklammerte. Es war ihm zwar gelungen, sie zu überzeugen, daß er nichts gesagt, sondern vor Vergnügen nur besonders laut gestöhnt hätte, aber er konnte sich zu Hause keinen Ärger leisten. Also mied er Lili, wann immer es möglich war.

Lili blickte zu dem jungen Mann auf. Er sah ein bißchen wie Leslie Howard auf den Fotos neben dem Kinoeingang aus, genauso durchscheinend und zart. Und er hatte einen ausländischen Akzent.

Jedenfalls würde sie nie wieder eine so gute Gelegenheit bekommen.

»Ja, gern«, sagte sie. Der Rest war einfach. Der junge Mann führte Lili an der Kasse vorbei in die Dunkelheit des Zuschauerraums, in ein vergangenes Jahrhundert und den amerikanischen Bürgerkrieg.

Als zur Pause die Lichter ausgingen, war Lili noch immer von romantischer Ekstase erfüllt. »Ist Scarlett nicht wunderschön?« fragte sie.

»Nicht schöner als du«, sagte der junge Mann.

Lilis Gesicht war längst nicht mehr das eines Kindes. Ein Samtband hielt ihr die dunkle Haarmähne aus dem Gesicht, und sie hatte riesige braune Augen, die eine sehr erwachsene Sinnlichkeit auszustrahlen schienen. Am auffallendsten aber war die elegante, leicht gekrümmte kleine Nase über einem Mund, dessen Lippen so formvollendet geschwungen und so voll waren, als hätte Michelangelo persönlich sie gemeißelt. Auch ihr Körper war nicht mehr der einer Dreizehnjährigen, sondern fast schon vollständig entwickelt.

Lilis neuer Freund kaufte ihr ein Eis. Sie erfuhr, daß er Alastair hieß und in New York wohnte. Ganz offenbar hielt er sie für älter als sie war, denn er behandelte sie nicht wie ein Schulmädchen.

Die Lichter gingen wieder aus, und Alastair griff nach ihren Fingerspitzen. Seine Hand fühlte sich warm und fest und fast unerträglich aufregend an, nicht so wie die heimlichen Berührungen von Monsieur Sardeau, die ihr Angst einjagten. Lili spürte, wie ihr das Atmen schwer wurde und der Flaum an ihren Armen sich aufzustellen begann wie die Haare einer Katze. Träumerisch sehnte sie sich danach, daß er mehr streicheln möge als nur die Innenseite ihrer Handfläche und den Rücken ihres Handgelenks.

Als sie das Kino verließen, fragte Alastair: »Möchtest du etwas essen?«

Lili warf ihr Haar zurück, nahm all ihren Mut zusammen und sagte ja. Sie rannten durch den Nieselregen zu einem Restaurant, und gegen Ende der Mahlzeit wußte Alastair eine ganze Menge über Lili, wohingegen sie nicht das geringste über ihn erfahren hatte. Dann blickte sie auf die Uhr an der Wand und bekam es plötzlich mit der Angst zu tun. Es war beinahe elf, so spät war sie noch nie heimgekommen, wie sie Alastair erklärte.

Ohne Zögern ließ er die Rechnung kommen und fuhr sie nach Hause. Während das Taxi durch die Nacht fuhr, legte Alastair ihr einen Finger unter das Kinn und zog ihr ängstliches und doch von Eifer erfülltes Gesicht zu sich heran. Dann beugte er sich vor und küßte sie – genau wie Rhett Butler. Zitternd unter dem Ansturm dieses neuen Gefühls, dürstend nach Liebe und menschlicher Wärme, legte Lili die Arme um seinen Hals und hob ihm ihren Kopf entgegen. Als das Taxi vor dem Haus der Sardeaus hielt, war sie verliebt.

Während sie die Treppe hinaufschlich, zitterte sie immer noch, aber aus einem anderen Grund. Wie sollte sie nur in ihr Zimmer gelangen, ohne daß Monsieur Sardeau es merkte? Zwar hatte sie in Abwesenheit von Madame Sardeau einen Schlüssel, aber ihr Zimmer war am anderen Ende des Ganges. Als sie die Tür öffnete, stellte sie jedoch fest, daß

Monsieur Sardeau noch gar nicht heimgekommen war. Auch er nutzte die seltenen Gelegenheiten, zu denen seine Frau für mehrere Tage verreist war, für Vergnügungen außer Haus.

Lili stand jetzt bereits um fünf Uhr morgens auf, um die Näharbeiten zu verrichten, die sie sonst immer am Nachmittag erledigt hatte, denn die Nachmittage waren für Alastair reserviert. Sie blieb abends nie wieder so lange aus wie beim erstenmal, doch auch so sahen sie sich oft genug. Seine Arbeitszeit schien ausgesprochen flexibel zu sein, so daß sie sich meistens schon am Mittag in einem Café zum Lunch trafen, und anschließend gingen sie dann händchenhaltend im Bois de Boulogne spazieren, sahen sich Schaufenster an oder fuhren mit einem *bâteau mouche* die Seine hinauf.
Unter den steinernen Arkaden der Rue Rivoli kaufte er ihr ein herzförmiges Medaillon an einem Goldkettchen, das sie unter ihrer Matratze verbarg, denn Madame Sardeau durfte es nicht sehen. Noch nie hatte Alastair ein so zutrauliches, zärtliches, anspruchsloses Mädchen kennengelernt; sogar die jüngsten unter ihnen waren normalerweise hinter irgend etwas her, besonders wenn sie wußten, wer er war. Dann wollten sie plötzlich alle Schmuck oder Geld, manchmal sogar die Ehe von ihm. Handelte es sich um einen ganz besonders hartnäckigen Fall, nahm sich Skinner, Mutters Anwalt, seiner an, vor allem, wenn ein Vater unangenehm wurde. Lili dagegen war geradezu ideal für ihn, und noch kannten ihn nicht allzu viele Leute in Paris.
Im Taxi warf Lili ihm die Arme um den Hals und dankte ihm für das Medaillon, anschmiegsam wie ein Schoßtier. Aber als sie den Wagen im Schatten des Eiffelturms verließen, blickte sie ihn überrascht an und fragte: »Wohin gehen wir?«
»Was trinken, in dem Hotel hier. Ich komme oft hierher.«
Hinter der Rezeptionstheke saß eine fette, gelangweilte

Frau und strickte an einer grauen Röhre, die sowohl ein Strumpf als auch ein Ärmel sein konnte. Alastair schob ihr einen Geldschein hin, und sie angelte einen Schlüssel von einem Brett neben ihrem Kopf. »Nummer neunzehn. Erster Stock. Wenn Sie länger als zwei Stunden bleiben, müssen Sie nachzahlen.«

Verwundert folgte Lili Alastair die Treppe hinauf. Gewöhnlich führte er sie an hübschere Orte. Nummer 19 war ein schmuckloses Zimmer mit heruntergelassenen Jalousien, das nur ein großes Bett, ein zusammenklappbares Bidet und ein Waschbecken enthielt. Die Tagesdecke des Betts zeigte verspielte Schäferinnen in verblichenem Rosa, auf ewig im Zwielicht dieses schäbigen Zimmers gefangen, bis die Motten sie eines Tages zerfressen würden. Lili fühlte sich unwohl.

»Ich wollte mit dir allein sein, Kleines«, sagte Alastair.

»Aber da steht ein Bett.«

»Es ist ziemlich schwierig, ein Hotelzimmer ohne Bett zu finden, Kleines. Komm, ich möchte dir dein neues Medaillon umlegen.« Er hob ihr Haar an und gab ihr einen Kuß auf den Nacken. Dann schob er seine Hände unter ihren Achseln hindurch, ließ sie über ihre Brüste gleiten, erfühlte die Warzen unter der dünnen Bluse und begann langsam die Knöpfe zu öffnen, die seine Hände vom Ziel seiner Wünsche trennten. Unschuldig wie sie war, leistete Lili nur wenig Widerstand. Sie sehnte sich nach Liebe und hatte wenig Erfahrung mit der neu in ihr entfachten Leidenschaft. Zu ihrer Überraschung lag sie schon bald nackt auf den rosa Schäferinnen, während Alastairs flinke, erfahrene Hände ihren zitternden Bauch streichelten und durch ihr seidiges Schamhaar fuhren. »Wie alt bist du wirklich, Kleines?« fragte er murmelnd. »Warum stellen wir uns nicht einfach vor, als wärst du erst zehn und ich dein Lehrer, dann mußt du alles tun, was ich dir sage.«

Er beugte sich zu ihr herunter und biß ihr zart in die rechte Brustwarze. »Wenn du es nämlich nicht tust, wirst du bestraft. Dann muß ich Madame Sardeau anrufen und ihr er-

zählen, was für ein böses Mädchen du gewesen bist, und das willst du doch nicht, oder?«
Lili erstarrte vor Angst. »Keine Sorge, ich habe nur Spaß gemacht«, sagte er. »Entspann dich wieder, denn gleich wirst du dich herrlich fühlen.«
Er streckte sich auf dem Bett neben ihr aus und schob ihr eine Hand zwischen die Schenkel. Seine Finger bewegten sich rasch zwischen ihren Beinen, während er sie hart auf den Mund küßte. Dann stieß er ihr plötzlich zwei Finger tief in die Scheide, und als sie vor Schmerzen zusammenzuckte, spannte sich sein Körper vor Ekstase. »Sei still, du kleine Idiotin, mach nicht so einen Krach«, flüsterte er und spielte seine Trumpfkarte aus. »Ich tue das alles nur, weil ich dich liebe, Kleines. So ist die Liebe unter Erwachsenen, Lili.«
»Aber es tut weh«, wimmerte sie.
»Ich gebe dir einen Kuß, und dann ist es gleich besser«, versprach er und küßte ihre Burstwarzen, ihre Brüste und ihr Gesicht, wobei er ein Kleidungsstück nach dem andern ablegte. Dann glitt er über sie und in ihren Körper. Es geschah so schnell, daß Lili, verwirrt von den in ihr widerstreitenden Gefühlen, kaum mitbekam, was sich abspielte. Sie merkte nur, daß sie schon wieder Schmerzen hatte und daß diese Schmerzen zu einem fast unerträglichen Höhepunkt kamen, als Alastair sie plötzlich umklammerte, zukkend aufstöhnte und sich dann erschöpft von ihr herunterwälzte.
Später murmelte er: »Das war wunderbar, Kleines. Das nächste Mal mußt du deine Schulkleider anziehen.« Nach einer Weile begann er erneut, ihre rosa Brustwarzen zu streicheln, dann die übrigen Teile ihres Körpers, bis sie zu zittern aufhörte. Leise flüsterte er ihr liebevolle Worte ins Ohr. Sie wollte doch, daß er sie liebte, nicht wahr? Langsam und geduldig – in Gedanken schon beim morgigen Vormittag – gewann er ihr Vertrauen zurück, beschwichtig-

te sie mit seine Berührungen, hypnotisierte sie mit seinen Liebesworten und hielt sie mit der verschlüsselten Drohung, ihr seine Liebe zu entziehen und Madame Sardeau anzurufen, in Angst und Schrecken.

Dann erleichterte er sich in das Waschbecken, zog sich an und verließ das Zimmer, während Lili sich in dem Bidet wusch. Sie dachte, daß er sie nicht hätte herbringen dürfen, wenn er sie wirklich liebte. Aber wenn er sie *nicht* liebte, hätte er sie auch nicht herbringen wollen, oder? Er hatte es getan, weil er sie liebte.

Nach ein paar Minuten kehrte Alastair zurück und setzte sich auf die Bettkante. Er zog sie auf seinen Schoß und gab ihr eine Schachtel mit Pillen. »Ich möchte, daß du jeden Tag eine hiervon nimmst. Siehst du, hier steht, wie du sie dosieren mußt.«

»Warum?«

»Damit du kein Baby bekommst. Versprichst du mir, daß du sie wirklich einnimmst?«

»Warum können wir nicht einfach heiraten und ein Baby bekommen?«

»Weil du zu jung bist, deswegen, Kleines. Später, wenn du schön brav bist und die Schule hinter dir hast, dann sehen wir weiter.«

Von nun an gab es keine Bootsfahrten auf der Seine mehr, keine Spaziergänge unter den Bäumen im Park. Fast jeden Werktag während dieses langen heißen Sommers traf sich eine verängstigte, scheue Lili von drei bis fünf mit Alastair in dem Hotel im Schatten des Eiffelturms. Als Madame Sardeau zurückgekehrt war, hatte Lili ihr erklärt, daß sie bei der Hitze lieber auf einer schattigen Parkbank im Bois de Boulogne nähen wollte. Madame konnte mit der Arbeit an ihren *chemises de nuit* mehr als zufrieden sein, und das Kind war so bleich wie Milch, so daß der Bois vielleicht wirklich eine gute Idee war, vorausgesetzt sie war rechtzeitig wieder zurück, um das Abendessen zu machen.

Die frühe Septembersonne schickte ihre Strahlen auf die gegenüberliegende Seite des Innenhofs, und Lili taumelte, von Panik erfüllt, in ihr Bett zurück. Es war der fünfte Morgen hintereinander, an dem sie sich übergeben hatte. Obwohl sie nicht die geringste Ahnung von Gynäkologie besaß, wußte sie, was es zu bedeuten hatte, wenn einem morgens übel war. Zu erschöpft und verängstigt, um aufzustehen, geschweige denn zu nähen, lag sie im Bett und hörte, wie Madame Sardeau rief: »Lili, Lili, du bist aber auch zu nichts nütze, warum ist der Kaffee noch nicht fertig? Immer noch im Bett, um sieben Uhr morgens!« Aber das Kind sah gar nicht gut aus, es schien kaum in der Lage, auch nur den Kopf zu heben, und die schwarzen Ringe unter den Augen wurden von Tag zu Tag dunkler. Vielleicht sollte sie besser einen Arzt anrufen, obwohl der natürlich eine Rechnung stellen würde für seinen Besuch. Am besten wartete man erst mal ab, ob es ihr nach einem Tag im Bett nicht besserging. Warum Geld für einen Arzt hinauswerfen, wenn sie nicht wirklich krank war?

Die Übelkeit ebbte ab, und gegen Mittag fühlte sich Lili nicht mehr krank, nur von Entsetzen geschüttelt. Nachdem sie Alastairs Pillen drei Tage lang genommen hatte, war ihr schlecht geworden, und sie hatte sie weggeworfen. Das hatte sie ihm natürlich nicht erzählt, denn sie fürchtete, daß er ihr dann böse sein würde.

Sie *mußte* einfach aufstehen. Alastair wartete im *Pam-Pam*-Café auf sie. Glücklicherweise hatte Madame Sardeau heute ihren Bridgenachmittag.

Als sie Alastair ihre Befürchtungen gestand, wurde sein gewöhnlich liebenswürdiges Gesicht plötzlich hart. Jetzt hatte er nicht mehr die geringste Ähnlichkeit mit Leslie Howard.

»Ich hätte es doch *wissen* müssen! Ihr dummen kleinen Gänse seid alle gleich ... Bist du *sicher?*«

»Ich war noch nicht beim Arzt, aber ich bin die ganze Woche über krank gewesen.«

»Tja, das ist deine eigene Schuld. Mir kannst du das nicht in die Schuhe schieben. Du weißt nicht, wo ich wohne, niemand hat uns je zusammen gesehen, und soweit ich informiert bin, gehst du mit halb Paris ins Bett . . . o Gott, hör auf zu weinen!« Er überlegte einen Moment lang; es war besser, ihr keine Angst einzujagen. Er wußte nicht, wie alt Lili war, aber mit Sicherheit hatte sie die Volljährigkeit noch nicht erreicht. Da konnte wahrscheinlich selbst Skinner bei der französischen Polizei nichts erreichen. Obwohl die Franzosen bei solchen Sachen gewöhnlich ein Auge zudrückten . . .
»Können wir nicht in das Hotel gehen?«
»Nein, können wir nicht. Um Himmels willen, hör auf zu schniefen und laß mich nachdenken.«
Gott sei Dank kannte sie seinen richtigen Namen nicht. Er mußte verrückt gewesen sein, sich mit ihr einzulassen! Nun, jetzt war es zu spät. Er mußte aus dieser Sache so schnell wie möglich heraus, bevor jemand ihn damit in Verbindung bringen konnte. Natürlich, da war die Concierge im Hotel, aber ein paar tausend Francs würden ihr das Maul stopfen. Plötzlich kam ihm eine Idee. Er schob die Hand in die Tasche und holte fünfzigtausend Francs heraus, nicht viel, umgerechnet etwa 108 Dollar, aber mehr hatte er nicht bei sich.
»Hör endlich auf zu heulen, Lili, oder ich verschwinde und lasse dich hier sitzen. Paß auf, nimm dieses Geld und geh zu einem Arzt. Laß dich untersuchen, ob du wirklich schwanger bist. Ich weiß nicht, was so was kostet, aber es müßte eigentlich ausreichen. Wenn du nicht schwanger bist, dann wird es dir eine Lehre sein. Wenn du aber doch schwanger bist, dann gehst du sofort zu der Concierge des Hotels, und sie wird dich zu jemand schicken, der die Sache in Ordnung bringt. Ich sorge dafür, daß die Rechnung bezahlt wird. Bring es hinter dich, so schnell du kannst — *und sprich mit niemand darüber.*« Er warf einen Geldschein auf den Tisch und stand auf.

»Geh nicht, Alastair. Bitte, verlaß mich nicht, ich liebe dich doch so.«
»Wenn du mich wirklich liebst, tust du genau, was ich dir gesagt habe. Du gehorchst, oder wir sehen uns nie wieder.«
»Wann sehe dich denn wieder? Wann?« Inzwischen hatte Lili zuviel Angst, um zu weinen.
»Wir treffen uns in zwei Wochen hier.« Er klopfte ihr auf die Schulter. »Mach nicht so ein Gesicht! Wenn du schön brav bist und tust, was ich dir gesagt habe, können wir die ganzen Widrigkeiten vergessen. Versprich mir jetzt, das du alles genauso machst, wie ich es dir aufgetragen habe.«
»Ich verspreche es dir, wirklich, aber du wirst doch wiederkommen, nicht?«
»Natürlich, Kleines«, sagte er beruhigend, beugte sich vor und küßte ihre feuchte Wange, ohne auch nur daran zu denken, sie je wiederzusehen.
Er war verschwunden, ehe Lili auf den Gedanken kam, ihn zu fragen, zu welchem Arzt sie denn gehen sollte. Sie saß da und starrte den Berg Banknoten auf dem Tisch an. Dann stopfte sie das Geld in ihre Manteltasche und ging zu dem Hotel. Mit klopfendem Herzen lungerte sie vor dem Eingang herum, bis sie schließlich all ihren Mut zusammennahm und sich den fetten, strickenden Fingern hinter der Rezeptionstheke näherte.
»Man hat mir gesagt, Sie könnten mir helfen.« Die Augen der Frau senkten sich sofort auf Lilis Bauch.
»Wie lange?«
Lili wurde rot und hob den Blick nicht von der Messingglocke auf der Theke. »Ich weiß nicht.«
»Wann war die letzte Periode fällig?«
»Ungefähr vor drei Wochen. Aber ich war noch nicht beim Arzt.«
»Macht nichts. Setz dich auf den Stuhl und warte eine Minute.« Die nackten Füße mit schäbigen Schlappen bekleidet, schlurfte sie zu einer Telefonzelle im Hintergrund des

Foyers. Lili konnte nicht verstehen, mit wem sie sprach und was sie sagte. Dann kam sie zurückgeschlurft und sagte: »Hat er dir Geld gegeben?«

»Ja!« Sie zog das Geldbündel heraus und legte es auf die Theke. Die fetten Finger der Frau blätterten es rasch durch.

»Damit wirst du nicht weit kommen. Sag ihm, daß du weitere hunderttausend Francs brauchst.«

»Aber mehr er hat mir nicht gegeben. Das ist alles, was ich habe. Er hat gesagt, er sorgt dafür, daß die Rechnung bezahlt wird.«

»Das sagen sie alle, aber bei solchen Geschichten muß das Geld vorher auf den Tisch, und zwar in bar. Können dir deine Eltern nicht helfen?« Lilis ängstliches Gesicht nahm einen Ausdruck des Entsetzens an. »Und von einem Freund kannst du's dir auch nicht leihen?«

Keine von Lilis Schulfreundinnen hatte je hunderttausend Francs auf einmal gesehen, geschweige denn besessen oder verliehen. Langsam schüttelte sie den Kopf.

»Ich sag dir was«, meinte die Concierge nachdenklich. »Ich kenne einen Fotografen, der dich vielleicht bezahlt, wenn du ihm Modell stehst. Dreitausend Francs die Stunde, abzüglich meiner Kommission, wäre dir das recht?«

Lili nickte hoffnungsvoll. Sie hätte zu allem ja gesagt. Die alte Frau schlurfte neuerlich zu der Telefonzelle, und nachdem sie wieder da war, kritzelte sie eine Adresse auf einen Zettel. »Du kannst sofort zu ihm gehen, Kleines. Sein Name ist Serge. Hier hast du seine Adresse. Er wohnt gleich die Straße hinunter. Sein Studio befindet sich im Dachgeschoß.«

31

Serge, einstmals ein berühmter Modefotograf, war fett, gelangweilt, faul und alt geworden, in genau dieser Reihenfolge. Seine Blütezeit war mit den großen Tagen der traditionellen Haute Couture Hand in Hand gegangen. Die unkonventionelle, entspannte Mode der sechziger Jahre war ihm unverständlich. Die Modemagazine hatten ihn fallenlassen, dann waren die Werbeaufträge geschrumpft, und schließlich war er fast völlig arbeitslos gewesen, bis er begonnen hatte, Aktfotos zu machen und zu verkaufen. Natürlich konnte er dabei nicht mit den Modellen arbeiten, an die er gewöhnt war. Bettina oder Ali oder Fiona oder Suzy würden sich für so was nie hergeben. Bis vor kurzem hätten sich die meisten von ihnen nicht einmal in BH und Höschen fotografieren lassen, und für eine Aufnahme im Badeanzug hatte man ihnen praktisch Gefahrenzulage zahlen müssen, aber die Modelle von heute kannten ja nicht mehr die geringste Scham. Natürlich hatte er schon immer Nacktaufnahmen von Frauen gemacht, es war eins seiner größten Vergnügen, aber er hätte nie daran gedacht, diese Bilder zu verkaufen, bis eine dieser kleinen Schlampen eine Vergrößerung ihrer nackten Brustwarze in ihre Set-Mappe gelegt hatte und unbekleidete Frauen plötzlich in Mode waren. Nur selten konnte man auf Anhieb erkennen, um welchen Körperteil es sich handelte, aber der Effekt war originell und ausgesprochen erotisch.

Vor allem aber verkauften sich die Bilder.

Serges Augen verengten sich nachdenklich, während er Lili betrachtete. Dann lächelte er träge. »Komm herein«, sagte er. »Laß dich von meinem Judoanzug nicht irritieren, den trage ich immer im Studio. Ein Glas Wein? Nein, na gut — da ist der Umkleideraum, runter mit dem Zeug, Kleine.«

»Runter womit?«

»Mit deinen Kleidern, Schätzchen. Wofür würde ich wohl sonst dreitausend Francs die Stunde bezahlen? Und nach allem, was ich gehört habe, ist es ja auch nicht das erste Mal. Mach dir keine Sorgen, es gibt nichts, was ich nicht schon gesehen hätte. Schau, da ist der Beweis.«

Mit seiner feisten Hand deutete er auf eine riesige, mit schwarzem Filz bezogene Wand, die von oben bis unten mit Aktfotos bedeckt war – und zwar mit sehr guten, denn Serge liebte die Frauen und war ein guter Fotograf.

Lili suchte sich ihren Weg durch ein Chaos von großen Rollen mit rosa, blauem und grünem Hintergrundpapier, Aufhellern und Verdunklern, einen Wald von Scheinwerfern und etwas, das wie silberne Regenschirme auf Stelzen aussah. Sie betrat eine kleine Umkleidekabine, wo sich auf einem Schminktisch kleine Tiegel mit Schminke in den ausgefallensten Farben, terrakottabedeckte Schwämme, zusammengeknüllte Kleenextücher, staubige kleine Pinsel, dünne Chiffonschals und Lockenwickler ein schmieriges Stelldichein gaben, beleuchtet von dem grellen Licht nackter Glühbirnen um einen mit Fingerabdrücken bedeckten Spiegel.

Fast fünf Minuten stand Lili wie gelähmt in der Kabine, ohne sich zu bewegen. »Ich habe nicht den ganzen Tag Zeit, Engelchen«, rief der Fotograf fröhlich, aber nicht ohne einen bedrohlichen Unterton.

Rasch kleidete sie sich aus. Die Vorhänge wurden beiseite gezogen, und Serge steckte seinen Kopf herein. »Gut, du bist soweit. Heraus mit dir.«

Er hatte Kamera und Scheinwerfer vor einem schwarzen Hintergrund in Position gebracht. »Du braucht keine Angst zu haben. Solange ich keinen festen Auftrag habe, arbeite ich allein. So, jetzt stell dich bitte gerade hin, mit dem Rücken zur Kamera, Engelchen!« Klick! »Zur Seite drehen, nach links, ja.« Klick! »Das Kinn etwas höher.«

Klick! Klick! »Jetzt mit dem Gesicht zu mir, ja, braves Mädchen!« Klick! Klick! Klick!
»Siehst du, schon vorbei. War doch gar nicht so schlimm, oder? Ich werde sie jetzt entwickeln, und morgen lasse ich dich wissen, ob ich dich gebrauchen kann.«
Lili war erleichtert. Es war ungefähr so erotisch und furchteinflößend gewesen, als ob man ein Paßfoto machen läßt. Serge dachte, daß es schon verdammt lange her war, seit er das letztemal so eine hübsche kleine Mieze vor der Kamera gehabt hatte. Man mußte noch etwas mit ihr arbeiten, aber er wäre schon jetzt jede Wette eingegangen, daß sie auf den Kontaktabzügen noch besser aussah. In der Zwischenzeit mußte er darauf achten, sie nicht zu verängstigen. Wenn er seine Karten geschickt ausspielte, konnte sie ein Vermögen wert sein.
In den nächsten Wochen verlangte Serge mehr von ihr, als einfach bloß nackt vor einem Hintergrund zu posieren, und Lili wollte mit den Aufnahmen Schluß machen, aber sie erwachte jetzt jeden Morgen mit dem Gefühl, sich im nächsten Augenblick übergeben zu müssen, und während sie dann über den Korridor auf die Toilette rannte, wußte sie, daß sie mit den Sitzungen fortfahren mußte. Um sie in ihrem Entschluß zu bestärken, schenkte Serge ihr ein paar Abzüge von den ersten Aufnahmen, die er mit ihr gemacht hatte. Lili versteckte sie unter der Matratze, wo auch das Goldmedaillon lag. Zuerst wollte sie sie zerreißen, aber dann behielt sie sie doch. Sie sah auf den Bildern *wirklich* sehr hübsch aus. Manchmal schrie Madame Sardeau Lili an: »Du mußt mit meinen Winternachthemden fertig werden, bevor die Schule wieder anfängt«, aber ansonsten schenkte sie ihr nicht viel Aufmerksamkeit, denn sie hatte andere Dinge als ausgerechnet Nachthemden im Kopf. Ihr Ehemann hatte plötzlich des öfteren bis spät abends im Büro zu tun. Das Telefon hatte zu den seltsamsten Tages- und Nachtzeiten zu klingeln begonnen, aber wenn sie den Hörer

abhob, wurde am anderen Ende aufgelegt. Auch sein Benehmen hatte sich verändert, und seitdem sie aus der Normandie zurückgekehrt war, hatte er sie nachts nicht einmal belästigt. Äußerst seltsam, in der Tat.
Von dem Geld, das sie für ihre Arbeit erhielt, sah Lili nichts. Serge bezahlte es direkt an die Concierge, aber, um der Wahrheit die Ehre zu geben, er betrog Lili nicht um einen Sou. Die Concierge wiederum weigerte sich, den Eingriff zu arrangieren, solange nicht der volle Betrag zusammen war, und so fuhr Lili fort, Modell zu stehen, bis sie im dritten Monat war.

Lili saß in dem kleinen, verräucherten Café und fürchtete sich vor dem Augenblick, in dem sie wieder aufstehen und gehen mußte. Sie hatte kaum noch Kraft in den Beinen, und ihr Körper schmerzte fast noch mehr als ihre Gedanken. Das Café war ein Hort freundlicher Normalität zwischen der entsetzlichen Erfahrung des Nachmittags und dem stets auf neue deprimierenden Moment, da sie sich der düsteren Wohnung der Sardeaus näherte, die bereits auf ihr Abendessen warten würden.
So sehr sie es auch versuchte, es gelang ihr nicht, die Demütigung und den Schmerz der Operation zu vergessen, ganz zu schweigen von der Enttäuschung, die Alastairs Verschwinden für sie bedeutet hatte. Sie hatte geglaubt, er liebte sie. War es denn *so* schrecklich, daß sie diese Pillen nicht genommen hatte? Wäre es denn *so* schrecklich gewesen, ein Baby zu haben statt einer Abtreibung?
Sie schleppte sich die Treppen zum siebten Stock hinauf und klingelte, denn einen Schlüssel bekam sie nur in Notfällen. Die Tür flog auf, und Madame stand da wie der Leibhaftige. In der Hand hielt sie Lilis Goldkettchen und die Abzüge, die unter der Matratze versteckt gewesen waren.
»*Was ist das für ein Dreck?* Das hast du also gemacht, während ich glaubte, du wärst im Park! Damit vertreibst du dir

also die Zeit, wenn ich dir den Rücken zuwende! So beweist du also deine Dankbarkeit, du miese kleine Schlampe!«
Lili wich zurück und umklammerte entsetzt das Treppengeländer. Madame Sardeaus Zorn kannte keine Grenzen, und sie hörte nicht auf, Lili anzukeifen. Langsam ging das verängstigte Mädchen rückwärts die Treppe hinunter. Es stolperte und wäre beinahe gefallen, konnte sich aber im letzten Moment noch festhalten.
»Du Hure, jetzt wissen wir endlich, wo du herkommst – aus der Gosse nämlich! Genau, wie wir uns gedacht hatten, du kleines Miststück! Und das nach allem, was wir für dich –«
»Ruhe da oben!« brüllte eine Stimme von unten.
Lili drehte sich um und floh, fort von den schrecklichen Worten, den Verwünschungen. Sie kam erst wieder zu sich, als sie vor Serges Studiotür stand und sich dem fetten Fotografen weinend an die Brust warf.
»Hmmm, die alte Kaulquappe hat es also herausgefunden, wie?« fragte Serge ruhig. »Tja, das überrascht mich zwar nicht, aber eine Schande ist es trotzdem, mein Gänseblümchen.«
Es überraschte ihn vor allem deswegen nicht, weil er selber Madame Sardeau angerufen hatte, ohne seinen Namen zu nennen, und ihr mit einem kleinen Tip behilflich gewesen war. Er hatte nämlich nicht die geringste Lust, Lili zu verlieren, jetzt, wo die Abtreibung vorüber war.
Serge breitete eine weitere Decke über Lili und verließ leise das Studio. In dem angrenzenden Raum, der ihm als Wohn-, Schlaf- und Eßzimmer diente, suchte er sein schwarzes Adreßbuch heraus, warf sich auf das ungemachte Bett und telefonierte. »Bist du's, Teresa? Ich habe einen hübschen kleinen Job für dich, Engelchen.«
Den Rest der Woche verbrachte Lili in ihrem neuen Versteck, wo sie allmählich wieder zu Kräften kam und ihre Niedergeschlagenheit verlor. Serge war einkaufen gegangen und mit einem Arm voll Schätzen zurückgekehrt: ein gro-

ßer Blumenstrauß, zwei Beatles-Schallplatten, ein viktorianisches Spitzennachthemd, ein Häubchen aus Organdy mit Bändern aus weißem Satin, ein durchsichtiges Schnürhemdchen, Steaks und eine Einkaufstüte voller Zuckerwerk. Nach zwei Tagen verlor Lili ihre panikartige Furcht vor den Sardeaus, und Serge ermutigte und unterstützte sie in dem Gedanken, daß dieser Teil ihres Lebens nun vorüber war. Sie war fortgelaufen, und von nun an würde sie wie eine Erwachsene behandelt werden und zum erstenmal in ihrem Leben etwas Spaß haben.

Während Lili sich ausruhte, arbeitete Serge mit Teresa, einem zwanzigjährigen Modell, das ihr blondes Haar zu Zöpfen geflochten trug und sich alle Mühe gab, wie vierzehn auszusehen. Tagsüber posierte sie für Margarine- und Suppenreklame, und abends ging sie am liebsten mit alten Männern in teure Restaurants. Junge Männer langweilten sie; nichts ging über einen Sugar Daddy, bei dem sie so tun konnte, als wäre sie wieder ein kleines Mädchen. Teresa war ein Callgirl der ersten Garnitur.

Nach einem Einkaufsbummel in den Galeries Lafayette kehrten Lili und Teresa mit einer ganzen Reihe hübscher neuer Kleidungsstücke für Lili zurück. Auch ihr Haar war neu frisiert worden und erinnerte jetzt an die frühe Brigitte Bardot. Alle Gedanken an eine Rückkehr zur Schule oder zu den Sardeaus, an Vergangenheit oder Zukunft waren wie weggewischt, und Lili lebte nur noch in der fröhlichen Gegenwart. Ihre neuen Freunde lachten und scherzten mit ihr, während sie sie dazu überredeten, nackt in einem Pelzmantel zu posieren und sich dann mit Teresa auf das Studiobett zu legen, beide nur in schwarzen Spitzchenhöschen.

Manchmal gingen sie abends mit einem von Teresas männlichen Freunden aus, und dann sprach Teresa immer mit einer hellen, kindlichen Stimme, wobei sie selber meistens in der dritten Person auftauchte. »Teresa möchte zu *Fauquets*«, maulte sie etwa. »Albert ist ein ganz böser Mann, wenn er Teresa nicht in ein hübsches Restaurant führt, und Teresa redet kein Wort mehr mit ihm.«

Sobald sie ihren Willen durchgesetzt hatte, hörte sie sofort auf zu schmollen und sagte: »Ach, Albert ist *so* lieb zur kleinen Teresa. Sie wird sich auf seinen Schoß setzen und ihn die ganze Nacht liebhaben.«

»Jesus Christus, nicht schon wieder im *Fauqeut*«, stöhnte Serge dann schon mal. »Trägst du denn nie Höschen?«

Wenn sie mit Lili arbeitete, war Teresa allerdings nie launisch oder kindisch, sondern stets freundlich und bereit, ihre in Hotelzimmern erworbene Weisheit zu teilen – ein nie versiegender Quell von Ratschlägen und Tips, wie man in einer Männerwelt am besten über die Runden kam, ohne zu viele Demütigungen einstecken zu müssen.

»Triff dich nie mit einem Mann in einer Bar, Lili, immer in einem Restaurant oder einem Café.« Gehorsam setzte Teresa sich mit einem Bein auf einen Küchentisch und raffte den Rock so weit hoch, daß ihr nackter Hintern zu sehen war. »Nimm immer genug Geld mit, so daß du notfalls für dich selber zahlen kannst, falls er nicht auftaucht. Dann bestellst du einfach noch einen Drink oder ein kleines Gericht. Ein Omelett ist nirgendwo teuer.«

Auf Serges Befehl legte sich Teresa mit dem Rücken auf den Küchentisch, während Lili sich vorbeugte und ihr die Bluse aufknöpfte. »So gut, Serge? Falls er dann nämlich nicht auftaucht, mußt du dich nicht gedemütigt fühlen, und wenn er sich nur verspätet hat, zeigst du ihm damit, daß du durchaus auf eigenen Füßen stehen kannst. Aua, Lili, das tut weh, nicht mit den Zähnen!«

Serge dirigierte sie zu einem hölzernen Küchenstuhl. Teresa stand hinter der Lehne, während Lili auf der Sitzfläche kniete und bewundernd auf Teresas offene Bluse blickte. Teresa fuhr fort: »Achte darauf, immer in Restaurants zu gehen, wo du schon mal gewesen bist, damit sie dich kennen, und sei der Toilettenfrau gegenüber nicht kleinlich.«

Serge gefiel die Pose nicht, und er schickte sie an den Küchentisch zurück. Wieder mußte Teresa ein Bein auf die Tischplatte schieben, aber diesmal fotografierte er sie von vorn. »Und wenn du abends ausgehst, nimm auf keinen Fall mehr Geld mit, als du für eine Mahlzeit und die Heimfahrt brauchst, dann kann dich niemand ausnehmen.«
Anschließend mußten sich die beiden Mädchen mit den Gesichtern zueinander aufstellen . . . Näher . . . noch näher . . . Kontakt.
Lili mußte ihren Kimono fallen lassen. »Wenn du in St. Tropez bist«, fuhr Teresa fort, »darfst du nie so tun, als würdest du in einem teuren Hotel wohnen, denn sie finden schnell heraus, daß es nicht stimmt. Als Treffpunkt empfiehlt sich allemal ein Café wie das *Senequier,* und wenn dich jemand fragt, wo du abgestiegen bist, sagst du, in einem kleinen Hotel, das ruhig und preiswert ist. Von reichen Männern wird das immer respektiert. Sie müssen ja nicht wissen, daß du dein Zimmer noch mit vier anderen Mädchen teilst.«
»Hört auf zu quatschen und gebt euch etwas Mühe, ihr zwei«, meldete sich Serge zu Wort. »Lili, du stellst dich hinter Teresa und kämmst ihr das Haar, und du, Teresa, setzt dich auf den Korbstuhl da und lehnst dich nach hinten, damit deine ausgeleierten Titten etwas straffer wirken.«

Schon bald stellte sich heraus, daß niemand nach Lili suchte, und so konnte der Fotograf damit fortfahren, das junge Mädchen zu benutzen. Er war großzügig und charmant, wenn sie seinen Anweisungen gehorchte, bissig und gemein, wenn sie es an Folgsamkeit mangeln ließ. »Willst du, daß die Polizei einen Tip erhält, wo du dich versteckst? Sollen sie herausfinden, daß du eine illegale Abtreibung hinter dir hast? Willst du ins Gefängnis kommen? Möchtest du wieder zu den Sardeaus zurück?«
»O nein, Serge, bitte nicht. Sei still.«

»Dann stell dich nicht länger so an und leg dich mit Teresa auf das Bett da.«
Inzwischen schämte sich Lili nicht mehr, wenn sie nackt posierte, und sie empfand es auch nicht mehr als demütigend. Teresa und auch die anderen Mädchen, die gelegentlich für Serge Modell standen, fanden nichts dabei, sich auszuziehen; sie legten ihre Kleider so beiläufig ab, wie sie ihre Schuhe auszogen. Und sie gingen auch alle mit Männern ins Bett. Teresa sagte, daran lasse sich erkennen, ob jemand noch ein Schulmädchen sei oder nicht.
Aber das hier war etwas anderes. Das hier war ein Film. Vor dem Bett war eine Filmkamera aufgebaut, und um sie herum standen Männer. Männer, die sie nicht kannte. Mit finsterem Gesicht schlüpfte Lili aus ihrem kirschroten Kimono und kroch auf das Doppelbett, das in der Mitte des Studios geschoben worden war. Grelle Scheinwerfer richteten ihr weißes Licht auf Lili. Serge stellte einschmeichelnde Musik an, kletterte auf die Kameraplattform und begann, dem jungen Mädchen zu erklären, was es zu tun hatte. Doch Lili blieb steif und unbeholfen, bis er schließlich eine Pause einlegte, wieder herunterkletterte und sich zu ihr aufs Bett setzte. Sie hockte zusammengekauert auf der zerwühlten Bettdecke, die Arme um die angezogenen Knie geschlungen. »Du bist zu angespannt, mein Gänseblümchen. Paß auf, ich sag dir was. Du ziehst jetzt deinen Kimono wieder an, und ich mach dir eine heiße Milch mit einem Schuß Rum darin. Danach wirst du dich schon viel entspannter fühlen.«
Er verschwand in seiner schmutzigen Küche, zerrieb drei starke Beruhigungstabletten, rührte sie in einen Becher heiße Milch, gab ordentlich Rum und Zucker dazu und trug das Gemisch dann mit einem onkelhaften Grinsen zum Bett. »Hier, Lili. Und wenn du dich danach immer noch nicht besser fühlst, hören wir auf, das verspreche ich dir«, sagte er.

Lili trank, und anschließend fühlte sie sich müde und nachgiebig. »Zwick sie, Teresa, damit sie uns nicht einschläft. Und jetzt wollen wir mal Action sehen, ihr zwei. Okay, Teresa, fang bei ihren Titten an.« Lili rekelte sich jetzt träge auf dem Bett. Teresa streifte ihr sanft den roten Überwurf von den Schultern. Dann begann sie, Lilis Brüste zu streicheln. In ihrem Dämmerzustand wand Lili sich hin und her und versuchte sie wegzustoßen, aber ihre Arme fühlten sich plötzlich schlaff an, als hätte sie keine Knochen mehr, und Teresa preßte ihre Hände gegen das Bett und beugte sich vor, um Lilis linke Brust zu küssen.
»Großartig. Jetzt kommst du dazu, Carl.« Ein stämmiger Mann, der bisher unbeteiligt an der Wand gelehnt hatte, schnallte seinen Ledergürtel ab, schlüpfte aus Jeansjacke und -hose und ging auf das Bett zu. »Langsam, Carl, langsam, immer mit der Ruhe. Ich möchte, daß es so wirkt, als liefe der Film mit einemmal langsamer ab. Rutsch auf das Bett hinter Teresa und denk an was Dreckiges, aber schnell, damit wir einen Steifen zu sehen kriegen. Okay, jetzt kannst du ihr den Arsch streicheln.«
Serge schwitzte. Er hätte nie gedacht, daß es so aufregend werden würde. Scheiße, wenn nicht so viele Leute dagewesen wären, die wer weiß wieviel pro Stunde kosteten, hätte er sich selber dazugelegt und zugesehen, daß er seinen Teil abbekam. »Etwas mehr Action, bitte! Teresa, hör auf, Lili zu lecken und laß Carl mal an ihren Busch. Nein, bleib auf dem Bett, du bist noch nicht draußen, keine Sorgen. Wir haben noch zwanzig Minuten Film. Sieh zu, daß du irgendwie an Carl rankommst und ihm einen bläst. Carl, gnade dir Gott, wenn du jetzt kommst, sag dir meinetwegen das Alphabet rückwärts vor oder sonst was. Setz dich jetzt langsam auf, ja, laß die Hände auf Teresas Kopf. Das ist hübsch, sehr hübsch, bleib so. Und du ziehst jetzt, Teresa, wir wollen sehen, was der Junge mitbekommen hat. Wunderbar, und jetzt drehst du dich langsam um,

Carl, und dann hämmerst du ihn Lili rein, so fest du kannst.«
Lili stieß einen Schrei aus, ihr Gesicht flog, von Panik verzerrt, zur Kamera herum. »Hübsch, sehr hübsch, da bleibt kein kein Schwanz trocken«, schnurrte Serge beglückt.

Danach kam in Lilis Bildern etwas Neues zum Ausdruck, eine gewisse Gleichgültigkeit dem Gräßlichen gegenüber, als hätte sie ihre Situation endlich erkannt und endgültig akzeptiert.
Was blieb ihr schon anderes übrig? Serge wurde nicht müde, sie zu erinnern, daß sie keine Qualifikationen besaß, die zu etwas anderem gereicht hätten als zur Hure oder zum Ladenmädchen. Einen Job konnte sie nicht bekommen, weil sie keine Zeugnisse und keinerlei Erfahrung hatte. Aber wenn er sie nicht gerade diese demütigenden Dinge tun ließ, war er überfreundlich und verwöhnte sie mit allem, was ihr Herz begehrte – Bonbons, Filmzeitschriften, Schallplatten, Schuhen mit hohen Absätzen oder neuen Kleidern. Er führte sie in teure Restaurants, ins Kino und nahm sie auf Partys mit, obwohl sie sich nicht viel aus Partys machte. Inzwischen hatte Serge eine Produktionsgesellschaft gegründet, und er brachte die minderjährige Lili dazu, einen Fünfjahresvertrag mit Sergio Productions zu unterschreiben – nicht daß es juristisch dabei mit rechten Dingen zugegangen wäre. Aber das würde kaum jemand herausfinden. Geschweige denn Lili selbst. Sergio Productions verdiente mit ihren glatten, routiniert gemachten Pornofilmen ungeheure Summen, aber Lili sah keinen Sou davon. Auf dem Papier erhielt sie pro Jahr 400 000 Francs für ihre Arbeit, was ungefähr dem Gehalt einer Sekretärin entsprach, aber Serge behielt fünfundsiebzig Prozent davon für sich – fünfzehn Prozent als ihr Agent, dreißig Prozent als ihr Manger und dreißig Prozent für Essen, Kleider und Unterkunft, was ihr nicht gerade zu Reichtümern verhalf.

Serge hatte indes noch größere Pläne mit Lili, und so drehte er eines Tages eine ganz besondere Szene. Lili tat, was sie immer tat. Sie hatte gelernt, sich von ihrem Körper zu lösen; sie zwang sich zu dem Gefühl, daß ihre Haut ihr nicht mehr bedeutete als ein alter Overall. Also stellte sie nichts anderes zur Schau als eine Hülle. Die echte Lili floh vor den schmierigen, fremden Händen, die nach ihrem Fleisch griffen, einfach davon und blickte dann von oben auf die Szene hinab, gleichgültig und unbeteiligt.
Nach solchen Aufnahmen war Lili meistens abweisend und still, bis sie in ihr Appartement zurückgekehrt war und im schwach erleuchteten Badezimmer ein langes Bad in brühend heißem Wasser genommen hatte, das Körper und Seele nach und nach wieder vereinigte. Trotz allem glaubte sie fest an ihre Zukunft, an ein Happy-End, das irgendwann auf sie wartete, wie sie es so oft in den Schundmagazinen von Madame Sardeau gelesen hatte.
An diesem Morgen nun inszenierte Serge eine Szene, die weit weniger drastisch und saftig war als alles, was Sergio Productions sonst auf die Leinwand brachte. Aber es gab einen guten Grund für diese Zurückhaltung. Serge wollte, daß der Betrachter sich auf Lili konzentrierte, nicht auf das Geschehen. Wie kürzlich ein Freund zu ihm gesagt hatte: sie war zu gut für die Scheiße, in der sie bisher gespielt hatte. Sie verdiente bessere Scheiße. Deshalb wollte er die Szene nicht zu hart; er wollte einen hübschen Fick. Und es lief genauso, wie er es sich erhofft hatte, wie ein Werbespot für Whisky oder Badesalz, nur daß nicht das Geringste der Phantasie überlassen blieb.
Er wußte, daß er keine echten Probeaufnahmen machen konnte, aber er hätte seinen neuen Mercedes darauf verwettet, daß die großen Filmbosse an diesem kurzen Streifen nicht vorbeigehen konnten. Er wollte mehr als nur Pornofilme drehen. Er wollte Lili zum Star machen. Roger Vadini hatte Brigitte Bardot groß herausgebracht, und, verdammt

noch mal, genau das würde er, Serge, auch mit Lili schaffen. Er hatte ihr bereits einen kleinen Auftritt in einem Sciencefiction-Film verschafft, der gerade in Versailles gedreht wurde, damit sie wußte, wie es am Drehort eines richtigen Films zuging, falls ihre große Chance kam.

Nicht falls, korrigierte er sich, *wenn.*

Kurz vor ihrem fünfzehnten Geburtstag erschien Lili zum erstenmal am Drehort eines richtigen Films, die Haare unter einen silbernen Papphelm gestopft, das Gesicht unter einer schmierigen Schicht galaktischen Grüns verborgen.

Der Bus holte sie um fünf Uhr morgens ab. Verschlafene, schweigsame Gestalten kauerten, in dicke Mäntel gehüllt, auf den abgeschabten Kunststoffsitzen. Sie ließen Paris hinter sich und anschließend auch Versailles, bis sie in einen kleinen Wald gelangten. Der Bus bog von der asphaltierten Straße ab, rumpelte einen ausgefahrenen Feldweg entlang und hielt schließlich auf einer Lichtung, wo bereits mehrere Lastwagen mit Wohnanhängern standen. Die Passagiere stiegen aus und marschierten schweigend auf das nächste Flugzeug zu. Lili blieb zögernd auf der Bustreppe stehen. Ein junger Mann mit einer weißen Segelmütze rief ihr zu: »Am besten holst du dir deinen Kaffee, solange du noch Gelegenheit dazu hast.«

»Wo gibt's denn den Kaffee?«

»Dein erster Tag? Komm mit.« Er schob die Hände in die Taschen seiner blauen Windjacke, und gemeinsam stapften sie durch das feuchte Gras auf den Laster zu. Sie waren kaum angekommen, als die Hintertür aufflog und ein Proviantmeister Kaffee und Croissants zu verteilen begann. »Das wird dich wachmachen.« Der junge Mann reichte ihr einen Pappbecher. »Aus irgendeinem unerforschlichen Grund ist der Kaffee immer gut. Bist du Statistin? Gehörst du zur Mannschaft des Raumschiffs? Ich bin einer der Zigeuner, die es auf die Lichtung stürzen sehen. Mußt du was sagen?«

»Nein.«

»Ich habe drei Sätze! Eine richtige *Rolle!* Meine allererste, deswegen bin ich auch so gut gelaunt.« Er strahlte. »Außerdem bin ich gern wach, wenn alle anderen noch halb schlafen und sich um den Kaffeewagen drängeln. Die Vögel singen, die Sonne ist kaum aufgegangen, und niemand schubst einen herum.«

»Ich hasse es, früh aufzustehen. Warum müssen wir so früh dasein, wenn die Aufnahmen doch nicht vor halb neun beginnen?«

»Beim Film stehen alle früh auf. Um halb neun muß *jeder* einsatzbereit sein, und ob du es glaubst oder nicht, manchmal dauert es drei Stunden, bis alle soweit sind.«

»Sie klingen nicht wie ein Franzose.«

»Bin ich auch nicht. Meine Mutter stammt aus Los Angeles, aber meine Eltern sind bei einem Autounfall umgekommen, als ich gerade fünf war. Ich bin bei meiner Großmutter hier in Frankreich aufgewachsen. Ich heiße Simon Pont.«

»Ich heiße Lili, meine Eltern sind gestorben, als ich sieben war.«

»Ganz schön hart, nicht? Lili und wie weiter?«

»Gar nichts weiter. Nur Lili.« Sie verzichtete darauf, ihm zu erklären, daß sie beschlossen hatte, sich in Zukunft einfach nur Lili zu nennen, nachdem sie im Alter von knapp sieben Jahren bereits mit vier Familiennamen gesegnet gewesen war. »Wo sind denn die Stars?« fragte sie neugierig.

»Die Stars sitzen in ihren Wohnwagen, und die sind *heilig!* Absolut kein Zutritt. Niemand wagt es, einen Wohnwagen zu betreten, falls er nicht ausdrücklich dazu aufgefordert worden ist. Der Regisseur hat einen, die Garderobiere, die Maskenbildnerin und die Stars. Alle übrigen müssen ohne auskommen.«

»Und wo ist der Regisseur?«

»Der sitzt auch in seinem Wohnwagen und wartet, bis alle

soweit sind. Der Drehbuchautor, der Architekt und der Presseagent kommen erst um halb neun, die Glücklichen.«
»Jetzt weiß ich alles, was ich so wissen muß, oder?«
»Außer, wo der Wagen der Maskenbildnerin ist, denn genau dort solltest du jetzt sein. Siehst du, da hängt der Make-up-Zeitplan. – sechs Uhr dreißig. Beeil dich, Maskenbildnerinnen können die reinsten Hexen sein, und du möchtest doch nicht mit kleinen Schweinsaugen und großen schwarzen Ringen darunter vor der Kamera erscheinen, oder?«
In der Mittagspause traf sie Simon wieder. Er hatte zwei Sandwiches organisiert, breitete seine Windjacke auf dem Boden aus und forderte Lili auf, sich zu ihm zu setzen. Er biß in das knusprige Weißbrot, und sie konnte sehen, daß seine Zähne klein und weiß waren wie die eines Kindes.
»Schau dir den Idioten an, der da in seinem Mercedes über den Feldweg gerast kommt!«
»Das ist Serge, mein Manager – der Mann, bei dem ich wohne.«
»Oh, dann mache ich mich besser aus dem Staub.« Simon wirkte weder überrascht noch enttäuscht.

Im nächsten Monat erschien der Kalender der Reifenindustrie. Diese Kalender wurden immer mit größter Sorgfalt von berühmten Fotografen und prominenten Art-Directors gestaltet, und die einzelnen Ausgaben wurden gesammelt wie antiquarische Bücher. Der Kalender des Jahres 1964 war ganz auf Lili zugeschnitten und schlug ein wie eine Bombe. Jeder Kunstredakteur und Designer wollte ein Exemplar haben, jedem Lastwagenfahrer lief bei Lilis Anblick das Wasser im Mund zusammen, jeder Schuljunge hatte ihretwegen wilde Träume und die meisten Väter der Schuljungen ebenso. Innerhalb von zwei Wochen war der Kalender ausverkauft, und einzelne Exemplare wurden unter Sammlern zum achtfachen Preis gehandelt. Eine zweite

Auflage in Höhe von einer Viertelmillion ging genauso schnell über den Ladentisch wie die erste.
Praktisch über Nacht war Lili nicht nur berühmt, sondern auch berüchtigt.
In Paris konnte sie keinen Schritt mehr tun, ohne sofort erkannt zu werden.
Sie stellte fest, daß ihre geringe Selbstachtung ihr dabei half, das Bild der harten, frühreifen, kleinen Schlampe, welches die Öffentlichkeit sich von ihr machte, zu ignorieren. Serge brachte ihr bei, den Journalisten gegenüber zu betonen, daß sie Waise sei; Waisen waren immer für positive Publicity gut. Vor allem wollte er, daß sie mit dem Gerede über ihre geheimnisvolle echte »Mama« aufhörte, damit nicht eines Tages Hunderte verrückter Frauen vor seinem Büro auftauchten, sich als ihre Mama ausgaben und die Hälfte ihres Einkommens verlangten.
Lilis Pornofilme gingen an Sammler weg wie warme Semmeln, und zwar zu Preisen, die Serges Einkommen in schwindelnde Höhen trieb. Anwälte und Steuerberater gaben sich die Klinke in die Hand. Lili wurde zu den Gesprächen nie hinzugezogen, denn sie besaß keine Anteile an Serges Gesellschaft. Sie stand bei Sergio Productions unter Vertrag, also gehörte sie Serge. Lili war das Futter für die Klatschspalten, ihr blieben die scheelen Seitenblicke der Frauen, das lüsterne Grinsen der Männer. Es fiel ihr schwer, mit dieser Situation fertig zu werden, und so begegnete sie ihrer Umwelt in erster Linie mit Mißtrauen und Vorsicht. Etwas anderes blieb ihr nicht übrig.

32

Kurz nach ihrem dritten Hochzeitstag traf Pagan sich mit Kate, um sie in ihren Plan einzuweihen, den sie in den letzten Wochen entwickelt hatte.
»Paß auf«, sagte sie, »ich brauche deine Hilfe. Erstens, ich liebe Christopher mehr als das Trinken, und zweitens, ich könnte es nicht ertragen, wenn er sterben würde. Und du weißt, daß man damit jederzeit rechnen muß. Wenn er stirbt, bleibt mir nichts von ihm, und deswegen möchte ich ein Kind haben. Selbst wenn es ihn umbringt, ich will sein Kind.«
»Denkst du an . . . künstliche Befruchtung?«
»Natürlich nicht! Ich möchte, daß unser Kind als Akt der Liebe gezeugt und empfangen wird, selbst wenn es das letztemal ist, daß wir zusammen sind.«
Kate war von Pagans Skrupellosigkeit entsetzt. »Trotz allem, was die Ärzte sagen?«
»Trotz allem, was die Ärzte sagen, Darling. Deshalb möchte ich dich bitten, daß du mir hilfst, Christopher zu verführen, er wäre nämlich nie einverstanden.« Kate war sprachlos vor Erstaunen. »Ich möchte sozusagen das Gegenteil von Geburtenkontrolle machen, und du sollst mir dabei helfen, die Tage auszurechnen, an denen ich am ehesten schwanger werden kann. Nicht die Tage – *den* Tag, denn mehr als eine Chance werde ich nicht kriegen.«
»Angenommen, eine Chance reicht nicht aus?«
»Ich habe keine andere Wahl. Und wenn du dich erinnerst, in der Schweiz hat eine Gelegenheit auch ausgereicht, um dieses süße, kleine Wesen hervorzubringen.«
»Bitte, sprich nicht von ihr, oder ich fange an zu heulen.«
Sie seufzten beide. Nach einigem Zureden erklärte Kate sich schließlich bereit, Pagan zu helfen, und vier Monate später war es dann soweit: Pagan verführte den ihr recht-

mäßig angetrauten Ehemann. Kaum war Christopher am nächsten Morgen wieder im Labor, hängte sie sich ans Telefon und rief Kate an, um ihr Bericht zu erstatten. Sie erzählte, wie sie ihr verführerischstes Negligé angezogen und überall in der Wohnung die Heizung aufgedreht hatte, so daß eine Hitze wie in einem Treibhaus herrschte, als Christopher nach Hause kam. Dann hatte sie ihm einen Mint Julep gemixt – sechs Eierbecher voll Bourbon, dazu zerstoßenes Pfefferminz und geschmolzener Zucker.

»Nachdem er den getrunken hatte, war der Rest einfach. Natürlich ging alles zu schnell, um wirklich Spaß zu machen, und Christopher sah hinterher aus wie ein lebender Leichnam, aber er hat nicht gewagt, sich richtig aufzuregen, um seinen Blutdruck nicht in die Höhe zu treiben.«

Erstaunlicherweise wurde sie wirklich schwanger. Sobald Christopher seinen Zorn hintuntergeschluckt hatte, war auch er überglücklich. Pagan sagte, daß sie eine Tochter haben wolle, »ein süßes kleines Ding mit großen braunen Augen.« Christopher lachte. »Warum lachst du?«

»Weil du das wohl nicht bekommen wirst.«

»Warum nicht?«

»Weil wir beide blaue Augen haben, und es für Eltern mit blauen Augen genetisch unmöglich ist, ein Kind mit braunen Augen zu bekommen.«

»Was heißt das, genetisch unmöglich?«

Er zog sie an sich und strich ihr über das Haar. »Im Kern jeder menschlichen Zelle befinden sich zwei Genpartien – eine für jeden Erbteil. Sie legen schon im Embryo fest, welche Charakteristika das kleine Baby erben wird.«

Er zeichnete mit der Fingerspitze den Verlauf ihrer Augenbrauen nach. »Was nun die Gene betrifft, die für die Farbe der Augen zuständig sind, so bekommt man nur dann ein Kind mit blauen Augen, wenn die Gene beider Eltern die Anlage für blaue Augen in sich tragen. In der Medizin nennt man das ›blauäugige‹ Gen rezessiv, das heißt, daß jemand mit einem Gen für blaue Augen und einem für braune immer braune Augen und nicht blaue haben wird. Und außerdem heißt es, daß zwei blauäugige Elternteile *nur* blauäugige Kinder kriegen können. Für blauäugige Eltern ist es absolut unmöglich, ein braunäugiges Kind in die Welt zu setzen.«

»Und haselnußfarbene Augen?«

»Natürlich gibt es graduelle Unterschiede bei der Farbe der Augen. Manchmal gibt es grünblaue oder haselnußbraune, und gelegentlich kommt es zu einem Rückfall auf einen braunäugigen Ahnen, aber alles in allem ist das sehr unwahrscheinlich. Und es passiert *nie*, wenn die Farbe bei beiden Elternteilen dieselbe ist. Also kannst du nicht erwarten, daß Eltern mit eindeutig blauen Augen einen Sprößling mit braunen Augen in die Welt setzen, weil es, wie gesagt, genetisch unmöglich ist.«

Pagan schloß die Augen und kuschelte sich an ihn.

»Da wir beide blaue Augen haben, können wir unserem Kind nur blaue Gene geben«, schloß Christopher. »Du wirst also ein blauäugiges Baby bekommen, mein Liebling. Und ich hoffe, es wird dir auch sonst wie aus dem Gesicht geschnitten sein.«

Im Sommer 1966 wurde das Kind geboren. Sie nannten es Sophia, und es hatte blaue Augen. Pagan schwor sich, ihm nicht nur eine gute Mutter zu sein, sondern es zu beschützen wie eine Löwin ihr Junges.

Teil 7

33

Im Frühling 1956 lag Kates Flucht aus Kairo vier Jahre zurück. Nach ihrer Rückkehr hatte sie eine volle Woche nur geweint, denn sie wußte um die Enttäuschung und den Zorn ihres Vaters. Sie mußte fort von zu Hause, fort von ihm. Sie brauchte einen Vorwand, um wieder in der Walton Street wohnen zu können. Da sie aber nicht durch einen Ganztagsjob angebunden sein wollte, entschied sie sich, als freie Übersetzerin zu arbeiten. Weil ihr Französisch nicht gut genug war, schrieb sie sich für einen Intensiv-Kurs an der Berlitz-School in der Oxford Street ein und floh aus der häuslichen Enge auf Greenways in ihre alte Wohnung in der Walton Street.

Der neue Beruf war einfach. Kate arbeitete schnell und exakt, und sie erhielt so viele Übersetzungen, wie sie brauchte, denn gleich in ihrer Nähe wohnte ein französischer Literaturagent, der sie ständig mit Aufträgen versorgte. Sie versuchte, Robert zu vergessen und begann sich wieder mit alten Freunden zu treffen, um nicht allein zu sein. Seit sie Kairo verlassen hatte, fühlte sie sich, als wäre etwas aus ihr herausgeschnitten worden. Sie hatte sich von jeher einsam gefühlt, zum Teil, weil sie ein Einzelkind war, und zum Teil, weil die verbale Gewalttätigkeit ihres Vaters sie schüchtern und vorsichtig gemacht hatte. Doch jetzt hatte sie darüber hinaus noch das Gefühl, etwas verloren zu haben, und das verstand sie nicht.

Was hatte sie verloren? Sicherlich nicht ihre Jungfräulichkeit; die hatte sie schon lange vorher geopfert, ohne sich viel dabei zu denken. Und die Trennung war auch nicht so melodramatisch gewesen, wie man das gemeinhin erwartete. Sie weinte nicht einmal mehr, wenn sie an Robert dachte, obwohl es weh tat zu hören, daß er Pagan geheiratet hatte.

Aber, wie gesagt, das war vorbei, und schließlich gab es ja noch jede Menge anderer Männer zu ihrer Zerstreuung. Kate kannte eine Menge netter Burschen, und tatsächlich war sie fast ununterbrochen verliebt – vierzehn Tage hier, eine halbe Stunde dort, fünf Minuten voller Leidenschaft für einen Mann, der im Bus neben ihr saß. Sie wußte, daß sie sinnlich war, daß sie Männer gern anfaßte und gern von ihnen berührt wurde. Jeder Mann, den sie traf, hatte etwas, wonach sie sich sehnte. Was sie nicht wußte, war, warum die beiden einzigen Männer, die ihr jemals etwas bedeutet hatten, sie sitzengelassen hatten.

Sie vertraute Männern nicht mehr. Fast hatte sie das Gefühl, darauf geeicht zu sein, daß sie sich immer in Mieslinge verliebte. Die Lektion, die sie als Kind auf dem Schoß ihres Vaters gelernt hatte, bestimmte auch noch ihr Leben als Erwachsene: sie war davon abhängig, daß sie zurückgestoßen wurde – oder nicht. Sobald ein Mann begann, sie zu kritisieren, verliebte sie sich auf der Stelle in ihn. Und wenn sie sich in ihn verliebte, ging sie auch mit ihm ins Bett. Und wenn sie mit ihm ins Bett ging, kam sie nie zum Höhepunkt. Also tat sie so als ob.

Kate lebte in der dauernden Furcht, die Männer könnten herausfinden, daß sie ihnen etwas vorspielte, und sie dann verlassen, weil sie frigide war. Aus dieser Angst vor der Zurückweisung hatte sie mit keinem ihrer Liebhaber ein offenes, ehrliches Verhältnis. Und daran änderte sich auch nichts, bis sie 1956 am Silvesterabend auf dem Chelsea Arts-Ball den achtundzwanzigjährigen Architekten Toby Harrington kennenlernte. Toby hatte sich auf Krankenhäuser spezialisiert und war in seiner Firma gerade zum Juniorpartner ernannt worden. Er führte Kate in die *Haute Bohème*-Kreise ein, in denen er sich bewegte, und Kate fand seine Freunde überaus erfrischend nach den Reserveoffizieren und Börsenmaklern, die im Haus ihrer Eltern ein und aus gingen.

Schon bald stand Kate völlig unter Tobys Einfluß. Er sagte ihr, wie sie sich anzuziehen hatte, wie sie aussehen, was sie denken, fühlen und darstellen mußte. Selbst vor Maxine nörgelte er an ihr herum, und Kate folgte und glaubte ihm nicht nur, sie versprach sogar, sich zu bessern.
Kate bewunderte Tobys Selbstsicherheit und teilte die hohe Meinung, die er von sich selber hatte. Sie war immer noch nicht mehr als ein glücklicher, handsamer Fußabtreter, dachte Maxine, obwohl sie zugeben mußte, daß Toby witzig und intelligent war, wenn er auch nicht gerade umwerfend gut aussah. Er war ganz offensichtlich mit beruflichem Geschick gesegnet und liebte seine Arbeit leidenschaftlich.
»Der Nachteil bei Krankenhäusern«, erklärte er Maxine einmal, »ist, daß die Arbeit manchmal sehr frustierend sein kann. Statt mit einem Klienten muß man sich mit einer ganzen Horde davon auseinandersetzen. Ärzte, die keine Zeit haben, die Pläne ordentlich zu studieren; Oberschwestern, die Krankenhausverwaltungen und dazu noch das Gesundheitsministerium.«
Er hielt sein Rotweinglas gegen das Licht. Wunderbare Farbe! Auf dem Plattenspieler drehte sich eine Toccata für Cembalo von Bach. »Die Behörden und Ministerien sind altmodisch; sie haben überholte Vorstellungen und hören nicht zu, wenn man neue vorträgt. Sie fordern mich auf, wirtschaftliche Entwürfe vorzulegen, wobei sie in Wirklichkeit überfüllte Abteilungen meinen.«
»Das klingt ja außerordentlich komplex«, sagte Maxine höflich. Und Toby dachte: endlich eine Freundin von Kate, die wenigstens etwas Grips hat.
Kate lauschte voller Bewunderung. Nichts tat sie lieber, als Toby zuzuhören, wenn er über seine Arbeit sprach, oder ihn in seinem ruhigen, ganz in Weiß gehaltenen Büro mit den großen Blaupausen auf dem Schreibtisch zu besuchen. Anders als die Ärzte hatte sie sehr schnell begriffen, wie wichtig es war, sich ausführlich mit ihnen zu beschäftigen.

Aber Kate ließ Toby nicht zu ihr in die Walton Street ziehen, weil ihr Vater vor Wut explodiert wäre. »Dann werden wir wohl heiraten müssen«, maulte Toby ungnädig, und wieder stand dieses verräterische Leuchten in Kates Augen. Kate Harrington. Mrs. Toby Harrington. Mrs. Harrington. Diesmal gab es keine kostbaren Diamanten. Tatsächlich erhielt sie nur mit Mühe und Not überhaupt einen Ring, weil Toby Eheringe für primitive Symbole überholter bourgeoiser Besitzansprüche hielt. Schließlich ließ er sich aber doch überreden, aus zweiter Hand einen Goldring zu erwerben, dessen Außenseite mit einem abgenutzten Muster aus kleinen Herzen bedeckt war. Die Vorbesitzerin mußte eine Frau mit vielen Sorgen gewesen sein, denn die Herzen waren vom nervösen Hin-und-Her-Drehen schon ganz abgegriffen.

Zur Hochzeit erschien auch Tobys Mutter aus Essex. Major Hartley-Harringtons Witwe war eine voluminöse, kurz angebundene Frau mit muskulösen Beinen und einer Nase, die man nur als Zinken bezeichnen konnte. Obwohl sie ein blaues Seidenkleid anhatte, trug sie in Gedanken Tweedhosen und fragte sich, ob es den Hunden während ihrer Abwesenheit auch gutging. Sie sagte bemerkenswert wenig, und während der langweiligen Zeremonie auf dem Standesamt war sie ständig damit beschäftigt, abwechselnd die Nase und ihre Pelzstola hochzuziehen. Offensichtlich glaubte sie nicht ganz daran, daß sie wirklich eine Schwiegertochter erhalten sollte.

Während des Hochzeitsessens im *Connaught* wurde sie etwas zugänglicher, doch das war auf den ausgeprägten Genuß des Weines zurückzuführen und nicht auf eine wachsende Zuneigung zu der Frau ihres Sohnes. Nach dem ersten Gang schlug Kates Vater, der eine halbe Stunde lang vergeblich versucht hatte, mit ihr ins Gespräch zu kommen, mit dem Messer gegen den Rand seines Glases und sagte, daß er kein großer Redner sei, daß junge Leute über ihr Leben selber entscheiden könnten, daß er einsehe, daß vieles heute anders sei als früher – wenn auch nicht unbedingt besser –, daß zwei junge Menschen aber trotzdem nicht in einem dunklen Loch miteinander leben könnten und daß er ihnen daher zur Hochzeit das Haus in der Walton Street gekauft hätte, in dem Kate bisher zur Miete gewohnt hatte. Nach dieser Verlautbarung entkrampfte sich die Hochzeitsgesellschaft, und als Braut und Bräutigam zum Flugplatz fuhren, um ihre Flitterwochen anzutreten, wurden sie sogar von fröhlichem Lachen begleitet.

Am Anfang waren sie glücklich.
Kates alte Kellerwohnung wurde aufgemöbelt, weiß gestrichen und mit einer großen Pinnwand aus Kork verkleidet, so daß Toby sie als Büro benutzen konnte. Fast immer wimmelte es dort von Freunden, die nicht selten ohne Vorankündigung auftauchten, um zu schmarotzen und vor, während und nach den Mahlzeiten über ihre Arbeit zu diskutieren.
Kate war begeistert.
Das Erdgeschoß wurde ebenfalls ausgeräumt. Anschließend wurden alle Wände, die Decken und die Fensterrahmen schokoladenfarben gestrichen und die Böden mit weißen Vinylkacheln ausgelegt, auf denen man jeden Fußabdruck sah. Überall wurden Punktstrahler angebracht. Die Geländer verschwanden von den Treppen, und alles, was eine Wohnung verschönern konnte – etwa ein Strauß Gänseblümchen in einem alten Marmeladenglas oder eine langstielige Rose in einem Reagenzglas –, drängte sich auf schmucklosen Regalen gegenüber der Kochnische. Möbel gab es kaum; die Stühle hatte Toby selber entworfen. Sie waren aus Metall und Drahtgeflecht und erinnerten entfernt an Traktorsitze. »Arschfallen«, nannte Kates Vater diese Sitzgelegenheiten bei seinen seltenen Besuchen, wenn er sich umsah und immer wieder fand, wie verdammt kahl

die Wohnung doch aussah; wenn ihre Eltern hereinschauten, versteckte Kate vorher die Privatdrucke von Aubrey Beardsley und die an keiner Phantasie vorbeigehenden Schnitzereien aus Afrika, die sich sonst so provozierend in den Raum spreizten.
Jeden Abend arbeitete Kate hart und gern als Gastgeberin, bewirtete Tobys Klienten, unterhielt Architekturjournalisten und machte es den anderen Designern, die mit Toby an seinen Projekten arbeiteten, gemütlich.
Mit großem Eifer lernte sie kochen, wenn Tobys Freunde auch einen etwas exotischen Geschmack hatten, der nach und nach alle Speisen dominierte. Am Weihnachtsabend verabschiedete sich Kates Vater nach dem Essen auf der Treppe von seiner Tochter und sagte: »Normalerweise mag ich diesen ausländischen Mistfraß ja nicht, aber ich muß sagen, daß hat *recht hübsch* geschmeckt, Mädchen.«
Es waren die letzten Worte, die Kate ihn sagen hörte.

34

Am nächsten Tag versuchte Kates Vater, eine defekte Glühbirne in der Loggia auszuwechseln, bekam einen Schlag, stürzte rückwärts von der Leiter und brach sich das Genick. Als Kates Mutter ihn fand, war er tot.
Ein paar Tage lang brach Kate bei jeder Gelegenheit in Tränen aus, obwohl sie nicht verstehen konnte, warum, denn sie hatte unter seinem Jähzorn und seiner Tyrannei immer gelitten. Sie würde nie vergessen, welche Ängste sie als Kind ausgestanden hatte, wie oft sie zitternd und nägelkauend in der Ecke gesessen und geweint hatte.
Zwei Monate später verschwendete Kate keinen Gedanken mehr an den Tod ihres Vaters.
Sie war schwanger.

Sie war überglücklich. Sofort schoß sie los und kaufte eine Korbwiege, ein Messingbett aus dem 19. Jahrhundert und einen großen, altmodischen Kinderwagen. Toby haßte das Zeug, denn es blockierte ihren engen Flur fast vollständig. Ihre Mutter besuchte sie nach einem Einkaufsbummel in der Bond Street und brachte ihr einen Stapel Babykleidchen aus handgenähter Spitze mit. Mrs. Ryan lebte fröhlich von einem immer mehr strapazierten Überziehungskredit, da der von Mr. Ryan testamentarisch eingesetzte Vermögensverwalter ihr nur eine schmale monatliche Summe zukommen ließ. Sie hatte beschlossen, Greenways zu verkaufen, weil es für sie allein zu groß war, und zu ihrer Schwester in ein Landhaus im Norden zu ziehen.

Kate verbrachte viel Zeit damit, Maxine am Telefon nach ihren Erfahrungen während der Schwangerschaft zu befragen, bis die Französin sie kurzentschlossen besuchen kam. Maxine erkannte, daß Kate dieses Baby wirklich *brauchte*, um endlich zu einem eigenen Stil zu finden. Toby dagegen schien an dem Kind nicht halb so interessiert wie Kate, und wann immer sie von Krankenhäusern sprach, begann er sofort über Florence Nightingale zu reden. Toby verehrte die berühmte Krankenschwester aus dem 19. Jahrhundert und ihre Theorien. In seinem Büro hing eine Daguerreotypie von ihr, und wenn er über sie redete, klang es, als lebte sie noch.

»Was sie sagt, ist so *vernünftig*«, verkündete er und meinte damit, daß er ganz ihrer Ansicht war. »Sie sagt, daß im Vordergrund der Tätigkeit im Krankenhaus der Patient stehen sollte, und was haben wir heute? Im Vordergrund steht dämliche, pedantische Routine. Sie wecken einen auf, um einem eine Schlaftablette zu geben und servieren das Abendessen am Nachmittag, damit der Zeitplan der Schwestern nicht durcheinandergerät.«

Er schenkte sich einen Campari ein, so vorsichtig, als spalte er ein Atom. »Die Mediziner begreifen einfach nicht, daß der Patient keine Leiche ist, die man seziert, oder eine Puppe zum Experimentieren. Sie begreifen nicht, daß ein Patient ein verängstigtes menschliches Wesen ist.«

Als Kate im siebten Monat war, wachte sie eines Nachts mit grauenhaften, krampfartigen Schmerzen auf und stellte fest, daß ihre ganze Matratze von ihrem eigenen Blut durchweicht war. Toby fuhr sie sofort ins St. George's Hospital, wo sie vier Stunden später erfuhr, daß sie ihr Baby verloren hatte.

Toby saß am Bett seiner Frau und tröstete sie. Stundenlang hielt er ihre Hand, während sie kraftlos und stumm auf dem Rücken lag und die Decke anstarrte. Er hatte ihr eine Schale mit blauen Hyazinthen auf das Nachtschränken gestellt. Als sie eingeschlafen war, nahm der behandelnde Arzt ihn beiseite und riet ihm, sie so schnell wie möglich wieder zu schwängern.

Und genau das tat er.

Kate verlor auch das zweite Baby.

1960 lag Kate wieder im Krankenhaus und erholte sich von ihrer dritten Fehlgeburt. Maxine legte auf einer Reise nach New York einen Zwischenstopp ein, um sie zu besuchen. Kate lag ganz allein in einer kleinen grünen Zelle mit einer ungeheuer hohen Decke. Ein Gewirr von Schläuchen mündete in irgendwelchen Venen von Kates malträtiertem Körper. Maxine legte ihr einen großen Strauß Narzissen aufs Bett und sagte: »Armes Baby.« Dann erkannte sie ihren Fauxpas, errötete und fragte rasch: »Was läuft denn bloß immer schief, mein Liebling?«

Kate seufzte, und einen Augenblick lang war nichts zu hören außer dem Rumpeln der Wasserleitungen in dem alten Gemäuer. »Die ersten beiden Fehlgeburten passierten in der achtundzwanzigsten und siebenundzwanzigsten Woche, aber diese hatte ich erst in der zweiunddreißigsten Woche, und das Baby war tot. Ich kann dir gar nicht sagen, wie mich das fertigmacht. Du bekommst diese Krämpfe und es tut so weh, daß du am liebsten schreien würdest, und die ganze Zeit weißt du, daß am Ende nur ein toter kleiner Körper herauskommen wird.«

»Aber gibt es denn keine Vorwarnung? Kannst du denn nicht einfach stilliegen und verhindern, daß es überhaupt anfängt?«

»Beim erstenmal habe ich geschlafen, als das Blut kam, und bin erst von den Schmerzen aufgewacht. Im Krankenhaus haben sie mir dann munter irgendwelche Statistiken gezeigt, nach denen nur eine von sechs Schwangerschaften mit einer Fehlgeburt endet. Sie sagten, ich dürfte den Mut nicht verlieren und sollte es weiter probieren, aber ich *wußte,* daß sie logen, denn all diese Fehlgeburten hätten vor der vierzehnten Woche stattfinden müssen . . .«

Sie schnupperten an den gelben Blumen, die den Geruch des Frühlings in den kleinen Raum gebracht hatten. »Sie haben keine Vasen mehr, Darling. Ich habe heute morgen danach gefragt. Es gibt nie genug Blumenvasen in diesen verdammten Krankenhäusern.«

»Mist, daran habe ich nicht gedacht. Ich hätte dir eine Topfblume mitbringen sollen.« Maxine legte die Blumen in das Waschbecken und ließ Wasser darüberlaufen.

»Beim zweitenmal war es noch schlimmer«, fuhr Kate fort. »Ich habe es nicht einmal mehr bis ins Krankenhaus geschafft. Wußtest du, daß man im Fall einer Fehlgeburt den Fötus und die Nachgeburt in eine saubere Küchenschüssel oder einen Plastikbeutel tun und ins Krankenhaus bringen muß, damit sie eine Laboruntersuchung vornehmen und dir sagen können, warum du das Kind verloren hast? Ich auch nicht. Ich kann also von Glück sagen, daß der Arzt es noch rechtzeitig geschafft hat.«

»Gut, aber *warum* hattest du all diese Fehlgeburten?«

»Das habe ich sie auch gefragt. Angeblich hat sich beim er-

stenmal der Fötus zu früh von der Plazenta gelöst, und beim zweitenmal sagten sie, ich hätte einen schwachen Mutterhals, der sich zu früh geweitet hätte. Also wurde ich daraufhin behandelt, aber diesmal war's genau dasselbe. Jetzt versuchen sie gerade, meinen Uterus zu säubern.«
Kate lag auf dem Rücken, die Hände reglos auf der Bettdecke, und ihre Stimme klang fast gleichgültig, aber in Wirklichkeit hatte sie das Urteil der Arzte sehr schwergenommen. Vor allem, als sie ihr versteckt zu verstehen gegeben hatten, daß es wenig Sinn hätte, eine weitere Schwangerschaft zu versuchen. Sie hatte einen hysterischen Anfall bekommen und war erst von einer Schwester mit einer Beruhigungsspritze wieder zur Ruhe gebracht worden.

Als Kate aus dem Krankenhaus entlassen wurde, war sie noch immer erschöpft und unsagbar traurig.
Toby konnte die Tiefe ihres Verlusts nicht verstehen. Schließlich hatte sie das Kind, das sie verloren hatte, ja noch nicht einmal in den Armen gehalten. Kate konnte ihm ihr Elend nicht erklären. Sie konnte mit überhaupt niemandem sprechen. Sie wollte allein sein und gleichzeitig unter Leuten. Tagelang kam sie aus dem Weinen nicht mehr heraus. Toby versuchte sie zu trösten, so gut es ging, aber er konnte nicht viel Zeit zu Hause verbringen, weil er gerade ein großes Projekt außerhalb der Stadt fertigstellte – ironischerweise ein Genesungsheim für Kinder.
Es stimmte Kate traurig zu sehen, wie ihre Brüste wieder ihren normalen Umfang annahmen und ihr Bauch wieder schlaff wurde, wo er noch vor einem Monat hart und fest gewesen war. Wieder spürte sie, was sie bei der Beerdigung ihres Vaters empfunden hatte – ein seltsames Gefühl des Verlusts und der Verwirrung.
Was hatte sie falsch gemacht?
Irgend etwas mußte sie doch falsch gemacht haben! Warum sonst wurde sie immer wieder enttäuscht, wo sie doch nur

ganz normal glücklich sein wollte? Andere Menschen waren doch auch glücklich – warum wurde sie immer wieder bestraft? Warum konnte sie sich nicht ein einziges Mal wenigstens ganz kurz als vollwertige Frau fühlen.

Um sich von ihrer Leere abzulenken, ließ sie sich völlig auf das geschäftige und etwas frivole Ambiente von Chelsea ein. Ihr Haus lag zu Fuß nur fünf Minuten von der King's Road entfernt, und an mindestens drei Abenden pro Woche gingen sie und Toby auf ein paar Drinks ins *Markham Arms*, einen exquisiten edwardianischen Pub direkt neben Mary Quants *Bazaar*.

Eines Tages hörte sie, daß Pagan wieder in England sein sollte, und zwar schon seit längerer Zeit. Sowohl sie als auch Maxine hatten schon vorher gehört, daß Pagans Ehe gescheitert war. Beide hatten sie ihr zuerst nach Kairo und dann nach Trelawney geschrieben, aber nie eine Antwort erhalten. Maxine war viel zu sehr mit ihrer eigenen Ehe und ihrem Beruf beschäftigt, um den Versuch zu unternehmen, Pagan aufzuspüren, besonders wenn *sie* nicht mit ihnen in Kontakt bleiben wollte. Wenn Pagan Maxine sehen wollte, nun, dann wußte sie ja, wo sie zu finden war.

Bei der Eröffnung einer neuen Galerie traf Kate dann Philippa, die kraushaarige Bridgespielerin, mit der sie seit ihrem Besuch in Kairo keinen Kontakt mehr gehabt hatte. Philippa gehörte zu den Menschen, deren Lebensaufgabe darin besteht, mit jedem in Kontakt zu bleiben, den sie einmal kennengelernt haben, und ihren unerbittlichen Weihnachtskarten entkam niemand auf Dauer. Sie erzählte Kate, daß Robert sich von Pagan hatte scheiden lassen und daß Pagan schon vor Jahren nach England zurückgekehrt war und sich auf Trelawney vergraben hatte.

»Niemand war sonderlich überrascht, als sie sich getrennt haben«, fügte Philippa hinzu. »Robert war schon immer unmöglich – dieser schmutzige Trick, mit dem er sie hereingelegt hat, gehörte zum Standardrepertoire des alten Robert.«

»Welcher schmutzige Trick?« fragte Kate verwirrt.

»Aber wissen Sie denn nicht . . .?« Aus Kates Überraschung wurde Empörung und schließlich Zorn, als Philippa ihr erzählte, wie Robert Pagan und Kate vor so langer Zeit gegeneinander ausgespielt hatte – und daß ganz Kairo darüber informiert war. Östlich von Gibraltar konnte man vor seinen Dienstboten eben einfach nichts geheimgehalten.

Plötzlich sehnte sich Kate danach, Pagan wiederzusehen, sehnte sich nach ihrer Freundschaft, die so gar nichts von der sonst üblichen Konkurrenz unter Frauen an sich hatte. Sie kauerte auf einem der durchsichtigen aufblasbaren Plastiksessel, die Toby für die Galerie entworfen hatte, und der Gedanke an Pagan erschien ihr auf einmal wie die Sehnsucht nach einem bequemen alten Ledersessel an Stelle dieses gemarterten Ballons, auf dem sie hier sitzen mußte. Gleich morgen würde sie in Trelawney anrufen.

35

Judys Telefon klingelte. Schläfrig tastete sie nach dem Hörer. Es war drei Uhr morgens.

»Habe ich Sie geweckt?« fragte eine besorgte Stimme.

»Ja.«

»*Gut!* Weil es nämlich langsam Zeit wird, daß Sie aufwachen. Hier spricht Tom Schwartz von den Empire-Studios. Sie haben gerade eine Verlautbarung über einen unserer wichtigsten neuen Filme für 1963 herausgegeben, ohne uns auch nur zu *fragen*! Ja, ich beziehe mich auf den Joe-Savy-Abschluß. Sind Sie nicht auf den Gedanken gekommen, daß ein großes Studio seine Pressearbeit vielleicht selber machen möchte? Oder rechnen Sie auch noch mit Dankesworten, weil Sie uns die Mühe erspart haben? Sollte ich vielleicht Ihren Einfluß unterschätzt haben? Setzt Walter Winchell sich als erstes immer mit Ihnen in Verbindung, wenn er einen Rat braucht?«

»Hör zu, Freundchen«, sagte Judy mit schläfriger Stimme, »wenn Sie sich mit mir anlegen wollen, soll mir das recht sein. Was einen bei einem solchen Krach immer am meisten aufregt, ist, wenn einer den Hörer auflegt, und genau das werde ich jetzt tun. Ich werde morgen gegen zehn bei Ihnen sein, und dann können Sie mich genau siebzehneinhalb Minuten lang anbrüllen, weil es wirklich etwas unüberlegt von mir war. Ich komme in Sackleinen; bringen Sie die Asche mit.«

Sie drückte die Gabel herunter, legte den Hörer neben den Apparat und schlief wieder ein.

»Glauben Sie, ich hätte mich absichtlich mit jemand so Wichtigem wie Ihnen angelegt, Mr. Schwartz?«

Siebzehn Minuten hatten sie sich jetzt mit wachsender Begeisterung in Toms elegantem Büro angebrüllt.

»Wie ich Ihnen bereits angedeutet habe, ist mir das scheißegal.« Tom beugte sich vor. »Aber wenn Sie Ihren Fehler wirklich wieder gutmachen wollen, können Sie damit anfangen, daß Sie Ihre Brille aufsetzen, damit Sie wenigstens meine Schreibtischplatte sehen können. Ich kenne genug Fotos von Ihnen, und auf allen tragen Sie eine Brille. Eine Frau, die sogar in Gegenwart eines Fotografen eine Brille aufhat, ist ohne sie praktisch blind!«

Judy fischte ihre riesige, schwarzgerahmte Brille aus ihrer Handtasche, setzte sie auf und warf Tom ein hoffnungsvolles Lächeln zu. Wenn sie sich absichtlich eine Blöße gab, konnten die meisten Leute ihr nicht widerstehen und vergaben ihr.

Aber Tom war zu oft in seinem Leben von hinreißenden Starlets beiderlei Geschlechts umworben worden. »Hören Sie mit dem Unsinn auf«, sagte er. »Wir haben schon genug Zeit verschwendet.«

Nachdem sie zwei Monate zusammen gearbeitet hatten, lud Tom sie im *Côte Basque* zum Mittagessen ein und sagte:
»Sie sind gut.«
»Ich weiß.«
»Ich bin auch gut.«
»Ich weiß. Zusammen wären wir unschlagbar.«
»Warum also nicht?« Tom beugte sich vor und bedeckte ihre Hand mit seiner.
»Wenn Sie diesen Vorschlag ernst meinen, sind Sie genau der eine Mann, mit dem ich nie ins Bett gehen werde.«
»Sagen Sie das zu jedem Mann, der Sie zum Essen einlädt?« fragte Tom sauer.
»O ja, ich lasse nie einen Zweifel daran, daß es nicht etwa an den Hamburgern liegt. Ich bin offen, aber höflich.«
»Dann kann ich genausogut gleich aufgeben und Ihnen sagen, *was* wir zusammen machen könnten. Ich möchte meinen Job kündigen, bei Ihnen einsteigen und Ihr Büro zu einer kleinen Public-Relations-Firma erweitern.«
»Haben Sie klein gesagt?«
»Ja. Das Hauptquartier wäre in New York, aber darüber hinaus müßten wir noch in jeder großen Stadt einen Brückenkopf in einer örtlichen Werbe- oder PR-Agentur haben.«
»Und was hätten *die* davon?«
»Geld. Und einen Brückenkopf in New York. Ich habe die besten Jahre meines Lebens damit zugebracht, für Empire mit launischen Stars durch die Lande zu ziehen, und ich habe das Know-how – was bedeutet, daß die lokalen Agenturen, die mit uns zusammenarbeiten, als Abwechslung von irgendwelchen Kampagnen für Reinigungsmittel oder sonstwas mal mit ein paar interessanten Persönlichkeiten zusammenträfen.« Tom bestellte eine weitere Flasche Perrier. »Dabei ziele ich sowohl auf Leute ab, als auch auf feste Kunden. Ich möchte, daß die Leute sich an uns wenden, wenn ihre eigene Werbeabteilung überlastet ist oder wenn

ein Star besondere Aufmerksamkeit braucht. Empire könnte zum Beispiel einer unserer Auftraggeber werden, vorausgesetzt, die sind nicht zu sauer, daß ich gehe.«

»Warum sollte ein Star damit einverstanden sein, durch uns betreut zu werden?«

»Wenn man eine PR-Tournee von New York aus bucht, ist das meistens verschwendete Liebesmühe, weil es für eine Agentur praktisch unmöglich ist, über alles informiert zu sein, was draußen im Land in den Medien vorgeht. Aber ein Büro mit Filialen in ganz Amerika ist immer auf dem laufenden, weil die örtlichen Zweigstellen genau wissen, wer in ihrem Einflußbereich das Sagen hat.«

»Warum ich?« fragte Judy.

»Ich habe schon länger nach jemand gesucht. Aber Sie sind die erste, von der ich glaube, daß sie es schaffen könnte.«

»Was ist mit den Klienten, die ich bereits habe?«

»Die bilden die Basis, auf der wir aufbauen.«

»Muß ich irgendwelches Geld aufbringen?«

»Etwas sicher. Wir werden anständige Büroräume und ein paar Mitarbeiter brauchen.«

»Dann lautet meine Antwort nein, denn ich habe kein Geld.«

»Ich könnte für ein Bankdarlehen bürgen.«

Mein Gesicht muß irgend etwas Anständiges an sich haben, dachte Judy.

»Wo würden *Sie* das Geld herkriegen?«

»Ich habe seit meinem neunzehnten Geburtstag zehn Prozent meines Einkommens in Aktien angelegt.«

»Ich glaube, ich muß immer noch nein sagen. Ich habe gerade erst ein Darlehen zurückgezahlt und mich wieder daran gewöhnt, nachts gut zu schlafen.«

Die drei Jahre, die Judy jetzt auf eigenen Füßen stand, waren drei Jahre ununterbrochener finanzieller Sorgen gewesen. Natürlich wußte sie einiges über Public Relations, aber, abgesehen von ihrer bescheidenen Tätigkeit für Guy, hatte sie nie auch nur das geringste mit der Geschäftswelt zu tun gehabt, und es war ein großer Schock für sie gewesen, herauszufinden, daß es Leute auf dieser Welt gab, die ihre Rechnungen nicht zahlten – entweder, weil sie es nicht konnten oder weil sie es von vornherein gar nicht beabsichtigt hatten. Zweimal war Judy aus ihrem Studioappartement hinausgeworfen worden, weil sie die Miete nicht bezahlen konnte. Dann hatte sich Pat Rogers, ihre ehemalige Chefin, ihrer angenommen und ihr ein Bankdarlehen und ein paar kleinere Aufträge verschafft – eine Bohnerwachswerbung und einen jungen, vielversprechenden Sänger namens Joe – Savy.

»Deswegen wird mir niemand an den Wagen fahren«, hatte Pat Judy versichert. »Ich habe nämlich gerade einen Job als Featureredakteurin bei Harper's angeboten bekommen und werde wieder in meinen alten Beruf als Journalistin zurückgehen.«

In Erinnerung an die Anstrengungen, die es sie gekostet hatte, das von Pat vermittelte Darlehen zurückzuzahlen, schüttelte Judy den Kopf und sagte: »Nein, Tom, ich kann das Kapital einfach nicht aufbringen.«

»Schauen Sie, wenn es Ihnen lieber ist, leihe *ich* Ihnen das Geld.«

»Warum soll ich eigentlich die Hälfte des Startkapitals aufbringen, wenn ich die Klienten habe und Sie nicht?« Judy schoß einen Blitz aus ihren blauen Augen auf Tom ab. »Warum erwerben Sie nicht einfach meinen Geschäftswert für, sagen wir, zwanzigtausend Dollar?«

»Sie machen natürlich Witze.« Er lehnte sich zurück. Sie würde ja sagen.

Als die gegrillte Seezunge aufgetragen wurde, näherten sich ihre Standpunkte an, und beim Nachtisch kamen sie schließlich zu einer Einigung. Tom würde ihren Geschäftswert für siebentausend Dollar erwerben und weitere viertausend in das neue Geschäft investieren.

»Aber wir können nicht weiterhin nur unter Ihrem Namen firmieren«, sagte er.
»Wie wollen Sie unsere Firma nennen?«
»Wie wär's mit Local American Creative Enterprise?«
»Klingt etwas großspurig.«
»Nicht, wenn man nur die Initialen benutzt.«
»L-A-C-E. Hübsch.«

Schon bevor sie ihre Brückenköpfe im ganzen Land etabliert hatten, warf LACE Profit ab. »Ich verstehe einfach nicht, *warum*!« sagte Judy eines Abends, als sie mit Tom die Zahlen des vergangenen Monats durchging. Sie war gerade von einer dreizehnwöchigen Reise zurückgekehrt, auf der sie die endgültige Auswahl unter den PR-Agenturen getroffen hatte, mit denen sie zusammenarbeiten wollten. Jetzt saß sie in ihrem Büro und kaute besorgt an ihrem Daumennagel. »Ich habe noch immer dieselben Klienten wie früher, und unsere Betriebsausgaben sind sogar gestiegen, trotzdem wirft der Laden plötzlich etwas ab. *Warum?*«
»Schreib es einfach meinen zwölf Lehrjahren in einer Raubritterburg der Filmindustrie zugute«, gähnte Tom. »Und den Gesetzen der Logik. Es ist fast zehn. Warum gehen wir nicht nach Hause?«
»Ich hoffe, du hast deine Ersparnisse in Telefongesellschaften investiert«, sagte Judy und betrachtete die letzte Telefonrechnung. »Das hätte wenigstens eine gewisse Logik.«
Tom gähnte erneut. »Niemand geht wirklich logisch vor, schon gar keine Frau. Logik ist lediglich die Fähigkeit, sich eine rationale Begründung für etwas auszudenken, was man so oder so tun wird – wenigstens soweit es Frauen betrifft.«
»Und wie sieht's bei einem Mann aus?«
»Männer sind auch keine rationalen Wesen. Sie unterliegen dem Diktat völlig irrationaler Furcht.«
»Haben wir deswegen diesen Erfolg? Weil du die Leute einschüchterst?«

»Weil ich darauf vorbereitet bin, zur Not auch skrupellos zu sein, sicher. Wenn die Leute merken, daß sie mit einem Schlitten fahren können, werden sie das auch tun. Du hast dich von ihnen ausnutzen lassen, damit ist es jetzt vorbei. Und das ist der einzige Unterschied zu früher.«
»Außer deinem neuen Organisationsschema. Das hat uns auch nicht gerade geschadet.«
Tom bestand darauf, daß die Rechnung im voraus gestellt und innerhalb von dreißig Tagen bezahlt wurde. Er nahm nicht einmal den Telefonhörer in die Hand, solange der Vertrag nicht unterschrieben und das Geld auf ihrem Konto war, und sie arbeiteten für niemand auch nur eine Minute über die Vertragsdauer hinaus.
Toms Aufgabenbereich war die Kundenbetreuung. Er leitete das Büro und sorgte dafür, daß die Ausgaben die Einnahmen nicht überschritten. Judys Aufgabe bestand darin, neue Kunden zu gewinnen, die lokalen Agenturen zu überwachen und große Einzelkampagnen durchzuführen. Darüber hinaus war sie für die kreative Seite des Geschäftes zuständig, entwarf Funk- und Fernsehspots und arbeitete mit den Autoren und Designern. Das machte ihr am meisten Spaß. Sobald die Generalstabsarbeit getan war, schickte Judy die ausgearbeiteten Pläne an die lokalen Direktoren, die sie wiederum in ihrem Gebiet in die Tat umsetzten. Dabei mußte eine ganze Menge telefoniert werden zwischen LACE und den Filialen in ganz Amerika. Eine einzige Tournee durch fünfundzwanzig Städte erforderte bis zu sechshundert Telefongespräche, bevor die Reise zu Ende war. Der Kunde aber hatte nur ein einziges Gespräch zu führen – mit LACE.
Es war eine geradezu lachhaft einfache Idee. Und genau deswegen funktionierte sie phantastisch.

36

Kate tat noch immer, als ob. Nicht immer, denn sie konnte ziemlich schnell zum Höhepunkt kommen, wenn sie oben lag und selber das Tempo diktierte, aber das ergab sich nicht allzu oft, und deswegen verschwand sie hinterher meistens rasch im Badezimmer, um zu masturbieren, damit sie einschlafen konnte.

Aber nachdem sie und Toby sechs Jahre lang verheiratet waren, passierte etwas Schreckliches.

In einer heißen Augustnacht lag Kate im Bett und las einen Zeitungsbericht über Marylin Monroes tragischen Tod. »O Gott, sie war so süß und lustig«, murmelte sie. Zwei Tränen lösten sich von ihren Wimpern und erregten Tobys Aufmerksamkeit.

»Außerdem war sie ziemlich schön«, sagte er. »Du hast aber lange Wimpern, Kate.«

»Leider sind sie völlig farblos. Wenn ich keine Wimperntusche benutzen würde, könntest du sie gar nicht sehen.«

»Ob meine Wimpern auch länger wirken würden, wenn ich Mascara auftrage?«

»Vermutlich . . . Darling, hier steht, daß Marylins Füße dreckig waren und daß sie sich irgendwie den Nagellack von den Zehen gestoßen haben muß.«

Toby verschwand im Badezimmer und kehrte etwa zehn Minuten später wieder ins Schlafzimmer zurück. Kate blickte auf und stieß einen Entsetzensschrei aus. *»Toby!«* Toby hatte sich das gesamte Gesicht so übertrieben geschminkt, daß er wie eine alte Prostituierte mit heroinfunkelnden Augen aussah.

»Nein, mach das wieder runter«, sagte Kate.

Aber Toby lächelte sie nur seltsam an, sah ihr unverwandt in die Augen und sagte mit hoher, zerbrechlicher Stimme, die ein bißchen wie die von Pagans Mutter klang: »Ich will mit dir schlafen, so wie ich bin.«

Und so geschah es auch.
Am nächsten Tag brachte keiner von beiden den Vorfall zur Sprache, aber nach dem Abendessen trank Toby einige Brandys, und als Kate schließlich nach oben ins Schlafzimmer ging, fand sie die undefinierbaren Befürchtungen, die sie den ganzen Tag über gehegt hatte, bestätigt. Toby lag auf dem Rücken auf dem Bett, das Gesicht grell geschminkt wie am Vorabend, und trug eins ihrer zarten Nachthemden aus weißer Spitze.
»Jetzt hör schon auf damit, Toby«, sagte sie. »Ich habe genug. Hör auf mit dem Blödsinn.«
Aber Toby setzte sich nur auf, zog eine Schnute und sagte mit heller Kleinmädchenstimme: »Warum darf Klein-Toby nicht so schöne Sachen haben wie du?« Er zog sie zu sich aufs Bett. »Toby sieht auch gern hübsch aus, und besonders gern zieht er sich so an wie du. Aber das muß ein Geheimnis bleiben, hörst du, ein Geheimnis nur zwischen uns zwei kleinen Mädchen. Ein ganz wichtiges Geheimnis.«
Er brauchte nicht lang. Nach zehn Minuten war alles vorbei, aber Kate brauchte vierundzwanzig volle Stunden, um es zu verarbeiten. Und dann passierte es erneut. Unerbittlich begann Toby, Nacht für Nacht sich »herauszuputzen«, wie er es nannte. Innerhalb von vierzehn Tagen war Kate leichenblaß und eingefallen, weil sie kaum noch Schlaf fand, während Toby aufblühte. Am folgenden Mittwoch erstand er bei Harrods ein schwarzes Négligé in Größe 48 und ein tiefdekolletiertes Nachthemd.
»Ich habe der Verkäuferin gesagt, es sei für meine Mutter«, erklärte er, während er den Stoff über seinen schlanken Hüften glattstrich. Am Freitagabend warf er sich in einen schwarzen Hüftgürtel, Netzstrümpfe und einen rüschenbesetzten schwarzen Büstenhalter, die er in der Shaftesbury Avenue gekauft hatte. Am Samstagabend trug er ein Korsett aus rotem Satin und rosa Hausschuhe mit hohen Absätzen. (»Bei Harrods hatten sie keine Damenschuhe in mei-

ner Größe, deshalb habe ich mich für diese Pantoffeln entschieden, aber sie sind immer noch zu klein.«)

Kate fand die Situation so makaber und unrealistisch wie die Beerdigung ihres Vaters. Tobys mit Rouge sorgfältig auf Pfirsichton geschminkte Wangen schienen Tod und Verfall zu symbolisieren. Und wieder war Kate verwirrt, denn sie konnte die *Plötzlichkeit* von Tobys Verwandlung nicht verstehen. Nie hatte er ihr den geringsten Hinweis gegeben, immer war er so praktisch gewesen. Er hatte nicht einmal hin und wieder ein Rüschenhemd zu einer Party angezogen, nie angedeutet, daß er Unterhosen aus Spitze vorzog, nie auch nur mit einer Silbe zu verstehen gegeben, daß er kein durch und durch normaler heterosexueller Mann war. Nicht eine Sekunde lang hatte sie geargwöhnt, daß das, was er wirklich wünschte, diese widerwärtige Farce war.

Sie konnte sich einfach nicht vorstellen, was in ihm vorging, warum er auf so eigenartige Weise fast in Trance fiel, wenn er Frauenkleider anhatte.

Was hatte sie falsch gemacht? Warum war dieser Horror so plötzlich über sie gekommen? War Toby homosexuell? Wenn ja, warum schlief er dann immer noch mit ihr? Warum hatte sie solche Angst vor ihm? Viele ihrer Freunde waren schwul, und sie jagten ihr nicht die geringste Angst ein. Was ihr wirklich Angst machte, war nicht das Make-up oder die Verkleidung – etwa der rüschenbesetzte Spitzen-BH, das monströse rote Satinkorsett oder die Seidenbänder, mit denen er seine Hoden zurückzubinden versuchte –, nein, es war die hohe wimmernde Stimme, seine offenbar völlig ernstgemeinte Darstellung dessen, was eine Frau seiner Meinung nach tief innen wirklich war. Es war eine Travestie, eine Beleidigung für ihr Geschlecht, und genau das fand Kate, die das Wort »Transvestit« noch nie gehört hatte, so erschreckend.

Sie beschwor eine Szene herauf, und Toby drohte, sie zu verlassen.

Kate gab nach.

Etwas später machte sie ihm eine weitere Szene, worauf Toby sie als dreißigjährige unfruchtbare Nutte bezeichnete und ihr nahelegte, ein für allemal die Schnauze zu halten. Als sie zu weinen begann, sagte er: »Ach, es tut mir so leid, meine Liebste, komm, wir wollen uns einen Kuß geben und wieder vertragen, hmmm? Nur ein süßes kleines Küßchen.« Und er beugte sich über sie und hob ihr Kinn an seinen dick mit Lippenstift beschmierten Mund.

Schließlich konnte sie es nicht länger ertragen und beschloß, einen Psychiater aufzusuchen. Als erstes wollte der Doktor wissen, ob sie Toby wirklich klar und deutlich gesagt hatte, daß sie seine Verkleidungen haßte. Sie nickte, aber er bat sie, es ihm noch einmal nachdrücklich klarzumachen. Diesmal warf Toby sie auf den Badezimmerboden vor Wut. Als sie dem Doktor davon erzählte, schrieb er Toby einen Brief und bat ihn, »in einer Sache, die Ihre Frau sehr belastet«, seine Praxis aufzusuchen.

Toby explodierte vor Wut, als er den Brief bekam. »Du hast jemand von unserem Geheimnis erzählt. Ich *weiß* es. Ich dachte, wir wären uns darüber einig gewesen, daß es ein Geheimnis bleiben soll.«

»Es ist nicht mein Geheimnis – es ist deins!« schrie Kate. Am Ende war Toby mit einem Besuch bei dem Psychiater einverstanden. Wenig später erstattete der Arzt Kate Bericht. »Natürlich«, sagte er, »kann ich Ihnen nicht im einzelnen erzählen, worüber wir gesprochen haben, aber meine Prognose ist nicht optimistisch, eher das Gegenteil, befürchte ich.«

»Was bedeutet das?«

»Ich glaube, er wird weiterhin diesem Verhaltensmuster folgen, und er wird dabei immer größere Risiken eingehen. Bald fängt er vielleicht schon an, außerhalb Ihres Hauses Frauenkleider zu tragen. Er wird seinen Büstenhalter im Aktenkoffer mit zur Arbeit nehmen und Frauenhöschcn tragen.«

»Was machen andere Frauen in meiner Lage?«

»Die meisten weigern sich, ein solches Verhalten hinzunehmen, so daß die Ehemänner zu Prostituierten gehen und ihre Verkleidung mitnehmen. Das ist einer der Gründe, aus denen es Prostituierte gibt.« Er hielt kurz inne, dann sagte er sanft: »Ich glaube, Sie müssen eine Entscheidung treffen. Akzeptieren Sie es oder verlassen Sie ihn.«

Nach einigen Abenden voller endloser Diskussionen – vor allem darüber, wer das auf Kates Namen eingetragene Haus bekommen sollte – zog Toby aus und nahm das Silber, die afrikanischen Skulpturen, die Drahtstühle und die meisten anderen Gegenstände von Wert mit. Als Kate völlig gebrochen einen Scheidungsanwalt aufsuchte und ihm die ganze traurige Geschichte erzählte, erfuhr sie zu ihrem großen Erstaunen, daß sie aufgrund der vorliegenden Fakten kaum damit rechnen könne, rechtsgültig geschieden zu werden.

»Sie sagen, daß er vor niemand außer Ihnen in dieser Verkleidung herumstolziert ist?«

»Soweit ich weiß, nicht. Das würde er doch nicht tun, oder?«

»Nun, dann haben wir leider keinen Beweis für dieses absonderliche Verhalten. Wenn wir einen hätten, wäre das seelische Grausamkeit, aber so ist der Fall außerordentlich schwer zu vertreten. Ich würde jedenfalls nicht dazu raten. Ich denke, wir müssen ihn darum bitten, daß er Beweise dafür vorlegt, Ehebruch begangen zu haben.«

»Aber ich glaube nicht, daß er das getan hat.«

»Solche Dinge kann man arrangieren.«

Toby erklärte sich einverstanden, einen solchen Beweis zu liefern, aber nur, wenn sie vor Gericht auf alle Unterhaltsforderungen verzichtete.

»Nun, tatsächlich wäre es ohnehin fast unmöglich, Unterhalt von ihm zu fordern«, sagte ihr Anwalt. »Ihr Fall liegt äußerst kompliziert.«

»Was ist denn so kompliziert daran?«

»Ihnen gehört das Haus. Die meisten Frauen besitzen überhaupt nichts.«

Als Kate Pagan von der ganzen Sache erzählte, meinte sie: »Wenn man heiraten will, kostet das knapp acht Shilling, und wenn man den Knoten wieder auflösen will, verlangen sie zigtausend Pfund. Glaubst du, daß die Ehe von den Anwälten erfunden worden ist?«

Nach ihrer Trennung von Toby fand Kate sich einmal mehr ohne festes Einkommen wieder. Sie schrieb Judy einen langen Brief, in dem sie ihrer Freundin ihr Herz ausschüttete. Judy spürte sofort, wie deprimiert Kate sein mußte, und schrieb ihr zurück, daß sie es nicht für eine gute Idee halte, wenn Kate sich wieder als freie Übersetzerin betätigte. Statt dessen sollte sie sich so wenig wie möglich zu Hause aufhalten und versuchen, neue Leute kennenzulernen.
»Warum versuchst du nicht einmal, selber zu schreiben?« schlug sie vor. »Seit Jahren hast du jetzt Artikel und Bücher übersetzt, und über Toby hast du doch bestimmt eine Menge Journalisten kennengelernt. Warum fragst du sie nicht, ob sie dir helfen können? Schreib ein paar Artikel über Innenarchitektur und Designer und bring jemand dazu, daß er sie sich anschaut. Hol einfach tief Luft und ruf die für die Sonderbeilagen zuständigen Redakteure in der Fleet Street an. Fressen können sie dich ja nicht, höchstens nein sagen.«
Also hängte Kate sich ans Telefon, und jeder Redakteur fragte:
»Was für Themen schlagen Sie vor?«
»Wann?«
»Jetzt.«
»Oh.«
»Schicken Sie uns ein paar Themenvorschläge und einen Probeartikel, und wir geben Ihnen Bescheid.«
Sie tat, wie geheißen, aber niemand schien ihre Artikel drucken zu wollen. Dann traf sie auf einer Party den Kunstredakteur von *House Beautiful* und begann Bildunterschriften für das Magazin zu verfassen. Die Bezahlung war

schlecht, aber Kate war froh, auf diese Weise erste Erfahrungen als professionelle Journalistin sammeln zu können. Nach sechs Monaten schickte sie ein paar weitere Vorschläge in die Fleet Street und erhielt den Auftrag, zwei davon zu schreiben – einen Artikel über den Einzug der Pop-art in das bürgerliche Wohnzimmer und einen über eine Firma, der es gelungen war, »antike« Statuen zu produzieren, die so echt wirkten, daß nur Experten den Unterschied erkennen konnten. Danach hatte sie dann kapiert, was eine Neuigkeit war. Alles, was schon einmal irgendwo in Druck erschienen war, war keine, egal, wie interessant es auch sein mochte. Anschließend interviewte Kate ein paar Innenarchitekten in ihren Heimen, und auch dieser Artikel wurde gedruckt. Also schickte sie weitere Ideen und Vorschläge ein, jeder nur drei Zeilen lang und auf einem einzelnen Blatt, auf dem oben ihr Name stand.

Dann rief sie eines Abends Judy an und sagte, sie hätte ein Interview für sie mit einer ihrer Klientinnen arrangiert. Es handelte sich um eine einstmals berühmte Ballerina, die nun auf dem absteigenden Ast war und in London einen zweiten Anlauf versuchen wollte.

»Was?« fragte Kate entsetzt. »Bist du wahnsinnig geworden?«

»Warum versuchst du es nicht mal?« New York schien eine Million Meilen entfernt zu sein. Nach einer kurzen Störung klang Judys Stimme klarer. »Ich bringe dich um, wenn du das Interview nicht machst, nachdem ich schon alles in die Wege geleitet habe«, schrie sie.

»Ich bringe *dich* um«, schrie Kate zurück. »Und *sie* wird uns beide umbringen.«

»Nein, das wird sie nicht. Vergiß nicht, daß sie nicht die geringste Ahnung hat, wer was in London ist. Außerdem ist sie sogar ziemlich unterhaltsam.«

»Na gut, was soll ich nun tun? Wie soll ich die Sache anpakken?«

»Du brauchst bloß im Ritz anzurufen und mit ihrem Sekretär einen Termin ausmachen. Ich habe ihr gesagt, du schreibst für den *Globe.«*

»Aber das tue ich doch gar nicht!«

»Dann sprich auch nicht darüber. In jedem Fall erwarten sie deinen Anruf, und bleib um Himmels willen ganz entspannt. Sie dürfen nicht merken, daß es dein erstes Interview ist. Sie halten dich für eine Starjournalistin, und ich kenne genug Starjournalisten, um zu wissen, daß du das Zeug dazu hast und einer sein könntest.«

»Aber ich bin keiner!«

»Was ist aus deinem britischen Mumm geworden? Dem Geist von Dünkirchen? Dem anatomischen Gebiet, das wir Amerikaner euer Rückgrat nennen? Hör auf zu zittern und geh an die Arbeit. Mehr als versagen kannst du nicht, und das ist so schlimm ja auch nicht. Aber du wirst es schaffen, Kate, das weiß ich!«

Judys Stimme klang wieder schwächer, aber Kate konnte heraushören, daß es für sie weit weniger beunruhigend wäre, der fremden Ballerina gegenüberzutreten, als Judy, wenn sie jetzt kniff. Nach einer ausgedehnten Pause kapitulierte sie.

37

Wie tot lag Lili auf dem glitschigen, seetangbedeckten Felsen. Ihre Arme und Beine bluteten, das Haar hing ihr naß und strähnig ins Gesicht, und die Reste ihres rosafarbenen Kleids bedeckten ihren bereits voll entwickelten, siebzehnjährigen Körper nur unvollständig. Sie sah erschöpft aus, aber nicht erschöpft genug.

»Schnitt«, rief Zimmer, »und denk an dein Auge, Lili.« Lilis linkes Auge schielte leicht, wenn sie müde war. Sie wandte den Blick vom strahlenden Blau der Ägäis.

»Ich hätte das Ganze gern noch einmal, bevor die Sonne zu heiß wird, bitte«, sagte Zimmer. »Vergiß nicht, daß du halbtot bist; du kannst dich kaum bewegen, du hast eben erst einen Schiffsuntergang überlebt.«

Bitte. Genau das war der Unterschied zwischen Serge und einem Regisseur wie Zimmer, dachte sie. Zimmer behandelte einen nicht wie ein Stück Fleisch. Er war stets höflich, rücksichtsvoll und aufmunternd, egal, was an der Szene gerade schieflief – und irgend etwas ging immer schief. Wenn Zimmer eine Pause eingelegt hätte, um herauszufinden, wessen Fehler es jetzt wieder gewesen war, hätte das nur zu endlosen Diskussionen geführt, also lächelte er nur das schmale, kleine Lächeln, das ihm als Gefahrensignal hervorragende Dienste leistete, begleitet von einem sanften Kopfnicken, das auf eine Art inneren, lautlosen Gebets schließen ließ: »Gott, gib mir die Kraft, weiter mit diesen Menschen arbeiten zu können!«

Zimmers höfliche Besonnenheit war eine mühsam erworbene Arbeitsmethode, die sich besonders bei Frauen als nützlich erwiesen hatte. Er kannte nur sehr wenige Männer, die wirklich freundlich zu Frauen waren, aber wenn man eine Frau zu einer Höchstleistung anspornen wollte, egal, ob in der Küche, im Bett oder vor der Kamera, dann mußte man sie loben und aufbauen, ohne indes die eigene Autorität aufzugeben.

Man durfte nie vergessen, daß die meisten Schauspielerinnen nicht das geringste Selbstvertrauen hatten, wie kühl sie auch immer auftreten mochten, deswegen mußte man sie aufbauen. Mit einem Wort, man mußte ihnen die größtmögliche Aufmerksamkeit widmen. Die Durchschnittsfrau brauchte solche Zuwendung vierundzwanzig Stunden am Tag, und wenn sie noch mehr kriegen konnte, würde sie kaum nein sagen; dafür erhielt man dann aber auch von jeder Durchschnittsfrau die oben erwähnte Höchstleistung.

Seit fast zwei Wochen hielten sich Schauspieler und Filmcrew an diesem Drehort zehn Kilometer von Athen entfernt auf. Lili schlüpfte in ihren blauen Baumwollkimono, zog die Schärpe fest und ließ sich in einen Segeltuchstuhl im Schatten eines silbergrauen Olivenbaums fallen, das nasse Haar in den Nacken geschleudert. Müßig ließ sie ihre Augen über den schmalen Sandstrand wandern. Aquamarinfarbenes Wasser umspülte die Felsen vor der Bucht. Am Rand des Strandes, wo der Sand von Gestrüpp überwuchert wurde, standen mehrere Wagen und Wohnanhänger. Etwa fünfzig Menschen gingen dort ihren verschiedenen Tätigkeiten nach, Manuskripte und Notizbücher in den Händen, Sonnenbrillen im Gesicht, formlose Baumwollmützen auf dem Kopf, die Haut glänzend von Schweiß und Sonnenöl. Lili konnte Stan Valance auf Zimmer einreden sehen. Das Gesicht des alternden amerikanischen Schauspielers war eingefallen wie ein Totenschädel. Noch nie in ihrem Leben hatte sie jemand getroffen, der so streng Diät hielt wie Valance. Er aß nichts außer *biltong* – kleine Streifen getrockneten Fleisches, das extra für ihn aus Südafrika importiert wurde und das er wie Tabak kaute. Er war sehr zurückhaltend und sprach am ganzen Drehort mit niemandem außer Zimmer.

Um fünfzehn Uhr drehten sie die Strandszene. Lili spielte eine reiche, verwöhnte junge Frau, die um die Jahrhundertwende an einer Kreuzfahrt teilnimmt, und Stan Valance spielte den Heizer, der sie gerade vom Schiffswrack an die Küste geschleppt hatte.

»Nehmen Sie Ihre Pranken von meinem Körper«, faucht sie ihn an, als er sie unter sichtlichen Schmerzen aus dem Wasser schleppt. Sie reißt sich los, fällt hin und bleibt erschöpft in den schäumenden Wellen liegen. »Ich bin eine sehr gute Schwimmerin«, keucht sie. »Ich hätte es auch allein geschafft.«

Sie versucht sich aufzurichten, merkt zu ihrem grenzenlosen Erstaunen, daß ihre zitternden Arme das Gewicht des Kör-

pers nicht tragen und fällt in den nassen Sand. Wortlos greift Stan nach ihren Händen und versucht, sie aus dem Wasser zu ziehen. Mühsam hebt Lili den Kopf und zischt durch die zusammengebissenen Zähne: »Wagen Sie nicht, mich anzufassen!«
Ihre Stimme läßt keinen Zweifel daran, daß Stan ein Bediensteter ist, aber auch ein Mann, und daß sie nichts anderes am Leib hat als die Fetzen ihres Nachthemds. Allein mit diesen fünf Worten gelingt es ihr, gleichzeitig Erschöpfung, Arroganz, unbezähmbare Wildheit und entsetzte jungfräuliche Keuschheit auszudrücken. Darüber hinaus sieht sie vorschriftsmäßig umwerfend sexy aus.
»Schnitt!«

Am Abend sahen sich Zimmer und Valance die Muster an und am nächsten Morgen wartete Valance, bis Serge einmal nicht in Lilis Nähe war, dann schlenderte er langsam zu ihrem Stuhl unter dem Olivenbaum. Er machte nicht viele Worte. »Ich habe Marylin gekannt, Kleines, und ich habe auch mit fast allen anderen gearbeitet, die Rang und Namen haben, Joan Crawford, Vivien, Liz und so weiter – und ich sage dir, laß dich nicht verbraten. Du hast genau das, worauf's beim Film ankommt.«
»Meinen Sie wirklich?« fragte sie mit leuchtenden Augen.
»Klar wie Kloßbrühe. Was du auch tust, es haut hin. Also laß dir von niemand dreinreden. Und laß dich nicht für dumm verkaufen.«
Er meinte Serge, dachte Lili, als Valance wieder verschwunden war. Serge ließ sie nicht einen Herzschlag lang allein, wenn sie nicht am Drehort war. Und sie brauchte ihn, deswegen hatte sie nichts dagegen einzuwenden. Sie brauchte ihn, weil sie jetzt berühmt – oder besser: berüchtigt – war und damit nicht fertig wurde. Der Erfolg hatte ihr das Gefühl gegeben, nicht mehr als ein Besitz zu sein, den jeder ausbeuten oder über den sich jeder lustig machen konnte;

der Erfolg demütigte sie. Vorbei war es mit ihrer schützenden Anonymität; manchmal hatte sie das Gefühl, daß jeder, aber wirklich jeder den Kalender und diese schrecklichen Filme gesehen hatte. Alle Leute starrten sie an – die Frauen mit unverhülltem Neid, die Männer mit harten, abschätzenden Blicken. Von Tag zu Tag wurde sie paranoider. Sie konnte nicht einmal mehr einen Blumenstrauß von einem Straßenverkäufer erstehen, ohne sich zu fragen, ob er den Kalender gesehen hatte, ob er wußte, wie sie nackt aussah, ob er sie wiedererkannte oder ob er ihretwegen wilde Träume gehabt haben mochte.

Schließlich versuchte sie, solchen zwischenmenschlichen Kontakten ganz aus dem Wege zu gehen. Sie blieb zu Hause, und wenn sie etwas brauchte, bestellte sie es per Telefon oder bat Serges neue Sekretärin, es für sie besorgen. Ihre manchmal geradezu unverschämt wirkende Selbstsicherheit war nichts als ein Schutzmechanismus, um ihre Unsicherheit zu verbergen. In Gesellschaft von Leuten, die sie nicht kannte, benahm sie sich oft ungeschickt, überheblich und unhöflich. Nicht selten ließ sie einer dummen Bemerkung eine noch dümmere folgen, um ihre Verlegenheit zu überspielen.

Über ihre Ausrutscher wußte ganz Paris Bescheid, und die Klatschkolumnen waren voll davon, was ihre Menschenscheu nur noch verstärkte. Immer und immer wieder wurde ihr Vertrauen mißbraucht. Die Leute waren nur nett zu ihr, weil sie etwas wollten – und plötzlich wollten merkwürdig viele so viel von ihr! Ihr Autogramm, ihr Foto, ihre Telefonnummer, Knöpfe von ihrem Mantel, Haarsträhnen, Interviews . . . Fremde raunten ihr zu, daß sie grandiose Filmideen hätten, bestrickend charmante Frauen baten sie, Werbung für Pullover, Deodorants oder einmal sogar für einen Vibrator zu machen. Gewinnende Männer mit flinken Worten wollten sie dazu bringen, daß sie Papiere unterschrieb, ohne sie gelesen zu haben, oder versuchten, sie ins

Bett zu kriegen, ganz sicher, daß sie nicht nein sagen könnte (»Auf einen mehr kommt es doch auch nicht mehr an, oder, Kleines?«)
Serge mit seiner selbstverständlichen Sicherheit hatte in ihr das ideale Opfer gefunden, und natürlich tat er alles, um sie nicht zu sich selber finden zu lassen und ihre Abhängigkeit von ihm zu vertiefen.
Seine neue Sekretärin öffnete Lilis Post und nahm alle Anrufe entgegen. Lili selber blieb den ganzen Tag in der eleganten, ganz in Weiß gehaltenen und mit viel Glas verzierten Wohnung, die Serge in der Rue Francois I. gekauft hatte. Sie war dort ganz allein, denn Serge erlaubte ihr wegen seines Heuschnupfens nicht einmal ein Kätzchen. Er trug jetzt nur noch Cerruti-Anzüge und war ständig unterwegs, beschäftigt mit Werbeleuten oder Regisseuren oder Anwälten – Männer in dunklen Anzügen mit schmalen Diplomatenkoffern, die Lili aus kalten Augen ausdruckslos anstarrten und deren Lächeln schmaler war als eine Messerklinge. Für diese Männer war sie kein Mensch aus Fleisch und Blut. Sie war ein Geschäftsabschluß, ein Aktivposten, den man sorgfältig einsetzte; Lili zu vermarkten war ein Ganztagsjob.
Serge zeigte sich ihr gegenüber nicht länger mild und nachgiebig. Durch Vertragsklauseln und Paragraphen waren ihre Geschicke so perfekt mit seinen Firmen verbunden, daß er sich um ihre Sorgen und Probleme nicht mehr zu kümmern brauchte. Seine Sekretärin besorgte Lili innerhalb bestimmter Grenzen alles, was sie brauchte (sie hätte sonst doch nur ein Vermögen bei Saint Laurent ausgegeben), und, offen gesagt, er begann sie langweilig zu finden. Sie war inzwischen fast achtzehn, aber ansonsten ein ignorantes kleines Miststück – er konnte froh sein, daß die Schulbehörden ihm noch nicht auf die Schliche gekommen waren. Wäre da nicht das ganze Geld gewesen, hätte er sie schon lange fallenlassen. Selbst das aufregendste Paar Titten konnte einem

Mann mit der Zeit auf die Nerven gehen, besonders wenn es einem unerzogenen, ungebildeten kleinen Mädchen gehörte, das um Aufmerksamkeit jammerte wie ein Kleinkind.

Nach und nach spürte auch Lili Serges nachlassendes Interesse an ihr. Die Gründe dafür verstand sie nicht – *wollte* sie nicht verstehen –, aber es war ganz offensichtlich, daß sie ihn allergisch machte und daß er sie nicht mehr um sich haben wollte. Andererseits ließ er sie keinen Schritt allein gehen, wenn sie außer Haus war.

Lili war verwirrt und besorgt. Wenn sie nicht zu Serge gehörte, dann gehörte sie nirgendwohin, dann hatte sie auf der ganzen Welt kein Heim. Fast fünf Jahre lang hatte er ihr gesagt, was sie tun, was sie sagen, was sie tragen, wie sie sich benehmen sollte. Lili hatte Angst davor, daß er ihr eines Tages die Tür weisen würde, wie er es manchmal durchklingen ließ, falls sie nicht gehorchte.

»Und vergiß nicht, du warst *nichts*«, pflegte Serge sie dann anzuschnauzen, wobei er mit zwei Fingern dicht unter ihrer Nase schnippte, »*nichts,* bevor ich dich entdeckt habe. Und ohne mich wärst du wieder dort, wo du hergekommen bist!«

»Q« hatte zwei Tage vor Lilis achtzehntem Geburtstag Premiere in Paris, und obwohl es nur ein billig hergestellter Streifen ohne großen Werbeetat war, strömten die Leute in Scharen in das Erstaufführungskino. Am Premierenabend strahlte Lili triumphierend in die Blitzlichter und posierte mit hocherhobenem Kopf in einem beigen Seidensmoking, dazu passender Hose und einer durchsichtigen Voilebluse, einer Kleidung, die ihren neuen Starstatus demonstrierte, ohne den Grund dafür zu verbergen.

Nachdem sie sich ihren Weg durch die Menschenmenge und zurück zu ihren Limousinen gebahnt hatten, fuhren die Schauspieler, der Regisseur, der Produzent und die Presseagenten in die *Brasserie Lipp,* wo man dem alten Brauch nach zwischen Spiegeln, Blattgold und rotem Samt auf die ersten Ausgaben der Morgenzeitungen wartete – und auf die Kritiken.

Da das Budget für die beträchtliche Summe, die Stan Valance für den Premierenauftritt verlangt hatte, nicht ausreichend gewesen war, hatte Lili die ungeteilte Aufmerksamkeit der Fans gehabt. Sie hörte nicht auf zu strahlen, während sie – eskortiert von Zimmer, der noch immer sein schmales, kleines Lächeln trug – unter Polizeischutz zu ihrem Fahrzeug gebracht wurde.

»Du mußt noch lernen, wie man langsam in einen Wagen steigt«, sagte Zimmer. »In der Öffentlichkeit mußt du dich immer *langsam* bewegen. Langsam einsteigen, langsam aussteigen. Wenn du ein großer Star werden willst, brauchst du mehr als Talent und ein gutes Aussehen, du mußt Stil und Klasse haben. Du darfst nie so wirken, als liefst du einem Bus hinterher, statt dir aus einem Rolls helfen zu lassen.«

Als die Limousine sich vom Bürgersteig löste, wandte Zimmer Lili das Gesicht zu. Während er sprach, wurde es von den Straßenlampen immer wieder aus dem Schatten geholt. »Lili, ich möchte dir zwei Sachen sagen, von denen mich eine nichts angeht. Ich war überrascht, als ich herausfand, wie gut du wirklich bist. Du und die Kamera, ihr seid füreinander geschaffen. Du reagierst auf das verdammte Ding, als wäre es dein Liebhaber. Und du hörst zu, wenn man dir eine Anweisung gibt, du hörst einem wirklich zu. Du wartest nicht einfach nur, bis man fertig ist, um einem dann zu sagen, wie du dir die Szene vorstellst. Du hast das Zeug zu einer hervorragenden Schauspielerin, Lili, vorausgesetzt, du arbeitest mit guten Regisseuren.«

Er schob den linken Arm auf die Rücklehne und schwieg einen Moment, ehe er fortfuhr. »Ich bin mir nicht ganz sicher, ob der arme Serge den Unterschied zwischen einem

guten und einem zweitklassigen Regisseur kennt. Ein zweitklassiger Regisseur wird zwar auch kaum an deinen eindeutigen Vorzügen vorbeikommen, aber wahrscheinlich entgehen ihm deine sehnsuchtsvolle Wehmut, dein zerbrechlicher Charme und dieses hoffnungsvolle Vertrauen, das du ausstrahlst. Und genau das sind die magischen Eigenschaften, die dich allein zu einem Star machen.«
Als die Limousine über den Place de la Concorde glitt, seufzte der Regisseur. »Jetzt kommen wir zu dem Teil, der mich nichts angeht«, fuhr er fort. »Gott allein weiß, warum ich überhaupt weiterspreche, denn normalerweise achte ich sorgfältig darauf, mich aus den Angelegenheiten anderer Leute herauszuhalten. Weißt du, daß wir deine Gage von zwanzigtausend Dollar auf eine Züricher Bank überwiesen haben? Natürlich mußten wir für Valance noch mehr bezahlen, aber der ist ja auch ein internationaler Star. Aber ich frage mich, wieviel von dem Geld du jemals zu Gesicht bekommst. Warum trennst du dich nicht von Serge? Du brauchst diesen Mistkerl nicht.«
»Doch«, sagte Lili, plötzlich traurig. »Ohne ihn habe ich Angst. Deswegen brauche ich ihn. Er ist der einzige . . . die einzige Familie . . . die ich habe.«
»Deswegen klammerst du dich so an ihn – weil du Sicherheit brauchst? Aber von Serge wirst du diese Sicherheit nie bekommen. Schau, es ist völlig normal, daß man Angst hat. Du bist ja noch nicht einmal zwanzig. Du hast schon eine Menge durchgemacht in deinem Leben. Aber solange du bei Serge bleibst, wirst du dich nie weiterentwickeln. Er will doch, daß du von ihm abhängig bleibst, damit du zuviel Angst hast, ihn zu verlassen.«
Er klopfte ihr auf die Schulter und seufzte noch einmal, als sie auch schon die *Brasserie Lipp* erreicht hatten. Vor dem Eingang warteten weitere Fotografen, noch mehr Blitzlichter explodierten, und als Lili zu ihrem reservierten Tisch schritt, auf dem ein Silbereimer mit einer Champagnerfla-

sche darin und ein großer Strauß Lilien inmitten Dutzender Telegramme warteten, spendeten die anderen Gäste ihr spontan und herzlich Applaus.
Mit einer Verbeugung reichte Zimmer Lili den Blumenstrauß und sagte: »Von heute abend an bist du berühmt, Lili.«
»Ich wünschte, ich würde mich auch danach fühlen«, sagte Lili überwältigend, während sie die Lilien fest an sich preßte.
»Im Augenblick finde ich alles nur sehr verwirrend.«
»Das ist nach all der Anspannung ganz verständlich«, antwortete Zimmer sanft. »Außerdem hast du wahrscheinlich etwas Angst vor den Kritikern. Das wirst du bald ablegen. Vergiß nicht, du wirst ein *Star* sein. Um das zu wissen, braucht man keine Kritiken zu lesen. Wahrscheinlich erinnerst du dich nicht an Elisabeth Bergner, aber sie war dir sehr ähnlich. Wenn man diese verwundbare kleine Frau auf der Leinwand sah, mußte man unwillkürlich die Luft anhalten, so sehr griff ihre Erscheinung einem ans Herz. Sie besaß eine traurige Süße, die einen mit Schmerz erfüllte wie der Anblick eines Rosenblattes, das zu Boden gleitet. Und du hast die gleiche zarte, zerbrechliche Ausstrahlung, Lili.«
»Ich bin kein Rosenblatt«, sagte Lili.
In den letzten drei Monaten hatte Lili Zimmers Worten und Anweisungen immer sehr sorgfältig gelauscht – tatsächlich hatte sie sogar begonnen, ihm zu vertrauen. Deshalb fiel, sein Rat auf fruchtbaren Boden. Zwanzigtausend Dollar waren ein Vermögen – davon konnte sie sich ein eigenes Haus kaufen und vielleicht sogar noch einen kleinen Wagen. Dann konnte sie den Führerschein machen. Seinen neuen Mercedes ließ Serge sie ja doch nicht fahren.
Als sie im Morgengrauen nach Hause kamen und sich auszogen, fragte sie ihn beiläufig: »Was hat Zimmer dir eigentlich für ›*Q*‹ gezahlt?«
»Himmel, warum kommst du denn ausgerechnet jetzt damit

an? Nach den Kritiken wirst du heute die Königin von Paris sein, und du kannst an nichts anders als Geld denken!«
»Ja, aber wieviel war es?«
»Das hängt davon ab, ob du netto oder brutto meinst, aber du weißt ja noch nicht einmal, was diese verdammten Worte bedeuten, Lili.«
»Was ich gern wüßte, ist, wieviel Zimmer dir *im ganzen* bezahlt hat. Das ist doch wohl brutto, oder?«
»Himmel, es ist sechs Uhr morgens, Lili! Tue ich nicht schon genug für dich? Darf ich nicht einmal mehr schlafen? Geh jetzt ins Bett, oder du kriegst eine Abreibung, die sich gewaschen hat. Morgen abend fliegen wir nach London, und übermorgen beginnen die Dreharbeiten zu deinem neuen Film, also sieh zu, daß du soviel Schlaf kriegst wie nur eben möglich. Du kümmerst dich um deinen Teil unserer Geschäfte, und ich kümmere mich um meinen!«
»Serge, ich will es jetzt wissen. Haben sie dir zwanzigtausend Dollar gezahlt?«
Sein Handteller klatschte ihr ins Gesicht. Er schlug sie so, daß keine Prellungen zurückblieben, aber systematisch und mit aller Kraft.
Lili stürzte zu Boden. Als er sie auf allen vieren sah, konnte Serge nicht widerstehen und trat ihr in die Rippen. Während Tränen des Schmerzes und der Demütigung über ihr Gesicht liefen, fauchte er: »Alles, was du auf dieser Erde hast, bin ich, Baby, ich und deine Titten. Ohne mich bist du einen Dreck wert.«

Als sie die Augen öffnete, war schon früher Nachmittag, und sie lag im Bett. Ihr Kopf fühlte sich an, als wollte er jeden Moment zerspringen. Auf der anderen Seite des Korridors konnte sie Serge mit seiner Sekretärin sprechen hören. Sie fühlte sich sterbenselend. Es gab nichts, was sie tun konnte. Sie hatte jetzt genausoviel Angst vor einem Leben mit Serge wie vor einem Dasein ohne ihn. Es schien nur einen einzigen Ausweg zu geben. Sie taumelte aus dem Bett und auf das offene Fenster zu, dessen Spitzenvorhänge sich im Wind bauschten.

38

Nachdem Kates Interview mit der überspannten Ballerina im *Globe* erschienen war, wollte Scotty, der Feature-Redakteur des Blatts, sofort weitere Artikel von ihr. Das bedeutete, daß sie den Status einer freien Mitarbeiterin erhielt und auf der Stelle alles stehen und liegen zu lassen hatte, wenn er anrief. Wenn er sie um Themen bat, erwartete er innerhalb einer halben Stunde mindestens sechs Vorschläge, und wehe, sie waren nicht gut. Meistens hieß das dann, daß sie eins davon weiterverfolgen mußte und eine Nacht lang nicht zum Schlafen kam.

Da Kate weder eine Journalistenausbildung noch die nötige Erfahrung hatte, war das Tempo der Fleet Street ein harter Brocken für sie. Jedem saß der Redaktionsschluß im Nakken, und niemand hatte die Zeit, einem Anfänger unter die Arme zu greifen; entweder man machte seine Sache richtig oder man war draußen, außerdem hatten Anfänger in der Fleet Street sowieso nichts zu suchen. Indem sie den anderen zuhörte, lernte Kate, wie man eine gute Telefonstimme kultivierte; sie lernte, ihr Notizbuch stets in Reichweite zu haben, niemals ein Zitat zu verändern und jede Information nachzuprüfen und nochmals nachzuprüfen.

Scotty war ein ungewöhnlich freundlicher, flinker, humorvoller und äußerst kritischer Mann. Kate verehrte ihn. Als er sie einmal dabei überraschte, wie sie einen Artikel zum neuntenmal umschrieb, klopfte er ihr auf die Schulter und sagte: »Noch kein Journalist hat je einen perfekten Artikel abgegeben. Beschränk dich darauf, ihn so gut zu schreiben,

wie die Umstände es zulassen, und dann weg damit. Und vergiß nie, daß es sich nicht nur um deinen Artikel handelt – es handelt sich um ein Gemeinschaftsprodukt, du bist nur das erste Glied in der Kette.«
Kate wußte, daß sie sich glücklich preisen konnte. In ihrem ersten Jahr in der Fleet Street arbeitete sie nicht selten von acht Uhr morgens bis elf Uhr abends. Sie liebte die stimulierende Welt der Tagespresse, sie liebte die Aufregung, das Tempo, die messerscharf gesetzten Abgabetermine, und sie liebte die Arbeit für Scotty, der sie beschützte, ermutigte, anfeuerte und dann gnadenlos ihre Artikel zusammenstrich.

Eines Frühlingsmorgens im Jahr 1966 wurde sie in Scottys holzgetäfeltes Büro gerufen. In der Frühausgabe des *Globe* war wieder einer ihrer Beiträge erschienen, ein Interview mit dem israelischen Panzerkommandanten Nakte Nir. Als sie im Foyer eines bescheidenen Londoner Hotels mit ihm gesprochen hatte, war Kate ziemlich schnell klargeworden, daß irgend jemand eine Verwechslung unterlaufen sein mußte. Nichtsdestoweniger war der Artikel sehr gut geworden, ein weiterer Beweis für ihr Talent.
»Setz dich einen Augenblick, Kate«, sagte Scotty. »Dem Herausgeber hat dein Beitrag heute morgen gefallen.« Er warf ihr einen seltsamen Blick zu. »Wirst du ohnmächtig, wenn du Blut siehst? Hast du schon mal im Freien geschlafen? Könntest du dich hier in London für einen Monat freimachen? Möchtest du einen festen Job beim *Globe?* Wir haben nämlich vor, dich nach Sidon zu schicken.«
»Aber dort herrscht Krieg!«
»Kluges Mädchen, gut beobachtet. Wir haben bereits ein paar Reporter da unten, aber wir wollen mal etwas anderes als die Stories, die wir von denen immer bekommen. Wir wollen ein paar ganz ungewöhnliche Reportagen haben.«
»Aber ich habe noch nie . . . Ja, Scotty, natürlich. Wann?«
»Deine Maschine geht heute abend. Fünf Uhr ab in He-

athrow, umsteigen in Rom. Nimm nicht zuviel mit, am besten nur einen Kugelschreiber und ein Notizbuch. Und vergiß nicht, wir wollen kein Zeug für die Frauenseite. Wir schicken dich nicht etwa da runter, um das Ganze mal aus dem Blickwinkel einer Frau geschildert zu kriegen. Der Herausgeber hat sich für dich entschieden, weil er dich für unverbraucht genug hält, um mit frischem, neuem Hintergrundmaterial zurückzukehren. Und denk daran, daß du deine Ausgaben korrekt notierst. Ich hab's satt, ständig deine Spesenrechnung neu schreiben zu müssen.«

Kate eilte in die Stadt und besorgte sich ein Paar Turnschuhe, einen Rucksack, einen Schlafsack und eine Feldflasche. Noch mehr zu kaufen, blieb ihr keine Zeit; tatsächlich schaffte sie es gerade noch, ihre Mutter anzurufen, damit sie hin und wieder nach dem Haus sah. Anschließend folgte die entnervende Stunde, die sie auf dem Konsulat von Sidon in South Kensington damit verbrachte, auf ihr Visum zu warten. Glücklicherweise lag es nur fünf Minuten von ihrer Wohnung entfernt, wo ihr noch genau zehn Minuten zum Packen blieben, ehe sie mit einem Taxi zum Flughafen raste.

Das Flugzeug landete einige Stunden vor Morgengrauen. Im Anschluß an die Landung ging es mit dem ramponierten Flughafenbus über Stock und Stein bis nach Fenza, wo der *Globe* ein Zimmer für Kate reserviert hatte. Das Zimmer war nicht gerade sauber zu nennen, und es gab kein heißes Wasser. Nichtsdestoweniger fiel Kate auf das harte Bett und schlief bis zum Mittag. Dann ließ sie sich vom Portier den Weg zum Pressezentrum beschreiben, das sich im ehemaligen Hotel *Majestic* befand.

Es war das erste Mal, daß Kate eine Stadt im Krieg erlebte, wenn man die Überfälle der deutschen Luftwaffe auf London außer acht ließ, doch damals war Kate noch klein und auch nie während eines Angriffs direkt im Stadtzentrum ge-

wesen. Aber Fenza, eine Stadt in der Nähe der Grenze, war bis ins Mark getroffen. Es gab kaum noch ein unzerstörtes Haus, Plünderer wurden auf der Stelle erschossen, und wer fliehen konnte, war bereits geflohen. Fahren war wegen des Schutts und der Trümmer auf den Straßen unmöglich geworden, und ein Spaziergang war gefährlich, weil die noch stehenden Mauern jeden Augenblick über einem zusammenbrechen konnten.
Kate eilte zwischen den von Flammen geschwärzten Trümmern die Straße entlang. Der Schwerkraft trotzend, lehnten sich zerstörte Gebäude wie betrunken über die aufgerissene Straße. Ein Bett hing, die leuchtend gestreifte Matratze von Stahlfedern aufgespießt, aus dem ersten Stock eines Hauses, dessen Frontmauer fortgesprengt worden war. Die Tapete rollte sich in Streifen von den Wänden.
Die Luft war schwer vom Geruch verbrannter Balken und Fensterrahmen. Überall erhoben sich Sandsackbarrikaden, Haufen von Pflastersteinen und Ziegeln, dazwischen ein Fahrrad mit verbogenen Speichen, Fragmente zersplitterter Möbel, ein ausgebrannter Wagen und ein ausgeweideter Lastwagen, der mit dem Bauch nach oben vor dem halbverlassenen *Majestic* lag.

Am nächsten Morgen mußte Kate schon um vier Uhr aufstehen, denn die Abfahrt war für fünf festgesetzt. Zu ihrer Überraschung wurden die Presseleute in großen Bussen an die Front gefahren, als handelte es sich um eine Kaffeefahrt. Der Himmel war von stechendem Blau, und flirrende Hitze umfing den kleinen Konvoi, als sie in die Wüste rumpelten. Es dauerte nicht lange, da war der feine Sand überall – Kate spürte ihn in Nase und Mund, im Haar und unter den Augenlidern, in ihrem Büstenhalter und im Schamhaar; überall juckte und kratzte es.
Kates Nachbar in dem nach Zigarettenrauch stinkenden Bus erklärte ihr: »Hier kämpft nicht einfach nur die eine

Horde Araber gegen eine andere Horde Araber. In Wirklichkeit kämpft Sidon stellvertretend für Amerika gegen die Sowjetunion, vertreten durch die Saudis. Sidon ist nur ein kleines Land, hat aber einige Ölfelder im Süden, und so ist jeder Vorwand recht, um hier einzumarschieren. Offiziell hat Moskau sich geweigert, in die Schlacht um die Ölfelder einzugreifen, aber das haben sie nur gesagt, um den Amerikanern keinen Grund für eine Intervention zu liefern.«
Der Mann auf dem Platz vor Kate drehte sich um, musterte sie abschätzig von oben bis unten. »Hat der *Globe* nicht zufällig auch noch die Moderedakteurin mitgeschickt? In London scheint man den Krieg hier für ein Pfadfinderspiel zu halten. *Päng, Päng!* Du bist tot oder ich spiel nicht mehr mit. Etwas Blut und dann rasch ab zum Nachmittagstee, wie? Dieser Krieg ist eine schmutzige und widerliche Angelegenheit. Jemand sollte Ihrem Redakteur sagen, daß die Männer von Sidon ihre Frauen nicht in den Krieg ziehen lassen, weil sie ständig vergewaltigt und verstümmelt werden. Sie wollen doch wohl nicht, daß man Ihnen eine Handgranate in Ihre Möse stopft, oder daß Sie plötzlich mit abgeschnittenen Brüsten aufwachen, oder? Als Korrespondentin genießen Sie nicht den geringsten Schutz. Keiner von uns trägt eine Waffe.«
Den Rest der Fahrt legten sie schweigend zurück.
Der ferne Donner verdichtete sich zu einem scharfen, ständigen Trommeln, während der Bus sich näher an die Front heranschob. Die Räder sanken tief in den Sand ein. Blasses Strauchwerk schabte an der Karosserie entlang. Der Lärm der Maschinengewehre tat in den Ohren weh. Überall standen ausgebrannte Tanks, Jeeps und Militärlastwagen, Relikte schwerer Gefechte.
Gerade als sie den Bus verließen, radierte eine Bombe ein sidonesisches Feldgeschütz aus, und eine weitere traf einen Lastwagen, der mit Munition beladen gewesen sein mußte, denn es entstand eine Riesenexplosion. Flugzeuge kamen

im Tiefflug herangeschossen, Bomben segelten herunter, und die Erde erbebte und bäumte sich auf. Eine Fontäne lärmender Feuerbälle schoß in den Himmel. Das heftige Artilleriefeuer nahm kein Ende. Orangegelbe Flammen schossen aus den Läufen der Geschütze, Sandzungen leckten in die Luft. Die Front verlief unregelmäßig, war manchmal kaum wahrzunehmen. Sie bestand aus einer Reihe kleiner, staubbedeckter, khakifarbener Einheiten, die sich vorwärtsbewegten, während andere kleine Gruppen sie aufzuhalten versuchten. Männer krochen oder liefen aufeinander zu, einige rannten gebückt von Busch zu Busch, bewegten sich Meter um Meter vor oder zurück. Überall lagen Leichen im Sand, hingestreckt, als wollten sie nur eben ein Sonnenbad nehmen, ohne gleich die Kleider auszuziehen. Es roch nach verfaultem Fleisch, denn obwohl die Sidonesen ihre eigenen Leichen jeden Abend begruben, ließen sie die der Feinde liegen, wo sie gestorben waren.
Der scharfe, beißende Korditgeruch ließ Kates Nasenlöcher und ihre Kehle schmerzen. Die Flammen und die grauenhaften Schreie malträtierten Augen und Ohren. Sie konnte kaum noch sehen. Auf Händen und Knien kroch sie durch eine Art pfefferfarbenen Dunst, der sich weiter nach vorn zu ockerfarbenem Nebel verdichtete. Schwarze, wogende Rauchsäulen verrieten brennende Panzer und umgestürzte Lastwagen. Kate hatte Angst.

Zwei Wochen später hatte sie sich verändert. Statt nervös, angespannt und ängstlich zu sein, war sie fast ausgeglichen, in jedem Fall zu beschäftigt, um noch Zeit für Angst oder neurotische Reaktionen zu haben. Zum erstenmal in ihrem Leben war sie ganz auf sich gestellt. Es gab niemand, der ihr sagen konnte, was sie zu tun hatte, niemand, der sie kritisieren oder den sie um Zustimmung bitten konnte. Kate allein hatte zu entscheiden, was sie tun und wie sie es tun

mußte, und von ihrer Entscheidung hing nicht nur ihr Erfolg, sondern auch ihr Überleben ab.
Sie konzentrierte sich darauf, die Auswirkungen des Krieges auf die Menschen zu beschreiben, etwa in einer Stadt, die gerade bombadiert worden war, oder direkt auf dem Schlachtfeld. Dabei verließ sie sich in erster Linie auf Ali, ihren Dolmetscher – einen zwölfjährigen Jungen, der in die Missionsschule gegangen war und vorgab, um einiges älter zu sein, als er tatsächlich war, und weit mehr zu wissen, als er in Wirklichkeit wußte, und der wie ein treuer Hund hinter seiner weißen Frau hertrottete.
»Wo ist der König, Ali?« fragte sie ihn eines Abends, als sie wieder vor dem *Majestic* angelangt waren. »Ich gebe dir viel, viel Geld, wenn ich den König treffen kann.« Mehr als alles andere wollte sie nämlich ein Interview mit Abdullah, aber sie hatte keine Ahnung, daß der König keine Exklusivinterviews gab, lediglich hin und wieder eine Pressekonferenz.
Seit zwei Tagen ruhten die Auseinandersetzungen. Nachdem sie sich von dem Überraschungsangriff erholt hatte, hatte die sidonesische Armee die Saudis nach Osten zurückgetrieben. Die Saudis hatten sich hinter einer Kette flacher Hügel verschanzt, die sich zwischen der Front – jetzt dreißig Kilometer östlich von Fenza – und der weitere vierzig Kilometer entfernten Küste erstreckte. Seit zwei Tagen wußte niemand, wo sich König Abdullah aufhielt. Er hatte an vorderster Front gestanden, um seine Truppen anzuführen, aber jetzt schien er wie vom Erdboden verschluckt.
»König bei Hakem-Stamm in östlichen Hügeln«, sagte Ali strahlend. »Jetzt Geld, bitte, Missus.«
»Aber die östlichen Hügel befinden sich hinter den feindlichen Linien.«
»Ja, Missus, aber Feind immer noch in Sidon.«
»Woher willst du das wissen, Ali? Solange ich nicht weiß, ob du die Wahrheit sagst, denke ich gar nicht daran, dir et-

was zu bezahlen.« Sie hatte das Gerücht über Abdullahs Aufenthalt zwar auch schon gehört, aber für Gerüchte gab es kein Geld.
»Ich bringe Missus hin«, bot Ali an.
»Wie willst du das machen? Wir haben keinen Wagen, und einen Jeep können wir auch nicht nehmen, weil die Saudis sofort das Feuer eröffnen würden, wenn wir uns ihren Linien nähern.«
»Mit Jeep bis zur Front wie letztes Mal, dann mieten Kamel von Cousin«, schlug Ali munter vor.
Kamele! Vielleicht nahmen sie eine Frau und einen kleinen Jungen auf Kamelen nicht unter Feuer. Wozu hat man schließlich ein Spesenkonto, dachte Kate und begann mit Ali um den Preis von einem Jeep und zwei Kamelen zu feilschen.
Sie brauchten zwei Stunden mit dem Jeep, um an die Front zu gelangen. Leere Benzinkanister markierten den Verlauf der holperigen Straße. Die Hitze war mörderisch, und der schimmernde Sand ließ die Augen schmerzen. Kate, mit dem jetzt schon gewohnten Stahlhelm auf dem Kopf, umklammerte das Lenkrad mit beiden Händen. Der Feldstecher, der ihr an einem Band vom Hals hing, schlug immer wieder schmerzhaft gegen ihre Brust, wenn der Jeep über eine Unebenheit in der Straße sprang. Seit ihrer Ankunft hatte sie eine Magenverstimmung, und als sie jetzt die ersten schwarzverbrannten Leichen bemerkte, grotesk verkrümmt wie zu lange gebratene Räucherheringe, hatte sie das Gefühl, sich bald übergeben zu müssen. Sie holperten an einer Hütte vorbei, in der die Toten gesammelt wurden, dann an einem Feldlazarett. Ein Arzt und zwei Lazarettgehilfen kümmerten sich um die Verwundeten, Fliegen hingen in dichten schwarzen Schwärmen über den reglosen Körpern, als hätten die Schmerzensschreie vorübergehend Gestalt angenommen. Der Gestank nach Blut und

wundem Fleisch war so dick, daß man meinte, ihn mit Messern schneiden zu können.
Endlich deutete Ali auf etwas, das einmal eine kleine Hütte gewesen sein mochte, jetzt aber nur ein Trümmerhaufen mit ein paar klaffenden Löchern darin war. Kugelnarben auf den schmutzigweißen Mauerfragmenten legten Zeugnis von den heftigen Kämpfen ab. Schlaff und zerfetzt hing die grüne Flagge von Sidon an einem abgebrochenen Balken.
»Hier?« fragte Kate ungläubig. »Missus sieht hier keine Kamele.«
»Hier warten auf Cousin«, erwiderte Ali fest, also brachte Kate den Jeep zum Stehen. Einen Moment lang blieb sie reglos sitzen, so groß war die Erleichterung nach dem dauernden Geschüttel, dann stieg sie aus und ging auf die Hütte zu, gefolgt von Ali.
Zwei sidonesische Soldaten, Zigaretten zwischen den Lippen, lehnten neben dem zerstörten Eingang. Sie winkte ihnen zu und grinste, und die beiden Männer erwiderten das Grinsen. Dann kletterte Kate über die Trümmer und bemerkte einen dritten Soldaten, der auf dem Bauch lag und durch eins der klaffenden Löcher Ausschau hielt.
Plötzlich rührten sich Kates Gedärme wieder. Wie ein geölter Blitz schoß sie aus der Ruine. Ihr Gesicht brannte vor Scham. Die anderen Reporter hatten gesagt, das rühre vom Wasser her, aber sie konnte sich die Zähne ja schlecht mit Bier putzen. Schweißnaß suchte sie, den kleinen Ali immer im Schlepptau, Schutz hinter einem kleinen Schutthaufen und kauerte sich nieder, um sich zu erleichtern. Wenig später gab es eine heftige Detonation, und Kate sah, wie der Sand rings um sie aufstob, während Schrapnellsplitter durch die Luft zischten. Etwas stieß gegen ihren Helm und machte *Ping*! Sie zuckte zusammen und hätte sich am liebsten hingeworfen, um dicht an der Erde Schutz zu finden. Sie hielt ihren Helm mit beiden Händen fest und stöhnte fassungslos.

Plötzlich schienen sich die Reste der Hütte vor ihren Augen nach rechts zu neigen, dann brachen sie zusammen. Kate zog ihre Jeans hoch und rannte, noch mit dem Zuziehen des Reißverschlusses beschäftigt, auf die Ruine zu.
Die drei fröhlichen Soldaten, denen sie zugewinkt hatte, waren tot. Einer lag mit ausgebreiteten Armen auf dem Rücken. Seine Augen starrten gleichgültig an ihr vorbei, sein Bauch spie rote, schleimige Schlangen aus.
Vor Entsetzen wie gelähmt, vernahm Kate Geräusche und Schreie von der anderen Seite der Hütte. Instinktiv duckte sie sich und riß einer der Leichen den Karabiner aus der Hand. Schnapp dir die Waffe und kriech über die Trümmer in die Hütte, befahl sie sich. Himmel, ich hoffe, die Reste der Wände brechen nicht zusammen, wenn du drinnen bist. Sie sah nach, ob der Karabiner gesichert war, und kroch mit gesenktem Kopf los.
Von der anderen Seite der Hütte vernahm sie scharrende Geräusche, und plötzlich fühlte ihr Rücken sich nackt und verwundbar an. Jesus Christus, stell dir vor, jemand kommt von hinten und schießt dir in den Hintern!
Jetzt konnte sie Keuchen und ein Grunzen hören, als jemand über den Schutt vor ihr zu kriechen begann. Dann erschien langsam die Rundung eines Helms wie die Spitze eines khakifarbenen Eies vor ihren Augen. Nach und nach wurde es immer größer, bis es schließlich in eine braune Stirn überging, die sich Zentimeter um Zentimeter über die zerborstenen Steine schob. Kate sah zwei junge, überraschte schwarze Augen unter dicken Augenbrauen, entsicherte den Karabiner und zog sacht den Stecher zurück.
Das Gesicht zersplitterte, verwandelte sich in eine karminrote Höhle und verschwand. Kate hörte ein Scharren und Keuchen von der anderen Seite der Trümmer. O Gott, waren da noch mehr von ihnen oder handelte es sich um den, auf den sie gerade geschossen hatte? Sie wartete, angespannt und wild entschlossen, neuerlich abzudrücken.

Aber der Feind hatte nicht damit gerechnet, daß in der Hütte noch irgend jemand am Leben sein könnte, und die beiden anderen Saudis krochen hastig zu ihren eigenen Linien zurück.
Kate hörte nichts mehr. Sie wartete und starrte auf den Kamm des Trümmerhügels vor sich, unfähig, irgendwoanders hinzublicken, und blind für die Tatsache, daß sie auf den noch warmen Resten eines menschlichen Körpers lag. Dann hörte sie Ali in seinem singsangähnlichen Tonfall rufen: »Missus, Missus! Böse Männer alle weggelaufen!« Stolpernd kam er auf sie zu.
Kate zitterte. Diese Augen. Er hatte ihr direkt in die Augen geblickt, und dann hatte sie ihn erschossen. Neun Monate lang hatte seine Mutter ihn ausgetragen; jahrelang hatte sie sich um ihn gekümmert, gesorgt und ihn geliebt; und jetzt hatte sie, Kate, in zehn Sekunden jemandes Sohn zerstört. Seine überraschten Augen hatten in die ihren gestarrt, und dann hatte sie abgedrückt. Zweifellos hätte er als erster geschossen, wenn er die Chance gehabt hätte, dennoch hatte sie gerade ein Menschenleben genommen, und sie fand es grauenhaft, darüber nachzudenken. Sie saß da und starrte auf die Trümmer, voll Scham und Qual, haderte mit sich (sei vernünftig; es hieß: er oder du) und begann schließlich zu weinen, als sie an Nick und seine Familie dachte.
Ali zappelte nervös hinter ihr herum, denn er verstand nicht, warum sie so durcheinander war. »Sie gute Missus, Sie töten Saudisoldat!«
Zwei Stunden später bemerkten sie drei Punkte am südlichen Horizont, die sich im Näherkommen nach und nach als drei Kamele herausstellten, auf deren erstem ein alter Mann ritt. Eine beträchtliche Summe wechselte den Besitzer – dreihundertzwanzig Dinar, fast genug, um die Kamele zu kaufen, statt sie zu mieten. Der alte Mann weigerte sich, sie zu begleiten, obwohl Kate ihm einen Extrabonus anbot. Mit einem Zischen brachte er die Tiere dazu, daß sie hin-

kauerten, half Kate in den mit einem Teppich bedeckten Ledersattel und brachte die Kamele mit einem weiteren Zischen wieder auf die Beine. Dann reichte er Ali einen Stock mit einem spitzen Dorn am Ende und bestieg sein eigenes Kamel, das sofort wieder in Richtung Süden davonschlingerte.

»Was hat er gesagt?« fragte Kate Ali.

»Er sagt, Kamele wieder hier in einem Tag, sonst Missus zahlen mehr Geld. Er sagt, Maschinen aus Westen nicht gut für Wüste, Kamel immer noch am besten . . . Kamel frißt wenig, trinkt nur einmal in fünf Tagen, trägt schwere Lasten.«

»Bist du sicher, daß du weißt, wohin wir reiten müssen, Ali?«

»Ja, ja, zu den Hügeln, Missus.«

Schaukelnd setzten die Kamele sich in Bewegung. Die Sonne brannte herab. Am Anfang befürchtete Kate, jeden Moment seekrank zu werden, aber nach etwa zehn Minuten fand sie diese eigenartig wogende Gangart recht angenehm, fast als säße man in einem Schaukelstuhl.

Mit der Zeit wurde es heißer und heißer, während sie gemächlich über den Wüstenrand dahinzogen, vorbei an Dornenbüschen und verdorrtem, grauem Gras auf die Kette niedriger Hügel zu, die sie jetzt am Horizont ausmachen konnten.

Bei Einbruch der Dämmerung erreichten sie die ersten flachen Ausläufer, und wenig später bewegten sie sich durch eine mit Felsblöcken übersäte Schlucht. Ali strahlte. »Jetzt Missus in östlichen Hügeln. Jetzt Missus finden König.«

»Nein, Ali bringt Missus bis zum König«, sagte Kate scharf.

All hörte auf zu strahlen und wirkte plötzlich ängstlich. »Ali weiß, daß König in Hügeln, aber Ali nicht weiß, *wo* König in Hügeln.«

»Aber Ali, du hast gesagt, du würdest mich zum Lager des Königs führen.«

»Nein, nein, Ali sagt, Ali bringt Missus zu östlichen Hügeln.« Ali sah jetzt mürrisch aus.

Kate war bestürzt. Der Ritt hatte viel länger gedauert, als sie erwartet hatte, und jetzt war es zu spät zum Umkehren. Ali hatte offensichtlich nicht die geringste Ahnung, wo sie sich befanden, und dazu hielten sie sich auch noch hinter den feindlichen Linien auf.

»Dann bring wenigstens mein Kamel dazu, daß es sich niederkauert, Ali. Wir sollten hier lagern. Es ist schon so dunkel, daß ich kaum noch etwas erkennen kann.«

All zischte, aber das Kamel nahm nicht die geringste Notiz von ihm und marschierte einfach weiter in die Schlucht hinein.

»Ali, stopp das verdammte Kamel!«

Sie hörte ein Klirren, gefolgt von leichtem Steinschlag, dann war sie plötzlich umgeben von schattenhaften Gestalten. Jemand riß ihr den Zügel aus der Hand, und als sie sich vorbeugen wollte, starrte sie in die Mündung einer Maschinenpistole.

Ali schluchzte. Stockend versuchte er, die arabischen Fragen zu beantworten, die ihm aus der Dunkelheit entgegengeschleudert wurden. Die Hände waren ihm auf den Rücken gebunden worden, genau wie Kate die ihren. Ein Strick fesselte die weiße Frau an den kleinen Araberjungen. Eine gemurmelte Diskussion folgte, dann wurden Kate und Ali, – immer noch aneinandergefesselt, tiefer in die Schlucht gezerrt, auf einem schmalen Pfad, der erst nach oben führte und dann wieder nach unten, bis Kate völlig die Orientierung verloren hatte.

Schließlich schlug der Pfad einen Bogen, und es ging erneut abwärts, bis sie eine kleine, schüsselartige Mulde erreichten, deren Boden mit niedrigen schwarzen Ziegenfellzelten übersät war. Nach einer weiteren kurzen Diskussion wurden Kate und Ali von ihren Fängern brutal in eins der Zelte gestoßen, und gleich darauf fand sie sich zu ihrer Überraschung auf den Knien wieder – vor einem Mann, den sie kannte. Obwohl sie ihn nie in weißen Wüstengewändern gesehen hatte, gab es keinen Zweifel. Dieses schlanke, harte Gesicht war unverwechselbar.

»Suliman Hakem!« rief sie erstaunt.

Ihre erste Regung war Erleichterung darüber, daß sie nicht in Feindeshand gefallen war, gefolgt von der messerscharfen Erkenntnis, daß Suliman nie mehr als zwei Schritte von Abdullah entfernt war.

»Was machen Sie hier?« fragte Suliman scharf auf englisch.

Er erkennt mich also wieder, dachte Kate.

»Ich bin Zeitungskorrespondentin. Ich bin auf der Suche nach König Abdullah, denn ich habe eine . . . eine persönliche Botschaft für ihn.«

»Woher sollen wir wissen, daß ihr keine Spione seid?«

»Wenn mir jemand die Handfesseln abnehmen würde, könnte ich meinen Presseausweis herausholen.«

Die Fesseln wurden ihr nicht abgenommen, aber jemand leerte ihre Taschen aus, und Suliman studierte ihren Presseausweis.

»Woher weiß ich, daß es sich hierbei nicht um eine Fälschung handelt?«

»Wenn Sie ein Exemplar des *Globe* hätten, dann könnten Sie meinen Namen und mein Bild in der Zeitung sehen«, sagte Kate, obwohl sie wußte, daß es wohl kaum in näherer Umgebung einen Zeitungsstand gab.

Suliman bellte ein paar gutturale Worte. Dann wurden Kate und Ali die Fesseln abgenommen. Jemand zog sie auf die Füße. »Im Morgengrauen werden Sie nach Fenza eskortiert«, erklärte Suliman kurz angebunden. »Um die Kamele und den Jungen kümmern wir uns. Seien Sie froh, daß die Patrouille Sie nicht erschossen hat.«

Als Kate ihm nachsah, wie er in seinem wallenden Gewand das Zelt verließ, erschien es ihr kaum glaublich, daß dieser

Mann einmal eine der besten Schulen der Welt besucht hatte und in Sandhurst ausgebildet worden war.
Kurz darauf kehrte Suliman noch einmal zurück und sagte: »Solange Sie sich in diesem Lager aufhalten, erhalten Sie eine Wache. Jetzt werden Sie sich waschen und dann essen.«
Kate wurde zu einem kleinen Zelt geführt, ein Wachposten zog vor dem Eingang auf. Sie erhielt eine Schüssel mit Wasser und ein sauberes Gewand, und dann kam ein Junge mit einem Becher Trinkwasser und einem Blechtablett, auf dem einige Streifen gebratenes Lamm lagen. Dazu gab es Reis. Plötzlich merkte Kate, wie hungrig sie war. Sie ließ sich im Schneidersitz nieder und stopfte sich die Speisen mit den Fingern in den Mund. Durch den Schlitz im Zelteingang konnte sie den Mond sehen, der schwarze Schatten auf den silbernen Sand malte, und weiter hinten, jenseits des großen Lagerfeuers, die Hälse und Köpfe der Kamele, deren Silhouetten sich gegen den Nachthimmel abhoben.
Nachdem sie mit dem Essen fertig war, erschienen zwei weitere Wachposten in weißen fließenden Gewändern, auf dem Kopf rote Tücher mit schwarzen Kordeln. Jeder von ihnen trug einen Karabiner in der Hand und einen Krummsäbel an der Seite. Ohne etwas zu sagen, deuteten sie mit den Köpfen auf den Eingang. Kate stand auf und folgte ihnen in die Nacht hinaus, vorbei an den gelben Lichtkreisen der Feuer, die flackernde Schatten über die Gesichter der Männer im Lager tanzen ließen.
Sie wurde in ein riesiges Zelt geführt, dessen Boden mit reichverzierten Teppichen ausgelegt war. Eine Petroleumlampe spendete warmes Licht. Überall häuften sich mit Quasten besetzte Kissen, und auf einem der prächtigsten saß, gerade und sehr aufrecht, König Abdullah. Er bedeutete den beiden Wachen, das Zelt zu verlassen. Kate und Abdullah waren allein.
Selbstsicher wie immer, ließ Abdullah seine wachsamen

Augen auf ihr ruhen. Seine Haut wirkte straffer als früher, und er sah noch arroganter aus. Mit tiefer Stimme fragte er: »Was, zum Teufel, haben Sie hier zu suchen, Kate?«

Sie erklärte es ihm, so rasch sie konnte, und dachte dabei, daß er älter, grau und müde wirkte.

»Sie haben großes Glück gehabt«, sagte Abdullah, als sie geendet hatte. »Ich übrigens auch, um Ihnen die Wahrheit zu sagen. In den letzten Tagen haben die verdammten Saudis sich nicht vom Fleck gerührt, so daß wir nichts anderes tun können als warten, und das ist ziemlich langweilig. Somit ist mir ein überraschender Gast nicht unwillkommen . . . Wenn Sie auch nicht ganz so *soignée* aussehen wie sonst, Kate.« Er grinste, und Kate fuhr sich rasch durch das wirre Haar.

»Sie sind sich darüber im klaren, daß es sich hierbei um einen privaten und persönlichen Besuch handelt«, fuhr Abdullah fort. »Ich kann mit Ihnen weder über den Krieg noch über Politik reden, sonst bekäme ich Ärger mit den anderen Korrespondenten. Sie dürfen eine vage Beschreibung unseres Lagers geben und erklären, daß ich zuversichtlich bin und daran glaube, daß wir siegen werden. Natürlich werden wir überprüfen, ob Sie sich an diese Auflagen gehalten haben.« Er blickte in die Nacht hinaus und fragte dann beiläufig: »Wie geht es Pagan?«

Kate berichtete ihm die letzten Neuigkeiten, einschließlich der Tatsache, daß Pagan schwanger war und in ein paar Monaten niederkommen würde. Abdullah lächelte eigenartig. »Ja, ich weiß«, sagte er.

Einen Moment lang herrschte ungemütliches Schweigen. »Wie alt sind Ihre Kinder jetzt?« fragte Kate.

»Mustafa ist vier und mir wie aus dem Gesicht geschnitten. Ein ungezogener kleiner Teufel, immer auf einen boshaften Trick aus – jede Menge Mumm, muß ich sagen.« Wieder gab es eine Pause. »Natürlich finde ich es schade, daß ich nicht noch mehr Söhne habe.« Er korrigierte sich: »*Legi-*

time Söhne jedenfalls. Immerhin bin ich seit zehn Jahren verheiratet. Aber ich bin froh, daß ich Mustafa habe. Ich bete jeden Tag zu Allah, daß er mir mehr Söhne schenkt. Ich suche Serah regelmäßig auf, denn es gibt keinen Grund, warum sie keine Kinder mehr bekommen sollte. Aber leider ... Wie auch immer, hören wir auf, wie zwei Hebammen daherzuschwätzen!«

Demnach ist Mustafa der einzige Mensch auf Erden, den Abdullah wirklich liebt, dachte Kate.

»Warum genau sind Sie hier draußen, Abdullah?« fragte Kate.

»Sagen wir, es ist einer meiner Routinebesuche beim Hakem-Stamm«, antwortete er. »Ich werde Ihnen nichts sagen, was für den Feind von Wert sein könnte. Den wichtigeren unter meinen Scheichen statte ich regelmäßige Besuche ab. Unsere härtesten und besten Soldaten rekrutieren wir von den Wüstenstämmen, nicht in den Städten. Diese Männer schlafen nachts auf dem Sand, nur ihr Gewand zwischen sich und der Erde. Beduinen sind abgehärtet, Komfort ist ihnen zuwider, und für die Welt draußen mit ihren technischen Errungenschaften haben sie nur Verachtung übrig.«

»Abgesehen von Pistolen, Karabinern und Transistorradios«, kommentierte Kate.

»Zugegeben, ansonsten aber leben sie mit einem Minimum an Besitztümern. Eine Familie hat vielleicht ein paar Kamele, die eine oder andere Ziege, ein Zelt, eine Wolldecke, Messer, Ledereimer und ein Seil. Mehr brauchen sie nicht, und mehr wollen sie auch nicht haben.« Er grunzte. »Ich versichere Ihnen, Kate, manchmal wünsche ich, ich könnte mein ganzes Leben unter diesen starken, einfachen Menschen hier in der Wüste verbringen.« Er bedachte sie mit einem kurzen Grinsen. »Sie gehen jetzt besser wieder in Ihr Zelt zurück. Sie wissen, was für einen schrecklichen Ruf ich habe, und morgen steht Ihnen ein harter Tag bevor.«

Kate war sich nicht klar darüber, daß sie das Unmögliche geschafft hatte – einschließlich eines Kamelritts durch ein Minenfeld –, bis sie am folgenden Abend mit dem Jeep nach Fenza zurückgebracht worden war. Als sie die Bar des *Majestic* betrat, standen die anderen Journalisten auf und applaudierten schweigend. Gut, daß niemand mir gesagt hat, daß es unmöglich war, dachte Kate, dann hätte ich es nämlich nie versucht.

Sie begann ihren Artikel »Ein Tag im Krieg« mit einer Beschreibung eines Schlachtfeldes nach Beendigung der Kämpfe. »Der ockerfarbene Sand war bedeckt mit zahllosen Fetzen verschiedenfarbigsten Papiers. Noch bevor sich die Geier ihrer annehmen konnten, hatten arabische Plünderer die Körper der Gefallenen beraubt, ihnen die Uhren vom Handgelenk gerissen und auf der Suche nach Geld deren Brieftaschen gefleddert. Soldbücher und Ausweise landeten im heißen Sand. Liebesbriefe, die gestern noch kostbar waren, Fotos von Freundinnen, Frauen, Kindern und Angehörigen, alles vom Winde verweht, ein Lächeln, das für niemanden mehr gilt.«

Scotty war begeistert über ihren Bericht. »Ich habe doch gesagt, daß wir von ihr was anderes kriegen würden, und sie kommt doch tatsächlich mit einer Exklusivstory über diesen verdammten König!« Er blickte seine Sekretärin an. »Schicken Sie sofort ein Telegramm. *Glückwünsche zum Abdullah-Coup Dicker Kuß Scotty Globe.*« Er las weiter. »Jesus! Daß sie jemanden umbringen soll, habe ich ihr nicht gesagt! Am besten schreibe ich das neu, in der dritten Person. Korrespondenten dürfen keine Waffen tragen. Vielleicht sollten wir sie zurückrufen, ehe sie in Schwierigkeiten gerät.«

Der Artikel wurde überall in der Welt nachgedruckt. Ein dafür empfängliches Publikum erfuhr daraus – ganz einfach –, daß Krieg aus Menschen gemacht wird. Aus toten Menschen.

39

Kate kehrte nach England zurück und stellte fest, daß sie eine kleine Berühmtheit geworden war. Als Scotty sah, wie schlecht und abgemagert sie aussah, gab er ihr zwei Wochen Urlaub. Sie beschloß, ihn bei Judy in New York zu verbringen.

Judy organisierte inzwischen Werbekampagnen für Bücher, Mode und Berühmtheiten aller Couleur, und ganz offensichtlich hatte sie es in den letzten Jahren zu einigem Wohlstand gebracht.

Bewundernd blickte Kate sich in dem hellen, geräumigen Wohnzimmer von Judys neuem Appartement hoch über der East 57th Street um. Allein der kostbare Teppich mußte sie mindestens siebentausend Dollar gekostet haben. Judy saß ihr gegenüber in einem bronzefarbenen Polsterstuhl, die Arme hinter dem Kopf verschränkt. Das Holz des kühn geschwungenen Möbelstücks prunkte mit kostbaren Elfenbeinintarsien.

»Als nächstes mußt du ein Buch schreiben, Kate«, sagte Judy. »Du hast jetzt einen gewissen Ruhm erworben, aber der wird nicht lange bleiben, wenn du nichts dafür tust. Ein Buch bedeutet Ansehen und Prestige, wenn auch nicht immer Geld auf der Bank. Hast du während des Krieges Tagebuch geführt? Hast du deine Notizen noch komplett? Nun, dann mach ein Buch daraus, nichts Dickes, so um die sechzigtausend Wörter, würde ich sagen. Morgen früh bleibst du im Bett und schreibst die Synopsis, so daß ich mir sie ansehen kann, wenn ich am Abend nach Hause komme . . . *Natürlich* kannst du eine Synopsis schreiben! Setz dich gleich hin und sag in drei einfachen Sätzen, worum es in dem Buch gehen wird.«

Nach kurzem Überlegen fischte Kate ein Notizbuch aus ihrer braunen Gucci-Tasche, tat wie geheißen, riß das Blatt dann heraus und reichte es Judy.

Judy strahlte. »Großartig. Jetzt brauchst du diese drei Sätze bloß zu einem Exposé auszubauen und in Kapitel zu unterteilen. Und damit du schon mal ein Gefühl dafür bekommst, wie man sich als berühmter Autor fühlt, lade ich dich jetzt zum Essen ein.«

Sie wußte, daß Kate Talent genug hatte, sie mußte nur noch lernen, es in die richtigen Kanäle zu lenken. Sie brauchte jemand, der sie aufbaute, statt sie zu unterminieren, wie das die Männer in ihrem Leben immer wieder getan hatten, wenn man auch zugeben mußte, daß Kate geradezu darum bettelte, einen Tritt ins Kreuz zu kriegen. Nichtsdestoweniger schien es ihr mittlerweile besserzugehen als noch vor einem Jahr.

Am folgenden Abend beschäftigte sich Judy mit Kates Rohentwurf, änderte das Äußere ein wenig und sagte schließlich: »Gut. Damit kann ich zu einem Verlag gehen. Wir nennen es *Eine Frau im Krieg.*« Sie holte ein kleines, mit Geschenkpapier verpacktes Schächtelchen aus ihrer Handtasche und warf es Kate zu. »Ein Geschenk.« Kate fing es mit einer Hand und öffnete die Verpackung. Sie enthielt ein marineblaues Lederkästchen, in dem ein kleiner, viereckiger, vergoldeter Wecker von Tiffany lag. »Damit du morgens rechtzeitig aus dem Bett kommst, um an dem Buch zu arbeiten.«

»Aber ich habe einfach keine Zeit dafür«, protestierte Kate etwas spät, »und mein Job kostet mich schon mehr Energie als ich habe.«

»Stell den Wecker auf fünf Uhr morgens, steh auf, mach dir eine Tasse Kaffee und setz dich zwei Stunden lang an die Schreibmaschine, bevor du ins Büro gehst, *jeden Tag* ... Nein, nicht abends, wenn du nach Hause kommst, denn dann bist du total erschossen ... Na gut, in Ordnung, am Sonntag hast du frei. Aber *nur* am Sonntag. Wenn du tausend Wörter am Tag schaffst, müßtest du in vier Monaten fertig sein, inklusive der Korrekturen.«

Kates Buch erschien im Juni 1967 gleichzeitig in Großbritannien und den Vereinigten Staaten, wo Judy sich um die Werbung kümmerte. Am 5. Juni stand Judy plötzlich von ihrem Frühstückskaffee auf und stellte das Radio lauter. »Ein israelischer Blitzüberfall endete mit schweren arabischen Verlusten. Israelische Truppen haben weite Teile Ägyptens und Jordaniens besetzt.«
Es war die erste Nachrichtensendung über den israelisch-ägyptischen Sechs-Tage-Krieg.
Judy wußte auf der Stelle, daß *Eine Frau im Krieg* ein Bestseller werden würde.
»Nur um dich auf die Erde zurückzuholen«, brummte Scotty, als Kate von einer PR-Tournee durch die Vereinigten Staaten zurückkehrte, »möchte ich doch mal sehen, wie du eine Titten- und Arsch-Story anpackst. Fahr zum New Forest in Hamshire und mach mir ein Interview mit einem Starlet vom Kontinent, das seinen ersten Film in England dreht.«
Am nächsten Tag war Kate bereits im Morgengrauen am Drehort, einer kalten, nebeligen Waldlichtung. In der Luft hing der Herbstgeruch nasser Blätter. Unter den Bäumen stand ein gelber Wohnwagen, und plötzlich tauchte in der Hintertür eine der hinreißendsten jungen Frauen auf, die Kate je gesehen hatte. Lili trug einen dunklen Pelzmantel mit hochgestelltem Kragen, darunter ein pittoreskes Lumpenkleid, das sorgfältig zerrissen worden war, damit man soviel wie möglich von ihrem Körper sehen konnte. Genau wie Kate hatte sie die Hände in die Manteltaschen geschoben. Sie hatte eine makellose, olivfarbene Haut, große, dunkle Augen und ein fast perfektes Profil.
Kate hielt den Atem an – Lili war wirklich vollkommen. Sogar von hinten sah sie noch bezaubernd aus. Als sie den Pelzmantel abwarf, fiel ihr Haar wie ein dunkler Seidenvorhang bis zu der schlanken Taille hinunter. Als sie auf die Lichtung hinausschritt, gab das Lumpenkleid perfekt mo-

dellierte Hinterbacken und Schenkel frei. Eine feenhafte Unschuld ging von ihr aus, als könnte sie jeden Augenblick mit dem nebeligen Wald hinter ihr verschmelzen. Während sie barfuß und überaus graziös zwischen den Bäumen einherging, strahlte sie einen solch ruhigen Zauber aus, daß Kate alles um sich herum vergaß – die Kälte, die laufenden Kameras und die vielen anderen Menschen.

Der Film war beinahe fertiggstellt, aber er hatte weit mehr Zeit und Geld gekostet, als in Drehplan und Budget ursprünglich vorgesehen, weswegen jeder in der Szene – mit Ausnahme von Lili – gereizt, schlechtgelaunt und unausstehlich war. Der Regisseur verkehrte mit dem Kameramann nur noch über seinen Assistenten, und die meisten anderen Mitglieder des Teams sprachen überhaupt nicht mehr miteinander. Zwischen den Aufnahmen stürzte eine Garderobiere mit einer Schüssel voll heißem Wasser auf die Lichtung, damit Lili ihre erstarrten Füße wieder aufwärmen konnte, bis die nächste Aufnahme vorbereitet war.

Später hatte Kate Gelegenheit, Lili in ihrem Wohnwagen zu interviewen. Lilis Englisch konnte sich hören lassen, denn Serge hatte darauf bestanden, daß sie sowohl fließend englisch sprechen als auch reiten lernte – beides von größter Wichtigkeit, wenn man beim Film Karriere machen wollte, wie er sagte. Konzentriert und ruhig beantwortete sie alle Fragen, die Kate ihr stellte.

»Wie gehen Sie an eine neue Rolle heran?«

»Oh, das ist nicht sehr schwierig. Ich lese das Drehbuch immer und immer wieder, bis ich weiß, wie ich mich verhalten würde, wenn ich dieser Mensch wäre, den die Rolle verlangt. Ich denke so lange darüber nach, bis es keine Zweifel für mich mehr gibt, und dann *bin* ich plötzlich der Mensch, und sein Charakter ist wirklicher als mein eigenes Selbst. Ich habe das auch früher schon gemacht, als ich noch ein Kind war, beim Spielen, so daß es mir nicht besonders schwerfällt.«

Als Kate sie fragte, ob sie es genieße, im Rampenlicht zu stehen und wie sie mit ihrem Ruf fertig würde, schien Lili mit einemmal auf der Hut. »Natürlich ist das alles nicht sehr angenehm«, sagte sie mit stark französischem Akzent, »aber es gehört zu meinem Job, also habe ich keine Wahl. Ich hasse diese unfreundlichen Dinge, die immer wieder über mich geschrieben werden. Manchmal sind die Zeitungen wirklich unerträglich – immer bin ich mit diesem oder jenem Mann im Bett. Sie schreiben einfach Lügen. Wenn ich mit all den Männern ins Bett gehen würde, die mir immer angedichtet werden, käme ich überhaupt nicht mehr zum Schlafen.«
»Heißt das, es macht Ihnen keinen Spaß, berühmt zu sein?« fragte Kate. »Es macht Ihnen keinen Spaß, daß sich die Leute im Restaurant nach Ihnen umdrehen, daß man Sie auf dem Flugplatz erkennt, daß Kinder Sie um Ihr Autogramm bitten und so weiter?«
»Wenn Sie glauben, das mache Spaß, dann nur, weil Sie es noch nicht erlebt haben«, sagte Lili ernsthaft. Dann begann Kate in ihrem Privatleben herumzustochern und Fragen nach ihrem ersten Auftreten in der Öffentlichkeit zu stellen. Sie hatte sich Lilis Ausschnittmappe im Archiv des *Globe* vorgenommen und war schließlich auf die Bilder von Lili in dem berühmten durchsichtigen Kommunionkleid gestoßen.
»Wenn Sie sich so fotografieren lassen, können Sie nicht damit rechnen, positive Publicity zu bekommen.«
»Diese Aufnahmen sind gemacht worden, als ich dreizehn war. Ich habe nur das getan, was man mir gesagt hat. Als Sie dreizehn waren, haben Sie das doch wohl auch getan.«
»Aber warum haben Ihre Eltern das zugelassen?«
»Ich bin Waise, und von meinen Pflegeeltern bin ich weggelaufen, weil sie ... weil sie mich geschlagen haben«, sagte Lili, genau wie Serge es ihr beigebracht hatte. Dann fügte sie plötzlich hinzu: »Tatsächlich wurde ich dazu gezwungen ...« Und zum erstenmal in ihrem Leben beschrieb sie

einem fremden Menschen, wie es zu jener ersten Fotoserie in Serges Pariser Studio gekommen war.
Während Lili sprach, sah Kate das hilflose Kindmädchen vor sich, sah, wie einfach es gewesen sein mußte, dieses schüchterne, verwundbare Wesen auszunutzen. Sie spürte, daß die einzige Aufmerksamkeit, der einzige Schutz Lili von den Leuten zuteil wurde, die an ihr verdienten.
»Aber Sie haben keine Freunde?«
»Dafür habe ich keine Zeit.« Lili klang resigniert. »Aber Serge kennt *viele* Leute.«
Plötzlich spürte Kate Zuneigung und Mitleid, womit sie bei einem Mädchen wie Lili am allerwenigsten gerechnet hätte.

»Laß knacken, Mädchen, ich brauche die Story um fünf«, sagte Scotty, als sie wieder zurück war. Kate setzte sich an die Maschine, tippte ihre Story herunter und brachte sie Scotty schon um halb fünf. Der Redakteur überflog die erste Seite und stöhnte entsetzt. »Das kann ich doch nie auf Seite drei bringen! Mit diesem Schmalz verkauft man keine Zeitungen.« Er begann laut vorzulesen: »Eigenartig unsicher und scheu . . . bebend wie ein Reh, das jeden Moment in den Wald zurückspringen kann . . . Um Himmels willen, Kate. Zeig mir mal deine Notizen!«
Er warf einen kurzen Blick auf den Zettel und grunzte. »Gib Bruce das Zeug, wir haben gerade noch Zeit, es umschreiben zu lassen. So was macht Bruce im Schlaf.«
Als der Artikel erschien, begann er folgendermaßen: »›Mit dem einen oder anderen Mann liege ich immer im Bett‹, sagte Fräulein Dreck, im Pornogeschäft bekannt als Lili.«
Er war verletzend und voller Verachtung abgefaßt, wenn er sich auch, abgesehen vom ersten Satz, mehr oder weniger an die Wahrheit hielt. Unglücklicherweise wurde er mit Kates Namen unterschrieben.

»Hübsch«, sagte Scotty. »Geht richtig unter die Haut.«
Kate kochte vor Wut. »Warum läuft der Artikel unter meinem Namen?«
Scotty zuckte mit den Schultern. »Du weißt doch, was bei einer Tageszeitung alles passieren kann.«

»Da siehst du, was passiert, wenn du dich interviewen läßt, und ich bin nicht dabei«, schnarrte Serge wütend. »Diese englische Fotze hat dich in Stücke gerissen. Du kannst aber auch nichts richtig machen, egal, ob es darum geht, ein Interview zu geben oder aus dem Fenster zu springen!«
»Ich bin nicht gesprungen!«
»Nein, aber du hättest es getan, wenn ich dich in Paris nicht im letzten Moment noch erwischt hätte.«
Serge schleuderte die Zeitung auf den Boden des Hotelzimmers und schenkte sich einen weiteren Whisky ein. »Warum kriegt man nirgendwo einen vollen Eimer mit Eis? Nicht einmal in dem gottverdammten *Dorchester*!«
Er stand am Fenster und blickte über die Baumkronen des Hydepark auf den Verkehr, der in dem leichten Londoner Nebel etwas Geisterhaftes hatte. Das Licht der Straßenlaternen spiegelte sich auf dem nassen Asphalt.
»Weißt du, was das Problem mit dir ist, Lili? Du bist so gottverdammt dämlich. Du weißt nicht mal, wer du bist, solange ich nicht in deiner Nähe bin, um dich daran zu erinnern.«
»Nein«, sagte Lili traurig und dachte an ihre *vraie maman.* »Ich weiß nicht, wer ich bin.«
»Tja, und du wirst nie in der Lage sein, auf eigenen Füßen zu stehen, solange du das nicht herausgefunden hast und bis zu diesem Tag *brauchst* du mich, Baby! In der Zwischenzeit könntest du daran denken, daß du jetzt auf dem besten Weg bist, ein Topstar zu werden, also fang an, dich auch so zu benehmen!«
Er hob das zerknitterte Exemplar des *Globe* auf. »Du *mußt*

das gesagt haben, es *klingt* einfach nach dir. ›Mit dem einen oder anderen Mann liege ich immer im Bett.‹ Mein Gott, bist du dämlich!«

»Sie hat manches, was ich gesagt habe, einfach weggelassen. So, wie es klingt, habe ich es gar nicht gemeint. Wir haben über eine Stunde lang gesprochen, und es war Abend, und ich finde es so ermüdend, die ganze Zeit englisch reden zu müssen.«

»Aber dieses ganze Zeug über das durchsichtige Kommunionkleid! Du klingst, als kämst du aus der Gosse, wie eine ungehobelte kleine Hure.«

»Nun, bin ich das nicht?« Lili wurde allmählich gereizt.

»Was für einen Sinn hat es, in den besten Hotels abzusteigen, dir die teuersten Kleider zu kaufen und alles zu tun, damit die Leute sich endlich auf dein schauspielerisches Talent konzentrieren, wenn du dich dann benimmst, als wärst du nichts als ein billiges Paar Titten?«

Serge musterte sie angewidert und leerte sein Glas mit einem Schluck. »Selbst wenn's stimmt, ist es immer noch schlecht fürs Geschäft.«

Teil 8

40

»Ich bin überrascht, daß du es je geschafft hast, einen Mann *hierher* zu locken.« Maxine rümpfte pikiert die Nase. »Oder daß irgendein Mann es je geschafft hat, aus diesem Chaos wieder herauszufinden. Du bist die reinste Elster, Judy! Es sieht aus, als hättest du noch nie im Leben etwas weggeworfen. Du bist nichts anderes als ein fünfunddreißigjähriger Hamster!«

»Nun, ich schätze, es liegt daran, daß es verdammt lange gedauert hat, bis ich überhaupt etwas zum Wegwerfen *hatte*! Und bitte, vergiß nicht, daß mein Schlafzimmer auch mein Arbeitsplatz ist. Hier lese, brüte, plane *und* schlafe ich. Hier verdiene ich meine Geld, Maxine!«

»Du hast schon immer begriffen, wie wichtig das Geld ist, Judy. Wir anderen haben dafür etwas länger gebraucht.« Maxine stand auf und öffnete die Tür zu den beiden begehbaren Schränken; die das Schlafzimmer vom Wohnzimmer trennten. Einer von ihnen beherbergte nichts als Schuhe und sah aus wie ein riesiges Schmuckkästchen.

»Wenn es hart auf hart geht, kann nur Geld einen beschützen«, sagte Judy. »Ein Mann jedenfalls nicht. Geld gibt einem die Macht, Gutes zu tun, die Macht böse zu sein, die Macht, zu gehen oder zu bleiben.«

Maxine betrachtete die mit rotem Moirétaft ausgelegten Regale.

»Die meisten Frauen ziehen es vor, sich über Geld keine Gedanken zu machen. Alles, was mit Geld zu tun hat, ist ihnen lästig.«

»Kein Geld zu haben, ist noch lästiger«, antwortete Judy scharf. »Man muß lernen, wie man damit umgeht. Man hätte uns allen beibringen müssen, wie man es verdient, wie man es vervielfacht, wie man es *behält*! Aber das einzige, was man Frauen beibringt, ist, wie sie es ausgeben können.

Und wenn es einmal Ärger gibt, haben die meisten Frauen *kein* Geld, soviel ist mir jedenfalls schon aufgefallen.«
Maxine pflichtete ihr bei. »Wenn sich ein Ehepaar trennt, kriegt die Frau die Kinder, aber der Mann behält das Geld. Dann begreift natürlich auch eine Frau, wie wichtig das Zeug ist.«
Sie ließ ihre Blicke über die endlosen Reihen von Schuhen schweifen. Da gab es ein Regal für Pumps mit kurzen Schäften und eins für solche mit langen, eins für zarte Sandalen, eins für Stiefel mit niedrigen Absätzen und eins für die mit hohen, ganz zu schweigen von den zahllosen Modellen aus handschuhweichem Wildleder.
»Geld zu haben, ist nicht wichtig, aber keins zu haben, ist lebensgefährlich«, fügte Judy hinzu.
»Vielleicht verstehst du eine Menge von Geld, *ma chère*, aber mit Sicherheit hast du keine Ahnung, zu was für einem Gefängnis Reichtum werden kann.«
Wieder blickte Maxine sich in Judys Schlafzimmer, das nie aufgeräumt werden durfte und daher permanent unordentlich wirkte, um. Die beiden Nachttische ächzten unter der Last zahlloser Magazine, vergilbter Zeitungen, aufgeschlagener Bücher und juristischer Schriftsätze. Auf allen horizontalen Flächen, einschließlich des Fensterbretts, gaben sich antikes Blechgeschirr, Hotelaschenbecher, ungerahmte Bilder, Karten mit Neujahrsgrüßen (»Alles Gute für 1968«) und verblichene Papierblumen aus Mexiko ein buntes Stelldichein.
»Die meisten Leute kommen nie über das Wohnzimmer hinaus«, sagte Judy entschuldigend.
Maxine räumte einen Bücherstapel beiseite und setzte sich auf die Bettkante. »Hier gehört etwas Organisation rein, meine Liebe. Nein, ich verspreche dir, ich schmeiße nichts hinaus, aber wir werden für alles einen bestimmten Platz finden. Eigentlich brauchst du doch gar keine drei Gästeschlafzimmer, oder?«

»Doch, ja natürlich; Das ist einer der Gründe, aus denen ich mich für eine größere Wohnung entschieden habe. Wir bekommen ziemlich häufig Besuch von außerhalb – unsere regionalen Direktoren –, und manchmal überschneiden sich die Besuche.«

»Warum beschränkst du dich nicht auf zwei Gästezimmer und ein Büro mit ausziehbarer Couch? Ich mache jetzt eine Liste, und morgen können wir zu Bloomingdale's gehen und uns ein bißchen umsehen. Wenigstens hast du jemand, der sich um deine Kleider kümmert, und deine Schränke sind sauber.«

»Ja, Francetta reißt sich nicht gerade darum, die Böden zu schrubben, aber als Hausmädchen ist sie großartig. Die schweren Arbeiten übernimmt ihr Mann an seinen freien Tagen.«

Maxine nahm einen lavendelfarbenen Seidenstiefel mit einer einzelnen Feder über dem Spann in die Hand. »Handgefertigt in Florenz, alle Achtung. Deine Geschäfte scheinen genausogut wie unsere zu gehen. Ist es nicht herrlich, wenn man nachts ruhig schlafen kann? 1966 war ein noch besserer Jahrgang als 1964, und 1964 haben wir den Durchbruch geschafft.«

»Oh, das habe ich nicht alles nur mit LACE verdient. Tom spekuliert, weißt du. Ich mache mir deswegen die größten Sorgen, aber er sieht das ganz unpersönlich. Tatsächlich kann *ich* nachts *nicht* schlafen.«

Sie schwieg einen Moment, ehe sie fortfuhr: »Ich versuche, damit zu leben, aber es gelingt mir einfach nicht. Tom braucht die Erregung, die Spannung beim Spekulieren, so wie andere den Geschwindigkeitsrausch beim Skifahren oder die Gefahr beim Bergsteigen brauchen. Er behauptet, ohne diesen Adrenalinstoß nicht mehr leben zu können.«

»Um Himmels willen, Tom ist doch nicht etwa Spieler?«

»Ich würde sagen, ja. Er würde sagen, nein. Er sagt, jede geschäftliche Entscheidung sein ein kalkuliertes Risiko, während das Spiel etwas für Idioten sei, die an das Glück glauben. Nein, von Spielern hält er ganz und gar nichts.«

»Warum geht er dann so gefährliche Risiken ein? Hat er das schon immer getan?«

»Nein, denn seine Frau konnte es nicht ausstehen. Scheiße, eine Menge Leute investieren an der Wall Street, Maxine. *Vielleicht* ist es ja gar nicht so gefährlich. Ich weiß es einfach nicht. Aber es widerspricht allem, wozu man mich erzogen hat, woran ich glaube. Man hat mir beigebracht, nie Schulden zu haben, immer ein wenig beiseite zu legen ... In den Augen meiner Mutter ist ›Kreditkarte‹ das obszönste Wort in der gesamten englischen Sprache.«

»Aber ohne Kreditkarte käme ich in Europa nicht weit.«

»Na, hier auch nicht. Und nach Europa kommt meine Mutter gar nicht erst.« Judy trat ans Fenster und blickte auf den Park hinaus. »Um ehrlich zu sein, ich habe wahnsinnige Angst, Maxine.«

»Weißt du noch, was für Preise die Renoirs von Edward G. Robinson erzielt haben?« hatte Tom sie erst gestern abend im Büro gefragt. »Nein, keine Sorge, ich fange jetzt nicht an, Impressionisten zu sammeln, das wäre etwas zu spät. Worauf ich hinaus will, ist, wenn man nur das Beste kauft, dann wird es *immer* jemand geben, der es dir wieder abkauft, falls du es verkaufen mußt. Vom Besten gibt es nie genug ... zumindest hoffe ich das, wir haben nämlich gerade ein T'ang Pferd erworben. Ja, ein chinesisches Keramikpferd aus dem 18. Jahrhundert, ungefähr vierundzwanzig Zentimeter groß, braun wie Erde. Ich kann es dir leider nicht zeigen, es liegt im Safe der Bank und dient als Sicherheit für das Darlehen, mit dessen Hilfe wir es gekauft haben. Du meine Güte, im Prinzip gibt es doch überhaupt keinen Unterschied zwischen dem Erwerb eines solchen Pferdes und den Hypotheken auf dem Bürogebäu-

de oder dem Land bei Houston. Außer daß wir ein T'ang-Pferd nicht auf eine Weide stellen müssen.«
So wie Judy es sah, diente LACE als kümmerliche, stets gefährdete Basis, auf der all diese Kredite ruhten, und wie nachdrücklich Tom auch mit dem Zeigefinger auf die Firmenbilanz deutete, gelang es ihr nicht, die Indoktrination aus ihrer Kinderzeit so weit zu überwinden, daß sie diesen wachsenden Wohlstand als Realität angesehen hätte. LACE war ein reales Geschäft, alles andere waren bloß Zahlen auf dem Papier. Sie konnte sich noch gut an den Krach erinnern, den sie mit Tom gehabt hatte, als die Kreditgrenze von LACE die halbe Million überschritten hatte. Doch Tom hatte nur gesagt: »Werd endlich erwachsen, Judy, heutzutage kann man kein Geschäft und schon gar kein Vermögen mehr machen, ohne sich zu verschulden – und dabei fallen einem auch nur die ersten fünfzigtausend schwer.«
Die größte Sorge aber bereiteten Judy Toms Warentermingeschäfte. In den letzten paar Jahren hatte er ihre sauer erarbeiteten Profite erst mit Kakao und dann mit Zucker aufs Spiel gesetzt, während Judy nächtelang wach lag und sich fragte, ob sie nicht am Ende mit einer ganzen Lagerhalle, voll von dem Zeug, dastehen würden. Tatsächlich lag auch Tom nachts gelegentlich wach, denn er hatte begonnen, auf Gewinnspanne hin zu kaufen, und das war ein großer Unterschied zu seinen eher vorsichtigen Börseninvestitionen. Aber er hatte Glück gehabt, die Preise waren innerhalb eines Monats nach oben geschnellt – Kakao um zwölf Prozent, Zucker um neunzehn. Mit dem Profit kaufte er Baumwolle und noch einmal Kakao, und diesmal machte er mit dem Kakao Verlust, holte mit Baumwolle aber mehr als das Doppelte wieder herein. Als er sich schließlich auf Sojabohnen verlegte, kümmerte er sich bereits nicht mehr um Judys »irrationale Ängste« und machte innerhalb von sechs Wochen einen Profit von sechzehn Prozent. In der Folge be-

schränkte er sich hauptsächlich auf Kakao und Zucker, im großen und ganzen mit beträchtlichem Erfolg. All das erklärte Judy Maxine und fügte hinzu: »Am Anfang war er ganz anders. In unserem ersten Geschäftsjahr konnten wir ein paarmal die Miete nicht bezahlen; dann ist Tom einfach mit unseren Zahlen zum Vermieter gegangen, und wir sind nie vor die Tür gesetzt worden, wie ich früher. *Das* konnte ich ja verstehen, aber weißt du, was er gegen Ende des zweiten Jahres tat? Er kaufte das Gebäude, in dem unser Büro lag, und benutzt den Gewinn aus dem Kakao-Geschäft als Anzahlung! Von da an fühlte ich unsere Schulden wie eine Schlinge um meinen Hals.« Judy seufzte. »Und das schlimmste ist, daß ich mit niemand darüber sprechen kann. Es handelt sich um ein Geheimnis, vergiß das nicht, Maxine.«

»Sobald du jemand ein Geheimnis erzählt hast, ist es kein Geheimnis mehr«, erwiderte Maxine. »Ist diese Wohnung wenigstens abbezahlt?«

»Ja, darauf habe ich bestanden, und Tom hat anstandslos pariert. Er hat lediglich die Nase gerümpft und meine moralischen Grundsätze als ziemlich kostspielig bezeichnet. Ich kann einfach nicht verstehen, wie dieser rational denkende Mann, der so phantastisch in seinem Beruf ist, so krankhaft sein kann, wenn es um Geld geht. Oder warum er so wütend wird, wenn ich ihn darauf anspreche, besonders wenn er bei irgendeinem Geschäft verliert und über Nacht Tausende von Dollars verschwinden. Nach unserem letzten Krach dachte ich schon, wir könnten nie wieder miteinander arbeiten.«

Geistesabwesend streichelte Maxine den Wildlederstiefel. Schließlich sagte sie: »Du bist fünfunddreißig, besitzt eine schicke Wohnung, und du hast einen Job, der dir Spaß macht und eine Menge einbringt. Ich an deiner Stelle würde den Rest vergessen und Tom seinen Willen lassen.«

Also hielt Judy von nun an den Mund, aber sie hörte nicht auf, sich Sorgen zu machen.

Drei Wochen später kehrte Maxine von einer dreiwöchigen Promotiontour für De-Chazalle-Champagner nach New York zurück.
»Eine wahre Freundin ist jemand, der zugibt, mehr zu wissen als man selber«, meinte Judy, während sie zusah, wie Maxine auf die Waage im Gästebadezimmer stieg.
»Besonders, wenn es nicht stimmt«, pflichtete Maxine ihr bei. »Kann es sein, daß ich in drei Wochen acht Pfund zugelegt habe?«
»Warum nicht? Jetzt zieh dich wieder an und komm ins Wohnzimmer. Ich habe dir die Presseausschnitte mitgebracht.«
Das Wohnzimmer war groß und luftig. Die cremefarben gestrichenen Wände bildeten einen eleganten Kontrast zu dem riesigen Tisch aus ochsenblutfarbenenem Marmor in der Mitte. Drei mit reichen Schnitzereien verzierte, niedrige Opiumliegen standen in Reichweite des Tisches. Der dunkle Holzfußboden war mit Zebrafellen bedeckt. In einer der Ecken stand ein rotschwarz bemalter persischer Paravent. Zwei kostbare, vergoldete Louis-XV.-Spiegel hingen rechts und links des Marmorkamins. Die Wand gegenüber war von einer ständig wachsenden Sammlung zeitgenössischer Zeichnungen bedeckt, hauptsächlich aus der Feder Saul Steinbergs.
Maxine stürzte sich auf einen rosafarbenen Ordner, der auf einer der Opiumliegen lag, lehnte sich gegen einen Berg dunkelblauer Seidenkissen und begann zu lesen. Sie hatte noch keine Gelegenheit gehabt, sich die Ausschnitte anzuschauen, weil sie in keiner Stadt lang genug geblieben war, um ihre Interviews im Druck zu sehen.
»Nicht schlecht, nicht schlecht. Diese Kolumne in *Time* mit dem kleinen Bild ist hübsch. Ich bin dir so dankbar, daß du jeden Abend angerufen hast, weil ich nie wußte, ob ich bei den Leuten ankam oder nicht, und ich war so einsam.«
»Wenn du damit fertig bist, dich in deinen Kritiken zu son-

nen, kannst du mal einen Blick in die Schlafzimmer werfen und dir anschauen, was wir während deiner Abwesenheit aus ihnen gemacht haben. Ich habe den Dekorateur gebeten, sich streng an deine Instruktionen zu halten.«

Judys Schlafzimmer wirkte jetzt luxuriös und ruhig. Die Fensterwand verschwand fast völlig hinter Vorhängen aus Wildseide, und das Bett trug eine kostbare Rotfuchsdecke. Zu beiden Seiten der Liegestatt standen große Truhen aus Rosenholz, in denen Judys Arbeitsmaterial Platz gefunden hatte, auf einer Seite noch ergänzt durch eine Art Armaturenbrett, mit dem sich ein Fernsehgerät, eine Stereoanlage, ein Radio und das Telefon bedienen ließen. Gegenüber dem riesigen Bett hing das einzige Bild im Raum, die lebensgroße Darstellung eines Adeligen aus der Mandschu-Dynastie auf einem chinesischen Seidengemälde aus dem 17. Jahrhundert. Außer dem Bett gab es im ganzen Zimmer nur noch ein weiteres Möbelstück, und zwar eine mit rotem Chintz bezogene Chaiselongue. Der angrenzende Raum war als Büro eingerichtet worden. Hier leuchteten die Wände in tiefem Himbeerrot, dessen Glut einen erlesenen Hintergrund für die deckenhohen Bücherregale und das viktorianische Rollpult am Fenster abgab.

»Dieses dunkle Rot ist umwerfend«, sagte Judy.

»Ich habe es erst kürzlich in Guys neuem Büro verwandt. Seitdem Saint Laurent seinen eigenen Salon eröffnet hat, ist die Konkurrenz für Guy größer geworden.«

Die beiden Frauen gingen zurück ins Schlafzimmer, wo Judy sich rasch für das Abendessen umzog. »Guy braucht sich keine Sorgen zu machen«, meinte sie. »Mit seinen Kostümen und Hosenanzügen kann niemand mithalten.«

Sie schlüpfte aus einem elegant geschnittenen, scharlachroten Hosenanzug. »Dieser hier ist mir in den letzten Wochen praktisch zur zweiten Haut geworden. Wann hast du Guy zum letzten Mal gesehen?«

»Oh, ich habe ihn schon seit Monaten nicht mehr gesehen,

aber an unserem Verhältnis scheint sich dennoch nicht das geringste zu ändern. Mit Pagan und Kate ist es genauso. Oft sehen wir uns monatelang überhaupt nicht, schreiben uns auch keine Briefe, aber wenn wir uns dann treffen, fahren wir genau da fort, wo wir stehengeblieben waren.«

»Meistens entwickeln sich Freundschaften gemäß dem Raum, der ihnen zugestanden wird«, meinte Judy und schlüpfte in eine hautfarbene Strumpfhose.

»In gewisser Weise, ja. Freundschaft kann zunehmen und abnehmen oder verschwinden wie der Mond – und später kann sie wieder aufwachen und fett und rund werden . . .« Maxine verschränkte die Hände im Nacken. »Ich meine natürlich, *echte* Freundschaft.«

»Deine Tante Hortense war genau das, was ich mir unter einer echten Freundin vorstelle«, sagte Judy. »Ich muß oft an sie denken.«

»Ich auch«, antwortete Maxine. »Als ich sie vor ihrem Schlaganfall das letztemal gesehen habe, spielte sie mit Alexandre im Garten. Er ist in jenem Sommer gerade zwei Jahre alt geworden. Sie trug eine grüne Chiffonbluse. Er hatte es geschafft, die Bluse teilweise aufzuknöpfen und stopfte Tante Hortense Gänseblümchen in den Ausschnitt. Sie wirkte ungewöhnlich gelöst und glücklich, und genauso möchte ich sie in Erinnerung behalten.«

Schweigend zog Judy ein schenkellanges schwarzes Strickkleid an. Maxine grinste. »*Ma chère,* du siehst aus, als hättest du nichts darunter an. Diese neue Mode läßt uns alle wie Showgirls aussehen. Kein Wunder, daß die Männer verrückt danach sind. Gibt es einen bestimmten Mann, dem du suggerieren möchtest, du hättest keine Unterwäsche an?«

»Nein, niemand im besonderen.« Mit zwei raschen Griffen legte Judy ein Paar Diamantohrringe an und betrachtete sich prüfend im Spiegel. »Wir essen mit Tom und einem Redakteur von *Newsweek.* Du weißt ja, im Gegensatz zu anderen Frauen scheine ich mich nie zu verlieben.«

»Nun, beeil dich schon!« Es war zwei Tage später, und Tom wartete im Wohnzimmer. »Tempo, Judy.« Er schob den Kopf zur Schlafzimmertür herein. »Du kannst nicht zu deinem eigenen Empfang zu spät kommen, schon gar nicht, wenn die Nixons Ehrengäste sind.«
»Es tut mir leid. Maxines Flug nach Tokio wurde und wurde nicht aufgerufen.« Judy zog den Reißverschluß ihres schwarzen Samtkleides hoch und fuhr sich rasch mit einem Kamm durch das Haar.
Tom schlenderte in den Raum, die Hände in den Hosentaschen. »Warum benutzt du nie irgendwelches Make-up?«
»Weil ich dann entweder wie ein Clown oder wie eine aufgetakelte Zwanzigjährige aussehe. So gut?«
»Prima. Warum haben die Leute eigentlich das *Carlyle* ausgesucht?«
»Nicht sie haben es ausgesucht, sondern ich. Das *Carlyle* hat eine hervorragende Sicherheitsabteilung, und das Personal ist handverlesen. Wir haben in diesem Jahr bereits Martin Luther King und Bob Kennedy verloren, und seit Nixon zugesagt hat, bin ich etwas nervös.«
»Kann ich verstehen. Schließlich handelt es sich um einen neuen Etat, den deine Freundin Pagan uns da zugeschanzt hat. Aber sie wissen, daß du gut bist, Schatz, mach dir da mal keine Sorgen.«
Dennoch war sie den ganzen Abend über von Unruhe erfüllt, vor allem, als sie merkte, daß sie fast ununterbrochen von einem großen, dunkelhaarigen Mann beobachtet wurde. Beide Hände in den Hosentaschen, lehnte er an einer Wand, und als sie einmal an ihm vorbeieilte, sagte er: »Sie sehen gefährlich und hinreißend aus.«
»Das tut der Mount Everest auch.« Sie bedachte ihn mit einem schmalen Lächeln. Er gehörte mit Sicherheit nicht zum Personal. Den Rest des Abends ignorierte sie ihn, bis auf einmal, als sie seine Augen in ihrem Rücken fühlte und sich umdrehte und er immer noch am selben Fleck stand und sie

anstarrte. Zu ihrer Überraschung merkte sie, wie sie rot wurde, und blickte hastig zu Boden. Ihre Lider schienen plötzlich schwer wie Blei, obwohl sie zitterte, und nur mit großer Mühe gelang es ihr, sie wieder zu heben. Ohne sich zu bewegen, hielt er ihrem Blick stand, und sie kam sich vor, als stünde sie nackt vor ihm. Sie errötete erneut. Ihr Atem ging unregelmäßig, und fast unter Schmerzen wandte sie sich ab, wütend über ihre Reaktion. Irgend etwas an diesem Mann kam ihr vertraut vor, obwohl sie ihn nirgendwo einordnen konnte. Diese leicht gerunzelte Stirn, der breite Mund, das attraktive, schneeweiße Gebiß, dieses träge Lächeln . . . Jetzt unterhielt er sich mit einem anderen Mann, unterstrich seine Worte mit raschen, ungeduldigen Bewegungen und warf immer wieder den Kopf zurück, um sich die schwarzen Haare aus der Stirn zu schleudern.

Jetzt hatte sie's!

Es handelte sich um Griffin Lowe von Orbit Publishing. Er hatte nicht auf ihrer Gästeliste gestanden, aber irgend jemand ganz oben mußte ihn mitgebracht haben. Brüsk ging sie auf ihn zu. »Sie sind Mr. Lowe, nicht wahr? Kann ich Sie mit irgend jemand bekannt machen?«

»Nein, danke. Ich bin mit den Javitses gekommen, aber ich glaube, ich gehe wieder. Ich habe seit gestern Kontaktlinsen, und sie beginnen allmählich unangenehm zu werden. Warum kommen Sie nicht mit, und wir essen zusammen?«

»Weil ich zu arbeiten habe.«

»Und wenn ich sagen würde, kommen Sie trotzdem mit?«

»Es tut mir leid, aber die Antwort lautet trotzdem nein.« Mit einem leichten Anflug von Unhöflichkeit wandte Judy sich ab.

Es ging ihr auf die Nerven, wenn reiche Männer ihre Muskeln spielen ließen, und sie beabsichtigte nicht, sich auf ein Kräftemessen einzulassen.

Judy ging als letzte. Nachdem sie die Frage der Rechnung geklärt hatte, trat sie auf die Straße und wollte den Portier

schon bitten, ihr ein Taxi zu rufen, als ein kastanienbrauner Rolls Royce vorfuhr. Die Hintertür wurde geöffnet, und eine Stimme sagte: »Ein Angebot, das Sie nicht ablehnen können. Eine Freifahrt nach Hause, ganz ohne Hintergedanken. Wir kennen die Adresse.«
Sie lachte und stieg ein. Der Innenraum des Gefährts sah aus wie ein kleines Wohnzimmer und roch nach Leder und Holz. Als sie zu Hause war, bat sie Griffin Lowe weder herein, noch machte er einen entsprechenden Vorschlag. Der Rolls verschwand einfach in der Nacht, und Judy tat es fast leid, daß Mr. Lowe ihr keine Gelegenheit mehr gegeben hatte, ihn noch einmal abzuweisen.

41

Sechs Wochen lang hörte sie nichts mehr von ihm, bis er eines Montagmorgens um sieben Uhr dreißig anrief und sie zum Dinner an einem Abend ihrer Wahl einlud. Sie sagte: »Sie müssen verrückt sein! Dreht es sich um Arbeit? Ein Vergnügen ist es nämlich kaum.«
»Schauen Sie, ich weiß doch, daß Sie früh aufstehen. Und worum es sich dreht, hängt ganz von Ihnen ab. Sicher, manchmal habe ich auch PR-Aufträge zu vergeben.«
»Gut, wie wär's mit dem *Le Chantilly* heute abend um sieben?«
Sie war ganz und gar nicht erstaunt, daß sich Griffin Lowe als interessanter und unterhaltsamer Begleiter herausstellte. Jeder in der Medienbranche kannte ihn und seinen Ruf. In seinem Verlagsimperium erschien eine Menge profitabler Schund, aber er veröffentlichte zwei oder drei der besten Magazine Amerikas. Man wußte allgemein, daß Lowe ein gerissener Bastard und hart wie Panzerstahl war. Er kümmerte sich nicht im geringsten um die Meinung der Leute

und überraschte immer wieder mit brillanten geschäftlichen Manövern. Er war fünfundvierzig Jahre alt, hatte einen gewissen Ruf, was Frauen betraf, und galt als kompromißlos, aber gerecht.
Sie aßen Hummercreme, gebratenes Lamm, Salat und zum Nachtisch Erdbeersorbet. Als sie ihren Kaffee tranken, griff er unter dem Tisch nach ihrer Hand, und Judy hätte vor Schreck fast einen Herzanfall bekommen. Sie war eine Frau von fünfunddreißig, schön, stark und ehrlich. Konnte es sein, daß sie dennoch dieses alte vertraute Gefühl in der Magengrube verspürte, als wäre sie wieder in der Schule?
Ja.
Über eine Stunde lang saßen sie so da, hielten sich bei den Händen und sagten nichts. Judy ging nicht aus dem Restaurant, sie schwebte. Nachdem der Fahrer ihnen die Wagentür geöffnet hatte und sie sich setzten, murmelte Griffin: »Du fragst dich wahrscheinlich, ob ich immer so vorgehe. Mir war einfach danach, deine Hand zu halten. Jetzt liegt die Entscheidung bei dir. Willst du, daß es weitergeht oder nicht?«
»Tja, vielleicht bis zum Ellbogen.« Er beugte sich zu ihr und nahm sie in die Arme. Plötzlich spürte sie seine Lippen auf ihrem Mund, seinen Atem auf ihren Wangen, seine Hände in ihrem Haar.
Sie konnte sich nicht erinnern, wie sie aus dem Wagen und in ihre Wohnung gelangt waren. Sie wußte nur, daß ihre Hände zitterten, als Griffin langsam den Reißverschluß ihres blauen Samtkleids öffnete. Er zog sie an sich, und wieder spürte sie seinen Mund auf dem ihren, seine starken Hände in ihrem Rücken, den Druck seiner Arme, die sie so fest an sich preßten, daß ihr die Knie weich wurden und sie kaum stehen konnte. Dann fiel das Kleid zu Boden, gefolgt von der Strumpfhose, und Griffin führte sie zu der großen, mit weichen Kissen bedeckten Couch.
Sie erschauerte vor Vergnügen und sehnte sich nach seiner

Berührung, seinen Fingern, seinem Mund. Dann war er ebenfalls nackt, und sie konnte die Wärme seines Körpers spüren.
Er hob sie auf, trug sie ins Schlafzimmer, legte sie auf den seidenen Laken ihres Bettes ab, und dann begannen sie sich zu lieben, langsam und voll sinnlicher Hingabe.
Er erforschte sie mit warmer Zunge überall, war zärtlich und wild, und sie konnten nicht genug voneinander bekommen. Schließlich warf sie sich über ihn, richtete sich auf und spürte ihn tief in sich. Seine Stärke schien sie ganz auszufüllen, heiß und pochend. Sie schloß die Augen, und einen Moment lang, während sie vor Leidenschaft erzitterte, glaubte sie, das Paradies zu sehen.

Sie erwachte glücklich und voller Frieden. Es war noch früh. Plötzlich fiel ihr die Nacht wieder ein, sie warf den Kopf herum und sah Griffin neben sich. Sie betrachtete seine schwarzen, geschwungenen Augenbrauen und erlebte ein völlig neues Gefühl. *Sie wollte nicht, daß er aufwachte.* Denn wenn er aufwachte, würde er gehen. Diese neue Verwundbarkeit überraschte sie. Sie wollte ihn ganz für sich haben. Dann erinnerte sie sich daran, daß er ein stadtbekannter Schürzenjäger war und wollte aus dem Bett schlüpfen, um einfach Frühstück zu machen.
Doch Griffin Lowe öffnete die Augen, streckte den Arm aus, zog sie wieder aufs Bett und flüsterte ihr ins Ohr, wie er den Tag zu beginnen gedachte, und das hatte mit Frühstükken nichts zu tun. Also glitt sie zu ihm unter die Decke, und wieder verschmolzen ihre beiden Körper leidenschaftlich miteinander, der ihre schlank und zart, der seine kraftvoll und wild.
Als sie fertig waren, sagte er sanft: »Ich habe Carter gebeten, mich um acht mit dem Wagen abzuholen, also muß ich bald fort. Aber ich komme wieder.«
Dann ging er unter die Dusche und war plötzlich ver-

schwunden. Judy blieb atemlos zurück, unfähig zu denken, unfähig zu arbeiten, unfähig zu irgend etwas, außer dazusitzen und sich jede Sekunde in Erinnerung rufen, die vergangen war, seitdem sie ihn kennengelernt hatte. Unvermittelt begriff sie, daß dieses neue Gefühl weder nur Lust noch Leidenschaft war. Im Alter von fünfunddreißig Jahren war sie zum erstenmal in ihrem Leben verliebt.

Von nun an drehte sich jeder zweite Gedanke um Griffin. Unvermutet stand er vor ihrem inneren Auge, wenn sie es am wenigsten erwartete. Bei Konferenzen überraschte sie sich dabei, daß sie verträumt in die Luft starrte und an seine Haut dachte, an das weiche Haar auf seinen Unterarmen, die Form seiner Hände, die Narbe auf seinem linken Handrücken (woher stammte sie? Es gab so viel, was sie ihn zu fragen hatte) oder daran, wie sein Hals in die breite Schulterpartie überging. Sie dachte an die Wärme seines Körpers und daran, daß er sich sogar erotisch auszuziehen verstand, wenn er langsam seinen Schlips lockerte, ohne die Augen von ihr zu nehmen, und sich die Strümpfe auszog, ehe er die Hose ablegte, um ihr den lächerlichen Anblick behaarter Beine zwischen Hemd und Socken zu ersparen.
In der Rosenholzkommode neben ihrem Bett bewahrte sie ein hellblaues Hemd auf, das er einmal getragen hatte, und wenn sie allein war, preßte sie es gegen ihr Gesicht, um den Moschusgeruch seines Körpers zu spüren.
Griffin engagierte LACE sofort für eine seiner Firmen, angeblich, weil sie dann öfter zusammen sein konnten, und so geschah es auch. Judy war überrascht, wie entspannt er an seine Geschäfte heranging. Er verschwendete keine Zeit damit, dynamisch auszusehen, und manchmal schien er geradezu herumzutrödeln. Bei Konferenzen kannte er keine Hektik. Jedes Detail wurde aus allen Blickwinkeln untersucht, während er beinahe um Entschuldigung heischend dasaß, Fragen stellte, kommentierte oder Ermutigung aus-

sprach. Am Ende faßte er dann in drei Minuten das Ergebnis der Konferenz zusammen. In seiner Gegenwart schienen die Leute doppelt so schnell zu denken und dreimal so gute Ergebnisse zu produzieren. Das war eins der Dinge, die er und Judy gemeinsam hatten.

Sie sahen sich dreimal in der Woche. Am Anfang bemühten sie sich um Diskretion, aber mit der Zeit war es ihnen egal, und Judy nahm mit ziemlicher Sicherheit an, daß seine Frau Bescheid wußte. »Sie wird nichts sagen, das hat sie noch nie getan«, erklärte Griffin, und Judy zuckte zusammen. Sie haßte den Gedanken, nur eine seiner Affären zu sein.

»Das war ziemlich gemein, was du da gerade gesagt hast«, antwortete sie nach einem langen Schweigen. Plötzlich wollte sie ihn verletzen, so wie diese sechs Wochen sie verletzt hatten. *»Das hat sie noch nie getan.«*

Sie hatten in ihrer Wohnung im Bett zu Mittag gegessen Räucherforelle und eine halbe Flasche Pouilly Fumée –, dann war Griffin unter die Dusche gegangen, und jetzt stand er im Begriff, aufzubrechen.

»Ziemlich gemein . . .«, wiederholte Judy, und ihre Augen glitzerten boshaft. »Deshalb werde ich dich bestrafen, damit du mich nie wieder demütigst oder verletzt.«

Griffin hätte sich selber dafür ohrfeigen können, daß er diese sechs Worte gesagt hatte, und wehrte sich nicht, als Judy ihn zum Bett führte und auf die Matratze stieß. Mit einem etwas gezwungenen Lachen – er hatte einen Termin und war schon spät dran – wollte er sie an sich ziehen, aber sie hielt seine Gelenke fest und sagte: »Ich werde dich ans Bett binden, und dann werde ich dich so bestrafen, daß du mir gegenüber nie wieder gemein oder gedankenlos bist.«

Sie biß ihm so hart in den Mittelfinger, daß er vor Schmerz und Überraschung in die Höhe schoß. Er begriff, daß sich hinter ihrem scherzenden Tonfall echter Schmerz verbarg, und er begriff ebenfalls, daß er seine Verabredung vergessen konnte. Sie zog den Gürtel ihres seidenen Morgenrocks aus den Laschen und band sein linkes Handgelenk an den Bettpfosten. Als sie nach der anderen Hand griff und einen roten Seidenschal um das Gelenk schlang, sagte er resigniert: »Willst du mich nicht erst ausziehen?«

»Die Schuhe vielleicht«, meinte Judy und riß ihm die handgefertigten italienischen Slipper von den Füßen, bevor sie seine Fußgelenke ebenfalls an das Bett fesselte.

»O nein«, rief Griffin mit gespielt hoher Stimme. »Nein, nein, nein! *Nicht* . . . die Peitsche, nicht foltern, nicht den silberbeschlagenen Gürtel mit dieser furchtbaren Schnalle, die schrecklichen Schuhe mit den Nagelabsätzen und die Armreifen mit den Hakenkreuzen!« Abwechselnd lachend und stöhnend machte es ihm direkt Spaß, einmal den Masochisten zu spielen.

»Keine Sorge, es kommt viel schlimmer«, sagte Judy, verschwand in der Küche und kehrte nackt mit einer großen Schere zurück. Als sie wieder an das Bett trat, in den Augen immer noch dieses bösartige Leuchten, sagte Griffin nervös: »Okay, Judy, es tut mir *leid.* Laß uns jetzt mit dem Unsinn aufhören. Du hast es weit genug getrieben, und ich bin schon spät dran.«

»Oh, ich habe noch gar nicht *angefangen,* und deshalb werde ich auch noch nicht aufhören«, sagte sie. Und bevor es ihm klar wurde, was sie tat, schlitzte sie das Jackett seines maßgeschneiderten Anzugs auf.

»Judy!« Er versuchte sich aufzurichten, stellte aber zu seiner Verwunderung fest, daß er sich tatsächlich nicht bewegen konnte. Als nächstes kam sein erst letzte Woche aus der Jeremy Street importiertes Hemd an die Reihe.

»Judy! Was machst du da? Du hast mir das Hemd doch selber geschenkt, weißt du das nicht mehr?«

»Ein Fehler«, sagte Judy ruhig und schnitt bedachtsam sein linkes Hosenbein von der Fessel bis zum Schritt ent-

zwei. »Du hast mir wirklich sehr weh getan, und ich fürchte, ich muß dir jetzt genauso weh tun.«
Griffin begann zu kochen. Wenn heute Samstag gewesen wäre, hätte es ihm ja nichts ausgemacht, aber er hatte einen Nachmittag voller Termine vor sich, und sie hatten doch eben erst.
»Du hattest doch einen Orgasmus, oder?«
»Halt den Mund. Moment, ich werde dafür sorgen, daß du nicht mehr reden *kannst.*«
Sie legte die Schere aus der Hand, stopfte ihm ihr Höschen in den Mund und knebelte ihn mit seinem eigenen Seidenschlips. Dann zerschnitt sie das andere Hosenbein und riß ihm den grauen Flanell vom Leib. Eine Sekunde lang hatte Griffin Angst, als die Schere in der Luft blitzte und dann auf seine Shorts zustach. Unterdrückt stöhnte er um Gnade, denn was immer sie auch vorhatte, es schien die angemessene Verhaltensweise zu sein.
»Ich werde dich so bestrafen, daß du es *nie wieder* tust«, sagte Judy leise. »Ich werde dafür sorgen, daß es dir leid tut! Ich werde dich quälen. Leider gibt es ein Gesetz gegen das, was ich im Augenblick am liebsten mit dir anstellen würde.«
Als sie sich über seinen Schwanz beugte, merkte Griffin, wie er steif wurde. Als sie ihm mit der Zunge leichte Schmetterlingsschläge versetzte, begann er vor Vergnügen zu stöhnen, worauf sie sofort wieder aufhörte. Sie erhob sich und verschwand zum zweitenmal in der Küche. Als sie zurückkehrte, hielt sie eine Flasche Olivenöl in der Hand.
»Du solltest dir wirklich genauer überlegen, was du sagst, Griffin«, meinte sie im Konversationston.
Sie kniete sich neben ihn auf das Bett und übergoß seinen ganzen Körper und die Laken mit dem Öl. Dann rutschte sie ans Fußende und begann seinen linken Fuß zu massieren, angefangen beim großen Zeh, über den Spann und immer weiter das Bein hinauf. Kurz vor seinem erigierten

Glied hörte sie auf und wiederholte die ganze Prozedur beim anderen Bein, ehe sie sich seiner Arme, des Oberkörpers und der Halsmuskeln annahm. Gelegentlich streifte eine ihrer Brustwarzen seine Rippen, als ihre Daumen bis zu den Ohren vordrangen.

»Jetzt solltest du ganz ruhig und fügsam bleiben«, sagte sie nachdenklich. Dann beugte sie sich über Griffins ölglatten Körper und versetzte seinem Glied leichte Schläge mit der Zungenspitze, ähnlich denen einer Katze, die Milch aufleckt. Anschließend kniete sie sich über ihn und streichelte ihre Klitoris mit seinem Schwanz, ohne die geringste Notiz von Griffin zu nehmen. Sie benutzte ihn als Objekt, um sich selbst zum Orgasmus zu bringen, und er konnte nichts dagegen tun, denn er war gefesselt, und sie saß auf ihm. Ein ersticktes Stöhnen entrang sich seinem Mund. Er war rot angelaufen und bis aufs äußerste erregt. Judy führte die Kuppe seines Glieds in sich ein, ließ sich niedersinken und fuhr gleich wieder hoch, so daß es beinahe herausgerutscht wäre. Nachdem sie ein paar Minuten so mit ihm gespielt hatte, stieß sie herunter und preßte ihre Scham gegen seinen Körper. Dann ließ sie genauso plötzlich wieder von ihm ab. Griffin gab einen unterdrückten Laut der Wut von sich.

»Ich glaube, ich werde mir erst mal einen Highball mixen«, sagte sie.

Während Griffin sich in seinen Fesseln hin und her warf, ging sie in die Küche, wo sie sich einen großen Scotch on the rocks machte. Sie nahm einen Schluck und rollte ihn im Mund herum. Dann streckte sie sich wieder neben Griffin aus, nahm zwei Eiswürfel in den Mund und begann ihn zu lecken. Er zuckte zusammen und stöhnte. Sie wußte, daß ihr Mund sich jetzt kalt und völlig ungewöhnlich für ihn anfühlte.

Sie leckte ihn, bis das Eis in ihrem Mund geschmolzen war und Griffin seine Erektion verloren hatte. Dann schob sie ihm den gekrümmten Mittelfinger zwischen die Gesäßbak-

ken, fühlte eine Zeitlang herum, bis sie seinen Anus gefunden hatte und stieß dann so lange zu, bis Griffin einen explosionsartigen Orgasmus hatte.
Sie stand auf und goß ihm den Rest des Highballs über den Kopf. Das Bett war jetzt ein einziges Schlachtfeld aus Öl, Whisky und schmelzendem Eis. Judy verschwand ein letztes Mal in der Küche und holte eine halbe Zitronencremetorte aus dem Kühlschrank, die sie Griffin mit den Worten »Im Kino sieht das immer so komisch aus!« sorgfältig ins Gesicht drückte. Sie zog die Stanniolpapierfolie ab, stand auf und betrachtete den Mann, den sie liebte.
»Mein Gott, was für eine Bescherung«, sagte sie mißbilligend, ehe sie sich umdrehte und Kurs auf das Badezimmer nahm.
Zehn Minuten später erschien sie wieder, makellos gekleidet und ausgehfertig. »Ich muß los, Griffin, ich habe eine Verabredung«, sagte sie freundlich. Dann hob sie die Schere vom Boden auf und legte sie etwa dreißig Zentimeter von seinem Kopf entfernt auf das Bett. Er warf sich wild gegen seine Fesseln und versuchte, sie anzubrüllen, aber der Knebel ließ nur eine Reihe erstickter Laute heraus.
»*Du* warst bei den Pfadfindern, also sieh selber zu, wie du loskommst«, sagte sie und verließ die Wohnung.
Griffin konnte es nicht glauben. Er konnte nicht glauben, daß sie so einfach ging. Er riß und zerrte an seinen Seidenfesseln, während ihm auf dem nassen, klebrigen Bett, das nach Scotch stank, immer kälter wurde.
Endlich stellte er fest, daß er, wenn er seine rechte Hand weit genug herumbog, den Knoten des Morgenrockgürtels erreichen konnte. Er brauchte ungefähr eine halbe Stunde, aber dann war er mit einem einzigen Ruck frei – und rief Carter an, damit er ihm frische Sachen zum Anziehen brachte.
Er kochte vor Wut.
Aber er war auch beeindruckt. Er – Griffin Lowe, der gro-

ße Geschäftsmann, der Mann, der liebte und verließ, der seine Frauen wohlverstaut in einem emotionalen Privatarchiv aufbewahrte, das sich niemals mit seiner Arbeitszeit überschnitt oder seine häusliche Bequemlichkeit beeinträchtigte – war mit einer Situation konfrontiert worden, in der ihm weder seine Macht noch sein Charme oder *savoir faire* von Nutzen gewesen waren. Hinter dem, was Judy getan hatte, hatte echte Wut gelodert. Außerdem hatte sie Griffin bewiesen, welche körperliche Macht sie über ihn hatte. Sie kannte seinen Körper so gut, daß sie ihn anderthalb Stunden lang an der Grenze zum Orgasmus gehalten und so aufreizend mit ihm gespielt hatte, daß seine Nerven jetzt vorübergehend fast empfindungslos geworden waren. Er war erniedrigt, wenn nicht gedemütigt worden.

Von diesem Tag an veränderte sich ihre Beziehung, und Griffin behandelte Judy mit mehr Aufmerksamkeit und Respekt. Nicht, weil er Angst vor ihr gehabt hätte, sondern weil sie genau das getan hatte, was ihre Absicht gewesen war – sie hatte ihn bestraft!

Aber Griffin wußte, daß er nicht darum herumkam, sie noch einmal zu verletzen – oder in Wut zu bringen. Er mußte mit ihr über ihre gemeinsame Zukunft sprechen; die Fairneß verlangte das. Etwa eine Woche, nachdem sie ihn gefesselt und seine Kleider zerschnitten hatte, lagen sie eines Abends nackt nebeneinander auf dem Bett und ließen sich von den letzten Strahlen der sinkenden Sonne streicheln. Sie waren beide rechtschaffen müde, nachdem sie sich ausgiebig geliebt hatten, und im Grunde war Griffin gar nicht nach Reden zumute, aber er mußte es hinter sich bringen. Er drückte ihre Hand und hielt sie fest, denn er wußte, es würde ihr weh tun. Dann sagte er: »Delia weiß, daß ich sie oder die Kinder nie verlassen würde, Judy. Ich habe zu hart gearbeitet für das, was ich besitze, um meine Familie aufzugeben oder sie zu verletzen.« Das Schweigen

zog sich in die Länge. Er fühlte sich unbehaglich, und Judy wirkte so abwesend und verschlossen, daß er schließlich aus dem Bett schlüpfte, in die Küche ging und mit einer Flasche Dom Perignon zurückkehrte.
»Ich frage mich, wie sie es schafft, das alles einzustecken«, sagte Judy schließlich.
»Delia weiß, daß sie sich um einen Mann, der sich dauernd aufs neue verliebt, keine Sorgen zu machen braucht.« Griffin öffnete die Champagnerflasche. »Ich will ganz ehrlich mit dir sein, Judy. Erstens – ich lerne eine Menge wunderschöne Frauen kennen und genieße sie. Zweitens – ich habe eine Familie. Für mich sind das zwei völlig verschiedene Bereiche, und ich hoffe, du bist dir darüber ebenfalls im klaren.«
Er reichte ihr ein Glas. »Ich meine, Judy, ich *will* dir nicht weh tun, und ich will nicht, daß du mich falsch verstehst, aber ich möchte dir begreiflich machen, daß ich meine Frau nie, niemals verlassen werde. Das bekommst du sozusagen mit Rotstift unterstrichen. Es würde ihr zu weh tun, und ich könnte mir danach nicht mehr ins Gesicht sehen.«
»Das sagen sie alle.« Langsam und bedächtig schüttete Judy ihm den Inhalt ihres Glases über den Kopf. »Davon abgesehen, wer hat dich danach gefragt? Ich habe mich schon vor langer Zeit dazu entschlossen, nie zu heiraten. Ich habe nie begriffen, wo der Witz bei einem solchen Versprechen liegen soll, von dem weder ich noch sonst jemand weiß, ob er es je halten kann.«
Griffin stieg aus dem Bett und verschwand im Badezimmer. Wenigstens hatte sie ihm nicht die Flasche auf dem Schädel zertrümmert. Und er hatte es endlich ausgesprochen, laut und deutlich.
Als er sich geduscht hatte, fuhr Judy fort: »Ich sage mir die ganze Zeit, daß ich dich nicht heiraten will, und ich glaube, ich will es wirklich nicht. Es gefällt mir nur nicht, daß du mit jemand anderem verheiratet bist.« Sie sprach etwas lauter,

damit er sie auch im Badezimmer hören konnte. »Ich möchte nicht, daß mein Glück von jemand anderem abhängt, und genauso kommt es mir vor.«
Griffin erschien wieder im Türrahmen, und sie dachte, wie gut er aussieht, wie er da steht und sich das Haar abtrocknet. Er grinste zögernd.
»Verdammt noch mal, Griffin, *hör zu.* Ich habe meine Unabhängigkeit immer zu schätzen gewußt, aber jetzt stelle ich plötzlich den fast schmerzlichen Drang in mir fest, dir *alles* zu erzählen. Griffin, jedes noch so kleine Geheimnis meines Lebens.«
Sie fixierte die Decke. »Ich weiß natürlich, daß du für mich nicht dasselbe empfindest, weil Männer eben anders sind. Einerseits will ich für immer und alle Zeit mit dir zusammen sein, und andererseits will ich es nicht wirklich.« Sie richtete sich auf, und er konnte nicht umhin, auf ihre rosigen Brustwarzen zu starren. Er ließ das Handtuch zu Boden fallen, ging auf sie zu und beugte sich vor, aber sie hielt ihn zurück.
»Griffin, ich brauche mein Privatleben. Wenn du mich jetzt auslachst, bringe ich dich um. Ich will nämlich wirklich recht oft nichts als allein sein.« Sie legte sich wieder zurück und zog die Decke bis zum Hals. »Selbst wenn du deine Augen nicht von meinem Busen lassen kannst.«
Er setzte sich auf die Bettkante und fragte: »Warum möchtest du gern allein sein?«
»Weil es so viele Menschen gibt, die vor der Einsamkeit Angst haben, statt sie zu schätzen. Mir ging es auch einmal so, und ich möchte nie wieder so werden.« Nachdenklich fügte sie hinzu: »Es besteht ein himmelweiter Unterschied zwischen Alleinsein und einsam sein.«
Er blickte sie skeptisch an. Sie zögerte, ehe sie fortfuhr. »Sicher, es ist manchmal deprimierend, wenn man nach einem langen, harten Arbeitstag in eine leere, dunkle Wohnung kommt. Aber ich wäre lieber hin und wieder bodenlos nie-

dergeschlagen, als mit jemand, den ich nicht wirklich liebe, in der Falle zu sitzen.«
Sie runzelte die Stirn. »Und ich möchte auch nicht die Falle im Leben eines Mannes sein.« Sie verschränkte die Hände im Nacken, und ihre Brustwarzen tauchten erneut auf. »Griffin, hörst du mir überhaupt zu? Es gab mal eine Zeit, da bin ich vor Mitleid dahingeschmolzen, wenn ein Mann mir gesagt hat, er sei einsam. Heute kann ich da bloß grinsen.«
»Klingt, als wolltest du dein Stück vom Kuchen haben und auch im Mund behalten.«
»Ich wüßte noch mehr, was ich jetzt gern im Mund hätte.« Er lachte und zog sie in seine Arme.

Bei ihrem nächsten Besuch in New York lernte auch Maxine Griffin kennen und war sehr angetan. Sie stand in Judys Küche und arrangierte einen Armvoll Lilien und pinkfarbener Rosen, die sie mitgebracht hatte, zu einem Strauß. »Allmählich scheinen unsere Schicksale an Konturen zu gewinnen«, sagte sie. »Pagan und ich sind glücklich verheiratet, haben Kinder und einen Beruf, der uns ausfüllt. Kate ist glücklich geschieden und eine erfolgreiche Schriftstellerin, und du hast dich endlich einmal verliebt.«
Sie schnupperte an einer der Rosenknospen. »Zuerst hatte wir alle gehofft, es würde Nick sein, und dann, daß es wenigstens jemand Nettes sein würde.« Sie hatte die Blumen in einer Vase arrangiert und trat zurück, um ihr Werk zu bewundern. »Schließlich war es uns egal, wer es war oder wie er wäre, solange er dich nur *glücklich* machte. Darling, was hat dieser ganze Dom Perignon in deinem Kühlschrank zu suchen? . . . Nun, dann bring Griffin bei, daß er unseren Champagner vorzuziehen hat.«

42

Kurz nach Judys Ankunft im Büro steckte Tom den Kopf in ihr Zimmer. »Wir haben unseren ersten Pornofilm an Land gezogen. Empire Studios hat den französischen Film »*Q*« gekauft. Der Titel ist ein Wortspiel. Im Französischen bedeutet er so viel wie ›Arsch‹. Lili ist die Hauptdarstellerin, und wir müssen sie auf Tournee schicken. Wir müssen uns etwas Ausgefallenes überlegen, ihr Englisch ist nämlich nicht das beste. Bist du damit einverstanden, die Sache zu übernehmen?«

»Sicher. Vielleicht können wir es deichseln, daß der Verband der Juweliere mit einsteigt. Die haben das nächste Jahr gerade zum Jahr des Diamanten ausgerufen. Wie es Lili wohl gefallen würde, mit Diamanten im Wert von zwei Millionen Dollar auf Tournee zu gehen? Ist das ausgefallen genug?«

Judy legte die Tournee für den frühen Januar fest, denn das war immer die tote Zeit, in der nicht viel passierte und die Leute zu Hause vor den Fernsehapparaten hockten. Sie beschloß, selbst mitzufahren, denn Lili war als schwierig bekannt, und die Diamanten könnten für zusätzlichen Ärger sorgen.

»*Q*« kam kurz vor Lilis zwanzigstem Geburtstag in die amerikanischen Kinos, und sie landete gleich nach Weihnachten in den Vereinigten Staaten, um sich für die Werbung zur Verfügung zu stellen. Serge war schon vorher eingetroffen, um mit ein paar Leuten an der Küste zu reden. Überraschenderweise holte er Lili nicht vom Flugplatz ab, sondern schickte einen Presseagenten, der ihr mitteilte, daß Serge sich krank fühle und sich im Hotel mit ihr treffen würde. Lili machte aus ihrem Unmut keinen Hehl. Wahrscheinlich wieder mal ein Kater, dachte sie. Oder irgendeine Schnepfe. Es war unerhört. Da reiste sie um den halben

Erdball, um sich mit ihm zu treffen, und er hielt es nicht einmal für nötig, zum Flugplatz zu kommen.

Sie schmollte, bis sie in Beverly Hills waren.

Serge lag auf der Sonnenseite des Hotel-Swimmingpools in einem Liegestuhl. Ein paar Kinder sprangen vom Sprungbrett in das aquamarinfarbene Wasser, aber davon abgesehen schien niemand zu schwimmen. Keine der Frauen am Poolrand hatte die Art Haar, die man naß werden ließ; ihre Frisuren waren alle kunstvoll und makellos, und einige trugen sogar Diamanten zu ihren Badeanzügen. Serge blickte auf und winkte Lili träge zu. »Gott, ich fühle mich einfach schrecklich«, klagte er.

Lili zwang sich, besorgt auszusehen und beugte sich vor, um ihn auf die Wange zu küssen. »Was fehlt dir denn, Serge?«

Er stöhnte ärgerlich, kratzte sich seinen behaarten Bauch, hob die Sonnenbrille zwei Zentimeter und sagte: »Die Leber. Der Hotelarzt sagt, ich brauche Ruhe. Ich kann dir gar nicht sagen, wie mies ich mich fühle.«

»Warum bist du dann nicht im Bett?« Sie glaubte ihm noch immer nicht, glaubte nicht einmal, daß er wirklich einen Arzt konsultiert hatte. Es war einfach bequemer, hier in der Sonne zu liegen und die Palmen über den hohen rosa Mauern zu betrachten, als zum Flughafen zu kommen. Er mußte irgendwo ein Mädchen versteckt haben. »Was trinkst du da?«

»Einen gottverdammten Orangensaft – ohne alles. Befehl des Arztes.«

»Darf ich mal?« Sie nahm einen Schluck. Es war tatsächlich nichts als Orangensaft. War Serge womöglich wirklich krank?

»Möchtest du irgend etwas trinken, Lili?«

»Nein, danke, aber vielleicht kann ich etwas zu essen kriegen? Hat dieser Arzt dir irgendeine Medizin verschrieben? Wann bist du wieder gesund? Du weißt doch, daß wir am Donnerstag auf Tournee gehen.«

»Ja, deswegen habe ich mir auch schon den Kopf zerbrochen.« Während Serge seinen massigen Körper aus dem Liegestuhl wuchtete und sich in einen zitronengelben Bademantel hüllte, ließ Lili ihre Blicke über den Pool schweifen. Männer mittleren Alters mit Sonnenbrillen lasen *Variety.* Zwei dunkelbraun gebrannte Senioren mit schweren goldenen Halsketten rauchten gleichzeitig ihre Zigarren, telefonierten und spielten Backgammon.

»Ich hatte mir Hollywood ganz anders vorgestellt. Diese Leute sehen so gewöhnlich aus, wie ganz normale Familien auf Urlaub.«

Was für ein Hotel hatte Serge da nur ausgesucht? Wo waren die Stars? Lili war enttäuscht.

Plötzlich erschien eine blasse, exquisite Kreatur mit hüftlangen, wippenden, goldenen Locken auf der Hoteltreppe. Sie trug einen einteiligen, burgunderfarbenen Badeanzug, burgunderfarbene Sandalen und hatte burgunderfarbene Zehennägel. So vorsichtig und zart, als widmete sie sich einem kranken Kind, begann sie Sonnenöl auf der Brust ihres Begleiters, eines winzigen, verknöcherten Gnoms mit einem Kopf wie ein braungeflecktes Straußenei, zu verreiben.

Serge konnte Lilis Gedanken lesen und sagte: »Das ist kein Starlet, das ist eine Nutte. Die sind hier einfach umwerfend. Die da hat bestimmt schon mehr Hotelzimmer gesehen als ein Bibelverkäufer potente Käufer. Komm jetzt, wenn du was zu essen haben willst.«

Sie stiegen die Treppe zu einer Reihe von Tischchen am anderen Ende des Pools hinauf, setzten sich und bestellten gemischten Salat. Mißmutig knabberte Serge an einem Blatt.

»Um dir die Wahrheit zu sagen, Lili, der Doktor hat mir verboten, mit dir auf Reisen zu gehen. Ich muß hierbleiben, vielleicht muß ich sogar ins Krankenhaus.«

»Das glaube ich dir nicht!« Lili ließ ihre Gabel auf den Tisch klirren und beugte sich vor, damit der Kellner sie nicht hören konnte. Seit Kates Artikel im *Globe* hatte sie

furchtbare Angst davor, Journalisten gegenüberzutreten, wenn Serge nicht dabei war. »Ich werde selber mit dem Arzt reden!« Nur daß Serge ihn wahrscheinlich darauf vorbereitet hatte, dachte sie. Sie hatte richtig geraten! Serge hatte hier irgendwo eine kleine Hure versteckt. Lilis samtbraune Augen funkelten. »Du hast ein Mädchen, gib's zu!« Sie sprach leise, schnell und wütend. Serge wußte, daß sie kurz vor einer Explosion stand. »Genau das, was ich brauche, einen sogenannten Manager, der mich allein und schutzlos auf Tournee gehen läßt, weil er in Hollywood, dem allseits bekannten Erholungszentrum bleiben muß.« Sie starrte ihn an. »Mich schiebst du ab, damit du hier in Ruhe deine kleine Hure vögeln kannst, die du mit *meinem* Geld bezahlst.«

»Um Himmels willen, Lili, du bist noch keine fünf Minuten hier, und schon mußt du mir eine Szene machen. Selbst. wenn hier niemand französisch spricht, merken sie trotzdem, daß wir uns streiten. Sprich verdammt noch mal leise und benutz dein bißchen Gehirn.«

Am Tisch nebenan nahmen drei junge Männer Platz und bestellten schwarzen Kaffee und ein Telefon. »Denk doch mal nach«, drängte Serge. »Nachdem diese englische Nutte dich reingelegt hatte, habe ich dich nicht ein einziges Mal allein mit einem Reporter reden lassen, oder? Findest du es dann wahrscheinlich, daß ich dich auf eine gottverdammt wichtige, teure vierwöchige Tournee gehen lassen würde, ohne dabeisein zu wollen? Meine finanzielle Zukunft steht genauso auf dem Spiel wie deine.«

»Das stimmt.« Aber irgendwie stimmte es auch wieder nicht, dachte Lili. »Du hast mir nicht die volle Wahrheit erzählt. Irgend etwas stimmt nicht. Du weichst mir aus, das spüre ich!«

»Lili, wenn ich nachher mit dir allein in unserem rosa Bungalow bin, schlage ich dir deine gottverdammten Zähne ein, wenn du jetzt nicht die Schnauze hältst«, zischte Serge. »Ich fühle mich sterbenselend, vielleicht sterbe ich sogar tatsächlich, und du hast nichts Besseres zu tun, als mir eine Szene zu machen.« Diesmal war sie wirklich im Unrecht, und das gab seinem Selbstmitleid ungeheueren Auftrieb. »Ich habe *kein* anderes Mädchen hier. Und selbst wenn ich eins hätte, könnte ich überhaupt nicht das geringste damit anfangen. Ich fühle mich so mies, daß ich kaum meinen verdammten Kopf hochkriege, von was anderem ganz zu schweigen.« Er schob den Salatteller von sich. »Wenn du mir nicht glaubst, kannst du gern selber mit dem Arzt reden. Zufälligerweise habe ich ihn sowieso gebeten, dich noch einmal zu untersuchen, bevor du abreist. Für diese Tour mußt du fit sein, das kannst du mir glauben. Davon abgesehen, brauchst du dir wirklich keine Gedanken zu machen, denn natürlich lasse ich dich nicht *ganz* allein reisen. Die Präsidentin der PR-Agentur, die das alles arrangiert hat, wird dich begleiten, und ich rufe dich jeden Abend an, das verspreche ich dir . . . Könntest du jetzt *bitte* ein wenig Mitleid mit mir haben?«

Im Grunde sah er wirklich nicht gut aus, sondern eher furchteinflößend. Reumütig lehnte Lili sich vor und tätschelte ihm den Handrücken.

Serge *war* krank, aber in Wirklichkeit hatte er Syphilis. Vor ein paar Tagen hatte er zwei Knoten in seiner Leistengegend und eine kleine Pustel unter seiner Vorhaut entdeckt. Daraufhin hatte er sofort einen Arzt konsultiert, denn mit so was spaßte man nicht, es konnte einen paralysieren, einem das Gehirn oder die Nase wegfressen und sogar umbringen. Der Arzt hatte ihn wie üblich aufgefordert, Frauen, mit denen er ins Bett zu gehen beabsichtigte, vorzuwarnen (was Serge nicht tat) und ihm eine längerdauernde Behandlung mit Penicillin verschrieben, weswegen Serge sich auch nicht aus der Stadt rühren durfte.

Gott sei Dank hatte er Lili schon seit einiger Zeit nicht mehr angerührt, aber der Arzt hatte dennoch darauf bestanden, auch sie zu untersuchen. Sie würde aus allen Wolken fallen, wenn sie merkte, daß die Untersuchung auch einen Vaginalabstrich beinhaltete, aber damit fertig zu werden überließ Serge dem Arzt – er wurde teuer genug für seine Diskretion bezahlt.

Wenn Lili sauber war, brauchte sie die Wahrheit gar nicht erst zu erfahren. Er wollte sie nicht aufregen, bevor sie ihre Tournee antrat, zumal er ganz und gar nicht glücklich darüber war, sein Bankkonto allein auf die Reise schicken zu müssen.

So traf Lili nun allein auf dem Kennedy Airport ein, angetan mit einem knöchellangen Fuchsmantel, das leicht getönte, katzenhafte Gesicht von einer Wolke dunkelbraunen Haares eingerahmt. Da der Nachtflug sie ermüdet hatte, redete sie auf der Fahrt ins Hotel kaum ein Wort mit Judy. Im *Pierre* wurde sie von zwei Leibwächtern und einem Sicherheitsmann des Juwelierverbands in Empfang genommen. Sie gingen alle in das Büro des Geschäftsführers, wo bei abgesperrter Tür der Safe geöffnet wurde. Ein großer, flacher Koffer aus dunkelgrünem Leder wurde herausgehoben und auf den Tisch des Managers gestellt. Jedermann blickte Lili an. Sie trat vor und klappte den Deckel zurück. Alles hielt den Atem an.

Der mit dunkelgrünem Samt ausgeschlagene Koffer enthielt den schönsten Schmuck, den Lili je gesehen hatte. Da lag ein herrliches Armband aus funkelnden Smaragden, verziert mit blitzenden Diamanten, neben einer Brosche aus den gleichen Steinen, einem Paar grün strahlender Ohrringe, einer Reihe dazu passender Ringe und ein atemberaubendes Smaragdhalsband.

Langsam hob Lili das Halsband heraus und hielt es mit beiden Händen gegen ihre weiße Haut. Alle Müdigkeit fiel von ihr ab, als sie im Spiegel das grüne Feuerwerk auf ihrem Dekolleté sah.

»Schauen Sie mal«, sagte Judy, holte ein Silberdiadem aus dem Koffer und hängte das Halsband an den obersten Zakken auf, so daß es wie eine Tiara wirkte. Dann setzte sie Lili die ganze Angelegenheit auf den Kopf. Plötzlich wirkte Lili zehn Zentimeter größer und sah so hoheitsvoll aus wie eine Schneekönigin.

»Ist das nicht hübsch?« fragte Judy. »Sobald Sie sich etwas frischgemacht haben, lassen wir Sie damit fotografieren. Tut mir leid wegen der Hektik, aber wir brauchen die Bilder so schnell wie möglich für die Pressemappen. In Ihrer Suite wartet ein Friseur.«

Um fünf Uhr am selben Nachmittag wimmelte es im Foyer von Journalisten, die in den dunkelgrünen Pressemappen blätterten, und die Luft war schwer von Zigarettenrauch. Als Judy vortrat, um Lili anzukündigen, sank Stille herab, und alle blickten erwartungsvoll auf die Tür, hinter der Lili langsam bis zehn zählte.

Dann stand sie plötzlich im Foyer, den Kopf zurückgeworfen, das Kinn hochgereckt, am Körper ein weißes Abendkleid aus Satin, das einen perfekten Hintergrund für das grüne Feuer der Smaragde in ihrem Haar, an ihrem Hals, den Ohren und Handgelenken darstellte.

Sie bedachte die Anwesenden mit einem sanften Lächeln, ehe sie langsam auf Judy zuging. Das Mädchen hat Klasse, dachte Judy zufrieden, sie sieht wie eine Prinzessin aus, nicht wie die kleine Stripperin, die sie erwartet hatten. Was für ein Kontrast zu den nassen Lumpen, die sie im Film trug. Kein Wunder – schließlich hatte Judy für Lili von Guy Saint Simon eine völlig neue Garderobe für die Tournee entwerfen lassen.

Überall in Amerika wurden sie von Hoteldetektiven und Polizisten in Alarmbereitschaft erwartet. Nach einem Auftritt in der *Today*-Show und einigen Zeitungsinterviews in New York flogen sie nach Seattle, von dort nach Houston, Dallas und Atlanta, anschließend wieder in nördlicher Richtung nach Philadelphia, Boston, Cleveland, Baltimore und Detroit, gefolgt von Los Angeles, Cincinnati und Pittsburgh, wo Lili schon am Flugplatz von einer begeisterten Menschenmenge empfangen wurde und Judy blitzschnell beschloß, in ein anderes Hotel als vorgesehen zu ziehen. Für Lili verschwammen die Städte zu einer verwirrenden Folge von luxuriösen Hotelsuiten, schwerbewachten Autos, Flugzeugen, Kassettenrecordern, Kameras und Fragen. Sie mußte sich sehr konzentrieren, damit sie die schnell sprechenden Interviewer mit ihren immer wieder anderen Akzenten verstehen konnte; manchmal verlor sie bei ihren Antworten die Geduld mit sich selbst, manchmal mußte sie nach Worten suchen, aber die Presse war ihr ausgesprochen wohlgesonnen, und die meisten Artikel fielen hervorragend aus.

Auch die meisten Talkmaster der großen Fernsehstationen behandelten Lili freundlich, oft sogar mit Respekt. Nichtsdestoweniger hatte sie das Gefühl, sich zu häufig zu wiederholen, obwohl sie versuchte, immer wieder andere Antworten auf die immer wieder gleichen Fragen aus den verschiedensten Mündern vor den verschiedensten Mikrofonen zu geben. Sie ging nur selten aus dem Hotel und nahm das Essen meistens in ihrer Suite ein. Manchmal stellte sie den Fernseher an, war aber fast immer schon eingeschlafen, bevor der Film endete.

All dem Luxus und der Fürsorge, mit der man sie umgab, zum Trotz, war sie am Montag der vierten Woche deprimiert und erschöpft. Der beißend kalte Januarwind in Chicago ließ sie immer wieder niesen, und ihre Augen waren rotgerändert.

»Kopf hoch, nur noch eine Woche«, tröstete Judy sie. Bis jetzt hatte das Mädchen noch nicht die geringsten Schwierigkeiten gemacht. Lili war ruhig, ja, fast lethargisch, obwohl sie angesichts einer Kamera immer wieder auf wundersame Weise zum Leben erwachte. »Bis jetzt hast du dich großartig gehalten. Nach drei Wochen Tournee ist jeder am

Ende seiner Kraft. Es gibt niemand, der dann nicht immer wieder dasselbe antwortet. Ich sag dir was: Wenn du dich schlecht fühlst, lassen wir heute nachmittag alles ausfallen und machen es uns gemütlich. Außer Soapy Finnegan heute abend liegt sowieso nichts wirklich Wichtiges an. Danach stecken wir dich dann ins Bett und lassen dich mit ein paar Aspirin allein.«

Soapy Finnegan war ein stets grinsender, von sich selbst überzeugter Ire, der sein Publikum, das hauptsächlich aus respektablen Matronen in Vorstadthäusern bestand, tonnenweise mit Schmeicheleien und honigsüßem Charme übergoß, bis es an jedem seiner Worte, jeder Anspielung, jeder Geste klebte wie die Fliege am Rand des Marmeladentopfes. Er kannte seine Zuschauer so gut, daß er sie fast sehen konnte, wie sie da draußen vor den Fernsehgeräten saßen, die Füße hochgelegt, in der Hand eine Kaffeetasse, und in aller Bequemlichkeit ihren Freund Soapy betrachteten, der ihre Werte und Standpunkte teilte, der das gleiche ruhige, problemlose Leben wie sie wollte, der die gleichen kleinen familiären Freuden genoß wie sie selber. Keiner von ihnen wußte, daß Soapy Finnegan ein Korsett unter seinem Anzug trug, sich gerade zum zweitenmal einer Gesichtsstraffung unterzogen hatte und von allem besessen war, was bei ständiger Verstopfung zu helfen vermochte, vor allem, wenn es sich um Gummischläuche handelte, die ihm von jungen Krankenpflegern in den Hintern geschoben wurden.

Während sie darauf wartete, vom Bühnenmanager aufgerufen zu werden, zwang Lili sich dazu, den angebotenen Stuhl zu ignorieren. Wenn sie sich erst hinsetzte, würde sie nie wieder aufstehen können. Sie mußte nur noch diese eine kleine Show hinter sich bringen, dann konnte sie sich ins Bett fallenlassen, und Judy würde einen Arzt holen. Ihre Stirn brannte, ihr Kopf pochte, und ihre Ohren wirkten völ-

lig taub. Mit Sicherheit würde sie morgen zu nichts zu gebrauchen sein.
Wenig später wünschte sie sich, schon vor ein paar Tagen zusammengebrochen zu sein, denn Soapy Finnegan hatte beschlossen, sie erbarmungslos auf dem Altar der Respektabilität zu opfern. In der Garderobe war er von verschwörerischem Charme gewesen, so daß Lili völlig unvorbereitet reagierte, als er sie plötzlich zu attackieren begann, die Stimme zu einem lauten, schnellen, anklagenden Monolog erhoben, den er nur unterbrach, um eine plötzliche Frage abzufeuern, die er gleich selber beantwortete. Es war wie bei einem Kreuzverhör, nur daß er Lili keine Zeit zur Antwort ließ. Nach einer langen Tirade wandte er sich plötzlich von der Kamera ab und blickte Lili an.
»Wie genau würden Sie sich eigentlich beschreiben?«
»Als Schauspielerin natürlich«, antwortete Lili verwirrt.
»So? Ich würde Sie als eine Frau bezeichnen, die sich, kaum aus der Schule heraus, für jeden ausgezogen hat, der bereit war, für dieses zweifelhafte Vergnügen zu zahlen.« Finnegans Stimme wurde lauter und schneller. Judy, die der Show vom Regieraum aus zusah, sprang auf, denn sie wußte, was bevorstand. Die selbstgerechte Stimme fuhr fort, Lili anzuklagen: *»Stellt Ihren Körper wegen einer Handvoll Smaragde zur Schau!«*
Judy lief den Korridor entlang, der zum Studio führte. Lili konnte damit niemals allein fertig werden.
Aber sie konnte. Verwirrt von den lauten Anklagen, versuchte sie zu antworten, suchte nach den richtigen Worten, verhedderte sich und glaubte zuerst, jeden Augenblick in Tränen ausbrechen zu müssen. Aber bisher hatte sie immer nur geweint, wenn sie allein war. Bisher hatte sie es immer geschafft, ihre wahren Gefühle vor der Öffentlichkeit zu verbergen, denn das war ihr einziger Schutz und ihr geheimer Stolz gewesen. Warum also diesem Bastard zuliebe in Tränen ausbrechen? Instinktiv verbarg sie ihre Gefühle hin-

ter einem Wutanfall, sprang auf und riß sich die Smaragde von den Ohren. »Es sind nicht meine Smaragde«, rief sie zitternd vor Wut. »Ich habe genug von ihnen, und ich habe genug von *Ihnen.* Ich wußte, daß sie kein Glück bringen. Smaragde bedeuten immer Unglück!«

Sie zerrte die Armbänder von den Gelenken und zog dann mit beiden Händen an dem Halsband, bis der Sicherheitsverschluß aufsprang. »Behalten *Sie* sie«, schrie sie und schleuderte dem überraschten Soapy Finnegan die Juwelen in den fetten Schoß. »Vielleicht merken Sie dann, wie man sich fühlt, wenn man vorgeführt wird wie ein Zirkuspferd.«

Sie wußte kaum, was sie tat, sie wußte nur, daß sie fort mußte, hinaus aus dem Studio. Sie rannte an den Kameras und Leibwächtern vorbei zur Studiotür, riß sie auf und prallte mit Judy zusammen.

»Bitte, Lili, geh zurück, du kannst jetzt nicht fortlaufen. Wir machen zusammen weiter. *Bitte, bitte.*«

Lili funkelte sie an und wollte sie zur Seite stoßen.

»Lili, ich stehe auf *deiner* Seite. Du kannst es dir nicht leisten, dein Temperament mit dir durchgehen zu lassen!«

Doch Lili wollte nicht auf sie hören.

Jetzt begann Judy selber, die Geduld zu verlieren. »Warum glaubst du eigentlich, die Leute müßten immer nur nett zu dir sein? Du hättest den Mund halten und etwas *Würde* an den Tag legen sollen, das hätte dir vielleicht ein bißchen Sympathie beim Publikum eingebracht. Statt dessen hast du dich wie ein dummes Straßengör benommen, genau wie er dich beschrieben hat. *Und du hast gesagt, daß Smaragde Unglück bringen! Zweimal!* Innerhalb von ein paar Stunden ist das in ganz Amerika herum.«

Sie winkte die zögernden Leibwächter herbei. »Komm, wir gehen in deine Garderobe, Lili. Himmel, wenn ich bloß wüßte, ob ich beim Juwelierverband anrufe und mich entschuldige oder ob ich mir gleich die Kehle durchschneide.«

Oder deine, ergänzte sie in Gedanken, während sie Lili

durch den Korridor schob und immer wieder Leute zur Seite winkte. »Ich kann es einfach nicht fassen, daß du dich so von ihm hast unterkriegen lassen«, schimpfte sie. »Das ist so gottverdammt unprofessionell! Kannst du dir vorstellen, daß Jane Fonda oder Liza Minelli sich so benehmen würden? Oder irgendeine andere Schauspielerin von Rang! O Gott, hoffentlich finde ich noch einen Juwelier, der mir um diese Zeit das Halsband repariert, bevor wir abreisen!«

»*Ich* reise sofort ab«, sagte Lili, als sie die Garderobe betraten. »Die Tournee ist vorbei.«

»Du kannst nicht mittendrin aussteigen«, rief Judy empört.

»Und ob, ich *kann!* Oh, die habe ich vergessen.« Sie zog sich die Ringe von den Fingern, legte sie sorgsam auf das Make-up-Tischchen, griff nach ihrem Mantel und ging.

Im Hotel warf Lili ein paar Kleider in einen Koffer und versuchte, Serge anzurufen. Er war nicht in seinem Bungalow. Vom Flugplatz aus telefonierte sie ein zweites Mal, aber er hob immer noch nicht ab.

So setzte sie sich auf einen Stuhl in der Abflughalle und wartete mit schmerzendem Kopf zwei Stunden lang auf eine Maschine nach Los Angeles.

Serge fiel aus allen Wolken, als Lili mitten in der Nacht bei ihm auftauchte. Er war allein, wie ihr nicht entging.

Er setzte sich auf und fragte: »Was, zum Teufel, ist los? Du solltest in Chicago sein.« Er blinzelte in das grelle Licht. »Wo ist die PR-Tante? Hör auf zu heulen, Engelchen, komm zu Papa.«

Lili warf sich in seine Arme. Serge jagte ihr Angst ein, Serge deprimierte sie, und Serge mißbrauchte sie körperlich und seelisch, aber trotzdem fühlte sie sich im Grunde sicher bei ihm.

»Sie ist . . . sie ist noch in Chicago. Ich habe versucht . . . habe versucht, dich vom Hotel . . . Hotel aus anzurufen . . . und dann noch einmal . . . noch einmal vom Flugplatz . . .

aber du ... aber du warst nicht da ... und deswegen ... deswegen habe ich auf dem Flugplatz gewartet und die nächste Maschine nach Los Angeles genommen.«
Sie brach erneut in Tränen aus.
»Aber, aber, Engelchen, beruhige dich. Was immer auch passiert ist, Serge wird es schon wieder hinbiegen.« Er strich ihr über das Haar, bis sie zu schluchzen aufhörte, dann drehte er sie um und küßte sie. »Jetzt erzähl Serge schön brav, was los ist.«
Nach kurzem Schweigen sagte Lili: »Der erste Teil der Tournee war sehr angenehm. Die Leute in New York waren sehr nett, sie haben sich stets um mich gekümmert.« Sie hielt inne. »Die Frau von der Agentur war immer freundlich und sehr lieb. Aber wir sind jeden Tag in *so vielen* Shows aufgetreten, und mein Englisch war einfach nicht ausreichend.« Sie hielt wieder inne und nieste. »Du weißt gar nicht, wie schön es ist, wieder französisch sprechen zu können. Und reden zu können, ohne ständig überwacht zu werden oder sich selbst zu überwachen.« Sie hustete heftig. »Alles war auf englisch, verstehst du, und so schnell. Dann habe ich irgendwo einen Virus aufgeschnappt, und der Hotelarzt, ich glaube, es war in Michigan, hat mir Pillen gegeben, aber die Pillen haben mich schläfrig und teilnahmslos gemacht. Mein Kopf fühlt sich an wie ein riesiger, mit Baumwolle ausgestopfter Ballon.«
Lili holte ein Taschentuch heraus und nieste erneut.
»Gestern abend bekam ich dann Kopfschmerzen und mußte noch mehr Tabletten nehmen, weil ich mich sonst überhaupt nicht mehr hätte rühren können, das schwöre ich dir.«
Sie zog ihre Schuhe aus, dann die Kleider, bis alles ein großes unordentliches Bündel neben dem Bett bildete. »Und nach alldem kommt dieses kleine fette Schwein und sagt mir vor Tausenden von Fernsehzuschauern solche widerlichen Sachen ins Gesicht – was für eine dreckige Hure ich

doch sei, ein schockierendes Beispiel für menschliche Verkommenheit . . .«
Serge dachte, daß Lili selbst mit laufender Nase, tränenden Augen und im Zustand völliger Erschöpfung nackt einen unglaublichen Anblick bot. Und zu seiner großen Überraschung hatte er sie sogar vermißt.
»Es war wie ein Kreuzverhör in einem Mordprozeß.«
»Na, na, ganz ruhig, mein Sonnenblümchen«, tröstete er sie und nahm sie in die Arme.
Am nächsten Morgen rief er Judy in Chicago an und erklärte ihr betrübt, daß Lili Fieber hätte, über vierzig Grad, und daß sie sich unter ständiger ärztlicher Aufsicht befände. Er hoffte, daß es ihr in ein paar Tagen besser gehen würde. Vielleicht hätte er ihr diese Tournee nicht zumuten dürfen, dem armen Kind. Sie hätte ein hektisches Jahr hinter sich und schien völlig ausgebrannt zu sein, dazu dann noch die Grippe . . .
Aber nach zwei Wochen hatte Lili sich noch immer nicht erholt. Monatelang hatte sie unter unablässigem Druck nonstop gearbeitet, und Serge hatte sie immer weiter, bis über die Grenzen ihrer Leistungsfähigkeit getrieben. Gleichgültig und teilnahmslos schien sie Serge weder zu hören noch zu sehen, und wenn jemand sie anredete, brach sie in lautlose Tränen aus. Sie wollte weder essen noch lesen, trinken oder fernsehen. Sie lag einfach da, schlaff wie eine Gliederpuppe. »Wir bringen sie besser in eine Privatklinik«, sagte der Arzt. »Sie leidet an Erschöpfungszuständen, man könnte es auch als klinische Depression bezeichnen – so nennt man diesen Zustand im allgemeinen, wenn es sich bei dem Opfer um eine Berühmtheit handelt. In Wirklichkeit aber steuert sie geradewegs auf einen ernsthaften Nervenzusammenbruch zu.«
Nach seinen Worten herrschte Stille.
Serge wirkte äußerst besorgt.
»Wann wird sie wieder arbeiten können?« fragte er.

43

Cap Camerat ist ein felsiger Landstrich an der französischen Riviera, mit dem Auto eine halbe Stunde von St. Tropez entfernt. Ein weißer Leuchtturm oben auf den Klippen warnt die Seefahrer vor Untiefen. Gleich dahinter klammert sich eine Reihe neugebauter Villen an den steilen Hang, errichtet aus nackten Backsteinen, unverputztem Zement und schmucklosen Holzbalken. Die meisten dieser Häuser sind im sogenannten »zeitgenössischen« Stil errichtet, mit konischen Korbstühlen, die nicht gerade so aussehen, als könnten sie das Gewicht eines Menschen aushalten, Tischen mit Platten aus handbemalten Keramikkacheln und chaotischen Spritzern greller Farben an den Wänden.

Im Frühjahr 1970 mietete Serge eine dieser Villen, damit Lili in der warmen Luft des Mittelmeerraumes wieder zu Kräften kommen konnte. Er war froh, sie einen Monat lang vom Hals zu haben. Sie schien keinerlei Energie mehr zu besitzen, keine Lebenskraft, und wann immer er ihr vorschlug, wieder mit der Arbeit zu beginnen, brach sie in Tränen aus. Seit ihrem Zusammenbruch hatte Lili alles Selbstvertrauen verloren. Sie war jetzt zwanzig und hatte Angst vor jedem Fremden, noch mehr aber vor der Einsamkeit. Serge fand sie leichter manipulierbar, wenn sie gehorsam und teilnahmslos war, aber er wußte auch, daß sie die eigenartige Vitalität verloren hatte, die ihr vor einer Kamera stets zueigen gewesen war.

Für den Augenblick war Lilis Zauber verschwunden. Das Gesicht war geblieben, der Körper derselbe, aber sie strahlte kein Leben mehr aus. Mit normalen Menschen hatte sie bisher wenig zu tun gehabt; ihre Art von Erfolg zog unausweichlich und in erster Linie Gaffer, Betrüger und Schmarotzer an. Frauen waren Lili gegenüber immer auf der Hut; sie mißtrauten ihr und waren eifersüchtig auf den hypnoti-

sierenden Effekt, den sie auf Männer hatte. Sie besaß keine guten Freundinnen, die ihr so nah standen, daß sie sie wieder ins Leben zurückgeholt hätten. Serge hatte alles, aber wirklich alles versucht. Er hatte sie getröstet, ihr geschmeichelt, sie so lange beschlafen, bis *er* nicht mehr konnte, ihr Angst eingejagt, sie ein paarmal sogar verprügelt. Zwei Filme hatte storniert werden müssen – Gott sei Dank konnte man ihm keinen Vertragsbruch vorwerfen –, und er hatte einen lukrativen Kontrakt über ein Poster platzen lassen müssen. In den letzten sechs Monaten hatte er keinen Penny mit ihr verdient, und die Arztrechnungen kosteten ihn ein Vermögen.
Der Arzt hatte viel Sonne und ein ruhiges Leben empfohlen – keine Partys, keine langen Abende und sogar . . . keinen Serge. Also hatte er eine Pflegerin angestellt, die sich um sie kümmerte, jemand, dem er vertrauen konnte. Er hatte sich jedoch geschworen, das erste Flugzeug nach Nizza zu nehmen, sollte er hören, daß ein anderer Mann um sie herumzuscharwenzeln begann. Er hatte der Pflegerin eine hohe Prämie versprochen, damit sie Lili Tag und Nacht unter Bewachung hielt, und um allen Eventualitäten vorzubeugen, war seine Wahl auf das häßlichste Wesen gefallen, das er in den Karteien der Vermittlungsagenturen finden konnte.
Lili spürte, daß sie überwacht wurde, aber es war ihr egal. Sie wollte lediglich ihre Ruhe haben. Ihre Stimmung besserte sich sofort, als sie aus dem Flughafen von Nizza in die warme mediterrane Sonne trat.
Wenn man am Fenster des Wohnzimmers stand, war der Blick von der Villa auf das Meer durchsetzt von der grünen Vegetation, die vom Dach herabwucherte. Das Licht, das ins Innere des Hauses sickerte, war deshalb grünlich und wie gefiltert. Aber der Innenhof fing die Wärme der wohltuenden Frühlingssonne ein, und oft stand Lili dort inmitten des üppigen Grüns, das hier und dort von der rosa Blüte einer zählebigen Geranie unterbrochen wurde, und streckte

dem Himmel ihre Arme entgegen. Sie sah vom Wohnzimmer aus den kleinen weißen Jachten zu, die über das dunkelblaue Wasser glitten, und fühlte sich endlich befreit von allem Druck, allein und friedvoll.
Von den Nachbarvillen waren so früh im Jahr nur wenige bewohnt, so daß Lili unerkannt im Dorf umherschlendern konnte. Jeden Morgen legte sie sich nackt an ihren Privatstrand und nahm ein Sonnenbad, denn das Wasser war noch zu kalt zum Schwimmen. Eines Mittags, als sie gerade wieder den gewundenen Felspfad zum Haus hinaufklettern wollte, sah sie die Silhouette eines ganz in schwarzes Gummi gehüllten Mannes, der ihr wild zuwinkte. Er zog die Gummiflossen aus und rannte begeistert auf sie zu.
»Lili, ich dachte mir doch, das du es bist!« Es war niemand anderer als Zimmer, der in der Bucht nach Fischen getaucht hatte.
Lili war überglücklich, ihn zu sehen, und Zimmer war ganz offensichtlich genauso erfreut.
»Ich wohne etwas weiter in der nächsten Bucht. Du bist seit Wochen die erste Frau, die mir begegnet. Ich habe mich nämlich hierher zurückgezogen, um ein Drehbuch fertigzustellen. Am Montag fliege ich wieder ab, das heißt, daß wir uns nicht allzu oft sehen können, weil ich den Fouriers auch noch versprochen habe, morgen mit ihnen zu Mittag zu essen.«
Er betrachtete sie nachdenklich. Er hatte gehört, daß sie krank war und ein paar Sachen abgelehnt hatte, aber im Augenblick sah sie gut aus. »Sie geben immer ganz umwerfende Partys. Warum begleitest du mich nicht einfach?«
»Ich möchte niemand sehen.«
»Ah, es genügt ja auch, wenn du mich ansiehst«, grinste Zimmer. »Und wenn ich dabei bin, kann Serge ja wohl nichts dagegen haben, daß du mal ausgehst.«
Monsieur Fourier stammte aus Belgien und hatte mit seiner Transportgesellschaft ein Vermögen verdient. Noch nie hat-

te Lili jemand kennengelernt, der sich so exotisch einrichtete wie er. Wie um sich von der schweren Art, mit der er Geschäfte machte, zu distanzieren, badete er geradezu in Luxus. Seine kostbare Kunstsammlung bestand allerdings in erster Linie aus Nacktdarstellungen aller Art.

Als Lili zwischen den griechischen Säulen hinter dem Swimmingpool erschien, stockte das Gespräch. Sie trug einen fleischfarbenen Bikini aus Chiffon und setzte sich, ohne von irgend jemand Notiz zu nehmen, auf ein purpurfarbenes Ledersofa am Rand des Pools. Ein indischer Diener mit einem rosa Turban erschien und bot ihr Kaviar von einem Tablett und kalten Hummer und ein Schälchen Krabben von einem anderen an. Plötzlich merkte Lili, daß sie wieder Hunger hatte.

Zimmer wies mit dem Kopf in Richtung auf den Plattenweg, der vom Haus zum Pool führte. »Sieh mal, wer da kommt«, murmelte er. »Der berühmte Stiarkos, wie üblich eine Stunde zu spät.«

Alle Augen waren auf den kleinen, silberhaarigen Mann gerichtet, der langsam den Weg herunterkam. Madame Fourier eilte ihm entgegen, während die indischen Diener neue Tabletts mit Lachs herumreichten. Kurz danach klatschte Madame Fourier in die Hände und bat ihre Gäste, zum Essen ins Haus zu kommen.

»Ich dachte, das wäre schon das Essen gewesen«, stöhnte Zimmer. »Ich kriege keinen Bissen mehr hinunter. Hast du Lust, Stiarkos kennenzulernen? Er ist immens reich und hat eine der schönsten Kunstsammlungen der Welt. Netter alter Knabe.«

44

Lili lag in ihrer Hängematte im Innenhof der Villa und sog den süßen Duft der inzwischen überall wachsenden Geranien ein. Von der Haustür drang die Stimme der Pflegerin herüber. Dann fiel die Tür ins Schloß, und die Pflegerin erschien im Patio, einen riesigen vergoldeten Vogelkäfig in der Hand. In dem Käfig saß ein weißer Kakadu und betrachtete Lili mit strahlenden topasfarbenen Augen.
»Ich habe keine Ahnung, wo wir den hintun sollen«, maulte die Pflegerin. »Der Himmel allein weiß, was so ein Vieh fressen mag.«
Lili schlüpfte in ihr Bikinioberteil und sprang aus der Hängematte. Entzückt betrachtete sie den exotischen Vogel. »War keine Karte dabei?«
»Nein. Und der Botenjunge hatte keine Ahnung, von wem der Auftrag stammt.«
Eine halbe Stunde später, als Lili noch mit dem Kakadu sprach, wurde ihr eine Kamelie zugestellt. An einem der dichtbelaubten Zweige hing an einer Goldkette ein kleines, in blaue Seide gewickeltes Schächtelchen.
»Fühlen Sie mal, wie schwer die Kette ist«, sagte die Pflegerin. »Glauben Sie, das ist *echtes* Gold?«
In dem Kästchen lag eine weiße Muschel, in deren Inneren ein riesiger Aquamarin an einer fast unsichtbaren Halskette aus Gold ruhte.
»Die Farbe der Ägäis!« rief Lili aus und stürzte ins Wohnzimmer, um die Kette vor dem Spiegel anzulegen. Bei jeder Drehung ihres Halses sandte der Stein blaßblaue Blitze in das grüne Zwielicht.
Das Telefon klingelte. »Hallo, Zimmer. Fein, daß Sie gerade anrufen. Haben Sie mir vielleicht heute morgen einen Vogel in einem Käfig oder auch andere Kleinigkeiten schik-

ken lassen? Oh, bleiben Sie einen Moment am Apparat, es klingelt schon wieder.«

Diesmal stand ein blaßblauer Strandbuggy vor der Tür, und Lili brauchte bloß noch den Lieferschein zu unterschreiben. Auf dem Fahrersitz lag ein großes Kuvert, schlicht an ›Lili‹ adressiert. Es enthielt eine Karte mit nur einem einzigen, wie gestochen geschriebenen Satz: »Wie wär's mit dem *Senequier* heute abend um acht?«

Lili kehrte ans Telefon zurück. »Nein, habe ich nicht«, sagte Zimmer. »Dahinter steckt entweder Fourier oder Stiarkos. Ich tippe eher auf Stiarkos. Fourier hätte dir einfach nur eine Diamantbrosche geschickt. Stiarkos hat mehr Stil. Wenn ich es mir genau überlege, warum hat dir Fourier eigentlich noch keine diamantbesetzte Kleinigkeit geschickt? Du scheinst deine Ausstrahlung zu verlieren, Lili.«

»Vielleicht glaubt er, daß wir beide ein Verhältnis haben, Zimmer.«

Zimmer prustete. »Ich nicht, Darling, das weiß jeder. Ich fahre dich nach St. Tropez heute abend, dann kannst du behaupten, mit mir zusammen gewesen zu sein, falls Serge etwas davon zu Ohren kommen sollte.«

Lili zuckte zusammen. Serge würde sie erbarmungslos verprügeln, wenn er den Verdacht hatte, daß sie mit jemand anderem flirtete. Einmal hatte er ihr auf diese Weise sogar eine Rippe gebrochen. Besonders seit ihrer Amerikatournee achtete er streng darauf, daß sie nie ohne Bewacher war.

An diesem Abend fuhr Zimmer sie in ihrem neuen Buggy nach St. Tropez. Lili hatte sich mit außergewöhnlicher Sorgfalt angezogen. Sie trug einen weißen Seidenblazer und einen dazu passenden Faltenrock. Davon abgesehen trug sie nichts, keine Unterwäsche, keine Bluse und keinen Schmuck, mit Ausnahme des Aquamarins, der in ihrer Halskuhle ruhte.

St. Tropez wirkte wie eine luxuriöse Filmkulisse. Wo einstmals Fischerboote und Hochseetrawler geankert hatten, lagen jetzt weiße Jachten. Am Kai reihte sich eine Boutique an die andere, nur unterbrochen durch zwanglose, aber teure Restaurants. Die Gäste, die unter der berühmten orangefarbenen Markise des *Senequier* saßen und ihren Aperitif schlürften, waren besser gekleidet als die Gäste der Ritz-Bar in Paris. Als Lili sich ihren Weg zu dem Tisch bahnte, den Zimmer für sie reserviert hatte, stellte sie fest, daß die Frauen sämtlich der neuesten Ausgabe von *Elle* entsprungen zu sein schienen; mit Sicherheit hatte keine der weißen Jeans weniger als tausend Francs gekostet, und mit derselben Sicherheit hatte keine der anwesenden Schönheiten weniger als zwei Stunden gebraucht, um sich für ihren Auftritt zurechtzufummeln.

Um genau acht Uhr blinzelte Zimmer Lili zu. »Ich hatte recht. Siehst du den Rolls Royce da vorn? Das ist Stiarkos. Ich bin gespannt, was für Tricks er noch in der Hinterhand hat. Vielleicht zieht er eine Perlenkette aus den Ohren, wenn die Cocktails serviert werden.«

Er stand auf und winkte dem Reeder, der eine Verbeugung andeutete und sich ihrem Tisch näherte. Für einen Mann von siebzig Jahren sah er außerordentlich gut aus. Seine buschigen silbernen Augenbrauen überschatteten wache Augen, und seine Unterlippe ragte etwas weiter vor als die obere, wodurch sein Gesicht stets einen leicht amüsiertkriegerischen Ausdruck hatte. Stiarkos war ein vorsichtiger Mann, er setzte seinen Namen weder auf Schecks noch unter Liebesbriefe, denn er lieferte sich nie jemandem aus. Nichtsdestoweniger war er ein Mann von schnellen Entschlüssen, besonders wenn er etwas haben wollte. Und Lili wollte er haben.

Auch wenn Lili nicht sofort merkte, wie ernst es ihm war, Zimmer entging es nicht. Stiarkos schien nicht überrascht, Zimmer zu sehen, und unternahm nicht den geringsten Versuch, ihn loszuwerden; ganz offenbar wollte er Lili nicht beunruhigen. Er hatte nicht vor, sie zu reißen wie der Wolf das Lamm. Diesmal ging es ihm nur darum, unbekanntes Terrain zu erforschen.

Während des Essens, das sie in aller Ruhe bei Kerzenschein einnahmen, stellte der Reeder Lili keine persönlichen Fragen, aber bei allem, worüber sie redeten, suchte er ihre Meinung und hörte genau zu, wenn sie antwortete. Als Zimmer von den Dreharbeiten zu »Q« erzählte, verlor Lili etwas von ihrer Zurückhaltung, und als er beschrieb, wie ein riesiger Schaumgummifelsen von ihrem Kopf abgefedert war, mußte sie sogar lachen. Stiarkos schien sich zu freuen, daß ihnen der Aufenthalt in seinem Land so gut gefallen hatte. »Allen Griechen geht Griechenland über alles«, sagte er, »besonders aber denen, die in London, Paris, New York und Monte Carlo leben.«

Zimmers nächster Film sollte wieder in Griechenland gedreht werden. »Es handelt sich nicht einfach nur um ein Sexepos mehr«, erklärte er ironisch, »sondern um eine moderne griechische Tragödie vor dem Hintergrund der internationalen Handelsschiffahrt, einem tödlichen Kampf zwischen zwei großen Reedern, die beide dasselbe wunderschöne Mädchen heiraten wollen, die Tochter eines dritten griechischen Reeders. Ihr Vater zwingt sie, den reicheren der beiden Männer zu nehmen, obwohl der andere jünger und schöner ist.«

»Wie gemein«, sagte Lili.

»Ganz und gar nicht«, sagte Stiarkos. »Viele Hochzeiten werden in Griechenland auf diese Weise arrangiert. Eine Eheschließung ist eine viel zu ernste Sache, als daß man die Liebe darüber entscheiden lassen dürfte. Desgleichen das Geld.«

»Sind eigentlich alle großen Reeder Griechen?« fragte Lili. »Das ganze Geschäft scheint in den Händen weniger Familien zu liegen.« Sie nippte an ihrem Champagner,

während Stiarkos einem Zigarrenetui aus braunem Leder eine von fünf Zigarren entnahm.
»Die kommerzielle Schiffahrt liegt fast ausschließlich in griechischen Händen.« Er schnupperte an der Zigarre. »Wenn wir von einer Eigengewichtstonnage von ungefähr zweihundertfünfzig Millionen ausgehen, dann kontrolliert Onassis ungefähr vier Millionen und Nicharos ungefähr fünf, abgesehen von seinen Werften.« Vorsichtig streifte er die Banderole von der Monte Cristo Nummer zwei. »Somit bleiben ungefähr dreiundvierzig Millionen in den Händen einer relativ kleinen Gruppe von Leuten, über die man nie etwas in den Klatschspalten liest, Leute wie die Paterases, die Hadijpaterases, die Colocotronises und die Lemoses, die für gewöhnlich alle untereinander verheiratet sind.«
Er lehnte sich zurück und holte einen winzigen goldenen Zigarrenabschneider aus der Tasche. Lili betrachtete ihn neugierig. »Der hat einmal meinem Großvater gehört«, erklärte Stiarkos.
»War der auch schon Reeder?«
»Am Ende seines Lebens. Angefangen hat er als barfüßiger Seemann irgendwo auf den griechischen Inseln.«
»Ein einfacher Seemann?«
Stiarkos lächelte. »Mächtige griechische Reeder sind nie einfach. Es sind äußerst komplexe Menschen, die sich nur wenig aus Geselligkeit machen und vor Egozentrik platzen. Die meisten Leute können sie nicht ausstehen.« Wieder grinste er Lili an.
In diesem Moment trat ein Kellner mit einem Telefon an den Tisch. Stiarkos entschuldigte sich für einen Moment und hob den Hörer ab. »Nun, und wie steht Bauxit gerade? Nein, nein, an der Chicagoer Börse . . . Dann finden Sie's heraus . . .« Er bat um ein zweites Telefon, wählte und sagte: »Holen Sie Amsterdam ans Telex und bringen Sie den Bauxitpreis in Erfahrung.« Er blickte Lili an. »Nur noch ei-

ne Sekunde, bitte, vergeben Sie mir . . . Was? . . . Dann chartern Sie noch einen Learjet . . . Die Einzelheiten interessieren mich nicht, chartern Sie meinetwegen zwei . . . Was ist das mit dem Bauxit? . . . Gut, kaufen Sie sechshundertfünfzigtausend in Chicago.«
Die beiden Telefone verschwanden wieder vom Tisch, und Stiarkos lächelte Lili zu.
»Und was tun diese Reeder mit ihrem ganzen Geld?« nahm Lili den Faden wieder auf.
Er wandte sich zu ihr. »Wenn Sie diese Männer fragen würden, *warum* sie all diese Reichtümer anhäufen und was sie damit anfangen, dann wären sie schlechterdings nicht in der Lage, Ihnen eine Antwort zu geben. Sie wären überrascht, wie armselig sie leben, besonders ihre Frauen.«
»Und wie sieht's mit der Liebe aus?« fragte Lili.
»Natürlich interessieren sie sich für Sex, aber wiederum nur auf ganz spezifische Weise. Für den normalen Menschen existiert Sex nicht in einem Vakuum. Aber wenn ein griechischer Reeder eine Frau trifft, dann will er sofort Sex mit ihr haben. *Auf der Stelle!*« Er zuckte mit den Schultern. »Genauso wie sie sich keine Freunde machen können, fällt es ihnen sehr schwer, an eine Frau heranzutreten, und hinterher wissen sie nicht mehr, was sie mit der Frau anfangen sollen, was ich persönlich widerwärtig finde.«
»Das klingt nach lausigen Liebhabern.«
»Mit Sicherheit gibt es in diesen Kreisen überdurchschnittlich viele Scheidungen, aber das liegt in erster Linie daran, daß die Frauen immer denken, sie hätten einen Ehemann vor den Altar geschleppt, und dann wachen sie auf und stellen fest, daß sie einen Konzern geheiratet haben.«
»Denken sie denn an nichts anderes als ans Geschäft?«
Stiarkos überlegte einen Moment. »Nach ihrem fünfzigsten Geburtstag scheinen sie aufzuwachen – ganz plötzlich – und zu begreifen, daß ihnen nicht mehr viel Zeit bleibt. Dann geraten sie in Panik und verursachen all diese peinli-

chen Situationen mit Geliebten, Scheidungen und Neuanfängen. Plötzlich sind sie armselig und bemitleidenswert, und ihr Ende ist nicht selten die reine Tragödie, weil sie irgendwann erkennen, daß Geschäfte nicht das einzige im Leben sind. Damit müssen sie aber dann auch erkennen, daß sie alles, worauf es wirklich ankommt, verpaßt haben.«

Am nächsten Tag jagte Lili voller Freude in ihrem Strandbuggy die Küstenstraße hinauf und hinunter und spielte anschließend mit dem Kakadu. Sie war zwar aufgeregt, doch blieb sie vorsichtig, denn die Pflegerin war, was den gestrigen Abend mit Zimmer betraf, mehr als mißtrauisch und hörte nicht auf, Fragen nach der Herkunft der anonymen Geschenke zu stellen.

Gegen Abend duschte Lili und schlüpfte in goldfarbene griechische Sandalen und ein knöchellanges Gewand aus weißer Seide. Darunter war sie nackt. Um acht Uhr erschien ein chauffeurgesteuerter Rolls vor dem Haus. Die Pflegerin wirkte erst überrascht, dann besorgt. »Wohin gehen Sie? Ich *muß* wissen, wo Sie hingehen!« Sie ergriff eins von Lilis zarten Handgelenken und hielt sie fest. »Sie sind krank, Sie dürfen nicht allein ausgehen.«

Lili riß sich unwillig los und stieg hoheitsvoll in den Rolls. Der Duft der von der Sonne erwärmten Pinien hing in der Luft, und Lili verspürte die Erregung eines folgsamen Kindes, das sich plötzlich gegen sein Kindermädchen auflehnt. Während ihr die dunkle Haarmähne durch den Fahrtwind zerzaust wurde, begann sie die *Marseillaise* zu singen.

Diesmal erwartete Stiarkos sie an einem diskreten Tisch im hinteren Teil des Lokals. Körperlich fühlte sie sich von dem kleinen Griechen nicht angezogen, aber sie genoß ihre Auflehnung, und außerdem hatte sie das Gefühl, daß er keine Gefahr für sie darstellte. Natürlich würde er versu-

chen, sie ins Bett zu bekommen, aber sie hielt es für unwahrscheinlich, daß er darauf beharrte, wenn sie ihm zeigte, daß sie nicht interessiert war.
Zu ihrer Überraschung unternahm er nicht den geringsten Versuch, sie zu berühren. Obwohl sie schon um kurz nach elf mit dem Essen fertig waren, bestand er nicht darauf, noch mehr Zeit mit ihr zu verbringen.
»Ich weiß, daß Sie krank gewesen sind«, sagte er, »deswegen werden Sie sicher nicht allzu lange aufbleiben wollen.«
Schweigend fuhren sie an der nächtlichen Küste entlang nach Cap Camerat. Stiarkos wußte, daß er nicht mehr jung und kein gutaussehender Mann war. Aber jemand, der Milliarden verdient hat, ist immer interessant, vorausgesetzt, er spricht über etwas, was ihn interessiert. Stiarkos wollte, daß Lili sich in seiner Gesellschaft wohl fühlte. Er wußte, daß jeder Mann versuchte, Lili ins Bett zu kriegen, wenn er die Gelegenheit dazu bekam, und deshalb unternahm er diesen Versuch erst gar nicht. Er wollte, daß sie sich fragte, warum er es nicht versuchte.
Und er wollte, daß sie sich fragte, wie es wohl wäre, wenn er es versuchte.
Am nächsten Morgen um zehn Uhr ging Lili zur Bucht hinunter und stieg in ein kleines Motorboot, das sie an Bord der *Minerva* brachte. Die Bucht war zu flach für die riesige Jacht, und so hatte Stiarkos weiter draußen auf See festgemacht.
Als sie an Bord ging und das weiße Deck erklomm, fühlte Lili sich plötzlich so frei wie eine Möwe. Neue Kraft erfüllte ihren Körper. Während Stiarkos sie herumführte, überraschte sie sich dabei, wie sie erneut die *Marseillaise* summte, das Kampflied der Französischen Revolution.
Laut Stiarkos handelte es sich nur um ein kleines Boot – kein Swimmingpool und nur *ein* Helikopter. Aber wenn Lili wollte, konnte die *Minerva* sie sofort über den Atlantik bringen. Sie konnte jeden Hafen der Welt anlaufen.

Lilis Kabine, mit Rosenholz getäfelt, war etwas größer als ihr Schlafzimmer in der Villa. Die beiden dazugehörigen Badezimmer waren meerblau gekachelt und mit vergoldeten Armaturen ausgestattet. Über dem Waschbecken standen mehrere ungeöffnete Flakons mit Parfum von Christian Dior und ein Make-up-Set von Estée Lauder. Der begehbare Schrank enthielt mehrere Kartons von *Joy,* der teuersten Boutique in Monte Carlo. An einer Kleiderstange hingen sechs Badeanzüge, sechs Strandkleider und sechs Abendkleider, alle neu. Auf dem Bett lag eine große Schachtel von Christian Dior, in der sich ein wunderschönes, spitzenbesetztes Negligé befand.
»Für den Fall, daß Sie sich umziehen oder ausruhen wollen«, erklärte Stiarkos mit einer knappen Handbewegung.
Später lagen sie unter einer blauen Markise auf dem Hauptdeck und tranken Champagner. Ein Sekretär und zwei Assistenten hielten sich in diskretem Abstand bereit, und aus einer Kabine hinter den Liegestühlen drang das unpersönliche Klappern eines Telexgeräts. Zwei Stewards servierten Lili, was ihr Herz begehrte. Einen großen, schweigsamen Matrosen mit einer Narbe auf der Wange, der Stiarkos nicht eine Sekunde aus den Augen ließ, stellte der Reeder als Sokrates, seinen Leibwächter, vor.
Sie verbrachten den ganzen Tag auf See und lagen in der Sonne. Stiarkos stellte Lili keine einzige Frage, weder nach ihrem Leben noch nach ihrer Arbeit. Statt dessen beschränkte er sich auf unverbindliches Geplauder; instinktiv erriet er, in welcher Stimmung sie sich befand und stimmte die Konversation darauf ab. Er wußte genug über Lili, denn er hatte sich von seinen Assistenten ein Dossier über sie zusammenstellen lassen, bei dessen Lektüre ihm die Haare zu Berge gestanden hatten. Trotzdem war er von ihr wie besessen. Sie ist die hinreißendste Frau, die ich je gesehen habe, dachte er. Sie ist jung genug, um meine Enkelin zu sein, und es ist mir vollkommen egal. Ich bin auf dem besten Wege, mich vor aller Welt lächerlich zu machen, und auch das ist mir vollkommen egal. Ich ha-

be nur Angst, daß sie sich über mich lustig machen könnte, und dann wäre das Leben für mich nicht mehr lebenswert. Stiarkos wußte, daß er leichtsinnig war; er fragte sich, warum er im Begriff stand, sein gesamtes Privatleben aufs Spiel zu setzen, aber sobald Lili in seiner Nähe war, schien alle Vorsicht wie weggewischt.

In ihrem narzissenfarbenen Bikini saß sie auf der Stuhlkante, ein Bein auf den Sitz gezogen, und lutschte mit zurückgeworfenem Kopf an einer Spargelstange. Sie wirkte so natürlich und unaffektiert wie ein kleines Tier und schien für nichts anderes zu leben als die Sonne, das Meer und ihr eigenes Gelächter.

Stiarkos sah zu, wie ihr die Buttersauce über das Kinn lief. Sie ist eine wunderschöne, sinnliche, ungebildete, unkultivierte kleine Wilde, dachte er. Warum gehe ich heute abend nicht einfach ein letztes Mal mit ihr essen, sage ihr brav ›Auf Wiedersehen‹, schicke sie im Rolls nach Hause und sehe sie nie wieder? Statt dessen fragte er: »Möchtest du noch etwas, Lili?«

Bei Sonnenuntergang liefen sie in den glitzernden Hafen von Monaco ein. Links vom Hafen erhoben sich die zinnenartigen Türme des Fürstenpalastes. Dahinter stieg die Stadt in rosa und weißen Schichten vor dem lavendelfarbenen Gebirge an. Als die *Minerva* auf die Mole zuglitt, wurde das Aquamarin des Himmels erst violett, dann purpurn und schließlich samtschwarz. An den Uferpromenaden flammten die Lichter auf.

Wegen der Hitze war das Dach des Grillrooms im *Hotel de Paris* geöffnet. Sie speisten mit weißen Trauben gefüllte Wachteln und schlenderten anschließend wieder zum Hafen hinunter, wobei der Rolls in diskretem Abstand hinter ihnen herfuhr.

Stiarkos fragte Lili, ob sie Lust hätte, die Nacht an Bord der Jacht zu verbringen.

Sofort auf der Hut, erklärte Lili, daß sie in der Villa schlafen

müsse, weil Serge jeden Morgen aus Amerika anrufe. Stiarkos versuchte nicht eine Sekunde lang, sie umzustimmen und versprach ihr, sie um elf mit dem Rolls nach Hause fahren zu lassen.
Im Dunkeln saßen sie auf dem Deck der *Minerva* und lauschten Strauß-Walzern vom Tonbandgerät. Von den Klippen außerhalb des Hafens zog der Geruch von Tang herüber und vermischte sich mit dem Aroma von Stiarkos' Zigarre. Zitternd blieb blauer Rauch in der Luft stehen.
Plötzlich drangen die Geräusche einer Rauferei vom Ende der Gangway zum Deck herauf. Jemand brüllte Lilis Namen. Sie kannte die Stimme nur zu gut. Zu Tode erschrokken schoß sie aus ihrem Liegestuhl hoch. Stiarkos stand ebenfalls auf. Er wirkte weder überrascht noch beunruhigt. Er legte Lili den Arm um die Schulter – die erste Berührung, seit er sie kannte. »Du brauchst keine Angst zu haben«, sagte er.
»Lili, Lili! Ich weiß doch, daß du da oben bist, du Schlampe! Ich kann dich sehen.« Serge torkelte die Gangway herauf. Stiarkos drückte Lilis Schulter etwas fester.
»Brich ihm nicht die Finger, Sokrates, halt ihn nur fest«, befahl er. Wie ein Schatten huschte Stiarkos' Leibwächter an ihnen vorbei, packte Serge und drehte ihm die Arme auf den Rücken. Der Reeder sog an seiner Zigarre und trat langsam auf Serge zu.
»Mein Freund, ich bedaure meinen Mangel an Gastfreundschaft. Was wollen Sie hier?«
»Ich will meine Frau wiederhaben, du griechischer Bastard. Als ich gehört habe, daß sie hier ist, habe ich sofort die nächste Maschine nach Nizza genommen. Was fällt dir ein, dich mit diesem alten Bock herumzutreiben, du blöde Kuh?«
Stiarkos blickte Lili an. »Bist du seine Frau?«
»Ja . . . Nein. Ich weiß nicht.« Lili brach in Tränen aus. »Willst du denn seine Frau sein?«

»O nein, nein, nein! Aber er beschützt mich. Ich habe niemand sonst auf der Welt.«
Stiarkos legte ihr wieder den Arm um die Schulter und wandte sich an Serge. »Ich fürchte, sie gibt dem alten Bock den Vorzug. Verlassen Sie also bitte mein Schiff, bevor ich Sie festnehmen lasse.«
Er sagte ein paar leise Worte auf griechisch. Sokrates machte eine rasche Bewegung, und Serge schrie auf. »Aaaah, du Bastard! Du öliger griechischer Bastard! Aaah!«
Sokrates packte Serge von hinten um die Taille und trug ihn rückwärts die Gangway hinunter.
»Das wäre erledigt«, murmelte Stiarkos, wandte Serge den Rücken zu, ergriff Lilis Ellbogen und führte sie in den Salon. »Ich denke, wir werden die Nacht auf See verbringen.«
Kurz nach Mitternacht glitt die *Minerva* langsam aus dem Hafen. Vom Heck aus sahen Lili und der Reeder zu, wie die Lichter der Stadt zurückblieben. Stiarkos ließ seine Zigarre in das Kielwasser der Jacht fallen.
»Du brauchst keine Angst zu haben«, sagte er, »oder das Gefühl, in eine Falle getappt zu sein. Ich möchte nicht, daß du glaubst, von einem Käfig in den nächsten geraten zu sein. Für den Augenblick bist du mein Gast. Später, wenn du dich stark genug fühlst, können wir über deine Zukunft sprechen. Falls du irgendwelche Verträge unterzeichnet hast, so läßt sich das regeln. Dafür gibt es Anwälte. Du brauchst dir jedenfalls um nichts Sorgen zu machen.« Er hielt einen Moment inne, ehe er fortfuhr. »Du bist eine äußerst liebenswerte junge Frau und hast das ganze Leben noch vor dir. Du kannst dir dein eigenes Geld verdienen, du kannst allein leben, du kannst tun, was immer du willst. Aber warte bis zum Morgen, ehe du eine Entscheidung triffst.«
Dann zog er sacht ihren Kopf zu sich herum, und Lili spürte den festen Druck seines Mundes auf dem ihren. Sie

roch den schwachen Duft seiner Zigarre, dann fühlte sie, wie er sie mit überraschend starken Armen an sich zog und schloß die Augen.

Serge stürmte in das *Senequier*, trank eine ganze Flasche Brandy und hätte beinahe noch eine Schlägerei angezettelt, ehe er im volltrunkenem Zustand nach Cap Camerat raste und den weißen Kakadu erwürgte.

45

Von der Terrasse aus gesehen, wirkte das Tal wie ein Gemälde von Cézanne. Überall blühte Jasmin, und silbergrüne Olivenbäume neigten sich in dem schwachen Wind, der direkt aus dem blauen Himmel über Südfrankreich zu kommen schien. Terrakottafarbene Villen, umgeben von Orangen- und Zitronenbäumen, schmiegten sich an die Hänge, und zu beiden Seiten der Straße, die in Windungen nach Vence hinaufführte, erhoben sich dunkle Zypressen.

»Es paßt ganz und gar nicht zu Jo, uns so lange warten zu lassen«, entschuldigte sich Lili bei Zimmer. »Für gewöhnlich ruft wenigstens sein Fahrer vom Rolls aus an, wenn er sich verspätet. Sind Sie sicher, daß er halb vier gesagt hat, Constantine?«

»Ja, ich bin sicher, aber eigentlich spielt es auch keine Rolle. Die Verträge müssen nicht unbedingt heute unterzeichnet werden, wir können sie jederzeit anders datieren.«

Der große Mann lächelte sie an, aber nur mit dem Mund. Seine stets halb von schweren Lidern bedeckten Augen zeigten niemals den geringsten Ausdruck. Seine fleischige Nase ragte wie ein Felsen über einen voluminösen Schnurrbart, der in einen langen Bart überging. Mit seinen langen

silbernen Locken ähnelte er mehr einem griechisch-orthodoxen Priester als einem Anwalt.
Hinter ihnen erstreckte sich die Villa, reich verziert wie eine Hochzeitskutsche und groß wie ein Palast. Die Marmorterrasse, auf der sie saßen, war so riesig wie ein Ballsaal und wurde von einer Balustrade im klassizistischen Stil eingefaßt, auf der sich kleine steinerne Gefäße mit weißen Geranien und Schlüsselblumen aneinanderreihten.
»Nun gut, dann warten wir mit dem Tee noch eine halbe Stunde«, sagte Lili. »Hat einer von euch Lust zu einem kleinen Spaziergang?« Constantine Demetrios schüttelte den Kopf, aber Zimmer nickte und stand auf.
»Es sieht einfach zu perfekt aus, um echt zu sein, Lili, ich werde mich mal überzeugen, ob diese Eiben da nicht doch aus Plastik sind.« Er deutete auf den kleinen Hain jenseits der Marmorstatuen, die der großen barocken Fontäne im Garten als Kulisse dienten.
Lili hakte sich bei ihm unter, und sie schlenderten langsam auf die geschwungene Marmortreppe zu, die zu dem dreißig Meter langen Swimmingpool führte. »Wir bauen hier unser eigenes Gemüse und Obst an. Alles, was du zum Mittagessen serviert bekommen hast, stammt von unserem Grund und Boden. Der Obergärtner bringt es jeden Morgen in die Küche. Wir haben auch Hühner, Truthähne und Schweine, stellen unser eigenes Olivenöl her und keltern unseren eigenen Rosé.«
Zimmer lachte. »Das klingt alles so ländlich, dabei ist es sicher eins der größten Anwesen an der gesamten französischen Riviera. Ein ziemlicher Unterschied zu der feuchten Villa, in der ich dich vor drei Jahren gefunden habe.«
Tatsächlich beeindruckte ihn das große Haus nicht allzusehr, obwohl er zugeben mußte, daß die Gemälde wundervoll waren. Da hing kein obligatorischer El Greco, kein zweifelhafter Rembrandt oder ein selbstbewußt glatter Dali. Mit Ausnahme einer kleinen Flußskizze waren alle Bilder

nach 1850 entstanden und von einem Kenner zum eigenen Vergnügen ausgewählt. Zimmers Lieblingsgemälde waren ein weicher, in Malventönen gehaltener Seurat, der ein kohlschälendes Mädchen zeigte, und ein atemberaubender Monet – der Lilienteich bei Giverny.

»Ja, es ist ganz anders als jeder Ort, an dem ich vorher gelebt habe«, sagte Lili. »Überhaupt ist alles ganz anders als vor drei Jahren, Gott sei Dank. Wir führen ein sehr ruhiges Leben, und wenn ich nicht gerade vor der Kamera stehe, bin ich fast immer hier.« Sie schwieg einen Moment, während sie sich dem. Swimmingpool näherten. »Damals hat Jo mich als erstes aus meinen Verträgen mit Serge heraus geholt. Constantine hat sich darum gekümmert – er regelt alle Rechtsfragen für Jo. Sie sind alte Freunde, und Constantine ist alle naslang hier draußen bei uns. Wenn in irgendeinem Vertrag ein Schlupfloch ist, dann findet er es unter Garantie. Ich glaube, er würde nie etwas unterschreiben, wo er sich nicht wieder herauslavieren kann.«

Sie wandten sich nach links und gingen hügelabwärts. Vor ihnen erhob sich ein schlichtes weißes, rechteckiges Gebäude, dessen eine Wand ganz aus Glas bestand. »Habe ich dir schon erzählt, daß ich in Vence bei einem pensionierten Geschichtsprofessor studiere?« fragte Lili. »Nachmittags bin ich meistens hier und male. Das ist mein Studio.«

Sie drückte auf einen Knopf, und die Tür öffnete sich. Dahinter lag ein gut sieben Meter hoher Raum, erhellt von großen Oberlichtern. Es roch nach Terpentin, Leinöl, Staub und Diorissimo, dem Maiglöckchenduft, den Lili immer trug. Es gab vier große Staffeleien, ein paar Hocker und zwei alte Holztische, alle über und über mit Farbe bekleckst.

»Ich bin noch nicht sonderlich gut, aber es macht mir einen Riesenspaß. Zweimal in der Woche kommt ein Lehrer, den Jo ausgesucht hat. Er ist ziemlich streng, denn Jo

möchte, daß ich nicht nur einfach Farbe auf die Leinwand klatsche, sondern auch etwas über Struktur und so weiter lerne.«
»Jos Kunstsammlung ist jedenfalls phantastisch.«
Lili zögerte, bevor sie antwortete. »Es ist nicht *seine* Sammlung. Die Bilder gehören alle mir. Er hat sie mir an meinem letzten Geburtstag geschenkt.«
Zimmers Mund klappte auf. »Alle? Auch das Kornfeld von Van Gogh und das Goldfischglas von Matisse?«
»Ja, alle, die ganze Sammlung. Die oben hast du noch gar nicht gesehen.«
Sie dachte wieder an ihren Geburtstag. Obwohl er in den Oktober fiel, war ihr ganzes Schlafzimmer mit Lilien und Rosen überflutet gewesen. Jo Stiarkos hatte sie zum Erkerfenster geführt, wo auf einem runden Marmortisch ein antiker Kasten mit Intarsien aus Ebenholz und kleinen Elfenbeinkupidos stand. Sie hatte den Kasten geöffnet und erwartet, einen Diamantring oder eine Brosche vorzufinden; statt dessen sah sie einen Haufen juristischer Schriftsätze. Jo hatte ihr erklärt, daß die Dokumente die Beweise für die Echtheit der Gemälde enthielten und darüber hinaus bestimmten, daß von nun an sie die rechtmäßige Besitzerin der Bilder sei. Es war eine relativ schnelle und diskrete Weise, sich zu ihren Gunsten von einem Teil seines Vermögens zu trennen. Die Museen überall in der Welt würden jederzeit bereit sein, ein Vermögen für diese Bilder hinzublättern. Wenn sie ein Haus in Paris oder eine Wohnung in New York haben wollte, brauchte sie bloß eins davon zu verkaufen.
Zimmer stieß einen bewundernden Pfiff aus. »Und da sagt man, es gehe nichts über Diamanten.«
»Ach, Diamanten habe ich auch und jede Menge Perlenketten. Jo behauptet, ich sähe am besten in Weiß aus, und wenn mein Hals, mein Haar und meine Gelenke vor Diamanten blitzten.«

Zimmer nickte. Stiarkos war offenbar noch immer völlig vernarrt in Lili. Sie verließen das Studio und gingen langsam über den Rasen zum Haus zurück.
»Ist es das, was du wirklich willst, Lili? Dieses ruhige Leben? Immerhin bist du erst vierundzwanzig.«
»Was du wirklich sagen willst, ist doch wohl eher, wie kann ich mit einem Mann glücklich sein, der fast vierzig Jahre älter ist als ich, habe ich recht? Indirekt werde ich das immer wieder gefragt. Natürlich ist Jo nicht mehr *jung*. Er kann nicht mehr durch die Gegend hüpfen und stundenlang Tennis spielen, und er wird wahrscheinlich lange vor mir sterben. Über all das haben wir schon gesprochen. Es macht mir nichts aus, denn es ist wirklich sein einziger Nachteil.«
Lili pflückte eine Rose und atmete ihren Duft ein. »Tatsächlich fühle ich mich ihm gegenüber immer etwas unterlegen, weil ich so dumm bin.«
»Ach, so was findet ein älterer Mann meistens höchst aufregend«, sagte Zimmer. »Einem jungen Mädchen die Augen zu öffnen, mit ehrfurchtsvoller Bewunderung wie ein Gott betrachtet zu werden . . . Bis sie auf jemand trifft, der ihr sagt: ›Das ist kein Gott, das ist nur ein alter Mann mit viel Geld.‹«
Lili runzelte die Stirn. »Ich finde es seltsam, daß andere Männer immer glauben, außer seinem Geld gebe es an Jo für mich nichts, was attraktiv wäre. Jo hat viele Vorzüge, die ein jüngerer Mann gar nicht haben kann. Er hat seinen Weg gemacht und seiner Umwelt seinen Stempel aufgedrückt. Er hat Mumm, und so was finde ich an einem Mann immer aufregend, egal, wie alt er ist. Und bei jemand von seiner Intelligenz ist das Alter ohnehin nicht so wichtig, weil er sich nicht ausschließlich auf seine physischen Attribute verlassen muß, um attraktiv auf eine Frau zu wirken. Es gibt nichts Schöneres für mich, als Jo reden zu hören!«
Sie schnupperte erneut an der Rose. »Natürlich will ich nicht leugnen, daß Jo einem auch das bieten kann, was eine

Frau schon seit jeher bei einem Mann sucht – Schutz und Sicherheit.«

Lilis Stimme zitterte einen Moment. Jo verkörperte all das, was sie verloren hatte, als Felix gestorben war, und dafür liebte sie ihn mit leidenschaftlicher Dankbarkeit. »Im Grunde habe ich Jos Alter noch nie als Nachteil gesehen, denn anders hätte er nicht diese Weisheit, die man sich nur durch Erfahrung erwirbt. Eine Beziehung, die von Dauer sein soll, basiert in den seltensten Fällen auf sexueller Raserei oder grenzenloser erotischer Leidenschaft, sondern auf . . . Verständnis und Toleranz.«

»Also gibt es bei euch keinen sexuellen Rausch?«

»Jo hat mich nicht ein einziges Mal unbefriedigt zurückgelassen, wenn du das meinst. Und das ist mehr, als ich von irgendeinem anderen Mann in meinem Leben sagen kann.«

Sie waren fast wieder am Swimmingpool angelangt, auf dessen makelloser Oberfläche nicht ein Blättchen trieb.

»Wollt ihr beide heiraten?«

»Wozu? Ich bin nicht unbedingt darauf aus, Jo zu heiraten. Das haben schon zu viele Frauen versucht. Ich möchte überhaupt niemanden heiraten.« Zimmer blickte sie skeptisch an. »Nein, Zimmer, ich will Jo, aber ich möchte ihn nicht heiraten. So weiß er, daß ich nicht die . . . die Goldgräberin bin, als die seine Kinder mich bezeichnen.«

Sie wanderten an dem aquamarin leuchtenden Pool entlang. »Davon abgesehen«, fuhr Lili fort, »hat er selber den Vorschlag noch gar nicht gemacht, obwohl er bestimmt schon darüber nachgedacht hat. Ist dir noch nie aufgefallen, daß diese reichen alten Männer ihre jungen Geliebten nie heiraten? Sie haben Angst, sich lächerlich zu machen, besonders wenn die Ehe dann schiefgeht. Und solche Ehen gehen praktisch immer schief.«

Sie stiegen die Steinstufen hinauf. Ein Diener mit weißen Handschuhen deckte einen der Tische auf der Terrasse. Silbernes Geschirr blitzte in der Sonne.

»Es geht mich zwar nichts an«, meinte Zimmer, »aber ich frage mich, wie das mit euch jemals von Dauer sein soll. Dein Leben fängt gerade erst an, und du kettest dich an einen Mann, dessen Leben allmählich zu Ende geht. Und du bist noch immer nicht glücklich – versuch nicht, das abzustreiten, ich arbeite mit dir, und ich kenne dich! Du bist noch immer nicht frei. Tu doch nicht so, als würdest du dieses ruhige, matronenhafte Dasein auf dem Land genießen! Du bist eine hervorragende Schauspielerin, aber du wirst nie den Erfolg haben, den du verdienst, wenn du dich schon jetzt halb zurückziehst. Das Publikum vergißt schnell, wenn es einen nicht ständig vor Augen hat.« Er zuckte mit den Schultern. »Merkst du nicht, wie deine eigene Persönlichkeit unterdrückt wird? Stiarkos beherrscht von Natur aus alles um sich herum, sogar dich, und du bist in Gefahr, dich neuerlich aus den Augen zu verlieren. Wenn du deine eigene Identität im Stich läßt, wirst du nie zu dir selber finden. Wenn du nach den Überzeugungen eines anderen Menschen zu leben versuchst, verrätst du deine eigenen. Du bist auf dem besten Weg, Jos Echo zu werden, Lili!«
Lili wirkte wütend. »Ich hatte nie das Gefühl, eine eigene Identität zu besitzen, wie könnte ich sie dann wohl verlieren?«
Zimmer brach im Vorbeigehen einen Zweig ab. »Ich verstehe ja, daß Stiarkos dir jede Menge teures Spielzeug kaufen kann, aber ist dir nicht aufgefallen, daß er bei all seinem Reichtum bisher nicht in der Lage war, dir das zu geben, was du wirklich haben willst?«
»*Halt den Mund!* Woher willst du wissen, was Jo mir alles gibt!? Bei ihm fühle ich mich beschützt, er hat mir meine Würde wiedergegeben und läßt mir eine Erziehung zukommen, und er – er verlangt so wenig dafür.«
»Aber er hat dir nicht gegeben, was du *wirklich* willst – denn er kennt die Gefahr. Er wäre durchaus in der Lage, deine Eltern aufzuspüren. Aber er hat Angst, seine Macht

über dich zu verlieren, wenn du deine wahre Identität finden würdest. Und Jo ist sehr besitzergreifend; er will, daß du von ihm abhängig bleibst, denn wenn du auf eigenen Füßen stehen könntest, würdest du ihn verlassen!«

»Wie kannst du es wagen, so über Jo zu sprechen?«

»Lili, ich bin einer der wenigen Menschen, die dich schätzen und nicht zu besitzen versuchen. Seit Jahren weiß ich, daß du dich nie vollkommen ›wirklich‹, wie du es nennst, fühlen wirst, solange du kein echtes Selbstvertrauen spürst. Im Augenblick hast du das aber nur, wenn du dich selber abwerfen und eine erfundene Figur darstellen – kannst.«

Lili wirkte plötzlich wie verloren im hellen Schein der Nachmittagssonne. »Ich glaube, du gehst jetzt besser.«

»Darling, ich wollte ohnehin gerade gehen. Bestell Jo, daß es mir leid tut, ihn verpaßt zu haben.«

Lili begleitete ihn zu seinem roten Maserati, der am Rand der kiesbedeckten Auffahrt parkte, dann kehrte sie um und ging langsam zum Haus zurück.

Plötzlich erschien Demetrios in der offenen Eingangstür. Er lief ihr entgegen, ein schwerer Mann, der das Laufen nicht gewohnt war. Sie hatte eine seltsame Vorahnung.

Wie in Zeitlupe stürzte Demetrios über den Kies auf sie zu, sein rosa Seidenschlips flatterte über dem Jackett. Es war eigenartig, ihn so rennen zu sehen.

Da wußte sie, daß etwas Schreckliches passiert sein mußte.

46

»Es hat einen Unfall gegeben, mit dem Wagen«, stieß Demetrios hervor. »Sie haben Jo und den Fahrer in ein Krankenhaus in Nizza gebracht. Die Polizei hat gerade angerufen. Auf der Rückfahrt von Monte Carlo ist der Rolls vom Autobahnaquädukt gestürzt. Er hat einfach die Mauer

durchbrochen und ist ins Tal gestürzt. Jo und der Fahrer liegen im Gracia-Rimaldi-Hospital.«
Was er nicht sagte, war, daß die Polizei gebeten hatte, jemand zu schicken und Stiarkos zu identifizieren. Sowohl er als auch sein Fahrer waren tot – sie hatten aus dem völlig zerstörten Rolls-Royce herausgeschnitten werden müssen.

Eiskaltes Wasser rann ihr über Nacken und Rücken. Lili öffnete die Augen. Sie mußte das Bewußtsein verloren haben. Ihre Zofe kniete stumm und verängstigt neben der Couch und betupfte Lilis Gesicht mit einem feuchten Tuch. Ein paar Schritte dahinter stand der Diener und blickte Lili so betreten an, als hätte er das Tafelsilber gestohlen.
Demetrios lehnte sich über die Couch. »Lili, meine Liebe, beweg dich nicht. Der Doktor kommt gleich.«
Der Arzt war nicht Doktor Jamais; es war ein kleiner, hagerer Mann, der eine Brille mit ungerahmten Gläsern trug und den sie noch nie gesehen hatte. »Wo ist Doktor Jamais?« murmelte sie, aber er antwortete nicht. Er zog lediglich ihr Augenlid zurück, fühlte ihr den Puls, murmelte etwas und trat an einen Tisch, wo er seine Tasche öffnete und Lili den Rücken zuwandte. Nach einigen Sekunden drehte er sich um, und Lili bemerkte eine Spritze in seiner Hand.
»Was machen Sie da?«
»Sie haben einen Schock, Madame. Ich gebe Ihnen ein Beruhigungsmittel. Sie brauchen sich keine Sorgen zu machen.« Er kauerte sich neben der Couch nieder und betupfte die Innenseite ihres linken Arms mit einem Wattebausch. Lili spürte einen leichten Äthergeruch. »Keine Angst, es wird nur ein wenig pieken. Da, schon vorbei. Hat überhaupt nicht wehgetan, oder?«
»Ich verstehe nicht, ich bin nicht krank, ich fühle mich nur etwas benommen. Ich habe das Bewußtsein verloren ... Ich verstehe nicht.«
Ihre Lider sanken herab, und es wurde dunkel um sie. Je-

mand hielt ihre rechte Hand. Sie lag im Bett, in einem kleinen, dämmerigen Raum, den sie noch nie gesehen hatte. Lili drehte den Kopf nach rechts und erkannte Demetrios. Sie fühlte sich zu schwach zum Sprechen. Tränen rannen ihr über die Wangen, langsam und lautlos; ihr rechtes Ohr fühlte sich schon ganz feucht an. Demetrios tätschelte ihre Hand und legte sie sacht wieder auf die Decke.

»Wie fühlst du dich, meine Liebe?«

»Schrecklich. Ich habe entsetzliche Kopfschmerzen. Aber ich muß ins Krankenhaus. Ich muß Jo sehen. Wo ist das Hospital?«

»Außerhalb von Nizza. Glaubst du, du kannst dich allein anziehen? Ich werde eine Pflegerin rufen, damit sie dir hilft, und dann fahre ich dich hin. Es müssen nur vorher noch ein paar Formalitäten erledigt werden. Könntest du das hier bitte unterschreiben?«

»Im Moment kann ich gar nichts unterschreiben. Was immer es ist, es kann doch sicher etwas warten, Con, oder?«

»Ich fürchte, nein, meine Liebe. Damit wird das Krankenhaus autorisiert, die . . . eh . . . Jo zu entlassen. Ich weiß, mein liebes Kind, es ist schrecklich, was du alles durchmachen mußt, aber die Bürokratie läßt uns nicht einmal in unseren schwersten Stunden in Ruhe.«

Sacht schob er ihr einen Stift in die Hand und führte sie auf das Papier. »Hier. Hier auch.« Er wechselte die Dokumente aus. »Und hier, und hier, und hier noch einmal. Das war's.« Er tätschelte ihre Schulter, nahm ihr die getippten Unterlagen rasch wieder weg, ließ die Schlösser seiner Aktentasche aufschnappen und verstaute die Dokumente darin. »Jetzt rufe ich die Pflegerin, damit sie dir beim Anziehen hilft.« Er drückte auf einen Knopf.

»Aber, Con, sag doch, was eigentlich passiert ist.«

»Es war der Fahrer. Er hatte eine Herzattacke. Dabei war er erst fünfunddreißig und schien in bester Form zu sein. Die Polizei glaubt, daß er über dem Lenkrad zusammengebrochen ist und sein Fuß das ganze Gewicht an das Gaspedal weitergegeben hat. Der Wagen war sehr schwer. Er hat einen Satz nach vorn gemacht, die Stützmauer durchbrochen und sich beim Fall ins Tal mehrmals überschlagen.«

»Und Jo? Wie geht es ihm?«

»Jo ist vor drei Tagen eingeäschert worden«, antwortete der Anwalt ruhig.

Lili gab einen Laut des Entsetzens von sich und versuchte aufzustehen. Die Pflegerin, die Demetrios gerufen hatte, packte Lili und hielt sie auf dem Bett fest.

»Sagen Sie dem Doktor, sie braucht noch eine Spritze«, flüsterte der Anwalt. »Sie ist hysterisch.«

Als Lili wieder zu sich kam, blieb sie eine halbe Stunde reglos liegen und wartete, bis sie sich weniger benommen fühlte. Dann schob sie langsam ihre Beine vom Bett. Sie hatte nur wenig Kraft und schien fast zehn Pfund abgenommen zu haben. Sie taumelte zu dem Kleiderschrank in der Ecke, öffnete ihn und fand ihre Sachen. Sie trug sie zum Bett, setzte sich auf die Kante und zog sich langsam an. Dann ging sie zum Waschbecken und blickte in den Spiegel. Ihre Augen lagen tief in den Höhlen, das Gesicht wirkte eingefallen, die Haare waren glatt und glanzlos. Sie spritzte sich kaltes Wasser ins Gesicht und sah aus dem Fenster. Die Sonne stand beinahe im Zenit.

Dann ging die Zimmertür auf, und eine zierliche Pflegerin in weißgestärkter Tracht erschien.

»Du meine Güte, Sie sollten nicht aufstehen!«

Lili drehte sich um, das Zahnputzglas – ihre einzige Waffe – in der Hand. Sie erblickte das freundliche, überraschte Gesicht eines Mädchens, das etwa in ihrem Alter sein mochte. »Ich hole besser die Schwester«, sagte das Mädchen.

»Nein, noch nicht«, sagte Lili. »Wie lange bin ich schon hier?«

»Wieso? Zehn Tage.«
»Aber was *soll* ich hier?«
»Als man Sie herbrachte, waren Sie bewußtlos. Sie hatten einen schweren Schock und einen hysterischen Anfall, deswegen wegen wurden Sie mit Sedativa behandelt. Mein Gott, waren Sie eine schwierige Patientin! Der Doktor hat darauf bestanden, selber nach Ihnen zu sehen.«
»Na gut, jetzt möchte ich gehen. Könnten Sie mir bitte ein Taxi rufen?«
»Aber Sie können sich doch nicht einfach selbst entlassen, Madame.«
»Holen Sie bitte den Doktor.«
»Er ist im Moment nicht da. Heute hat die Schwester Dienst.«
»Dann holen Sie bitte die Schwester.«
Lili ließ sich auf den Rücksitz des Taxis sinken. Es hatte sie zwanzig Minuten gekostet, bis die Oberschwester bereit gewesen war, sie gehen zu lassen und ihr einen Entlassungsschein zur Unterschrift vorgelegt hatte. Bestimmt gab es einen ganz einfachen Grund, warum sie sie nicht gehen lassen wollten. Jo würde es ihr erklären ... Nein, das würde er nicht, konnte er ja gar nicht. Wenn sie nur nicht in Ohnmacht gefallen wäre, als sie gehört hatte, daß er tot war!
Vierzig Minuten später erreichten sie die Eisentore des Anwesens, aber als der Taxifahrer hupte, blieb alles still. Niemand erschien, um die Tore zu öffnen. Lili stieg aus und ging zu der kleinen Seitentür, die immer offen war. Das kleine Pförtnerhaus war unbesetzt.
Lili ging die kiesbestreute Auffahrt zum Haus hinauf und klingelte. Dann klingelte sie noch einmal, länger und heftiger. Wo, zum Teufel, steckten denn alle?
Dann hörte sie Schritte hinter der Tür, ein Riegel wurde zurückgezogen, die Tür schwang auf, und Lili blickte in das kummervolle Gesicht von Sokrates, Jos Leibwächter.
»Hallo«, sagte Lili. »Wo sind denn die anderen alle?«

Der stämmige Seemann kratzte sich an der Wange. »Die Angestellten sind alle entlassen worden, Madame, am Tag nach der Beerdigung. Im Augenblick sind nur noch die Haushälterin und ich hier, und wir haben strikte Anweisungen von Monsieur Demetrios, niemand den Zutritt zu gestatten. Ich weiß natürlich, daß Sie damit nicht gemeint waren, Madame, aber die Fotografen sind in letzter Zeit mehr als lästig gewesen. Wir fanden alle, daß es sehr vernünftig von Ihnen war, sich hier nicht zu zeigen, bis alles vorüber war.«
»Hat Monsieur Demetrios Ihnen gesagt, ich sei deswegen nicht hier?«
»Ja, warum?«
»Könnten Sie die Haushälterin vielleicht bitten, mir einen Kaffee ins Schlafzimmer zu bringen? Ich möchte mich gern etwas hinlegen, aber vorher muß ich mit ihr reden.«
»Aber, Madame, die Möbel sind alle fortgebracht worden. Sie befinden sich in einem Lagerhaus. Die Zimmer sind leer. Wir dachten, Sie wüßten das, Madame.«
Lili blickte sich in der runden Halle um und stellte fest, daß Sokrates die Wahrheit gesagt hatte. Alle Möbel, Teppiche und Vorhänge waren entfernt worden. Als sie die Wendeltreppe hinaufstieg, begannen ihre Beine zu zittern. Sie war noch immer sehr schwach, aber sie mußte in ihr Schlafzimmer, und das lag am Ende der Treppe.
Das Schlafzimmer war leer. Das einzige, was man nicht entfernt hatte, war ihr kleiner Wandsafe, normalerweise hinter blauen Taftvorhängen versteckt. Im Näherkommen sah sie, daß die Safetür offenstand.
Aber nur sie und Jo hatten die Schlüssel zu dem Safe gehabt! Nicht, daß sie ihren kostbaren Schmuck darin aufbewahrt hätte, der befand sich im Banksafe, aber dennoch . . . Sie zog die Tür ganz auf und blickte hinein. Ganz hinten glitzerte es wie Gold. Sie griff in den Safe. Es war eine Miniaturdarstellung der *Minerva* – ein Talisman, den sie immer an einem Goldkettchen getragen hatte.

Dann merkte sie, daß alle Gemälde fort waren. Sie blickte sich um. Dort hatte der Radfahrer von Rousseau in seiner rotgestreiften rotgestreiften Weste in die Pedale getreten, und da hatte ein Aquarell von Duffy gehangen.
Sie stürzte in das Ankleidezimmer und öffnete die Schranktüren. Sogar ihre Kleider waren verschwunden. Sie riß ein Fenster auf und blickte hinaus. Die Sonne ging gerade unter. Der Garten sah wie immer aus. Lili rannte zurück ins Schlafzimmer und hob den Hörer des elfenbeinenen Telefons ans Ohr. Es war tot. Demetrios mußte den Verstand verloren haben.
Und dann fiel ihr wieder ein, daß sie irgend etwas unterschrieben hatte.
Fast eine Stunde blieb sie bewegungslos neben dem Telefon knien. Dann hörte sie schwere Schritte die Treppe heraufkommen, und Demetrios erschien in der Tür.
»Das Hospital hat mich angerufen und mir gesagt, daß du dich selbst entlassen hättest. Sehr dumm von dir, Lili.«
Demetrios sah noch immer aus wie früher, aber sein massiger Körper, der einstmals so verläßlich und beschützend gewirkt hatte, erschien Lili jetzt unförmig und bedrohlich. Seine braunen Augen schienen hart und kalt wie Steine.
»Wo sind meine Kleider, Constantine?«
»Sie sind zusammengepackt worden und werden dorthin gebracht, wo du sie haben möchtest.«
»Du hast Jos Safeschlüssel, nicht wahr? Hat die Polizei ihn dir einfach so ausgehändigt? Vermutlich, schließlich bist du ja sein Anwalt. Wo soll ich heute nacht schlafen? Ich habe nicht einmal Unterwäsche zum Wechseln.«
»Soweit ich weiß, hast du über dreiundfünfzigtausend Francs auf der Bank.«
»Woher weißt du, wieviel ich auf der Bank habe?«
»Ich weiß, daß du eine Menge Geld hast, du kannst also in einem Hotel wohnen. Und du hast dein Auto, mit dem du hinfahren kannst.«

»Und meine Bilder, Constantine? Wo sind meine Bilder?« Demetrios musterte Lilis wutentbranntes Gesicht, ohne sich beeindruckt zu zeigen. Langsam strich er sich über den Bart und fragte sanft: »Welche Bilder?«

Jo hatte recht gehabt. Constantine *war* schnell und gerissen, und zweifellos hatte er sich nicht die geringste Unachtsamkeit erlaubt, aber Lili wußte, daß sie um ihre Gemälde und ihren Schmuck kämpfen mußte, weil Jo es von ihr erwartet hätte. Also suchte sie einen Anwalt auf, der ihrer Geschichte schweigend lauschte und ihr dann voller Bedauern mitteilte, daß man da leider überhaupt nichts machen könne und daß sie nach französischem Recht keinerlei Anspruch auf irgendeinen Teil von Monsieur Stiarkos' Nachlaß hätte. Nach einem kurzen Schweigen fügte er hinzu: »Es sieht ganz danach aus, als hätte Monsieur Demetrios einen Arzt von mehr als zweifelhafter Moral gekauft, damit er Sie unter Sedativa hält, und sich anschließend mit den Kindern von Monsieur Stiarkos arrangiert. Wahrscheinlich hat er ihnen angeboten, ihnen Ihre Unterschrift auf allen erforderlichen Dokumenten für eine Gegenleistung von, sagen wir, vielleicht zehn Millionen Francs oder etwas mehr zu verschaffen. Das ist nur ein Bruchteil dessen, was solche Gemälde wert sein können.« Es war weithin bekannt, daß die Kunstsammlung Monsieur Stiarkos gehörte; daß sie in den Besitz von Mademoiselle Lili übergegangen sein sollte, war *nicht* weithin bekannt, und sie hatte auch keinerlei Papiere, um ihr Recht zu beweisen.
Zweifellos hatte Monsieur Demetrios auch Mademoiselle Lilis Geldkassette aus dem Bankschließfach geholt, aber er hatte eine unterschriebene Vollmacht vorgelegt, und niemand in der Bank wußte, was sich in der Kassette befunden hatte. Als Mademoiselle Lili die Kassette schließlich öffnete, enthielt sie nur Kopien ihrer alten Verträge, aber keinen Schmuck, keinerlei Unterlagen über die Authentizität und

Besitzverhältnisse der Gemälde und schon gar keinen Schriftsatz, der sie ausdrücklich ihr zugesprochen hätte. Und da Mademoiselle weder über den Verbleib der Kunstsammlung noch über den des Schmucks irgendwelche Informationen besaß, von wem sollte sie sie da zurückfordern? Wortlos saß Lili vor der leeren Kassette und dachte, daß die Bilder und der Schmuck nicht alles waren, was Jo ihr gegeben hatte: vielmehr hatte er ihr noch etwas von weit größerem Wert hinterlassen – Selbstvertrauen. Anstatt sie vollkommen abzuschirmen und zuzulassen, daß sie einen goldenen Käfig gegen den nächsten eintauschte, hatte Jo sie dazu ermutigt, herauszufinden, was sie konnte, worin sie gut war und ihre Talente zu nutzen. Er hatte darauf bestanden, daß sie mindestens einen Film im Jahr drehte, so daß sie nicht in Vergessenheit geraten konnte und auch nicht ohne Geld war.
Sie würde den Rolls-Royce Corniche verkaufen und in einer der weniger teuren Gegenden von Paris eine Wohnung erwerben.
Dann würde sie Zimmer bitten, ihr einen Agenten zu empfehlen und so schnell wie möglich wieder an die Arbeit gehen.

Teil 9

47

1969, kurz nach ihrem siebenunddreißigsten Geburtstag, fing Kate mit der Arbeit an einem neuen Buch an. Es hatte den Titel *Vorsicht! Frau bei der Arbeit.* Aufgrund zahlloser Interviews, die Kate mit werktätigen Frauen gemacht hatte, schrieb sie darüber, wie schwer es für Frauen war, Arbeit zu bekommen, was für Steine ihnen am Arbeitsplatz in den Weg gelegt wurden, über die Situation werktätiger Mütter und auch über die Probleme eines Lebens ohne Arbeit. Um dem Buch die nötige Publicity zu verschaffen, wurde sie von ihrem Verleger und dem *Globe* auf eine Promotiontournee durch ganz England geschickt. Kaum hatte sie London den Rücken gekehrt, merkte Kate plötzlich, wie tief ihr Interesse an den Frauen, ihren Problemen und ihrer Situation tatsächlich war.

Sie besuchte vier Treffen der Frauenbewegung, fand aber eins so langweilig wie das andere. Jedem Erlebnis der Teilnehmerinnen wurde die allergrößte Wichtigkeit beigemessen, egal, wie langweilig es auch sein mochte; außer vielen Worten und Ermutigungen geschah aber nichts. Über praktische Vorschläge schienen die Schwestern nie zu diskutieren; in erster Linie wurden immer wieder die gleichen Erfahrungen ausgetauscht oder dieselben aussichtslosen Utopien beschworen. Vor allem die konfusen pseudomarxistischen Ideen deprimierten Kate: »Die Familie ist die Keimzelle des Kapitalismus . . . System der Unterdrückung, das wir zerstören müssen . . . Frauen sind Sklaven, deren Funktion darin besteht, dem männlichen Arbeiter zu dienen . . . Vor der industriellen Revolution war das Heim das Zentrum der Produktion, und der Mann und die Frau haben sich Arbeit und Kinder zu gleichen Teilen gewidmet . . .«

Kate fragte sich, was man für die Frauen tun konnte, die Woche für Woche an die Zeitungen schrieben. Im großen und ganzen liebten ihre Leserinnen ihre Männer und verließen sich auf sie. Wenn sie keinen Mann hatten, wünschten sie sich zumindest einen. Kate wußte, daß die Gesellschaft Frauen gegenüber unfair war. Trotzdem ließ sie sich nicht über Nacht ändern. Die Frauen mußten langsam gegen diese Ungerechtigkeit vorgehen, Schritt für Schritt, ohne Haß oder Aggressionen, die andere Frauen vielleicht verschreckten. Kate fragte sich, was sie tun konnte, um die Situation zu ändern. Auf alle Fälle sah sie keinen besonderen Sinn darin, noch weitere Treffen zu besuchen.

Zwei Wochen lang brütete sie über einer Idee, bis sie schließlich Judy in New York anrief. »Judy, ich möchte ein Monatsmagazin für die neue Frau herausbringen. Wirst du mir dabei helfen?«

»Hast du nicht schon genug am Hals?« fragte Judy. »Was für eine neue Frau meinst du überhaupt?«

»Um Himmels willen, eine wie dich zum Beispiel!« rief Kate aus. »Wir haben neunzehnhundertsiebzig, und Dornröschen erwacht! Sie hat ihren eigenen Job, ihr eigenes Geld, sie lebt nach eigenen Maßstäben und entscheidet allein. Im Moment tastet sie sich noch etwas zögernd vor, aber zumindest ist sie wach und wird im Kollektiv bald ziemliche Macht haben – und eine ganze Menge Geld.«

Das Rauschen in der Leitung nahm zu. »Ich möchte ein Magazin auf den Markt werfen, das speziell auf die psychologischen Bedürfnisse dieser Frauen abgestimmt ist«, erklärte Kate. »Ein Magazin, das ihnen hilft, ihre eigenen Gefühle zu verstehen. Das hat bisher noch keine Zeitschrift getan. Wir haben es mit einer echten Marktlücke zu tun.«

»Und was ist mit *Cosmopolitan* oder *Ms.*?«

»Die gibt's in England noch nicht.«

»Beschreib mir deine Leser noch mal.«

Kate wiederholte ihre Vorstellung. »Aus dem Stegreif

kann ich dir jetzt keine Antwort geben«, sagte Judy schließlich. »Ich spreche mit Tom darüber und rufe dich dann zurück.«

»Wir sind interessiert«, erklärte Judy. »Warum setzt du dich nicht ins Flugzeug und kommst ein paar Tage herüber? Wir möchten dich mit ein paar Leuten zusammenbringen, von denen du einige schon kennst – Griffin Lowe, meinen Lieblingsverleger, und Pat Rogers, meine ehemalige Chefin, die jetzt Redakteurin bei einem unserer größten Magazine ist. Ihr geht es ungefähr so ähnlich wie dir – sie hat auch die Nase voll von der gequirlten Scheiße, die man den Frauen überall vorsetzt. Aber wir wollen nicht in England auf den Markt gehen, sondern hier in Amerika.«
Kate nahm sich einen Tag frei und buchte einen Flug für Donnerstagabend. Freitag, Samstag und Sonntag verbrachte sie in Judys Wohnung in New York mit Judy und Pat, die am meisten redete, und Griffin und Tom, die nicht viel sagten und sich nur gelegentlich eine Notiz machten. Griffin meldete sich nur einmal zu Wort, um genau zu erfahren, wie Kate und Pat sich ihre Leser genau vorstellten. Dann zogen er und Tom sich an den Tisch im Eßzimmer zurück und begannen zu kalkulieren, während die drei Frauen weiter diskutierten, argumentierten, prophezeiten und hofften.

Werbung in Frauenmagazinen ist ein Multimilliarden-Dollar-Geschäft und wird hauptsächlich von der Kosmetikindustrie finanziert. Nachdem Kate nach London zurückgekehrt war, luden Judy und Griffin daher Mrs. Lauder ins *Orsini's* zum Essen ein, um herauszufinden, was sie von der Idee hielt. Mrs. Lauder war eine kleine, ruhige und äußerst intelligente Frau. Das Essen für die drei Personen kostete dreihundertfünfzig Dollar, aber kaum jemand langte wirklich zu – jeder tat nur so, als ob.
Mrs. Lauder hielt die Idee für recht plausibel.

Nach einem zweiten Treffen erklärte Mrs. Lauder sich einverstanden, *eventuell* ihre Anzeigen in dem neuen Magazin erscheinen zu lassen – *wenn* es so wurde, wie man es ihr beschrieb, und *falls* es die angestrebte Auflage erreichte. Sie gab zu, daß tatsächlich eine Marktlücke existierte. Es war ein definitives Vielleicht.

Nach und nach luden sie auch die anderen Kosmetikmagnaten ein. Nach einem Blick auf die bisher angefallenen Essenskosten meinte Tom, sie sollten vielleicht doch besser eine Restaurantkette eröffnen. Judy rief Kate an und teilte ihr mit: »Wir geben eine Marktuntersuchung in Auftrag, und wenn das Ergebnis positiv ist, sind wir dabei.«

Aber Judy war nicht gerade begeistert von den Konditionen, die Griffin ihr anbot: »Siebzig Prozent für Orbit Publishing ist einfach zuviel, Griffin.«

»Judy, ich muß den Aktionären diese Geschichte irgendwie verkaufen. Unsere Beziehung gehört nicht gerade zu den bestgehüteten Geheimnissen der Welt.«

»Außerdem möchte ich, daß die Mitarbeiter eine Beteiligung erhalten.«

»Eine hübsche Idee, aber sie hat noch nie funktioniert. Das ist ein Anreiz, der zu wirken aufhört, sobald er in Erfüllung gegangen ist. Ich würde mich auf Prämien beschränken, die nur bei wachsendem Umsatz und Gewinn fällig werden. Wenn in der Chefredaktion alle gleich sind, wirst du nie ein anständiges Blatt erhalten.«

Wieder telefonierte Judy mit Kate. »Ich rufe an, um dir den Posten einer geschäftsführenden Mitherausgeberin und zwei Prozent vom ganzen Kuchen anzubieten, wenn du 170 000 Dollar aufbringen kannst. Tom wird dir hier einen Kredit verschaffen, rückzahlbar innerhalb von fünf Jahren, wenn du dir in England eine Bankbürgschaft besorgen kannst. Das wird dich zwar ein Prozent mehr Zinsen kosten, aber es ist für dich die einzige Möglichkeit, dich einzukaufen, weil eure dämliche Devisenkontrolle

nicht zuläßt, daß man Geld aus England abzieht und woanders investiert.«
Kate stürzte zur Barclay's Bank. Wenn sie all ihre Wertpapiere verkaufte, fehlten ihr immer noch fünftausend Pfund, aber ihre Mutter erklärte sich einverstanden, den Rest beizusteuern. Nach einem weiteren kurzen Aufenthalt in New York suchte Kate Scotty auf und ließ ihn wissen, daß sie zu kündigen beabsichtigte.
»Wie kannst du mir das antun, nach acht gemeinsamen Jahren?« rief er entrüstet. »Was willst du denn jetzt noch hören? Herzliche Glückwünsche? Bitte schön, da hast du sie. Und nun bleib mir ein paar Tage aus den Augen, ich bin zu wütend, um länger mit dir zu reden.«
Kate vermietete das Haus in der Walton Street auf drei Jahre an einen leitenden Angestellten von General Motors, schaffte ihre Möbel in ein Lager und flog nach New York, wo Tom kurzentschlossen im elften Stock eines Hochhauses an der 53rd Street eine Büroflucht gemietet hatte.
Zahllose Abende in Judys Wohnung verbrachten sie damit, einen Namen für das Magazin zu finden. Schließlich entschlossen sie sich, es VERVE! zu nennen, mit einem Ausrufezeichen. Es war kurz und leicht zu merken und vermittelte ein frohlockendes, lebensbejahendes Gefühl, und genau das sollte sich auch auf ihre Leserinnen übertragen.

VERVE! gab seine erste Party im *Four Seasons.*
Tom hielt eine kurze Einführungsrede. Mit seiner gewinnenden Gestik und makellosen Kleidung wirkte er wie einer Modezeichnung des *New Yorker* entstiegen. Im Anschluß an seine Worte stellte Judy die Redaktion vor und erläuterte ihre Philosophie. Die Präsentation dauerte fast vierzig Minuten.
Kate fühlte sich seltsam losgelöst, als erlebte sie ihren eigenen Auftritt neben sich stehend.
»Der Schlüssel zur Selbstverwirklichung ist Stil, und jede

Frau sollte lernen, ihren persönlichen Stil zu entwickeln. Jede einzelne Leserin ist uns wichtig, weil sie ein individueller Mensch ist, und wir wollen sie in ihrer Individualität unterstützen. Aber jede Leserin ist darüber hinaus auch noch Teil einer enormen wirtschaftlichen Macht. Wer ist es denn, der in unserem Land das große Geld ausgibt? Jackie Kennedy? Liz Taylor? Zsa Zsa Gabor? Nein, anonyme amerikanische Frauen sind es. Zusammen stellen sie die vielleicht größte wirtschaftliche Macht der Welt dar, vor allem, wenn es ums Geldausgeben geht. VERVE! wird ihnen nicht nur zeigen, *wie* sie es ausgeben sollen, sondern auch, wie man es verdient und vervielfacht. Es ist an der Zeit, daß Frauen sich mehr Gedanken über Geld machen und mehr davon haben. Auf diesem Prinzip werden wir unsere redaktionelle Arbeit aufbauen.«

Judy hoffte, daß ihre Leserinnen in dem neuen Magazin die Hilfe und Unterstützung finden würden, die sie bei Kate, Maxine und Pagan gefunden hatte. Gemeinsam waren sie stark und hatten das Beste aus sich machen können. Was wäre jede von ihnen ohne die anderen drei? Kate war die einzige von ihnen, die über echtes Talent verfügte, aber sie war eine stille Maus, die sich zu viele Gedanken machte. Ohne Judy, die ihr hin und wieder einen Stoß versetzte, wäre sie wahrscheinlich eine unglückliche geschiedene Frau, die zuviel Zeit bei Harrods zubrachte. Ohne Kate wiederum wäre Pagan noch immer eine Außenseiterin, aufgezogen in einer privilegierten Welt, in der sie sich nicht zu Hause fühlte, ganz zu schweigen davon, daß sie wahrscheinlich immer noch trinken wurde wie ein Loch. Maxine hatte es mit harter Arbeit und der ihr eigenen Entschlossenheit weit gebracht, aber sie wäre nie weltberühmt geworden, wenn Judy sie der Welt nicht vorgeführt und nahegebracht hätte. Und Judy selber schließlich hätte, obwohl sie den Stier immer bei den Hörnern packte, niemals ihre eigene Firma gegründet, wenn Maxine sie nicht dazu gedrängt und ihr nicht den entscheidenden Anstoß gegeben hätte. Allein wäre vielleicht jede von ihnen von ihren Schwächen überwältigt worden. Zusammen dagegen waren sie stark, hatten sie Tempo und Stil – und genau das würde VERVE! ihren Leserinnen mit allen nur denkbaren Mitteln verkaufen.

48

»Wollt ihr wissen, was eine Frau an einem Mann attraktiv findet?« fragte Kate. »Ich habe gerade die Ergebnisse unserer Umfrage bekommen.« Sie bedachte die um den runden Konferenztisch versammelten aufmerksamen Gesichter mit einem kurzen Blick. Die jeden Montag stattfindende Elf-Uhr-Konferenz hatte gerade begonnen. Es war dreizehn Wochen nach der Präsentation im *Four Seasons* und drei Wochen, bevor die erste Ausgabe auf den Markt kommen sollte. »Was Frauen an einem Mann attraktiv finden und was Frauen *nach Meinung der Männer* an Männern attraktiv finden, sind, wie sich herausgestellt hat, zwei völlig verschiedene Paar Stiefel. Dreiundzwanzig Prozent der Männer dachten, was Frauen am anziehendsten fänden, wäre eine mächtige Schwellung unter einer engen Hose, und zwar vorn. Von den Frauen waren nur drei Prozent dieser Ansicht.

Alles begann zu kichern. VERVE! hatte mit einem Stab von vierzehn festangestellten Mitarbeitern begonnen und viel Arbeit an freie Mitarbeiter delegiert. Die meisten Journalisten und Journalistinnen arbeiteten mindestens an drei Stories gleichzeitig. Die Moderedakteurin würde erst in zwei Wochen zu ihnen stoßen; bis dahin behalf sich die Redaktion mit unglaublich teuren, aber hervorragenden Modestylistinnen.

»Die Männer glaubten nicht, daß es wirklich wichtig wäre,

schlank zu sein, während die Frauen es geradezu für unerläßlich hielten«, fuhr Kate fort. »Nur zwei Prozent der Männer meinten, daß es Frauen bei ihnen auf den Hintern ankäme, wohingegen gerade dieser Körperteil die meiste Beachtung findet – nämlich bei zweiundvierzig Prozent der Frauen.«

Das Leben beim Magazin war herrlich, dachte Kate, nachdem die Konferenz zu Ende war, aber ganz anders, als die Leser es sich wahrscheinlich vorstellten. Hier führte niemand eine Playgirl-Existenz zwischen Champagnerempfängen und Modenschauen. VERVE! bedeutete harte Arbeit, und das war gerade das herrliche. Wenn auf ihrem Schreibtisch sechs Telefone gleichzeitig schrillten, während sich in der Tür Redakteure, Grafiker und freie Mitarbeiter drängten, dann fühlte sie sich am wohlsten. Die meisten ihrer Leserinnen hätten ihren Job wahrscheinlich gehaßt, aber sie wäre sogar bereit gewesen, dafür zu bezahlen. VERVE! auf den Markt zu bringen, war das Aufregendste, was sie je getan hatte, und obwohl sie jeden Abend am Ende ihrer Kraft war, hätte sie am liebsten überhaupt nicht aufgehört zu arbeiten.

Es gab nur ein Haar in der Suppe, und das war Tom. Kate fand es nicht leicht, mit ihm zu arbeiten. Er war an der Westküste aufgewachsen, und bevor er sich mit Judy zusammengetan hatte, war er ausschließlich in der Filmindustrie tätig gewesen, was seine Einstellung zu Frauen unweigerlich beeinflussen mußte. Frauen ließen sich für ihn in nur zwei Kategorien aufteilen: Entweder waren sie Mütter oder Nutten. Manche von ihnen stellten darüber hinaus noch eine Art Besitztum dar, und die neigten dazu, einem Schwierigkeiten zu bereiten: was man besaß, behandelte man behutsam, etwa wie ein Gepardenbaby. Judy zum Beispiel war für Tom ein sehr wertvoller Besitz. Aber Kate – nun, sie hatte ihren Wert noch nicht unter Beweis gestellt. Er konnte sie nicht so recht einordnen. Sicher, sie hatte diese beiden

Bücher geschrieben, sie war eine kleine Berühmtheit, aber das hieß noch lange nicht, daß sich mit ihr etwas verdienen ließ. So kam es immer wieder zu Zusammenstößen zwischen ihm und Kate, bis Judy sich einschaltete und Kate zu besänftigen versuchte. »Schau, Kate, Geldgeber sind grundsätzlich schwierig. Einer der Gründe, aus denen es Tom gelingt, unsere Geldgeber bei der Stange zu halten, liegt darin, daß er genauso denkt wie sie. Wir gehen ein großes, sehr großes Risiko ein, und ohne Tom wäre uns das mit Sicherheit nicht möglich. Er hält uns die ganze Scheiße vom Hals, so daß wir in Ruhe arbeiten können. Du darfst nie vergessen, daß *du* dafür verantwortlich bist, das Magazin im Rahmen *seines* Budgets auf den Markt zu bringen. Er ist wiederum dafür verantwortlich, daß ein ordentlicher Profit hereinkommt, und das kann er besser als jeder andere. Wenn er ein Softy wäre, könnte er das ganz sicher nicht.«
Je näher der Veröffentlichungstermin rückte, desto öfter tauchte Tom in der Redaktion auf und terrorisierte alle mit barschen Bemerkungen über die ständig steigenden Kosten. Kate hatte stets Angst vor Gewalt gehabt – vor physischer genauso wie vor verbaler. Als Kind hatte sie sich nie getraut, ihrem eigenen Zorn Luft zu machen und dem ihres Vaters Paroli zu bieten. Auch als Erwachsene kapselte sie sich unweigerlich ein, sobald jemand die Stimme hob, aber sie vergaß genausowenig wie sie vergab. Sie kapitulierte und behielt den Vorfall im Gedächtnis. Statt sich ihren Ärger sofort von der Leber zu reden, schluckte und schluckte sie, bis der Kessel eines Tages platzte und Kate explodierte.

Ein Bote eilte den Büroflur hinunter. Es war zehn Uhr abends, und die Redaktionsräume waren still bis auf des gelegentliche Stakkato einer Schreibmaschine. Nur noch drei Leute saßen an ihren Schreibtischen. Kate und der Kunstredakteur brüteten über den Korrekturfahnen, als der Bote zu ihnen trat und ihnen einen dicken Umschlag aushändigte.

Innen drin befand sich das erste, noch druckfrische Exemplar der ersten Ausgabe. Vom Titelbild lächelte ihnen die Schauspielerin Lauren Hutton entgegen. Überglücklich rannte Kate in Judys Büro. »Hier«, rief sie und schwenkte das Heft über dem Kopf. »Wir sind im Geschäft!«

49

Der Stapellauf von VERVE! wurde mit einer großen Party gefeiert, zu der genau die richtigen Leute erschienen. Da standen Schriftsteller neben Schauspielern, Sportler neben Mannequins, Agenturbosse neben mächtigen Anzeigenkunden – alles in allem gut fünfhundert Menschen. Die wichtigsten Kolumnisten hatten sich eingefunden, die Tageszeitungen und sogar ein paar Reporter von *Time* und *Newsweek.* Vom Fernsehen war niemand gekommen, aber die Scheinwerfer und Kabel hätten die Partyatmosphäre ohnehin nur gestört. Außerdem hatten Kate und Pat Rogers das Magazin schon am Morgen in den wichtigsten Talkshows vorgestellt.

Der große Salon war erfüllt von Stimmengemurmel und Gläserklirren, Zigarrenrauch mischte sich mit teurem Parfum, und der Champagner floß in Strömen. Wider Erwarten erwies sich die Party, auf die Kate sich monatelang gefreut hatte, dennoch als deprimierende Antiklimax. Sie hätte es lieber gesehen, wenn all das Geld für das Magazin ausgegeben worden wäre. Sie wirkte so bekümmert und krank, so elend und traurig, daß Tom auf sie zutrat und sagte: »Machen Sie nicht so ein Gesicht, wir haben gerade einen erfolgreichen Stapellauf hinter uns gebracht! Ich weiß, wie deprimiert Sie sich fühlen müssen, nachdem die Arbeit, die so lange Ihre ganze Energie verschlungen hat, nun vorüber ist, aber vielleicht tröstet es Sie, daß Shakespeare sich wahrscheinlich genauso gefühlt hat, nachdem er *Hamlet* vollendet hatte.«

Kate lachte nicht.

»Ich weiß, es kommt Ihnen jetzt alles schal vor«, fügte er hinzu. »In den letzten drei Monaten haben Sie an nichts anderes als an das Magazin gedacht. Ich weiß auch, daß einige dieser Typen hier ziemlich gelangweilt aussehen, aber wenn jemand intensiv zuhört, wirkt sein Gesicht immer leer. Es heißt lediglich, daß er sich völlig auf das konzentriert, was man ihm sagt. Wir haben jedem, der heute abend hier ist, vorher genau auf den Zahn gefühlt. Es sind eine Menge potentieller Kunden darunter, und viele haben bereits zugesichert, uns zu unterstützen. Sie, Kate, sind jetzt Teilhaberin eines wirklich existierenden Magazins.«

Kates Augen füllten sich mit Tränen. »Ich fühle mich nur so erschöpft und einsam. Ich habe Heimweh. Ich vermisse die Walton Street, London und besonders Scotty.«

»Tja, manchmal ist es nicht leicht, ein großes Mädchen zu sein. Ich werde Sie besser nach Hause bringen.«

Sie nahmen ein Taxi zu Kates Wohnung, wo Tom sagte: »Ich glaube, ich mache mir mal einen anständigen Drink, dieses Prickelzeug kann ich nicht ausstehen. Sie gehen ins Bett, und wenn Sie es sich bequem gemacht haben, lasse ich uns was zu essen kommen.«

»Ich kriege keinen Bissen herunter, Tom, aber im Kühlschrank ist genug, falls Sie Hunger haben.«

Als sie es sich auf der Couch inmitten eines Bergs von Kissen bequem gemacht hatte, erschien Tom mit einem Tablett, auf dem sich Kaffee, ein paar alte Hamburger, eine schlaffe Selleriestange und eine Tasse mit Suppe zu einem eigenartigen Stilleben zusammengefunden hatten.

»Beim nächstenmal werde ich mir mehr Mühe geben«, sagte Tom und setzte sich in einen blauen Sessel, wo er sich genüßlich seinem Whisky widmete. Er beobachtete

Kate, die lustlos an ihrem Essen herumnagte und fragte sich, womit er sie wohl aufheitern könnte.
»Sind Sie sich darüber im klaren, Kate, daß wir in den letzten drei Monaten mehr Zeit miteinander verbracht haben als die meisten Ehepaare?« Er beugte sich vor, die Ellbogen auf die Knie gestützt, und fügte ernsthaft hinzu: »Und wahrscheinlich wissen Sie gar nicht, daß mir seither einige meiner alten Vorstellungen ganz schön abgeschmackt vorkommen. Ich bin mir nicht sicher, ob gerade jetzt der richtige Zeitpunkt dafür ist, aber ich möchte mich bei Ihnen entschuldigen. Ich habe Sie unterschätzt – Ihre Vorstellungen, Ihre Kreativität und Ihre Erfahrung. Ich habe Sie die ganze Zeit einfach nur als Judys Schulfreundin aus England betrachtet, nach der wir uns hier nicht gerade haareraufend gesehnt hatten. Aber jetzt habe ich gesehen, was Sie können, und ich bin beeindruckt. Es tut mir leid, daß ich oft so kurz angebunden und brüsk war, nun, eben ein richtig fieser Bastard.«
»Ich mag fiese Bastarde. Das ist eins meiner Probleme.«
»Tja, und eins meiner Probleme ist die Tatsache, daß ich keine Ergebnisse erreiche, ohne ein fieser Bastard zu sein. Jetzt sollten Sie aber rasch eine Mütze voll Schlaf kriegen. Wir sehen uns dann morgen.«
Einen Moment lang glaubte Kate, er wollte sie küssen. In den letzten Monaten hatte sie praktisch kein Liebesleben gehabt, und davor war es auch nicht gerade umwerfend gewesen. Sie hatte die Hoffnung schon fast aufgegeben, daß sie eines Tages einen Mann treffen würde, den sie lieben konnte, offen, selbstlos und voller Hingabe. Aber der Moment verstrich, und nichts geschah.

Am nächsten Morgen fühlte sie sich schon viel besser, und sie wollte gerade aufstehen, als das Telefon klingelte. Sie hob ab und vernahm die Stimme des Portiers. »Hier ist jemand mit einem Blumenstrauß für Sie.«

»Schicken Sie ihn herauf«, sagte Kate und erwartete einen Botenjungen. Aber als sie die Tür öffnete, stand Tom davor, halb verborgen hinter einem riesigen Strauß gelber Rosen und einer Papiertüte, in der sich Kaffee, Hüttenkäse, knusprige Brötchen und frische Butter befanden.
»Guten Morgen, ich bringe das Frühstück. Zurück ins Bett mit Ihnen«, sagte er und reichte ihr die Morgenzeitungen. In jeder war ein Artikel über ihr Magazin, eine brachte es sogar als Aufmacher. Kate verlor endgültig die letzten Reste ihrer Depression.
»Ich schäme mich so wegen gestern nacht«, sagte sie. »Wenn ich müde bin, muß ich fast immer heulen.«
»Schwamm drüber«, sagte Tom. »Das finde ich ja gerade so faszinierend an Ihnen – Sie sind eine so eigenartige Kombination von Stärke und Verwundbarkeit. Sie sind zäh, ohne maskulin zu wirken. Sie arbeiten so hart wie Judy – und das will eine Menge heißen –, aber Sie sind auch wieder sehr zerbrechlich. Auch wenn Sie es nicht zugeben werden, Sie brauchen jemand, der sich um Sie kümmert.«
»Wie ich sehe, kümmert sich schon jemand um mich«, sagte Kate mit einem schiefen Grinsen. »Gut, daß heute Samstag ist.«
»Ich muß bald ins Büro.«
Blaß, doch zufrieden aussehend lehnte sie sich in ihrem weißen Spitzenneglígé gegen die rosa Kissen in ihrem Rücken, und Tom erkannte urplötzlich, daß er mit ihr schlafen würde. Das Tablett krachte zu Boden, Brötchen hüpften durchs Zimmer.
Nach einem Moment völliger Überraschung spürte Kate plötzlich seine Hände auf ihrer Haut, seinen harten Mund auf dem ihren, den Geruch von frisch gestärkter Baumwolle und den warmen Körper eines Mannes. Sie hatte nicht einmal die Zeit, sich der Situation wirklich bewußt zu werden, als seine Hände schon ihren Körper unter der fließenden Spitze erforschten.

»Ich ... ich glaube nicht, daß das eine gute Idee ist«, keuchte sie.

»Ich halte es für eine exzellente Idee«, murmelte Tom dicht an ihrem Ohr.

»Ich dachte, Sie wären gegen sexuelle Beziehungen innerhalb der Redaktion ...«

»Ja, was wir tun, ist verrückt«, stimmte Tom ihr gutgelaunt zu, während er nach ihren Brüsten griff. »Ziehst du das jetzt aus oder muß ich es dir vom Leib reißen?«

Mit einer kurzen Drehung schlüpfte Kate aus ihrem Negligé, und Tom streichelte nun ihren ganzen Körper mit besitzergreifender Zärtlichkeit. Seine Lippen verließen ihren Mund nicht eine Sekunde, während er sein Hemd aufknöpfte und seinen Schlips lockerte, und gleich darauf spürte sie seine harte Brust an ihrem weichen Busen und den erotischen, nach frischem Heu duftenden Schweiß seiner Achseln. Dann waren sie beide nackt und lagen beieinander, tauschten die tröstende Wärme ihrer Körper aus, berührten, fühlten und erforschten sich langsam und voller Verlangen. Behutsam glitt Tom auf sie, und sie spürte seine pulsende Wärme in sich. Er bewegte sich sacht, dann stärker, seine harten Beine zwischen ihren weichen Schenkeln, seinen Mund gegen den ihren gepreßt, seine Hände auf ihren Brüsten, deren Warzen sich aufrichteten und hart wurden. Kate war erregt und doch seltsam ruhig. Natürlich war ihr Körper für Tom geschaffen worden, für diesen zärtlichen, harten Mann, ihre große Liebe. *Ihre große Liebe*?

Alarmsirenen begannen zu schrillen. Sie rang nach Luft und hielt in ihren Bewegungen inne. »Was ist los?« fragte Tom.

»Nun ja, ich möchte nicht zu tief hineingeraten.«

»Natürlich nicht«, murmelte er und streichelte ihre Brust, während sie unter ihm erschauerte. Dann zog er sie erneut in die weichen, warmen, erotischen Tiefen, die sie noch nie auf solche Weise erfahren hatte. Als ihre Leidenschaft wuchs, spürte sie Toms heißen Atem in ihrem Ohr, seinen harten, unnachgiebigen Körper auf dem ihren, und dann stand sie plötzlich neben dem Bett und blickte seltsam leidenschaftslos auf sich selbst und den Mann zwischen ihren Beinen, und während Tom mit einem animalischen Knurren zum Orgasmus kam, war der Moment für sie wieder einmal verloren. Sie lagen da und hielten sich eng umschlungen. Der leichte Mandelgeruch männlichen Samens stieg aus den Laken auf. Tom küßte ihr Ohrläppchen und murmelte: »Es war wunderschön, aber ich wünschte, du wärst auch gekommen.«

»Aber ich bin gekommen.«

»Bist du nicht, Liebling. Es macht mir nichts aus, wenn du keinen Orgasmus hast, aber es macht mir etwas aus, wenn du so tust als ob. Was hast du davon?«

Er küßte sie sanft, und sie spürte, wie seine Hände warm über ihren Körper glitten, bis er sich auf den kleinen dunklen Wald konzentrierte, anfing, sie sanft, doch beständig zu streicheln, mit leichter, rascher Handbewegung, voller Empfindsamkeit und Geduld, bis Kate sich entspannte und sich mit einem gutturalen Schrei voller Ekstase aufbäumte, ehe sie zurückfiel und sich mit schutzsuchender Gebärde an seine Brust kuschelte.

Sie erwachte und spürte seine Lippen in ihrem Schoß, spürte, wie seine Zunge sanft die darin verborgene blaßrosa Perle liebkoste, sein Gesicht gegen die zarten Falten gepreßt, die sie umgaben. Rosa auf Rosa, sanftes, saugendes Fleisch; kostbares, wirbelndes Vergessen, Strudel eines Sees aus Zärtlichkeit.

»Was für eine herrliche Art zu erwachen«, murmelte sie und schlief wieder ein.

Später nahmen sie den Telefonhörer von der Gabel, duschten zusammen, begannen sich unter der Dusche zu lieben und stellten fest, daß es bequemere Möglichkeiten gab, dieser Tätigkeit nachzugehen als in der schlüpfrigen Badewan-

ne, während das Wasser auf einen herunterprasselte. Sie glitten wieder auf das zerwühlte Bett; wie die Alpen aus der Vogelperspektive, dachte Kate kurz, bevor alles Denken von wilden Emotionen hinweggespült wurde.
Noch später zogen sie, immer noch nackt, die Bettwäsche zurecht, aber kaum hatten sie die kostbare Seide geglättet, schob Tom Kate schon wieder zurück auf die Matratze und griff erneut nach ihren Brüsten.
Sie wich seinen Händen aus und schob sich statt dessen zwischen seine Beine. Dort zusammengerollt, begann sie ihn zu streicheln. Er spürte ihre Wärme, dann ihre Lippen, die an seinem Glied zu saugen begannen, zuerst sacht wie die Berührung einer Feder, später fester und nachdrücklicher. Ihre Zunge suchte, fand und saugte, bis Tom an nichts anderes mehr denken konnte als an diese Zunge und die leicht kratzenden Fingernägel an der Innenseite seiner Schenkel, die Feuchtigkeit ihres Mundes und den immer fordernderen Druck ihrer Lippen. Schließlich konnte er sich nicht mehr beherrschen und verströmte seinen Samen in ihren Mund.
Kate, die nie wußte, ob sie den Samen schlucken oder aus dem Mund herausrinnen lassen sollte, schmeckte dem seltsam salzigen Geschmack nach und fragte nach einer Weile: »Was ist Männern da am liebsten?«
Tom schwieg einen Moment, ehe er antwortete: »Natürlich kann ich mich nicht für die Gesamtheit meines Geschlechts äußern, aber wenn man von den Gipfeln der Lust zurückkehrt, so wie ich jetzt, dann ist es einem, ehrlich gesagt, völlig egal.«

Es war sechs Uhr am Montagmorgen, perlgrau dämmerte der Tag herauf. »Du bist schon eine Spitzenfrau«, sagte Tom zärtlich. »Ich glaube, wer dich kennt, braucht sonst nichts mehr im Leben. Aber wir sollten im Büro trotzdem nichts davon erzählen, einverstanden?«
Natürlich war es unmöglich, die Geschichte geheimzuhal-

ten. Die Kate, die am Montag im Büro erschien, war aufgedreht, funkelnd und selbstsicher, ganz und gar nicht zu vergleichen mit der farblosen kleinen Freitags-Kate. Tom war das ganze Wochenende über nicht im Büro gewesen, und Judy hatte ihm Dutzende von Nachrichten auf seinen Anrufbeantworter gesprochen, wobei sie von Mal zu Mal ungehaltener geworden war. Beide waren nicht erreichbar gewesen, weder Tom noch Kate. Zusammen das ganze Wochenende über unerreichbar, schloß Judy.

Noch bevor der Montag ganz herum war, hatte Kate Judy beiläufig nach Toms Frau gefragt. »Nichts Besonderes«, antwortete Judy, »bloß ein durch und durch amerikanisches Mädchen, dreiundzwanzig Jahre alt, goldenes Haar, eine hinreißende Taille und ein Gesicht, um das die Sonne sie beneiden würde . . . Nein, ich habe natürlich nur einen Witz gemacht, in Wirklichkeit ist sie fünfundneunzig, hat nur noch ein Auge, keine Zähne mehr, und dann sind da natürlich noch diese dreizehn süßen Kinder, alle hungrig . . .« Schließlich ließ sie sich erweichen und sagte:»Tatsächlich haben sie sich getrennt, bevor Tom und ich uns zusammengetan haben. Seine Ex ist ganz in Ordnung, wenn man mal davon absieht, daß sie eine total verwöhnte jüdische Prinzessin ist, die auf nichts anderes als makrobiotisches Essen und Selbsterfahrungsgruppen steht. Aber die beiden Jungen sind wirklich süß. Tom spricht kaum über sie, aber er besucht sie, so oft er kann.«

Wenn sie zusammen waren, spürte Kate eine unwiderstehliche und scheinbar unabänderliche Liebe zu Tom. Das war etwas ganz anderes als ihr mädchenhafter Wunsch, mit Robert verheiratet zu sein. Es hatte auch nicht die geringste Ähnlichkeit mit der blinden Vernarrtheit, die Toby in ihr ausgelöst hatte. Für Tom spürte sie Zärtlichkeit, Freundschaft, Liebe, doch sie fühlte sich in keiner Weise umzingelt, gedemütigt oder unterlegen. Sie wollte auch nicht auf die Knie sinken und ihn verehren. Vor allem brauchte sie ihm nichts vorzuspielen oder sich zu verstellen, um ihm zu gefallen. Nicht ein einziges Mal hatte sie den Drang, Kate Schwartz, Mrs. Tom Schwartz oder Kate Ryan-Schwartz irgendwo hinzukritzeln. Sie wollte schlicht und einfach mit Tom zusammen sein, so oft es ging. Zum Teufel mit der Zukunft. Plötzlich verschwanden die marineblauen Kostüme aus ihrer Garderobe; statt dessen erschien sie in einem amethystfarbenen Leinenkostüm von Saint Laurent, und zwar ohne Bluse unter der Jacke. Der Auftritt kam so gut an, daß sie umgehend loszog und sich das gleiche Kostüm noch einmal in Grellrosa kaufte. Kurz danach zeigte sie sich im Büro in einer orangefarbenen Hose und einem engsitzenden Bolerojäckchen mit Puffärmeln. Man brauchte, wirklich niemand zu erzählen, daß Kate verliebt war.

Auch Tom hatte sich plötzlich verändert. Er wurde umgänglicher, fast milde, sein beißender Sarkasmus ließ nach, und manchmal sah man ihn sogar während der Bürostunden lächeln. Kate gegenüber war er überraschend liebevoll, zärtlich und großzügig. Mit allen Mitteln versuchte er, seinem Ruf als Geizhals *nicht* gerecht zu werden, und Kate liebte ihn dafür.

Aber sie wollte keine Diamanten, und sie brauchte keine Smaragde – alles, was sie brauchte, war Tom.

Die erste Ausgabe von VERVE! hatte ein gutes Cover, war aber von schlechter Druckqualität. Sie kostete weit mehr als veranschlagt, und die Anzeigen waren dünn gesät. Nichtsdestoweniger schlugen die Herzen der Redaktionsmitglieder höher, wenn sie eine Frau mit dem Magazin in der Hand sahen oder Zeuge wurden, wie jemand an einem Zeitungskiosk tatsächlich danach fragte.

Die zweite Ausgabe enthielt bessere Artikel, bessere Bilder und zwei hervorragende Beiträge über Kosmetik und Mode, aber die Druckqualität war wieder miserabel. Auch

das Anzeigenaufkommen war noch spärlich, und darüber hinaus erschien das Heft einen Tag zu spät an den Kiosken. Bei einem solchen Magazin war es im allgemeinen die dritte Nummer, mit der die Entscheidung fiel. Die anfängliche Neugier der Käufer war erloschen, jetzt konnten sie nur mehr mit höchster Qualität bei der Stange gehalten werden. Auch die dritte Ausgabe war mit Anzeigen nicht gerade reich bestückt, denn die Agenturen waren nicht bereit, in einem Magazin zu inserieren, das seinen Neuheitswert verloren hatte, aber noch nicht fest etabliert war. Sie warteten ab, ob VERVE! es schaffte oder nicht.
Die dritte Ausgabe enthielt ein Exklusiv-Interview mit Jane Fonda und einen Artikel mit der Überschrift »Wie Sie mit Ihrem Mann im Bett Spaß haben können«, dazu die Umfrage »Was Frauen an Männern gefällt«.
Die vierte Ausgabe schließlich hatte dann Anzeigen in Hülle und Fülle. VERVE! hatte eingeschlagen.

Ihr neues Glück ängstigte Kate. Es lief einfach zu gut; sie fürchtete sich davor, wieder verwundbar zu werden. Sie schreckte davor zurück, sich selbst gegenüber zuzugeben, daß sie wirklich verliebt war. Sie zögerte, sich dazu zu bekennen. Um ihre Gefühle für Tom zu testen, begann sie mit anderen Männern auszugehen, so wie manche Frauen in Gegenwart ihrer Ehemänner mit anderen Männern flirten, die sie nicht im geringsten interessieren. Es fiel ihr nicht besonders schwer, diese anderen Männer zu finden, denn Erfolg ist ein ungeheuer wirksames Aphrodisiakum. Davon abgesehen funktionierte Kates unsichtbare sexuelle Ausstrahlung mit neununddreißig noch genauso wie damals, als sie siebzehn gewesen war. Während der nächsten Monate wimmelte es im Empfangsraum von VERVE! geradezu von Männern, die alle aussahen wie Burt Reynolds und darauf warteten, Kate abholen zu können. Kate sagte Verabredungen mit Tom in letzter Minute ab, und wenn er über

Nacht bei ihr blieb, achtete sie darauf, daß immer das Rasierzeug oder die Hemden anderer Männer herumlagen. Nach kurzem Überlegen beschloß Tom, ihr seltsames Benehmen zu ignorieren. Er schien der erste Mann zu sein, der aufrichtig stolz auf Kate war, statt unwiderstehlich von ihr angezogen zu sein. Er liebte sie für das, was sie war, und er verlangte nicht von ihr, was sie ihm noch nicht geben konnte – ihr Vertrauen. Also ignorierte er ihr unmögliches Benehmen, obwohl es schwierig war. Er ignorierte die kraftvollen Mannsbilder im Foyer genauso wie die anderen lästigen kleinen Fallen, die sie ihm stellte, um seine Liebe zu testen. Er verstand ihre Unsicherheit besser als sie selber, weil er sich schon in ähnlichen Situationen befunden hatte. Eines Samstagnachmittags, nachdem sie ihn über seine Familie befragt hatte, verschränkte Tom die Hände im Nacken und sagte: »Bis zu einem bestimmten Punkt kann ich deine Gefühle gegenüber deinem Vater verstehen, weil ich dasselbe durchgemacht habe, nur handelte es sich bei *mir* um meine Mutter. Sie war ein sehr dominantes ukrainisches Mannweib. Wenn ich meinen Vater um etwas bat, sagte er immer, frag deine Mutter. Er war ein Bär von einem Mann – er hatte als Preisringer in Jahrmarktzelten gearbeitet –, und deswegen hätte er nie einen Finger gegen seine Frau oder mich gerührt, aus Angst, uns wehzutun. Und weil meine Mutter das wußte, stand der ganze Haushalt unter ihrer Fuchtel. Er entschied, ob Roosevelt recht daran getan hatte, Eisenhower zum Oberkommandierenden in Europa zu ernennen, aber die Entscheidung, ob ich ein Paar neue Schuhe bekommen sollte, traf meine Mutter. Ich war empört darüber, wie sie diese Macht ihm gegenüber ausgespielt hat. Siebenunddreißig Jahre lang hatten sie jeden Tag wegen irgend etwas Krach. Dann ist sie gestorben. Noch heute schüttelt es mich, wenn ich an diese Kräche denke. Und noch heute schüttelt es mich, wenn ich daran denke, wie sie alles kritisiert hat, was ich getan habe. *Nichts* war dieser

Frau je gut genug. Und deswegen habe ich mich schuldig gefühlt – weil ihr nichts gut genug war, und weil ich sie nicht lieben konnte.

»Genauso war mir auch zumute. Und wie hast du es geschafft, damit fertig zu werden?«

»Schau her, ich zeig's dir.« Er schob sie sanft beiseite, stieg aus dem Bett und holte seine Brieftasche aus dem Jackett. »Ich brauche nur einen Blick auf das hier zu werfen.« Er holte eine weiße Geschäftskarte heraus, auf der in Großbuchstaben stand: ZUR HÖLLE MIT DEN SCHULDGEFÜHLEN.

»Ich habe mir beigebracht, Schuldgefühl zu akzeptieren und sie dann zu vergessen. Manchmal muß ich mich für etwas entschuldigen, und manchmal muß ich etwas wiedergutmachen, aber danach geht das Leben weiter. Ich nehme an, daß in der großen himmlischen Buchhaltung ein Engel damit beschäftigt ist, mein Konto zu führen, daß er mir Gewinne und Verluste anrechnet, und ich bin ziemlich sicher, daß ich am Ende einen hübschen Profit erwirtschaftet haben werde.«

Auf der Rückseite der Karte stand: IHR KÖNNT MICH ALLE MAL.

»Es hilft mir, die Ruhe zu bewahren«, erklärte Tom. »Und es bewahrt mich davor, der Meinung anderer Leute zuviel Bedeutung beizumessen, statt mich auf meine eigene zu verlassen.«

Kate kuschelte sich enger an ihn.

»Da ist noch eine Sache, über die ich mit dir sprechen möchte«, sagte er ruhig. »Versuch nie wieder, mir einen Orgasmus vorzuspielen. Das kannst du dir für die hübschen, behaarten Burschen aufheben, die hier immer ihre Hemden liegenlassen.«

Einen Moment herrschte Stille, dann sagte sie schmollend: »Immer mache ich dir ja nichts vor.«

»Ich weiß«, sagte er und fuhr ihr sanft mit der Hand über

das Haar. Dann fügte er hinzu: »Kate, Liebling, Sex ist die intimste und intensivste Kommunikation, die zwischen zwei Menschen möglich ist, und wenn man dem anderen etwas vorspielt, belügt man ihn.« Er seufzte. »Ich verstehe einfach nicht, warum Frauen so was machen.«

»Aus Höflichkeit, Schläfrigkeit oder Minderwertigkeitsgefühlen«, sagte Kate. »Ich vermute, in meinem Fall liegt es daran, daß ich Angst habe, nicht der Norm zu genügen. Ich schaffe es eben nicht in zehn Komma neun Sekunden oder wo immer der Durchschnitt liegt.«

»Wozu das Ganze? Was hast du davon? Warum *hilfst* du mir nicht, dich glücklich zu machen? Wenn du mir etwas vorspielst, sabotierst du deine eigene Befriedigung und unsere Beziehung, und wenn du nicht so zimperlich wärst, du kleines prüdes Dummchen, dann könnten wir den Himmel auf Erden haben.« Er knabberte an ihrem linken Ohrläppchen. »Du hast genausoviel Anspruch auf einen Orgasmus wie ein Mann, und wie du ihn erreichst, ist deine Sache. Du weißt besser als jeder andere, was dir guttut, und da ich nicht hellsehen kann, mußt du es mir zeigen. Kapiert, Kleines?«

Also erzählte Kate ihm ein wenig und dann ein wenig mehr. Darauf legte Tom los. Zuerst machte er es ihr mit dem Mund, dann machte sie es ihm mit dem Mund, worauf sie es auf dem Küchentisch versuchten und den Milchkrug umstießen, so daß sie ihre Aktivitäten auf den Wohnzimmerteppich verlagerten und dort neunundsechzig Positionen einnahmen, bis Tom Kate aufspießte und mit ihr durch die halbe Wohnung stolperte, und die ganze Zeit stellten sie sich all die relevanten Fragen: Wie magst du dies, wie ist das, härter, weicher, schneller, langsamer, und dann holte Tom irgendwoher ein kleines Päckchen mit weißem Pulver und sagte, fang um Himmels willen nicht an zu niesen, und er legte drei Linien auf den niedrigen Glastisch im Wohnzimmer und reichte Kate seinen leicht gewölbten goldenen

Telefonwähler von Tiffany, und sie sagte pflichtschuldigst, es sei wundervoll, und genauso war es auch, abgesehen davon, daß es in Kates Kehle einen scharfen Nachgeschmack hinterließ, genau wie in ihrem Herz. Verglichen mit der Erregung, – die Tom ihr verschaffte, hatte das Kokain es ziemlich schwer. Irgendwie hatte die ganze Szene nichts mit Liebe zu tun gehabt, sondern mit Leistung.
»Wie war es diesmal für dich?« fragte Tom zärtlich, und sie wollte schon sagen »wunderbar«, aber dann hörte sie sich plötzlich sagen: »Liebling, um dir die Wahrheit zu sagen . . . ich fand, es war unnatürlich und gedehnt wie Kaugummi.«
Wie ein Blitz fuhr Panik über sein Gesicht, gefolgt von einem Ausdruck wilder Wut, der bedeutete, daß er diese Frau jetzt so verletzen würde, wie er nur konnte, weil sie ihn angegriffen hatte, als er seinen Panzer abgelegt und sich ganz in ihre Hand gegeben hatte. Er öffnete den Mund, um sie in Stücke zu reißen, und zwar so, daß sie sich nie wieder zusammensetzen konnte, als er plötzlich innehielt, um nachzudenken. Dann zeigte sein Gesicht Erleichterung, und er sagte: »Ich weiß, was du meinst.«
Kate sagte zögernd: »Ich glaube, ich habe dich lieber als das eben.«
Tom sagte: »Ich glaube, wir haben uns beide lieb genug, um auf diese Art von Spiel verzichten zu können.«
Plötzlich hatte Kate keine Angst mehr, daß er sie verachten oder verlassen könnte, wenn ihre Leistungen nicht zufriedenstellend ausfielen. Und sie hatte auch nicht mehr das Gefühl, ihn beeindrucken zu müssen oder seinen Beifall zu brauchen.
Am nächsten Freitag fuhren sie an die Küste, nach Connecticut, wo einer von Toms Freunden ein Cottage besaß. Am Samstag tollten sie den ganzen Tag am Strand herum, kletterten auf die Felsen, während der Wind an ihrem Haar zerrte, küßten sich das Salz von den Lippen und rannten

barfuß mit aufgerollten Jeans durch die Gischt. Am Sonntagmorgen versuchte Tom, auf eine Pinie zu klettern, mußte aber schon auf halber Höhe aufgeben. Nach dem Frühstück mieteten sie zwei Pferde und ritten aus. Tom hatte erst einmal in seinem Leben auf einem Pferd gesessen, und das war schon gut dreißig Jahre her. Kate amüsierte ihn mit einem gezierten englischen Trott, brachte ihre Stute aber dann zu seinem großen Erstaunen dazu, in einem eleganten Satz über einen umgestürzten Baumstamm zu springen. Ihm selber gelang es beim besten Willen nicht, seinen Hengst auf Trab zu bringen – verstockt, schien das Tier nicht die geringste Notiz von dem menschlichen Wesen auf seinem Rücken zu nehmen, sondern widmete sich mit Entschlossenheit dem Gras unter sich, als wollte es ganz Connecticut abweiden.

»Halt die Zügel straff und benutz die Beine«, riet Kate ihm. »Du mußt ihn mit Schenkeldruck zum Laufen bringen.« Tom gehorchte, worauf der Hengst losschoß, als hätte jemand seinen Schwanz angezündet. Irgendwie schaffte Tom es, im Sattel zu bleiben, bis Kate ihn eingeholt hatte und rief: »Lehn dich zurück und zieh die Zügel an«, worauf der Hengst so plötzlich stehenblieb, als hätte jemand den Strom abgestellt, und Tom vorn über den Kopf den Tieres kippte. Am Abend, nachdem sie den obligaten Hummer gegessen und Weißwein vor dem Kamin getrunken hatten, trug Tom sie die offene Treppe hinauf und legte sie auf das große Bett. Durch das dreieckige Fenster konnten sie über die dunklen Kronen der Kiefern hinweg auf das im Mondschein schimmernde Meer und den Leuchtturm blicken, und sie konnten den Wind um das Haus heulen und den Regen gegen das Fenster prasseln hören, während sie sich unter der warmen Bettdecke aneinanderkuschelten. Tom begann sie zu streicheln. »Zu müde«, murmelte sie. Aber er hielt sie fest, streichelte sie weiter und glitt einfach in sie hinein.

Und plötzlich, durch den Nebel ihrer Schläfrigkeit, merkte Kate, daß es diesmal geschehen würde. Es fühlte sich genauso an, wie sie es von anderen immer gehört hatte; sanfte, kräftige Wellen statt des fast gewalttätigen klitoralen Orgasmus. Es war ganz unmißverständlich anders, und es passierte! Kate fühlte sich fruchtbar und unbeschreiblich weiblich. Sie war überglücklich, endlich eine ganze, vollständige Frau! Einen kaum endenden Moment lang badete sie in diesem ruhmreichen Gefühl, dann warf sie ihre Arme um Tom und klammerte sich an ihn, hielt ihn so fest sie konnte. Nie, nie mehr würde sie ihn gehenlassen.
»Ich hab's geschafft, ich hab's geschafft!« jubelte sie.
»Nein, *ich* hab's geschafft.«
»Na gut, *wir* haben's geschafft.«
Mit beträchtlicher Befriedigung sagte Tom: »Ich wußte, es würde passieren, wenn du dich endlich einmal entspannst.«

50

Kate und Judy warteten auf Tom, und sie wurden zusehends nervös. Für den ersten Akt von *La Bohème* waren sie bereits zu spät dran, dabei enthielt gerade er die schönsten Arien. »Verdammt noch mal, warum ruft er nicht wenigstens an? Immerhin wollen wir deinen vierzigsten Geburtstag feiern, Kate . . . und die Scala gibt schließlich nicht jede Woche ein Gastspiel in der Met.« Judy war ernsthaft erbost. »Er hat sich genauso darauf gefreut wie wir, aber schließlich konnte er nicht wissen, wie lange diese medizinische Konferenz dauern würde, und er wollte hinterher ja noch mit einigen der Ärzte persönlich sprechen. Außerdem warst du ja diejenige, die ihm das eingebrockt hat; du wolltest, daß er die Hoffman-LaRoche-Anteile verkauft.« Kate lehnte sich zurück und betrachtete ihre Freundin.

Sie saßen auf der beigen Wildledercouch in Kates riesigem Wohnzimmer. Die Couch war fast zehn Meter lang und mit tiger- und leopardenfellbespannten Kissen überhäuft. An den Wänden hingen Gemälde und Gravuren, die nichts als Tiger und Leoparden zeigten, in allen möglichen Techniken und Stilen; eins war sogar eine Zeichnung von Kinderhand. Eine kostbare Stubbs-Gravur wirkte so bedrohlich, daß sich einem unwillkürlich die Nackenhaare hochstellten.
Die Wand gegenüber setzte sich aus lauter verspiegelten Rauchglasfächern zusammen, in denen sich Spirituosen, Spiele, Bücher, eine Stereoanlage, ein Projektor und allerlei anderer kostspieliger Krimskrams befanden. Eine Seite des Wohnzimmers bestand ausschließlich aus einer riesigen Glasscheibe, die auf eine große Terrasse wies, hinter der man die Baumwipfel des Central Park erkennen konnte. Mit rotem Chinalack überzogene Bücherregale nahmen die dem Fenster gegenüberliegende Wand ein. Neben Büchern enthielten sie Kates wertvolle Sammlung alter Schnupftabaksdosen, antike griechische Votivstatuetten aus Terrakotta, eine Bronzeplastik aus dem 17. Jahrhundert, die einen mit einem Stier ringenden Mann darstellte, und ein winziges gelbes Nähkästchen aus Meißen, das einmal Madame de Pompadour gehört hatte.
Die Lichter waren heruntergedreht. An Stelle von Lampen sorgte ein kompliziertes System von Punktstrahlern an der Decke für die jeweils richtige Atmosphäre — ein einziger Mondstrahl etwa, wenn Kate und Tom Sibelius hörten, oder bleistiftdünne Strahlen, wenn sie eine Party gaben.
Während sie da saßen und auf Tom warteten, spürte Judy plötzlich ein scharfes, häßliches Gefühl, das sie zu ihrem Erstaunen sofort als Eifersucht identifizierte. Eifersucht auf Kate. Judys Wohnung war mindestens genauso luxuriös wie diese, sie, Judy, war mindestens so erfolgreich und attraktiv wie Kate, wenn auch auf ihre Weise. Sie liebte ihren Mann genauso wie Kate den ihren — und wurde leidenschaftlich

wiedergeliebt. Aber Kate *lebte* mit Tom. Sie gingen nicht nur ins Bett, um miteinander zu schlafen; sie gähnten gemeinsam, träumten und erwachten nebeneinander. Kate wußte, wie Tom war, wenn er Grippe hatte, und Tom wußte, wie er Kate helfen konnte, wenn sie eine wirklich schlimme Periode bekam. Sie sehnte sich nach der gleichen Intimität mit Griffin. Kate hatte ihren Mann, Maxine war glücklich verheiratet und neuerdings – seitdem die Ärzte die Opfer von Herzattacken dazu ermutigten, sich sexuell zu betätigen – auch Pagan. Nur Judy hatte auf das zu verzichten, was die meisten Frauen vom Leben erwarteten und für garantiert hielten, sobald sie es besaßen. Judy schämte sich für dieses Gefühl Kate gegenüber, aber sie konnte es nicht abstellen.
»Als Tom die Hoffman-LaRoche-Anteile gekauft hat, war sich niemand über den Schaden im klaren, den Tranquilizer anrichten können«, sagte Kate. »Es schien die ideale Medizin in einer Welt voller Hektik und Spannung zu sein. Von Toms Standpunkt aus haben Tranquilizer nichts Unmoralisches an sich; sie werden nur nicht mit der nötigen Vorsicht verschrieben oder genommen. Er hat zwanzig Anteile zu je 16 000 Dollar gekauft, von denen jeder inzwischen 48 000 Dollar wert ist. Und am Kursanstieg des Schweizer Franken 1972 hast du ja auch nicht gerade verloren – so daß ihr alles in allem mit einem einzigen Geschäft einen Profit von einer Million Dollar gemacht habt.« Sie blickte Judy in die Augen. »Er findet, daß du kein Recht hast, dich zu beklagen.«
»Aber es ist ja nicht so, daß es sich nur um *ein* Geschäft handeln würde«, wandte Judy ein. »Wir stecken bis zum Hals in Computerfirmen, hochspezialisierten technischen Betrieben und pharmazeutischen Werken.« Sie seufzte und blickte auf den kleinen Tisch aus Zedernholz neben der Couch. Darauf stand ein emaillierter russischer Bär. »Du hast so schöne Sachen, eine so bezaubernde Wohnung, aber Tom scheint eine so häßliche Zukunft vorauszusehen.

Amerika, an der gesamten Energiefront geschlagen, läßt seine militärischen Muskeln spielen und schluckt dabei Tranquilizer, um nicht angesichts der Zinssätze in Ohnmacht zu fallen, die sich jeder auf seinem kleinen Taschencomputer ausrechnen kann.«

Die Tür flog auf, und Tom stürmte herein. Er gab beiden einen Kuß auf die Wange und schlüpfte rasch in sein Dinnerjakett. »Es tut mir leid, daß ich mich verspätet habe«, rief er. »Kate, könntest du mir bitte die Krawatte binden? Okay, Judy, ich verkaufe die Hoffman-LaRoche-Anteile – nicht etwa, weil ich meine Meinung geändert hätte, sondern um dir einen Gefallen zu tun. Außerdem können wir einen hübschen Profit einstreichen, den ich gleich in der Schweiz lassen werde. Ich wüßte nicht, warum der Franken in absehbarer Zeit sinken sollte. Wo sind meine Manschettenknöpfe, Kate? Wo steckt Griffin?«

»Er hat's nicht mehr geschafft. Seine gottverdammte Frau und ihre gottverdammten Wohltätigkeitsgeschichten.« Judy sehnte sich danach, daß Griffin sie einmal bitten möge, ihm die Krawatte zu binden oder seine Manschettenknöpfe zu suchen. Sie und Griffin waren inzwischen seit vier Jahren zusammen. In dieser Zeit hatten sie sich zweimal bitterlich gestritten und anschließend getrennt. Beim erstenmal – kurz nach ihrem ersten Jahr – war es um Griffins Besitzansprüche gegangen. Beim zweiten Mal hatte Delia, Griffins Frau, sich zu einem letzten Gefecht aufgeschwungen und verlangt, daß er mit Judy Schluß machen solle. Die kleinen Mannequins und Modelle hatten ihr nichts ausgemacht, aber seine offene Liaison mit einer erfolgreichen, bekannten Frau demütigte und erboste sie. Im Namen der Familie und der gemeinsamen Jahre hatte sie ihn aufgefordert, sich zurückzubesinnen und wieder mit ihr allein zu leben. Die Kinder waren ins Feld geführt worden; sein ältester Sohn konnte nur noch voll Bitterkeit und Verachtung mit ihm sprechen, aber seine älteste Tochter war so verständnisvoll gewesen, daß er zusammengebrochen war und zu weinen begonnen hatte.

Er und seine Frau hatten sich die größte Mühe gegeben, aber sie wußten beide, daß aus kalter Asche kein Funken mehr schlagen konnte. Schließlich hatte Griffin sie um die Scheidung gebeten, egal zu welchen Bedingungen. Doch obwohl sie sich am Ende damit einverstanden erklärte, daß sie getrennte Wege gingen, bat sie ihn, der Kinder wegen im gemeinsamen Haus zu leben; was auch immer passierte, sie wollte ihre Familie zusammenhalten. Als Griffin darauf hingewiesen hatte, daß ihr jüngster Sohn fünfzehn war und das Haus bald verlassen würde, inszenierte Delia einen Selbstmordversuch, der so eingefädelt war, daß ihr Arzt sie rechtzeitig finden konnte. Von da an hatten sie getrennt von Tisch und Bett unter demselben Dach gewohnt.

Manchmal fragte Judy sich allerdings, ob Griffin nicht doch noch zu seiner Frau ins Bett stieg. Männer behaupteten immer, nicht mehr mit ihren Frauen zu schlafen, und natürlich taten sie es trotzdem. Was konnten sie auch schon anderes erzählen?

Als der Opernvorhang zum letztenmal fiel, spürte Judy wieder die alte Traurigkeit, die sentimentale Sehnsucht zurückkommen, ihr Leben mit Griffin zu teilen, statt ihn immer nur zu sehen. Wie immer, wenn sie sich gegen ihren Kummer zur Wehr zu setzen versuchte, wurde sie streitsüchtig.

Tom war verärgert, weil sie angesichts seiner Nachricht, daß sie um eine Million Dollar reicher waren, nicht begeisterter reagiert hatte, ganz zu schweigen davon, wie selbstverständlich sie es wohl fand, daß er die Anteile ihrem Wunsch entsprechend wieder verkauft hatte. Als sie an ihrem Tisch im *Four Seasons* Platz genommen hatten, sagte

er zu niemand im besonderen: »Natürlich hatte ich nicht damit gerechnet, ein Dankeschön zu hören.«
Judy starrte angestrengt auf den Kettenschmuck an den Wänden, der wie Wasserkaskaden schimmerte. Sie wünschte, sie wären irgendwoanders hingegangen, in ein fröhlicheres Lokal. »Natürlich bin ich dir dafür dankbar, daß ich nicht mehr arm bin«, sagte sie, »aber wir sind jetzt seit neun Jahren im Geschäft, und du hast an LACE oder VERVE! nicht mehr das geringste Interesse. Du interessierst dich nur noch dafür, wie du mehr und mehr Geld machen kannst. Ich dagegen bin daran interessiert, für meine Arbeit bezahlt zu werden und dann in Ruhe schlafen zu können, ohne die ganze Zeit das Geld zählen zu müssen, das wir Gott und der Welt schulden.«
»Seit neun Jahren erzähle ich dir jetzt, daß deine altmodischen Ansichten eine Armutsfalle sind.« Tom schüttelte den Kopf. »Leih dir niemals Geld; kauf nichts auf Raten; kauf keine Immobilien, weil du besser fährst, wenn du Miete zahlst; und solltest du wirklich einmal Geld sparen, dann steck es in Regierungsanleihen. Alles Unsinn! Ich mache dich reich, und du kannst nichts als jammern. Was ist aus deinem Mumm geworden? Es ist traurig, mitansehen zu müssen, wie aus einem unsicheren armen Mädchen ein unsicheres reiches Mädchen wird. Weißt du noch, wie hoch du deine Ziele ursprünglich gesteckt hattest? Wenn du dir so schnell Angst einjagen läßt, wirst du sie nie erreichen.«
Sie bestellten Austern und anschließend gebratenen Fasan.
»Wenn du unsere Partnerschaft wirklich beenden willst«, fuhr Tom mit leiser, ärgerlicher Stimme fort, »dann verkaufe ich dir meine Anteile an LACE, und du kannst mir deine an VERVE! verkaufen oder umgekehrt.«
»Judy will eure Partnerschaft genausowenig aufgeben wie du, Tom« warf Kate ein. »Vielleicht wäre sie etwas glücklicher, wenn sie etwas weniger reich wäre. Und was dich be-

trifft, Tom – ich mag deine spekulative Ader, weil ich selber eine habe, aber allmählich verwandelst du dich in eine menschliche Investmentfirma.«

Sie unterbrach sich, während der Kellner das Essen servierte, und fuhr dann fort: »Du hältst Judy für undankbar, aber das ist sie nicht; sie ist im Gegenteil äußerst dankbar für das, was du für sie getan hast, aber es gibt eine Art von Spannung, die sie braucht und liebt, und eine andere, die sie nicht ertragen kann. Mit deinem letzten Gewinn müßte es doch möglich sein, dieses Investmentgeschäft von LACE abzutrennen und unabhängig zu betreiben, oder?« Sie hielt inne, seufzte und fügte hinzu: »Ich weiß nicht, warum dieser Abend so schiefläuft, aber ich wünschte, ihr könntet aufhören, euch über Geld zu streiten, damit du Judy unsere Neuigkeiten erzählen kannst.«

Tom spielte mit seinem Weinglas, hob die Augenbrauen, öffnete den Mund, schloß ihn wieder und sagte schließlich: »Nun, ich weiß nicht, wie ich es ausdrücken soll, aber Kate und ich werden heiraten.«

Judy sprang auf, nahm ihn in den Arm und gab ihm einen Kuß auf die Wange. »Tom, du lieber altmodischer Bursche! Das ist ja phantastisch. Ich weiß auch schon, was ich euch zur Hochzeit schenken werde. Kate wird begeistert sein und du das genaue Gegenteil, weil ich daran nämlich eine Bedingung knüpfen werde.«

Das glückliche Paar blickte sie fragend an. »Vorausgesetzt, ihr stellt es ins Wohnzimmer, bekommt ihr meine Hälfte des T'ang-Pferds.« Kate quietschte vor Überraschung und Freude. Tom wirkte weniger angenehm berührt.

»Nun ja, das ist großartig, Judy, aber . . .«

»Wir haben das Pferd doch noch, oder?«

»Sicher, aber es ist wirklich nicht vernünftig, es sich ins Wohnzimmer zu stellen, wo es kaputtgehen kann. Es handelt sich um ein Museumsstück, Judy. Es ist viel zu wertvoll, um es einfach so herumstehen zu lassen.«

»Ich glaube nicht, daß der Bursche, von dem das Pferd stammt, es für einen Banksafe gemacht hat. Ich glaube, er wollte, daß Kate es bekommt.«
Nach einem Blick auf Kates aufgeregtes Gesicht stimmte Tom resignierend zu: »Ja, wahrscheinlich hast du recht.«

An einem warmen Oktobermorgen des Jahres 1978 befreite Griffins Frau ihn beim Frühstück plötzlich von den Bürden der Schuld und der ehelichen Pflichterfüllung, die ihn umklammert hatten. Sie saßen an einem Tisch, der groß genug für vierzig Gäste war, und wie üblich las Griffin die Morgenzeitungen, während er aß, als Delia plötzlich triumphierend sagte: »Griffin, dies ist das letzte Mal, daß ich hier sitzen und mir anhören muß, wie du deine Grapefruit ißt.«
Griffin legte seinen Löffel hin, murmelte eine Entschuldigung und las einen weiteren Absatz im *Wall Street Journal*, bis ihre Worte zu ihm durchdrangen und ihn fast vom Stuhl rissen. »Was soll das heißen, das *letzte* Mal?«
»Ich verlasse dich, das soll es heißen!« Sie blickte ihn frohlockend an. »Genau das willst du doch, oder? Tja, was man sich wünscht, soll man auch kriegen. Betrachte es einfach als Weihnachtsgeschenk. Seit mittlerweile zwei Jahren habe ich einen anderen Mann, und du hast es nicht einmal bemerkt . . .«
Rasch durchforschte er sein Gedächtnis; nein, er hatte keinen Mann bemerkt . . . Mit Ausnahme von.
»Der Bursche, der mir die Kontaktlinsen angepaßt hat – Greenburg, Granheim, irgendwas in der Art . . . Der Optiker.«
»Greenheimer, genau. Du hast recht, wie immer!«
Griffin sagte nichts, aber endlich einmal besaß sie seine volle Aufmerksamkeit.
»Wir gehen zusammen nach Israel und fangen ein neues Leben an, ehe es zu spät ist.«
Griffin legte die Zeitung aus der Hand und musterte seine

Frau vorsichtig. Er konnte sich Delia nicht bei der Feldarbeit oder im Speisesaal eines Kibbuz vorstellen. Er befürchtete einen Trick. »Was ist mit den Kindern?«

»Fred kann man kaum mehr als ein Kind bezeichnen. Sobald er aus der Schule nach Hause kommt, ist er schon wieder mit diesem Mädchen auf Achse. Ich glaube, er will mit ihr zusammenziehen. Er wird natürlich etwas finanzielle Unterstützung von dir benötigen, genau wie ich. Aber ich bin ganz sicher, daß ich mich auf dich verlassen kann. Tatsächlich habe ich mich mit Marvin auch schon darüber unterhalten.«

Griffin schmetterte die Zeitung auf den Tisch, stieß seinen Stuhl zurück und brüllte: »Du warst schon bei einem Anwalt, ohne deinem Ehemann auch nur in einem Nebensatz mitgeteilt zu haben, daß du ihn zu verlassen gedenkst?«

»Wieso nicht? Hältst du mich für eine Idiotin?«

An jenem Abend öffnete Judy die Tür ihrer Wohnung und sah Griffin an der Wohnzimmerwand lehnen, in der Hand das übliche Glas Ginger-Ale, das er stets vor dem Abendessen trank. Er wirkte seltsam angespannt und linkisch. Sobald sie den Schlüssel aus dem Schloß gezogen hatte, ging er mit großen Schritten auf sie zu und ergriff ihre Handgelenke. Ohne ihr einen Begrüßungskuß zu geben, platzte er mit seinen Neuigkeiten heraus, als könnte er sie nicht länger für sich behalten und noch immer nicht ganz glauben, daß sie wirklich der Wahrheit entsprachen.

Judy blieb der Mund offenstehen. »Du meinst, *sie* will sich scheiden lassen? Ganz ernsthaft? Glaubst du ihr? Es ist nicht nur wieder eins ihrer Katz-und-Maus-Spiele?«

»Ja, diesmal glaube ich es. So wie heute war sie noch nie – so voller Schadenfreude, Triumph und Rachsucht.«

»Griffin, um ehrlich zu sein – ich kann ihr keinen Vorwurf machen.«

»Das hat nichts mit dir zu tun, Judy. Delia und ich hatten eine Beziehung, die nicht funktionierte, und sie wollte sich nicht scheiden lassen. Also haben wir ums neu gruppiert.« Sacht schüttelte er ihre Handgelenke. »Aber ich bin nicht hier, um diese alte Schuld-und-Verantwortungs-Frage zu diskutieren. Ich bin hier, um dich etwas zu fragen: Willst du mich heiraten?«

Jetzt, wo sie die Worte hörte, auf die sie zehn Jahre lang gewartet hatte, stellte Judy zu ihrer Überraschung fest, daß sie nicht ja sagen konnte. Sie war sich nicht sicher!

Teil 10

51

Paris im Rücken, steuerte Lili ihren roten Jaguar in östlicher Richtung über die Autobahn. Es war später Juni, und die Sonne brannte herab. Fünf Kilometer hinter Epernay verließ sie die Autobahn und schlug die Richtung nach Le Mesnilsur-Oger ein. Rechts wechselten sich Felder leuchtend gelber Senfblumen mit goldenem Korn ab, dazwischen glühten roter Klatschmohn, blaue Kornblumen und weiße Margeriten. Zur Linken zog sich die dunkelgrüne Buchsbaumhecke dahin, die das Anwesen der De Chazalles begrenzte.

Lili lenkte den Wagen durch das mit schwarzen, schmiedeeisernen Flügeln bewehrte Tor des Anwesens. Die Hekken und Bäume waren frisch gestutzt, das Gras erst kürzlich gemäht worden. Eine halbe Meile entfernt erhob sich das aus dem 18. Jahrhundert stammende Schloß, die Reihen schmaler, großer Fenster blitzten im Sonnenschein.

Zimmer hatte recht. Es war an der Zeit, daß sie wieder allein auszugehen begann. Acht Monate lang hatte sie sich jetzt unter seinen Flügeln versteckt, das war genug.

All diese Wochen hatte Lili allein mit ihrer Trauer um Stiarkos gelebt. Sie hatte mit niemand über ihren Schmerz gesprochen, nicht einmal mit Zimmer. Dann war der Regisseur eines Tages in ihre Garderobe gekommen, wo Lili vor dem hellerleuchteten Spiegel saß und damit beschäftigt war, sich abzuschminken. Ohne ein Wort zu sagen, hatte er die Tür abgesperrt, sich hinter sie gestellt, ihr die Hände auf die Schultern gelegt und gesagt: »Lili, ich habe ein paarmal versucht, mit dir über etwas anderes als die Arbeit zu reden, aber du hast dich immer geweigert. So kann es nicht weitergehen. Du kapselst dich zu sehr von der Welt ab, und das ist nicht gut für deine Leistung als Schauspielerin. Jo ist tot, und du lebst. Du mußt mit aller Kraft versuchen, deine al-

ten Interessen wiederzufinden. Du brauchst neue Freunde, und du mußt dich mal wieder richtig amüsieren. Wenn du dich dauernd selbst bemitleidest und Trübsal bläst, wirst du seelisch nie wieder auf die Höhe kommen.«
Lili hatte Zimmer wütend angefunkelt, aber sie wußte, daß ihre selbstgewählte Isolation ihrer Arbeit wirklich schadete. Und genau deswegen hatte sie die Einladung von Madame de Chazalle angenommen.
Sie parkte den Jaguar auf der Kiesauffahrt vor dem imponierenden Portal des Schlosses, stieg aus und klingelte.
Nichts geschah.
Sie hatte mindestens zwei livrierte Diener erwartet, die ihr die Tür aufrissen und das Gepäck aus dem Wagen holten. Sie spähte durch die Glasfenster in der Tür und erblickte eine riesige Halle mit Steinfußboden, schlanken Säulen und blattgoldgerahmten Gemälden an den Wänden. Noch immer kein Geräusch.
Verwirrt klingelte sie zum zweitenmal. Plötzlich sagte eine männliche Stimme hinter ihr: »Bestimmt ist in der Küche wieder mal eine Krise ausgebrochen. Kommen Sie, ich nehme Ihre Koffer.«
Sie drehte sich um und erblickte einen jungen Mann in einem blauen Rollkragenpullover und Jeans, die so eng saßen, daß sie wie aufgemalt wirkten. Er hatte lange, schlanke Beine, ein sonnengebräuntes Gesicht und hellbraunes Haar, das ihm wirr in die Stirn fiel. Sein großer Mund weitete sich langsam zu einem Willkommensgrinsen.
»Wer Sie sind, brauche ich ja wohl kaum zu fragen«, sagte er. Mit vierundzwanzig war Lili inzwischen weltberühmt. Er nahm ihre blauen Lederkoffer, stieß die Tür mit dem Fuß auf und führte Lili in das Schloß. Auf der gut zwei Meter breiten, geschwungenen Marmortreppe begegneten sie Maxine, die gerade herunterkam.
»Meinen Jüngsten, Alexandre, haben Sie also schon kennengelernt«, sagte Maxine lächelnd. »Ich freue mich, Sie zu

sehen. Man lernt auf Wohltätigkeitsbasaren nicht häufig so nette Menschen wie Sie kennen. Meistens gehe ich zu solchen Veranstaltungen ja nur wegen der Publicity, aber wenn man dabei eine Freundin findet, ist das wie ein Geschenk.«
Lili folgte ihr wieder nach unten. Maxine sagte: »Wie ich Ihnen in meinem Brief schon angekündigt habe, feiern wir dieses Wochenende ein kleines Jubiläum. Vor genau achtzehn Jahren haben wir das Schloß für die Öffentlichkeit zugänglich gemacht.«
»Wo sind die anderen, Mama?« fragte Alexandre.
»Auf der Terrasse, das Feuerwerk vorbereiten. Du solltest auch draußen sein, um ihnen zu helfen, Alexandre.« Sie fuhr ihm freundschaftlich durch das wirre Haar. Aber ihr Sohn, der nicht im geringsten beabsichtigte, Lili alleinzulassen, rannte nach oben, warf die Koffer auf das Bett in ihrem Zimmer und folgte den beiden Frauen dann in den Salon.
Der fast zwanzig Meter lange, weißgetäfelte Raum wies auf eine Terrasse, hinter der sich ein großer See erstreckte. Lichtreflexe von den kleinen Wellen tanzten über die Wände, die teilweise völlig hinter großen antiken Spiegeln verschwanden. Überall standen kleine Glastische, beladen mit Kunstobjekten aus dem 17. und 18. Jahrhundert. Der Boden war mit weichen grauen Aubusson-Teppichen ausgelegt. Ein schlanker grauer Weimaraner war gerade dabei, ein Loch in die Armstütze eines der brokatbezogenen Sofas zu beißen.
»Saba sorgt dafür, daß der Raum etwas bewohnter wirkt«, erklärte Maxine. »Man sagt mir immer wieder, ich sei zu pedantisch. Wenn meine Söhne und die Hunde nicht wären, würden die Räume wie ein Museum aussehen.«
»Es ist ja auch eins«, erklärte Alexandre Lili, »nur nicht so staubig und langweilig wie andere Museen. Maman hat es viel faszinierender und interessanter gestaltet, wie Sie sehen werden, wenn ich Sie nachher herumführe. Die Beleuchtung wird ferngesteuert, überall sind Blumen, und der

Raum, in dem Dhiagilev gewohnt hat, wird täglich mit Mitsouko besprüht, weil das sein Lieblingsparfüm war.«

Lilis Suite gab den Blick frei auf den Park. Die Schlafzimmerwände waren mit gelber Seide aus geschlagen, genauso wie die Couch vor dem weißen Marmorkamin. Das riesige Bett war in einen mit topasfarbenem Samt ausgeschlagenen Alkoven zurückgesetzt. Zu beiden Seiten verliefen Regale, auf deren Brettern die neuesten Besteller sowie eine Geschichte des Schlosses mit dem Titel *Château de Chazalle – Ein Ort, an dem man Freunde gewinnt* standen. Darüber hinaus gab es Kerzen in Messinghaltern, ein Elfenbeintelefon, Notizbücher mit kleinen vergoldeten Kugelschreibern, eine antike Goldbüchse mit Biskuits und mehrere kleine Porzellandöschen mit Pfefferminz und gesüßten rosa Mandeln. Ein silberner Spirituosenwagen enthielt mehrere Flaschen teuren Mineralwassers und Kristallkaraffen mit Whisky und Cognac. Neben dem Telefon lag eine Liste der anderen Gäste mit Zimmernummern und Telefonanschlüssen.

Unter dem Datum vom 21. Juni 1974 fanden sich auf der Liste: zwei Botschafter; ein Filmproduzent und seine Frau, eine berühmte Ballerina; ein Filmregisseur aus Hollywood; ein griechischer Reeder, den sie noch aus ihrer Zeit mit Stiarkos kannte; drei weitere Finanzmogule; ein Rennchampion und seine Frau, ein hinreißend schönes Fotomodell; eine Jeansdesignerin aus New York mit ihrem sechsten Ehemann, einem italienischen Prinzen; ein englischer Herzog und – aha! – Andi Cherno von *Paris Match.* Die Party würde also im Bild festgehalten werden. Kein Wunder, daß die Gästeliste so beeindruckend war. Lili ging im Geist rasch ihre Garderobe durch. Ihre Kleider waren bereits von dem portugiesischen Hausmädchen ausgepackt worden und hingen im Ankleidezimmer, dessen Beleuchtung aufflammte, wenn man die Tür öffnete. Das Mädchen hatte ihr ein Bad eingelassen und war dann gegangen. Lili begann sich auszuziehen.

Am Freitagabend servierte Maxine immer nur ein formloses Buffet-Dinner, damit ihre Gäste herumgehen und sich miteinander bekannt machen konnten. Obwohl genügend Bedienstete in grüner und goldener Livrée durch die Gänge eilten, half Charles de Chazalle noch persönlich aus und ging im Salon mit einer Flasche Champagner von Gast zu Gast. Monsieur le Comte besaß nicht die Gabe seiner Frau, sich für zehn Minuten in eine lebhafte Konversation einzublenden, sich dann wieder zurückzuziehen und der nächsten Gruppe zuzuwenden. Deshalb benutzte er die Champagnerflasche, um sich einzuführen und zu gegebener Zeit wieder abzusetzen. Er ging auf eine Gruppe von Gästen zu, fragte: »Haben auch alle zu trinken?«, lauschte ein paar Minuten und meinte dann: »Nun, ich muß wieder weiter«, wobei er die Flasche ein wenig anhob, ehe er sich abwandte und wieder seinen Gastgeberpflichten nachging.
Er war groß, sehr schlank und ging immer leicht gebückt, als ob ihm ein kalter Wind in den Nacken blies. Sein Haar wurde langsam grau und zog sich aus der Stirn zurück, aber das ließ ihn nur noch distinguierter aussehen. Sein Gesicht reflektierte Charme, Liebenswürdigkeit und ein leichtes Erstaunen darüber, wie seine Frau sein Leben verändert hatte. Persönlich hatte ihm das Schloß, wie es vorher gewesen war, besser gefallen, all seiner Schäbigkeit zum Trotz. Aber ohne das ganze Tohuwabohu hätten sie hier überhaupt nicht wohnen können, und er war nicht sicher, ob er das ertragen hätte. Also betrachtete Charles die glitzernden Berühmtheiten, die Menschenaufläufe, den Applaus und die Fotografen als eine Art Buße, die er zu erdulden hatte, damit er sich später in Ruhe in die Bibliothek zurückziehen durfte. Da alle Frauen von Lili immer befürchteten, sie könnte sich bei der ersten Gelegenheit auf deren Männer stürzen, ließ sie es

sich angelegen sein, stets zuerst mit den Begleiterinnen zu reden. Linda, die rothaarige Jeansdesignerin, war überraschend lustig und charmant, vor allem, als sie sich über die universale Schwierigkeit unterhielten, den Reißverschluß eines Kleidungsstückes hochzuziehen, das Frauen sich grundsätzlich eine Nummer zu klein kauften. »Andererseits«, wandte die Designerin ein, »sind Jeans das moderne Äquivalent zum Korsett; man zwängt sich hinein, und sie geben einem dann eine bestimmte, vorher festgelegte Form. Wenn Scarlett O'Hara heute leben würde, ließe sie sich auch nicht etwa in ein Korsett schnüren. Sie würde sich auf dem Boden winden und verzweifelt versuchen, den Reißverschluß ihrer Jeans hochzuziehen.«

Andi Cherno richtete seine Kamera auf sie, und die beiden Frauen hörten sofort auf, sich zu unterhalten und *taten so*, als unterhielten sie sich. Sie waren beide daran gewöhnt, fotografiert zu werden und wußten, daß sie das Bild, wenn sie tatsächlich redeten, möglicherweise mit geschlossenen Augen und einem weitoffenen Mund über einem Dreifachkinn zeigen würde. *»Ecco belle!«* rief Andi grinsend und bat sie, sich zu dem Hollywoodregisseur und dem griechischen Reeder ans Fenster zu stellen. Die Augen des Griechen begannen hoffnungsvoll zu leuchten, als Lili auf ihn zutrat. »Hallo, Steni. Weißt du noch, wie wir uns das letzte Mal getroffen haben? Es war an Bord der *Creole.*«

»Ja, es hat zwei Wochen gedauert, bis meine Nase aufgehört hatte, sich zu schälen, und zehn, bis meine Leber wieder in Ordnung war.«

Maxine arbeitete hart, damit ihre Partys so mühelos und zwanglos wie möglich wirkten. Am Morgen nach dem Buffet-Dinner war sie bereits um sechs Uhr aufgestanden, hatte ihre Liste durchgearbeitet und Konferenzen mit dem Küchenchef, dem Butler und dem Obergärtner abgehalten. Sie hatte die Feuerwerksvorbereitungen auf der anderen Seite des Sees genauso überprüft wie die auf der Terrasse und sich anschließend auf eine Inspektionsreise durch das Schloß begeben – Küche, Weinkeller, Ballraum, Garderobe sowie die Toiletten der Diskothek. Um neun Uhr morgens war Mademoiselle Janine zu ihr gestoßen, die den Auftrag erhalten hatte, aus den öffentlichen Räumen alle kleinen wertvollen Objekte zu entfernen.

Maxine arbeitete ohne Unterlaß bis um elf; dann ging sie – zufrieden, daß alles für die vierhundert Gäste, die am Abend zum Ball erwartet wurden, bereit war – in ihr Badezimmer, um sich frischzumachen. Sie haßte die Förmlichkeit traditioneller Landhausfeste, und deswegen bot sie ihren Gästen zwar jede nur mögliche Zerstreuung, ließ aber andererseits keinen Zweifel daran, daß es genauso in Ordnung war, wenn sie es vorzogen, in ihren Zimmern zu bleiben oder allein im Wald spazierenzugehen. Für den heutigen Nachmittag hatte sie eine Landpartie zu Pferd, ein Minigolf-Turnier und für die Amerikaner ein Tennis-Match organisiert. Wahrscheinlich aber würden die Männer träge am Swimmingpool liegen, während sich ihre Frauen auf den Zimmern ausruhten oder die zwei Friseure in Anspruch nahmen, die Maxine aus Paris hatte kommen lassen.

Bis zum Lunch ließ sich niemand sehen. Das Essen wurde auf der Terrasse serviert. Die Fontänen wirkten im Sonnenschein wie große Silberfedern, Eis klirrte in den Gläsern, und das Klappern der silbernen Bestecke war gemeinsam mit dem Lachen der Gäste die einzige Geräuschkulisse für das reichhaltige Mahl.

Alexandre hatte sich vor allen anderen auf die Terrasse geschlichen und die Namensschilder geändert, so daß er neben Lili zu sitzen kam. Er konnte sie nicht aus den Augen lassen, was seine Mutter nachdrücklich verärgerte, denn sie hatte ihren Söhnen nie erlaubt, ihren Gästen gegenüber familiär zu werden. Sie durften weder mit den Pressevertretern reden noch sich mit einer Berühmtheit fotografieren lassen oder sie um ein Autogramm bitten. Sie würde Alexandre am Abend in ihr Ankleidezimmer rufen lassen und ihn an sein Benehmen und seine Jugend erinnern.

Lilis Brustwarzen wurden von dem weißen Taftkleid, das Sandra Rhodes ihr zum vierundzwanzigsten Geburtstag geschenkt hatte, nur mit Mühe verhüllt. Die enormen Puffärmel betonten ihre schmale Taille. Dazu trug sie ein Paar atemberaubender Diamantohrringe, die einzigen Stücke, die ihr von Stiarkos' Schmuck geblieben waren, weil sie sich in jenen Tagen gerade zur Reparatur bei Van Cleef & Arpels in Monte Carlo befunden hatten.
Als sie langsam die Marmortreppe herunterkam, wirkte sie wie eine Prinzessin aus dem 18. Jahrhundert. In der Halle vermischte sich der Duft von Jasmin und warmem Gras vor den Fenstern mit den etwas exklusiveren Düften, die von weichen, nackten Schultern aufstiegen. Das Summen der animierten Konversation wurde immer wieder von hellem Gelächter akzentuiert.
Im Ballraum spielte das Orchester *I'll be Seeing You.* Jenseits der offenen Glastüren, die zur Terrasse führten, senkte sich warm die Dämmerung auf den See.
In dem Salon neben dem Ballsaal war eine *repas rose*, ein höchst elegantes Buffet, aufgebaut worden. Auf den mit rosa Tischtüchern bedeckten Tischen erhoben sich schlanke Kristallvasen mit pinkfarbenen Rosen darin. Zwischen den Speisen sorgte dunkelgrüner Lorbeer für farbliche Abwechslung. Köche mit weißen Mützen schnitten Schinken und Kalbfleisch in hauchdünne Scheiben. Es gab ganze Berge durchsichtiger, rosiger Steingarnelen, Silberschälchen mit *sauce aurore*, dunkelrot gesprenkelte Hummer, zerbrechliche Langusten, pochierten Lachs von blassestem Rosa und einen schmackhaften Tintenfischsalat. Ein langer Tisch war mit Salatschüsseln bedeckt, aus denen noch der Geruch des Gartens am Morgen aufstieg. Ein weiterer

Tisch trug vier über einen Meter hohe Pyramiden aus rosa Baisers Chantilly, silberne Schalen mit Erdbeeren Romanoff und große Kristallschüsseln mit Himbeeren und Sahne. Natürlich war der Champagner ebenfalls rosa.
Maxine wußte, daß Charles' Geschwister das alles für unerträglich vulgär halten würden, aber für die Presse war es eine Augenweide.
Als Kontrast zu dem hellerleuchteten Ballsaal waren auf der anderen Seite des Schlosses einige der Weinkeller in dunkle Diskotheken umgewandelt worden, in denen sogar die Flaschen hinter der Bar zum dumpfen, hämmernden Rhythmus der Rockmusik vibrierten.
Erst um sechs Uhr morgens verschwand der letzte Wagen im Frühnebel am Ende der Kiesauffahrt. Lili schlief bereits seit drei Stunden. Sie hatte sich in ihr warmes Bett gekuschelt und gedacht, daß der Abend nicht vollkommener hätte verlaufen können. Sie war die ganze Zeit bestens aufgelegt gewesen, hatte mit vielen Männern getanzt und ohne Unterlaß für die Fotografen posiert. Wie üblich war sie von sämtlichen Männern belagert worden, hatte mit einigen auch geflirtet, aber darauf geachtet, mit keinem zu lange zu tanzen. Sie war immer noch nicht über Jo hinweg.
Auch am Sonntag zeigte sich keiner der Gäste vor dem Lunch. Das Essen verlief sehr ruhig, fast schläfrig. Nachdem Alexandre Lili ihren Kaffee gebracht hatte, fragte er sie, ob er ihr den Wald und den Felsensee zeigen dürfe, wo er und sein Bruder immer schwimmen gingen. Seit zwei Tagen hatte er überlegt, wie er sie am besten von den anderen Gästen fortlocken könnte.
Lili bemerkte seine jugendliche Bewunderung nicht ohne Vergnügen. Nachdem sie ihren Kaffee getrunken hatten, schlenderten sie über den weichen Rasen in den Wald. Alexandre konnte sein Glück nicht fassen. Wenn er das seinen Klassenkameraden erzählte! Lili fühlte sich entspannt und seltsam jung, als sie hinter ihm zwischen den Bäumen

herlief. Alexandres Natürlichkeit, seine Offenheit und seine jungenhafte Energie wirkten so frisch im Vergleich zu den teilweise etwas steiferen anderen Gästen im Schloß.
Als der Pfad sich verengte, hielt Alexandre die Zweige zurück, damit sich Lilis weißes Voilekleid nicht daran verhakte. Der Felsensee war ein seichter Tümpel am Rand des Flusses, umstanden von Schilf und Binsen. Sie zogen sich die Schuhe aus, ließen die Beine in das kalte Wasser baumeln und beobachteten, wie ihre Füße zu ulkigen Gebilden unter Wasser wurden.
Plötzlich konnte Alexandre nicht mehr an sich halten. Er mußte sie berühren. Mit linkischer Entschlossenheit griff er nach Lilis Hand und küßte jeden einzelnen Finger mit ernster Feierlichkeit. Seine Lippen preßten sich auf ihre rosigen Nägel, öffneten sich dann begehrend, und die Spitze ihres Fingers verschwand bis zum ersten Knöchel in seinem Mund. Wenig später hatte er den ganzen Finger zwischen seinen breiten, durstigen Lippen, berührte ihn zaghaft mit den Zähnen und begann schließlich, schneller atmend, daran zu saugen, umschmeichelte ihn mit seiner Zunge, zog sacht und doch insistierend an seiner Haut.
Lili hatte halb und halb mit etwas Derartigem gerechnet, aber die Wildheit ihrer Reaktion hatte sie nicht vorausgesehen. Sie hatte gedacht, sie würde ihn einfach sanft von sich schieben; er war ja viel zu jung. Aber als er sie dann berührte, lief ihr eine Gänsehaut über den Rücken, ihre Brustwarzen begannen zu prickeln und fühlten sich an, als wären sie durch zwei unsichtbare, ziehende Stränge mit ihrem Unterleib verbunden. Sie seufzte schwer und blieb einige Augenblicke bewegungslos sitzen, bis sie dem Drängen ihres bebenden Körpers nicht länger widerstehen konnte. Unfähig, sich zurückzuhalten, wandte sie sich ihm ganz zu, fuhr ihm mit den Fingern durch das kräftige Haar und streichelte seinen sonnenverbrannten Nacken. Keiner von ihnen sagte ein Wort, als er langsam den Kopf hob und sie anblickte. Ihre

Zunge fuhr über ihre Lippen, während sie sich in den Anblick seiner hohen Wangenknochen und seiner aristokratischen Nase verlor.
Seine haselnußbraunen Augen wirkten eigenartig benommen, als er sich ihr zuneigte; sein Mund streifte ihre Wangen, dann fand er ihre Lippen, verharrte – ein Gefühl weich wie Seide –, dann wurde der Druck fordernder.
Fast gemächlich fielen sie zurück ins Gras. Alexandre lag halb auf Lili, seine Augen waren geschlossen, während er Lilis Mund in den seinen saugte. Bei jeder Zungenberührung zog sich ihr Magen zusammen, und ihr Körper versteifte sich unter den weichen Händen des Jungen. Plötzlich erinnerte sie sich daran, daß Stiarkos' Hände sich wie Leder, wie Walnußschalen angefühlt hatten. Für einen Moment schämte sie sich ihrer Treulosigkeit, als sie Alexandres Moschusgeruch einatmete und die Ausdünstung von frischem Schweiß auf seinem jungen Körper. Sie roch den süßen Duft seines Haares, der sich mit dem des Grases unter ihren Körpern vermischte.
Ihre Arme umschlangen ihn, fuhren unter sein T-Shirt. Sie konnte die starken Muskeln auf seinem Rücken spüren, als er sich mit geschlossenen Augen weiter auf ihren Körper schob, bis sie völlig unter ihm gefangen lag. Gierig glitten ihre Hände seinen Rücken hinunter, berührten den rauhen Stoff seiner Jeans und schoben sich über seine harten, babyzarten Hinterbacken. Oh, mein Gott, dachte sie, junges, festes Fleisch. Einen flüchtigen Moment lang dachte sie noch einmal voller Schuldgefühl und gegen ihren Wunsch an die schlaffe Haut, das gerunzelte Fleisch von Jo Stiarkos.
Dann schloß sie die Augen und klammerte sich an Alexandre, spürte die immense Schwellung in seiner Hose. Langsam bewegten sich seine warmen Hände über ihren Hals auf die Knöpfe ihres Kleides, öffneten sie geschickt, während seine Zunge noch immer ihre Mundhöhle erforschte. Sanft drückte er ihre weichen weißen Brüste und ließ seine Hand-

flächen über die kleinen harten Brustwarzen gleiten. Dann fuhren seine Hände an ihrem Körper hinab, derweil seine Lippen ungeschickt über ihren Brüsten verharrten und voller Inbrunst erst an der einen, dann an der anderen Warze saugten. Er saugte immer stärker, und mit jedem Atemstoß spürte Lili ein sehnsuchtsvolles Ziehen tief unten zwischen ihren Schenkeln; Mit einer Hand schob Alexandre ihren Rock hoch und fand seinen Weg unter dem dünnen Stoff. Lili spürte die trockene Wärme seiner Hand auf ihrem nackten Bauch, ehe die Finger wieder hinunterglitten und unter ihrem weißen Spitzenhöschen anhielten. Zaghaft berührte er ihren Venushügel, und sie hob sich ihm entgegen, wie hilflos unter seiner Hand. Er streichelte sie mit wachsendem Selbstvertrauen, fuhr mit den Fingern durch ihr dunkles Schamhaar und begann dann rhythmisch und voller Hingabe ihre Klitoris zu streicheln, bis sich ihr Körper ihm entgegenbäumte und ihr langgezogener heller Schrei das Rauschen der Bäume unterbrach.
Ein paar Minuten lang war sie wie ohnmächtig, lag blicklos auf dem Rücken, während die Sonne hinter den im Wind zitternden Blättern der Bäume vom blauen Himmel herunterblinzelte. Dann fühlte sie, wie seine bebenden Hände ungeschickt an ihrem Gürtel nestelten und ihn öffneten. Sie half ihm, ihr Kleid abzustreifen und dann seine Jeans auszuziehen. Nun lagen sie beide nackt im weichen Gras. Mit einem gutturalen Stöhnen warf Alexandre sich über sie. Wieder spürte Lili seinen wunderbar weichen Mund auf ihren Lippen, seine warmen Hände an ihren Brüsten, seine feste Härte an ihrem nackten Fleisch. Erneut bis zum Wahnsinn erregt, griff sie nach ihm, und während sie sein pochendes Fleisch in ihren Körper führte, konnte sie fühlen, wie sich der wild hämmernde Rhythmus ihrer beiden Herzen vereinigte. Mehr als alles andere wollte sie ihn in sich spüren, wollte sich mit diesem wilden, muskulösen Jungen verbunden fühlen, der sich da auf ihr wand, tief in sie hineinstieß,

bis er schließlich seinen Kopf zurück in den Himmel warf, erschauerte und den Namen rief, der ihn drei Tage lang besessen hatte. »Lili, Lili, Lili!«

Er klammerte sich an sie, die Augen geschlossen, die hellen Wimpern fest gegen das sonnengebräunte Gesicht gekniffen. Flüsternd fragte er sie: »War es in Ordnung ... für dich?«

Lili schlang ihre Arme um seine Hüften. »Es war wunderbar«, flüsterte sie.

Da liebte Alexandre sie noch einmal.

Und selbst danach war er noch immer nicht fähig, seine Lippen von ihr zu lassen. Lili kuschelte sich an seinen bronzefarbenen Körper und vergrub das Gesicht in seiner Achselhöhle. Sie fühlte sich lebendig, erregt und wie im siebten Himmel. Sie fuhr ihm mit der seidigen Pracht ihrer langen dunklen Haare über den Körper, bis er nicht mehr an sich halten konnte und zum drittenmal über sie herfiel. Er konnte nicht aufhören, sie zu berühren, und jede dieser Berührungen, jedes Streicheln fühlte sich an, als hielte er etwas unendlich Zerbrechliches und Kostbares in der Hand. Nackt ließen sie sich in den Tümpel gleiten und standen bis zur Hälfte im Wasser. Lachend zog Alexandre Lili in den Strom hinaus, bis sie den Boden unter den Füßen verloren. Ein paar Minuten balgten sie sich fröhlich wie junge Tiere, dann nahm Alexandre sie in die Arme und trug sie wieder ans Ufer. Er legte sie in das weiche Gras und betrachtete sie. Verstohlen, als setzte er sich über ein Verbot hinweg, ließ er seine Augen über ihren nassen weißen Körper gleiten. Er beugte sich vor, ließ seinen Mund über ihre Brüste wandern und sog an den Warzen, härter diesmal. Wie ein junger Wolf konnte er nicht genug bekommen. Lili erschauerte vor Ekstase, als seine Zunge über ihre Rippen hinunterfuhr, sich feucht und warm in ihren Nabel bohrte, über ihren Bauch wanderte und ihre schlüpfrige Route weiter nach unten fortsetzte. Sie spürte seinen heißen Atem, seine

Zunge, die zitterndes, rosiges Fleisch liebkoste und mit sanfter Beharrlichkeit darauf bestand, daß sie sich ganz dem Glück und der Lust hingab, die er ihr bescheren wollte.

Hinterher warteten sie im Schutz der Bäume, bis Alexandre sicher war, daß sich alle zum Aperitif im Salon eingefunden hatten. Lautlos eilten sie aus dem Wald über den Rasen zur Hintertür der Orangerie. Alexandre wirkte wie unter Drogen und Lilis Äußeres war ein einziges Durcheinander, doch ihre Augen strahlten.

Die Glaswände der Orangerie hüteten dunkelgrüne Kübel mit weißen, stark duftenden Kamelien und scharlachrote Geranien. Zwischen den alle fünf Meter aufgestellten Steinbänken standen Zitronenbäume.

Auf der letzten Bank saß, sehr aufrecht und ganz in mandarinfarbenem Satin, Maxine.

Am frühen Nachmittag hatte Madame Janine vom Fenster des blauen Salons aus gesehen, wie Lili und Alexandre über den Rasen auf den Wald zugeschlendert waren. Sie war nicht die einzige, die ihren Aufbruch bemerkt hatte, aber die einzige, die sofort an den Kaffeetisch eilte und Madame la Comtesse die Nachricht ins Ohr raunte. Maxine wurde plötzlich von einer wilden Eifersucht überwältigt, aller Logik bar. Wie jeder andere hatte auch sie bemerkt, wie vernarrt ihr Sohn in Lili war, aber sie hatte kaum damit gerechnet, daß die Schauspielerin von einem fünfzehnjährigen Jungen Notiz nehmen würde, vor allem, wo doch so viele, weit passendere Männer eingeladen waren. Wie auch immer, Maxine fand, daß sie die Situation nicht ignorieren konnte. Sie kochte vor Entrüstung und Wut. Sie nahm an, daß die beiden kaum vor Sonnenuntergang zurückkehren würden, und dann würden sie (wenn Alexandre auch nur eine Spur Ähnlichkeit mit seinem Vater und seinem Bruder aufwies) die kleine Hintertür der Orangerie benutzen, wo der Wald dem Schloß am nächsten war.

Als sie sich zum Dinner umzogen, bat Maxine Charles, sich für fünf Minuten um die Gäste zu kümmern. Er warf ihr einen kurzen, besorgten Seitenblick zu; wenn Maxine so beiläufig sprach, stimmte meistens etwas nicht, aber er hielt es für vernünftiger, nicht zu fragen und zu tun, was sie wünschte.

Kaum im Inneren der Orangerie, zog Alexandre Lili schon wieder an sich und beugte sich über ihren Mund, aber Lili wehrte ihn mit einem leisen Lachen ab. »Du darfst mich *nie* berühren, wenn uns wer sehen könnte.«
»Dann darf ich heute nacht in dein Zimmer kommen?«
»Du wirst in *dein* Zimmer gehen, und zwar sofort, Alexandre«, erklang die Stimme seiner Mutter. Der junge Liebhaber sah plötzlich aus wie ein schuldbewußter Sechsjähriger, der mit den Fingern in der Zuckerdose ertappt worden ist. Er zögerte. Lili versetzte ihm einen kleinen Schubs, und er flüchtete völlig verwirrt den Gang hinunter.
Maxine betrachtete Lili voller Abscheu. »Konnten Sie meinen Sohn nicht in Ruhe lassen? *Brauchen* Sie das – fünfzehnjährige Jungen zu verführen? Gibt es keinen Mann, der vor Ihnen sicher ist?«
»Seien Sie nicht lächerlich. Er hat *mich* verführt . . . Ist er wirklich erst fünfzehn? . . . Ich hätte ihn für achtzehn gehalten . . . Oder siebzehn.«
»Ich hasse den Gedanken, daß er sie auch nur *berührt* haben könnte.«
»Was ist daran denn so schrecklich? Es war ganz offensichtlich nicht das erste Mal.«
»Er sollte jemand seines eigenen Alters und seines Standes lieben.«
»Aber ich bin erst vierundzwanzig.«
»Es ist mir völlig egal, wie alt Sie sind. Sie sind nichts anderes als eine Hure.«
Maxine war zu weit gegangen. Jetzt wurde Lili wütend. »Sie

sind nur eifersüchtig, weil ich ihn gehabt habe und Sie ihn nie haben können.«

Maxine trat einen Schritt vor und ohrfeigte das Gesicht dieses Weibsbilds, das ihren jüngsten und liebsten Sohn verhext hatte.

Schnell wie ein Kampfhahn schoß Lili auf Maxine zu. Ihre Hand landete mit einem heftigen Knall im Gesicht ihrer Gegnerin. Drei kleine Blutstropfen rannen Maxine über die linke Wange.

Tränen der Empörung in den Augen, warf Lili sich auf die Gräfin und hieb mit beiden Fäusten auf Maxine ein, wie besessen von ihrer Wut und dem Wunsch nach Rache. Maxine riß beide Arme hoch, um sich zu schützen und versuchte, sich die Angreiferin mit Fußtritten vom Leib zu halten. Aber Lili ließ nicht locker, griff immer wieder an, die Augen zusammengekniffen, den Mund keuchend geöffnet.

Maxine fühlte sich zutiefst gedemütigt. Nie in ihrem Leben hatte jemand sie geschlagen, noch sie selbst einen anderen. Nicht einmal ihre Söhne hatten Prügel bezogen, als sie noch klein gewesen waren. Und heute hatte sie sich genauso unmöglich benommen wie diese Dirne. Sie riß sich los und flüchtete mit aufgelöstem Haar, blutender Wange und zerrissenem Kleid in ihr Zimmer.

Sie warf sich auf das mit blauer Seide bezogene Bett, griff nach dem Telefon und rief den Verwalter an. »Bitte, lassen Sie sofort Mademoiselle Lilis Kleider zusammenpacken und fahren Sie ihren Wagen vor. Sie wird uns auf der Stelle verlassen.« Dann klingelte sie nach dem Butler.

Rasch fuhr sie in ihren Bademantel, kämmte sich das Haar, versorgte ihre zerkratzte Wange, die inzwischen zu bluten aufgehört hatte, und überschminkte die Wunden. Als der Butler eintrat, sagte sie einfach: »Es hat einen kleinen Zwischenfall gegeben, Lamartine. Miß Lili kann nicht bleiben. Ich möchte, daß Sie sich darum kümmern, daß sie unser Haus innerhalb einer halben Stunde verlassen hat. Und,

Lamartine – warten Sie mit dem Essen, bis sie fort ist. Wir wollen die anderen Gäste nicht verwirren, und ich möchte auch keinen unangenehmen Auftritt. Servieren Sie noch etwas Champagner, bitte.«

Lili war bereits damit beschäftigt, ihre Kleider in die Koffer zu werfen. Sie verließ das Schloß mit hocherhobenem Kopf, ohne dem ausdruckslos, aber wachsam an der Tür stehenden Lamartine einen einzigen Blick zu gönnen.

Umhüllt von dem Dunst der Dämmerung wurde das wunderschöne Schloß im Rückspiegel kleiner, als der Jaguar die Auffahrt hinunterraste. Sobald der Wagen das Tor hinter sich gelassen hatte, riß Lili das Steuer herum, hielt an der Straßenseite und brach in Tränen aus.

Aber die Episode war noch nicht zu Ende. Im nächsten *Paris Match* fand sich kein Fotobericht über den glanzvollen Jubiläumsball und seine hochkarätigen Gäste. Statt dessen gab es eine Farbdoppelseite unter der Überschrift *Château de Chazalle – Ein Ort, an dem man Freunde gewinnt.* In leuchtenden Farben und – auf den folgenden Seiten – gestochenem Schwarzweiß konnte man da ein junges Paar sehen, das auf einer Waldlichtung lag und sich umarmte. Es war ganz unverkennbar Lili, die da nackt im hohen Gras lag, und es war ganz unmißverständlich Alexandre, der sich über sie beugte. Da, eine Großaufnahme von Alexandres Mund und seiner Hand auf ihrer Brust. Da, das junge Paar lachend im Wasser, aneinandergeklammert und halb hinter einer Wasserfontäne verborgen.

Das Ganze war sehr diskret gehalten, wie das in solchen Illustrierten üblich ist – keine Brustwarzen, kein Schamhaar, kein Nabel, keine Geschlechtsorgane –, aber es war dennoch sehr erotisch.

Andi Cherno und sein Teleobjektiv hatten einen neuen Coup gelandet.

Als Maxine die Bilder sah, saß sie aufrecht im Bett und brach in Tränen bitterer Scham aus.
Genau wie Lili.
Genau wie Alexandre. Er war zutiefst gedemütigt worden. Lili hatte ihn ohne ein Wort verlassen, und seine Eltern hatten ihn strengstens bestraft. Nichtsdestoweniger spürte er die wortlose, erstaunte Bewunderung seines Vaters und seiner Brüder sowie den ehrfurchtsvollen Respekt jedes einzelnen unter seinen Klassenkameraden. Aber Lili wäre ihm lieber gewesen.

52

Ein Fanfarenstoß erklang, als die Doppeltüren am entgegengesetzten Ende des großen Thronsaals geöffnet wurden. Langsam und gemessen schritt Seine Majestät König Abdullah III. zu Ehren seiner zwanzigjährigen Regentschaft des Staates Sidon auf dem purpurroten Teppich an den Verbeugungen der Männer und den Hofknicksen der Frauen vorbei zu seinem goldenen Thron. Hin und wieder blieb er bei einem Gast stehen, um ihn persönlich zu begrüßen. Lili, die merkwürdigerweise eine Einladung erhalten hatte, fand, daß er lebendiger wirkte als auf den offiziellen Fotos des Hofes, die ihn immer in Uniform oder Kampfkleidung zeigten.
Als Abdullah sie erreichte, neigte sie den Kopf und deutete einen Knicks an. Dann hob sie den Kopf wieder und sah ihm in die Augen. Zum erstenmal begegnete Abdullahs sinnlicher, schwerlidriger Blick einem Augenpaar von gleicher Kraft. Er vergaß seine formellen Begrüßungsworte und starrte sie nur schweigend an, während beide merkten, wie sie von elektrisierender Spannung erfaßt wurden.
In den drei Jahren seit dem Tod seiner Familie durch einen

Hubschrauberabsturz war Abdullah nur selten in der Öffentlichkeit erschienen. Von Kummer und Schuldgefühlen geschüttelt, weil er als Pilot überlebt hatte, war er unfähig gewesen, mit irgend jemand über sein Seelenleben zu sprechen. Noch Wochen nach dem Absturz hatte er an niemand ein Wort gerichtet, und niemand hatte es gewagt, das Wort an ihn zu richten. Gelegentlich war er allein in die Wüste geritten, wo das Schweigen des Sandes seine Trauer ein wenig betäubte, aber die Erinnerungen ließen sich nicht vertreiben. Tief in seinem Herzen wußte Abdullah, daß er andere Söhne haben würde, aber kein Kind würde je in der Lage sein, Mustafa zu ersetzen – das einzige menschliche Wesen, das er je geliebt hatte.

Als sein König immer seltsamer und mürrischer wurde, begann Suliman sich das Gehirn zu zermartern, um einen Weg zu finden, Abdullah abzulenken und zu zerstreuen, aber nichts schien zu helfen.

Doch dann, eines Abends, als er sich wieder einen der alten Filme ansah, fuhr Abdullah plötzlich hoch und ließ den Vorführer zu sich kommen. »Fangen Sie noch einmal von vorn an!«

Gebannt starrte er auf die Leinwand. »Ich habe das Gefühl, diese Frau zu kennen«, sagte er nachdenklich zu Suliman, »obwohl ich sicher bin, daß wir uns nie getroffen haben. Auch den Film habe ich noch nie gesehen. ›Q‹ – seltsam! Schaffen Sie sie mir herbei.«

»Aber, Sire, diese Schauspielerin ist in Europa eine Berühmtheit. Unter welchem Vorwand soll ich Sie in unser Land einladen? Und für wie lange?«

»Laden Sie sie zusammen mit einer kleinen Gruppe ein. Nein, mit einer großen Gruppe. Ach, ich weiß nicht. Schaffen Sie sie bloß her.«

Suliman sah seine Chance. »Ein Empfang, Sire? Wie wir es zum Jubiläum Ihrer zwanzigjährigen Regentschaft vorhatten?«

»Ja, warum nicht? Nicht die ursprünglich geplanten zweiwöchigen Festivitäten, nur ein paar Tage. Aber sieh zu, daß diese Frau unter den Gästen ist.«
»Schon geschehen, Sire.«
Jetzt, als Lili vor ihm in die Knie sank und ihre schwarzbewimperten Augen zu ihm aufsahen, holte Abdullah tief Luft, und plötzlich fühlte er sich wieder lebendig. Er bedachte sie mit einem ungewöhnlich sanften Lächeln und wandte sich dann voller Bedauern dem nächsten Gast zu.
Lili griff nach dem Arm ihrer Nachbarin. Der lange Flug von Paris und der anschließende Empfang auf dem Flugplatz waren anstrengender gewesen, als die gedacht hatte. Dann hatte sich die lange Fahrt mit einer Motorradeskorte zum königlichen Palast angeschlossen. Die Aufregung und die Zeitverschiebung hatten sie über Gebühr erschöpft.
Trompetenklänge riefen die zweihundert Gäste in den Speisesaal. Mit weißem Damast geschmückte Tische erstrahlten im Glanz schweren Tafelsilbers, erhellt von zahllosen Kerzen. Die Speisefolge war von einem Team von Köchen aus dem *Grand Véfour* in Paris zubereitet worden. Am Anfang wurde Beluga-Kaviar serviert, dann gebratene Ente, gefüllt mit entbeinter Taube, die wiederum mit gefüllter Wachtel gefüllt war. Die Füllung der Wachtel bestand aus pikant gewürztem Reis und Mandeln. Nach den Salaten wurden Rosenblattsorbet mit Granatäpfeln und Trauben serviert.
Abdullah saß inmitten seiner bedeutendsten Gäste, weit entfernt von Lili. Nach dem Mahl erhob er sich und hielt eine kurze Willkommensansprache, die er mit dem Hinweis beendete, daß nun jedem seiner geehrten Gäste ein unbedeutendes Erinnerungsstück an diesen Besuch ausgehändigt werden würde. Diener in weißen Roben legten an jeden Platz ein kleines Ebenholzschächtelchen, dessen Inneres mit einem exquisiten geometrischen Muster aus Perlmutt verziert war. Die Männer erhielten Manschettenknöpfe aus alten römischen Goldmünzen, die Frauen ein Paar Ohrrin-

ge, alle anders und jedes speziell für diese Gelegenheit von Andrew Grima, dem Lieblingsjuwelier der Scheichs, entworfen. Lilis Ohrringe bestanden aus rotkehlcheneiergroßen Türkisen, die in Rotgold gefaßt und mit Diamanten und Saphiren verziert waren.
Freudiges Getuschel erfüllte den Raum. Dann folgten die Grußadressen des Diplomatischen Corps, die bis kurz nach Mitternacht dauerten. Anschließend kehrten die Gäste zum Tanz in den Thronsaal zurück. Als die Kapelle *Oh What a Beautful Morning* intonierte, reichte Abdullah der Frau des amerikanischen Botschafters seinen Arm. Suliman ergriff Lilis Ellbogen, und zusammen tanzten sie unter den großen Leuchtern. Gegen Ende der Melodie steuerte Suliman Lili auf Abdullah zu, der sie umgehend um den nächsten Tanz bat.
Sie spürte die Wärme seiner Handfläche auf ihrem nackten Rücken, als er sie gegen sein weißes Dinnerjackett preßte. Sie fühlte, wie sich seine Brust beim Atmen hob und senkte. Sie blickte ihm in die Augen. Keiner von ihnen sprach ein Wort, während sie miteinander tanzten, jeder im Bewußtsein des rhythmischen Atmens des anderen.
Die Musik hörte auf, und Abdullah murmelte: »Unglücklicherweise muß ich nun mit anderen Damen tanzen, aber ich würde mich gerne später noch mit Ihnen unterhalten. Sagen wir, in einer halben Stunde im Jasmingarten? Colonel Hakem wird sie dorthin begleiten.«
Lili spürte die seidige Berührung seines Schnurrbarts auf ihrem Handrücken, und kaum hatte er sich entfernt, stand schon wieder Suliman vor ihr und deutete eine Verbeugung an.
»Ich glaube, ich möchte nicht mehr tanzen«, sagte Lili, das Gesicht gerötet, während das Blut in ihren Schläfen pochte.
»Vielleicht möchten Sie sich gern im Jasmingarten ein wenig ausruhen?« Er eskortierte sie durch lange weiße Marmorkorridore und hinaus in die Nacht. Der Himmel war

voller Sterne, und der Mond sandte seine silbrigen Strahlen auf einen kleinen, aber märchenhaften Garten. Jasminzweige mit großen weißen Blüten hingen von hohen Mauern und erfüllten die Dunkelheit mit ihrem berauschenden Duft. Colonel Hakem klatschte zweimal in die Hände, und sofort erschien ein weißgekleideter Diener mit einem Tablett, auf dem sich Kaffee und Gebäck befanden.
Lili wandte sich dem Colonel zu, aber der war verschwunden, und an seinem Platz stand Abdullah, im Mondlicht von wilder Schönheit. Er hob ihre Fingerspitzen an seine Lippen, und sie spürte seine Zähne an ihren Nägeln, seinen Schnurrbart auf ihrer Haut.
»Ich habe das Gefühl, Sie schon zu kennen, Sie schon immer gekannt zu haben«, flüsterte sie.
»Genau dasselbe Gefühl habe ich auch«, murmelte er und berührte ihren Hals mit seinen Lippen, »als ob wir zueinander gehörten.«
Danach erinnerte sich Lili an nichts mehr als an kaleidoskopartig vorbeizuckende Impressionen, den Mond, die samtene Dunkelheit, den Jasmin, die traumhafte Unwirklichkeit des silbrigen Gartens und die nachgiebige Couch unter ihr, als ihre nackten weißen Arme sich zu ihm emporstreckten.

Es war fast schon Mittag, als Lili ihre Augen öffnete und eine ihr nicht vertraute, himmelblaue Decke über sich erblickte. Vor dem doppelbögigen Fenster in der weißen Steinmauer spannte sich ein strahlend blauer Himmel. Sie fuhr im Bett hoch und bedeckte ihren nackten Körper mit einem seidenen Bettuch. Sie war allein.
Aber sie wußte, daß sie nicht die ganze Zeit allein gewesen war.
Langsam ließ sie sich wieder zurücksinken und dachte daran, wie sein Körper sich angefühlt hatte. Gesehen hatte sie nur wenig. Im Garten war es zu dunkel gewesen, und spä-

ter, als er sie in ihre Gemächer zurückgeführt hatte, war er nur eine schemenhafte Gestalt im Zwielicht. Aber nie würde sie vergessen, was zwischen den Jasminblüten geschehen war, und für den Rest ihres Lebens würde dieser süße, exotische Duft sie auf magische Weise in jenen stillen silbrigschwarzen Garten zurückversetzen, wo Lili zum erstenmal in ihrem Leben echte Leidenschaft empfunden hatte.

Ein weißgekleideter, barfüßiger Diener betrat den Raum und verbeugte sich. Schweigend reichte er ihr ein silbernes Tablett, auf dem sich neben Früchten und Tee auch das kleine Ebenholzkästchen befand, das sie im Jasmingarten vergessen hatte. Dann verbeugte er sich wieder und verließ den Raum. Lili warf einen Blick auf ihre Armbanduhr und dann einen weiteren auf das offizielle Tagesprogramm. Gott sei Dank blieb ihr noch fast eine Stunde bis zum Mittagessen der Damen, nach dem die Frau des Oberkommandierenden der Armee sie zu einer Besichtigungstour durch den Basar begleitete, während die Herren, die mit Seiner Majestät speisten, den Nachmittag mit den Plänen und Modellen zur Urbarmachung der Wüste verbringen würden.

Am frühen Abend versammelten sich die Gäste im größeren der beiden Innenhöfe, wo eine Reihe Landrover darauf wartete, sie am Meer entlang in die Wüste zu bringen, wo eine riesige Mondscheinparty stattfinden sollte. Alle trugen legere Kleidung, und jedem war eine rote *burka* überreicht worden, für den Fall, daß die Nacht zu kalt würde.

Die scharlachrot uniformierte Palastwache präsentierte die Waffen. Silberne Krummsäbel blitzten durch die Luft, als König Abdullah gemessen die Marmorstufen des Palastes herunterschritt. In der Öffentlichkeit bewegte er sich langsam, den Rücken steif wie ein Stock, den Kopf hocherhoben. Die anderen Männer seines Hofstaates hielten sich immer im Hintergrund. In der Öffentlichkeit durfte niemand Abdullah wie einen Gleichgestellten behandeln, und nur die wenigsten waren so dumm, es zu versuchen, wenn sie mit ihm allein waren.

Die Männer verbeugten sich, die Damen knicksten. Abdullah begegnete Lilis Blick ausdruckslos, aber als die Gäste zu den wartenden Landrovern geführt worden waren, fand sie sich auf dem Rücksitz des königlichen Gefährts wieder. Lili spürte eine kurze Berührung, zart wie die eines Schmetterlings, an ihrem linken Arm, die den weichen Flaum wie elektrisiert aufstehen, ihr einen Schauer den Nacken hinunterjagen und den Atem stocken ließ. Davon abgesehen verhielt sich Abdullah ihr gegenüber wie zu den anderen Gästen – so daß sie sich irgendwann fragte, ob sie sich seinen harten, nackten Körper auf dem ihren in der letzten Nacht nicht nur eingebildet hatte. Aber dann fingen ihre Augen einen Blick auf, und in ihr stieg wieder diese neue, ungeheuer erregende und spannungsvolle Leidenschaft hoch.

Als die Dämmerung herabsank, rumpelten sie über eine öde Wüstenstraße. Zehn Minuten später tauchte der Mond auf und verwandelte den gelben Sand in ein silbriges Tal.

»Woher weiß der Fahrer, wohin er fahren muß?« staunte Lili.

Der König lachte. »Nur für den, der die Wüste nicht kennt, sieht sie überall gleich aus. Ein Beduine findet hier mit derselben Leichtigkeit von einem Ort zum anderen wie Sie von der Place Vendôme zur Rue de Rivoli.«

Plötzlich erblickten sie am Horizont die Ruinen eines ehemaligen Amphitheaters. Die verfallenen Bögen und Säulen reckten sich in den Himmel und wurden von so geschickt plazierten Scheinwerfern angestrahlt, daß sie auf magische Weise neu und perfekt wirkten, so als wären sie erst gestern erbaut worden. Die Arena war vollkommen mit farbigen Seidenteppichen und Kissen ausgelegt, und mit angehaltenem Atem betrat Lili das Innere des Theaters. Es wurde ein Fest wie in Tausendundeiner Nacht mit allen Köstlichkeiten, die das Leben an Unterhaltung zu bieten hat.

Am Ende dieser Nacht trafen sich Lili und Abdullah wieder in dem dunklen, warmen Jasmingarten. Abdullah schloß sie in seine Arme, und sie spürte seine Lippen auf ihrem Haar und ihrem Mund, während er sie ohne jede Mühe aufhob und zu den schwarzen Seidendiwanen trug.
Es dauerte keine Stunde, bis Lili begriff, daß sie zum zweitenmal in ihrem Leben in einen Mann verliebt war, diesmal aber mit einer so wilden Leidenschaft, einer so vollkommenen Hingabe, die sie noch nie erfahren hatte.
Später schmiegte er seine samtene Wange an die ihre und fragte: »Willst du hierbleiben?«
Lili hatte nicht die leiseste Ahnung, daß Abdullah noch nie zuvor eine Europäerin in sein Königreich geholt hatte, daß er im Begriff stand, alle Vorsicht außer acht zu lassen und daß seine Leidenschaft für sie politisch höchst gefährlich war.
Sie zögerte. Ihr Herz und ihr Körper wollten ja sagen, aber ihr Verstand und ihr Gedächtnis erinnerten sie daran, daß sie in den Armen eines international bekannten Playboys lag. Sie hatte ganz und gar keine Lust, der Welt als Abdullahs neueste Eroberung vorgeführt zu werden. Seitdem sie *Regen* beendet hatte, eine Hauptrolle, die zwei der größten Schauspielerinnen der Welt schon vor ihr dargestellt hatten, war sie von wachsendem Selbstbewußtsein erfüllt. Der Film war noch nicht gestartet worden, aber jeder in der Branche wußte, daß Lilis Sadie eine grandiose Leistung war – und ein persönlicher Triumph. Sie war fest entschlossen, sich den Respekt, den man ihr jetzt als ernsthafter Schauspielerin entgegenbrachte, von nichts und niemand wegnehmen zu lassen. Aber das Leben gehörte den Lebenden, und nie zuvor hatte sie sich so lebendig und doch gleichzeitig so ausgeglichen gefühlt.
Die Premiere sollte in fünf Wochen stattfinden.
Eine oder zwei Wochen in Sidon spielten da doch keine Rolle, oder?

53

Ein Jahr später war Lili noch immer in Sidon. Die letzten zwölf Monate waren eine einzige Idylle gewesen, endlos und doch viel zu schnell verronnen. Abdullah liebte Lili mit wilder Leidenschaft. In ihrer Gesellschaft hörte die unglückselige Vergangenheit auf zu existieren, und er lebte nur für den Moment. Voller Erstaunen fand Lili heraus, daß ihre anfängliche Faszination sich in ein unerklärliches Glücksgefühl gewandelt hatte. Aber ein Jahr in einer völlig anderen Kultur war lang.

Zweimal hatte Zimmer sie davon zu überzeugen versucht, daß sie wieder an die Arbeit gehen mußte. Sie wußte, daß er recht hatte. Sie konnte ihren neuen, so hart erkämpften Erfolg nicht wieder aufs Spiel setzen. Dieses luxuriöse Leben voller Liebe und Genuß konnte nicht ewig weitergehen, und sie wußte nicht einmal, ob sie überhaupt wollte, daß es weiterging. Die arabischen Frauen konnten Lili nicht verstehen, begegneten ihr mit Eifersucht und Mißtrauen, und den Männern mißfielen ihre gefährlichen Ideen von Freiheit und Gleichberechtigung, so daß sie ihren Frauen den Umgang mit Lili verboten. Mit der Zeit hielten sich auch die Männer von ihr fern, denn sie wollten nicht, daß eine harmlose Konversation mit ihr vom König vielleicht falsch interpretiert wurde, zumal nur die wenigsten Französisch oder Englisch sprachen. Abdullahs Tage wurden fast zur Gänze von seinen Amtsgeschäften in Anspruch genommen. Lili wußte nie, wann sie ihn zu Gesicht bekommen würde, und obwohl ihre Nächte voller Erregung waren, litt sie am Tag unter Einsamkeit. Mehr und mehr wollte sie wieder ihr eigenes Leben führen, statt einfach nur die Geliebte des Königs zu sein.

Manchmal nahm Abdullah ihr Gesicht in seine Hände, blickte ihr in die Augen und zeichnete dann mit einem Finger ihre Augenbrauen, ihre Stirn und ihre Nase nach, als wollte er eine Skulptur von ihrem Kopf anfertigen oder ihn sich für immer einprägen. Wenn er das tat, pflegte er sie sanft anzulächeln, mit derselben eigenartigen, unendlichen Süße, an die sie sich von ihrer ersten Begegnung im Thronsaal erinnern konnte. Und dann wußte Lili ohne Zweifel, daß er sie liebte. Zu anderen Gelegenheiten aber, wenn er mit irgendwelchen politischen Problemen beschäftigt war, behandelte er sie wie ein lästiges Schoßtier, das ihm zuviel wurde.

Er hatte ihr nie von seiner Frau oder seinem Sohn erzählt. Da sie ahnte, welch furchtbaren Verlust er erlitten hatte und wie tief noch immer sein Schmerz lag, wagte Lili es nicht, die Rede darauf zu bringen. Aber sie wußte, es bestand nicht die geringste Möglichkeit, daß Abdullah sie je heiraten würde. Sie war eine Ungläubige. Es war seine Pflicht seinem Volk gegenüber, daß er eine gläubige hochgestellte Frau erwählte, die dem Thron geeignete Erben schenken würde. Dabei hätte Lili nichts lieber getan, als ihm einen Sohn zu *schenken*; sie sehnte sich nach Abdullahs Kind in ihrem Bauch, wollte spüren, wie es sich regte und um sich trat, wollte Abdullahs Hand nehmen und stolz auf ihren geschwollenen Leib legen, wollte zusehen, wie ihre Brüste schwer wurden, bereit, ein Kind zu nähren. Mehr als je zuvor sehnte sie sich nach Beständigkeit in ihrem Leben und den Dingen, die andere Frauen so ohne alle Schwierigkeiten zu erreichen schienen – einen Hausstand, eine Ehe und ein Baby, das sie mit all ihrer Liebe überschütten konnte.

Es gab noch einen weiteren Grund, warum Lili Abdullah nie heiraten konnte. In diesem Land, wo ein Mädchen damit rechnen mußte, daß sein Vater ihm die Kehle durchschnitt, wenn er es verdächtigte, mit einem Mann allein gewesen zu seien, wurde sie als die Konkubine des Königs betrachtet, und ihr entging nicht die höfliche Geringschät-

zung, mit der sie bei Hof behandelt wurde. Sie war die offizielle Hure des Königs.
Und schließlich gab es noch einen dritten Grund, aus dem Abdullah sein Leben niemals mit ihr teilen konnte — ein Grund, der zugleich auch der größte Beweis für seine Liebe war. Sie gehörte zum Westen und war daher ein Feind.
In der vergangenen Woche, als arabische Freischärler vom Meer aus einen Raketenangriff auf Tel Aviv unternommen hatten, war der amerikanische Botschafter wegen einer Audienz vorstellig geworden, aber Abdullah hatte sich geweigert, ihn zu empfangen.
Nach dem Frühstück hatte sich Lili, angetan mit Reithosen und einem weißen Hemd, auf den Weg zu den Ställen gemacht, als sie plötzlich jemand ihren Namen rufen hörte. Sie dreht sich um und erblickte das strahlende Gesicht von Bill Sheridan. »Wie schön, Sie zu sehen!« rief sie aus. »Haben Sie Linda mitgebracht?«
Der massige texanische Rechtsanwalt wuchtete sich aus seiner Dienstlimousine, beugte sich über Lili und begrub sie in einer bärenhaften Umarmung. Herzlich küßte sie den alten Mann auf die Wange. »Natürlich habe ich Linda mitgebracht — sie gewöhnt sich langsam daran, die Frau eines Botschafters zu sein und hat gerade damit begonnen, die gesamte Botschaft neu einzurichten. Wir haben gehört, daß Sie hier wären, haben aber nicht damit gerechnet, Ihnen so schnell in die Arme zu laufen. Wann kommen Sie uns besuchen? Erinnern Sie sich noch an das Barbecue, das Linda immer gemacht hat, als wir noch in der Rue Monsieur wohnten? Das ist nichts im Vergleich zu den Plänen, die sie hier in Sidon in die Tat umsetzen will. Die werden hier eine echte texanische Gastfreundschaft erleben!«
Er schüttelte ihr die Hand. »Warten Sie nicht erst, bis wir völlig eingerichtet sind. Es ist bestimmt Monate her, daß Sie ein gutes Steak zwischen den Zähnen gehabt haben!

Ich habe sie mir von der Ranch einfliegen lassen. Wann kann ich Ihnen einen Wagen schicken, Honey?«

Lili überlegte einen Moment. Abdullah stand im Begriff, zu einem *mansef* in den Süden des Landes zu reisen. Er würde bestimmt drei Tage fortbleiben. »Wie wär's mit nächsten Donnerstag?«

»Prima, prima, Lili, so gegen sechs? Endlich mal wieder was, worauf man sich so richtig freuen kann. Aber jetzt muß ich zusehen, daß ich in die Höhle des Löwen komme.« Er nickte in Richtung Palast und stapfte dann, die Aktentasche unter dem Arm, die Marmortreppe zum Eingang hinauf.

Als Lili von ihrem Ausritt zurückkehrte, wurde sie von einem weißgekleideten Diener erwartet, der sich verbeugte und dann sagte: »Der König wünscht Sie umgehend zu sehen.«

Lili eilte in den Palast, vorbei an einer Gruppe weißgekleideter Höflinge, die sie voller Widerwillen, fast Haß anstarrten. Was hatte sie denn jetzt schon wieder angerichtet, fragte sich Lili.

Abdullah schritt wie ein gefangener Tiger auf und ab.

»Was habe ich da gehört? Du hast dich mit dem neuen amerikanischen Botschafter unterhalten?«

»Warum nicht? Bill Sheridan ist ein alter Freund von mir. Ich kenne ihn und seine Frau schon seit Jahren.«

»Sheridan ist ein unkultivierter Millionär und Anwalt, der zufälligerweise ein bißchen von Öl versteht und dem Wahlkampffonds der Republikaner gerade genug Geld gestiftet hat, um diesen Posten hier zu bekommen! Wenn er nicht zufälligerweise der amerikanische Botschafter wäre, würde ich mich mit ihm nicht einmal an denselben Tisch setzen. Mit Sicherheit wirst *du* jedenfalls keinen Kontakt mit ihm oder seiner Frau haben.«

»Und ob ich das werde, Abdullah. Sie sind meine Freunde.«

»Ich kann dir nicht erlauben, allein in die amerikanische

Botschaft zu gehen, wo du ohne Zweifel bei Hot dogs und Hamburgers von diesem Hundesohn, der sich Kulturattaché nennt und in Wirklichkeit ein lumpiger CIA-Agent ist, ausgehorcht werden sollst. Wir wissen, daß du nicht den geringsten Zugang zu strategischen Geheimnissen hast, aber *sie* wissen das nicht! Und jeder hier hat gesehen, wie dieses amerikanische Schwein dich umarmt hat!«

Plötzlich begriff Lili die Bedeutung seiner Worte. »Du meinst, *du* hast mich beobachtet! Vertraust du mir nicht, Abdullah?«

Abdullah wandte sich ab, verschränkte die Arme und starrte auf die Orangenbäume vor dem Fenster. »Du mußt Verständnis für meine Lage haben! Meinen Beratern mißfällt mein – mein Umgang mit einer Europäerin, und sie können es sich einfach nicht leisten, dich als vertrauenswürdig zu betrachten.«

Lili bedachte ihn mit einem wütenden Blick, machte auf dem Absatz kehrt und stürmte aus dem Raum durch die Gruppe hochmütiger Männer, die sich vor der Tür angesammelt hatte. Noch nie hatte sie sich so gedemütigt gefühlt! Plötzlich fragte sie sich, was sie hier in diesem riesigen Sandkasten sollte, wenn sie nicht einmal einen alten Bekannten in der amerikanischen Botschaft besuchen durfte.

Gegen Abend hatte Lili sich beruhigt, und während der Fahrt nach Dinada lauschte sie Abdullahs Attacken auf die amerikanische Nahostpolitik, ohne etwas dazu zu sagen. Aber als sie dann barfuß am Strand entlanggingen und den Sonnenuntergang beobachteten, fragte sie: »Wie lange wird dieses sinnlose Gemetzel denn noch weitergehen? Doch nicht ewig, oder? Warum können die Araber mit Israel nicht in Frieden leben?«

Abdullah fuhr herum und packte ihr Handgelenk. »Jetzt erkläre ich dir zum letztenmal, warum es in Palästina immer Krieg geben wird, Frau! 1917 haben die gottlosen Engländer beschlossen, daß es eine gute Idee wäre, die Juden in

Palästina anzusiedeln. Aber sie haben nicht bedacht, daß dreiundneunzig Prozent der Palästinenser Moslems oder Christen waren.« Er stieß ein bitteres Lachen aus. »Und so fanden sich diese Araber plötzlich ohne Heimat wieder, sie wurden aus ihren Häusern, aus ihrem Land vertrieben — und das alles nur wegen sieben Prozent der Bevölkerung und einer Menge anderer Juden, die Palästina noch nie *gesehen* hatten, geschweige denn, darin gelebt!«

Mit einem Schlag sah Abdullah Lili nur noch als Europäerin, als Feind. Er wollte sie beherrschen und besitzen. Lange Zeit hatte er sich dagegen gesträubt, einzusehen, daß er in hilfloser Liebe zu einer Frau aus dem Westen entbrannt war. Nun konnte er das nur als Schwäche und mögliche Lücke in seiner Verteidigung sehen. Die Intensität seiner Gefühle erschreckte ihn, und er hatte Angst davor, noch einmal ein menschliches Wesen so sehr zu lieben wie seinen Sohn Mustafa, Angst, daß er diese Liebe genauso plötzlich wieder verlieren könnte. Wütend über diesen Wirrwarr seiner Gefühle, packte er Lili bei den Schultern und schüttelte sie mit aller Kraft.

Sie stolperte und fiel zu Boden. Halb lag sie im warmen Wasser, halb auf dem feuchten Sand. Abdullah hatte sich auf sie geworfen und preßte sie gegen die Erde, während seine Hände rasch unter ihren Kaftan fuhren und er mit tierhafter Wildheit in sie eindrang — hart, brutal, schwer, schmerzhaft. Danach hockte Lili wie betäubt am Strand, über und über mit nassem Sand verschmiert, während er sich den Kaftan vom Leib riß und im Begriff stand, sich in die Wellen zu stürzen. Es war einfach zuviel! Es war genauso wie diese albernen Filme, die sie früher immer gemacht hatte — genauso demütigend. Plötzlich war Lili es leid, von der falschen Rasse, vom falschen Glauben zu sein und auf der falschen Seite zu stehen. »Ich glaube, du wirst nie jemand vertrauen, Abdullah«, sagte sie müde. »Aber du kannst niemand lieben, dem du nicht auch vertraust.«

Er hielt im Laufen inne, drehte sich zu ihr um und sagte: »Es ist nicht leicht, jemand zu vertrauen, wenn man weiß, daß, wie gut man seinen Job auch immer erledigt, eine Menge Leute einen umbringen wollen, einfach weil man diesen Job hat.«

»Ich hätte dich tausendmal töten könne, wenn ich gewollt hätte!« schrie Lili und wischte sich das verklebte Haar aus der Stirn. »Es verletzt und erbittert mich, daß du deine Liebe zu mir nicht zuläßt.«

»Du bist doch nicht meinetwegen verletzt und erbittert«, sagte Abdullah, zog sie hoch und wechselte geschickt das Thema, wie Männer das so oft tun, wenn eine Frau der Wahrheit zu nahe kommt. »Du bist verletzt und erbittert, weil du – wie du selbst mir oft genug erzählt hast – nicht weißt, wer du bist und weil du dich ausschließlich auf die Liebe verläßt, um deinem Leben eine Bedeutung, einen Sinn zu geben.«

Sie bemerkte einen Ausdruck amüsierter Herablassung in seinen Augen, als lauschte er dem Ausbruch eines Kindes.

»Du hast recht«, sagte sie, »das habe ich wohl.« Erstaunt stellte sie fest, daß sie die Vergangenheitsform gebraucht hatte.

»Ihr Leute aus dem Abendland mit eurer endlosen Suche nach eurer Identität«, sagte Abdullah hochmütig, »ihr wißt nie, wer ihr seid. Wenn du es wirklich wissen willst, warum versuchst du es nicht herauszufinden, statt immer nur davon zu reden.«

»Gut«, sagte Lili, »das werde ich.« Sie riß sich los und rannte fort von ihm, fort von der sinkenden Sonne und dem dunkler werdenden Meer, dessen weiße Gischt unaufhörlich über den Strand spülte.

Teil 11

54

Sobald die Presse mitbekommen hatte, daß Lili wieder nach Paris zurückgekehrt war, befand sich ihre Wohnung praktisch Tag und Nacht im Belagerungszustand. Teleobjektive ragten aus jedem Fenster des gegenüberliegenden Gebäudes, und das Telefon stand nicht eine Sekunde still, bis sie den Hörer neben die Gabel legte. Wieder einmal war sie auf sich allein gestellt, fühlte sich elend und gedemütigt, aber diesmal gesellten sich auch Wut und Entrüstung dazu.

»Ich weiß, daß ich richtig gehandelt habe«, sagte sie zu Zimmer, als sie vor dem Kaminfeuer saß und seinen Trenchcoat reparierte, dessen Aufschlag eingerissen worden war, als er sich zu ihrer Wohnungstür durchgekämpft hatte. »Da, jetzt sieht er wieder aus wie neu . . . Ich hatte plötzlich erkannt, daß Land und Leute mir nicht nur fremd waren, sondern auch feindselig gegenüberstanden, so daß ein Bruch zwischen Abdullah und mir unausweichlich war. Und je länger ich blieb, desto schmerzlicher würde dieser Bruch werden.« Sie warf ihren Kopf zurück. »Zum erstenmal hatte ich das Gefühl, selber zu entscheiden, was in meinem Leben geschah. Oh, Zimmer, du kannst dir gar nicht vorstellen, wie verzweifelt ich war, wie schrecklich es ohne Abdullah ist. Ich fühle mich, als hätte man mir einen Teil meines Körpers abgerissen, und manchmal spüre ich tatsächlich physische Schmerzen.« Sie preßte die linke Hand gegen ihr Herz und schwieg einen Moment. »Seltsam ist nur, daß ich nicht ein einziges Mal bedauert habe, was ich tat. Ich bin stolz, daß ich die Kraft hatte, es zu tun. Zum erstenmal war ich wirklich *stolz* auf mich. Ich hatte erwartet, mich völlig am Boden zerstört zu finden, statt dessen bin ich wild entschlossen, mich nie wieder demütigen zu lassen.«

»Willst du nicht mit der Presse reden? Es ist jetzt sechs Wochen her, daß du Abdullah verlassen hast, aber sie warten noch immer draußen –«

»– wie ein Rudel Wölfe! Nein, ich werde mit niemand darüber sprechen, Zimmer. Mein Privatleben soll endlich privat *bleiben.* Ich möchte so schnell wie möglich wieder an die Arbeit gehen. Das ist das einzige schmerzstillende Mittel, das bei mir nie versagt.«

Über und über mit falschen Diamanten behängt, lag Lili zitternd in den Armen des mageren Beamten. Sie trug ein straff geschnürtes, burgunderrotes Abendkleid mit einer Turnüre und hatte sich gerade auf dem Heimweg von der Oper eine Erkältung geholt. Nächste Woche würde sie an Lungenentzündung sterben. Dem dürren Beamten rutschte der Zwicker von der Nase, und er sagte: »Scheiße!«

Die Crew begann zu lachen, und Zimmer rief: »Schnitt!«

Der Beamte bückte sich, um seine randlose Brille aufzuheben.

»Der Bügel muß enger gemacht werden«, verkündete er, »aber wenn ihr mir ein paar Minuten Zeit laßt und jemand eine Pinzette hat, erledige ich das schnell selbst.«

Das spitze Kinn des Schauspielers war hinter einem kleinen Bart verborgen, den die Rolle eines Beamten zur Zeit Königin Viktorias erforderte, aber Lili hatte die große, schlanke Gestalt und die blauen Augen dennoch wiedererkannt.

»Ich habe Sie doch schon einmal getroffen«, sagte sie. »Vor ewig langer Zeit, bei meinem ersten Film – Sie haben mir erklärt, was die einzelnen Leute für Aufgaben hatten. Sie sind Simon, nicht wahr?«

Simon sah aus, als sei ihm nicht ganz wohl in seiner Haut. »Simon Pont«, nickte er. »Ich hätte nicht gedacht, daß Sie sich daran erinnern.« Er hatte beschlossen, auf Distanz zu achten – sich von Lili fernzuhalten. Er wollte keine Komplikationen, keine *paparazzi,* keine von der PR-Abteilung organisierte Romanze, nur eine kleine, saftige, gutbezahlte

Rolle in einem schnell heruntergekurbelten Film von Zimmer, und, um Himmels willen, keinen Ärger mit der Tiger-Lili.
Nichtsdestoweniger fand er während der folgenden Wochen heraus, daß Lili ganz und gar nicht die verwöhnte Primadonna war, wie die Medien sie hinstellten. Überraschenderweise war sie ruhig, fast schüchtern. Sie zeigte sich nur selten außerhalb ihrer Garderobe, aber wenn die Tür offenstand, konnte man sehen, wie sie mit einer lächerlich großen Brille auf der Nase an ihrem Schminktisch saß, ein Buch las und sich dabei Notizen machte. Der Anblick begeisterte Simon, und mit der Zeit gab er seine Reserve Lili gegenüber auf. In der dritten Woche der Dreharbeiten ging er mit ihr in den Zoo, und danach benahmen sie sich dann fast schon wie alte Freunde.
Eines Abends besuchte er sie und schenkte ihr eine antike orangefarbene Spieluhr aus Blech. Während sie dem hellen, kristallenen Geklimper lauschten, aus dem allmählich *Au claire de la lune, mon ami Pierrot* wurde, bemerkte Simon, daß Lilis Augen feucht wurden. Er stellte die Uhr ab und fragte: »Was ist denn, Lili, magst du die Melodie nicht?«
»O nein, Simon, sie ist wunderbar. Sie erinnert mich nur . . .«
Lili erinnerte sich an Angelina, die sie in den Schlaf gewiegt und dabei dieses Lied gesungen hatte, während draußen vor dem kleinen Schlafzimmerfenster der Mondschein die im Wind rauschenden Kiefern bestrahlt hatte.
Plötzlich stöhnte Lili auf.
»Was ist denn?« fragte Simon alarmiert.
»Ach, nichts . . . ich habe die letzte Nacht kaum ein Auge zugetan. Ich habe ziemliche Zahnschmerzen, aber ein Aspirin bringt das schon wieder in Ordnung.«
»Warum gehst du nicht zum Zahnarzt?«
»Ich hasse Zahnärzte. Es wird schon vorübergehen.«
»Nein, es geht nicht vorbei, womöglich fängt der Zahn so-

gar an zu eitern.« Er ging zum Telefon. »Ich kenne einen exzellenten Zahnarzt. Er ist mein Nachbar, und er wird dir bestimmt nicht weh tun, das verspreche ich dir.«

Es war später Nachmittag. Der Place Saint Sulpice mit seinen säuberlich gestutzten Bäumen und der schönen alten Kirche hatte im Purpurlicht der sinkenden Sonne die Atmosphäre einer Straßenszene von Monet. Seit den Studentenunruhen von 1968 parkte die Polizei auf diesem bezaubernden, ruhigen alten Platz ihre Einsatzwagen.

Überrascht stand Lili auf der Treppe zum Haus des Zahnarztes. Noch vor einer Stunde war der schneebedeckte Platz leer und fast verwaist gewesen, aber jetzt wimmelte es darauf von Studenten mit Transparenten und Knüppeln. Den Spruchbändern zufolge protestierten die Studenten gegen die plötzliche Absetzung eines linksradikalen Professors. In Sprechchören verlangten sie: »Wir wollen Boulin! Wir wollen Boulin!«

Niemand nahm von Lili auch nur die geringste Notiz. Wenn sie nicht vor der Kamera stand, trug sie nur selten Make-up und war durchaus in der Lage, auf allen Glamour zu verzichten und nur in einem beigen Trenchcoat, Blue jeans, Stiefeln und einem langen, unter dem Kinn verknoteten Schal auf die Straße zu treten.

Nach der Novokaininjektion des Zahnarztes fühlte ihr Gesicht sich taub und verschwollen an. Sie war erschöpft, und ihre Augen begannen in dem scharfen Wind zu tränen, als sie unsicher die Stufen hinunterschritt und sich dabei am Geländer festhielt. Im Nu fand sie sich mit dem Rücken gegen die Mauer des Gebäudes gepreßt, das sie gerade verlassen hatte, und direkt vor ihr brüllte ein junger Mann Politslogans, die sofort von der Masse weitergetragen wurden, in ein Megaphon. Lili versuchte, sich einen Weg zu bahnen, aber die Menge war so dicht, daß sie zweimal beinahe von den Füßen gerissen wurde.

Als die Polizei auszuschwärmen und den Platz abzuriegeln begann, verdoppelte Lili ihre Anstrengungen, umgeben von Studenten, die *A bas les Flics! . . . enfant de putain . . . sale vache . . . salope . . . sale con* brüllten. Hilflos, und nun verängstigt, versuchte Lili, sich einen Fluchtweg freizukämpfen. Ein Ellbogen bohrte sich in ihren Magen, sie schnappte nach Luft und befand sich unvermittelt in der ersten Reihe der Demonstranten, nur wenige Meter von den Flics entfernt, die gerade ihre Capes abnahmen. Die Capes der Pariser Polizei waren am Saum mit mehreren Pfund Blei beschwert; mit geübtem Geschick geschwungen, vermochten sie jedem die Knochen im Leib zu brechen, und dennoch konnte niemand den Beamten nachsagen, sie wären bewaffnet gewesen.

Plötzlich bewegte sich die Menge hinter Lili vorwärts und dann zur Seite. Dadurch wurde sie gegen eine der Plakatstangen geschleudert. Das unbearbeitete Holz riß ihr die Wange auf, die sofort zu bluten begann. Lili stolperte, und um nicht zu fallen, klammerte sie sich an das Plakat, auf dem *Boulin zurück an die Sorbonne* stand.

Es begann wieder zu schneien.

Die Polizei griff an.

Die wütende Menge zog sich zurück, und Lili fand sich plötzlich einem Polizisten gegenüber, der sie haßerfüllt anstarrte. Auf einmal war ihre Entrüstung stärker als die Angst. »Was tun Sie da? Hören Sie auf, diese Kinder zu schlagen!«

»Halt die Schnauze«, brüllte der Flic, bog die Plakatstange zur Seite, packte Lili und zerrte sie zu einem der schwarzen, fensterlosen Wagen, in die immer mehr festgenommene Studenten gestoßen wurden. Lili setzte sich erbittert zur Wehr. Dann hörte sie Sirenen und sah die ersten Wagen der Spezialtruppe zur Bekämpfung gewalttätiger Demonstranten auftauchen. Die Männer, die aus den gepanzerten Fahrzeugen sprangen, trugen Helme, Gasmasken und kugelsi-

chere Westen. In den Händen hielten sie Plastikschilde, Tränengasbehälter und Gummiknüppel. Während Lili noch immer mit dem Flic kämpfte, formierte die Spezialtruppe sich zu einer Linie und begann vorzurücken.
»Sie begehen einen Irrtum«, rief Lili. »Ich bin keine Studentin.«
»Mir völlig egal, wer du bist. Ihr seid alle der gleiche drekkige Abschaum«, brüllte der Flic. Lili trat ihm gegen das Schienbein.
»*Merde!* Du kleine Hure!« Er vergrub seine Hand in Lilis dunkler Lockenmähne und griff nach seinen Handschellen.

Simon Pont betrachtete die Demonstration vom Fenster seiner Wohnung aus. Die Studenten hatten die Polizisten absichtlich provoziert, und die Polizei hatte reagiert, wie die französische Polizei immer reagiert. Was hatten diese Jugendlichen denn erwartet? Er beugte sich vor. Das Mädchen da unten erinnerte ihn doch an . . .
Als sie ihren Kopf zurückwarf und den Flic anfunkelte, erkannte er, daß es sich tatsächlich um Lili handelte.
Er rannte zur Tür, sprang die Treppe hinunter und kämpfte sich über den Platz zu Lili durch. Es gelang ihm irgendwie, sich zwischen sie und den Flic zu schieben, der sie immer noch am Haar festhielt. Er hob die Stimme, um den Lärm rings umher zu übertönen. »Einen Moment, Monsieur . . . Sie begehen einen furchtbaren Irrtum!«
»*Ah, non, alors!* Verschwinden Sie oder ich verhafte Sie ebenfalls!«
Simon wußte, daß französische Polizisten meistens ziemlich entgegenkommend sind, wenn man sie taktvoll behandelt und nicht zu provozieren versucht. Deswegen unterhielt er sich mit dem schnaubenden Flic so höflich, als befänden sie sich beide bei einer Abendgesellschaft.
»Ich hoffe, Sie sind sich darüber im klaren, was Sie tun,

Monsieur«, sagte er. »Sie müssen wissen, die junge Frau ist Lili, die Schauspielerin.«
»Und ich bin General de Gaulle«, knurrte der Flic.
»Bitte, Monsieur, sehen Sie genau hin«, drängte Simon. Der Flic nahm Simon in seinem pelzbesetzten Kamelhaarmantel genauer in Augenschein. Dann musterte er Lili mit ihrem zerrissenen Regenmantel, dem wirren Haar, ihrem geschwollenen Gesicht, der blutenden Wange und den vom Wind geröteten Augen. Er fand, daß sie aussah wie alle anderen hier auf dem Platz. Was hätte eine berühmte Schauspielerin auch bei diesem Mob zu suchen gehabt? Trotzdem überlegte er einen Moment. Bevor er ihr die Handschellen anlegte und damit etwas tat, was sich nicht wieder rückgängig machen ließ, sollte er sich vielleicht doch vorsichtshalber von der Identität des Mädchens überzeugen.
Simon sagte: »Ich wäre glücklich, wenn ich diese Dame mit Ihnen zur Wache begleiten dürfte.« Er schlüpfte aus seinem Mantel, unter dem ein makellos geschnittener, blaßgrauer Cerutti-Anzug zum Vorschein kam. Dann legte er Lili den Mantel mit der Pelzseite nach außen um die Schultern. *»Lächeln!«* flüsterte er ihr ins Ohr. Wie auf eine Regieanweisung hin, schien sie um zehn Zentimeter zu wachsen und bedachte den Beamten mit einem Lächeln, das ihr allerdings nicht ganz gelang. Simon, der sich immer noch benahm, als befänden sie sich alle drei im Foyer des *Ritz,* zog eine Visitenkarte aus der Tasche und reichte sie dem Flic, der ihn jetzt noch genauer betrachtete. Ja, dachte er, dieser Knabe sieht wirklich wie Simon Pont aus – er hatte ihn oft genug im Fernsehen gesehen –, und seine Kleider waren ganz eindeutig höchst kostspielig. Nein, das Risiko wollte er doch nicht eingehen.
Er ließ Lili los und murmelte: »Nun, dann sehen Sie zu, daß Sie hier so schnell wie möglich verschwinden, alle beide!«
Sofort bahnte Simon Lili einen Weg durch die aufgewühlte Menschenmenge, schützte sie mit seinem Körper und ließ

den verwirrten Polizisten mit den Handschellen in der einen und der Visitenkarte in der anderen Hand stehen.

Kaum waren sie in seiner Wohnung im ersten Stock, begann Lili unkontrolliert zu zittern. »Mein Gott, Simon, es war so schrecklich, als sie plötzlich angegriffen haben!« Sie konnte wegen der Schwellungen in ihrem Mund immer noch nicht richtig sprechen.

Simon nahm ihr vorsichtig den Mantel von den Schultern. »Was hattest du nur dort unten zu suchen, Lili?«

»Ich war bei deinem Zahnarzt. Es hat über eine Stunde gedauert. Und ehe ich mich versah, war ich plötzlich mitten in diesem Mob . . . Ich verstand überhaupt nicht, was los war . . . Ich war völlig hilflos, und dann hat mich plötzlich dieser Flic attackiert.« Lili warf einen Blick in den Spiegel in der Diele. »Kein Wunder, daß er mich nicht erkannt hat! Ich sehe ja entsetzlich aus.«

»Für mich nicht. Für mich siehst du wundervoll aus!«

Lili sah genauer hin. »Ich glaube, ich kriege ein blaues Auge. Zimmer wird mich am Montag umbringen . . . Ich verstehe nicht, wie du sagen kannst, ich sähe wundervoll aus, Simon.«

Er zuckte mit den Schultern. »Ich mag dich eben ohne Makeup, wenn man dein wirkliches Ich sehen kann. Jetzt werde ich dir erst mal einen Tee kochen. Süßer Tee ist das beste Mittel, um einen Schock zu heilen.«

Er nahm ihre Hand und führte sie durch seine Wohnung. Sie bemerkte die leuchtenden dunklen Farben, die Wände voller Bücher, die alten Pferdegemälde, die gemütliche, luxuriöse Wärme, die alles ausstrahlte.

Die Küche roch nach Kräutern und war von John Stefanidis auf bäuerlich eingerichtet worden – zu einem Preis, den kein Bauer je hätte bezahlen können. Allein die alten Kupferpfannen an den Wänden mußten ein Vermögen wert sein. Simon rückte Lili einen Schaukelstuhl aus Walnußholz zurecht und sagte: »Setz dich hin, damit ich dir das Blut von der Wange wischen kann.«

Lili ließ sich in den Stuhl fallen. »Ich fühle mich schrecklich«, sagte sie schniefend. Simon zog ein Seidentuch aus der Brusttasche seines Jacketts und reichte es ihr. Mit laufender Nase sah Lili noch verwundbarer und rührender aus. Es gefiel ihm, daß vermutlich nur sehr wenige Menschen sie bisher so gesehen hatten. Er ließ das Wasser aufkochen und servierte den Tee dann auf einem langen Tisch aus Kiefernholz.

»Keinen Zucker für mich, bitte.«

»Heute schon. Vier Stück.«

Widerstrebend streckte Lili ihre Hand nach der Zuckerdose aus, gerade als Simon sie ihr zuschieben wollte. Für eine Sekunde berührten sich ihre Hände. Lili hätte beinahe nach Luft geschnappt, als sie die leichte Berührung spürte, die warme Haut, unerwartet und erregend. Ungläubig blickte sie mit leicht geöffneten Lippen Simon an. Simon sah sie genauso an, beide Gesichter von blanker Überraschung geprägt. Aber dann gewann Lilis neue Vorsicht den Männern gegenüber die Oberhand, und sie sprang auf. Sie wollte sich nicht wieder in irgend etwas verstricken, aus dem sie nicht herauskam, ohne Federn zu lassen. Ungeschickt begann sie ihren Regenmantel zuzuknöpfen. »Ich sollte mich wieder auf den Heimweg machen . . .«

Simon trat ans Fenster und starrte hinaus, die Hände in den Hosentaschen. Er drehte ihr den Rücken zu und sagte: »Ja, natürlich, du mußt jetzt gehen.«

Er wandte sich vom Fenster ab, und sie tat einen Schritt auf ihn zu, die Hand ausgestreckt, um ihm auf Wiedersehen zu sagen.

Simon ergriff ihre Hand, ließ sie aber nicht wieder los.

Lili versuchte nervös, sich zu befreien und sagte scherzhaft: »Ich kann nicht ohne meine Hand gehen, Simon.«

»Du mußt ohne sie gehen oder mit ihr bleiben.«

55

Frost hatte ein Muster wie von weißer Spitze auf das Schlafzimmerfenster gemalt, hinter dem sich die grauen Giebel von Paris erhoben. Es schneite, und die Dächer wurden in Kürze mit weißen Mützen geschmückt, was dem Ganzen etwas Märchenhaftes verlieh. Simon streichelte sanft Lilis Fußsohlen, ein Signal, daß er mit ihr schlafen wollte. Seit zwei Jahren lebten sie jetzt zusammen. Keiner von beiden hatte in seinem Leben bisher ein so ruhiges, friedvolles Glück erfahren. Zu seinem großen Erstaunen hatte Simon festgestellt, daß Lili völlig anspruchslos war. Abgesehen von Augenblicken plötzlichen Zorns, wenn sie wieder in irgendeiner Zeitung eine Lüge über sich gedruckt sah, war sie ausgeglichen und heiter. Sie lasen viel, hörten zusammen Musik, und sonntags holte Lili meistens ihre Staffelei hervor und malte.

Simon kitzelte Lilis linken Zeh. Dann streichelte er ihre Wade und tastete sich gemächlich über den Schenkel weiter nach oben. Lili erwachte, stöhnte behaglich und streckte, noch immer schläfrig, ihre Hand nach ihm aus.

Eine Stunde später brachte er ihr das Frühstück auf einem Tablett ans Bett. Lili setzte sich auf, und dabei fiel ihr Blick wieder auf das kleine Ölgemälde – die Ansicht eines gewundenen Bergbachs in den Alpen –, das sie vor zwei Wochen bei *Paradis* in der Rue Jacob erworben und zwischen den beiden Fenstern aufgehängt hatte.

»Ich bin immer noch nicht sicher, ob es da richtig hängt«, sagte sie jetzt. »Es ist zu klein. Man kann es von hier aus kaum erkennen. Aber es ist so hübsch – es erinnert mich an den Fluß, der in der Nähe unseres Hauses verlief, als ich noch ein Kind war. Vom Haus aus konnte man ihn nicht sehen, denn er floß durch eine tiefe Schlucht. Eigentlich durften wir dort nicht hingehen, aber mein Bruder hat mich

manchmal mitgenommen. Wir haben Forellen gefangen und an den seichten Stellen herumgeplanscht.«
Sie hielt die Kaffeetasse in beiden Händen und wandte den Blick nicht von dem kleinen Gemälde. »Es führte eine wakkelige alte Hängebrücke über den Fluß«, erzählte sie, »und in der Mitte war das Wasser tief, eiskalt und sehr klar. Es schäumte und toste gewaltig, vor allem im Frühjahr, wenn die Schneeschmelze eingesetzt hatte.« Sie nahm einen Schluck von ihrem Milchkaffee. »Der Blick aus dem Fenster meines Zimmers war frühmorgens immer am schönsten, wenn der Nebel die Hänge der Berge verhüllte und nur die Wipfel im ersten Licht der Sonne rosig erglühten.« Sie schloß die Augen und lächelte. »Abgesehen von der Sägemühle im Tal, dem Rauschen des Flusses und dem Wind herrschte dort immer eine himmlische Stille.«
»Ich frage mich, ob dir klar ist, wie stark du in der Vergangenheit lebst«, meinte Simon mit milder Irritation. »Warum denkst du nicht über die *Zukunft* nach, eine Zukunft mit mir? Wir könnten uns ein eigenes Haus in der Schweiz bauen, mit den Brettern aus dieser Sägemühle, wenn es sie noch gibt. Und du könntest deine eigene Familie gründen, statt immer an die zu denken, die du verloren hast. Wir sind jetzt seit zwei Jahren zusammen, und ich will verdammt sein, wenn ich verstehe, warum du mich nicht heiraten willst.«
»Das ist doch altmodischer Unsinn.«
»Nein. Ich möchte, daß du dich endlich zu mir bekennst, Lili. Wir haben 1977, ich bin fünfunddreißig Jahre alt, und ich möchte Kinder haben. Was mich verwirrt, ist, daß du ebenfalls welche haben willst, und trotzdem weichst du mir immer wieder aus, wenn ich mit dir darüber reden möchte. Heißt das, du liebst mich nicht? Oder daß du glaubst, ich liebte dich nicht? Daß du dich nicht fest binden willst, weil du befürchtest, ich könnte dich genauso zu beherrschen versuchen wie Serge, Stiarkos und dieser Bastard Abdullah?«

»Nein, das ist es nicht.« Sie zögerte. »Es klingt so albern. Ich bin einfach noch nicht mit mir im reinen. *Du* weißt, woher du kommst und wohin du gehörst, ich nicht.« Sie stellte die leere Kaffeeschale auf das Tablett zurück. »Die meisten Frauen wollen von einem Mann, den sie lieben, ein Kind haben, und ich bin da keine Ausnahme, Simon.« Sie bedachte ihn mit einem langen, traurigen Blick. »Ein Kind wäre ein neues Leben für mich, eine Wiedergeburt, ein neuer Start mit einer eigenen Familie, der alle Schmerzen der Vergangenheit fortwischen würde. *Du weißt gar nicht, wie sehr ich mich danach sehne.* Aber wie kann ich ein Kind bekommen, wie kann ich eine solche Verantwortung übernehmen, wenn ich nicht weiß, wer ich bin? Ich möchte wissen, wo meine Wurzeln sind, so daß mein Kind seine Wurzeln in mir haben kann. Deswegen möchte ich warten, bis ich meine Ruhelosigkeit überwunden habe.« Ihre Stimme zitterte, dann wurde sie wieder fester. »Aber noch ist es nicht soweit, und manchmal frage ich mich, ob es je soweit kommen wird. Bevor ich nicht weiß, wer meine Eltern sind, jedenfalls mit Sicherheit nicht. Und obwohl ich mich verzweifelt danach sehne, es herauszufinden, habe ich auch Angst davor. Schließlich könnten sie irgendwie unangenehm sein, häßlich. Immerhin haben sie mich im Stich gelassen, als ich ein Kind war.« Sie seufzte. »Wie auch immer, wahrscheinlich ist es sowieso unmöglich, sie aufzuspüren, wenn nicht sogar hoffnungslos.«

Simon sagte nachdenklich: »Nein, ich bin sicher, daß ich dir dabei helfen kann ... zumindest werde ich es versuchen. Wenn du deine wirklichen Eltern findest, hörst du vielleicht auf, in jedem, den du triffst, Ersatzeltern zu suchen. Deswegen bist du nämlich all diesen Leuten, die dich immer nur ausnützen wollen, so hilflos ausgeliefert.« Er trank seinen Kaffee aus und stellte die Tasse ebenfalls auf das Tablett zurück. »Man braucht dir gegenüber bloß einen väterlich beruhigenden Ton anzuschlagen, und schon hältst du einen

für den Weihnachtsmann und unterschreibst alles, was man dir hinlegt. Aber den Weihnachtsmann gibt es nicht, also hör auf, nach ihm zu suchen, Lili.«
»Ich kann aber nicht an gegen dieses ... dieses Verlangen.« Sie zog die Beine an und schmiegte die Wange gegen die Knie.
»Dann laß uns um Himmels willen mit der Suche nach ihnen beginnen, statt untätig darauf zu warten, daß sie plötzlich aus dem Nichts auftauchen und an unsere Tür klopfen«, drängte Simon. »Wir engagieren ein paar Privatdetektive. Dein Anwalt kann uns bestimmt eine gute Firma empfehlen. Ich habe schon lange darüber nachgedacht. Aber du mußt dir bewußt machen, daß das, was wir herausfinden, dir möglicherweise nicht gefallen wird.«
Lili bewegte sich, und das Frühstückstablett kippte gefährlich dicht an den Bettrand. Simon stand auf und streckte sich. »Deine Mutter war wahrscheinlich ein junges, unverheiratetes Mädchen, das in der Stadt gearbeitet hat, in Wirklichkeit aber aus einer Bauernfamilie auf dem Land stammte. Du weißt ja, wie praktisch die Schweizer sind. Eine Familie aus dem Mittelstand hätte wahrscheinlich versucht, eine Abtreibung zu arrangieren, obwohl es illegal und vielleicht sogar gegen ihren Glauben war.«
Er trat ans Fenster und betrachtete das kleine Ölgemälde. »Und noch was – dein Vater könnte mit jemand anderem verheiratet gewesen sein. Ich kann mich des Gedankens nicht erwehren, daß deine Mutter dich zu sich genommen oder wenigstens besucht hätte, wenn sie unverheiratet geblieben wäre. Meiner Theorie nach handelt es sich also um ein Mädchen aus einem Bergbauerndorf, das in die Stadt gegangen ist, um sich das Geld für die Aussteuer zu verdienen, dort dann von einem verheirateten Mann geschwängert worden ist, das Kind ausgetragen hat und anschließend wieder in die Berge zurückgekehrt ist, um einen der Bauern zu heiraten, dem sie ihren Fehltritt nie zu gestehen

wagte.« »Ach, das ist mir doch egal, ich will nur *Bescheid wissen*«, sagte Lili.

Am folgenden Nachmittag erhielt Lili in ihrer Wohnung Besuch von einem Detektiv namens Sartor. Sein dünnes, graues Haar war in der Mitte gescheitelt, und er trug eine Brille mit dicken, ungerahmten Gläsern, die den Rest seines Gesichts irgendwie unsichtbar wirken ließen. Er war sauber, adrett, höflich und wirkte völlig emotionslos. Lilis Anwalt hatte ihr die Detektei Sartor empfohlen, weil sie über weitreichende internationale Kontakte verfügte. Sartor hatte zu allen renommierten Detekteien in jeder großen Stadt der Welt Verbindungen, so daß er die Recherchen in anderen Ländern einfach an die jeweiligen Partner delegieren konnte. Jetzt saß er in Lilis Wohnzimmer und kritzelte ihre Antworten auf seine Fragen in ein kleines Notizbuch. Nein, sie wußte nichts über die genaueren Umstände ihrer Geburt, außer daß sie vermutlich in Gstaad oder Château d'Oex, Schweiz, geboren worden war, und zwar am 15. Oktober 1949. Und daß sie nicht die natürliche Tochter ihrer Ziehmutter war. Ihre Ziehmutter war Angelina Dassin gewesen, Witwe des Bergführers Albert Dassin aus Château d'Oex. Nein, sie hatte keinen Beweis dafür, daß Madame Dassin nicht ihre wirkliche Mutter war. Ja, das war eine Möglichkeit, aber sie ging davon aus, daß Madame Dassin eine eigene Schwangerschaft in dem kleinen Dorf kaum hätte verbergen können. Lilis wirkliche Mutter war im Dorf vollkommen unbekannt – man hatte sie deswegen oft genug in der Schule gehänselt. Obwohl Lili Elizabeth Dassin genannt wurde, ging man im Dorf allgemein davon aus, daß Angelina nur ihre Ziehmutter gewesen war. Ja, Madame Dassin hatte 1955 wieder geheiratet, einen ungarischen Kellner namens Felix Kovago. Ja, das Schweizer Konsulat hatte definitiv festgestellt, daß sowohl ihre Eltern als auch ihr Ziehbruder, Roger Dassin, 1956 von ungarischen

Grenzpolizisten erschossen worden waren. Ja, sie legte Wert darauf, daß Monsieur Sartor das überprüfte. Nein, sonst fiel ihr nichts mehr ein, außer daß Madame Kovago dafür gesorgt hatte, daß sie, Lili, Privatunterricht in Englisch und Französisch erhielt, was sie kaum aus eigenem Antrieb getan haben konnte. Nein, ihr Sohn Roger hatte keinen solchen Unterricht erhalten, genausowenig wie die anderen Kinder in der Dorfschule. Nein, Madame Kovago hatte ihr keine Fotos und keinerlei Schmuck gegeben, aus denen sich etwas über die Umstände ihrer Geburt hätte ableiten lassen.
»Als erstes werden wir die Geburtsurkunde überprüfen«, sagte Monsieur Sartor, verstaute sein Notizbuch in der Brusttasche und verabschiedete sich.
Drei Tage später klingelte das Telefon. Simon war gerade auf einer zweiwöchigen Promotionstour, so daß Lili selbst an den Apparat ging. Es war Sartor.
»Unser Schweizer Kontaktmann hat sich mit dem Einwohnermeldeamt in Verbindung gesetzt. Gstaad liegt in der Region Saanen, einem Landstrich mit etwa sechstausend Einwohnern. Am 15. Oktober 1949 wurden dort nur zwei Mädchen geboren und auf den Namen Elizabeth getauft. Die eine davon haben wir bereits aufgespürt. Sie ist unverheiratet und lebt bei ihrem verwitweten Vater in Gerignoz. Das andere Kind wurde im Krankenhaus von Château d'Oex geboren, von einer Frau mit dem Namen Emily Post. Der Geburtshelfer war ein gewisser Dr. Alphonse Geneste, der leider im letzten Jahr gestorben ist. Allerdings lebt seine Frau noch, in der Siedenstraße Nr. 9 in Gstaad. Unser Kontaktmann hat mit ihr telefoniert und sich für morgen mit ihr verabredet.«
»Du meine Güte«, sagte Lili, »Emily Post. Das klingt nach einer Engländerin, finden Sie nicht? Dabei hatte ich gedacht, es würde sich vielleicht um eine Deutsche, eine Französin oder eine Italienerin handeln.«
»Es kann sich natürlich durchaus um eine der von Ihnen ge-

nannten Nationalitäten handeln, etwa wenn die Frau einen falschen Namen angegeben hätte – den des Vaters zum Beispiel.« Sartor hüstelte trocken. »Auf der Geburtsurkunde steht in der Rubrik ›Vater‹: unbekannt.« Ein weiteres, fast Entschuldigung heischendes Husten. »Falls es sich aber um ihren echten Namen handelt, dann könnte die Mutter Engländerin, Schottin oder Irin sein. Oder Kanadierin, Amerikanerin, Südamerikanerin oder Australierin. Vielleicht stammte sie auch aus irgendeinem Teil des Commonwealth – Kenia, zum Beispiel, oder Hongkong. Ich melde mich, sobald ich etwas Neues weiß.«

Sie sind dieser Polizist, nicht wahr?« fragte die alte, verhärmte Frau, die die Tür der Siedenstraße Nr. 9 öffnete. Der Detektiv nickte. Das dünne, strähnige Haar der Frau war unnatürlich blau gefärbt. Ihr Make-up war fleckig, die Augenbrauen trugen einen blauen Schatten, und die Wangenknochen wiesen grellrote Flecken auf. Ein roter Hosenanzug aus Jersey und ein dünnes rotes Halsband setzten weitere farbliche Akzente. Sie wirkte mitleiderregend hinfällig, als sie vor dem Detektiv in einen überheizten, kaum möblierten Salon tappte.

»Ich bin nicht sicher, ob ich Ihnen helfen kann, junger Mann, aber in einem Punkt haben Sie Glück. Wie Sie wissen, ist man nach Schweizer Recht verpflichtet, seine geschäftlichen Unterlagen mindestens zehn Jahre lang aufzubewahren. Nun, die meines verstorbenen Mannes reichen zurück bis ins Jahr 1927, als er seine Praxis gründete. Ich habe die alten Bücher auf dem Dachboden aufbewahrt und nie mehr hineingesehen. Ich war seine Buchhalterin, müssen Sie wissen. So haben wir uns getroffen. Ich habe den Boß geheiratet!« Sie gab ein trockenes Gackern von sich, und der Detektiv lächelte aufmunternd. »Wenn Sie wollen, kann ich Ihnen die Bücher herunterholen, Herr Inspektor, allerdings nicht heute. Heute ist nämlich einer meiner

schlechten Tage. Wenn ich Sie recht verstanden habe, wollen Sie eine Vermißte aufspüren ... ein Kind, das von meinem Mann auf die Welt gebracht worden ist. 15. Oktober 1949, sagten Sie? Ein Mädchen, hatten Sie gesagt, und es wurde von einer Frau in Château d'Oex geboren?«
Die Augenlider der Frau sanken herab und klappten plötzlich wieder nach oben, wobei überraschend wache schwarze Augen sichtbar wurden. »Ich glaube, dafür brauche ich die Bücher gar nicht zu bemühen. Ich kann mich gut daran erinnern, weil das Mädchen so jung war – es ging noch zur Schule – und weil es seine Rechnung nicht bezahlt hat.«
»Es hat seine Rechnung nicht bezahlt?«
»Nein, die Rechnung wurde von vier anderen Mädchen bezahlt. Ich glaube, sie waren alle im *L'Hirondelle,* einem Internat, das vor zehn Jahren, als der Direktor gestorben ist, geschlossen hat. Na, wie auch immer, die Einzelheiten finden Sie alle in den Büchern. Ich glaube, eins der Mädchen hat bar bezahlt. Diese Mädchen waren sehr nett zu der jungen Mutter, und mein Mann hat ihr auch ziemlich unter die Arme gegriffen ... zu sehr. Aber er hatte ein großes Herz und ein Auge für hübsche Mädchen.« Sie lächelte. »Wie auch immer, die Zahlungen sind alle in den Büchern festgehalten. Nein, jetzt können wir beim besten Willen nicht nach oben gehen, und morgen ist Sonntag. Aber vielleicht am Montagmorgen? Der Morgen ist meine beste Zeit, müssen Sie wissen, Herr Inspektor.
Am Montagmorgen stand der Detektiv erneut auf der verschneiten Treppe. Die alte Frau ließ ihn herein, und nach einer kurzen Unterhaltung führte sie ihn auf den Dachboden, wo unter einer dicken Staubschicht die alten Bücher lagerten.
Zu seiner Überraschung fand der Detektiv den Band, nach dem er suchte, fast auf Anhieb, und zwar genau da, wo er nach den Angaben der alten Frau liegen mußte. Er pustete den Staub vom Umschlag, balancierte rückwärts und klet-

terte vorsichtig die wackelige Leiter herunter, ehe er sie wieder zur Decke hinaufschob.
Die alte Frau blätterte in dem Buch, bis sie auf die richtige Seite stieß. »Da haben wir's schon, junger Mann. Die erste Eintragung fällt in den Juni, etwa um die Mitte herum, unter dem Namen Post. Das war der Name des Mädchens. Und hier sind die Zahlungen aufgeführt, sehen Sie? Als erstes drei Schecks mit den Unterschriften Trelawney und Ryan ziemlich erhebliche Summen – und dann eine kleinere Zahlung von einer Mademoiselle Pascale.«
Die nächsten Zahlungen waren unregelmäßig erfolgt, und zwar abwechselnd von J. Jordan, P. Trelawney, M. Pascale und K. Ryan, seltsamerweise aber nie auch nur ein Sou von Miß Post, der jungen Mutter – zumindest, wenn man den tadellos geführten Büchern glauben durfte.
Seltsam.
Madame Geneste konnte sich nicht daran erinnern, wie Miß Post ausgesehen hatte. Sie hatte sie nie zu Gesicht bekommen. Am Dienstag rief der Detektiv Monsieur Sartor in Paris an, der sofort einen seiner Männer damit beauftragte, alle Mädcheninternate in der Gegend von Gstaad zu überprüfen. Darüber hinaus sollte er in die Geburtsurkunde einer gewissen Maxine Pascale, die wahrscheinlich zwischen 1928 und 1932 in der Schweiz, Belgien oder Frankreich geboren worden war, Einsicht nehmen. Anschließend rief Sartor die führenden Auskunfteien in Washington, Montreal, Canberra, Johannesburg und Auckland an und bat um Routineüberprüfungen der Geburtsurkunden von Emily Post, Pagan Trelawney, Kate oder Catherine oder Kathleen Ryan, Judith Jordan, vermutlich alle zwischen 1930 und 1935 geboren. Das sollte für den Anfang genügen.
Am Mittwochmorgen lag ein Telegramm aus Washington auf Sartors Schreibtisch.
JUDITH JORDAN LEICHT STOP GEBOREN ROSS-

VILLE VIRGINA 1933 STOP REICHE NEW YORKER GESCHÄFTSFRAU DOSSIER FOLGT LUFTPOST STOP EMILY POST SIE MACHEN WOHL WITZE STOP GEBOREN BALTIMORE MARYLAND 1873 ELTERN BRUCE JOSEPHINE LEE PRICE STOP HEIRATET EDWIN POST 1892 ZWEI SÖHNE GESCHIEDEN 1902 SCHRIEB MAGAZINBEITRAGE DANN BUCH ÜBER BENEHMEN 1922 RIESENBESTSELLER NEUNUNDNEUNZIGMAL IN 47 JAHREN NACHGEDRUCKT 1960 ALS BERÜHMTHEIT GESTORBEN ENDE

Demnach war Mrs. Post 1949 also siebenundvierzig Jahre alt und sehr wahrscheinlich nicht schwanger gewesen. Aber vielleicht war Emily Post der erste Name, der einem schwangeren jungen Mädchen einfiel, das seine Identität zu verheimlichen suchte? Wenn man sich für einen fiktiven Namen entschied, wählte man im allgemeinen einen, der mit nichts zu einem selber in Verbindung stand und dennoch leicht zu merken war.

Am Freitag hatte Sartors Mann Maxines Geburtsurkunde gefunden, und am nächsten Dienstag reichte er eine Fotokopie der Heiratsurkunde nach. Ebenfalls am Dienstagnachmittag erhielt Sartor einen Anruf aus London. Pagan Trelawney (getauft Jennifer) war 1932 im St. George's Hospital in London geboren worden. Zweimal verheiratet, gegenwärtig Lady Swann mit Wohnsitz in London, Fotokopie der Geburts- und der zweiten Heiratsurkunde sowie die derzeitige Adresse würden per Eilboten nachgereicht. Ihre erste Ehe sollte sich irgendwo im Mittleren Osten abgespielt haben.

Es gab Dutzende von Catherine und Kathleen Ryans, die in England, und Hunderte, die in Irland geboren worden waren. Die Agentur kümmerte sich um jede einzelne davon und schränkte die Zahl nach und nach immer mehr ein.

Auch in Südafrika, Australien, Neuseeland, Kanada und Amerika gab es massenweise Frauen, die im angegebenen Zeitraum unter diesem Namen geboren worden waren. Aber dann kabelte Washinton plötzlich eine interessante Information: NEW YORKER JOURNALISTIN KATE RYAN GEBOREN IN ENGLAND WÜRDE ZEITLICH PASSEN KEINE GEBURTSURKUNDE SOLLEN WIR DRANBLEIBEN? ENDE

Am Mittwoch rief Sartor in Washington an und bat seinen Kontaktmann, herauszufinden, ob die Jordan oder die Ryan 1949 auf einem Internat in der Schweiz gewesen waren und wenn ja, in welchem. Er gab ihnen absichtlich keinen Hinweis auf die vermutete Region – auf diese Weise konnte er die bereits erhaltenen Informationen noch einmal überprüfen.

Am Freitag erhielt er weitere Informationen über Emily Post. Es hatte den Anschein, als hätte sie mit ihren Werken im gesamten englischen Sprachraum Aufsehen und Bewunderung erregt. Man mußte davon ausgehen, daß einige Kinder absichtlich nach ihr benannt worden waren. Es gab sechzehn Emily Post in Amerika, eine in Kanada, sechs in England und zwei in Australien. In Neuseeland und Südafrika hatte es während des besagten Zeitraums keine neue Emily Post gegeben.

Am darauffolgenden Montag, drei Wochen, nachdem er Lilis Auftrag angenommen hatte, fand Monsieur Sartor ein weiteres Telegramm aus Washington vor: JUDY JORDAN KATE RYAN ARBEITEN ZUSAMMEN STOP BEIDE 1949 GSTAAD SCHWEIZ ENDE. Sartor rief Lili an und bat sie um einen Termin noch am selben Tag.

Um sechs Uhr abends stand er vor der Wohnungstür. Simon öffnete ihm, und alle drei setzten sich an den Kamin. Sartor erstattete Bericht.

»Ich bin der Meinung, daß es sich bei der Mutter um eins der vier Mädchen handelt, die wir aufgespürt haben, und daß keine der Emily Post, deren Spur wir verfolgten, irgend etwas mit dieser Angelegenheit zu tun hat. Andererseits, wenn ich mich nicht irre, müßten alle vier Mädchen über jene Emily Bescheid wissen. Wollen Sie, daß meine Kontaktleute ihnen diesbezüglich ein paar Fragen stellen?«

»Nein!« Lili sprang auf. Ihr Gesicht glühte im Widerschein des Kaminfeuers.

»Nein!« wiederholte sie heftig. Sie dachte an den leidenschaftlichen Krach, den sie mit Judy Jordan gehabt hatte; an den Artikel, der von Kate Ryan über sie erschienen war; jene schreckliche Szene mit Maxine in der Orangerie. Von dieser Pagan hatte sie noch nie gehört, aber mit den anderen drei wollte sie nie wieder etwas zu tun haben.

Simon stand auf und nahm sie in den Arm. »Mein Liebling, du mußt dir darüber klar sein, daß eine dieser Frauen deine Mutter sein kann.«

»Nein!« Lilis wehmütiges Sehnen nach ihrer *vraie maman*, nach jener ruhigen, freundlichen und sanften Madonna ihrer Träume hatte sich von einer Sekunde auf die nächste in wilden Zorn verwandelt. Es sah so aus, als wäre sie nicht etwa von einer einfachen Bauersfrau aus tragischen, doch verzeihlichen Gründen aufgegeben worden. Es sah vielmehr ganz danach aus, als wäre sie von einer reichen kleinen Hure, die sich keine Abtreibung leisten konnte, im Stich gelassen worden. Nur mit Mühe konnte sie ihren Zorn herunterschlucken.

»Drei von diesen Frauen kenne ich. Wenn sie wirklich etwas zu verbergen haben, werden sie sich hüten, mit Ihren Leuten zu reden. Und wenn sie es doch tun, werden sie zumindest nichts preisgeben, was sie lieber für sich behalten möchten.« Sie überlegte einen Moment. »Ich möchte Sie bitten, mir über alle vier ein Dossier anzufertigen.«

»Kein Problem, Madame.«

»Sobald ich die Dossiers gelesen habe, werde ich entscheiden, wie es weitergeht.«

Wenig später las Lili die Dossiers, die Monsieur Sartor über Pagan, Kate, Maxine und Judy angelegt hatte. Mit fast hundertprozentiger Sicherheit war ihre Mutter eine dieser vier Frauen. Sie hoffte, daß es sich um Pagan handelte, denn mit ihr hatte sie als einzige noch keinen Zusammenstoß gehabt. Dessenungeachtet war Lili nun entschlossen, die Wahrheit herauszufinden.
Aus irgendeinem Grund hatten diese vier Frauen ihre, Lilis, Geburt geheimgehalten. Wenn man an eine von ihnen herantrat, würde sie sich wahrscheinlich umgehend mit den anderen in Verbindung setzen, und dann war aus ihnen nichts mehr herauszukriegen. Keine von ihnen war dumm; sie hatten alle eine brillante Karriere hinter sich. Lili kam zu dem Ergebnis, daß ihre einzige Chance darin bestand, sie alle auf einmal mit ihrer Vergangenheit zu konfrontieren, damit sie den Überraschungseffekt auf ihrer Seite hatte. Sie würde ihre Gesichter beobachten, auf ihre Augen und Reaktionen achten. Sie mußte sie in die Enge treiben. Darin lag ihre einzige Möglichkeit, die Wahrheit herauszufinden. Selbst, wenn es sie zusätzliche Zeit kostete.

Teil 12

56

Draußen vor dem Fenster rauschten die Bäume des Central Park in einer warmen Oktoberbrise. Drinnen, in der überwältigend luxuriösen Suite des *Pierre,* wiederholte Lili ihre schroffe Frage.

»Welches von euch Miststücken ist meine Mutter?«

Pagan, Judy und Maxine hatten ihre Überraschung angesichts des unerwarteten Zusammentreffens schnell überwunden und ihre Fassung wiedergewonnen. Kate indessen, die noch immer im Türrahmen zwischen Diele und Salon stand, war sprachlos vor Staunen. Sie verstand nicht, was hier vorging. Es war ihr unmöglich, die weltberühmte Lili in ihrem weißen Seidenkleid mit jenem so weit zurückliegenden Zwischenfall in der Schweiz oder dem kleinen Mädchen, das angeblich 1956 bei einem Fluchtversuch aus Ungarn erschossen worden war, in Verbindung zu bringen.

Lili versuchte es noch einmal: »Wer von euch Biestern ist *Emily Post*?«

Diesmal warf Maxine Pagan einen raschen Blick zu. Keine der drei blickte Judy an, wie Lili bemerkte.

»Falls es dir nicht gelingt, sie total zu überfahren, werden sie entweder alles abstreiten oder behaupten, es sei Judy«, hatte Simon ihr prophezeit. »Sie ist die einzige, die nicht verheiratet ist. Sie ist die einzige, die keine Erklärungen gegenüber irgendeinem Ehemann abgeben muß. Sie ist die einzige, deren Leben nicht plötzlich unerträglich kompliziert würde, nur weil eine erwachsene Tochter auftaucht, die dazu noch eine Berühmtheit ist.«

Lili machte zwei Schritte in Richtung auf die aprikosenfarbene Couch, ballte die Fäuste und fragte: »Wer von euch hat ein Baby gehabt, das von einem gewissen Doktor Alphonse Geneste auf die Welt gebracht worden ist?«

Sie wirbelte zu Kate herum, die noch immer im Türrahmen

lehnte. Die Erinnerung an den bösartigen Artikel, den Kate über sie verfaßt hatte, durchzuckte sie wie ein stechender Schmerz.

»War es *Ihr* Baby?«

Kate streifte die Gruppe ihrer sitzenden Freundinnen mit einem kurzen Seitenblick. Dann versuchte sie, Lilis verbaler Attacke genauso aggressiv zu begegnen. »Warum haben Sie uns hierher bestellt? Was haben Sie vor? Was für ein Spiel spielen Sie? Wie kommen Sie darauf, eine von uns könnte Ihre Mutter sein?«

»Weil ich es weiß. Ich weiß, daß eine von euch am 15. Oktober 1949 ein Baby bekommen hat.« Lili starrte Maxine an.

»Waren Sie das? Haben Sie im Krankenhaus von Château d'Oex entbunden? Haben Sie mich in die Hände von Angelina Dassin gegeben?«

Tasse und Untertasse in Maxines Hand begannen leicht zu klirren, und ein paar Tropfen Kaffee benetzten ihr blaues Seidenkleid, aber ihr Gesicht blieb ausdruckslos, und sie sagte nichts. Sie ließ sich von niemand einschüchtern, schon gar nicht von Lili. Davon abgesehen war die ganze Geschichte ohnehin völlig absurd. Das arme Kind war ja längst tot. Wie konnte dieses kleine Miststück es wagen, so mit ihnen zu reden?

»Ist Lili Ihr richtiger Name?« fragte Pagan plötzlich. Immerhin hatte Lili Emily Post erwähnt. Woher konnte sie über Emily Post Bescheid wissen? Sie kannte das genaue Datum, den genauen Ort und den richtigen Namen der Ziehmutter. »Nein, mein richtiger Name ist Elizabeth, aber Felix hat mich immer Lili genannt. Felix war mit meiner Ziehmutter verheiratet, und er war es auch, der mich vor der ungarischen Polizei gerettet hat. Er hat mich über den Stacheldrahtzaun geworfen und gesagt, ich sollte rennen.«

»Und dann?« fragte Pagan sanft.

»Ich wurde in ein Flüchtlingslager in Österreich gesteckt

und dann nach Paris gebracht, wo man mich adoptiert hat. Ich kann mich an all das nicht sehr gut erinnern, denn ich war damals erst sieben und dazu noch ziemlich krank.«

Lili hoffte so sehr, daß es Pagan wäre! Um keinen Preis wollte sie, daß Maxine, die Mutter von Alexandre, auch ihre Mutter wäre. Die Vorstellung, daß sie vielleicht Inzest begangen hatte, wäre zu schmerzlich.

Rasch trat Lili auf Pagan zu und kauerte sich vor ihr nieder. Sie ergriff die Lehne der Couch und blickte Pagan sehnend ins Gesicht. Mit vor Hoffnung zitternder Stimme fragte sie: »Sind *Sie* meine richtige Mutter?«

Verzweifelt blickte Pagan die drei anderen Frauen im Raum an. Lili hatte ein Recht, die Wahrheit zu erfahren. Konnten sie denn nicht sehen, daß Lili wahrscheinlich tatsächlich die kleine Elizabeth war? Aller Haß, alle Selbstsicherheit war aus dem Gesicht der Schauspielerin verschwunden. Jetzt wirkte sie nur noch angespannt, vertrauensvoll und sehr verletzlich.

»Nein, Lili, Pagan ist nicht deine Mutter«, sagte Judy plötzlich in die Stille. »Ich bin es.«

Alle Köpfe fuhren herum.

»Ich habe an jenem Tag in Chateau d'Oex ein Baby bekommen. Wenn du wirklich dieses Kind gewesen bist, Lili, dann – dann bin ich vermutlich deine Mutter.«

Judy war völlig verwirrt. Sie hatte ihr Kind für tot gehalten und soweit wie möglich zu vergessen versucht. Und doch stand da diese berühmt-berüchtigte kleine Primadonna und behauptete, eben jenes Kind zu sein! Aber es war unmöglich, sich Lili als jenes zarte kleine Mädchen vorzustellen, das sie in Gedanken liebkost und von dem sie in Angelinas Briefen gelesen hatte.

Als sie die Antwort auf die Frage hörte, die sie quälte, seit sie denken konnte, brach aus Lili der ganze Zorn, der neunundzwanzig Jahre lang angestaute Schmerz hervor.

»Warum hast du dein Kind nicht behalten?« schrie sie und

sprang auf. In ohnmächtigem Zorn hämmerte sie ihre Fäuste gegen ihre Schenkel. »Warum hast du mich in fremde Hände gegeben? Warum hast du mich nie besucht? *Warum hast du mich im Stich gelassen?*«

Sie machte einen Satz auf Judy zu. Maxine ließ vor Schreck Tasse und Untertasse fallen, und Kate löste sich vom Türrahmen, um das Schlimmste zu verhüten, aber es war Pagan, die sich hastig zwischen Lili und Judy, die immer noch wie betäubt auf der Couchkante saß, stellte.

»Mein liebes Kind«, sagte Pagan, »Sie müssen uns die Chance geben, Ihnen alles zu erklären. Sie dürfen keine voreiligen Schlüsse ziehen. Wir können uns alle vorstellen, wie Sie sich fühlen, aber *bitte,* hören Sie zuerst uns zu! Sie haben uns allen ungeheuer viel bedeutet, denn es hätte jeder von uns zustoßen können. Jede von uns hätte Ihre Mutter sein können, und deswegen haben wir beschlossen, uns die Verantwortung für Sie zu teilen. In gewisser Weise hatten Sie drei Patentanten, Kate, Maxine und mich. Wir alle wollten Sie haben, wir alle haben um Sie gebangt, wir alle haben für Sie gehofft, und wir alle haben Sie geliebt.«

»Und wir haben auch alle für Sie bezahlt«, ergänzte Maxine. »Wir haben uns in jeder Hinsicht gemeinsam für Sie verantwortlich gefühlt.«

»Warum hast du mich dann nicht bei dir behalten?« fragte Lili Judy mit zusammengebissenen Zähnen.

»Meine Liebe, Sie können sich einfach nicht vorstellen, wie das moralische Klima damals war«, versuchte Pagan zu erklären. »In den letzten dreißig Jahren hat sich alles so ungeheuer verändert. Damals hätte man niemals zugegeben, daß man schon vor der Ehe mit einem Mann geschlafen hatte – selbst wenn man verlobt war –, und tatsächlich haben auch nur wenige Mädchen das je getan. Sie müssen sich darüber im klaren sein, daß Ihre Mutter erst fünfzehn war, also praktisch selbst noch ein Kind. Bitte, versuchen Sie sich vorzustellen, wie uns damals zumute war. Wir waren mit

unserem Latein vollkommen am Ende. Mit Sicherheit konnte Ihre Mutter Sie nicht mit nach Amerika nehmen. Sie weigerte sich, Sie zu verlassen, und deswegen haben wir eine Ziehmutter engagiert, bis Judy Ihnen selber ein Heim zu geben vermochte – und jedem von uns war klar, daß es Jahre dauern würde, bis sie dazu in der Lage sein würde.«
Pagan legte Lili die Hand auf die Schulter, und ihre Stimme wurde sanfter. »Aber wir haben Sie nicht im Stich gelassen. Wir haben getan, was wir für das Beste hielten. Verstehen Sie nicht, es war der verzweifelte Versuch von vier Schulmädchen, einer unter ihnen die Katastrophe zu ersparen! Nie, nein, niemals hatten wir vor, Sie im Stich zu lassen!«
Sacht streichelte sie Lilis Schulter und wunderte sich, daß sie diesem verführerischen, skandalumwitterten Wesen so mütterliche Gefühle entgegenbrachte. Schließlich hatte sie immer mit leichter Eifersucht auf die Zeitungsberichte über Lilis Liebesaffäre mit Abdullah reagiert, auf die Fotos, die fettgedruckten Überschriften und die Tatsache, daß sie die einzige europäische Frau gewesen war, die von Abdullah je nach Sidon mitgenommen worden war.
Plötzlich dachte Lili voller Schuldgefühle daran, daß auch sie ja schon als Kind schwanger gewesen war. Aber sie war zu einem Engelmacher gegangen. Das entstehende Leben war aus ihrem Körper herausgekratzt worden, und bis jetzt hatte sie sich deswegen nicht eine Minute lang schuldig gefühlt. Mehr noch, damals hatte sie eine ungeheure Erleichterung verspürt; sie konnte sich noch ganz deutlich daran erinnern, wie sie in dem kleinen Café gesessen, der Jukebox zugehört, heißen Tee getrunken und erleichtert gewesen war, daß ihre Schwierigkeiten behoben waren.
Aber Judy hatte nicht abtreiben lassen. Sie hatte das Kind bekommen.
Pagan legte Lili den Arm fester um die Schulter. »Wir alle wollten Sie haben, und, glauben Sie mir, wir alle freuen uns, Sie jetzt endlich kennenzulernen«, sagte sie, ohne zu wis-

sen, unter welchen unerfreulichen Umständen Lili ihren drei Freundinnen bereits begegnet war.
Einen Moment lang herrschte Schweigen. Dann ging Kate auf Lili zu und sagte ernst: »Lili, es tut mir aufrichtig leid, daß ich eben so unfreundlich war. Ich weiß, es ist unentschuldbar, und ich kann nur sagen, daß ich es zutiefst bedaure.« Sie holte tief Luft. »Aber Pagan hat recht, Sie dürfen Ihre Mutter nicht verurteilen. Vielmehr sollten Sie sie bewundern, genau wie wir es getan haben und noch tun. Sie war sehr jung und sehr allein, und wir waren sehr stolz auf sie. Sie hat das einzig Richtige getan. Ich finde, wir alle haben getan, was wir konnten.«
»Ach, und warum habt ihr nach Beendigung des Aufstands nicht nach mir gesucht?« fragte Lili. Sie war noch immer erregt, wenn sie sich auch nicht mehr so verletzt fühlte. Allmählich fing sie an zu begreifen, was sich damals wirklich abgespielt hatte.
»Das haben wir doch«, sagte Maxine. »Warum setzen Sie sich nicht wieder hin, damit wir es Ihnen erzählen können?«
Lili setze sich mit dem Rücken zum Fenster neben Kate, und Pagan setzte sich zu Judy.
»Kaum hatte sie die Nachrichten aus Ungarn im Radio gehört, rief Judy mich an«, begann Maxine. »Sie wußte, daß Sie Ihre Ferien in Ungarn verbracht hatten und längst wieder in der Schule sein mußten, aber sie wollte ganz sichergehen. Angelina hatte kein Telefon, deswegen rief Judy den Geschäftsführer des Hotels Rosat an, der ihr mitteilte, daß Felix sich in Ungarn das Bein verletzt hätte und noch nicht zurück wäre. Wir gingen mit ziemlicher Sicherheit davon aus, daß Sie hinter dem Eisernen Vorhang zurückgehalten würden. Judy setzte sich in ein Flugzeug nach Paris, und ich habe mich in Orly mit ihr getroffen. Noch in derselben Nacht sind wir mit dem Zug nach Österreich gefahren. Als wir schließlich an die Grenze gelangten, mußten wir feststellen, daß dort das reinste Chaos herrschte. Die Flüchtlin-

ge strömten nur so aus dem Land heraus, und die meisten wurden gleich in Auffanglager verfrachtet.« Sie schauderte. »Wir haben jedes einzelne Camp besucht. Wir haben jede einzelne Liste überprüft, wir haben mit jedem gesprochen, der uns eine Antwort hätte geben können und jedes Kind in Augenschein genommen, dessen wir habhaft werden konnten. Aber niemand wußte etwas über Elizabeth Kovago. Monate später erhielten wir dann ein kurzes formloses Schreiben vom Schweizer Konsulat, das uns in Beantwortung unserer Anfrage mitteilte, daß die Familie Kovago bei dem Versuch, die Grenze in der Nähe von Sopron zu überschreiten, von der ungarischen Grenzpolizei gestellt und erschossen worden sei. Judy und ich, wir alle, waren noch Jahre danach erschüttert und verzweifelt.«
Nun schaltete sich auch Judy zögernd ins Gespräch, um Lili zu beschreiben, wie sie sich damals gefühlt hatte. Sie fand es schwierig, den richtigen Ton zu treffen. Von der ihr sonst eigenen Selbstsicherheit war nichts mehr zu spüren.
Lili lauschte. Es war nicht wichtig, daß man sie besänftigte. Es war wichtig, daß sie endlich die *Wahrheit* erfuhr. Lili wußte, daß sie die Antworten, die die vier Frauen ihr gegeben hatten, überprüfen mußte. Und sie wußte auch schon genau, wie sie das bewerkstelligen würde. Sie würde jetzt eine Frage stellen, und mit der Reaktion darauf würde ihre *wahre* Mutter sich verraten.
»In diesem Fall«, sagte sie, »möchte ich wissen, wer mein *Vater* ist!«

57

Draußen herrschte noch immer dichtes Schneetreiben. Wenn es nicht bald aufhörte, hatte es wenig Sinn, morgen mit Nick nach Saanen zu fahren, dachte Judy; sie konnten

genausogut in Gstaad bleiben. Mitternacht war gerade vorüber, und damit hatte der 7. Februar, der Geburtstag ihrer Mutter, offiziell begonnen. Judy hatte ihr eine Karte und eine wunderschöne weiße Spitzenbluse geschickt. Es mußte schrecklich sein, fünfunddreißig zu werden und zu wissen, daß man für immer in Rossville hängenbleiben würde!
»Happy Birthday«, murmelte Judy, während sie mit einem Tablett, auf dem sich die Überreste einer Mahlzeit befanden, durch den dunklen Korridor des Hotel *Imperial* eilte. In anderthalb Stunden konnte sie zu Bett gehen. Sie schlief schon fast im Stehen ein; so erschöpft war sie schon seit langem nicht mehr gewesen.
Acht Monate, bestehend aus zu wenig Schlaf, zu harter körperlicher Arbeit und dem konzentrierten Studium einer fremden Sprache, fingen an, ihre jugendliche Widerstandskraft zu brechen. Sehnsuchtsvoll dachte sie an ihr Bett in dem kleinen Kämmerchen unter dem Dach. Sie konnte von Glück sagen, daß sie einen Raum für sich allein hatte. Sie atmete tief ein und drückte entschlossen den Rücken durch. Als sie so den Gang hinunterhastete, flog urplötzlich die Metalltür des altmodischen Fahrstuhls auf.
Judy rannte mitten hinein.
Überquellende Aschenbecher, halbvolle Kaffeetassen und sauceverschmierte Teller – alles flog in hohem Bogen durch die Luft und landete klirrend auf dem dicken Teppich. Judys reichbestickte Bluse und der scharlachrote Rock waren über und über mit dunkelbraunen Flecken bespritzt.
»Verdammt noch mal!« rief sie und brach in Tränen aus.
Der Mann, der die Fahrstuhltür aufgestoßen hatte, warf ihr im Halbdunkel einen unsicheren Blick zu. »Wie bedauerlich! Das tut mir außerordentlich leid.«
Schluchzend bückte Judy sich und begann das zerbrochene Porzellan aufzusammeln, ohne den Mann zu beachten.
»Das war sehr ungeschickt von mir. Ich bitte Sie um Vergebung.«

Sie wandte ihm ihr bleiches, tränenüberströmtes Gesicht zu und erhob sich schwankend, das Tablett in den Händen.
»Vorsicht, lassen Sie's nicht noch einmal fallen.« Der Mann nahm ihr das Tablett ab. »Kommen Sie, wir müssen Sie ein wenig saubermachen. Mein Zimmer ist gleich dahinten links.« Er balancierte das Tablett in einer Hand, während er mit der anderen die Tür aufsperrte und Judy ins Zimmer schob.

Es war eine der teuersten Suiten, wie Judy bemerkte. Es mußte sich um einen Gast von Bedeutung handeln. Die Lampen an den Wänden des Salons brannten bereits, das Kaminfeuer warf seinen warmen Schein auf das Bärenfell davor, und auf dem niedrigen Tisch standen Gläser und ein Krug Orangensaft.

»Setzen Sie sich auf die Couch«, sagte der fremde Mann. Er stellte das Tablett mit dem zerbrochenen Porzellan ab und verschwand in dem angrenzenden Zimmer. Als er zurückkam, hielt er ein Handtuch, einen Schwamm und ein Glas Wasser in den Händen. »Ich weiß wirklich nicht, wie man so was anfängt, aber vielleicht können Sie hiermit . . .«

Benommen und erschöpft sank Judy auf die Couch vor dem Kamin. Die kaffeebekleckerte Bluse klebte an ihrem Oberkörper. Sie nahm dem Mann den Schwamm ab, beugte den Kopf vor und begann, ihre Bluse abzureiben.

Sie vermutete, daß man den Fremden wohl als ziemlich gutaussehend bezeichnen konnte, vorausgesetzt, man mochte dunkelhaarige Ausländer. Ruhig setzte er sich neben sie auf die Couch, streckte die Hand aus und berührte sacht ihren Nacken. Er zog ihren Kopf an seine Brust und strich ihr langsam über das Haar. Erstaunt über ihren Mangel an Widerstand, ließ Judy ihn gewähren. Es war so angenehm. Das tröstende Streicheln hatte fast etwas Einschläferndes. Es war wirklich sehr, sehr schön.

Als sie seine warmen Lippen an ihrem Hals spürte, hielt sie erstaunt die Luft an. Dann berührte seine Zunge ihr Ohr-

läppchen. Langsam, aber sicher spürte Judy, wie ihr Körper sich entspannte. Ihre totale Erschöpfung ging in eine leichte erotische Trance über.
Irgendwann war sie merkwürdigerweise nackt bis zur Hüfte, ihr Mund lag auf seinen Lippen. Sie hatte ein Gefühl, als badete sie in warmem Wasser, in einem überaus angenehmen Traum. Dann schob er ihr plötzlich die Hand zwischen die Schenkel.
Der Bann brach. Abrupt war Judy wieder in der Realität. Sie konnte nicht glauben, daß all dies ihr wirklich widerfuhr. Daß sie halbnackt unter einem völlig Fremden lag, willig auf die Berührung seiner Hände reagierte, seine Lippen geküßt hatte, während die warme Behaglichkeit langsam in Leidenschaft übergegangen war.
Sie mußte sofort etwas dagegen tun. Sie versuchte, sich unter ihm wegzubewegen, aber sein Körper drückte sie fest auf das Bärenfell, auf dem sie in der Zwischenzeit gelandet waren.
»Bitte nicht«, stöhnte sie, »aufhören!« Seine Finger fanden den Punkt zwischen ihren feuchten Schenkeln, den sie gesucht hatten. »Bitte, bitte! Hören Sie auf!«
Doch er war weit stärker als sie, und sein Körper preßte sie erbarmungslos zu Boden. Wild zerrte er an ihrem Rock, und Judy hörte, wie der Stoff zerriß. Sie warf den Kopf hin und her und stieß einen Schrei aus, aber der Fremde hielt ihr mit der Linken den Mund zu. Jetzt konnte sie nicht mehr schreien und nicht mehr atmen. Er erstickte sie. Vielleicht wollte er sie *umbringen!*
Entsetzt spürte sie, wie er brutal in sie eindrang. Unfähig, sich länger zur Wehr zu setzen, konnte Judy seine animalische Lust riechen, konnte spüren, wie salzige Tränen ihr über die Wangen rannen. Aus weitaufgerissenen Augen starrte sie blind zur Decke hoch. Im nächsten Moment kam der Fremde über ihr auch schon mit einem wilden, raubtierartigen Fauchen zum Höhepunkt.

»Nicht weinen, kleines Vögelchen«, murmelte er. »Beim erstenmal tut's immer etwas weh.« Wie viele Männer betrachtete er eine Vergewaltigung nicht als Vergewaltigung, wenn sie nicht in einer nachtdunklen Seitengasse passierte und keine Wunden zu sehen waren. Er rollte sich auf den Rücken, streckte sich behaglich und wandte dem Kaminfeuer sein Gesicht zu. Der Rest seines Körpers blieb im Dunkeln, was Judy dankbar registrierte, denn sie hätte es nicht ertragen, sein Ding sehen zu müssen.

Zuerst konnte sie gar nicht glauben, daß alles vorüber, daß sie endlich frei sein sollte. Dann rappelte sie sich auf und taumelte – nackt bis auf ihre schwarzen Strümpfe – die Hintertreppe zu ihrer Kammer hinauf, die Reste ihrer Uniform in der Hand.

Den Rest der Nacht verbrachte sie damit, seine Berührungen von ihrer Haut zu waschen. Die sichtbaren Beweise seiner Macht über sie, seiner gnadenlosen tierischen Lust widerten sie an. Sie ekelte sich vor seinem Schleim und ihrem Blut. Mit hektischen Bewegungen versuchte sie, *es* von sich zu waschen, möglichst, ohne *es* zu berühren.

Niemand durfte je davon erfahren. Kein Junge geht mit einem Mädchen, das einmal vergewaltigt worden ist. Jeder würde sie verachten. Mit ihrem Elend mußte sie *ganz allein fertig werden.* Drei Tage lang lag sie krank im Bett und versuchte ihre Scham und Demütigung zu verarbeiten. Am vierten Tag stand sie auf und trat der Welt wieder gegenüber, mit hocherhobenem Kopf.

Es war der Abend des St.-Valentins-Balls, und der Ballsaal wimmelte von hübschen jungen Mädchen und muskulösen jungen Männern. Plötzlich hörte die Band auf zu spielen und intonierte eine Nationalhymne.

Im Eingang erschienen Pagan und Prinz Abdullah.

Beinahe hätte Judy zum zweitenmal ein Tablett fallen gelassen. Der Mann an Pagans Seite war derselbe, der Judy in der vergangenen Woche vergewaltigt hatte – der Prinz von Sidon.

Mit einem leisen Lächeln wandte Abdullah sich Pagan zu und und flüsterte ihr etwas ins Ohr. Voller Empörung und Verwirrung erkannte Judy, daß er ganz offensichtlich in Pagan verliebt war.

Plötzlich bekam sie keine Luft mehr. Sie mußte ins Freie. Sie stellte ihr Tablett ab und eilte durch die Küche auf den Hinterhof. Dort stand sie dann zitternd und wartete darauf, daß sie wieder ruhiger wurde.

Es spielte keine Rolle, wer er war oder warum er sich ihr gegenüber so betragen hatte. Wenn er zu Pagan gehörte, würde sie schweigen. Kein Wort würde über ihre Lippen kommen, und bei Gott, wehe, wenn er nicht ebenfalls den Mund hielt! Nach einer Weile kehrte sie wieder in den Ballsaal zurück.

Für die Tische der Ehrengäste war sie nicht zuständig, und obwohl Pagan ihr zweimal zuwinkte, nahm Prinz Abdullah keinerlei Notiz von ihr. Es wäre ihm nie in den Sinn gekommen, auf das Gesicht einer Kellnerin zu achten.

An jenem Abend der Vergewaltigung hatte er sich gerade von Pagan getrennt, die seine Leidenschaft bis aufs äußerste erregt hatte, ohne sich ihm hinzugeben. Trotz der Macht, mit der er sie begehrte, entzog sie sich ihm immer wieder – mit einem Lachen.

Also war er gegangen, aber das Blut in seinen Adern hatte noch gekocht vor unterdrückter Begierde. Dann hatte er plötzlich Porzellan klirren gehört und ein blondes Mädchen weinend auf dem Boden vorgefunden. Was danach geschehen war, hätte in seinem Land jedes Mädchen als Ehre betrachtet. Abdullah war leicht überrascht gewesen, daß sie sich davongeschlichen hatte, ehe er ihr einen kleinen Ausdruck seiner Wertschätzung in die Hand drücken konnte, aber davon abgesehen, hatte er nie wieder einen Gedanken an den Zwischenfall verschwendet.

58

Anfang April hatte Judy zum zweiten Mal ihre Periode nicht bekommen und wachte jeden Morgen wie zerschlagen auf. Sie fühlte sich noch erschöpfter als gewöhnlich und mußte sich alle naselang übergeben.

Sie wußte natürlich, warum. Ihre erste und grundlegende Reaktion war Angst – nicht davor, ein Kind zu kriegen, sondern Furcht vor ihrem Vater und ihrer Mutter. Noch nie war in ihrer Familie etwas derart Beschämendes vorgefallen. Was auch immer geschehen würde, sie konnte nicht nach Amerika zurückkehren, ehe alles vorüber war.

Davon abgesehen, fürchtete Judy die Verantwortung für ein fremdes Leben. Obwohl sie es nur selten zugab, war sie ja selber kaum mehr als ein Schulmädchen.

Sie fühlte sich so unsagbar allein. Es war so unfair! Aber schließlich trug sie ja selber einen Teil der Schuld, nicht wahr? Schließlich war sie hinter dem Fremden hergetrottet wie ein Schaf.

Sie hatte damals einfach nicht nachgedacht, war zu müde gewesen, um sich etwas Böses zu denken. Schließlich war er Gast in ihrem Hotel, und sie war ihm ja auch nicht etwa ins Schlafzimmer gefolgt. Und dann war auf einmal alles so schnell gegangen, vor dem verführerisch warmen Kaminfeuer.

Schließlich entschloß Judy sich, die anderen Mädchen um Hilfe zu bitten, aber sie schwor sich, kein Wort über den Mann verlauten zu lassen, der an ihrem Zustand schuld war – den Mann, den Pagan liebte. Dessenungeachtet brauchte sie moralische Unterstützung, brauchte Geld und guten Rat, und die Mädchen waren die einzigen, an die sie sich wenden konnte.

Als Judy geendet hatte, verkrampften sich drei Paar Hände auf der rotkarierten Bettdecke, weiteten sich drei Paar Au-

gen in entsetztem Erstaunen, blieben drei Münder sprachlos offenstehen. Was Judy berichtet hatte, war das Furchtbarste, was einem Mädchen widerfahren konnte.
»Wer *war* es?«
»War es Nick?«
»Hört mal, ich werde euch so oder so nicht sagen, wer es war, also löchert mich nicht mit euren Fragen. Es gibt einen äußerst guten Grund, aus dem ich es euch nicht sagen will, aber nicht mal den werde ich euch verraten. Das einzige, was ihr wissen könnt, ist, daß ich von ihm weder mit Geld noch mit irgendwas anderem rechnen kann. Ich muß allein damit fertig werden.«
»Weiß Nick Bescheid?«
»Nein, und ich möchte nicht, daß ihr es ihm erzählt. Ihr sollt es überhaupt niemand erzählen, sonst bringe ich euch um!«
»Was willst du nun tun?«
»Ich will das Kind abtreiben lassen.«

Am folgenden Samstag stand Judy in Begleitung von Maxine vor der Praxis von Dr. Alphonse Geneste, einer Adresse, die Maxine vom örtlichen Apotheker erhalten hatte. Und Dr. Geneste war es, der Judy das Gefühl beibrachte, daß ihr Baby kein Abfall war, dessen man sich einfach entledigte. Es war ihr Baby, und es lag da, zusammengerollt unter ihrem Herzen. Es hatte schon eine kleine Nase, einen kleinen Mund und winzige kleine Finger. *Es war ihr Fleisch und Blut.*
Ohne weiter nachzudenken, sagte Judy: »Ich möchte es behalten. Ich möchte, daß es zu einer Pflegemutter kommt, bis ich alt genug bin, um ihm selber ein Heim bieten zu können.«
»Nun, das ist eine Sache, die man sich gut überlegen muß«, sagte der Arzt. »Wir können uns bei Ihrem nächsten Besuch noch einmal darüber unterhalten.«
Anschließend setzten sich die beiden Mädchen in eine ruhi-

ge Teestube. »Warum hast du gesagt, die Bezahlung wäre kein Problem?« wollte Judy wissen.
»Weil sie keins ist. Ich spreche heute abend mit den anderen. Zu dritt sollten wir eigentlich in der Lage sein, deine Arztrechnungen zu bezahlen.«

Bei ihrem vierten Besuch gab Dr. Geneste Judy die Adresse einer Frau, die als Ziehmutter in Frage käme. Am darauffolgenden Samstag nahmen Maxine und Judy den Bus nach Château d'Oex. Madame Dassin holte sie an der Bushaltestelle ab. Gemeinsam gingen sie durch das Dorf zu dem kleinen dunkelbraunen Haus, in dem die Dassins wohnten. Madame Dassin war über die Situation informiert worden, und sie hatte Mitleid mit diesem erbarmungswürdigen blonden Mädchen. Während sie frische Milch aus der Küche holte, saßen Maxine und Judy in dem kaum möblierten Wohnzimmer und genossen die grandiose Aussicht über das Tal bis zu den schneebedeckten Bergen auf der anderen Seite.
Sowohl Judy als auch Maxine erschien diese ländliche Szenerie wie geschaffen für ein kleines Kind. Deswegen machten sie mit Madame Dassin aus, daß Judy in den Wochen vor der Geburt, nachdem sie mit der Arbeit aufgehört hatte, hier einziehen und auch nach der Geburt noch einen Monat bei den Dassins wohnen würde, damit sie dem Baby die Brust geben konnte. Beide Mädchen betonten nachdrücklich, daß Judy ihr Kind wieder zu sich nehmen würde, wenn sie erst älter war und ein eigenes Heim hatte. Madame Dassin nickte.
Maxine fügte hinzu, daß dem Kind auf Anraten von Doktor Geneste keine Einzelheiten über Judy erzählt werden sollten, nur daß seine richtige Mutter eines Tages kommen und es in sein wirkliches Zuhause holen werde. Sie, Madame Dassin, dürfe das Kind aber auch nicht in dem Glauben aufwachsen lassen, sie sei seine wirkliche Mutter.

Angelina Dassin war einverstanden. »Wie wollen Sie das Kind nennen?« fragte sie.
Zusammengekauert in dem schäbigen Sessel, blickte Judy auf das scharfzackige Alpenpanorama und sagte: »Wenn es ein Mädchen wird, nenne ich es Elizabeth, nach meiner Mutter. Wenn es ein Junge wird, soll er Nicholas heißen.«
Maxine war nicht im geringsten überrascht

Am 7. Oktober, zwei Wochen vor der Niederkunft, verabschiedete sie sich von ihren Kollegen im *Imperial* und nahm, bepackt mit Geschenken, den kleinen blauen Bus nach Château d'Oex. In ihrem großen Korb befanden sich ein gestricktes Wickeltuch und zwei Kartons mit Babykleidung von Maxine, Kate und Pagan, eine Flasche Kümmel, ein Glas mit Pfirsichen, in Brandy eingelegt, und ein gigantischer Räucherschinken vom Küchenchef persönlich.
Am 13. Oktober wachte sie um fünf Uhr morgens auf und schnappte nach Luft. Ein scharfer Schmerz durchzuckte sie, aber es war nicht das Baby.
Sie hievte ihren unförmigen Körper aus dem Bett, warf sich ein Tuch um die Schultern und setzte sich ins Wohnzimmer. Sie betrachtete die beiden Korallenringe, die Nick ihr gegeben hatte, kurz bevor er abgereist war, und die sie immer an den Mittelfingern trug.
»Ich weiß, daß du einen Ring für den Finger, auf den ich ihn gern stecken möchte, nicht annehmen würdest«, hatte er gesagt, während sie inmitten leuchtend gelber Butterblumen am Flußufer saßen, »aber ich möchte dir trotzdem einen Ring schenken, denn damit ist immer ein Versprechen verbunden, und mit diesem Ring verspreche ich dir, daß ich dich immer lieben werde.« Er hatte ihre rechte Hand genommen und einen schmalen Goldring mit einer wunderschön gearbeiteten Rosenknospe aus Koralle über den Mittelfinger gestreift.
Dann hatte er ihre linke Hand ergriffen.

»Einen Moment«, sagte Judy, »und was verspricht *dieser* Ring?«
»Daß ich immer bereit sein werde, dir zu helfen.« Er hatte ihr die Fingerspitze geküßt und das Pendant zum anderen Ring darübergeschoben. »Du kannst dich immer auf mich verlassen.«
Am 15. Oktober 1949 kam die kleine Elizabeth nach einer schweren Geburt auf die Welt.

59

In der luxuriösen Hotelsuite über dem Central Park herrschte Schweigen. Lili betrachtete die vier Frauen jetzt mit ganz anderen Augen. Während Judys Bericht über die Umstände ihrer Geburt war ihr Zorn nach und nach dahingeschmolzen. Sie verstand jetzt, was diesen vier Mädchen vor fast dreißig Jahren widerfahren war. Dennoch wiederholte sie die zweite Frage, die zu stellen sie ein Leben lang gewartet hatte.
»In diesem Fall, *wer ist mein Vater?*«
Sofort fuhren die Köpfe von Maxine, Kate und Pagan zu Judy herum, und Lili dachte, es stimmt, sie ist wirklich meine *vraie maman.*
Noch nie in ihrem Leben hatte Judy so fieberhaft überlegt. Sie hatte sich kaum von dem Schock erholt, daß ihre lang betrauerte Tochter noch am Leben war und sich auf wunderbare Weise in die weltberühmte Tiger-Lili verwandelt hatte, wußte noch keineswegs, was sie überhaupt davon halten sollte, und schon ging die rasende Karussellfahrt weiter. Genau wie jeder andere hatte sie die Fotos von Lili und Abdullah gesehen und von ihrer Liebesaffäre gehört. Im Grunde, ohne es wirklich zu wollen, hatte sie gelesen, was in den Zeitungen über Abdullah, Sidon und die Araber

stand. Es war ihr unmöglich, jemand, der ihr Leben so drastisch verändert und ihr solche körperliche und seelische Schmerzen verursacht hatte, einfach zu vergessen. Aber dann war es ja Inzest gewesen!
In den letzten Minuten war sie hinter das Geheimnis von Lilis Persönlichkeit gedrungen. Dieser wilde Heißsporn, diese stolze Rebellin hatte jeden Wesenszug ihres Vaters geerbt, vor allem seinen Mumm. Was für eine Auswirkung würde die Wahrheit auf sie und ihre Karriere haben? Was würde geschehen, wenn sie erfuhr, daß sie die illegitime Tochter eines Königs war, der ihre Mutter vergewaltigt hatte? Ganz zu schweigen davon, was sich anschließend zwischen Vater und Tochter abgespielt hatte? Was für tiefe seelische Schäden mochten die Folgen einer solchen Erkenntnis sein? Während ihr diese Gedanken durch den Kopf schossen, drehte Judy langsam den Korallenring an ihrer linken Hand. Nick hatte gesagt, daß sie immer auf ihn zählen könne, daß er ihr stets zur Hilfe kommen würde.
Rasch traf sie eine Entscheidung. Ihre Geschichte mußte plausibel klingen – und romantisch.
Sie richtete sich auf, streifte ihre Frendinnen mit einem kurzen Blick und sagte langsam: »Der Name deines Vaters war Nicholas Cliffe, und wir haben einander sehr geliebt. Vielleicht sogar zuviel – besonders bei einer Gelegenheit. Es war am Abend des Valentintages. Er wollte mich heiraten, bevor er seinen Militärdienst antreten mußte, aber ich war erst fünfzehn, und so mußten wir noch warten. Als ich herausfand, daß ich sein Kind in mir trug, war er gerade in Malaysia stationiert. Kurz nach deiner Geburt wurde er aus einem Hinterhalt erschossen.« Sie hielt inne und seufzte. »Aber ich werde ihn nie vergessen«, fügte sie fest hinzu.
Lili war plötzlich so glücklich, daß sie zu weinen begann. Tief ergriffen beugte sie sich zu Judy und sagte: »Auf die-

sen Augenblick habe ich mein ganzes Leben gewartet. Immer wieder habe ich ihn mir ausgemalt, aber jetzt ist alles so ganz anders.«

In der Wiedersehensszene, die sie sich ihr Leben lang ausgemalt hatte, war sie immer in die Arme ihrer *vraie maman* geflogen. Jetzt erhob sie sich langsam und trat zögernd einen Schritt auf Judy zu. Ihre Mutter war anders, als sie sie sich vorgestellt hatte, aber sie hatte sie gefunden. Sie war da! Und zu ihrer Überraschung hatte Lili bereits ihre Zuneigung für Judy entdeckt. Neun Monate lang hatte Judy sie unter ihrem Herzen getragen, hatte sie zur Welt gebracht und dann unterstützt. Tatsächlich hatten alle vier Frauen sie unterstützt, und es war bestimmt nicht leicht für sie gewesen. Sie spürte ihre Wärme, ihre Nähe untereinander und das unsichtbare Band, das ganz zweifellos zwischen ihnen existierte. Sie schienen sich sogar ohne Worte, nur durch einen Blick oder einen Gesichtsausdruck verständigen zu können. Allerdings begriff Lili nicht, wie schnell und heftig die unsichtbaren Botschaften in diesem Moment, da sie auf Judy zutrat, durch den Raum schossen.

Denn die anderen drei Frauen hatten sofort erkannt, daß Judy log. Lili hatte nur Augen für ihre Mutter und konnte daher das Erstaunen, den Zweifel und den Unglauben in den Blicken der anderen nicht sehen. Judy hingegen sah sehr wohl, was vorging. Sie hielt den Atem an und bot all ihre Willenskraft auf, um die anderen dazu zu bringen, daß sie den Mund hielten. Wußten Pagan oder Kate Bescheid? Ahnten sie etwas? Würden sie sich verplappern? Warum, zum Teufel, hatte sie auch den Valentinsabend erwähnt? Um ihre Geschichte romantischer, bestrickender und glaubwürdiger für Lili zu machen, märchenhafter als die häßliche, brutale Wahrheit? Lili mußte beschützt werden, dachte Judy, während sie die Gesichter ihrer Freundinnen musterte. Kates Mund stand offen, und ihre grünen Augen waren ungläubig geweitet. Sie konnte sich sehr wohl an den Valentinsabend erinnern, jenen Abend, an dem sie bei Nick geblieben war, an dem sie sich auf seinem knarrenden Eisenbett aneinandergeklammert hatten. Sie hatte sich immer gesagt, daß es keinen Grund gab, sich schuldig zu fühlen, daß Judy Nick ja nicht *gewollt* hatte. Nichtsdestoweniger wäre es Kate nicht recht gewesen, wenn Judy erfuhr, wie sie und Nick miteinander – nun, tatsächlich ja eigentlich *nicht* . . . Denn wie man es auch drehte und wendete, selbst nach zärtlichsten Liebkosungen und Küssen war Nick nicht in der Lage gewesen, mit ihr zu schlafen. Das war eine Tatsache, auch wenn sie es in ihrer Verwirrung nie ausgesprochen hatten.

Kate hatte nicht die geringste Ahnung, wer Judys Liebhaber gewesen war, sie wußte nur, Nick hatte nichts damit zu tun gehabt.

Maxine war über Judys Bekenntnis genauso überrascht gewesen. Sie wußte, daß Judy schlicht gelogen hatte und fragte sich, warum – wenn man die Wichtigkeit der Angelegenheit in Betracht zog. Nur zu gut erinnerte sich Maxine jenes Sommernachmittags im gelben Kinderzimmer des Château de Chazalle, an dem Nicks Mutter keine Zweifel daran gelassen hatte, daß Nick nach einer Hodenentzündung als Folge einer verspäteten Mumpsinfektion niemals Kinder hätte haben können.

Darüber hinaus wußte Maxine, daß sie Lili niemals wirklich gernhaben würde. Sie würde sich Mühe geben, aber nie würde sie jene entsetzliche Szene in der Orangerie vergessen. Aber um Judys willen war sie entschlossen, ihre wahren Gefühle zu verbergen, und so wandte sie sich lächelnd an Lili und sagte: »*Ma chérie,* Sie haben nicht nur eine Mutter gefunden, sondern eine ganze Familie. Wir sind natürlich sehr überrascht, aber wir sind auch sehr, sehr glücklich, Sie wiedergefunden zu haben.«

Lili war mehr als überrascht. In zwanzig Minuten war etwas geschehen, von dem sie nicht erwartet hätte, daß es in

zwanzig Jahren passieren könnte: sie war glücklich und fühlte sich geborgen. Sie begriff die tiefere Wahrheit in Maxines Worten, und sie fühlte sich als Teil dieser vier so eng miteinander verbundenen Frauen. Vor zwanzig Minuten noch war sie eine Waise gewesen, und nun besaß sie unvermittelt eine Mutter und drei gute Freundinnen, auf die sie bauen konnte.
Judy fühlte sich völlig ausgelaugt. Innerhalb von nur vierundzwanzig Stunden hatte ihr Leben eine dramatische Wendung genommen. Noch immer konnte sie nicht ganz begreifen, daß ihr langbetrauertes Kind nicht tot war, sondern lebte. Jahrelang hatte sie Ruhm, Erfolg, Geld und Liebe gehabt, aber auf das verzichten müssen, was den meisten Frauen alles bedeutet – einen Ehemann und ein Kind.
Gestern hätte sie vielleicht noch freudig nach der Gelegenheit gegriffen, Liebe und Sicherheit im Rahmen der Traditionen und Gesetze, sprich eine Heirat mit Griffin, zu finden. Aber heute ... und so unvorhergesehen ... Judy stellte plötzlich fest, daß in ihrem Leben noch ein festeres Band existierte: ihr Kind war ihr wiedergegeben worden.
Sie stand auf und ging auf Lili zu.
»Aber ... aber«, platzte Pagan heraus. »Das ist doch unmöglich ... *unmöglich* ...«
Sie hielt mitten im Satz inne, als Lili sie erstaunt anblickte und Judy wütend herumwirbelte. Pagan erinnerte sich noch genau an Nicks aquamarinfarbene Augen, und jetzt blickte sie in die von Lili – groß, schräggestellt und samtbraun.
Sie erinnerte sich daran, was ihr Mann ihr vor Jahren erklärt hatte, als sie schwanger gewesen war. Sie hatte Christopher gesagt, daß sie ein kleines Mädchen mit großen braunen Augen haben wollte, und ihr Marin hatte geantwortet: »Tja, das wirst du aber nicht bekommen, mein Liebling.«
Und dann hatte er ihr erklärt, daß die Augenfarbe eines

Kindes von den Genen der Eltern abhängt. Zwei blauäugige Menschen konnten kein braunäugiges Kind in die Welt setzen.

Pagan blickte zwischen Judys blauen und Lilis braunen Augen hin und her. Warum, um Himmels willen, sagte Judy die Unwahrheit? Was für *Gründe* konnte sie haben?

Pagan hatte nur zwei Sekunden geschwiegen, während diese Gedanken ihr durchs Gehirn schossen, aber die Zeit hatte ausgereicht, um Maxine scharf Luft holen zu lassen. »Durch dick und dünn, Pagan, vergiß das nicht!« sagte sie.

»Aber, aber . . .«, stotterte Pagan und kapierte, daß sie gerade an ihr Versprechen aus der Internatszeit erinnert worden war – eine für alle, alle für eine.

Was, zum Teufel, hatte sie nur als letztes gesagt? Ach ja. Pagan strahlte Lili an und fuhr nachdrücklich fort: ». . . es war *unmöglich,* deinen Vater zu vergessen, Lili.«

Und wenigstens das war zu guter Letzt doch noch die Wahrheit.

Dank und Anerkennung

. . . schulde ich in erster Linie meinem Herausgeber, Michael Korda, von dem ich soviel gelernt habe, ohne daß es mir je langweilig geworden wäre. Auch John Herman hat mich mit seiner sorgfältigen Lektoratsarbeit nachdrücklich unterstützt.

Ohne Morton Janklows Besessenheit und Urteil wäre dieses Buch nie zustande gekommen; das gleiche gilt für Betsy Nolans Rat und Beistand.

George Sedon, Celia Brayfield und Giorgio Sandulescu haben das Manuskript gelesen und mich stets ermuntert, genau wie Bettina Culham, die alles immer und immer wieder abgetippt hat.

Meine Dankbarkeit für ihre Unterstützung bei den technischen Recherchen für dieses Buch gilt Professor T. W. Glenister., Dr. Jonathan Gould, The Cancer Research Institute, Alexanders Mosley, Victor Sassie, Richard Pearce, Patrick Forbes, William Frankel, Clive Carr, David O'Brien, Mike Ricketts, Peter Alexander, Michael Crawford, Lanham Titchener, Ian McAlley, Roger Wood, Alexander Weymouth, David Maroni, Patrick O'Higgins, Peter Boumphrey, Sebastian Conran, Jasper Conran, Rowland Castro, Anna Weymouth, Dee Wells Ayer, Lesley Blanch, Sandy Fawkes, Mary Quandt, Tina Vanzyl-Lubner, Pat Miller, Shirles Lowe, Ruth Janner Morris, Deidre McSharry, Anna Palmer, Myrna Shapiro, Jill Haas und Ellie Boris.

Darüber hinaus danke ich meiner Assistentin Linda Sheridan und – für ihre Hilfe und Erfahrung – Arthur Klebanoff, Jerry Traum, Anne Sibbald, Arnolds Kinsman, Aimée Mikaelis, Rebecca Head, Dobrah Gordis, Willow Morel, Mary Jo Valko, Joan Feeley, Anna Winour, Nina Santizi und Mallory Andrews.

Band 12222

Shirley Conran

Die Dynastie der Frauen

Eine dramatische Familiensaga der Bestsellerautorin

Erst nach der Hochzeit zeigt William Dare sein wahres Gesicht: Er ist Alkoholiker. Seine Frau Elinor schafft sich als Romanautorin ihre eigene Welt. Und trotz eines harten Schicksalsschlags bewahrt sie ihre Lebenskraft, die sie auch an ihre drei Töchter weitergibt: Clare lernt einen erfolgreichen Hollywoodproduzenten kennen, Anabel macht Karriere als Model, und Miranda gründet eine Kosmetikfirma. Doch dann tritt Adam Grant, ein junger Anwalt, in das Leben der drei Frauen, und damit geraten sie in einen Strudel von Ereignissen, die ihre Zukunft bedrohen . . .

BASTEI LÜBBE